繁昌故事

第一辑

《繁昌故事》编委会◎主编

安徽师范大学出版社

·芜湖·

图书在版编目(CIP)数据

繁昌故事. 第一辑 /《繁昌故事》编委会主编. --
芜湖 : 安徽师范大学出版社, 2025. 5. -- ISBN 978-7-
5676-7135-5

Ⅰ. I277.3

中国国家版本馆 CIP 数据核字第 2025UC2896 号

FANCHANG GUSHI DI YI JI

繁昌故事·第一辑　　《繁昌故事》编委会◎主编

责任编辑：房国贵　　　　　责任校对：吴顺安　黄腊云

装帧设计：张　玲　张德宝　　责任印制：桑国磊

出版发行：安徽师范大学出版社

　　　　　芜湖市北京中路2号安徽师范大学赭山校区　　　邮政编码：241000

网　　址：http://www.ahnupress.com

发 行 部：0553-3883578　5910327　5910310（传真）

印　　刷：安徽新华印刷股份有限公司

版　　次：2025年5月第1版

印　　次：2025年5月第1次印刷

规　　格：787 mm ×1092 mm　　　1/16

印　　张：30.25

字　　数：558千字

书　　号：978-7-5676-7135-5

定　　价：188.00元

凡发现图书有质量问题,请与我社联系(联系电话:0553-5910315)

《繁昌故事》编委会

主　任:刘　斌

副主任:张俊彪　汪华锋　洪　莹　张晓辉

委　员:易忠诚　叶道坤　王　芳　何元明

　　　　丁　俊　沈大龙　张诗群　吴黎明

主　编:刘　斌

副主编:汪华锋

编　审:沈大龙　张诗群　吴黎明

《历史文化故事》

编撰单位:繁昌区文旅体局

主　编:易忠诚　　执行主编:陈　刚

《文物故事》

编撰单位:繁昌区文物保护中心

主　编:易忠诚　　执行主编:汪发志

《人物故事》

编撰单位:繁昌区作家协会

主　编:张晓辉　　执行主编:张诗群

《红色故事》

编撰单位:繁昌区新四军历史研究会

主　编:丁　俊

《地名故事》

编撰单位:繁昌区党史和地方志办公室

主　编:叶道坤　　执行主编:吴黎明

序

张诗群

历史的长河奔流不息，留下了灿烂的文化和动人的故事。这些文化故事在光阴中流传，在血脉中流淌，一个村一座城，因之有了独特的地域属性；一个人一群人，因之赓续着共同的文化精神。这是大地的传奇，也是历史的赠礼。

千城百代如斯，繁昌亦如是。

繁昌滨江而南，八百里皖江滔滔东去，滋润着这片土地的山川风物，也涵养了代代为继的美好品质。古往今来，一辈又一辈先贤，在这里创造了异彩纷呈的丰功伟绩，演绎着奋斗不屈的传奇故事。

繁昌是一方厚重丰赡的人文沃土。公元前121年置县春谷，周瑜曾任春谷长。魏文帝曹丕取"人神共和，繁荣昌盛"之意，于河南繁阳亭置繁昌县，至公元318年，晋元帝司马睿渡江，侨置繁昌于春谷。其后，东晋桓温在赭圻筑城，盛唐李白为隐静山赋诗，北宋王安石、曾巩分别作《繁昌县学记》《繁昌县兴造记》，明末清初黄得功在板子矶英勇捐躯，清代戏剧家孔尚任在《桃花扇》中为此写下两出剧情。

繁昌是一片古老而文明的福地。人字洞叩响早期人类起源之门，依稀映射着古人类文明的曙光；皖南土墩墓群沉睡数千年，遗留着西周至春秋的文化密码；繁昌窑青白瓷大美无言，氤氲着南唐故国的富丽与风情。

繁昌是一块朴茂之壤。朴实厚重的大地哺育了卓荦不凡的先贤和英才，诞生了拾金不昧的状元焦蹈、主审日军战犯的法官葛召棠……也催生了魅力无穷的民间传说、风俗人情和地名故事。

繁昌还是一座风云激荡的热血之城。抗日战争时期，新四军第三支队在这里五战五捷，红色火种至今不灭，赓续传承；解放战争时期，板子矶畔渡江战役的不朽一夜，解放大军率先从这里胜利踏上江南的土地……

这洋洋大观的过往片段，汇聚成多姿多彩的繁昌故事，承前启后，历远古而现代，曜史册而古今，从不同侧面呈现了历史的繁昌、文化的繁昌。它是繁昌历代先贤和人民群众筚路蓝缕共同创造的精神财富、共同书写的精彩华章，它为今天奋进中的繁昌赋予了深厚的文化底蕴和坚定的文化自信。

本书的编辑出版是时代的呼唤、历史的必然。党的二十大报告指出："加快构建中国话语和中国叙事体系，讲好中国故事、传播好中国声音，展现可信、可爱、可敬的中国形象。"毋庸置疑，繁昌故事是中国故事的组成部分，是浓缩的文化史和发展史，是无数涓流中的一脉。涓流汇聚，汇成了浩瀚之海、博大之海，是中国形象的立体呈现。

立足当下，讲好繁昌故事，是展现可信、可爱、可敬中国形象的其中一笔，无数的一笔构成了新时代的宏大篇章，这一笔是奋勇争先的繁昌精神和立体可亲的繁昌形象。

拂去历史的烟尘，如今的繁昌满城锦绣，只此青绿。乘着时代的巨轮，繁昌已翻开新的发展册页，正向更高更远的目标奋力前进：打造全省高质量发展先行区，统筹推进产业绿色转型、人民城市建设、乡村全面振兴和民生事业，为芜湖建设省域副中心城市作出更大贡献。

而今，在这片古老又年轻的土地上，勤劳智慧的繁昌人民正在续写新的故事和精彩传奇。

斯为序。

二〇二四年一月

凡　例

一、编撰内容：历史文化故事、文物故事、人物故事、红色故事、地名故事。

二、编撰宗旨：挖掘繁昌历史文化资源，弘扬繁昌优秀历史文化，增强文化自信，增加城市魅力，推动繁昌经济社会进一步发展。

三、编撰要求：以史料为基础，真实性、知识性和可读性相统一，力求通俗易懂、简洁明了。

四、考虑到区域文化的完整性和延续性，本书所述"故事"发生地域，一般为2006年区划调整前的繁昌境域；但《地名故事》自有一定的特异性，其所述，不包括区划调整后划出繁昌管辖的三山、峨桥和高安地区。

五、时间跨度上，一般不作具体要求；但《红色故事》所述，时间上，起于1938年新四军三支队移驻铜繁抗日前线，止于1949年10月1日中华人民共和国成立。

六、《人物故事》所述，仅限于繁昌籍人士。非繁昌本邑人物，其人和事，在其他"故事"里述及。

七、凡选自出版物、历史资料的故事，署名不变，注明出处。对所选文章，有改动的地方一般不作说明。

八、新编撰的故事，作者署名，文责自负。

九、本书所述，涉及引证，一般不作注明。

十、繁昌已撤县设区。但为保证故事的原貌和历史的传承性，本书所述，一般不将繁昌县改为繁昌区。

目　录

历史文化故事

权臣桓温筑城赭圻　　　　　　　　　　　　　　沈大龙　//003

沈攸之攻克赭圻　　　　　　　　　　　　　　　张诗群　//005

刘孝绰的繁昌夕逗　　　　　　　　　　　　　　吴黎明　//007

李白的繁昌遗踪　　　　　　　　　　　　　　　吴黎明　//009

马仁三友结庐讲学　　　　　　　　　　　　　　沈大龙　//011

王维的繁昌论道　　　　　　　　　　　　　　　吴黎明　//013

王安石《繁昌县学记》与宋朝繁昌学宫　　　　　张诗群　//015

夏希道与曾巩《繁昌县兴造记》　　　　　　　　王长华　//017

马仁山麓著《桐谱》　　　　　　　　　　　　　沈大龙　//019

梅尧臣的繁昌诗缘　　　　　　　　　　　　　　吴黎明　//020

江东巨刹隐静寺　　　　　　　　　　　　　　　沈大龙　//022

知县蔡确筑北园　　　　　　　　　　　　　　　沈大龙　//024

杨万里的繁昌举贤　　　　　　　　　　　　　　吴黎明　//026

赵孟坚的繁昌法帖　　　　　　　　　　　　　　吴黎明　//028

刘权父子烧造南京城墙砖　　　　　　　　　　　沈大龙　//030

俞应辰《改迁县治记》　　　　　　　　　　　　王长华　//034

俞应辰与正德《繁昌县志》　　　　　　　　　　王长华　//036

三知县接力筑城　　　　　　　　　　　　　　　沈大龙　//038

板子矶与《桃花扇》　　　　　　　　　　　　　张诗群　//040

生姓胡,死姓蓝　　　　　　　　　　　　　　　吴黎明　//042

《太平山水诗画》中的繁昌诗画　　　　　　　　沈大龙　//044

繁昌书院沿革考　　　　　　　　　　　　　　　刘西霖　//047

繁昌民歌:来自乡野的呼唤　　　　　　　　　　张诗群　//049

安徽省非物质文化遗产:中分徐姓祭祖习俗略说　吴黎明　//051

群龙朝神山 ……………………………………………… 沈大龙 //053

九连麒麟灯会:源于神话的美好祈愿 …………………… 张诗群 //054

荻港香菜:回味悠长的生活滋味 ………………………… 张诗群 //056

洪占鳌捐资建造黄公阁 …………………………………… 王长华 //058

繁昌十景简介 …………………………………………… 刘西霖 //060

桃荻铁路与裕繁铁矿 …………………………………… 张诗群 //062

五华山匪患兴灭记 ……………………… 胡启芳 李国平 //064

抗日战争时期繁昌县难民救济概况 ……………………… 王高翔 //069

苏日盛锅坊的兴衰 ……………………………………… 程齐凯 //071

繁昌的目连戏 …………………………………………… 杨有贡 //073

繁昌私塾改良述略 ……………………………………… 王雨生 //075

繁昌县立初级中学的建立与发展 …… 潘觉非 向乔青 铁 史 //077

新中国成立初期繁昌县划乡建政简介 ………………… 王昌举 //081

漫话繁昌大戏院 ………………………………………… 沈大龙 //083

民间职业剧团的发展沿革 ……………………………… 佘之文 //086

记收治唐山地震伤员 …………………………………… 谷仁龙 //089

芜铜铁路繁昌段的建设 ………………………………… 余光进 //091

文物故事

人字洞背后的故事 ……………………………………… 杨 朴 //095

7000年前的缪墩先民 …………………………………… 崔 炜 //102

美丽的月堰 ……………………………………………… 刘飞洋 //106

神秘的汤家山大墓 ……………………………………… 杨 朴 //110

万牛墩土墩墓群 ………………………………………… 杨 朴 //114

楚风东进润繁昌 ………………………………………… 刘飞洋 //118

春谷故城 ………………………………………………… 牛 佳 //122

汉芜湖长印 ……………………………………………… 崔 炜 //126

古井里的文物 …………………………………………… 刘飞洋 //130

繁昌窑的前世与今生 …………………………………… 汪发志 //134

老坝冲宋墓群的重要发现 ……………………………… 汪发志 //140

元代窖藏的故事 ……………………………… 杨　朴　//144

板子矶畔话千秋 ……………………………… 刘飞洋　//148

繁昌出土的青铜兵器 ………………………… 杨　朴　//152

繁昌出土的青铜镜 …………………………… 崔　炜　//157

繁昌出土的古代钱币的小故事 ……………… 崔　炜　//162

学道溯源——繁昌夫子庙 …………………… 缪张贤　//168

人物故事

淡泊名利的高士——何琦 …………………… 张诗群　//177

沐浴两朝皇恩的道士——赵自然 …………… 闵　健　//179

一门双进士——徐遘、徐迪 ………………… 程自桥　//181

拾金不昧的焦状元 …………………………… 伍先华　//183

中分村的兴业先祖——徐环、徐瑾 ………… 张诗群　//185

有益于民无损于国——吴琛 ………………… 程自桥　//187

明代清官徐贡元 ……………………………… 伍先华　//189

风力劲挺的文人——陈一简 ………………… 蒋诗经　//191

乱世忠孝——张衍及家人 …………………… 张诗群　//193

不畏权贵真名士——郝一枢 ………………… 蒋诗经　//195

蔡锡祺——老骥伏枥好知县 ………………… 汤明余　//197

集"八德"一身——徐克范 ………………… 程自桥　//199

倾尽一生为育人——任图南 ………………… 蒋诗经　//201

诚信大商——吴国琛 ………………………… 蒋诗经　//203

徐理堂——敬教劝学永流芳 ………………… 黄在玉　//205

民国教育家——张世英 ……………………… 程自桥　//207

李虎岑:民脂民膏当珍惜 …………………… 黄在玉　//209

诚实守信的商界魁首——闵中离 …………… 闵　健　//210

大器晚成伸正义——俞学贤 ………………… 蒋诗经　//212

万启鸿、万庆余:鸿宾旅栈沉浮记 ………… 张诗群　//214

同和致祥刘子青 …………………… 丁　俊　吴黎明　//216

李应文——繁昌最早留学日本的革命志士 … 汤明余　//219

目
录

华工血泪史——潘维申　　　　　　　　　　　　蒋诗经　//221

王文石:从乡村教员到坚定的革命者　　　　　　伍先华　//223

视死如归——鲁为葆　　　　　　　　　　　　　程自桥　//225

播火者胡振球　　　　　　　　　　　　　　　　吴黎明　//227

审判官——葛召棠　　　　　　　　　　　　　　蒋诗经　//230

铁骨铮铮——张邦礼　　　　　　　　　　　　　蒋诗经　//232

特别党员金开源　　　　　　　　　　　　　　　吴黎明　//234

繁昌首位共青团支部书记万亚新　　　　　　　　伍先华　//236

战斗在敌人心脏的英雄——严为干　　　　　　　闵　健　//238

张桂——见证西安事变的繁昌人　　　　　　　　汤明余　//240

坚贞不屈的共产党人——徐思勉　　　　　　　　闵　健　//242

叶午庄——悬壶济世几十春　　　　　　　　　　黄在玉　//244

邓晶瑜——舞美艺术奠基人　　　　　　　　　　黄在玉　//246

董柞楷——追求革命的进步青年　　　　　　　　汤明余　//249

严问天与《大刚报》　　　　　　　　　　　　　闵　健　//251

兄弟烈士的故事　　　　　　　　　　　　　　　伍先华　//253

毛和贵:游击队长的传奇人生　　　　　　　　　张诗群　//255

情系桑梓的旅台乡贤——谢鸿轩　　　　　　　　张诗群　//257

徐志贯:人小志气大,爱国走天下　　　　　　　伍先华　//259

"张叫花子"张永守的故事　　　　　　　　　　伍先华　//261

四喜班主徐崇发　　　　　　　　　　　　　　　黄在玉　//263

方维藩——为革命流尽最后一滴血　　　　　　　汤明余　//265

邹亚平:18岁的敌后区委书记　　　　　　　　　丁　俊　//267

张安英、许小三、徐四喜事迹侧记　　　　　　　闵　健　//269

新中国成立后繁昌首任县长——王安葆　　　　　程自桥　//271

人民的好领导——鲁月华　　　　　　　　　　　程自桥　//273

葛世玉——点睛之笔引按语　　　　　　　　　　黄在玉　//275

郭珍仁:半生潦落入诗怀　　　　　　　　　　　张诗群　//277

天使在人间——刘秀兰　　　　　　　　　　　　蒋诗经　//279

红色故事

繁昌之战前后（节选） 　　　　　　　　　　马长炎 //283

繁昌保卫战 　　　　　　　　　　　　　　陈仁洪 //286

忆繁昌保卫战祝捷大会 　　　　　陈圣祁　葛叔棠 //298

国际友人史沫特莱在繁昌 　　　　　　　　丁　俊 //300

赖少其与繁昌 　　　　　　　　　　　　　丁　俊 //303

一条红色的"生命通道" 　　　　　　　　　丁　俊 //306

小龙塘战斗——新四军回师皖南第一仗 　　丁　俊 //310

三个县委书记遇难记 　　　　　　　　　　丁　俊 //313

金涛就义前后 　　　　　　　　　　　　　丁　俊 //319

刘全英勇护民沉江记 　　　　　　　　　　丁　俊 //323

突围闹繁昌　奇袭夺电台 　　　　　　　　丁　俊 //325

新四军女战士敌后历险记 　　　　　　　　丁　俊 //328

赤手空拳　三擒敌寇 　　　　　　　　　　丁　俊 //331

护送美国"飞虎队"飞行员 　　　　　　　　丁　俊 //334

高安闸，新四军的爱民丰碑 　　　　　　　丁　俊 //337

奇特的敌后抗日小学 　　　　　　　　　　丁　俊 //339

抗日游击根据地的工业企业：裕丰袜厂 　　丁　俊 //341

伪军头目赵子兴率部反正 　　　　　　　　丁　俊 //344

虎穴脱险 　　　　　　　　　　　　　　　丁　俊 //348

里冲乡民痛杀日寇 　　　　　　　　　　　丁　俊 //351

峒山突围战 　　　　　　　　　　　　　　丁　俊 //353

夜除地头蛇 　　　　　　　　　　　　　　丁　俊 //356

顽强转战　喋血江南 　　　　　　　　　　丁　俊 //358

国民党江防部队师长张奇率部起义 　　　　丁　俊 //362

解放军先遣渡江侦察记 　　　　　　　　　丁　俊 //365

渡江大军解放繁昌 　　　　　　　　　　　丁　俊 //369

百万雄师渡江第一船 　　　　　　　　　　丁　俊 //372

国民党繁昌县政权溃灭记 　　　　　　　　丁　俊 //374

繁昌反特第一大案破获记 .... 丁 俊 //377

地名故事

繁昌县名的由来及古城址变迁 .... 张家康 徐 沛 //383

"繁阳"镇名略述 .... 繁阳懒悟整理 //385

"荻港"镇名略述 .... 繁阳懒悟整理 //386

"孙村"镇名略述 .... 繁阳懒悟整理 //387

"平铺"镇名略述 .... 繁阳懒悟整理 //389

"新港"镇名略述 .... 繁阳懒悟整理 //390

"峨山"镇名略述 .... 繁阳懒悟整理 //391

"横山"镇名略述 .... 繁阳懒悟整理 //392

昔日的繁昌县城 .... 许凤益 //393

察院井与察院井巷 .... 伍先华 搜集整理 //396

三元井 .... 伍先华 搜集整理 //397

绿萝庵 .... 陈嘉穗 //398

荻港德远桥史话 .... 郭珍仁 //399

横山桥史话 .... 鲍利民 //401

"红花晚照"红兴寺 .... 戴品林搜集 凌延龙整理 //402

漫话马仁山 .... 刘西霖 //404

大磕山的回忆 .... 胡民山 //406

赤沙滩见闻录 .... 徐肖人 //408

荻港"十里场"的过去和今天 .... 章凤书 //412

保大圩的前世今生 .... 程学银口述 程后其整理 谷仁龙 高绍周 //414

大有圩旧记 .... 潘本承 //419

中分村"六十年"会戏 .... 徐有志 //421

峨山和金鹅的传说 .... 桑良谷等整理 //424

终年可见井中花 .... 张修福 夏书田搜集整理 //426

百梁厅 .... //427

东岛门楼的传说 .... 吴亚平 搜集 //428

费子店 .... 陈先德口述 伍先华整理 //431

老嬷嬷店　　　　　　　　　　　　　　　凌延柱　搜集　//433

沈家巷的传说　　　　　　　　　　程齐云　李幸　搜集　//434

老埠头的来历　　　　　　　　　　　赵仁先　搜集整理　//435

柯家冲、龙亭街与瓷窑　　　　谢承才口述　郭珍仁整理　//436

烈马回头　　　　　　　　　　　　　　　　　　　//439

五龙抢珠　　　　　　　　姚名洋口述　吴雪楠搜集整理　//440

神圣山的传说　　　　　　　晋宏亮　高绍周　搜集整理　//441

库山原是个大金库　　　　　　　　　　谢荣华　整理　//444

"随山"与"鲤鱼山"的故事　　　　　　　胡自春　搜集　//445

甑山与河沿山的故事　　　　　　　　杨晓友　搜集整理　//447

百挑香油与古怪竹子　　　　　　　　刘仲航　搜集整理　//448

"金鸡岭"的传说　　　　　　　　　　　伍先华　搜集　//450

"滴水岭"与"灵岩寺"的传说　　　　　　胡自春　搜集　//451

"诸侯岭"的传说　　　　　　　　　　　伍先华　搜集　//452

朱　冲　　　　　　　　　　　　　伍先华　搜集整理　//453

鸡飞蛋打　　　　　　　　　　　　　刘西霖　搜集整理　//454

九莲塘　　　　　　　　　　　　　　　骆君爱　搜集　//456

荷花塘　　　　　　　　　　　　　　　　　　　//457

菱角塘的来历　　　　　　　　　　陈道章　李幸搜集　//458

"荷叶地"的传说　　　　　　　　　　　汤明余　搜集　//459

楠木林的传说　　　　　　　　　　　　　　　　//461

汪洋庙村名的来历　　　　　　　　　　赵仁先　整理　//462

"石头和尚"也是地名　　　　　　　　　赵仁先　搜集　//463

火龙与铁门闩的传说　　　　　　　　碧涛　搜集整理　//464

后　记　　　　　　　　　　　　　　　　吴黎明　//465

历史文化故事

权臣桓温筑城赭圻

沈大龙

繁昌古为春谷县，位于长江南岸。东晋时期，战事频仍，这里是长江上游荆州、梁州与下游建康、扬州等地往来的重要通道。春谷县江边的赭圻岭是一战略要地，东晋权臣桓温曾在此筑城驻军，以观朝中动静。

桓温（312—373），谯国龙亢（今安徽怀远龙亢）人，是宣城太守桓彝的儿子。桓温性情豪爽，姿貌甚伟，气度不凡，被选为晋明帝长女南康公主夫婿，拜为驸马都尉，授琅琊太守等。

东晋穆帝于永和元年（345）拜桓温为安西将军、荆州刺史等职，由此掌握了长江上游的兵权。永和二年（346），桓温溯江而上，率兵西征，灭成汉国，收复蜀地，立下大功，升为征西将军，封临贺郡公。桓温一举灭掉在蜀地建国的十六国之一的成汉政权，此举使他名声大振，在朝中势力大增，也引得朝廷忌惮。会稽王司马昱征召殷浩入朝参政，以抗衡桓温，然而殷浩因北伐失败，被桓温进谏贬为庶民，桓温遂权倾朝野，势力难挡。

此后桓温取代殷浩率兵北伐。永和十年（354），桓温自江陵率步骑 4 万北伐，水陆并进，直插前秦，连胜苻健大军，长驱直入上洛。关中父老见晋朝官军收复失地，夹道欢迎。苻健抵挡不住晋军，遂改变策略，坚壁清野，桓温终因粮草不济，不得不旋师而还。永和十二年（356），桓温升征讨大都督，再次北伐，讨姚襄。大军直达伊水南岸，桓温披坚执锐，亲自上阵，姚襄大败，洛阳被收复。穆帝为嘉其功，改封桓温为南郡公，后又加授为侍中、大司马等。

两次北伐，桓温权势再次增大，朝廷对他多有防范。哀帝兴宁二年（364），桓温率水军进驻合肥，准备第三次北伐。五月，朝廷一面加授桓温为扬州牧、录尚书事，一面遣侍中颜旄宣旨，召其入朝以加牵制。桓温上奏疏以中原尚未平定为由，推辞入朝，坚持北伐。

然而，哀帝加强了对桓温的防范，下诏不允许他继续北伐，再次征召桓温入朝。桓温无奈，只得率军自荆州（今属湖北）顺江而下，赶往建康。当桓温行至春谷县江边赭圻时，哀帝又派尚书车灌奉诏阻止他入京。皇上连续两次征召他入朝，今又忽派大臣溯江而上奉诏阻止其入朝，表明朝廷对桓温疑惧已深。当他再次北伐，朝廷担心如获胜其声望势必进一步增大；而他一旦入朝，又担心其势力影响朝政。哀帝对他实在放心不下，左右为难。桓温于是泊舟登岸，率军来到江边赭圻岭下，筑城屯军，驻扎下来，以观形势变化。

站在赭圻岭，极目四野：东南是覆釜山，山势高耸，乃天然屏障；西北侧板子矶兀立江流，驻军把守，可抵上游来兵，可御下游之敌。赭圻乃长江军事要地，早在三国时期，吴国就曾置赭圻屯，在此屯兵。赭圻背山面江，攻守皆宜。

赭圻虽是一处可攻可守的要地，但自筑赭圻城后，桓温日日夜夜总提心吊胆，惧怕朝廷官军来袭。一天夜里，赭圻山中突然群鸟惊飞，慌乱噪鸣。更深夜静，群鸟惊噪，桓温大惊，以为官军来袭，哄自内起，一时乱不成军，落荒逃遁。待山林安静下来，乃知群鸟惊噪所致，实属虚惊一场，真可谓风声鹤唳，草木皆兵。

桓温上表辞去录尚书事一职，遥领扬州牧。这时，鲜卑族前燕再次攻打洛阳，驻守洛阳的晋将陈祐出逃。当时会稽王司马昱辅政，邀桓温于洌州（今安徽和县长江边小岛）会面，商议征讨前燕事宜。朝廷命桓温移镇姑孰（今安徽当涂），于是桓温率军离开赭圻。这时哀帝驾崩，征讨之事遂作罢。

沈攸之攻克赭圻

张诗群

在繁昌，荻港的赭圻有很多种叫法，赭圻村、赭圻冲、赭圻岭，但在历史的书页里，赭圻是一座古城的名字。

因濒临长江地势险要，从汉末三国开始，吴国就在赭圻屯兵驻守。直到东晋兴宁年间（363—365），大司马桓温带着军队在此垒石筑城，赭圻于是成为军事重镇，几年后，因赭圻城毁于一场大火，桓温才移师姑孰（当涂）。赭圻还是南陵县城所在地。自隋开皇九年（589）南陵县治迁至赭圻，直到周武则天长安四年（704）南陵县治迁移至现今所在地，赭圻一直是南陵县的政治经济文化中心。这样显赫的重镇古城，自然有太多典故传奇，沈攸之攻克赭圻就是其中一段。

在南北朝时期，南朝宋景和元年（465）十一月，刘宋王朝第六位皇帝刘子业被他的叔叔刘彧设计刺杀，刘彧即帝位，是为宋明帝，年号泰始。刘子业的弟弟、十一岁的晋安王刘子勋在浔阳（今江西九江）被江州长史邓琬拥立为帝，于泰始二年（466）二月，派孙冲之、薛常宝领兵一万为前锋占据赭圻城，派部将刘胡镇守鹊头（今铜陵义安西），同时以陶亮为右将军，领兵两万沿江而下支援赭圻，准备向皇城建康（今南京）进逼。陶亮胆怯不前，便将两万叛军屯于鹊洲（今繁昌至铜陵之间长江中）。大战在即，宋明帝刘彧于是派宁朔将军、浔阳太守沈攸之屯兵虎槛洲（今繁昌至芜湖之间长江中），与赭圻对峙，讨伐叛军。

三月，赭圻岭上万木秀发、春意蓬勃，虎槛洲也被一片洋洋春水所环绕，朝廷的官兵却日日枕戈待旦。眼见叛军占据了山头和水岸，沈攸之忧心如焚。再拖延下去，待到草木葱茏，赭圻凭山据险，更是易守难攻，于是沈攸之号令军队水陆并进，同时切断叛军粮道，将赭圻城团团围住。

此时，平定了三吴（今太湖以东等地）叛乱的辅国将军吴喜已抽出空来，率军5000人，运送粮草辎重加入了沈攸之的讨伐大军。这支突袭而来的军队很快神不知鬼不觉地摸上赭圻岭，占据了战鸟山（据说因鸟鸣聒噪惊退桓温军而得名），并营筑堡垒工事，同时拨千余人，分乘两百只轻舟在江上巡守游击，阻截叛军支援，侦察叛军动态。

很快，据守在赭圻城的叛军坐吃山空，粮草告急。情急之中，薛常宝便向驻军在鹊头（今铜陵义安西）的刘胡求救。刘胡将装满粮食的布袋绑在木排和船舱里，然后将木排和船只底朝天翻过来，使其顺江而下漂向赭圻。这样的小伎俩如何能蒙混过关？沈攸之见江上漂来这么多空船筏，派人去查实，将士们把木排和船只翻转过来一看，竟然全是捆绑结实的粮米布袋。于是，米粮被沈攸之的部队截留，叛军的第一次送粮计划败得毫无波折。

　　赭圻城里，饿着肚子的叛军吃尽了岭上的嫩笋野珍，已再无可食之物，无奈，薛常宝再次向刘胡求援。这次，刘胡只得亲自上阵。三月二十九日夜，趁着月黑风高，刘胡率领步兵带着粮食开山凿道，准备暗度陈仓。天明时分，暗道挖到赭圻城下，但前面一条水沟挡住了去路。

　　接到情报的沈攸之紧急集合各路部队，与刘胡军激战在一起，叛军惊慌失措，一路丢粮弃甲，四散而逃，死伤及被俘者众，刘胡只身一人仓皇逃回了军营。没有等来军粮的薛常宝躲在赭圻城，耳听着山下的杀伐之声，坐立不安，又饿又怕，更加惶惶不可终日。

　　四月，刚刚经历了一场战争的赭圻岭依然春光烂漫百花争妍，薛常宝再也无力支撑下去，只得冒死打开城门向外突围，在乱军的掩护下逃到刘胡营中保全了性命，他身后的叛军却没有这么幸运，此时，赭圻岭遍山遍野杀声震天，沈攸之一举攻破了赭圻城，叛军大败，伤亡及投降者各数千人。

　　一场因自立称帝引发的叛乱终于被平息，赭圻城物是人非，城头军旗又换，被叛军攻占数月后重新回到朝廷手中。可怜刘子勋被邓琬操控，成为政权之争的棋子十一岁就被诛杀，封建王朝的血腥斗争何其惨烈。

　　这年八月，守城的将士在赭圻城南得到了一块紫玉（墨玉石），这块玉石宽一尺，高七尺，底围三尺二寸，浑身乌黑发亮，将士们层层上报，宋明帝刘彧知晓后大喜过望，此时赭圻已被平定，这个祥瑞之物的出现定是江山稳固的吉兆。刘彧于是命人将紫玉雕琢成两只酒器，供奉在文、武二庙之中。

　　如今的赭圻，刀光剑影早已暗淡，唯余一派祥和与安宁。

刘孝绰的繁昌夕逗

吴黎明

刘孝绰往来于长江上下游，不止一次地泊舟繁昌。

那是507年到515年，南朝梁天监年间，刘孝绰在江州、荆州、郢州等地做着随从官。任所和都城建康（今江苏南京）都地处江滨，舟楫往来，处处便留下了刘孝绰的咏唱。

刘孝绰，彭城（今江苏徐州）人，本名冉，字孝绰，小字阿士，后以字行，生于南朝齐，主要活动于南朝梁。七岁已写得一手好文章，十四岁时就代父亲拟写诏诰。当时，刘孝绰的名气非常大，早上写好一篇文章，晚上就人人传诵了，连最偏僻的边地都在流传。梁武帝和昭明太子等权贵，都对刘孝绰青眼有加。

刘孝绰自恃才高，便犯了文人行事乖张的毛病。早朝集会时，他对那些公卿贵胄常常连正眼也不瞧一下，却与他们的仆役打得火热，由此得罪了许多达官贵人，甚至连朋友到洽也恨上了他。他和到洽一起在太子那里做事，总是觉得自己比到洽强，每次参加宴会的时候，都会鄙视到洽，这让到洽心里对他充满了怨气。后来，刘孝绰做廷尉时，曾经带着小妾赴任，却让自己的母亲留在简陋的家里。当时礼法森严，忤逆不孝可是一桩大事。早就对刘孝绰恨得牙痒痒的到洽，终于抓到了把柄，说他"携少妹于华省，弃老母于下宅"，对他发起弹劾。梁武帝爱惜他，把"妹"字改为"妹"字，帮他减轻过错，却并不能改变他被罢官的命运。

从三国孙吴开始，历东晋、南朝宋齐梁陈，六朝建都于建康（今江苏南京）。繁昌位于建康上游，大江北流，群山耸峙，是重要的战略支点。江滨赭圻，很早就是屯戍之地。晋室南渡之后，中原士民流居到这里，让这片土地日渐繁荣起来。上江下江的官民，舟船跑得晚了，总要找个渡口泊下来，登岸投宿。久而久之，江沿上，渡口就有了，也有了市镇。

一次，刘孝绰的船行驶在大江上。江上风柔波平。日落时分，船照例在一处渡口息棹落帆。踱出船舱，不远的地方，隐隐可见三座青峰，有人说那就是老子、方丈、秦望三山。乡老说，当年老子周游天下，曾经在那山里留住，老子住过的石室、案几犹存，洞门石上，老子挂杖的印迹依然清晰可辨。江边一矶突兀而起，漫步矶畔，江风阵阵，刘孝绰不由得轻语有声，鹊尾，呵，这就是鹊岸之尾。

夜已经深了。一轮圆月升上来，月辉里，不知道今夜湘君是否会从天外，从水中央的鹊洲，踏一片清光而来……

那年的刘孝绰，或许还不到三十岁，或许刚刚三十挂零。正是人生的旺季，有太多的想望和豪情；但面对这溶溶的三山月色，心里只剩下清净空明……

"客行三五夜，息棹隐中州。月光随浪动，山影逐波流。"月华扰人，刘孝绰不由吟出《月半夜泊鹊尾诗》。

又是一个宁静的傍晚，刘孝绰再一次泊舟繁昌。

这应是距离赭圻不远的一个渡口。夕阳融江，江上微波不兴。船往水湾靠过去，水岸渔火点点，人家散落有致。远远的小岛上，夕烟袅袅。几只归鸟急急地滑过空际，往浦外的树林那边落去。一只又一只归舟，寻着江滨的宿处鳞次泊下。摇摇晃晃的灯影里，桨声欸乃，人声嘈杂，小小的渡口，一时热闹了起来。

不知哪只舟子传来了柔曼的船歌，如诉如倾，刘孝绰不觉深深地陷在那歌声里，几乎不能自拔。蓦地，"咚""咚"的鼓声敲起来，一下一下，敲击着这江南的黄昏，也敲击着刘孝绰的心。那是边防军的鼓声，从山的那边一声一声地敲击过来。他想：这里多么像屈原当年留宿过的辰阳啊！那时，屈原被放逐在外已经好多年。现在，自己已离开建康也有一些年头了。建康城里，那些繁华，那些风流啊！真是世事难料啊！他又怎么能够想得到，今晚自己会停留在这么一个荒远的江滨渡口呢？

不知何时，秋风起了。岸上，水上，各处的灯火，渐渐地稀疏了。人声已杳，戍声已杳，唯余江水流过船舷时发出的细碎碰撞声。

刘孝绰倚着船栏，不由百感交集，望天而咏：

日入江风静，安波似未流。

岸回知舳转，解缆觉船浮。

暮烟生远渚，夕鸟归前洲。

隔山闻戍鼓，傍浦喧榜讴。

疑是辰阳宿，于此逗孤舟。

李白的繁昌遗踪

吴黎明

753年，秋风飒飒，落叶萧萧。李白来到宣城，一山一水，且行且吟，与通禅师不期而遇。

李白的心里满是忧愤。752年的幽州之行，通过近距离观察，李白看透了安禄山的狼子野心，迅即逃离虎穴。回到长安，李白四处奔走，期望自己的观感能够引起当局的重视。可是，达官贵人们，日日享乐，极尽豪奢；长安城里，歌舞升平，纸醉金迷，哪里有一丝一毫的危机迹象？人们甚至认为，李白过于危言耸听，不过是文人的夸饰罢了。

受尽冷遇，李白不由得想起宁静温馨的江南。既然唤不醒沉醉的帝都，那就远远地离开这个是非之地吧。

就在此际，李白邂逅了通禅师，论道说禅，十分投缘。禅师驻锡江东名刹隐静寺，临别回山时，盛情邀请李白前往。李白早就向往隐静山，送别之际，赠诗相约："他日南陵下，相期谷口逢。"唐时，无繁昌县，今南陵、繁昌地域统属南陵县境。

其时，正是天下大乱前的短暂安宁时期。李白深感祸乱将至，却无能为力，便一直在江南的山水之间流连不去。

755年，李白随山逐水，走走停停，便走到了南陵地界。南陵县常县丞十分热情地接待了诗人。两人谈论起南陵的自然风光和人情风俗，李白不由得想起通禅师两年前的邀约。于是，择了个晴好的日子，常县丞作向导，两人出了南陵县城西门，一路说话，一路往隐静山而来。这回隐静山之行，不晓得李白有没有与通禅师秉烛夜话；但隐静山的物态人意，深深地打动了李白。李白在山里盘桓多日，吟出了多首诗篇。

山门前，一株苍松，犹如一条老龙当空盘曲。山里的老人说，那是神僧杯渡亲手所栽，枝生五叶，人称新罗五叶松。睹物思人，物是人杳，李白脱口吟道："征古绝遗老，因名五松山。"

从此，隐静山又有了五松山的称谓。

山里有一个龙堂精舍。环境十分清幽。李白走到此处，期望从此归隐，遂对常县丞说："龙堂若可憩，吾欲归精修。"

隐静山东边数里地的铜山，就是铜官冶所在地。半山腰上，有一眼泉水，日日泉出如珠。曾经有一任郡守，叹其神奇，特意题写过一块"涌珠"的匾额。

铜山下，有一家酒坊。这一天，新酿的酒熟了。酒坊主人听说李白正在隐静山上，便邀请李白前来品尝。李白欣然应约，酒果真好，他不禁喝得大醉，且饮且舞且歌，"我爱铜官乐，千年未拟还。要须回舞袖，拂尽五松山"。好山，好水，好酒，好人，好曲，管他世事扰攘，我可以在此长住一千年呵！

秋日里的一天，李白在隐静山里行走。走着走着，太阳就落到西山坳里去了。错过了日头，李白有些着急。抬眼一望，就见不远处，青山下，绿树里，隐隐透着几处粉墙。

李白走上前，敲开一扇柴门。一位白发苍苍的老妇人，把李白让进了屋里，端上酽酽的山茶。灯光下，屋子里的陈设简陋，却被拾掇得整整齐齐，散发着草木的清香。再打量老人家，面目和善，衣服虽然打着补丁，但穿在身上周周正正，透着一种干净利落。

老人自称姓荀，村里人都喊她荀妈妈。

李白喝着荀妈妈的热茶，夜寒的身子一下子就暖和了过来。荀妈妈又端上热气腾腾的菰米饭，颇为歉意地说，山家清贫，没有什么好的。捧着洁白的饭盘，李白鼻子一酸，有些哽咽。

夜深了，睡在荀妈妈家温暖的被窝里，隔壁人家的舂米声"空、空"传来。多么善良的荀妈妈啊！多么勤苦的山里人啊！

李白怎么也睡不着。披衣起来，推开屋门，皎洁的月光犹如凉水，兜头泼下来。沉浸在清凉的月色里，任邻家女儿不歇的舂米声和柔软的浅唱声，静静地在夜空里流淌。回想起这一路走来的酸甜苦辣，回想起远在异地无所凭依的妻儿，回想起如麻的家国之事和浓浓淡淡的友朋之情，李白不觉潸然泪下，深情歌吟："我宿五松下，寂寥无所欢。田家秋作苦，邻女夜舂寒。跪进雕胡饭，月光明素盘。令人惭漂母，三谢不能餐。"

李白舟行大江，路经繁昌境内，佳句随心而得："树绕芦洲月，山鸣鹊镇钟。"甚至在写作商人爱情诗时，也以繁昌江滨的长风沙入诗："相迎不道远，直至长风沙。"

如果诗人没有身临繁昌，没有对繁昌倾以深情，要想吟诵出如此的妙语，实在是不可想象的。

马仁三友结庐讲学

沈大龙

地处繁昌西南的马仁山，位于繁昌、南陵、义安三县区交界处，它南望九华，北见长江，东西纵横20多公里。大自然的鬼斧神工，造就出马仁山的奇峰异石，景象万千。山中溪谷纵横，流水潺潺。

马仁山是历代高士弃俗归隐的理想去处。历代隐者日夕啸咏于马仁山林，增添了马仁山的厚重和神奇。

唐德宗贞元年间（785—805），王翀霄、陈商、李晕三人一同隐居马仁山，人称"马仁三友"。他们在山中结庐讲学，研究古代学问，日夜不辍，当时江南很多文人雅士跟随他们治学。王翀霄传为晋代大书法家王羲之后人，他性情高洁，志趣在山水林壑，不愿意做官。后来陈商被推荐考取进士，进入仕途，他非但没有为之动心，其隐逸的意志反而更加坚定。他迁至龙首峰西侧，闭门谢客，过着恬静安适的隐居生活。他学以致远的操守，一直为后人称道。王翀霄书法很有造诣，深得其先祖王献之的旨趣，喜欢写《涅槃经》，书画兼工。

马仁山下的马仁寺，是唐德宗贞元十一年（795）王翀霄所建，竹林深处诵经之声穿越千年，至今仍不绝于耳。马仁寺西侧的小水池，因王翀霄常在池里洗笔砚，后人称为"洗砚池"，至今池水墨黑。明朝进士、曾任济南府淄川县令的徐杰，辞官归乡后也隐居在马仁山，作有《马仁山八首》，其中有《洗砚池》诗一首。明末清初著名画家萧云从的画集《太平山水诗画》，其中有一幅马仁山《洗砚池图》，画面上方题写的正是徐杰的《洗砚池》。

陈商，字述圣，南朝陈宣帝陈顼五世孙，左散骑常侍陈彝之子，祖籍湖州长城（今浙江长兴）。陈商与王翀霄是好友，但陈商所学是为了经世致用，后来他被推荐考取进士，出山入仕。唐武宗会昌五年（845），陈商以谏议官身份被选至礼部权知贡举。会昌六年（846），任礼部侍郎。参与撰写《敬宗实录》。官至秘书省监，从三品。

陈商曾写信向韩愈请教，韩愈称他的文章语高旨深。《韩愈全集》里有《答陈商书》。他与贾岛、李贺常有诗书来往。贾岛、李贺都写过《赠陈商》的诗作。清道光《繁昌县志·艺文志》收录有韩愈《答陈商书》和贾岛、李贺的《赠陈商》诗作。陈商著有《陈述圣文集》十七卷，流行于世。

李晕是当涂县人。清道光《繁昌县志》说他是唐代大诗人李白的后裔，而实际上，他是唐代书法家、文字学家，曾任当涂县令的李阳冰（李白的族叔）的后裔。据繁阳东柳李氏家谱记载，今繁昌峨山东岛、柳塘李氏为李晕后人。李晕与王翀霄、陈商结庐悟道于繁昌马仁山，并称"马仁三友"。陈商考取进士入仕后，李晕与王翀霄相守恬隐，终生不仕。李晕工诗，讲究性理之学。清道光《繁昌县志》收录的李晕诗云："学道已曾忘世味，避人何用住山深。生平只有天相谅，笑揭灵台对马仁。"

王维的繁昌论道

吴黎明

天宝年间（742—756），王维的好友张諲归隐宣城。临行之际，王维吟诗送别，不由得想起了自己当年的江南之行。

那是740年，正是唐玄宗开元二十八年（740）。殿中侍御使王维，经朝廷南选，出使岭南桂州。官命在身，经南阳、鄂州、夏口，王维一路趱行。

第二年早春，桂州的公事结束了，王维的身心完全放松下来，便取道湖湘，顺着长江，一路东下，流连山水，且赏且吟。

这一天，船正在水上行走，就见南岸一带青山，绵延屏峙；山下水湄，俨然一个市镇。一问之下，正是赭圻古城。三国孙吴时期，已经在这里置屯设戍了。东晋权臣桓温行军到此，见地势险要，攻守兼备，便泊舟上岸，大兴土木，沿着岭谷筑城屯守。因为桓温位高权重，赭圻自然就成了政治军事的重镇。桓温之后，很长的时期内，赭圻都是长江上的重要枢纽。

589年，隋文帝开皇九年，赭圻更是成为南陵县的县治所在地。直到704年，武则天长安四年，南陵县城才移治籍山。赭圻不作县城了，但依然是军事重镇，依然会人烟稠密；江上来来往往的行旅，依然习惯在赭圻城里歇一歇脚，依然要登顶覆釜山，或礼佛参禅，或抚今追昔。

你尽可以想象，当年的覆釜山下，赭圻岭上，舟车往来，冠盖相接，衣香鬓影，风流繁华一时齐集，何等热闹！

"溪流春谷泉"，王维或许正沉吟着谢宣城的句子，坐船却已经傍上赭圻城边的码头了。舍舟登岸，映入眼帘的便是一个一个渔浦。渔夫们正在水滨忙碌着，不时而得的鱼儿让他们的生活殷实起来；渔歌声声，随着清凉的春风飘得很远。穿过渔浦，一脉清泉潺潺流过。缘着溪岸，人家临水而居，街市随岭铺排。

店家相接，揽客之声不绝于耳。行人匆匆，谁能想到诗人王维正在赭圻城里徜徉呢？走上麻石铺砌的街面，王维也许会在街边打尖，喝口热茶，吃些点心，顺带着问问路。从当地人的口里，王维终于知道，这个地方唤作春谷乡，逶迤而来的山岭就是春谷岭了，那低低的谷底不息流淌的不就是谢宣城的春谷溪吗？

王维并没有在街上过多停留，赭圻岭上的覆釜山，覆釜山中的佛寺，那是不能不去的地方。王维在山上停了多长时间，是不是与寺僧倾谈，甚至论道说佛一夜，已经无从知晓了。但诗人登顶覆釜山，见众山小小，见大江东去，联想起自己年已四十余，依然在外奔波劳碌，一定会有感慨吧。

多年以后，独守青灯黄卷的王维，几乎不再与什么人来往了，却是那么急切地等待着如约来访的覆釜山僧，而且把家里家外仔仔细细地扫了又扫。如果这位覆釜山僧与王维不是心契很深，要让王维情绪波动如此，那是不可想象的。王维写下的《饭覆釜山僧》一诗，透露了许多信息。"将候远山僧，先期扫敝庐"，一个"候"字，反映了王维见覆釜山僧的急切心情；"远"字，说明了王维与覆釜山僧相隔的距离很远；而"扫"字，显示了覆釜山僧在王维心目中极重的分量。

赭圻城，覆釜山，覆釜山僧，深深地刻在王维的记忆里。当随顺江流，船泊京口，与即将赴任桂州的邢刺史相遇之后，王维以《送邢桂州》诗赠别，还不忘向邢刺史推介赭圻城。"赭圻将赤岸，击汰复扬舲"，诗人告诉邢刺史，在赭圻城看够了风景，重新登船，直到赤岸这个地方，我们是扬帆奋楫，一路疾行，几乎未作过多的停留。诗人沿江停泊之处多多，唯有赭圻最让人难以忘怀。

十来年过去了，张谭要去江南宣城。张谭，永嘉人，生卒不详，排行第五，人称张五，官至刑部员外郎。张彦远的《历代名画记》说他，明易象，善草隶，工丹青，与王维、李颀等为诗酒丹青之友，尤善画山水。

王维与这位张五弟分别时，特意叮嘱，你此一去，可以在赭圻城上岸，取道南陵，前往宣城。"渔浦南陵郭，人家春谷溪"，这里的"南陵郭"，当是指南陵旧治赭圻城。王维的言下之意，是提醒同为丹青妙手的张谭，赭圻一带风光佳绝，从渔浦到城郭，从溪流到岭峦，你可要用心体味，以悟山水的真谛。

我们不难推测到，赭圻城和城外的梵声，一定给了诗佛王维以无上的启悟。

王安石《繁昌县学记》与宋朝繁昌学宫

张诗群

中国最早的教学机构"庠"出现于4000多年前的夏朝，至西汉，又分为中央和地方两种，中央的称为太学，地方的称为学宫，以施行礼乐教化、培养儒学人才。作为古代地方官办学校，学宫一般采用"前庙后学"的规制，既是祭祀孔子的文庙，又是培养生员的学堂。

南唐升元年间（937—943），割南陵五乡重置繁昌县后，以延载乡（新港）为县城中心的繁昌建了学宫，学宫地址在城南，但随着改朝换代的更迭动荡，很快就废弃了。直到宋朝庆历年间（1041—1048）重新修建学宫，才承续了兴学的一脉源流。

而在商周时期，在井田制基础上建立的很多党庠、遂序等学校，后来随井田制的瓦解而废弃。很多学校干脆变为庙宇，一直到宋朝都是以重"庙"轻"学"为传统，重祭孔而轻办学。北宋时朝廷意识到办学的重要性，在政令上做了许多由"庙"向"学"转变的努力。宋仁宗庆历四年（1044）三月，朝廷诏告天下州县应当立学，并明确了办学的标准，比如一个县的士子学童满两百则可以设馆办学。当时的繁昌是个偏僻的小县，按照规定根本无须办学，但知县夏希道很想借此机会让本县学子得到教育，便筹措经费，于1047年在县衙南面修建了一座学宫。学宫修建完成后，请时年二十七岁的鄞县知县王安石作《繁昌县学记》，王安石在文中夹叙夹议，结合当时"庙""学"转变的背景和渊源，将夏希道办学的事迹颂扬了一番。

南唐升元年间的旧学宫只有颜回一人的塑像，北宋新建的学宫却增加了子夏、子路等十位孔子门生即"孔门十哲"像，在大殿东西两侧又增建了两廊，还特意修建了学堂和师生的宿舍。王安石感慨，夏希道的繁昌学宫既传承了古时办学的优良遗风，又响应了朝廷政令，不逾矩于当时习俗，是值得作传以铭记的。

半个世纪过去，学宫经风沐雨又已颓败，到宋徽宗崇宁年间（1102—1106），知县舍法之在县衙东面重修了学宫，但此后数十年间，繁昌学子考中者寥寥，坊间便传说学宫地址不利于科考。于是宋高宗绍兴年间（1131—1162），知县傅巩采纳学子的建议，将学宫仍迁回到城南旧址，但建好不久即毁于大火之中。

绍兴三十年（1160），刚上任不久的知县曾觉（宰相曾公亮后裔）见焚毁的学宫破败不堪，举行春秋释祭典礼时，因无处安放牌位，只能将之供于别处，祭祀的贡品也只临时取用，生员人少，便由官吏拿着器物充数，实在是不成体统。曾觉十分感慨，但官银匮乏，曾觉便率先捐款倡议重修学宫。此时恰逢春考，揭榜时繁昌学子竟榜上有名，学子们奔走相告，觉得这是被县令的诚心所感，于是纷纷慷慨解囊。重修工程于六月开始，冬十一月竣工，共建学屋30间，还设有学堂、厨房、浴室等，可谓高门大殿，长廊广堂，既明亮洁净，又古雅精致。从长远计，他还将官府的废田和芦滩地的收入作为学宫的薪资费用，这实在是功在当代利及后世的民心工程，但仅过了几年，一场大火又将其吞没。

学宫的数次焚毁让官府和士民得出结论，繁昌濒临大江，陶瓦缺乏之下只能用芦草苫盖屋顶，学宫又离街市太近，稍不留意，一星火苗便能瞬间成燎原之势。于是到南宋孝宗淳熙年间（1174—1189），知县单偁将学宫迁于县衙东北一角，因建造简陋，二十年后悉数坍塌损毁。

宋宁宗庆元四年（1198）夏，知县陈汝积决心复建学宫。1199年秋，新学宫建造完成，一时气象万千，端庄宏伟。新学宫有殿堂三间，七门十二道廊，师职学员皆有屋舍斋房，祭器书籍无一不具，厨房浴室无一不全，又绘"孔门十哲"供奉于殿堂两侧。最为特殊的是，新学宫还别出机杼地建了"三贤祠"，列于其中的"三贤"是写过《繁昌兴造记》的曾巩、写过《繁昌县学记》的王安石和任过繁昌知县的蔡确。

宋朝繁昌学宫的最后一次重修，是嘉定七年（1214）繁昌知县王习之的重建。然后朝代更替，由宋到元，由元到明，其间应有过数次修葺。直到明天顺元年（1457），繁昌县城由延载乡（今新港镇）迁到金峨上乡（今繁阳镇），学宫也随之迁址新造，再次经历数次改迁重修，最后定址于峨溪河畔，也就是保存至今的夫子庙。

夏希道与曾巩《繁昌县兴造记》

王长华

"为官一任，造福一方"，繁昌知县夏希道做到了。他不仅建设了繁昌，也记录了繁昌、宣传了繁昌。他邀请曾巩作《繁昌县兴造记》、王安石作《繁昌县学记》，不仅成就了曾巩、王安石，也成就了自己，更成就了繁昌，为繁昌留下了千古名篇，树立起一座不朽的历史丰碑，已经或正在成为激励繁昌人知难而上、奋勇争先、创新发展的不竭动力和精神源泉。

夏希道，字太初，在出任繁昌知县期间，乃兴造县城，兴办县学，兴创寺舍，使"民户日增""田利之入倍他壤有余""索寞者日以富蓄"。夏希道治理有方，有政绩有政声，深受百姓爱戴，入祠祀，为繁昌县复置以来第一人。

繁昌县于南唐升元年间（937—943）复置，辖延载、春谷、金峨、铜官、灵岩五乡，属江宁府（今南京市），县治在县西北延载乡（今芜湖市繁昌区新港镇），临长江。北宋开宝八年（975），宋平南唐。太平兴国二年（977），改南平军为太平州，统当涂、芜湖、繁昌等，其中繁昌于太平兴国三年（978）来属。

繁昌复置至曾巩于庆历七年（1047）十月作《繁昌县兴造记》已有百年。若按曾巩"唐昭宗始以为县"说，则有"百四十余年"。明清《繁昌县志》采用"南唐升元年间复置"说，本文从其说。

北宋庆历元年（1041），夏希道出任繁昌知县。他一入繁昌，首先映入眼帘的，是历经百年的繁昌县治，无城墙，无门关，无舍馆，常常以编竹为障，且年年加以更换，所需经费、用工全部来自岁费、摊派，由百姓承担。即使治所有屋，也是年久失修、低矮狭窄、破陋不堪，以致处理诉讼之事在偏僻侧屋，案牍簿书无处存放，往往散乱不易查找，致使对讼狱、赋役的处理失去公平，百姓遭殃。至于宾客到此食宿的饭店、宾馆，那就更不用谈。"故世指繁昌为陋县""仕者不肯来""行旅者不肯游"……

县城如此破败卑陋，令人遗憾。其症结何在，有可能是前任繁昌县令（南唐）或知县（始于北宋）"恬不知改革"的缘故。

前任县令或知县是谁？翻阅明清《繁昌县志·职官志》一探究竟，结果是职官无考，即在繁昌复置后的百余年间，找不到一个排在夏希道前面的县令或知县姓名。因此，"羞且憾之"的只能是乡老吏民。

夏希道任职繁昌后，励精图治，带领百姓兴造县城。他明察暗访，任用举荐人才，计财用工，破除竹障，重新规划。筑城门以通道，方便人员往来；建房屋以坚固为上；于城门东北构亭瞰江，以吸引四方宾客到此住宿、观光；新建公署，功能齐全且高大宽敞明亮。其兴建的繁昌县城"周六里八十步"，且非常坚固而成为"巨防"；其兴造时间，"自计材至于用工，总为日凡二千三百九十六日，而落成矣"。

　　与兴造县城相联系，兴办县学是摆至夏希道面前的又一道难题。他采取权宜之计，解决繁昌由来已久有孔庙而无县学的问题，将孔子庙的侧屋加以整修，作为县学"师生之居"，既不违背宋代办学学生不达二百不得办学的规定，又让师生有了教学的场所。王安石认为他做得对，特作《繁昌县学记》加以肯定。

　　兴造县城是繁昌历史上的一件大事。对此，夏希道心里非常明白，必须郑重其事，给世人留下一份可对比、见成效、有影响的建城记录，因为这不纯粹是他个人之事。在此设想一下，如果当初没有夏希道的这个创意，我们对这座建于宋代的繁昌县城又能知道多少呢？对比一下此前繁昌境内的春谷故城、东晋权臣桓温所筑的赭圻城，均因筑城无记而导致今人知之甚少的事实，就是一个最好的回答。

　　曾巩（1019—1083），字子固，北宋建昌军南丰（今属江西）人，嘉祐二年（1057）进士及第，是一位卓有建树的作家，与王安石一样，为"唐宋八大家"之一。

　　《繁昌县兴造记》一文，是曾巩在繁昌县城落成之后，应繁昌知县夏希道之请而作的。文章记叙了"能令"夏希道带领百姓兴造县城的经过，赞扬了改革创新、兴利除弊的精神和雷厉风行的务实作风，以及由此带来的巨大变化。不仅如此，他还盛赞繁昌为"天下之胜处"，"仕者争欲来，行旅者争欲游"。

　　在《繁昌县兴造记》一文的结尾，作者特别强调了作记的目的："其不特以著其成，其亦有以警也。"这不仅给时人树立一个"能令"的榜样，也为后人留下一份革故鼎新、兴利除弊的为政记录，也是对那些不思进取、碌碌无为的庸政懒政怠政者的一个警示。

马仁山麓著《桐谱》

沈大龙

陈翥，字子翔，号"虚斋""桐竹君"等，北宋时期池州府铜陵县贵上耆土桥（今铜陵市义安区钟鸣镇）人，是古代林业科学研究领域中成就很大的林学家。

陈翥出生于一个没落的世宦门第，"五岁知书，十岁入庠"。青年时期曾有悬梁苦读跻身科举的愿望，后因父亲早逝，兄弟不睦，加之其自身患病10余年之故，至40岁时方"志愿相畔，甘为布衣，乐道安贫"。从此长期隐居繁昌、铜陵、南陵交界的马仁山麓。一面闭门苦读，埋头著述（时人称之为"闭门先生"），一面参与耕作。平生著述颇丰，涉及天文、地理、儒、释、农、医等，共26部182卷，又绘有10图，是"里人称德，府县知贤"的学者。

在马仁山麓，陈翥在数亩山地植桐树（泡桐）数百株专事研究，除悉心钻研前人有关著作外，还"召山叟，访场师"，注重实践，日夕观察，于宋仁宗皇祐年间（1049—1054）撰成《桐谱》书稿，约1.6万字，除序文外，正文共一卷十篇：一叙源、二类属、三种植、四所宜、五所出、六采斫、七器用、八杂说、九记志、十诗赋。其中"种植""所宜""采斫""器用"等六篇，专论植桐技术，为全书精粹。《桐谱》一书最早见于宋代陈振孙《直斋书录解题》，《宋史·卷二百五·艺文志第一百五十八》亦载"陈翥《桐谱》一卷"，其后历代屡刊，有《说郛》《唐宋丛书》《适园丛书》《丛书集成初编》等版本传世。该书全面系统地总结了泡桐种植和利用的一整套经验，有不少深入的观察和精辟的论述，是中国历史上仅存的一部内容丰富的泡桐栽培专著，也是世界上最早的一部泡桐专著，至今对于推广人工速生高干泡桐林仍有重要的参考价值。国外研究泡桐的学者，对这部专著也十分重视，美国《经济植物》杂志1961年第1期刊登的《经济植物·泡桐》一文，在研究泡桐的起源、在亚洲的分布、引入欧洲和美洲的过程，以及叙述泡桐的经济价值和材质利用时，都曾引用了陈翥的《桐谱》的资料。可见《桐谱》一书的价值和影响。1981年农业出版社出版了潘法连的《桐谱校注》，1983年该社又出版了他的《桐谱选译》。

梅尧臣的繁昌诗缘

吴黎明

北宋诗坛领袖梅尧臣，曾与繁昌结下深深的诗缘。

当时，达观和怀贤师徒相卓锡隐静山。他们是一代高僧，也是修养很深的诗人，与欧阳修、苏东坡等都有着不浅的情谊，和梅尧臣更是挚友。

隐静山上原先生活着许多猕猴。达观禅师到来之后，这些猕猴却散去了。禅师观察发现，满山枇杷黄熟的时节，猕猴总是群集而来，枇杷落尽，猕猴便一时星散。禅师通达，并不以世俗为意，但为了防止人们误会而影响隐静寺的声望，便请梅尧臣作诗来止讹。

梅尧臣接到禅师的请求，竟以完整的事件作诗题："达观禅师昙颖住隐静兰若，或言自此猕猴散走不来。颖尝晒曰：'吾知是山枇杷，为多始至也，未实故其去，将实也，必群集。'后果然。颖恶乎俗之好异，恐传以为人惑，欲予咏而播之。"题目的确太长，却让我们可以一窥事件的来龙去脉。诗反而显得短了："隐静山中寺，猕猴往往过。导师归以去，卢橘熟还多。禅地宁求悕，居人切莫讹。未尝嫌此物，任挂古松柯。"

1049 年正月，父亲梅让在老家宣城亡故。接到讣讯时，梅尧臣已远在陈州任上。

这年梅尧臣 48 岁了，年岁已经老大。匆匆南归奔丧。伤逝居家，不免心情忧郁。达观、怀贤始终放心不下老友。碧霄峰上的新茶刚刚采下来，达观便封存一份带上，赶到宣城去看望丁忧中的梅尧臣。

梅尧臣对老友的来访感动莫名，不由想起洛阳初见时的情景，那时，是多么的年轻啊！

霜染层林的季节，达观要回隐静山了，依依惜别，梅尧臣深情吟哦："且莫似杯渡，沧波无去踪。"特意叮嘱禅师，你我分别，可要时时联系，不能像杯渡禅师那样一去而久无音信啊！

初夏来临，隐静山的枇杷熟了。达观师徒漫步山中，满目金黄，果香飘荡，不免又惦念起宣城的老友。怀贤禅师带着师父的嘱托，特意去宣城，送上隐静山的枇杷。一尝之下，甜里含着淡淡的鲜酸，齿颊之间顿时溢满果香，诗人不禁轻吟："五月枇杷实，青青味尚酸。猕猴定撩乱，欲待熟时难。"

梅尧臣不由得记起达观当初的请托,想到此时的隐静山,枇杷树上,猕猴跳来蹦去,争抢枇杷,该是怎样一派欢闹的景象呢?猕猴争食,想等枇杷果熟定当很难,两位禅师老友摘下枇杷送来宣城,真是不容易啊!怀贤归山的时候,梅尧臣讴歌相别,并请转达对达观禅师的问候。

隐静山风光清佳,佛缘深广,又有老友驻锡,梅尧臣对这座江南名山一直心怀向往。诗人有《寄达观禅师》一诗,道尽了心中的曲折:"身在大梁尘土中,心思隐静云山里。忽闻乘杯江上归,月下碧鸡啼不已。"

1054年,在宣城居嫡母丧的第二年,梅尧臣终于登临隐静山。

这是秋日的一天。天公并不作美。梅尧臣临近隐静山的时候,恰遇狂风骤雨,路上到处是积水,牛马都难以行走,更别说行旅所乘坐的东西了。等终于避过了这无定的风雨时,云收雨散,眼前豁然开朗。低处的田地里,待收的稼禾已经熟黄一片。绵长的冈丘上,松树夹峙,一条山径悠悠地隐入白云深处。走过山径,峰回路转,五座秀峰陡地耸立于眼前,山上山下,佛宇隐现,好一个江东第二禅林!

梅尧臣的这次隐静山之行,老友达观已经离山他游,怀贤禅师也不在山上。或许,诗人并不在意老友在不在山上。在,是缘分;不在,亦是缘分。

"松上垂青蔓,蒲根泻碧泉。高僧来不见,却返五峰前。"回到来时的路口,唯有五峰横绝,唯有苍松古藤,唯有蒲绒碧泉。无缘与故友相见,诗人终究有些失落,难免付诸轻轻的一叹。

这年的腊月里,或许是对梅尧臣访山不遇的回拜,隐静山僧特赠送十二棵榧树、十四棵柏树给梅尧臣。梅尧臣仔细斟酌,把这些来自佛国净土的珍贵树木栽在新垒的祖坟四周。转过年来,他还记着这件事:"棐(榧)柏移皆活,风霜不变青。"

1055年秋,得友人的资助,梅尧臣在祖墓旁修建会庆堂,供奉父亲梅让和叔父梅询的灵位。会庆堂落成之际,隐静山的怀贤禅师携带二十棵柏树,亲手在会庆堂前后栽下。为此,梅尧臣十分感动:"今朝还藉君移柏,昨日已因鹅种松。"

只是,我们不知道,来自隐静山的榧和柏,至今还在不在。

江东巨刹隐静寺

沈大龙

隐静寺又称隐静禅林，坐落于繁昌东南的平铺镇五华山，始建于东晋。五华山古称隐静山、五峰山，有碧霄、桂月、鸣磬、紫气、行道五座山峰。隐静寺居五峰之会，山峦拱合，林木幽奇，古涧委折，水激如雷，为风景绝佳处。"隐静禅林"是明清时期繁昌十景之一。

相传晋代禅师朗公曾来五华山传法，并亲植橘树，后人称"朗公橘"。南朝宋元嘉初年（424）（一说南朝梁代），古印度天竺国高僧杯渡禅师来五华山布道，隐静寺成为杯渡禅师的道场。"距寺二里许，有双松对峙，势若虬龙"，后人称"杯渡松"。宋大中祥符年间（1008—1016），隐静寺改名为普惠禅寺。宋嘉祐三年（1058），圆通禅师怀贤募集善款建御书阁。元代散曲家、太平路总管薛昂夫题写了"江东第二禅林"匾额。明代洪武初年（1368），普惠寺恢复隐静寺名。明代末期，隐静寺渐渐荒废。崇祯七年（1634），僧人真融与孙祖达重建隐静寺。

宋代皇帝大多喜好书法，皇帝书法常被称作"御书"。他们常以书法作为政务之余的雅玩乐事，以树立符合文治气质的帝王形象。皇帝还把御书作为赏赐的物品，赏赐的范围颇广，从宰辅近臣到地方官员，从"玉堂""秘阁"等中央机构到书院等地方机构，从佛寺、道观到地方孝义世家。

隐静寺是南朝时期高僧杯渡的道场，唐代大诗人李白赋诗赞其山水奇妙，这种名寺身份和诗仙李白的加持，使得隐静寺获得了宋廷的青睐，也因此受到太宗、真宗和仁宗赏赐的御书，由此形成了三朝皇帝御书集于一寺的现象。普惠寺受赐的御书达120轴，数目较大，而当时很多寺观收藏的御书也仅有几十轴而已，如四川阆中的积庆院就只受到20轴的赏赐，杭州著名的灵山教寺也只有仁宗所赐的"飞白御书六轴、飞白御书扇子等"。而一些寺观虽然也受到百轴赏赐，但也仅仅是收藏一朝皇帝的御书。隐静寺集齐了太宗、真宗和仁宗三朝皇帝的御书实为不易，可见朝廷对它的重视。

仁宗庆历年间（1041—1048），繁昌知县夏希道陪同太平州前知州刁约来隐静寺参观，发现寺院十分破败，御书岌岌可危，他们对寺院漠视皇帝御书的行为感到震惊和愤慨，遂将寺院住持下狱，以示惩戒，任命达观禅师昙颖为住持。昙颖主持寺务后，立即筹划，大修舍宇。可御书阁尚未建成，他就因病离开了隐静寺，转由弟子圆通禅师怀贤主持营建。圆通禅师怀贤募捐筹款，用了七八年时间，于宋嘉祐三年（1058）建成御书阁，藏三朝皇帝御书。

南宋时，历经100多年风雨侵蚀的御书阁已经残破不堪。淳熙十六年（1189）冬至绍熙元年（1190）春，隐静寺住持妙义大师道恭对御书阁进行了全面维修，还在御书阁后修建了一座毗卢阁，来安放遮那大佛像，并且在御书阁的东西两侧建左右飞阁，以增加御书阁的气势，南宋词人韩元吉为其作记。左右飞阁两侧塑有佛像浮雕，呈现出千佛涌壁的壮观景象。后来，妙义大师还于佛殿前建单传阁，阁内列供三十五代佛祖塑像，南宋诗人何麒为其作记。

孝宗乾道八年（1172）四月，南宋政治家、文学家周必大慕名来到隐静寺，他在《南归录》中写道："五峰不高，而形势环抱，本梁朝杯渡禅师道场。禅师谥慧严，寺名普惠，邃廊杰阁，江东之巨刹，隶太平州繁昌县。寺后三百步碧霄峰下有泉出石中，流入寺，瀺瀺有声，且给烹煮灌溉。长老行机，台州人，颇为僧徒所推，有众三百。饭罢，瀹茗泉上。闻登山则见岩洞之胜，初暑不果往。归寺登单传阁，遍历寮舍。再饭讫，出寺观卓锡泉。夹道林中，王孙累累然。行近里许至梦堂前，上蓝长老彦岑在焉。又半里登杯渡塔……"

从周必大的描述中可以看出，当年的隐静寺深廊高阁，寺众三百，并有王孙修行，规模宏大，不愧为"江东之巨刹"。何麒也说："太平州隐静寺实杯渡尊者道场，江左大迦蓝也。"韩元吉亦说："栋宇宏丽，佛事焕列。"这些记载，都彰显出隐静寺当时的地位。

山川秀美，佛教兴盛，五华山吸引了历代文人墨客前来游历，留下了大量的诗词华章。最著名的是唐代大诗人李白的《送通禅师还南陵隐静寺》："我闻隐静寺，山水多奇踪。岩种朗公橘，门深杯渡松。道人制猛虎，振锡还孤峰。他日南陵下，相期谷口逢。"

千余年间，隐静禅林因战火、天灾几经兴废，到20世纪70年代末，仅存几间破旧僧房。2003年，年轻的观圆法师驻锡五华山，筹集善款，发愿率众僧重建隐静寺，继地藏王殿2010年落成后，十王殿、天王殿、三圣殿均已建成。寺庙占地5262平方米，总建筑面积2000余平方米。

知县蔡确筑北园

沈大龙

宋英宗治平四年（1067），蔡确任繁昌知县。蔡确是泉州晋江人，少年时就显露才气，有"泉州才子"的称誉。宋仁宗嘉祐四年（1059）蔡确登进士第。

在来繁昌任职的第二年，在一个空闲的日子，蔡确在其官舍的后面转悠，只见一连几个小山坡都荒废着，坡上杂树、杂草、藤蔓丛生，人很难进入，从屋舍墙根向前走不了百步。然而，如此荒芜无路可走的山坡，他并不感到意外，只是觉得这里必须进行一番整治了。

说干就干，他很快清除了荒坡上面的垃圾，铲除完杂草乱木。山坡显露出高高低低的地势，错落有致，有数棵高大挺立的松树，有茂密修长的竹林，这真是一处萧脱闲适的好地方，蔡确内心感到非常愉悦。接下来，他便开辟了一条小路，直接穿过竹林，在竹林的后面，栽种美丽的花卉和多种果树，旁边还栽植梧桐树，裸露的地方用兰草和莎草遮覆；花卉的后面，竹林之中，修建了一座翠云亭；亭子后面，高高的岭上，建了一个平台，名叫缥缈台，还建了一个射亭。在竹林之外修建了围墙。他给这座园子取名北园。

然而，使蔡确感到快乐的，并不仅仅是园中优美的景色。从园中向四面眺望，东南方向有公孙山、覆釜山等，山峰连绵起伏，仿佛一扇屏风；其西北方向更是险峻，站在缥缈台上，直接面对长江，可俯望长江对面濡须河渡口。坐在亭子里，方圆百余里的景物，都清晰地出现在眼前，呈现出美好的景象，山陵秀美，草木繁茂，又让人感到有辽阔无穷的趣味，这才是使蔡确感到最快乐的。

公务闲下来的时候，蔡确常常与朋友怀抱书籍带着小桌子来到北园，大家饮酒赋诗，谈笑风生，暂时忘记了政务繁忙的烦恼。每逢佳节，又能与县里的老百姓在园里一同游乐，而来游玩的人则往往流连忘返。

蔡确将要离任了。一天，他来到北园，有一位客人对他说："从东晋司马氏开始，这里就设置了繁昌县，虽然时有废置，但不乏能人志士行迹于此。虽然他们游览过很多奇异的江南风景，但像北园这样的佳境，哪里是轻易可以见到的呢？这里原来虽没有深山幽谷之险境，可这些登高览胜的亭台，悬挂古人书画墨迹的地方，以前却是打柴放牧的场所，实在是不平常啊，难道这是自然形成的吗？您来到繁昌任职，精心筹划营建，把这荒野窒塞的地方变成了游览的好去处。现在您就要离任，如果默无声息地走了，不留点文字给后来的人，以便他们查考此园的由来，从情谊上讲就留下缺憾了。"蔡确听后，当即愉快地说"好啊"，于是就作《北园记》，并刻石留了下来。

现今碑已无存，而《北园记》却流传至今。

清道光《繁昌县志》记载，蔡确"筑北园邀迪赋诗为乐"。迪者，徐迪也，繁昌本地人，宋神宗熙宁九年（1076）进士徐邈的弟弟，徐迪也于宋哲宗绍圣元年（1094）考中进士。蔡确在北园所赋之诗不见流传下来，倒是徐迪追和的一首五言诗《北园载酒》传世："檐影荫游鱼，江声颤崖竹。云帆天外去，龙刹空中蠹。霞明晚渡红，草暖晴沙绿。澄波见归鸟，纷霭迷飞鹜。有时雪浪吹，玉马争追逐。青霄皓月满，琉璃莹极目。谢傅昔出宰，天葩动惊俗。一读梁间诗，清风感佳木。"

明末清初著名画家、于湖人（今马鞍山市当涂县人）萧云从的画集《太平山水诗画》，绘有明清时期太平府所属当涂、芜湖、繁昌三县山水名胜画作44幅，其中繁昌山水名胜画作13幅，有《北园载酒图》画作。

知县蔡确筑北园

杨万里的繁昌举贤

吴黎明

杨万里的繁昌之行开始的时候，他已经65岁了。

这是一次官差。前一年，1190年11月，南宋绍熙元年，杨万里被任命为江东转运副使，此为江南东路转运司的主官，承担着辖区内租税征收、官吏考察等职责。翌年，秋光正好，杨万里开始了区内的巡察工作。

这还是一次诗歌之旅。杨万里与陆游、范成大、尤袤，并称中兴四大诗人。南宋一朝诗歌，以杨万里的成就最著。杨万里赴任江东从杭州出发时，好友巩丰就说，先生定会佳作迭出，当和前辈王安石并驱于诗坛。对自己的诗歌创作，杨万里是有所自许的。果然，三年不到的江东任上，杨万里写下五百余首诗歌，集成《江东集》。

8月初，杨万里从治所建康城里出来，经秣陵（今属南京市）、溧水、建平（今郎溪）、宣州、青阳、池州，一路车马，随山而行。9月上旬回到建康，回程这一路，杨万里基本上是一片征帆，循江东下。

杨万里在繁昌非止一日。最先进入的繁昌地界是荻港。荻港地处滨江，河汊纵横。船在河汊里绕来绕去，放眼一望，高高的河岸上，开遍了红蓼花，人家似乎被阻隔在另一个世界里了。正疑惑船家能不能绕得出河汊时，就见水湾那边现出石砌的埠头，临水竟有了层层的房舍。

离船上岸，顺着河堤走过去，杨万里一边细心地观察着平常人家的生活。一家门前摊晒着渔网，隔壁那家却堆满了成捆的柴薪。哦！原来是渔夫和樵子比邻而居。最有趣的是人家的屋上结满了瓜藤，一只只巨大的匏瓠从已经有些泛黄的瓜叶间蹦出来，好像是一个个顽皮的童稚卧在那里晒太阳哩。

在一片新荻围成的菜园前站下，杨万里望着长得正好的园蔬，想到这些普通人家的日子，说不上富裕，却是安定的实在的。作为这个地区的父母官，杨万里的心里，不由得有了暖意。

再次登船，眼前又是浩浩的大江。此前在江上遭遇过风浪的杨万里一见滔滔江水，心里依然有些发怵："未到大江愁未到，大江到了更添愁。"怵归怵，但随浪而行，"十程拟作一程快"，心情终究还是轻快的。

那时，繁昌县治地处滨江，在荻港之下不远。杨万里此行的一个重要任务，就是考察官员，荐举贤能。荻港的实地踏勘，已经在杨万里的心里落下了一个好字。

时任知县鲍信叔接受了杨万里的考察，考察的具体细节，我们已经难以知道了；但可以确信的是，鲍信叔给杨万里留下了极好的印象。杨万里回到建康，几乎未作休整，9月17日便向朝廷呈送了《荐举吴师尹、廖侯、徐文若、毛宓、鲍信叔政绩奏状》。杨万里走过江东那么多地方，"所部九郡，官吏至众"，只荐举了5人，其中只有鲍信叔是知县。

在鲍信叔的治理之下，这个江滨小邑有了可喜的变化。杨万里欣慰地说，"繁昌累政不治，一邑败坏，今兹遂为壮县。"

杨万里的荐举，不吝溢美之辞："承议郎太平州繁昌县鲍信叔，吏才高于一州，治行冠于诸邑。"

读完这份荐举状，不能不由衷地折服杨万里对繁昌知县鲍信叔的荐举。

杨万里荐举的理由，还有一个没有说出来，那就是时任繁昌知县鲍信叔也是一位诗人。鲍信叔有诗歌流传后世，清新可喜，格调颇高。

在繁昌期间，杨万里的心情是愉悦的。作为政治家，目之所见，耳之所闻，是于贤明治理下的清明、安定和富庶。作为诗人，水乡风光，淳厚人意，已经激起滔滔灵思了。一早一晚，闲下来，还可以在鲍信叔的陪伴下，看大江落日，任长风荡胸，说诗论艺，追昔抚今。

诗人漫步县治不远处的宜福桥，不由诗兴逸飞："水乡泽国最输农，无旱无干只有丰。碧豆密争桑荫底，绿荷杂出稻花中。是田是沼浑难辨，何地何村不一同。若遣明年无种子，却愁闲杀雨和风。"

愉悦之情，隔了千年，依然扑面而来。

江上大风难以行舟，杨万里离别繁昌时，取陆路，乘肩舆。坐在肩舆上，诗人不忘幽默一把，"日日江行怖杀侬，逆风恶浪打船篷。只今判却肩舆去，遮莫掀天浪与风。"幽默里，满含着轻松愉悦。

乘坐肩舆，行行复行行，到达峨桥小渡，已是夕阳落水了。潺潺溪水上，横着一道木桥，桥外人家，遥遥在望。垂柳掩映，清荷连天。此情此景，已经让人沉醉了，还用去寻什么酒家呢？

这一夜，杨万里乘便借宿于漳河岸外的化城寺。这一夜，荷香里，秋气爽，诗人当有一个好梦吧。

赵孟坚的繁昌法帖

吴黎明

赵孟坚是一个很有意思的人。

据说，赵孟頫去看他，前脚刚走，赵孟坚就叫老仆人把赵孟頫坐过的椅子洗了又洗。因为那时赵孟頫已经接受元朝的官职，做了贰臣，让赵孟坚从心里反感，觉得他脏。

其实，在南宋覆灭前十几年，赵孟坚就离世了。赵孟坚和赵孟頫是本族兄弟，都是宋太祖赵匡胤的十一世孙；但赵孟坚过世的时候，赵孟頫还是个十来岁的少年，不太可能有太多的交集。说赵孟坚厌恶赵孟頫，无非是因后人崇敬他的人品高洁。

赵孟坚当过繁昌县令。具体哪一年，当了多长时间，已经无从考证。清代乾隆《繁昌县志》，说赵孟坚是宋理宗时的繁昌县令。宋理宗做了40年的皇帝，时间跨度有点大。

赵孟坚在繁昌做了哪些事，有什么成就，已无从知晓了。但历史不会抹去一切，我们还是能够找到一些蛛丝马迹的。

一直以来，中国人对祭祀非常重视，把它看作和战争一样的重要。赵孟坚初到繁昌，自然要去学宫拜一拜。学宫既是培养人才的地方，又是祭祀万世先师孔子的地方。在学宫的边上，一般都附设名贤祠，供奉对本地有影响的先贤。

这天，在随行人员的陪伴下，赵孟坚来到学宫祭拜。当听说学宫东边有座三贤祠，便问是哪三贤。随行的吏员说，是曾巩、王安石和蔡确。赵孟坚当即斥责道，你们说什么啊！王安石本来享有朝廷从祀的待遇，但后来从陪祭的名单里被剔除了。至于蔡确，罪通于天，原本就是一个奸臣。这两个人怎么能配得上先贤的称号呢？曾南丰先生，名高文清，的确称得上是先贤。当年繁昌兴修城池，建成的时候，南丰先生应县令夏希道的请托，特意撰写《繁昌兴造记》一文，以记其事，这倒成了我们繁昌的一段佳话。

赵孟坚要求，把王安石和蔡确从三贤祠里移除，把三贤祠改为南丰祠堂。为此，在祭祀南丰先生时，赵孟坚写了一篇祭文《繁昌县学南丰祠堂祝文》，记述改祠始末。其言辞直切，与赵孟坚孤高自洁的为人倒是一以贯之。

人总是复杂的。那么洁身自好到不容纤尘的人，却与南宋权奸贾似道过从甚密。历史对贾似道的弄权误国、穷奢极欲，早已有了定评。贾似道并不是一个不学无术的草包，他也是进士出身，又与赵孟坚一样酷嗜字画收藏。相同的嗜好，让他们免不了互通有无，也就有了许多共同的语言。赵孟坚有一幅唐人的《上马娇图》，后来转送给了贾似道，还为此写了一首诗《送〈上马娇图〉与秋壑监丞》。秋壑者，贾似道之号也。

赵孟坚不但洁身自好，更是一个痴人。当时的著名文人周密，是赵孟坚的好友，说过赵孟坚的一桩趣事。赵孟坚曾购得一卷"五字不损本的《兰亭》"，连夜乘船往回赶，不想路上遇到大风，船翻了。赵孟坚站在水里，顾不上浸水的行李，举着那一卷新得的《兰亭》，高呼："《兰亭》在此！《兰亭》在此！其他的，对我都不重要！"回来后，赵孟坚在卷首题写了8个字："性命可轻！至宝是保！"

这份痴迷，让赵孟坚和贾似道走得很近。但赵孟坚在官场上并不得意，日子过得也不富裕，说明他并没有攀附贾似道。也许是皇族血统让他不愿向人低头，也许是个性使然。赵孟坚有魏晋名士习气，常常乘坐一只小船，带上收藏的金石，随水漂流，人石相对，竟然忘记吃饭和睡觉。他喜欢喝酒，每每喝高了，便一边手拿红牙板敲着节拍，一边高唱古乐府，脱帽忘形，用酒濡发，旁若无人。赵孟坚夫子自况："坚操不改于岁寒。"强烈的个性，虽然与要求有四平八稳气质的官场不合节，却成就了一代艺术大家。

1254年11月28日，赵孟坚午睡起来，刚好有人带着宣纸来访。赵孟坚一见好纸，豪兴顿起，取出吴昇玉簪笔、唐端石执砚，磨墨展纸，一口气写下自己吟咏的5首诗，构成一幅完整的自书诗长卷。长卷里有一首《繁昌官舍竹》：

南墙墙下梅边竹，今岁行根始入来。

双笋并生成干立，一梢斜娜对窗开。

知吾欲画如呈样，问汝无言只举杯。

此去更应多长旺，后人端合事栽培。

有一天，赵孟坚公事有些疲倦了，来到向南的窗下，忽然看见两竿新竹并立眼前，姿态是那么的清婉飘逸。微风过处，绿影摇曳，何等妙绝！赵孟坚不禁有些痴了。

自书诗长卷现存上海博物馆，并已出版发行，成为书法爱好者日夕临摹的法帖。

赵孟坚的繁昌法帖

刘权父子烧造南京城墙砖

沈大龙

南京明城墙历经六百多年沧桑，展现在世人面前的仍有二十多千米，其恢宏气势、珍贵的历史价值及丰厚的文化内涵，堪称人类文化瑰宝。

城墙砖由官方督造，是明初建造南京都城工程最大宗的建材，据估算，建城耗城砖上亿块。明城墙砖不仅数量惊人、规格基本一致，在制作过程中对质量的要求也很高，官吏查验城砖时，按"敲之有声，断之无孔"的标准查验，甚至还有用高岭土烧造的"瓷砖"，令世人惊叹。这些城砖从取土、制坯、烧造，到运输、查验、砌筑，代表了当时筑城材料的最高水平，体现了较高的组织管理水平。

1993年繁昌县地方志编纂委员会编纂的《繁昌县志》记载，明洪武年间（1368—1398），繁昌新港、新淮曾为南京烧制城墙砖。清道光《繁昌县志》记载，明初刘权父子相继在繁昌主持烧造南京城墙砖。

20世纪末，南京市明城垣史博物馆获悉安徽繁昌有明代烧制南京城墙砖窑遗址线索，分别于1998年12月及1999年4月，两次组队来繁昌进行实地调查。繁昌县文物管理所积极参与，共同对新港、新淮两地烧制明城墙砖古窑址进行调查。

新港砖窑址位于该镇东北侧长江岸边坡地或丘陵（当地人称有古砖窑72座），全长250米，窑址分布密集，排列有序，两窑之间相距15米。其中紧挨长江的窑址呈直线排列，其余顺山势走向排列。当时县、镇两个砖瓦厂在这一带生产经营。此次调查共发现20余座残窑遗址，砖窑结构皆为地穴式馒头形。

在新港荷圩村附近，调查人员从一座砖窑遗址中挖出一块带有铭文的残砖，铭文为："照磨钱仁 司吏施祥……提调官主簿刘权 司吏何泽。"而南京市明城垣史博物馆馆藏的太平府繁昌县标本城砖的一侧两列铭文是："太平府提调官照磨钱仁 司吏施祥；繁昌县提调官主簿刘权 司吏何泽。"（见图1）两块城墙砖不仅大小、质地相同，铭文字体一致，而且府、县两级提调官职务、姓名完全吻合。由此可知，繁昌新港荷圩村附近的地穴式馒头形砖窑群，确系明洪武年间为南京烧制城墙砖的砖窑原址。

新淮砖窑遗址位于董仓村通往南陵县的淮陵路路基东侧，濒临漳河西岸，窑址顺漳河堤岸排列有序，两窑之间相距3.5米，砖窑结构也为地穴式馒头形。此次调查仅发现3座窑址，其中一座保存较好。从窑口表面剥离的残砖上的铭文均为直书阳文。其中铭文文字较多的一块为:"□首盛仲玎小甲戴均宝 □□戴小五 崔生五窑匠崔记□"。因砖破损严重,长度已无法测量,但从其厚度、宽度推测,该窑址的城砖形状与新港城砖基本一致。

图1 南京市明城垣史博物馆藏太平府繁昌县标本城砖铭文

2008年5月,为配合坐落在新港江边的富鑫钢铁厂工程建设,安徽省文物考古研究所和繁昌县文物管理所对3座明代砖窑址进行调查和发掘,弄清了砖窑的基本结构。

繁昌文物所还在新港江边窑址附近的村庄征集到4块较完整带有铭文的城墙砖。其中一块城砖长40.3厘米,宽20厘米,厚11.1厘米,重约17.5公斤。一侧两列阳文铭文(见图2)为:

太平府提调官照磨钱仁 司吏施祥

繁昌县提调官主簿刘权 司吏何泽

另一侧三列阳文铭文为:

总甲程德祖 甲首姚文信 小甲王宗六

窑匠林德春

造砖人夫李思聪

刘权父子烧造南京城墙砖

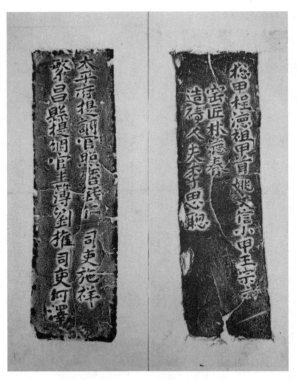

图2 繁昌博物馆藏新港江边窑址附近村庄征集的城墙砖铭文

　　这块城墙砖一侧铭文上的府县提调官、司吏姓名与南京市明城垣史博物馆馆藏太平府繁昌县标本城砖铭文完全一致，另一侧铭文上的总甲、甲首、小甲、窑匠、造砖人夫姓名则与其有所不同。其他3块城砖的大小、重量与这块基本一致，铭文上的府县提调官、司吏姓名也与这块完全相同，只不过另一侧铭文上的总甲、甲首、小甲、窑匠、造砖人夫姓名也与其有所不同。

　　新港征集到的明城墙砖铭文"繁昌县提调官主簿刘权"，是"北人南官"。《明史》记载："洪武间，定南北更调之制，南人官北，北人官南。"采取任职地区回避制度，避免官吏利用本地亲属关系带来弊端。根据道光《繁昌县志》记载，我们可以了解到明初刘权任繁昌县提调官、主簿，是主持繁昌县南京城墙砖烧造的官吏。刘权的父亲刘赓原任宛平县主簿，洪武初年受命"制砖窑于繁邑。赓营基度地，扦于陈冲埠、回龙矶。赓亡，复命子权袭赓职……"刘赓去世后，儿子刘权又受命主持烧造城墙砖。刘氏父子在繁昌主持烧造城砖期间，恪尽职守，体恤民情，受到当地民众的爱戴，"父子继美，曲体民情，地脉坟茔，必加保护。工既竣，即以陈冲等处田土赐权及子孙"。刘权父子有很高的信义，城砖烧造任务完成后，繁昌百姓请求让刘氏一家入籍繁昌。

　　明初在南京城墙砖上模印铭文，是保证城墙砖质量的一种管理方式。砖文均在城墙砖的两侧，一般为30字～50字左右，将府、州、县的官员、吏员、总甲、甲首、小甲、窑匠、造砖人夫等姓名模印其上，最多的不同责任层面竟达十一级，构成了一套自上而下的实名制的责任管理体系，保证各地为南京烧造城墙砖的质量。

砖文中的提调官，是非职官常设机构称谓，是朝廷根据工役需要临时设置，并由相应职官负责其事，当工役项目结束后归籍。洪武年间的提调官，原则上从外地调用，称为"南官北调"。府级提调官通常由相应主管行政事务的知府（知州）兼任，或由他们委派府（或直隶州）署的同知、通判、照磨、知事、判官、吏目等兼任。县级提调官由相应的县（或散州）主管行政的知县（知州）兼任，或由他们委派县（或散州）衙的县丞、主簿、典史等兼任。

照磨是知府的属官，是掌管卷宗、钱谷的属吏，负责审计工作，从九品。司吏，简称"吏"，府（县）署中负责办理文书的普通官吏。主簿，知县的佐官，负责文书、簿籍和印鉴的管理，正九品。

总甲制是明初为烧造城墙砖而专门成立的一种临时性劳役组织。总甲、甲首、小甲即为均工夫制度的组织形式。总甲，是明代社会的重要职役名称，由田产多者充任，即为富户担任。总甲户除按财产多少出资外，还要承担砌窑、造船甚至运输的组织工作。按明初计田出夫的征役制，总甲既是明城砖烧制中的农村基层组织管理者，也是烧砖人。在总甲名下，辖若干甲首。

甲首，既是明城砖烧制中的农村基层组织管理者，也是烧砖人。在甲首名下，辖若干小甲。小甲，既是明城砖烧制中的农村基层组织管理者，也是烧砖人夫。在小甲名下，辖若干烧砖人夫。

各地为南京烧造城墙砖，大约起于明洪武初年（1368），结束于洪武十七年（1384）。洪武十七年（1384），明朝廷已下令免征各地民夫为南京烧制城墙砖。

刘权父子烧造南京城墙砖

俞应辰《改迁县治记》

王长华

俞应辰，明福建莆田人，进士，于明正德十年（1515）出任繁昌知县。正德十一年（1516），建名宦、乡贤二祠，作《名宦祠记》《乡贤祠记》《改迁县治记》。

清康熙、道光《繁昌县志》和清康熙本《太平府志》均收录了繁昌知县俞应辰的迁治补记，清康熙《繁昌县志》题为《迁县治记》，清道光《繁昌县志》题为《改迁县治记》，清康熙《太平府志》题为《繁昌迁县补记》。

俞应辰《改迁县治记》，全面总结了繁昌迁治60年来县城的建设情况及迁治原因、迁治成效等，其史料价值极高。

第一，俞应辰补作《改迁县治记》，与编纂《繁昌县志》以及为其他府志编修提供资料有关。正德十一年（1516），俞应辰补作《改迁县治记》正逢其时，可将自明天顺元年（1457）迁治60年来繁昌县城建设情况作为重要内容载入《繁昌县志》。是年，太平府修志，刊刻成书。按府志体例，内容除包括当涂、芜湖、繁昌三县外，在正文之前还列有包括三县知县在内的纂修姓名，俞应辰时任繁昌知县，自然名列其中。由此可见，俞应辰应是正德《繁昌县志》的主修者；因正德《繁昌县志》为府志资料的一部分，其成书时间虽在正德十一年（1516），但应略早于府志。

第二，《改迁县治记》关于"天顺改元，始改迁于今之金峨上乡"这一表述，说明繁昌县于天顺元年（1457）迁治于金峨乡。说得具体一点，就是迁治于金峨乡的金峨山下、峨溪河畔。此处"实据山川之秀，当五乡之会"。"五乡"即延载乡、春谷乡、金峨乡、铜官乡、灵岩乡。既然天顺元年（1457）迁治时还是"五乡"，怎么会有"金峨上乡"呢？当然，到了正德十一年（1516）时已是六乡（金峨上乡、金峨下乡、延载乡、春谷乡、铜官乡、灵岩乡），所以俞应辰在此表述为"改迁于今之金峨上乡"。既然如此，清康熙、道光《繁昌县志》关于"明天顺元年，知县王珣迁治于金峨上乡"的表述就不能成立。正确规范的表述应是："明天顺元年，知县王珣迁治于金峨乡（今金峨上乡）"。到2020年9月21日芜湖市繁昌区揭牌之后，则应表述为："明天顺元年（1457），知县王珣迁治于金峨乡（今芜湖市繁昌区繁阳镇）。"

第三，道光《繁昌县志》中关于迁治后的县城建设情况的记录，散见于《繁昌县志·职官志·名宦附》中王珣、郑黉、徐礼、赵文奎、俞应辰等人的事迹中；道光《繁昌县志·营建志·公署》虽然记述了县署的位置、范围、四至等情况，但县城建设情况殊不明晰。而俞应辰《改迁县治记》中记述的繁昌县城，则是一幅全景图，给人留下了十分深刻的印象："县治周围，土塘可三里许，街市郭门，纵横四辟，丽谯堂奥，门庑廨宇，建制有规，儒学察院，公署坛庙，布列有次。旌善申明有亭，阴阳医社有学，储备有仓，养济有院，传舍、桥梁、绰楔、道渠，纤细严饬。"

第四，俞应辰总结繁昌迁治之因是远害、省费、休民。

明景泰（1450—1456）末，李庆以监生任繁昌知县，为除弊兴利，建议县治内迁，不避浮言，得到中丞吴琛的赞许和支持。

为什么要迁治？具体说来，有以下几点原因：

一是北宋庆历年间（1041—1048），由知县夏希道兴造的繁昌县城，已废于元惠宗至元元年（1335）。

二是县治濒临长江，屡遭水患。按康熙《繁昌县志·名宦·李庆》："县昔濒江有水患，庆建议内迁。"

三是避免沿江战事带来的危害。善利院肇建于太平兴国（976—983）中，元末悉毁于兵。

四是县城数蹂于盗，城民遭殃，知县难免失职之责。

五是明代实行"两京"制，接待的过往官员很多，由于繁昌县城介于荻港驿与芜湖驿、澛港驿之间，难免迎来送往，接待支出剧增，不堪重负。

六是繁昌南北相距40千米，东西相距47.5千米，百姓到县城办事极为不便。而县治改迁之地，地理位置适中，便于百姓到县城办事。

于是，改迁县治，以"休民、省费、远害"。"夫以是三者胥迁之，于是劳者稍息，困者稍苏，流而播者稍宁，未几编户增复二里。"

俞应辰在《改迁县治记》一文的结尾处，特意说明他"记其颠末"的目的，是"究是邑所以改迁利弊之悉"，以昭示永久，使繁昌"跻之富庶之域"。

俞应辰与正德《繁昌县志》

王长华

明正德《繁昌县志》为繁昌县第一部县志，已佚，其主修者和成书时间一直不为人知。按明清时期官方修志，往往府县联动，县志成书在前，并为府志编纂提供资料。由此观之，如果能找到有关太平府的修志线索，并建立起一一对应关系，极有可能破解上述繁昌修志之谜。正德十一年（1516），太平府修志，刊刻成书。是年，即繁昌迁治第60个年头，知县俞应辰补作《改迁县治记》，这是应时之作，还是与修志有关？正德年间（1506—1521）出任繁昌知县的有四人，相继为陈与成、林有年、俞应辰、王士和，只有俞应辰三篇文章载于县志，流传至今，这说明了什么？

按道光《繁昌县志》，明清繁昌修志始于明永乐十五年（1417），是否成书，不详。林平、张纪亮编纂的《明代方志考》、陈光贻所著的《稀见地方志提要》在述及《繁昌县志》源流时，都认定繁昌县第一部刊刻成书的县志是正德《繁昌县志》。明清《繁昌县志》共六部，分别为明正德、崇祯和清顺治、康熙、乾隆、道光《繁昌县志》，前三部已佚，后三部均以全本留存于世。

按冯洪孜崇祯《繁昌县志序》："繁志之缺略久矣，今所据为粉本者，正德间志，然一展卷，寥寥数牍，鄙俚简率，三家村人语尔。"说明冯洪孜主修县志以正德《繁昌县志》为基础。然而令人不解的是，在已佚的三部县志中，仅正德《繁昌县志》没有序言存世，致使后人不知该志的主修是谁、成于何年。我想，这也许是因为冯洪孜对正德《繁昌县志》评价不高，后人为尊者讳，在续修《繁昌县志》时，有意不载正德《繁昌县志》主修者所作的序，也是有可能的。

按道光《繁昌县志·职官志》，正德年间繁昌知县有陈与成、林有年、俞应辰、王士和四人。那么，究竟谁是正德《繁昌县志》的主修者呢？

俞应辰，明福建莆田人，进士，于正德十年（1515）出任繁昌知县。正德十一年（1516），建名宦、乡贤二祠，作《名宦祠记》《乡贤祠记》《改迁县治记》（以下简称《三记》）。根据俞应辰《三记》流传下来的事实，可以推断正德《繁昌县志》编纂与陈与成、林有年两人无关，只与俞应辰本人或后任的王士和有关。王士和于正德十五年（1520）出任繁昌知县，虽"入祠祀"，却"事迹无考"，其出任繁昌知县时间又与正德本《太平府志》成书时间（1516）不合，基本上可以将王士和排除在外。现在只剩下俞应辰一人，他到底是不是正德《繁昌县志》的主修者呢？

首先，太平府修志，当涂、芜湖、繁昌三县必须按要求及时提供资料。按府志体例，志书内容除包括当涂、芜湖、繁昌三县外，还在正文之前列有包括三县知县在内的纂修姓名。如明嘉靖本《太平府志》列预修纂官六人，其中太平府三人，当涂、芜湖、繁昌三县知县各一人，其中繁昌知县为曹赞。清康熙本《太平府志》列提调三人，为当涂、芜湖、繁昌三县知县，其中繁昌知县为梁延年。按嘉靖本《太平府志》祝君銮序："正德丙子岁，前守周侯伯承重修郡志，銮僭执笔焉。"正德丙子岁即正德十一年（1516）。此志约为十卷，已佚。由于正德《太平府志》已佚，只能援引明嘉靖本《太平府志》、清康熙本《太平府志》体例进行类推，那么正德本《太平府志》也应列有当涂、芜湖、繁昌三县的知县姓名，其中正德十一年（1516）在任的繁昌知县正是俞应辰。

其次，兴造县城、兴办学校、迁移治所是志书记载的重要内容，如道光《繁昌县志》就收录了曾巩应繁昌知县夏希道之请所作的《繁昌县兴造记》一文。那么，俞应辰补作《改迁县治记》是不是与编纂县志有关呢？从时间和内容上看，不难判断。正德十一年（1516），正值太平府、繁昌县修志之年，又恰逢繁昌迁治第60个年头，俞应辰补作《改迁县治记》，可谓机缘巧合，正当其时。《改迁县治记》历史价值很高，它全面总结了自明天顺元年（1457）繁昌迁治后县城建设情况及迁治原因、迁治成效等，不仅被清康熙、道光《繁昌县志》收录，也被清康熙本《太平府志》收录。

最后，清康熙、道光《繁昌县志》，收录县志主修者的文章很多，记载主修者所做的事情也多。如崇祯《繁昌县志》主修者、知县冯洪孜有《建先忧草轩记》《复井记》等，康熙《繁昌县志》主修者、知县梁延年有《移建先忧草轩记》《饮醇堂记》《繁昌十景十首》等。正德年间繁昌知县四人中，只有俞应辰的《三记》被县志收录，由此可见一斑。

综上所述，可以推出正德《繁昌县志》成书于正德十一年（1516），主修者为时任繁昌知县俞应辰。

三知县接力筑城

沈大龙

《诗经》里有一首《小雅·黍苗》，是周宣王时召伯带领夫役士卒营建谢城，功成之后，有人为赞美召伯的功绩而吟唱的诗歌。这是史籍记载的最早营建城邑的故事。古时候为政一方，没有比把城防修建得固若金汤更重要的了。

明天顺元年（1457），在得到朝廷同意后，知县王珣将繁昌县治由长江边的延载乡（今繁昌区新港镇）迁至内地的金峨上乡（今繁昌区繁阳镇）。县治迁址后，因财力所限，修建了土城墙，长约三里，时间一长土城墙便被毁了。

家乡县治无城防，使在朝廷任职的繁昌籍人士徐贡元、陈一简等看在眼里急在心里，他们多次提议兴建城墙。天启二年（1622），巡方御史林一柱向朝廷奏请繁昌筑城获准，县里便谋划筑城事宜。清道光《繁昌县志》载："规方三里有奇，约六百丈，高卑平准，约若干金而足矣。"但筑城的消息一出，"邑民哗然"，四周乡民以"费派田亩，利归城郭"为由，坚决反对；而在城商民及拆迁户又以"多损民田室庐"而怨声载道。因反对人众，筑城之议只得搁浅。

崇祯八年（1635），知县罗明祖再次提议筑城，可仅建了三门城墩，他就遭到弹劾离职，筑城工程停工。又过了两年，即崇祯十年（1637），知县张继曾到任，下车伊始，张知县环绕县城走了一趟，非常失望，感叹道：上面要我来此守土，可没有坚固的城墙，怎么办？他认为只有让人们知道无城墙的害处，才能知道有城墙的好处。要让人们知道筑城对繁昌有利，而后才能让人们知道繁昌不可以无城墙。他列举了皖属潜山、太湖以及建平、六合诸县"有城"与"无城"的利弊，认为繁昌系"江南已城之地，正宜预计绸缪，半完之城，岂宜遽弃？"于是他开始行动，一面"牌行该道，即转行府厅县，将日前城工，逐一丈量计算，已经完过几分，尚欠几分，会集绅衿耆民，开诚化诲，务要设法造完"；一面下令"陡翻积弊"，重新开始筑城准备工作。针对"度数不分，则茫无界段"，他摸清全县田亩赋税底数，理顺里、甲、户关系，清理旧有欠账，清除"滥竽充数"的人。针对"经费无纪，则漏卮不塞"，他亲自掌管经费账目，使建筑材料"一石一桩，俱有归著，则猾胥里奸人不得高下其手"，而"中饱私囊"者自然消失。对于"工载不核，则勤惰弗劝"，他亲自上阵监工，"夙夜在事"，使得参建民工，都尽心竭力，使偷荫躲懒者无容身之地。他召集绅士和年老有声望的人，议定按田亩摊派费用，造城工程花费银三万余两，崇祯十一年（1638）二月开工，十二年（1639）三月告竣。城墙长六百六十丈，高二丈，城垛一千六百垛。有五座城门，东曰朝阳门，通往芜湖路；南曰迎薰门，通往南陵路；西曰威远门，通往池州路；北曰拱极门，通往无为。各门均有城楼。西南另有一门为聚奎门，系崇祯十二年（1639）七月，应生员叶先春、魏极等所请，由张继曾知县同意修建，原名天马门，上亦有楼。该门位于儒学之南，以迎秀气。两座水关，分别位于拱极门西和迎薰门右，迎城外辛金秀水达于泮池再泄入河，为上水道。还有两处水洞，一在迎薰门左，一在朝阳门南，分别是将城内阴沟水排出城外入河，为下水道。

崇祯十四年（1641），因阴雨绵绵，城墙多处坍塌，时任知县冯洪孜"督率里民，佐以俸缗，以次修筑，设置窝铺，计三十六座，规制始备"。

《繁昌县志》曾将张继曾列入名宦祠，称其"实心爱民，清如杨震。先是前令罗明祖议建县城，方筑基，以劾去。继曾节次经营，不纾不迫，昼夜勤督，告竣而民不知劳。"冯洪孜也因"修筑颓城，建置窝铺"被列入繁昌名宦祠。知县罗明祖提议筑城，虽仅建三个城门墩就离任，但也功不可没。

入清后，繁昌城墙被多次修缮。

板子矶与《桃花扇》

张诗群

板子矶绝壁临江，在它身侧，大江横流东去，在古人诗文中，有"悬崖之树"和"近岸烟楼"的吟咏，这兀立孤耸的独特风景成就了繁昌的一处自然景观。但板子矶更为重要的价值，是作为历史文化地标所承载的无数传奇。因作为"吴楚关锁"的显要位置，从春秋时期的鹊岸之战到新中国成立前夕的渡江战役，发生在板子矶畔的大小战争无以计数，但将悲壮与浪漫合二为一演绎出历史传奇的，是板子矶与《桃花扇》的故事。

这个故事涉及板子矶有关的史实与史料有二，一是南明的板子矶之战，一是与板子矶有关的两出《桃花扇》剧本。

明崇祯十七年（1644）三月，李自成攻占北京，崇祯帝朱由检在煤山自缢，随后清兵入关，逃难到淮安的福王朱由崧在南京被拥立为帝，年号弘光，因政权建在南方，史称南明。

弘光元年（1645）三月，因朝廷内部党争激烈，在武昌驻守的左良玉打着"清君侧"的名义，率军从武昌进发，直逼南京，行至九江，病死舟中，他的儿子左梦庚秘不发丧，继续挥师东进。弘光帝朱由崧十分害怕，急令驻守在庐州（合肥）的黄得功顺江而上阻截左梦庚，黄得功于是移师荻港板子矶，在铜陵大败左梦庚，此一役黄得功也中箭受伤，弘光帝大喜，加封黄得功为左柱国，爵位也从靖南侯晋为靖国公。

四五月间，清军在扬州屠城后，自瓜洲渡过长江。五月十二日，弘光帝朱由崧从南京逃至黄得功军营，将板子矶作为最后的依恃。一见朱由崧，以英武著称的黄得功涕泗交流，说："陛下若坚守都城，臣才好抵死效命，现在您出宫而走，大权已失，叫臣进不能战，退无可守，这江山朝廷，已失九分了。"只想逃命的朱由崧说："皇帝的位子我已经不想再坐了。"黄得功说："天下是祖宗的天下，圣上怎能说弃就弃？"朱由崧说："弃与不弃，只看将军了。"黄得功知道大势已去，仍含泪说道："微臣鞠躬尽瘁，死而后已！"

因前一役身受箭伤，黄得功用布条缠住受伤的胳膊，登上战船，率部在江上迎敌。清军势如破竹来势汹汹，此时，已降清的南明大将刘良佐站在岸边大声喊话，劝黄得功投降。黄得功愤懑不已，大骂他是卖国贼，突然，一支暗箭穿破了他的喉咙，他用力拔出箭来，大喊一声："大小三军，快来看断头将军呀！"随即自刎殉国。

虽以失败告终，但黄得功与国家共存亡的忠肝义胆、浩然正气，历来备受史家、文学家的钦佩，各地撰文立碑以资纪念。到清朝嘉庆年间（1796—1820），获港人洪占鳌在板子矶上捐建了黄公阁，并立碑一块，记载了英雄黄得功悲壮的一生。

朝代更迭如走马，板子矶上的乱世激战也渐渐远去，但在剧作家孔尚任的脑海中，这一段历史正越来越清晰地成为一幕传奇。

孔尚任，清初著名剧作家，他所著的传奇剧本《桃花扇》与《西厢记》《牡丹亭》《长生殿》并称为我国四大名剧，并与《长生殿》合称为中国昆曲鼎盛期的最后两座高峰。

《桃花扇》讲述的是"明末四公子"之一的侯方域与秦淮名伎李香君之间的悲欢离合的故事，展现了南明弘光政权的衰亡，歌颂了民族英雄的赤胆忠诚。孔尚任曾说，写《桃花扇》是"借离合之情，写兴亡之感；实事实人，有凭有据"。每一个细节孔尚任都详加考据，因此《桃花扇》是严谨的史料版剧本。《明史》在记录南明这段历史时，说到因忌惮左良玉，朝廷"筑板矶城为西防"，孔尚任在《桃花扇》中将板子矶写为"坂矶"，在明朝的时光流水里，板子矶的"曾用名"也许就是"板矶"或"坂矶"吧。

全本《桃花扇》共四十出，第三十四出"截矶"与三十七出"劫宝"的剧情场景都发生在板子矶。"截矶"主要讲述黄得功奉命驻军板子矶，进而阻截左梦庚部队最终大捷的历史；"劫宝"说的是黄得功在板子矶与清军作战，最后壮烈牺牲的事迹。数百年前板子矶上的惊心动魄铁血流火，已变幻成舞台上的离合悲欢咿呀吟唱，从南明历史的悲壮一页，到昆曲舞台绽放的艺术奇葩，板子矶悄悄承载了最沉重的部分，又将它变成摇曳生姿的绚丽朝霞。

生姓胡，死姓蓝

吴黎明

新港境内的大磕山，突兀耸峙于广阔的平原之上，隔了多少路都能望得见。人们说："望见大磕山，就到繁昌县了。"当年，繁昌县城就在山下的江边，大磕山也就成了一县的标志。

大磕山麓有一个人称大屋基的村落。村里人家都姓胡，几百年聚居于此。然而，这胡家人一旦身故，便一律改称蓝姓。他们家的宗谱，也称《繁阳蓝氏宗谱》。

溯起根源，大屋基的胡姓族人，都是明朝开国大将军蓝玉的后裔。

蓝玉是安徽定远人，生逢元朝末年，天下大乱，便跟随姐夫常玉春，参加了凤阳人朱元璋的造反队伍。常玉春故去后，朱元璋念及故友，便对蓝玉另眼相看。蓝玉生得高大强壮，有勇有谋，颇有大将军的气度。当常玉春、徐达等将军老去之后，蓝玉便脱颖而出，多次被拜为大将军，南征北讨，西剿东抚，立下了不世的功劳。

功高容易震主。蓝玉是个不知韬晦的将军。朱元璋又偏偏是一位狠辣多疑的主子。功劳大了，有权有势有钱，身边自然不愁没有投机取巧的小人。蓝玉身边便围拢着一大群庄奴和干儿子。这些人，在蓝玉面前低三下四，离了蓝玉又仗势暴横，他们曾经强占东昌老百姓的田产，遭到御史的追查。蓝玉却听信一面之词，不问青红皂白，把御史驱赶走了。这事传到朱皇帝的耳朵里，自然引起不快。

不久，蓝玉北征胜利归来，夜过喜峰关。守关者以夜间不通关为理由，拒绝军队过关。蓝玉一时大怒，纵容手下将士摧毁了喜峰关。朱皇帝得到消息，更加不快了。好巧不巧，又有传言，说蓝大将军抓住元朝流亡皇帝的妃子，竟然与她发生了私情。元妃自觉受辱，上吊自杀了。朱皇帝听到传言，已经有了逆鳞被触的感觉，下旨狠狠地斥责蓝玉，把原本要封的"梁国公"改为"凉国公"。不要小瞧了这一字之差！"梁"者，国之梁柱也；"凉"者，一则皇心已凉透，二则朱皇帝就是要凉凉他蓝玉。

到了这个份上，蓝玉还不晓得收敛一些。在朱皇帝的宴会上，说话随便傲慢，对官职待遇也多有不满。本来也是难为他，一个大将军，疆场杀伐，打仗是一把好手，而对于官场上的进退之道并不精通。蓝玉自以为与朱皇帝的关系铁，功劳又大，不会有什么事。可是，在朱皇帝心里，就是看不起他这个贫民皇帝，就是对皇权构成威胁了。

朱皇帝那里对蓝玉已经忍无可忍，只等一个动手的机会。1393年2月，锦衣卫指挥使蒋瓛指控蓝玉谋反。这下子，正中了朱皇帝的下怀，于是掀起了一场"蓝狱"。这场"蓝狱"，受到牵连而遭受灭族的人数接近两万。

"蓝狱"和当年的胡惟庸案，史称"胡蓝之狱"。朱皇帝早在13年前诛灭胡惟庸时，就确定蓝玉是共谋者，只不过当年还需要这位大将军为他征战四方，而且一次下狱的人也不宜过多，便暂时放了蓝玉一马。"蓝狱"之后，"元功宿将，相继尽矣"，再也没有人跟自己分庭抗礼，朱皇帝终于觉得身下的那把龙椅坐稳了。

朱元璋本以为把蓝玉一族灭杀净了，但他千算万算，就是没有算到内中跑了两个十分要紧的人，蓝玉的儿子蓝春、蓝斌。兄弟俩在"蓝狱"兴起时，乘乱溜出了京城，一路逃到繁昌大磕山，才停下了脚步。

一路上，兄弟俩忍饥受冻，吃了数不尽的苦。更让人惊恐的是，走着走着就过来一队官军，喝令他们站下，盘查一番。他们从小锦衣玉食，走到哪里都被人捧着，哪里经受过这般磨难？但家里突遭横祸，父亲蒙受不白之冤，整个家族遭到屠灭。兄弟俩好像一下子就长大了，活下去的愿望变得无比强烈。只有活下去，保留下家族的根苗，才有让这泼天奇冤大白于天下的一天！

蓝春、蓝斌见这大磕山林茂山深，周围土地肥沃，人家富庶善良；抬眼望去，覆釜山一带，群山绵延，气象万千；不远处，繁昌县城依山临江，既有舟楫之便，又可以不断地获得外面的讯息。于是，兄弟俩便改姓胡，在大磕山隐伏了下来。后来，在好心人的帮助下，胡春、胡斌加入了卫籍。卫籍是明朝的一种户籍制度，有了卫籍便多了一重保护。

自蓝春、蓝斌而后，蓝氏族人便在大磕山下居住了下来。数百年以往，数十代繁衍，终于发展成当地的一个望族。

但族人们始终不忘祖训：生姓胡，死姓蓝。

生姓胡，死姓蓝

《太平山水诗画》中的繁昌诗画

沈大龙

繁昌形胜，山水俱佳。明末清初著名画家、姑孰（今安徽当涂）画派创始人萧云从的画集《太平山水诗画》，绘有明清时期太平府所属当涂、芜湖、繁昌三县山水画作44幅，其中繁昌画作13幅。

萧云从（1596—1673），字尺木，号默思，又号无闷道人、于湖渔人、石人、钟山梅下、钟山老人、江梅、梅石道人、谦翁、东海萧生、梦履、梅主人等，姑孰（今安徽当涂）人，迁居芜湖。萧云从的绘画艺术在清代曾经产生过巨大的影响，其中影响最大的是他的《太平山水诗画》。

萧云从的画初学倪云林、黄公望，晚年放笔，遂成以"清疏韶华、笔墨爽利"而独树一帜的姑孰画派。《太平山水诗画》是他的杰出作品，又是姑孰画派的代表作之一。清乾隆时期编纂的《四库全书》收录了《太平山水诗画》。

萧云从历经明朝万历、泰昌、天启、崇祯数代，正是明朝走向灭亡的时代。入清后，他拒绝与清统治者合作，也不承认清政府。尔后，他一直过着隐居生活，专注书画的研究和创作。

《太平山水诗画》作于清顺治戊子年（1648），是萧云从应太平府推官张万选的邀请为其选编的《太平三书》而创作的插图。明清易祚，萧云从自高淳（高淳曾是抗清据点）回到了芜湖，动手创作《太平山水诗画》。张万选，字举之，济南人。在该画集《图画小序》中，他自述"理姑四载"，向往汉朝隐士向子平"遍游五岳"以及南朝刘宋宗炳那样"图五岳名山于斋壁"以"卧游"之乐。在为官姑孰（太平府治在姑孰）的四年间遍游太平府山山水水，将要离任时，担心"岁月驱驰，佳游不再，于是嘱于湖（今当涂县）萧子尺木为撮太平江山之尤胜者绘图"，以寄托他的相思。《太平山水诗画》完成之后，张万选"虑其播之不广，传之不远，而寿事于剞劂（雕版印刷）"，请徽州知名刻工刘荣、汤尚、汤义精心镌凿，制成细腻详尽的刻板。《太平山水诗画》中有"刘荣镌刻""旌德刘荣刻""旌邑汤尚刊""汤尚""汤义"等印章，应为镌刻者所加。这些刻板充分展现了萧云从原画稿的笔画神韵，"能将作者的笔触所至，或刚劲尖利若钢锋，或软嫩和润若流水，全部不失毫厘地传刻出来"，并印刷刊行，才使得《太平山水诗画》得以流布至今，广传天下，享誉中外。

《太平山水诗画》44幅画作，采用图文并茂的形式，每幅均用正、草、隶、篆等书法题写与所绘风景相关的古代名家诗一首，并标明仿古代著名画家如王维、关仝、郭熙、范宽、郭忠恕、夏珪、马远、刘松年、米友仁、唐寅、沈周等36家的笔墨、技法和构图。这本画集以诗配画，故名《太平山水诗画》。

从第32幅至第44幅，所绘皆繁昌山水名胜，它们是《双桂峰图》《洗砚池图》《隐玉山图》《凤凰山图》《覆釜山图》《灵山图》《三山图》《板子矶图》《繁浦图》《峨桥雪霁图》《荻浦归帆图》《北园载酒图》《五峰之图》（见图3）。

图3　《五峰之图》

双桂峰、洗砚池在马仁山。五峰即五华山。隐玉山又名浮山，在原浮山乡，今属芜湖三山经济开发区。凤凰山、板子矶、荻浦、灵山都在荻港镇江边。覆釜山又名寨山，在新港、荻港两镇交界处。北园故址在新港镇。三山、峨桥今属芜湖三山经济开发区。繁浦即泥浦，在原高安乡，今属芜湖三山经济开发区。

13幅繁昌山水画作上的题诗涉及八位诗人，其中徐迪、张舜民、徐杰、严允谐是繁昌人。徐迪和张舜民是北宋人。蔡确任繁昌知县时，曾邀徐迪来北园赋诗为乐，徐迪的一首五言诗即为《北园载酒》。之后，徐迪于宋哲宗绍圣元年（1094）考中进士。严允谐是明代繁昌教谕，共有5幅画作题有他的诗，是题诗最多的诗人。徐杰是明成化二十年（1484）进士，他颇有才气，被选为翰林。一天，徐杰经过翰林院，指着院门说："不过是一座空翰林罢了。"因此获罪，被贬为山东济南府淄川县令。徐杰到任上不久，不肯为朝廷派来的巡查官员下跪，遂辞官归乡，结庐马仁

山，诗酒自娱。除繁昌诗人外，还有南朝梁人刘孝绰，及唐宋著名诗人李白、许浑、杨万里。李白赋诗《送通禅师还南陵隐静寺》，加之隐静寺为南朝宋时高僧杯渡禅师的道场，使五峰山隐静寺名声远扬，获得宋太宗、真宗、仁宗三朝皇帝赏赐御书120轴，这在宋代是不多见的。

13幅图画中，《五峰之图》中的五峰高峻挺拔，古柏苍翠遒劲，很是显眼，占了大半个画面。图中，一古寺安然于此。寺后过一丛山石，一桥高高地跨过湍急的溪流。山麓白雾笼罩。入口处的石桥上，一童子伸出右臂指向古寺，引访者进入。《繁浦图》则描绘了另一种静谧和谐之美，芦花飘荡，垂柳依依，碧水泱泱。堤岸逶迤曲折，亭阁、房屋点缀其间，将观者的目光引向远方，愈行愈远。

《峨桥雪霁之图》描绘了冬日繁昌之景。寒冬腊月，茫茫白雪覆盖着山川原野，枯藤老树溪水也泛着阵阵寒意。木桥上布满积雪，书生骑着毛驴战战兢兢地来到桥头，书童放下担子，牵着毛驴上桥。

萧云从在描绘繁昌美景的同时，亦不忘刻画当地居民渔、樵、耕、读等日常生活。我们看《凤凰山图》，画家寥寥几笔勾画出远山如黛，草木萧疏，清风微拂，简洁明快。中景是大片留白的江面，几只小船挂帆前行，驶向远方。近处江边芦苇丛生，高峰峻拔，森然壁垒，植物藤蔓缠绕，缘山而生。几艘渔船隐约可见，渔人正在支网捕鱼，为生计而忙碌。草木掩映下，一座小院坐落其中，悠然仁立。一樵夫担着柴沿着小径正进院门，屋里他的妻子正在桌前准备晚餐，迎接伐薪归来的丈夫。江南水乡农家生活的优美和谐之景映入眼帘，正如图中杨万里之诗所言："匏瓠放教俱上屋，渔樵相倚自成邻。"

《太平山水诗画》中丘壑布置千变万变，层叠不穷，使人观之不厌；林木岩石深厚坚实，穿插有致，苍劲秀润；点景人物，位置得当，自然生动。作品中诗、书、画三者有机结合，诗中有画，画中有诗，配上俊逸潇洒、散朗秀健的书法，达到诗、书、画三者和谐统一的境界。

繁昌书院沿革考

刘西霖

我国是世界上四大文明古国之一。民族的兴盛，文化的发达，和历代兴办学校、重视发展教育事业有密切的关系。古代的学校，朝代不同，名称也不相同，书院也是古代学校的一种。据史载，夏校、殷序、周庠，皆是乡校的名称，相当于现代的小学。

但书院和庠、序却有不同的地方。一是县以上才设有书院，二是教学方法和教学内容和庠、序也不一样。简而言之，庠、序是普及教育的学校，书院则是进修提高的学校。

繁昌的书院开始办于何代，尚不可考，有资料可查的，始于明代。

繁昌书院的兴办，反映了那时邑内名人辈出，文风很盛。邑人吴琛，明景泰二年（1451）进士，官至云南道御史、甘肃督军。他撰写的《繁昌县进士题名碑》载："洪惟圣朝，混一海宇，首先文教郡县，皆立学校，择其人之秀者，学乎其中……每三岁则兴夫贤者，名之荐书，而升之礼闱……吾邑自洪武中设科迄今，由之而升者，逾二十人，皆本之德行，发之文章，学足以博古，才足以济世。"由此可见，像书院这类学校是培养人才的场所。故而繁昌多任县令，对办书院也就重视起来。

繁昌书院从开始到最后，曾三移其地址，四更书院名。开始叫同仁书院，继而叫龙门书院、鹊江书院，最后叫金峨书院。

同仁书院，院址在现在的新港镇。明天顺年间（1457—1464），繁城内迁，原县署长期空着没人住。至嘉靖二十年（1541），当地豪绅恶霸把县署霸为己有。督学与诸生群告，乃饬令豪绅退还前县署，并把县署改为同仁书院，还添置了精舍，作为诸生宿舍。至明万历年间（1573—1620），书院年久失修，有的房舍倾圮，又有人傍书院隙地建了住房，使书院破败狭隘不堪，周围群众告到县府，县令吴候令侵占书院地者让出，归还了占用的地皮。对破坏的房舍，吴县令捐俸并向全县集资作了修缮。《同仁书院记》上有这样一段记载："于是，斋祠讲堂，候望宿息，以至庖湢，靡不有所，而前复为公署三楹，以时休息焉！而考学者之勤惰，总名曰同仁书院，盖内外完善矣！"由此可见，明万历年间（1573—1620）修缮的同仁书院，不仅具有一定规模，实际上已经成为一所较为正规的学校了。

明亡清兴，由于战争的蹂躏，朝代的变迁，同仁书院因之被毁。清康熙二年（1663）重视教育的县令张显卿，买了城里姚氏宅第一所，改建为书院，取中举中进士即进了龙门，可以攀龙附凤之意，取名叫龙门书院。

岁月流逝，瞬息百年，至清乾隆三十七年（1772），旧龙门书院，已废无存，县令林一彪买北门街民房一所作为书院，书院改建工程没有完工，林一彪就被调往宣城。直到乾隆四十一年（1776）县令毛延锦，继续派人修理书院，并增建了上房，因旧县城濒临鹊江，乃取名为鹊江书院。

嘉庆二十年（1815），鹊江书院因地势卑隰，加之年久失修，屋面倾斜不平，墙壁也出现了裂缝，房舍有倒塌的危险。县令曹德赞自己捐了部分钱，又拿出县里收的罚金，筹集材料，纠集工匠，对书院进行修缮。县太学生程芳铨、蔡天簧、吴镶礼，以平粜余资，呈请归公，这样一来修缮书院的资金更为充裕。为了扩大书院规模，派典史林光祖专门负责书院的修缮和扩建工作，并买了书院附近的民房，增建了厨房和宿舍。修建书院工程从当年农历四月开始，九月工程结束，大家认为鹊江系旧县城所在地，离今城40多里，而现在书院在金峨山下，于是改鹊江书院为金峨书院。

［本文选自政协繁昌县文史资料工作委员会《繁昌文史资料选辑》（第二辑）］

繁昌民歌：来自乡野的呼唤

张诗群

"凡有井水处，皆能歌柳词"，说的是北宋词人柳永善于吸取民间歌赋的精华，写出了黎民百姓的离愁别绪和悲欢哀乐，于是他的歌辞在坊间深受喜爱，只要有市井人烟的地方都在传唱他作词的歌曲。繁昌民歌是来自繁昌乡野民间的歌曲小调，它是乡民在生产生活中发自内心的呼唤，或是情歌，或是号子，或是生活的呢喃和忧愁的抒发，因此在村头田垄、窗前月下，曾经处处都有民歌的咏叹。

繁昌民歌起于何年已不可知，只能从诗文词句中捕捉到一些模糊的影子。农历九月天已转凉，但寒衣还未缝制，村前的池塘小河边，家家户户的妇人一边挥动棒槌捶洗衣物，一边唱起了吴地的歌谣。这是明代繁昌知县宋棠在"九月将临衣未授，千家砧杵动吴歌"中描述的场景，繁昌地处吴头楚尾，繁昌民歌自然可称"吴歌"。而在傍晚时分，天上的云朵悠然忘返，远处的峰峦赏心悦目，此时，绚丽的夕阳挂在了山顶，晚归的樵夫挑着柴担，从山间小道上走来，他忘情地大声唱起了歌谣。这是清代繁昌知县梁延年用诗句"此处白云岩岫好，采樵人唱夕阳归"描绘的乡野生活。

古朴纯粹的繁昌民歌由乡野农人随口哼唱而出，它发自胸臆，出自真情，虽然没有曲谱，每一首都是倾诉和叙事诗。繁昌民歌的代表曲目《小星出山一盏灯》是一对青年男女的内心独白："小星出山一盏灯，十八岁恋姐到如今。走了多少黑夜路，摸了多少冷墙根。头碰多少蜘蛛网，脚踏多少牛屎墩。芭茅窠里走成路，刺棵窿里走成坑……"这个男子十八岁开始就爱上了一个美丽的村姑，于是在每个小星出山的夜晚，他都赶去和姑娘约会，一路上的芭茅牛屎、蜘蛛蚊虫、狗咬虎哼都没有让他退却；村姑悄悄地在家中等待，心中既期待又忧愁，期待的是很快能见到意中人，担忧的是怕父母知晓和村人说闲话。于是欢喜纠结，缠缠绕绕，曲调便婉转悠扬，直唱到了听者的心扉中去。这是一个关于民间爱情的美好故事。

同样美好的小情歌还有"姐梳油头到门外，手扶槐树望郎来。娘问女儿望什么，我看槐花开未开"。情窦初开的村姑盼望见到意中人的身影，她站在门口的槐树下向村口张望，姆妈嗔怪她望什么，她慌张地说，我在看槐花开没开呢。这是多么情趣盎然、生动活泼的生活场景。当然，繁昌民歌中还有对苦楚无奈的倾诉："十八岁大姐周岁郎，把尿把屎抱上床。睡到半夜找我要奶吃，劈头劈脑几巴掌。

我是你妻子不是你的娘，不是你爹娘待我好，一脚把你踢下床。"在这首民歌里，封建陋习给女性带来的委屈和苦闷居然是诙谐风趣的，是泪中带笑的。

新中国成立后，繁昌民歌的艺术价值得到政府和文化部门的关注和重视，1952年起开始对繁昌民歌进行挖掘整理。1959年刊印《繁昌民歌》（第一辑）。1981年，大型纪录片《在希望的田野上》来繁拍摄，著名导演邓在军率中央歌舞团、中央音乐学院、某军区前线歌舞团的著名作曲家瞿希贤、巩志伟，歌唱家叶佩英、陆青霜、刘秉义等一行来繁采风，收集、演唱繁昌民歌。1983年，著名歌唱家朱逢博根据《小星出山一盏灯》改编演唱的《隔山隔水心连心》传遍大江南北。2003年8月，韩国江陵大学人文学院教授江腾鹤一行七人来繁采集繁昌民歌，在现场聆听了民歌手演唱的几十首繁昌民歌后，被优美的旋律和浓郁的乡土气息深深感染。

2006年，繁昌民歌被列入安徽省首批非物质文化遗产名录。为保护传承这一文化遗产，文化部门以群众喜闻乐见的形式，加强对繁昌民歌的传承和传播。区文化馆已录制《清韵流芳·繁昌民歌经典》"CD"两张，出版《清韵流芳·繁昌民歌选》两辑，并在公益培训中增设繁昌民歌的培训课程，由原生态民歌传承人孙柏传等带徒教唱，区文化馆也被列为繁昌民歌省级传习基地。

新时代新气象，繁昌民歌带着泥土的芬芳，从乡野阡陌走向了广阔舞台。以民歌旋律为曲，填时代新词的《美丽乡村是我家》《香菜谣》等新编繁昌民歌，正叙述着家乡的新面貌和农人的新生活。

安徽省非物质文化遗产：中分徐姓祭祖习俗略说

吴黎明

繁昌多山，山中多聚族而居的古村落。

中分村便是繁昌山里的一个村落。明朝永乐初年（1403），徐鉴歇了水上行船的生意，回到繁昌，想找一个安身居家的地方。西峰寺的池洛法师是徐鉴的好朋友，告诉徐鉴，说来龙山下的那块地方，名叫竹丝塌，四面环山，地势平坦，溪水潺潺流过，是一片膏腴之地，适宜人居。

徐鉴想，我们这一支徐氏，南宋之初从浙江淳安迁居至繁昌，已经衍生出汪桥徐和八分徐，眼前的这片山水处于汪桥和八分之间，不正好安家么？

于是，徐鉴带着自己的妻儿，来到竹丝塌，按照池洛法师的勘定，辟茅除秽，奠基构屋，并把这个新居地改名叫中分村，寓意处于汪桥和八分的中间。

没想到，徐鉴父子清除野竹杂树的时候，不断地挖到前人的窖藏。这些窖藏，为中分徐氏发家奠定了坚实的基础。

数百年过去了，中分徐姓生生不息，日益兴旺发达；但他们始终不忘池洛法师指迷之恩和始祖创业之德，逐渐形成了独具特色的祭祖习俗。

大年三十，年饭吃罢，族人便偎在火边等待着。子夜一到，"杭——杭——"，大锣敲响了，村子的任何一个角落都能听得见。族人听见锣声，点亮油纸灯笼，纷纷从家里出来，往村子中间的宗祠汇聚。远远望过去，好像一条条明亮的游龙，在夜色里穿行。

中分徐姓春节祠祭，原先从大年三十晚上一直要延续到正月十六。1960年代，宗祠被拆，祠祭也就中断了。1990年代，中分徐姓祭祖习俗逐步恢复，族人只能在享堂遗址上临时搭棚祭祖。祭棚坐北朝南，迎面所见的是一幅硕大的始祖彩色画像。画像前，香案上，大香炉里，烟篆袅袅。

主持人走到香案一侧，高呼"祭祖开始"，场地上立即安静下来，人们翘首以盼。

"献祭品""献花篮""献烛""族长燃烛、敬香""八位房长敬香""合族按辈依次敬香""他姓友邻敬贺上香""宣读祭文""分发糖糕""洒酒奠祖，化帛烧纸，燃放烟花爆竹"！10项祭祖活动，在主持人的高呼下，一一举行。

当烟花爆竹燃放起来，霎时，夜空里烟花朵朵，祭棚前欢声笑语不断。

清明时节，上午举行墓祭，下午举行祠祭。宗祠湮没后，祠祭便无从举行了。

但清明节这天上午，祭墓队伍依然从宗祠遗址动身。十余辆摩托车开道，金幡、银幡引路，整猪、整羊等牺牲随后，军乐队和锣鼓班子吹吹打打，村民腰鼓队且行且舞，最后是族众，老老少少，男男女女，绵延数里。祭墓队伍依次到各处祖先坟山，一一如仪进行：供献牺牲，鸣炮、奏乐、表演腰鼓，献花篮，宣读祭文，族长净手敬香，各房房长敬香，族人代表敬香，族人按辈向祖墓行跪拜礼，鸣炮、烧化纸帛、奏乐、表演腰鼓。

中分徐姓墓祭，最富特点的是祭奠池洛法师和新四军阵亡将士。池洛法师于中分徐姓发家贡献至大，徐姓族人一直未忘其恩。当年，谭震林率新四军第三支队驻守中分村，发动繁昌保卫战，村外的山坡上留下了新四军烈士墓，徐姓族人始终感怀新四军保家卫国的壮举。每逢墓祭，中分徐姓族人总是不忘祭扫池洛法师墓和新四军烈士墓。

墓祭结束，合族举行会饮。旅台徐姓宗亲回来了，分居各地的宗亲赶来了，一家人齐聚祖地，把酒话亲情。思昔抚今，许多族人热泪盈眶。

会饮之后是赐胙，即把祭祖所用的猪、羊肉分给族人。中分徐姓传统赐胙，有寿肉和学肉之分，年龄60岁以上，所得赐胙，称为寿肉；进学有所成就者，所得赐胙，称为学肉。

当晚开始，请来庐剧班子，在村口搭台唱戏，连唱七晚。演出的剧目有《秦雪梅》《郑小娇》《王祥救母》《悔后泪》等。

中分徐姓祭祖的另一个重要内容，是六十年大会戏，按例逢壬申年举行。大会戏起于何时，已经无从考证，至迟在清同治壬申年（1872）就有了。举行大会戏的目的，是为了超度祖先亡灵，祈求子孙福泽。一般提前大半年，就要请纸扎班子来扎制戏台上悬挂的各式灯匾、灯对、灯花等。

据中分徐姓老辈人说，上一个壬申年，族人曾栽下一棵树苗，等到又一个壬申年，六十年过去了，小苗已经长成参天大树。族人就在这棵树上搭建戏台，上、中、下三层，远远望去，好像一朵盛开的莲花，因号"独脚莲花台"。更为神奇的是，这座戏台可以转动，起东风往西转，起西风往东转。

唱戏的那些天，自然是盛况空前。1932年的大会戏，远至南京、上海、武汉，都有人闻风赶来观看。

最近一回大会戏，时在2007年元月。国家级非遗传承人祁门历溪目连戏班子，应邀连唱两晚目连戏。虽然与上一个壬申年暌违70余年，但徐姓族人的想望和祈愿依然没有变。

2008年，中分村徐姓祭祖习俗获批进入安徽省非物质文化遗产名录。

群龙朝神山

沈大龙

"群龙朝神山"是非物质文化遗产，属于民间舞蹈，是一项玩灯活动。"群龙朝神山"始于元末明初，直至20世纪因变故庙被毁而中断，后又得以恢复。"群龙朝神山"已被选入安徽省非物质文化遗产名录。

繁阳镇横山境内有一座神圣山，简称神山，独立于平野之上，山顶平坦如砥，仿佛是一个巨大的天然表演场。传说当地有一位高姓姑娘（一说繁昌县芦南乡高屋基人），已许配芦南万家，待字闺中时，受仙人点化，在神圣山娘娘庙坐化成仙，号称"大花娘娘"。"大花娘娘"能驱邪消灾，佑人生子，受到百姓崇信。于是，当地百姓每年正月都要请戏班在神圣山上唱戏祭奉。因戏文中带有插科、打诨、打情骂俏等词语，"大花娘娘"不悦，故托梦给庙中住持："不想看戏想看龙灯"。于是，四方百姓便纷纷扎制龙灯到神圣山游玩表演。"群龙朝神山"的景象自此形成。据说，龙灯若不先来神山朝拜便四处游玩，会有断腰、掉头或折尾等不吉利的事情发生。

每年正月，神圣山周边四乡八镇的龙灯，乃至远及铜陵等地的龙灯，都纷纷前来朝山祭祀。朝山过程中还有一个沿袭至今的规矩：无论你是哪里来的龙灯，也不管你的龙灯有多长、多大，只要遇到繁昌县芦南万姓的龙灯，必须对其礼让三先，因为芦南万姓是"大花娘娘"许配的夫家之姓。

据传，1934年繁昌大旱，当地乡民将"大花娘娘"金身请出祈雨，绕长兴圩一周，结果天降甘霖，旱情得以化解。当地老人又传，抗日战争时期，侵华日军曾想用炮火摧毁神圣山上庙宇，毁庙不成，反而遭到报应，人疯马狂……

"群龙朝神山"的主体道具是龙灯。龙灯的特点是体轻、灵便，宜于舞动，富于变化，常见的舞蹈动作有：二龙戏珠、蛟龙出水、云海盘龙、苍龙入海等。

九连麒麟灯会:源于神话的美好祈愿

张诗群

安徽省省级非物质文化遗产九连麒麟灯会,又称卧龙墩古狮表演,是孙村镇九连村俞姓族人的一项节庆活动。

相传卧龙墩俞氏先祖原本居住在江西婺源,基于对美好生活的祈盼,他们依照神话传说中的麒麟模样,用竹篾和彩纸制作了一只由狮头、鹿身、牛尾、马蹄、鱼鳞皮组成的麒麟灯,每逢节庆日,由俞姓子孙耍麒麟祈太平。明朝末年,战事频仍,生灵涂炭,饿殍遍野,在举族外出逃难时,俞氏先人漂泊到繁昌,发现九连村卧龙墩形似卧龙,山清水秀,非常适宜人居,便停下流浪的脚步,在此居住了下来。迁徙途中,俞姓先祖始终带着一个长约一丈、直径一米、重达40多公斤的麒麟灯,虽千辛万苦,也一直不敢丢弃。在俞姓族人于卧龙墩繁衍生息的300余年里,每逢节庆丰收,村人总会耍起麒麟灯,这个习俗被沿袭了下来。

但这个传说又有着不同的版本。在村民俞乃宇的描述中,麒麟灯的出现与一场梦境有关。话说很久以前,俞家祖上有一位极有学问的儒士。一天,俞老先生在梦中见到一幅美轮美奂的仙界景象:一只麒麟自空而来,周围祥云朵朵,仙乐齐鸣,奇花异卉,芳草鲜美。醒来后,老先生觉得这是天降祥瑞的神示,不敢怠慢,即刻画出梦中场景,并用布匹竹篾等材料扎制麒麟、云朵和花篮,挑一个黄道吉日设香案为麒麟"开光点睛",逢年过节便号召族人举行麒麟灯会,由青壮小伙和童男在族人中玩耍,祈愿天下太平,人寿年丰。

在神话传说中,麒麟属龙族,在古籍中是与龙、凤、龟并称四灵的祥瑞神兽。九连村卧龙墩的麒麟灯,形态介于麒麟和古狮之间,是俞姓先人根据传说中麒麟的模样结合狮子的形态扎制完成,外形古拙奇特,富于想象力。麒麟灯全部由竹篾编织而成,周身饰以五色彩纸条,缀以丝绸花布,有别于传统狮子"南软北硬"的制作方法。制作完成后,须有一位德高望重的俞姓族人,挑选黄道吉日给麒麟"开光点睛"。

麒麟灯会的表演共有46人,表演时排着一路纵队,按照领队、高杆灯队、云牌队、花篮队、锣鼓队、麒麟的顺序依次进入表演场地。领队手持一盏灯笼在前面进行引导,灯罩上嵌入一个红色的"俞"字。高杆灯队由三组13～16岁的男童组成,每组两人,第一组手持两把展扇,第二组手持两柄玉伞,第三组手持两个呼路牌

（上书回避、肃静字样）。云牌队由10名13～16岁的女童组成，每名女童双手各持一朵云彩，表演时20朵五颜六色的云彩上下左右舞动，摆出各种造型。花篮队由10名10～13岁的女童组成，每名女童肩挑一担鲜艳的花朵。锣鼓队由10名精通乐器的村民组成，伴随着麒麟舞动的动作吹打出美妙的乐曲。麒麟则由3个身强体壮的中青年人舞动，一人舞绣球，一人舞头，一人舞尾，共由9人分3班组成，每隔十五分钟换班一次。

锣鼓、唢呐喧腾起来，在乐声催促下，云牌队女童按照编排的动作，舞动手中的20朵云彩，先后摆出"天下太平"四个字的造型，寓意着麒麟驾着祥云巡游人间。云牌队的表演，有一个诗意的名字叫"玩云"。花篮队的女童挑着花篮，嘴里唱着吉祥的歌曲，围着表演场地来往穿梭，气氛热闹祥和，寓意用人间最美的鲜花迎接麒麟的到来。这时，麒麟在6根高杆灯的簇拥下，来到表演场地中央。武士打扮者手拿绣球在前引导，先围场地一周打拳、踢腿，引诱麒麟起舞。在麒麟头、尾部的两人，躬身扭动，左右腾挪，模仿舔毛、擦脚、搔头、洗耳等动作，并向东南西北方，虔诚地一一朝拜。

天下太平的愿景，对幸福生活的祈愿，都在这虔诚庄重的朝拜之中，这是善良淳朴的百姓，发自内心的美好希冀。

荻港香菜:回味悠长的生活滋味

张诗群

"菘,即今人呼为白菜者,有两种:一种茎圆厚微青,一种茎扁薄而白。"这是李时珍在《本草纲目》中的记载,这种古名"菘"今名"白菜"者,从古至今一直是百姓餐桌上的家常菜蔬,除了素炒、炖汤、清拌以外,还可制成多种腌制品长期保存,比如制成酸白菜、霉干菜。皖南人则喜欢将白菜控水后拌入香料制成"香菜",这种饮食习惯的制作传承以繁昌荻港为最。

荻港地处江滨,长期受到江水的冲击,携带大量泥沙在江畔沉淀堆积。由于土壤松润通透,含沙量高,加上日照充足,气温适宜,沙洲上种植的白菜颀长秀丽,脆嫩可口,乡民将这种白菜称为"高杆白"。过去每至秋冬时节,乡民将高杆白洗净切丝,拌上食盐和五香粉,可以从寒冬腊月一直吃到第二年开春。

荻港香菜的源流,可以追溯到明朝永乐年间（1403—1424）。在南陵许镇,一个叫许天诺的人在腌制白菜的基础上尝试将多种佐料合而为一,首创了"五香菜"法。不久,许天诺举家搬迁到定远,"五香菜"一直是贫瘠岁月里的佐饭小菜,慰藉着一家人的辘辘饥肠。

直到清朝末年,江南江北饿殍遍野,一片凋敝,许天诺的后人、刚成家不久的许帮文和妻子高氏挑着一担箩筐,从定远逃荒来到了繁昌荻港,见眼前大江横流,商铺林立,便在此停下流浪的脚步,像随风飘坠的草籽,在这片新土地上扎根生活。

在一个陌生的地方站稳脚跟还要填饱一家人的肚子,谈何容易?看着临时搭建的简陋竹棚,真是上无片瓦,下无寸土,年轻的许帮文犯了难。看到街面上的小摊贩有卖酱卖酒的,还有卖各种吃食的,许帮文灵机一动,想起了祖传的"五香菜"。于是立即和妻子砍来沙洲地上的高杆白,切丝晾晒揉软,再拌以食盐和五香粉,挑到集市上,揭开罐盖,一阵勾人食欲的鲜辣咸香飘散开来,"五香菜"很快就售卖一空。许帮文惊喜交加,加大香菜生产量,同时又腌制"臭菜"(又名"千里飘香")出售,因口味独特,依然十分抢手。

到荻港的第三年,许帮文买了八分地,一亩二分田,盖了三间新草房。从逃荒流浪到买地置业,仅仅用了三年时间,许帮文靠的就是不起眼的香菜生意。许家从此在荻港立足,打下了一份基业。

新中国成立后，许家在荻港的第二代许同和入了党，成了一名基层干部。时移世易，再加上日常有一份工作，许家不再将香菜当作生意来做，却也从父辈手中习得了这份祖传手艺，每到天气转凉，许同和与妻子仍然从地里砍回高秆白，腌制成可口的下饭小菜，也借此度过了许多苦涩难熬的时日。

转眼到了1998年，因企业改制，许同和的儿子许成华一家五口成了失业人员。一家人突然断了生活来源，日子怎么过？思虑再三，许成华召集全家开会，决定接过祖父母在荻港创业糊口的营生——制售香菜。现代人的肠胃早已习惯了鱼肉荤腥，反倒是下饭小菜更对胃口，虽然香菜在生活中已不鲜见，但祖传的好手艺自有独到之处，这是既平民化又经济还能抵达千家万户餐桌的广销产品。但现今不比往日，需要在祖父母"五香菜"的制作基础上进行改良，以迎合现代人的口味。

香菜做出来，打开销路是另一道难题。许成华骑着自行车，后面挂着两只香菜桶，过江顺着无为大埂一路叫卖："哎！老许香菜！"但这种叫卖方式既落后原始，又收效甚微，只能勉强挣一些糊口小钱。荻港有一对双胞胎兄弟常到无为卖团子，每日起早去许成华家带点香菜去无为，兄弟俩边卖边吆喝："荻港的团子，老许的香菜！"这样一来，"老许香菜"便叫响了。

许成华制作香菜有一套自己总结的经验：东边喜欢甜，西边喜欢辣，北边喜欢咸，南边喜欢杂，老许香菜把东西南北的味道结合起来，成了独有的皖南味道，安徽味道。讲究一些的人家，把豆腐干子切成丁，放麻油与香菜拌合，或抓一把花生米，吹掉衣子，浇麻油与香菜混合，那是味蕾的极大享受。

现在，荻港镇的香菜作坊如雨后春笋，已发展到100多家，除了声名远播的"老许香菜"，还有"老夏香菜""甘氏香菜"等十多个品牌，他们借助电商平台，将小小的香菜发展成了大产业，成为产业转型的重要支撑，荻港也因此获评安徽省第十一批"一村一品"香菜专业示范镇。

2022年，"荻港香菜制作技艺"入选安徽省非物质文化遗产名录。2022年12月，在荻港首届香菜文化节上，繁昌区荻港香菜产业研究中心正式揭牌，这是小小白菜促进乡村振兴的良好典范。

香菜，这种源自贫瘠岁月、带着故土记忆的家乡风味，品咂出的是悠长的生活滋味和浓郁的乡土情怀。

洪占鳌捐资建造黄公阁

王长华

芜湖市繁昌区荻港镇板子矶为长江二十四矶之一，国家"AAA"级旅游景区。矶上有一座砖阁，名黄公阁，阁高二层。此阁为洪占鳌于清嘉庆十七年（1812）捐资建造。黄公阁，见道光《繁昌县志》（以下简称《县志》）。文中"黄公"即黄得功，字虎山，今安徽合肥人，南明抗清名将。

洪占鳌何人？《县志·人物志·尚义》："按道光三年被水，繁昌捐输平粜，共三万余金，如本城之李华池、汤如金等，荻镇之程修祚、汪学洙、陶上林、朱门、洪占鳌、焦显铸等各乡各村典商铺户，悉皆踊跃从事，繁邑虽贫，黾勉好义，救难恤灾，其全活为不少云。"文中"道光三年"即1823年；"本城"即繁昌县城；"荻镇"即荻港镇。

《县志·选举志·例士》："洪占鳌，号映奎，分发江西试用未入，署庐陵县县丞。"县丞，中国古代地方职官名，始置于战国，为县令或县长（宋、明、清等朝代称知县）的助手。清代大体一县设一员，事简之县或不置。官秩为正八品，分知县政，掌粮马、巡捕之事。清代在全国1300多个县份中，仅设县丞345人。时庐陵县（今属江西吉安）置县丞，说明该县事务繁剧；而担任该县县丞，公务繁忙，实属不易。

由上可知，洪占鳌的真实身份为：一是清代安徽省太平府繁昌县荻港镇人；二是曾任江西庐陵县的县丞。其人崇德尚义、乐善好施。

既然洪占鳌是繁昌人，且清代实行的是县官管理回避制度，那么他就没有出任繁昌知县的机会。

之所以提及这个话题，是因为它涉及当下流传甚广的一种提法——黄公阁乃清嘉庆年间（1796—1820）繁昌知县洪占鳌为纪念抗清名将黄得功战死板子矶而修建的。

翻阅《县志·职官志》，从东汉末年春谷长周瑜到清道光二年（1822）繁昌知县张星焕，全系外地人担任，有广东人、福建人、广西人、云南人、四川人、湖南人、江西人、江苏人、浙江人、山东人、山西人、陕西人、北京人等。就嘉庆年间（1796—1820）而言，前后有7人出任繁昌知县，分别是朱纯铭、李梦熊、邹杰、丁益彬、曹德赞、景燮、罗振楚，并没有出现洪占鳌的名字。而与洪占鳌捐建黄公阁的当年即嘉庆十七年（1812）所对应的繁昌知县是曹德赞（号翙庭），他于嘉庆十六年（1811）任繁昌知县，于嘉庆二十二年（1817）新建县署西书房四间，说明曹德赞在繁任职时间较长，没有给洪占鳌留下任何出任繁昌知县的空间。

道光《繁昌县志》原由曹德赞、林光祖纂，张星焕"因曹翙庭志稿增修成书"，于道光六年（1826）刊刻。地方志编纂遵循"详今略古"原则，一般说来，时间越近，记载的内容就越详细，其真实性就越可靠。道光《繁昌县志》记载清嘉庆年间职官志，时间相隔不长，从1796年到1826年，最多只有30年；说得再近一点，从洪占鳌捐建黄公阁的1812年到他出资赈灾的1823年，前后只有11年，时间更短；还有，洪占鳌还被列入重修繁昌县志采访者名单，实为重修繁昌县志的当事人，其真实性就更加不成问题。现在看来，"繁昌知县洪占鳌"这一提法得不到道光《繁昌县志》的支持，应当视为今人对县志原文"黄公阁，在板子矶，嘉庆十七年洪占鳌捐建"的一种误读误判，甚至误用。

黄得功为抗清名将，于南明弘光元年（1645）为护卫弘光帝朱由崧，对抗清军，战死于板子矶，这是何等的悲壮惨烈！时隔167年，还在清政府统治期间，洪占鳌在板子矶上捐资建造黄公阁，这是何等的胆识与勇气！

明清《繁昌县志》记载了很多知县捐俸修学、发仓赈饥、礼贤下士、亲民爱民的感人事迹，而为邑人德之。如南宋绍兴二十九年（1159）任繁昌知县的福建晋江人曾觉、明万历三十三年（1605）任繁昌知县的湖广沔阳人邓一儒、清道光二年（1822）任繁昌知县的湖南善化人张星焕等。同时，我们也从《县志·尚义》中看到了不少繁昌县民捐资修桥、捐地建县、捐房基建学、出粟出资赈荒之事，而为邑人感念。

洪占鳌不忘桑梓，崇德尚义，不愧为那个时代的优秀人物，其捐资建造黄公阁、赈灾济困的故事被载入县志，一直流传至今，深深地影响着一代代繁昌后人。

繁昌十景简介

刘西霖

繁昌旧有十景，清代诗人梁延年有《繁昌十景》诗，基本上对十景景观特色作了概括性的介绍（诗见道光《繁昌县志》）。十景为：

峨溪匹练：峨溪即峨溪河。在月白风轻之夜，或烟雨迷蒙之际，登峨山观峨溪，涓涓清溪，漾漾绿波，两岸烟林，一线匹练，景色优美，引人入胜。

覆釜晴岚：寨山名覆釜山，山顶如掌面，形似覆釜。系明蓝玉子扎寨之所。山邻赭圻岭（赭圻城遗址），为古文人游览之所。唐代诗人钱起、王维均有游覆釜山诗篇。覆釜山高谷深，晨登极顶，朝阳初升，群谷氤氲蒸腾，蔚为壮观，晴岚之名，由此而得。

红花晚照：红花尖，坐落于繁昌北乡，青峰列峙，宛如莲花，又名荷花尖。山上原建元帝观，后为红兴寺。因比群山为高，每当夕阳西下，落霞照射，红光盈岭，宛如一幅图画。故有"红花晚照"之名。

浮邱丹井：浮山又名浮邱山，山顶有资圣院，旧名浮邱院。近有石井，终年清泉不断，传说为古代仙人浮邱公用水的丹井。《繁昌县志》有咏丹井绝句一首："杖锡飞来不记年，空遗丹井冽清泉。道人一滴能消渴，方信浮山即洞天。"

马仁石壁：县西南25千米处有马仁山，山高约700米，形如人马，旧名马人山。相传唐德宗时，石马妖鸣，断其首，更名马仁山。马仁山怪石嶙峋，峥嵘矗立，参差嵯峨，巉岩翘首，似刀劈斧削，陡峭奇峻，悬崖削劈，如列屏，似城堞，奇峰竞秀，千姿百态。山上有仙人摆渡、石屋、燕子笼及王翀霄的洗砚池等，蔚为奇观。自古至今，每当春夏秋季，游人不绝。

龙华丹桂：孙村龙华山，山下有龙华寺，寺有石窦，乳泉滴沥。俗传泉脉通江，石罅生丹桂一株，近千年物，枝繁叶茂，花开香浓，馥郁醉人，成为独特的景观。

隐静禅林：平铺五华山，旧名隐静山，又名五峰山。峰下有普惠寺，杯渡僧道场。五峰，为碧霄、桂月、鸣磬、紫气、行道。泉二，为金鱼、喷云。桂月峰下有卓锡寺。五华景幽寺古，成为历代文人游览之地。李白有游隐静寺诗传世。

三山秋月：在大小洲成圩以前，江流从上江坝流经三山矶头山下（旧名浮鸠山），每值秋夜，江月相映，蔚为奇观。

荻浦归帆：荻港，位于黄浒河入江处，是一处天然泊船良港。庆大圩未成之前，沿江岸兼葭苍苍，芦荻数里。每当夕阳西下，群舟归港，白帆翩翩，景色独特。

鹊屿江光：鹊屿即板子矶，屹立于荻港镇下3000米长江南侧之江水中，孤阜临江，地势险要，自古为兵家必争之地。矶上幽篁曲径，古树参天，有江塔（现存二级）、古寺、黄公阁（为纪念明末名将黄得功而建）。板子矶现已列入《中国名胜大辞典》，为长江下游著名景观之一。

（本文选自政协繁昌县文史资料委员会《繁昌文史集粹》）

桃荻铁路与裕繁铁矿

张诗群

在繁昌，有一条奇特的铁路，它一头连着荻港镇桃冲矿区，然后过小桥穿田地，一路向江边码头奔去，像一道黑色的铁索，连接着矿区和码头外更大的世界。

这条小小的铁路于1918年修筑完工，距今已有一百多年历史，它的名字叫桃荻铁路。当年，这条铁路唯一的使命就是为裕繁铁矿公司输送矿石。它的诞生与兴衰，与裕繁铁矿公司的命运紧密相连。

清宣统三年（1911），桃冲村民胡尺君偶然在长龙山脚下发现了铁矿床，这座储量丰富、含铁量高的矿山终于被揭开面纱，迎来了四方瞩目。当时的中国，采矿业有了蓬勃发展之势，广东南海人、在芜湖经营顺泰成米行的商人霍守华灵敏地抓住商机，之前数次在宣城、繁昌大磕山等地采矿却未获成功，得知桃冲发现铁矿的消息后，立即与广东乡友唐耐修邀集90名股东，集资百万，于1913年领取了勘矿执照，正式成立"裕繁铁矿股份有限公司"，在上海五马路A字36号设立总公司，在芜湖洋街设分公司，在荻港桃冲矿区设立矿山事务所。霍守华任董事长，唐耐修任总经理。

此时正值第一次世界大战爆发，为充军备，铁价骤涨，铁矿开采更是牵动了帝国主义列强的敏感神经。果然，裕繁刚成立不久，日本驻天津的三井洋行便"温情脉脉"地将双手伸了过来，霍守华为了得到日方在资金和技术上的支持，与日方签订了《裕繁铁矿公司售卖矿砂合同》，三井洋行以20万日元的预付贷款，收购未来40年裕繁铁矿的矿砂，并以中日实业有限公司的名义控制了裕繁公司的全部产权。1916年秋，裕繁铁矿公司呈请北洋政府交通部，拟修筑一条从桃冲矿区到荻港码头的专用运输铁路，预算经费30万元，商定由中日实业有限公司出借。

1917年10月，由日本人羽生庚午郎担任设计师的桃荻铁路正式施工，其间参与建设的工人近2000人，因全长只有8.8千米且地势平坦，仅用时一年，1918年10月28日，实际耗资62万元的桃荻铁路与荻港江边码头的两座栈桥全部竣工。

因铁路设计师是日本人，桃荻铁路的修筑就烙上了日式铁路的印迹。当时日本通行的是"开普轨距"窄轨铁路，于是，桃荻铁路自然也成了一条"开普轨距"铁路。

轨距就是两条铁轨间的距离，全球常见的标准轨距是1435毫米。何谓"开普轨距"？1873年，南非（当时属英国殖民地）在好望角附近的开普省修建了一条轨距只有1067毫米的窄轨铁路，虽然开普并不是第一个使用这个轨距的地区，但后来还是将1067毫米轨距称为"开普轨距"。日本曾广泛使用这种轨距的铁路，后来考虑安全性才采用了标准轨，我国香港和台湾也有铁路采用，但在内地（大陆），桃荻铁路是第一条、也是唯一一条"开普轨距"铁路。

专用铁路和水运码头完工后，桃冲矿区质量精良的铁矿便源源不断通过铁路运往码头，再由日本桥本汽船株式会社的"大荣丸号""高山见丸号""春日山丸号"等30多艘排水量达数千吨的大货轮经江入海，运往日本，成为军备物资的重要原料。开采初期，裕繁铁矿公司日出矿量达千吨，1925年更是仅次于汉冶萍公司，占全国铁矿产量的三分之一，成为全国第二大铁矿。但掠夺性的开采很快自食其果，露天矿开采殆尽，加上战后经济萧条铁价下跌，采矿成本却大幅提升，每吨增加到5.1元，但日方的收购价仍是原来的4.24元，裕繁公司入不敷出，连年亏损。到1936年的18年间，日本从繁昌掠夺铁矿石共计345万吨。

1937年，日军侵华，霍守华弃矿出逃，裕繁公司宣告停产。1938年5月，荻港沦陷，随后日军强占桃冲矿并恢复生产，已千疮百孔的矿区再次惨遭日军的挤榨性开采。在日军的皮鞭和刺刀下，被迫采矿的工人稍有不慎就会殒命，长龙山东边的万人坑里白骨累累，矿山下的一个小山墩则成了乱葬岗。在惨无人道的压制剥削之下，也有觉醒的工人力图怠工反抗，或暗中与新四军联系，里应外合上演一幕幕惊心动魄的英雄传奇。

抗战胜利后，桃冲矿作为敌产被国民党政府没收。新中国成立后，桃冲矿并入马鞍山钢铁集团。2019年12月21日，运营了101年的桃荻铁路正式停运，曾满载乌黑发亮铁矿砂的小火车，已渐行渐远，隐入了历史的册页中。

五华山匪患兴灭记

胡启芳　李国平

繁昌城南的五华山自古即是名胜之地。就在这个美丽的山区，1927年至1934年，却啸聚着一群土匪。最盛时号称千人，实际也有500多人。他们出没山林，打家劫舍，为害地方，活动范围多达繁昌、南陵、泾县三县。

杨老四聚众夺枪　占山头落草为寇

五华山南面，有个大有圩。在清咸丰年间（1851—1861），太平天国兴起。太平军和清军在这里反复战斗，人民流离失所，一时大圩里人烟稀少。老辈传下"路不拾金"之说，意思是杳无人迹，连金子丢在路上，都没有人去捡。曾国藩曾下令迁移湖南、湖北等地人来此开荒，插草为标，谁垦谁有。湖南、湖北、安庆、合肥等地的穷苦人，挑着箩筐到这里开荒落户。来得迟的，土地已被标完，只能垦点山场度日。其中，来自安庆的杨名富，因没有地种，就在新林的石龙冲帮人家看山，同时自己也置了一点山（今称杨家涝）。杨名富生有5子，老大早夭，他带着4个儿子以砍柴、卖柴为生。之后，老二在南陵黄墓渡镇上开了一个茶馆，其余3子除砍柴挑到黄墓渡卖以外，农忙时也帮人家做散工，杨老四就曾在仁村园陈明建和别的几户人家打过散工。

因为收入微薄，杨老四就到当地小煤窑永昌公司的矿上去扒煤。扒煤期间，收入增加了，结识的人也多了，渐渐地滋长了好逸恶劳、游手好闲的习气，经常拎起画眉笼子，浪荡逍遥，成为地方上的青皮、浪汉。

1927年，新林地方先是干旱，但到农历三月初十这天，大雨倾盆，山洪暴发，冲破了大有圩。洪水退后，接着又是干旱，年成荒歉，民生困苦。那时正是北伐胜利以后，五华山地区，经常有被北伐军击溃的散兵游勇，三五成群，持枪抢劫。一次，五名溃兵持枪在强家山到毛里王之间的山民家掠抢。杨老四得知后，立即邀老三、老五、梁老幺（湖北人）、曹发生、张必正等10余人，乘溃兵不备，突袭收缴了他们的枪支。从此，杨老四就带领这些人占据五华山，落草为寇，干起打家劫舍的勾当来。

劫钱财绑票送票　扩势力猖獗一时

杨老四一伙为匪以后，一方面，搜罗散兵游勇，吞小股匪徒，以扩大自己的势力。同时，贴告示煽动他人入伙："穷人不富是个鳖，富人不穷是块铁，种田的汉子跟我眠，一夜挣你三年钱……"一时间，远近都有人来入伙。

1928年5月，泾县大股土匪被剿散以后，残余匪徒200多人，多是北方籍，由南陵乘船到马仁渡上岸。土匪首领骑着大马，喽啰扛着大红旗和各种枪械，横冲直撞地向江北窜逃。经过五华山时，其中一个姓项的，原本是牵骆驼、卖烧饼的，曾在这里的曹发生家住过，不愿随败匪北窜，便带了四五个人携枪投奔了杨老四。据说继续北窜的土匪逃到横山时，杀掉了从泾县掳来的17个人后，继续向北逃，到达三山时，被地方民团剿灭。

1929年，金华田（北方人）、洪水力（南陵人）、谷玉海、杨三宝等，先后与杨老四为伍，五华山匪势大增。他们以五华山、强家山、石龙冲为巢穴，同时控制了上、中、下三铺。上铺（平沟铺）以杨三宝、洪水力为主，中铺（新林铺）以杨老四、金华田为主，下铺（蔡家铺）以谷玉海、全老小为主。每处都有土匪100多人，枪数十支。

他们行劫的方法是送票或绑票。送票即是差人送一张条子给某富家，限期限额送钱上山；绑票即是采取突然袭击的方法，将某富家少爷或老爷绑架到山上做人质，要其家派人带钱来赎票，如果不按期来赎，就杀人毁票。他们有一个口号："条牛担种好种田，百万豪富欠我钱。"意思是，不惹自耕自种的一般农户，主要去有钱的豪富人家行劫。

当时新林铺有个叫花子（丐头），名叫李洪，经常周旋于豪富与杨老四之间，为被绑票的人家赎票。杨老四对少数送票不理、绑票不能的人，采取报复行动。如平铺汪瑞熙，人住县城，家有民团保护，不但绑不到他家的票，他还向县政府请兵来剿。杨老四对其恨之入骨，率众打掉了平铺民团，烧掉了三进的汪氏宗祠和汪家的祖宗牌位。

新林刘邦汉，不理杨老四送去的票，举家迁到南陵城里去了。杨老四放火烧掉了刘家一幢8间圆合的瓦房，并勒令刘的佃户，不许种刘家的田，任其抛荒。连续荒了两年，刘邦汉派人来说情。其时，杨老四已死，匪首金华田要求：为大哥杨老四做三天三夜斋醮，要刘亲自为杨老四捧灵牌。刘只得在新林孙家冲自己旧宅设坛打醮，追荐杨老四亡魂。

1929年，横山河沿山高懋修6岁的独生子高厚根被绑上山。杨老四提出赎票条件，要一盖杯金子。高一时无法筹措，只得将本族许多人家女人的金耳丝、金戒指借来，如数送去。6岁的孩子接回来，已被吓成了痴呆。

1929年，农历六月初一，杨老四、金华田等攻打南陵县黄墓渡。他们派一股匪徒隔河佯攻，另派两股从东、西两端渡河迂回包抄，缴了黄墓渡民团的枪支。这个地区的土匪头子邢德保，也投靠了杨老四。

杨老四还曾打入泾县城，洗劫商店、富家。他们除了绑票以外，还强制地方按期缴纳费用。1928年，通过王德庆，新塘保保长戴恒洲一次就送上从群众那里摊派来的50块银圆和40枚铜钞。

对于抢劫来的钱财，匪众按股而分。一人一股，一支枪一股。有一次，洪水力托仁村园一位姓朱的买枪，枪未买到，钱又用掉了。洪水力气得要烧朱家房子，结果朱家托人找洪水力姓房的干娘说情，赔了许多钱才算了事。

当时群众中流传着一首民歌，前两段是这样唱的：

正月里来正月正，杨老四带兵打破泾县城。弟兄死了有多少，又死多少老百姓！

二月里来龙抬头，南乡绅士有多愁。白天怕来放他火，夜晚又怕砍他头……

官与匪暗通消息　望牛滩匪首丧身

杨老四这股土匪，国民党政府曾多次派兵进剿。

1929年，繁昌县保安队的王大方、徐开泰以及陈巧云（北方人）都带队伍清剿过。他们既不敢抗命不清剿，又都惧怕杨老四的势力，只得虚张声势，甚至提前通风报信，要匪众避让。有的还借剿匪之名，行勾连之实。

1929年，繁昌县政府派兵剿匪，他们竟借剿匪之机，进行军火交易。剿匪的部队未出发，杨老四已带领土匪从新林石龙冲退到官塘箬帽岭，撤退时留下大量银圆。剿匪部队一进山，故意对空放枪。到了石龙冲匪穴，取走银圆，留下整箱整箱的子弹。因为剿匪时，子弹可以实报实销；子弹消耗得越多，表示剿匪战斗越激烈。多次匪剿下来，双方未伤亡一人，倒是完成了官得钱财、匪得弹药的秘密交易。剿匪后不但匪势不减，而且祸及南陵。南陵的部队说繁昌部队通匪，繁昌部队申辩："说我们通匪，请你们来剿。"

1930年5月15日，南陵县的保安队来清剿，刚进入新林铺，杨老四就带领众匪从山上冲下来将其围住。南陵县保安队仓皇向圩区撤退。因为这一天上午山中起大雾，杨老四只追了一阵，就撤回山上了。南陵保安队道路不熟，只得抓了一个名叫陈二疯子的人，作为向导，领他们到杨家桥，上了大路，撤回南陵去了。

五华山的匪势越来越大，惊动了当时的南京政府。当时的报纸曾刊登过"五华山匪势猖狂"的消息，南京卫戍司令部派一营兵力，由一个姓冯的湖南籍营长率领前来围剿。

1931年，农历四月十七日。天下着雨。匪首杨老四、梁老幺、谷玉海三人在新林铺吴二老头子家鸦片烟馆里抽大烟，派赵登贵、杨老六两个匪徒为其站岗放哨。冯营长带兵进至新林铺时，赵、杨两人离开哨位溜到人家去看抹牌，未及提防就成了俘虏。这时，新林街上有人喊"灰狗子来了"（指国民党军队）。杨老四等人闻讯，因上山的道路被阻，只得从鸦片馆和潘家芳家杂货店的巷内向南面的圩区逃窜。冯营长领兵追击。杨老四、梁老幺、谷玉海三人逃到垞湖滩水中的望牛墩上，掏出盒子枪，一人装填子弹，两人还击。从上午对峙到下午，终因寡不敌众，梁、谷先被打死，杨老四在潜水逃跑时被击中肩部，随即淹死。

当晚，匪徒以200块银圆为代价，要人把"大哥"尸体捞起来。群众都不愿干。第二天，冯营长命王德庆用鱼盆捞起杨老四尸体，割下头颅，带往繁昌示众。两个放哨的匪徒经审问以后被验明了身份，姓杨的原籍湖南，是冯营长的同乡，当即被释放，姓赵的被带到南京枪决。

80岁的产瑞青回忆：剿匪那年，一天，我穿着蓑衣在犁田，冯营长的两个兵把我逮住，用枪对着我，说我是土匪。我讲不是。那两个兵说：有人报告这里做田的人都是土匪，女人洗衣提桶里都带着枪，还问我枪放在哪里。我说：老总，你看得明白，我的田做得这么整齐，是吃苦换来的，我要是土匪，怎么不晓得去快活，还这么吃苦做田吗？两个兵又问我这里可有土匪。我说有。又问有多少人，我说二三百人。他问在哪里。我说在山上，有时来有时不来。他看我讲的是实话，就放下我走了。

冯营长的军队在这里闹了七八天。这次清剿，虽打死了杨老四等几个匪首，但大批土匪仍然存在，他们的实力并没有多大损失。

分赃起内讧　火并金华田

杨老四等三个匪首死后，大多数土匪仍藏在深山里。官兵一走，金华田代替了杨老四，杨老三任副职，重振旗鼓，一如既往。金华田弟兄7人，还有表亲等共10多个人，结成一帮，其势力之大可想而知。他依仗人多势众，控制其他匪徒。因分

五华山匪患兴灭记

赃不均、处事不公，匪徒们不服，往往暗地里鼓噪，特别是匪徒洪水力，对其非常不满。

1932年3月中旬，洪水力纠集了一部分匪徒，经过密商，在一个晚上，同时在石龙冲及东岛的铜冲突然袭击，一举打死金华田弟兄等13人。这天，金华田刚买回一支新盒子枪。天黑以后，洪水力喊开金华田的门说："大哥，你买了一支新枪，给我看看。"金递过枪，洪接过去就把金打死了。

据王文石自传记载，1930年，他在龙潭小学当教员，曾与该校教员王龙飞、梁正荣进山与金华田、杨三宝等接洽，在五华山召开了一次大会。王动员他们投向革命，和自己在一起干。金华田等将信将疑。不久，金华田就被同伙打死了。

金华田一死，洪水力当上了"寨主"。

销声匿迹鸟兽散　彻底瓦解匪患平

洪水力火并了金华田，引起土匪内部一些人的忧虑和忌恨。杨三宝把带来的人拉走，另立山头。以后，洪水力自己玩枪走火，将腿骨打断，行动艰难，更难以指挥部下了。

与此同时，国民党军队经常来清剿。群众也因此受害，反对越来越激烈。种种原因所致，匪徒内部人心涣散，各奔东西。有的逃离，有的改邪归正，不再为匪。杨氏兄弟也卷起铺盖，回安庆老家去了。

洪水力家住新林乡郭仁保，由于作恶太多，不敢回家，买了一只帆船，雇人做水上运输，自己隐居船上，东漂西荡，以图保全性命。

1934年下半年的一天傍晚，洪水力船经漳河，停泊在家门口，被群众发觉后报告给了官方，繁昌县政府当即派部队将其捕获，用稻箩把他抬到繁昌县城处决了。

从此，五华山地区多年的匪患，才得以彻底平息。至今，坊间还流传着一个歇后语：五华山土匪——自生自灭。

[选自政协繁昌县文史资料工作委员会《繁昌文史资料选辑》(第一辑)]

抗日战争时期繁昌县难民救济概况

王高翔

日本侵略军于1937年夏，在华北发动卢沟桥事变，从上海登陆后，更猛烈地向南京等地进攻。国民党军队累累受挫，节节溃败，日军长驱直入，很快侵占芜湖，繁昌三山镇于1938年春沦陷。不久，荻港镇、桃冲矿亦遭其铁蹄践踏，县城也不断有日机轰炸扫射。日军到处烧、杀、淫、掳，惨绝人寰。繁昌东、北、西大部分地区的人民，被迫纷纷向南逃难。县属各机构，先退往城郊柯家冲。1938年冬，驻守繁昌的川军，在县境南端中分村、八分村一隅，时受日军扫荡威胁。而聚集在中分村、八分村一带的难民，其中只有极少数家境稍好的能拿钱租屋居住，其余近3000人，皆食宿于露天，听任日晒、风吹、雨淋，苦不堪言！正在这苦难的关头，新四军第三支队来繁驻守。经过多次的英勇奋战，塘口坝之役、峨山之役等，皆取得大快人心的胜利，保卫了繁昌、保卫了皖南门户。这样一来地方秩序逐步好转，人心渐次安定，县属各机构恢复正常办公。新四军与县动员委员会共同开展工作，成立了县难民救济支会，由县长张孟陶兼任主任，士绅邢瑶圃任副主任，我被派为总干事，张兆麟、赵厚瑛、赵宗鲁、葛世求、潘礼涛等为干事。旋根据省令，该救济支会设立了6个难民收容所，地址分别是中分村附近的董家祠、八分村附近的徐陶庙和徐家祠、晓岭王村附近的王家祠、猫儿山村附近的吴家祠、八都何村附近的何家祠。难民收容所一设立，聚集在中分村、八分村一带的数千名难民，分别搬进相近的收容所。

难民在搬入收容所之前已经受了很长时间的热、寒、湿、饿的摧残，大多数人患着各种各样的疾病。单以患疟疾与疥疮的来说，就达难民总人数的60%。当时县难民救济支会仅能按时把发下来的救济款项及时转发给难民，以当时法币计算，有时每人发5角，有时每人发1元（每元可买米30斤）。因时属非常，各地医药输入线被日伪封锁，医药成为稀世之珍，无法买到，为患病的难民医治。难民救济支会对这个大灾难，束手无策，徒唤奈何！

1939年春间，有一天，新四军三支队司令部张贴了欢迎国际友人史沫特莱女士莅临观察的标语。史沫特莱是美国友人，1928年年底，她以《佛兰克福日报》特派记者的身份，来到她向往已久的中国，以后，她就将自己生命的三分之一的年华，都用在致力于中国革命的事业上。欢迎标语贴出后，只隔了两天，史沫特莱女士即与翻译员方练百一道来到难民救济会，去收容所察看难民情况。当时由邢瑶圃和我陪同两位贵客，前往中分村、八分村附近的三个难民收容所。一进门她就明白了难民艰苦的处境。多数人抱病哀叹、呻吟，其凄惨状况真是目不忍睹。史沫特莱女士一一看望，深有感触。当她获悉难民患病，无药医治，当即表示回去一定设法送药品来救济难民。当史沫特莱离开繁昌后，不出两个月，我们就收到她由上海寄来的一封快信，说：已向中外慈善团体，募得一批药品，寄存芜湖狮子山圣雅各学校（那时主持这个学校的美籍人士尚未撤离），嘱抓紧携带正式收据，前往芜湖领取。

那时驻芜日军警戒森严，此间无人敢去，后由县长张孟陶找到原芜湖码头上大流氓何正标，要他的老婆何大嫂，拿收据前往圣雅各学校领取。他很快就领到价值难以估量的大批珍贵药品，雇了4个人，各挑一大担，偷偷越过日军岗哨，来到繁昌，交给难民救济会。这项药品，计每瓶500粒的双桃牌奎林丸20瓶，硫磺软膏两大铁箱，胶布二十几卷，白单纱布连同药棉五六大捆，还有各种内外科药品大小数十包。这批药品被分发到各难民收容所，对患有疾病、疥疮的难民进行治疗，收效迅速，各种疾病，真是药到病除，日渐痊愈。白单纱布，除用作难民包扎伤口外，还有一些被分发给最贫困的老人与小孩做了蚊帐。史沫特莱女士的国际主义精神，使人铭记肺腑，永不能忘！

一年后，设在八分村徐家祠收容所的难民，被分开归并到其余几个收容所，徐家祠的房屋被腾出，改为县办中心工厂，用于粮食加工及纺织棉布。继而设在八都何村何家祠堂的一个收容所，因难民中有许多人自动出外做小生意，谋求生活，留所人数逐渐减少，其他几个收容所也有类似情形，遂作了必要的归并调整。县难民救济支会对难民出外做小生意，则发给身份证明，便于沿途驻军岗哨查验放行。后来还留存4个收容所，一直坚持到1944年5月初，因川军张昌德、李志千、张定波等叛变投降日伪，铜、南、繁地区整个沦陷，繁昌直属各机构，均仓促逃亡泾县，致使难民收容所被迫解散了。

（选自政协繁昌县文史资料委员会《繁昌文史集粹》）

苏日盛锅坊的兴衰

程齐凯

苏日盛锅坊原坐落在荻港镇，面对荻港河口，背靠凤凰矶山，右濒长江，左临街道。这个锅坊原由旌德县人创办（年代无从查考），至清咸丰年间（1851—1861），由于经营不善，濒临倒闭，因而出售给苏砚田的祖父苏文郁（号鉴卿）。苏家原系太平县永丰乡人，因经营致富，当时在徽州、上海虹口、南京建康路、芜湖二街等地，开设杂货店、五金店、茶庄、当铺；在铜陵大通有苏日盛锅坊，在荻港老埠头有苏日盛油坊（有十二筒油榨，十头牛，百余工人）。苏家买下锅坊后，取名"苏日盛"，取苏家油坊、锅坊日益昌盛之意。从那时起，经苏家几代人的经营，一直都很兴旺。

1931年，苏家聘族人苏子腾为锅坊管事（经理）。苏子腾利用苏家企业多、资金充裕、营业范围广等有利条件，加之自己精心管理，到1936年，使锅坊发展到10条皿炉（皿炉生产铁锅，生炉生产犁头、耙齿等），作坊房屋扩大到150多间，营业员和工人增到200名，成了繁昌赫赫有名的企业，人称之为"苏百万"。

1937年，抗日战争全面爆发，1938年夏荻港沦陷，苏日盛油坊、苏日盛锅坊都被迫停产。日军占领荻港后，为扫除军事障碍，用炮火将油坊摧毁，所有厂房成为一片废墟。锅坊全被日军作为军营。

1945年，抗日战争胜利以后，苏砚田和妻子陆瑛及弟弟三人，奉父命由上海来荻港继承旧业。他们来荻港之后，招收工人，重建被毁坏的作坊，维修和添置生产设备，恢复锅坊生产。恢复后的苏日盛锅坊，作坊及营业间房屋100多间，工人140多名。

苏日盛锅坊坐落大江之滨，水运方便，上可达武汉，下至宁、沪，南抵铜、南二县山区，北有泥汉河直通无为，交通四通八达。在运输原材料和产品方面，可谓得天独厚。加之苏家各地还有不少商铺和作坊，在经济网络上具备相当优势。照理苏日盛锅坊应当产销两旺，可是，旧社会封建割据、关卡林立、敲诈勒索，苏日盛锅坊的原料和产品流通同样受到人为限制。加之，苏氏兄弟为人忠厚，不善经营，在那个尔虞我诈、互相拆台的资本主义竞争年代，远远不是同行业的竞争对手。因此，锅坊日益衰落，到繁昌解放前夕只能维持两条炉子的生产规模，职员和工人不足百名，企业濒临倒闭。

1949 年 4 月 20 日，人民解放军横渡长江，当时荻港商店都关门停业。虽经宣传，少数大户，仍持有怀疑态度。苏砚田率先令锅坊门市部及时营业，还动员本镇一些大户商店开了业。

1950 年，锅坊先成立了劳资协会，不久就成立了工会。工人有了自己的组织，参与生产管理，协助资方搞好生产经营。资方主动接受监督，劳资关系较为协调。可是，由于新中国成立前受损太重，一时难以恢复，生产一直处于勉强维持的状态。这个时期，党对私营工商业实行"利用、限制、改造"的政策（即利用其有利于国计民生的积极作用，限制不利于国计民生的消极作用，改造资本主义私有制为社会主义公有制），对于苏日盛锅坊的困境，银行给予贷款支持，芜湖地区批发站对其产品实行订购包销。经多方扶助，锅坊才得以维持，并有了一定的发展。

1953 年，党的过渡时期总路线公布以后，因为木材由国家统一经营管理，无为县有十位木商要转业。为了扶持苏日盛锅坊发展生产，中共芜湖地委统战部指示繁昌、无为二县统战部和工商联紧密配合，引导木商与锅坊合股经营。从这一年的 11 月开始洽谈，经过深入细致的工作，到 1954 年 3 月，双方达成协议，签订了联营合同，并经荻港人民政府公证。岂料不久发生了百年未遇的洪水，厂房被淹，到 1954 年年底，才开展了联营的实际工作。苏砚田同志对联营态度积极，不计较个人得失，将占地总面积 4000 平米的各类房屋百余间，连同生产工具和流动资金，只作价定为股金 5000 元（低于实际价格），十户木商共有流动资金 23500 多元。联营以后，名曰"日盛锅厂"，去掉"苏"字。厂长为木商耿玉然，副厂长为胡亚庭（木商）、苏砚田。锅坊终于摆脱了资金不足的困境，并有所发展，木商得到了适当的安置，资金得到了合理的利用。1956 年，这个厂在党对资本主义工商业社会主义改造热潮中，并入公私合营同和祥锅厂。

苏砚田同志在公私合营后，担任厂供销股长，并被选为一至五届县人大代表，县人民委员会委员等，于 1987 年退休。

[选自政协繁昌县文史委员会《繁昌文史资料》（第八辑）]

繁昌的目连戏

杨有贡

目连戏相传是祁门郑之珍所编撰，原为劝善戏文，流行于皖南和浙、赣一带，繁昌的目连戏由南陵传入，具体时间已无从查考。1912年，南陵县马家园目连戏班中老艺人谢昌禄、谢昌全、海子（艺名）、长庆、青松尼、骆尼等人与繁昌丰裕圩演唱目连戏的艺人强裕民、强同豹、强报应等人建班演出。至1920年前后，又由丰裕圩的强裕民、强同豹、强茂勤、钱月根等人领头，组成丰裕目连戏班，租用繁昌骆村全福徽戏班的行头正式演出。这一时期，他们既与南陵的马家园班搭班演出，又和全福班联合演出，其唱腔、道白纯属南陵方言，与祁门、徽州不同，表演形式、格调，都带有浓厚的南、繁乡土风味。

丰裕目连戏班是农村半职业性的流动戏班，演员一般都经过投师学艺，掌握了演唱技能，平时在家从事农业生产或其他活计，每年三月麦收以后，就集中起来，组班流动演出，故又称三月黄班。至1931年，戏班的演员已大大增多，又有徐学安、强永昆、鲁进修、强家庐等班组，俗称徐学安目连戏班，主要演员除领头的4人以外，有强永楠、强世芝、王梅材、王梅栋、鲁咸发、鲁可恭、俞裕忠、徐安义、钱盛余、骆富达、骆以富、容子、高仕林、高道玉等十数人。另伴随目连戏演出的爬杆、抛钗武生演员有七里井的尺五（艺名）、大河桂村的桂某某，制作焰火烟花的工艺匠人有七里井的强昌盛、俞时汉等。全班生、旦、净、丑，角色齐全，均有一定功底，阵容强大，流动于南陵、芜湖、繁昌等处的城镇、农村，尤以繁昌为最，几乎全县各乡镇、大小村落，都有他们的足迹。因为大多数演员是丰裕圩人，丰裕圩村村演唱目连，孩童也能哼上几句，故丰裕圩又有目连戏之乡的称号。自建班之时起，几十年来，他们一面承担各地传统的庙会目连戏演出活动，一面为氏族、村落的业余"蛮班"打本教戏，使目连戏广为流传，成为繁昌城乡群众敬神还愿祈求吉祥和活跃文化生活的一项民俗活动。

全县各地聘请徐学安目连戏班演出目连戏，名目很多，规模也各自不同，其中有会戏，如族会戏、村会戏、庙会戏等，这些会戏又分六十年大会、二十年大会、十年大会不等。这种演出多带有迷信的色彩，如结神鬼之缘、祈求平安降福等。凡十年以上的神会经常和全福徽戏班联合演出，晚上演目连，白天唱平台（即徽戏），总称平安戏，一般要演出7本目连戏，7天演完。第一本从《新年》起到《化棺》

止，第二本从《天门》起到《拜归》止，第三本从《六旬》起到《目连卖身》止，第四本从《训妓》起到《见母团圆》止，第五本从《讲经》起到《别女》止，第六本从《一殿》起到《五殿》止，第七本从《六殿》起到《十殿》止。1931年，他们为繁昌中分村六十年大会演出，搭有独脚莲花台，曾经轰动长江下游几省（市），前来看戏的日以万计。抗日战争前夕为黄浒演出的十年大会，也搭有串脚花台，盛况空前。

另一种是为地方演的许愿戏和稻黄戏，或称庆胜戏。一般多演3本，把7本目连压缩为3天演完，俗称三日红，也是晚上目连，白天平台。也有根据地方条件演出一天的，名为串目连，下午太阳落山开台，演到第二天早上太阳出山歇台，故又称两头红。把7本戏压为一夜演完，折子戏剧目由《新年》开始到《出佛》《挂幡》《选等》《驮金》《请罪》《烧香》《扫地》《下山》《雪下》《讨饭》《天门》《开荤》《化缘》《出神》《赈孤》《望子》《拜归》《团圆》为止。戏班为地方神会、庙会演出目连戏，均有一套固定的程序，开戏的第一天，戏班要"出马"，由地方首事领着巡行各村，登门进宅。"出马"上路，由"五鬼"领先，"五猖神"居中，"彩马""大菩萨"（天尊）殿后，各村各户摆香案迎送。天尊进宅"扫堂"，驱魔降福。戏台对面，要由戏班师傅立五猖神位，杀鸡荐牲。当目连戏演到《天门》一场，开天门时，闻太师下凡，地方首事要上台叩拜申诉；扮演闻太师的演员要下台进村入宅，民户焚香迎接，闻太师口念吉语，保佑平安。

戏班备有马角（即武生），在《抛钗》一场，表演抛钗绝技，演员分立于戏台四角，互相抛掷钢叉，十分惊险。另在舞台前竖立一高4丈左右的木杆，马角还要攀上杆顶，高空表演各种杂耍。同时在另一根长木杆上，挂有各种焰火烟花点火燃放，一时五彩缤纷，恍若仙境。

新中国成立初期，徐学安目连戏班仍有部分老艺人曾经在董村、许屋基、东西形冲、杨村、潘村等地演出许愿戏。以后随着人民群众觉悟的提高，迷信色彩极浓的神会、庙会日渐绝迹，戏班也自行停演解散。目连戏的内容多为宣扬因果报应，带有迷信色彩，但其中也有《下山》那样较优秀的折子戏。1956年，县文化部门为挖掘地方戏曲遗产，曾抽调原徐学安目连戏班部分老艺人在全县业余文艺会演大会上演出《讨饭》《老驮少》《下山》等几个折子戏，供观众观摩。同年受芜湖地区文化科邀请，徐学安和宋芝元合作在全区音乐舞蹈业余会演大会上，演出了《下山》一折。此后目连戏就少有演出活动了。

[选自政协繁昌县文史委员会《繁昌文史资料》（第五辑）]

繁昌私塾改良述略

王雨生

私塾，原为私学，明、清时代才改称的。私塾的兴起，使更多的人受到教育，它在培育人才方面，起了一定的作用。繁昌的私塾办得比较早，1929年全县就有147所，塾童达1132（女孩254名）人，已经相当普遍了；及至抗日战争前夕，多达两三百所，超过同期的小学数；抗日战争胜利后，私塾学生竟多达3827人（男2593、女1234），全县私塾林立，仅城关就有近10所，有的就办在小学附近。民国时期的私塾与小学一直在同步发展。

尽管如此，私塾的教学制度，一直没有多大变化，逐渐显露出不少众所周知的问题，诸如：教材陈旧，教学呆板，死记硬背，常施体罚，枯坐到晚，为光宗耀祖而学，等等。这已经是老化僵化的教学形式了，不仅贻误青年，淹没儿童天真，且阻碍普通小学的发展。民国时期，这些问题已为热心教育的有识之士所体察，于是他们着手对私塾进行改良改革。

先是整顿塾师的队伍。原来，县教育当局对私塾并不直接控制，而是使其随各地自由发展，塾师良莠不齐，也不过问。约在1918年，才开始登记塾师，并通过考试进行甄别。甄别后，三山姚彩奇和北乡汪学洋等被评为优秀塾师；但对大多数塾师触动不大，教学工作还是泥古不变。

1928年，繁昌县准备先增设小学，再取缔私塾。事实上办不到，因为当时县里局长的命令，区长不一定就接受，执行障碍多；加上社会上特别是农村，不习惯"洋学堂"，认为洋学堂讲洋话，念洋书，倒不如进私塾读"人之初"，还多认个把字。结果县里的命令，成了一纸空文，并无实效。

1934年，繁昌县教育局再次培训塾师，在第三区（即平铺），举办了塾师训练班。班上宣讲了省教育厅关于改良私塾的训令，并请了小学校长、教师介绍国民课本及其教法。结束时，人人发了毕业证书，都视如检定合格的塾师。从此以后，县里曾出现了一些改良私塾的优秀塾师，如城关张兰芳、三山邓则先、硫山李应文、浮山刘敬直等。他们能认清教育形势，知识全面，在教材选择上，既教经史子集，也教精悍短小的时文，有的还教数学。此外如新港滕啸岩、城关严旦、万大启等，都是大学毕业生，也都办起了私塾，除了中文以外，外语、数学、物理、化学等科都教。这样的私塾，已类似补习班，多半是为升学服务的。

新中国成立前后，不少青年塾师积极投身革命，于是私塾有的停办，有的就地改为普通小学。到1951年，只剩下40所。是年秋，县文教科执行"大力改造"方针，积极稳妥地将所有私塾改为民办小学或并入附近小学，塾师也随之转为公办老师，这才彻底完成改造私塾的历史任务，私塾作为历史的一页被揭过去了。

[选自政协繁昌县文史委员会《繁昌文史资料》（第七辑）]

繁昌县立初级中学的建立与发展

潘觉非　向乔青　铁　史

创办农业中学

1936年5月，刚从大学毕业的卓衡之（江苏人）出任繁昌县县长。刚到任时，即了解全县教育情况，当他发现还没有一所中学时，便立即向全县士绅倡议办一所中学。当时国民党县党部书记长、教育局督导及文化、商会等方面负责人和有关绅士，见县长倡导办学，都一致赞成。卓衡之认为繁昌县以农业为主，为适应农业发展的需要，便决定办一所农业中学。

议定建校后，由于经费困难，大家商定以城隍庙（旧址在今城关粮站院内）为农中校舍。庙内城隍菩萨和他的夫人稳坐大殿之上，判官、小鬼分列两旁，当时没有人敢犯神威去搬动它们。消息传到卓县长的耳朵里，他放下手中的公文去城隍庙，命人拿来几根粗麻绳，拴在城隍爷的脖子上，带领手下人员一起用力拉，把这个泥塑的偶像掼个稀巴烂。然后工役和瓦匠才连同十殿阎罗、城隍庙后的炎帝庙里的神像一并摧毁，将其修建成教室。第一学期的校长为杜学斌。学校招考时，全县四乡八镇来的青少年有三四百人。经过考试录取学生50名，其中男生40名，女生10名。课程设有语文、数学、英语、音乐、体育、动植物。同时还建立了实习园地和农业实习场所，学生在老师的指导下，进行种植、耘草、施肥、灌溉、灭虫等。

农业中学办了两学期，第二年抗日战争全面爆发后，学校停办。

抗日战争时期的县立中学

1938年年底，繁昌县三山、新港、荻港、峨桥等地，约占全县三分之一的地区，相继沦陷。繁昌县政府在日军飞机、大炮经常不断袭击下，逃避到城南柯家冲，不久又迁到离城15千米的八分村住下来了。

当抗战进入第6个年头后，由于八路军、新四军和各地人民武装共同痛击侵略者，日军陷入垂死的前夕，已无力出击骚扰，因此繁昌县形势一般比较稳定。

中分村，地处山区，都是连绵不断的大小山岭，为逃避日军骚扰，全县殷实富户，大部分迁往该地，一时人烟密集。经过 6 年来的颠沛流离，许多青少年失学在家，这引起家长的苦恼，要升学只有远走南陵、泾县、徽州一带。因此，有人建议在中分村办一所中学，县长罗立光认为建议可行，立即表示同意。于是，在县政府的一次会议上正式决定，开办繁昌县立初级中学，命邢瑶圃为校长，汤大纪、谢学敏等协助筹建。建校后，同年 9 月间便已正式开学上课。

战争年代，县政府难以顾及学校，更无财力筹建专款开支，只靠各方面赞助和支援。

当时，县里办有一所稻谷加工厂，全县公粮（未沦陷区）稻谷，必须经过加工碾成糙米才能储存。县政府就在稻谷加工费中提出 30%，给学校作为筹建资金。其次，未沦陷的乡镇，如黄浒、孙村、新林、小淮、平沟等地筹措了一部分经费作为补助。此外，中分村公堂"九支公"、平沟八大家、范冲谢葆先等大财主有的也捐助了一部分。其中以徐姓"九支公"在物力（竹、木）、财力方面支援较多。教室设在徐姓祠堂大厅里，用竹席把它分隔成三个教室和一间宿舍。课桌、凳是从范冲小学搬移过来的。新制黑板、办公室用具，都是徐姓"九支公"捐赠木材所制成。其他用具，大都因陋就简整修使用。

学校设董事会，管理全校事务。

校长邢瑶圃，繁昌县人，曾任县民众教育馆长，省、县参议员等职。下设教务主任、训育主任、事务处、女生指导以及体育教练。课程有语文、外语、理化、数学、公民、美术、音乐、动植物、史地。当时因无现成的课本，除英语、动植物课外，一般都是编印讲义进行教学。

全校男女生共计 208 人，女生仅有 15 人左右。按成绩划分为一年级两个班，二年级一个班。学生大都来自附近 10 里路以内的村落，如板石岭、老虎山、马仁寺、马冲、赤沙等地。来自较远乡镇的学生也有 40 多人，在校住、食，其余皆为走读生。

授课老师大都是全家避难迁来暂住的，一般家庭生活比较富裕，只享受津贴和每月公粮米 6 斗，没有工资待遇。只对少数生活困难的老师按规定给予工资。学生交纳费用很少，每学期每人仅交大米 150 斤，住宿费、书籍费、学费等免交。

学校于 1943 年 9 月某日正式开学。校门上面贴了一张横幅大红纸，上写"抗日救亡，造就国防青年" 10 个大字。师生和来客，济济一堂。鼓号齐鸣，鞭炮齐喧，非常热闹。特别是失学多年的青少年，更感到无比高兴。可是，好景不长，1944 年 4 月底，国民党驻在繁昌、南陵的川军一四四师张昌德、李志千等 3 个团投降日军。为了免遭叛军迫害，5 月 1 日学校解散，学生回家，全校员工随县政府迁到泾县章家渡，后又逃迁至泾县厚岸。建立仅8个月的繁昌县立初级中学就这样结束了。

抗战胜利后重建县中

抗日战争胜利后，繁昌县立初级中学被重建，校址设在原云路街小学的废墟上。

这所小学从1926年到1937年的10多年中，从校舍规模、教学设备、教师质量等方面，算是全县条件比较好的一所完全小学。可惜校舍在抗战时被日机炸毁，就决定以此遗址建立中学比较理想。

当时负责筹建的人员，有姚残石、汪洋、王高翔等（汪洋实际未参与）。负责施工的是瓦工汪炳生。

建校经费，来源有如下几项：抗日战争胜利后，日伪逃走时在荻港镇丢下一批食盐，计3000多斤，就地出售后，由县政府全部拨交县中作筹建费用；县公款公产管理委员会把现买的庄田40多亩，拨给县中作为学田，收入由学校使用；旧县刘作斌及同和祥锅厂各捐赠了200元。

原云路小学经敌机炸毁后，剩下的房屋全是断垣残壁，遍地荆棘丛生，瓦砾成堆，弹坑累累，课桌课凳，更是断腿裂面，很少完整。整修工程限于经济不足，一般只能因陋就简，修复使用，新购置的很少，厨房饭厅还是以老城隍庙的殿宇代用。1946年9月开学后，为了清除全校场地，由校长领头，教师、学生利用每天课余时间，全体动手，铲除杂草，填平弹坑，清除瓦砾，大家辛劳了3个月，才完成了这项艰巨的任务，使学校面貌焕然一新。

原云路小学校址，前起街面大路，后抵东北城墙。校内无场地开展体育活动。商得南城外富户陈殿英的同意，他无偿地把与学校毗连的一块荒地捐给学校辟为操场。这块荒地从察院井起至解放台，是一块长方形斜土坡，坟冢很多，杂草丛生，外无围墙，要建成一个平坦的操场，单靠师生的力量是不可能的。学校向县政府请求援助，县政府乃派出囚犯数十名，以1个多月的时间，才平好这块3200平方米的大操场。接着学校又组织动员学生，拆城墙、抬城砖，在操场外围砌成一道围墙。1947年春，继任县长俞步骐，决定由县中主持，举行繁昌县第一届体育竞赛运动大会，并拨款整修了大操场，在操场北首建造了1座检阅台，就是后来的解放台。

1946年建校后，首任校长为姚残石（繁昌县三山人，时年45岁），教务主任为沈汉（兼任美术课），训育主任为邓承佑（兼军体教练），总务主任为赵杰，事务员为丁家模，女生指导为单乙生（女）。

学校附设简易师范速成班，主任前为吴家谷，后为黄教诚。

建校后的第一学年，共设4个班，初一3个班，简易师范1个班。教职员工共24人，学生共计220多人，其中女生人数占10%。

1947年秋季，姚残石离任，接任校长汪洋，繁昌县黄浒人，年龄约40岁。

这一学年，初一3个班，初二2个班，简师1个班。第三学年共8个班。一至三年级各2个班，简师一至二年级各1班。全校计8个班，男女学生共360多人，教职员工35人。1949年春，繁昌解放了，这所中学回到了人民手里。由于教育事业的发展，至1958年即为完全中学。1982年，改为繁昌第一中学，拥有初、高中24个班，1200多名学生。

（选自政协繁昌县文史资料委员会《繁昌文史集粹》）

新中国成立初期繁昌县划乡建政简介

王昌举

1949年4月21日，繁昌县全境解放了。翌日，南繁芜总队长王安葆和中共繁昌县委书记阮致中，率干部战士80余人进入县城，接管国民党县政府，发布安民告示，稳定社会秩序，组建县大队武装。5月5日，繁昌县人民政府宣告成立。繁昌解放后原属皖南人民行政公署芜当专区管辖，1950年上半年转辖于池州专区，1952年划归芜湖专区。

1950年1月，在全县4镇、16乡、173保、1696甲的基础上，撤乡划区，即划乡改设为8个区所辖的163个行政村，及其下属的自然村。区级以下所辖的行政村为基层政权机构，在上级党政领导下，由行政村的农会主任等领导本村行使上传下达日常公务，发动群众参军参干、生产救灾、征收公粮、减租减息、反霸肃反、开展土地改革和兴修水利、组织农村经济建设等。

新中国成立初期，繁昌境内的行政区域也有所变动：1950年，在长江中游与无为县交界的原属繁昌管辖的永固乡，即黑沙洲、天然洲，划归无为县管辖；1952年，永丰圩又划归铜陵县管辖。

1951年，全县结合土地改革运动，建立健全各种组织，时至翌年元月，抽调干部190多人分三批进行划乡建政工作，至10月结束，原设的第1区改名为城厢区、第2区改名为孙村区、第3区改名为荻港区、第4区改名为旧县区（即今新港镇）、第5区改名为横山区、第6区改名为三山区、第7区改名为峨桥区、第8区改名为新林区，共8个区级机构，原设的163个行政村，改建为5个镇、83个乡。在乡、镇下设1009个选区，通过民主选举乡、镇长，实行民主建政。这8个区的行政区域所管辖的乡、镇如下（见表1）：

表1　1951—1955年繁昌行政区划表

区名称	乡（镇）名称
城厢区	城关（镇）、七里、铁门、团山、大阳、五亭、库山、童坝、凤形乡（117个选区）
孙村区	孙村、黄浒、九连、水口、万里、感定、清水、八分、赤沙、长垄、梅冲、马厂乡（143个选区）
荻港区	荻港（镇）、石垄、常兴、笔架、桃冲、庆大、芦南、罗庆乡（72个选区）
旧县区	旧县（镇）、东圩、荷圩、强圩、乐楼、高安、义合、磕里、磕山乡（87个选区）

区名称	乡（镇）名称
横山区	横山（镇）、矶山、甄山、茶山、高墩、新合、裕民、泥埠、松林、南圩、孙滩、缸窑、长坝乡（181个选区）
三山区	三山（镇）、小洲、渡口、固堤、游山、鸭鹏、荆华、天圩、新民、黄垄、焦湾、团洲乡（123个选区）
峨桥区	峨桥、佘村、杨村、新淮、南湖、螺湖、桂港、丰圩、龟山、新亭、千坝、中坝、浮湖、西湖乡（183个选区）
新林区	新林、郭仁、郑渡、东城、五华、永庆、官塘、石谷、平铺、紫岚乡（103个选区）

这时划乡建政的政权机构，一直保持到了1955年。当农业合作化高潮到来时，为适应大办高级农业合作社的体制，中共繁昌县委决定，于1956年1月开始撤区并乡，将全县原设的8个区撤掉，原有的88个乡（镇）合并为城关、荻港、新港、横山、桃冲5个镇，峨山、环城、孙村、赤沙、五联、石垄、芦南、马厂、磕山、高安、长兴、章保、三山、保定、小洲、固堤、峨桥、杨村、浮山、桂港、华壁、平铺、官塘、大有24个乡。同时，将全县909个临时农业生产互助组、1540个常年农业生产互助组、844个初级农业生产合作社、3个高级农业生产合作社，合并为50个高级农业生产合作社，入社农户占总农户的98.7%，实现了农业社会主义改造。

1958年10月，全县大办人民公社，实行政社合一的体制，取消了乡、镇建制。1984年春，在全县体制改革中，又恢复了乡、镇建制，原公社名称不再存在，一律改称为乡（镇）人民政府，乡、镇以下设行政村、村民小组和居民委员会。

［选自政协繁昌县文史委员会《繁昌文史资料》（第九辑）］

漫话繁昌大戏院

沈大龙

繁昌城迎春路上，坐落着一座端庄大气的建筑，它曾是全县文化文艺活动的中心，给几代繁昌人留下了深刻印象，这就是繁昌大戏院。

大戏院所在的地段，是明清时期繁昌学宫的一部分，大戏院的后面就是繁昌学宫孔庙大成殿，人们习惯称之为夫子庙。迎春路是繁昌城主街道，大戏院这一地段是城区中心地带。

新中国成立后，经过三年经济恢复，随着物质生活的改善和提高，人们对文化生活的需求越来越迫切。1952年，省文化工作会议号召全省各地扶持发展安徽地方戏剧。1953年上半年，繁昌民间庐剧艺人汪自金创办了繁昌庐剧团。庐剧进城，可没有演出剧场，县文化部门出面协调，商借南门外圣公会（今繁昌区人民医院院址）的大礼堂，作营业性演出。待剧团积蓄了资金，购置了大棚，开始在县内乡镇及出县流动演出。但县城无剧场，难以接待外来剧团。这时，退伍军人丁毅商借了繁昌县人武部的大会场（原国民党繁昌县党部大会场），作为临时剧场，置办200多把小竹椅，接待外地剧团来繁演出。

1953年下半年，城关印刷社蒋云峰、城关工商组负责人张自柱和商人赵学坤、杨帮先等计划筹建剧场。在繁昌县委、县政府的关心、重视下，县文教科和文化馆积极协调帮助，于繁昌县人民武装部大院（后为县庐剧团宿舍区，位于今夫子庙巷深处），兴建了一座有600个座位、竹木结构、稻草盖顶的剧场，名为大众剧场，于1954年4月间正式演出，结束了繁昌没有剧场的历史。

原繁昌县教育局刘西霖先生在《漫话繁昌剧院》一文中介绍了繁昌大戏院建设经过。1958年，繁昌县委、县政府为了适应文化发展的需要，同时也为了解决县里召开大型会议而无大型会场的实际困难，向省委来繁昌工作的领导请示并获得批准后，决定兴建一座正规的繁昌大戏院。县委书记宋惠林、县长耿田两位主要领导亲自过问大戏院建设项目，会同县委宣传部、县文教局负责同志选定城关一小北面空场地为大戏院建设地址，成立了繁昌大戏院基建组，配备人员专抓项目建设工作。1959年3月基建组开始运转。

建设什么样的大戏院，这让基建组颇费周折。几经设计、几番修改，最后参照芜湖市新建的和平大戏院图纸，由中央冶金部设计院下放在繁昌的干部方承煦、计算工程师倪林、设计工程师陈新汉、杜康等同志进行设计。一切准备好后，1959年6月大戏院破土动工。

大戏院建设项目是在县委拨出的基建款10.7万元的基础上设计的，以砖木结构为主，门楼厅只有两层，观众厅没有花楼。9月底，县委书记陈希、县长耿田在芜湖地委开会，参加了在芜湖市和平大戏院举办的国庆十周年献礼开幕式。活动结束后，他俩连夜给县里打电话，通知大戏院建设方案需要修改。回到县里，他们立即召开会议，决定把门楼厅由两层改为三层，观众厅加建花楼，并要求大戏院于1960年国庆节前落成，向国庆节献礼。

经过基建组和繁昌建筑社工人的共同努力，除附属工程外，大戏院观众厅、门楼厅、花楼等主体工程，于1960年国庆节前均已完工。国庆节前一天晚上，连夜安装了观众厅座椅。大戏院外墙上方"繁昌大戏院"五个红色大字，是集鲁迅字而成。1960年10月1日国庆节，县委在这里举行繁昌大戏院落成典礼和向国庆献礼大会。至此，原大众剧场已完成了它的历史使命，后在原址兴建县庐剧团演员宿舍。

新落成的繁昌大戏院，长51.8米，门楼厅宽24米，观众厅宽20米，观众厅和花楼共有座位1362个，全院使用面积达1700多平方米，造价35万元。繁昌大戏院规格规模进入甲级剧场行列，成为全省一流的县级剧场，也是繁昌县标志性建筑。

1960年冬季，繁昌大戏院附属工程扫尾工程正在施工时，中共华东局书记处书记魏文伯同志率领工作队来繁开展整风整社工作，魏文伯看了大戏院，认为过于豪华，对此提出了批评。县委向工作队作了检讨，鉴于既成事实，工作队没有叫停施工。至年底，大戏院所有附属工程全部完工。

1960年，成立文化事业单位繁昌大戏院，隶属县文教局，明确了负责人，两年后任命了经理层，负责大戏院经营管理。

1961年元月，繁昌大戏院开始接待剧团演出。第一个在大戏院演出的是县庐剧团，演出剧目有《拜月亭》，由繁昌知名演员杨幸主演。接着许多省（市）和国家级剧团慕名而至，先后有安徽省庐剧团、省黄梅戏剧团、省京剧团，上海新华京剧团、京剧三团、木偶剧团、杂技团，中国杂技团，前线话剧团，淮阴京剧团，还有南京京剧、杂技、曲艺、越剧等剧团，相继来繁昌大戏院演出。

1981年11月，大戏院设置电影放映组，开始放映电影，大戏院实际成为影剧院。

大戏院建成后，县人民代表大会政协会议、县镇村三级干部会议及县里重要大型会议、大型文艺演出都在这里举行。1988年，县工人文化宫落成，其剧场对外接待县里大型会议和文艺演出。2005年12月，华侨大酒店竣工，开始接待县里大型会议并提供食宿服务。大戏院因其场地过大、设施陈旧，作为大型会议会场的机会越来越少。2012年初，县政务文化中心会议中心建成启用，大戏院作为大型会议会场的历史随之结束。

随着时代的发展，文艺活动呈现多样化，文化市场发生了很大变化。繁昌城兴建了几家影城，都是小厅放映，档次高环境好；县文化单位及城区学校建有报告厅、多功能厅，文艺演出场地有了更多的选择，繁昌大戏院的文化功能逐渐丧失。

1998年，繁昌大戏院与繁昌电影院、繁昌电影公司重组，成立繁昌影剧总公司，仍为文化事业单位。2002年，该公司改制为国企，变成繁昌文苑影剧演出公司。2019年该公司改制为私企，繁昌大戏院产权划归繁昌区建设投资公司，其部分建筑改造出租，用于餐饮和商业服务。

漫话繁昌大戏院

民间职业剧团的发展沿革

佘之文

说到农村文化的兴起，就不得不联系到民间职业剧团的产生。1979年，我刚调到县文化馆工作，第一个任务就是配合公安、工商部门到农村抓黑剧团。某日傍晚时分，我们来到平铺和峨山交界处的一个小村落，在一个大屋里传出了锣鼓声。

我们一进大门，大屋里挤满一屋人。演出的人我熟悉，他们是繁昌庐剧团1955年成立时的老艺人，农村"三自一包"时，他们离团回家了。在上面唱花旦的叫谢荣高，演小生的叫胡友玉，他们当时是县文工团合并到县剧团的小青年，因是农村户口，故又回到了农村。

要说他们唱黑戏、是黑剧团都可以，他们一无介绍信，二无营业证，当然是黑的；说他们唱黑戏，他们只是在唱水词戏《合同记》，这出联台本戏，只能被评为无毒、无害、无益，当然不能跟样板戏比。花旦穿一件用绸被面简单改制的女披，小生用红绸被面改的衣服，这基本上都谈不上规格。

来的观众是一角钿一人，两个鸡蛋也可，五个团子也行，这谈不上营业。同来的人见此情况都无计可施。

这样的民间剧团在农村蓬勃兴起，它是当时在只有八个样板戏的情况下自发产生的，并以很快的速度发展。

"现在该怎么办？"

"叫他们暂停演出，我们回县里汇报。"

向文化局和宣传部汇报后，我们立即把县内的民间艺人集中在孙村乡整顿，使艺人了解形势，懂得政策。最后，以胡友玉等人为主，自愿结合，成立了艺联和艺华两个民间职业庐剧团，演出节目是经过整理的五定戏和一些无害的传统戏，先是在县内乡镇村落演出，后到邻县乡镇演出，颇受广大群众欢迎。

民间剧团的成立使群众尤其是农村群众对文化的需求得到初步满足，使农村的群众文化活跃了。艺联和艺华长期活跃在繁昌广大农村集镇和邻县的部分乡镇，例如南陵县的绿岭、戴汇、三里、峨岭、仙坊、许镇、黄塘、奎湖、黄墓等，并受到当地党政领导的关心和广大观众的欢迎。

可喜的是，在常年的演出实践中，涌现出不少深受观众喜爱的草根明星，如赵小梅、胡友玉、宋邦俊、谢荣高、王芳兰、徐敏、强光云、马丽丽等。

民间剧团为什么有较强的生命力？

农村改革的显著成效，整个政治经济文化的空前发展，广大农民虽为致富而奔忙，但对文化艺术需求的迫切心理，为农村戏剧的繁兴提供了契机。在广大农村，自党的十一届三中全会以来蓬勃兴起的民间职业剧团都能够长期存在久演不衰。民间剧团经过建设、发展、更新、巩固，阵营已初具规模，实践说明，民间剧团在农村是一支活跃的、颇受广大群众欢迎的文艺演出力量。

党的十一届三中全会之后，由于农村经济活跃，广大农民对文化生活有迫切的要求，流散在农村的民间艺人和文艺活动的积极分子，组成极其简易的季节性班社，这就是民间剧团的初级形式，所以说民间剧团是在草台班子的基础上脱胎出来的。

繁昌自1979年第一次对民间艺人进行考核整顿以后，多年来，曾举行过三次会演、两次调演，经过多年的演出实践，演员的素质提高了，从艺的演员增多了，装备也齐全了。

1982年民间剧团进行了第二次整顿。经过人员组合，新林乡、保定乡、苏武农场、峨山乡、小洲乡组织了有建制的民间职业剧团。

多年的实践说明，剧团如有一两个尖子演员，那个剧团就可以获得稳定的发展，因为他们会自然产生一种向心力。如新林剧团就有龚腊香、伍长华、强光云等草根明星，因此这个剧团在当时就得到了快速发展。

还有的是全家从艺。如苏武农场庐剧团胡友玉同志一家，爱人饰老旦，儿子唱小生，媳妇唱花旦，女儿饰武旦，小儿子唱武生。这种生、旦、净、末、丑集于一家之班社也是其能稳定发展的原因之一。

民间剧团经过多年的演出实践，演员的素质提高了，从艺的演员增多了，装备也逐步齐全了，经过第二次整顿，领导权下放到乡镇，文化馆只管业务辅导。

1987年，县文化馆主持举行了首次民间剧团调演，调演后，对新林乡剧团首先颁发了演员证；同时组织专家对繁昌县属五个民间职业剧团不定期进行业务辅导。在当时，有一定演出水平的有新林乡、保定乡、苏武农场庐剧团及组建不久的小洲和峨山民间剧团，他们在县内外演出，都备受观众的欢迎和好评。

为什么戏曲危机在城市比农村表现得突出？为什么很多县剧团频繁改换剧种也难免遭遇如此厄运？为什么党的十一届三中全会以来，具有勃勃生机的民间剧团却能久演不衰？虽然他们存在多方面的问题，但一直是以东边刚倒西边又发之势，长期根植在广大农村并深受广大群众欢迎。

农民是农村戏曲的创作者，也是戏曲的天然观众，而城市居民则只充当了观众角色。民间艺人本身就是农民，他们大多数是鼓书艺人和民歌演唱者，在我们这一地区即长江两岸流行的倒七戏（庐剧）曲目，就是从门歌和民歌发展而来的，因此农民是农村地方戏曲的原始创造者，他们对地方戏曲最有感情。流传在广大农村的地方戏曲和广大农民有血缘关系，而民间剧团成员大多数来自农民，后再服务于农民，所以他们感情最深。农民认为民间剧团是他们自己的剧团，艺人和他们一样，大多是农民出身，因此他们有共同语言，从感情上愿意接近，也愿意去观赏他们的演出。那一年繁昌新林庐剧团流动到八分、赤沙、黄浒三乡镇演出，有一黄姓老汉带了钱住旅馆，跟着剧团去看戏。

广大群众喜爱和他们在感情上比较贴近的民间艺人，当然更喜欢民间艺人组建的剧团。

民间职业剧团是亦农亦艺性质，属季节性班社，剧团的演职员农闲从艺，农忙种田，直到目前情况才有改观，农田承包，终年从艺，厘头分账，收入可观，各处流动，眼界更宽。

民间职业剧团活跃在广大乡村集镇，在群众文化的历史长河里，书写着他们奋斗的兴衰历史。当广大农民正需要他们之时，他们似雨后春笋一样勃勃兴起，用他们的汗水，给广大农民、城镇居民，书写着这一段群众文化史，值得后人回忆。

记收治唐山地震伤员

谷仁龙

1976年夏，河北省唐山地区发生了强烈地震，当地群众的生命财产受到很大损失。繁昌遵照上级政府的指示，接受收治地震灾区部分伤员的任务。

当时繁昌县委十分重视收治震区伤员工作，特地成立了县收治震区伤员工作领导小组，组员11人，县委副书记江仲平同志任组长，领导小组下设办公室，负责政保、后勤、医疗等项具体任务，从人力、物力、财力等方面做好收治伤员的准备工作。从县直机关、厂矿、学校抽调208人作服务人员，从医院抽调各类医护人员130人（其中泾县支援29人，南陵县支援25人），在繁昌一中校园内和峨桥街上各建起一座震区伤员临时医院，安装了医用的显微镜、万能手术床、高压灭菌器等医疗器具；现购了崭新的蚊帐、草席、被褥、绒毯及其他生活用品。

8月19日，繁昌派5名同志前往南京火车站，迎接地震伤员专列，办理了交接伤员事宜。8月20日凌晨3时，震区358名伤员（男144人、女214人），乘列车到达繁昌。数千名干部群众，分别赶到繁昌火车站和峨桥火车站，迎接伤员，依次组成第1、2、3梯队，接伤员下车。县委书记曹勇钦同志亲自抬担架，将伤员护送到病房。

这些伤员分别来自唐山市，丰润、丰南、滦县、滦南、迁安、卢龙、乐亭等县及柏各庄农场。其中工人28人，农民257人，其他都是居民和学生。受伤情况是：骨折的159例，关节脱位的9例，颅脑损伤的16例，其余多为软组织损伤或感染的，也有慢性病患者。

参加医治的医护人员都视伤员如亲人，他们日夜三班护理，送药送饭到床头，给生活不能自理的伤员喂饭、喂水。病房服务人员工作认真，每天给病员擦澡洗脚，让伤员安心养伤。食堂炊事人员顾及北方人的口味，每天做些可口的食品，如面条、馒头等，供给伤员。伤员的吃、穿、用，全部按需供给。副食品如鸡、鱼、肉、蛋，由商业部门优先供应。地震前不久分娩的产妇习观英，因受震伤乳汁不多，婴儿危在旦夕，食堂就先后单独给她炖了4只老母鸡，20多个猪蹄，并用红糖大鲫鱼熬汤以资补养，保护了母婴健康。

伤员远离故乡，其亲属也多有伤亡，精神负担很重。县主要党政领导多次去病房探望他们并加以安慰，工作人员每天深入床边帮助清洗、按摩，并和他们聊叙南方风土人情，送书送报到床头。还多次组织他们看篮球赛、武术表演及电影、戏剧等文艺演出，使伤员感到生活舒适、精神愉快。

经过精心治疗，300多名伤员绝大多数很快治愈，身体很快康复，于9月15日、11月8日分两批专车送回原籍。仅有一位73岁老年妇女死亡，六例复杂性骨折和瘫痪伤员，被送往芜湖集中治疗。

伤员临行时，个个心情激动，热泪盈眶，依依惜别，再三表示感谢党，感谢繁昌人民。伤员们说："繁昌人民真正是我们的亲人，我们回去后，永远不会忘记共产党的恩情和繁昌人民对我们的关怀。"

[选自政协繁昌县文史委员会《繁昌文史资料》(第九辑)]

芜铜铁路繁昌段的建设

余光进

1958年，为了保证"铜铁元帅"上马，地方铁路也掀起修建高潮。全省共组织了384个民工团，6.9万人投入到铁路修建工程中，其中芜铜铁路从化鱼山至繁昌境内的枫香墩路段，被列为重点工程。这一段长为49.7千米，需建芜湖青弋江和峨桥漳河两座大桥（峨桥漳河大桥长138.98米）、9座小桥、61道涵洞，路基土方为3609万立方米，石料达30万立方米，工程大，时间紧。由于繁昌是我省矿石生产的主要基地之一，向省内外多家钢铁厂提供矿石，而繁昌已动员了大批劳力投入矿石开采，加之短途运输、矿区公路的修建以及港、站装卸等方面均需劳力，因此，实难再抽劳力承担县境内铁路路基土方工程。有鉴于此，当时的芜湖专区调集无为、南陵、宣城、芜湖（县）等七个县的民工21.5万余人分段挑筑路基。繁昌也组织了1000人的民工团。参加施工的还有省筑路总队一大队和芜湖专区桥梁工程队等。这段铁路，从1959年元月12日开始动工，到1962年初路基及桥涵全部完工，交由铁道兵铺轨。

在铁路筹建和施工中，繁昌于1958年10月成立"支援芜铜铁路工程办公室"，1960年1月又改为"繁昌县铁路建设指挥部"，由县委副书记孙进宝任指挥长，费怀（副县长）、张子绰（工交部长）、丁永端（交通局长）、翟贵发四位同志任副指挥长，指挥部下设办公室，负责日常工作。

芜铜铁路由铁道部第四设计院勘察设计，原来设计按照当时的繁昌城市发展规划，繁昌火车站建在七里井（即后繁昌老站），线路由此经铁塔村、军田湖直插华家涝。因为有的县委负责同志认为火车经过繁昌钢铁厂，县城附近，装卸货物方便，要求改线。同时考虑县城向北发展，提出在东门、北门各建一座铁路桥。与铁路部几经协商，才决定将路线绕至城边。因为芜青公路相距繁新公路仅600米，在这样短距离内建两座铁路桥，铁路部门没有同意。最后，分管交通的桂蓬副省长亲自来繁昌主持协调会议，才决定将繁新公路上原定的平面交叉T型梁铁路桥改为立体交叉跨线钢板梁铁路桥，该桥于1960年8月底建成。东门芜青公路与铁路交叉道口，则采取铁路两侧公路加高接坡的修建方式。这段土方工程，系由从淮北调来的人完成。

芜铜铁路全长97200米，经过繁昌县境内27500米，即峨桥至老站11000米，老站至北站 3000 米，北站至枫香墩 5000 米，枫香墩至黄浒铁路桥 8500 米。1962 年 7 月开始临时运营，因旅客从县城到火车站来去不方便，又不安全，按照县里要求，又经铁路部门的同意，于 1967 年在城北增建"繁北乘降所"（即今繁昌北站），原繁昌火车站即被称为老站。县境内四个火车站共有站台 7 个，并配有起重机和装砂机等设备，客、货运输极为方便。

[选自政协繁昌县文史委员会《繁昌文史资料》（第九辑）]

文物故事

人字洞背后的故事

杨　朴

　　20世纪90年代，一个震惊学术界的重要发现，发生在此前一向默默无闻的繁昌孙村癞痢山。这是一处距今200多万年的早期人类活动遗址，这一发现是国家"九五"攀登专项的重大突破，打破了我国在古人类学领域多年的沉寂，再次将世界的目光引向中国，这就是繁昌人字洞。

　　200多万年前，人类族群的一支，曾在这里驻足，并实现从猿到人的华丽转身，这是人类起源和进化历程中具有标志性意义的事件，足以引起全中国人的骄傲和自豪。后来，人字洞遗址经过12次正式发掘，发现人工石制品、骨制品200余件，分属80多个属种的脊椎动物化石标本近万件。除人字洞之外，还在癞痢山新发现不同地质年代的中新世裂隙、东裂隙、鬣狗洞、新洞等洞裂隙4处，在古人类学、古生物学、古地质和古气候环境研究方面都具有十分重要的意义（见图4）。但人字洞发现和发掘背后的故事，又是如此曲折生动。

图4　人字洞遗址远眺图

癞痢山化石的发现

位于繁昌区西南约 10 千米的孙村镇长垅村，有一座海拔 140 余米的山丘。和附近其他山丘一样，这里光秃秃的，植被稀疏，当地人形象地称它为"癞痢山"。千万年来，癞痢山默默斜倚在繁昌西南长垅山脉，见证着沧海桑田的变迁，也目送着万千物种的兴亡。

靠山吃山，癞痢山为灰岩构造，当地人多以其山石为原料进行开采加工。但在 20 世纪 80 年代之前，鲜有人知，它还是一座富藏古动物化石的"宝山"。而最早发现这些琳琅满目的动物化石的秘密，让科学家循着这条线索找到"人类的第一把石刀"，并首次让这个"宝库"浮现于人们视野的，正是孙村当地的一名普通青年工人——盛宏江。

20 世纪 80 年代初，孙村镇（当时为孙村乡）水泥厂开始兴建投产，并将癞痢山从所属行政村中征用，获得石灰石开采使用权。而盛宏江也是孙村镇本地人，初中毕业后参加水泥厂炸山采石工作。

在癞痢山 3 号塘口开采过程中，工人经常会发现一些奇形怪状的石头，由于缺乏科学认识，大部分被丢弃，只有对于少数晶莹剔透的或能够被认出的动物牙齿之类的，才会出于好奇带回家中把玩。

1984 年 11 月的一天，刚参加工作不久的年轻小伙盛宏江与往常一般正清理一块大石头内的泥土时，惊讶地发现土中竟包含着一块碗口大小的灰白色物体，质地甚为光滑。他感觉不论是颜色还是形状都和书上看到的恐龙化石的头骨和牙齿极为相像。怀着激动和探索之心，盛宏江在附近认真寻找，看是否有遗漏。这一怪异举动引起工友的不解，他们对这种骨头早已司空见惯，见到时往往直接扔掉，甚至有些人还认为这是一种"不祥"之物。此时工友见到盛宏江的举动，也是热心地将剔拣到的各类奇形怪状的骨头都交给了他。

傍晚回到家，为解开困惑，盛宏江把身边能请教的人、能找到的书全都问遍、找遍，还是得不到理想的答案。它们到底是什么？有什么用？终于有一天，他从外地亲戚口中得知，中国科学院古脊椎动物与古人类研究所是专门研究这些东西的。于是，他选择三块化石，小心包装好，寄往中国科学院古脊椎动物与古人类研究所。著名古人类研究学者黄万波教授收到盛宏江寄来的化石，非常重视，给盛宏江回了一封热情洋溢的信，并把癞痢山出土化石的情况告知了安徽省博物馆的郑龙亭研究员。后来，盛宏江辗转来到位于海淀区的中国科学院古脊椎所，怀着紧张而激动的心情敲开了黄万波教授的门。黄教授见到远道而来的盛宏江，甚是惊讶。他为盛宏江泡了一杯热茶，随即赞扬其保护文物的意识，并表示这批古动物化石可能距今百万年以上，很有价值。

1986年，受黄万波先生的嘱托，安徽省博物馆（现安徽博物院）郑龙亭先生来到癫痫山进行调查，采集到中新世化石标本，并撰文发表。1987年，安徽省文物考古研究所韩立刚、房迎三先生在全省进行地质古生物调查工作中，先后来到癫痫山，亦有所发现。我省几位旧石器古生物专家在癫痫山专程开展的调查工作，使其成为我省较早开展地质古生物工作的地点之一，为日后人字洞地点的发现和发掘打下了良好基础。

人字洞的发现与命名

1998年，国家"九五"攀登专项"早期人类起源及环境背景的研究"启动，目标是用5年时间，在中国境内寻找200万年以前早期人类活动证据，考察的重点是距今800至200万年间气候比较暖湿的山地与平原的衔接地带。

国家"九五"攀登专项由中国科学院古脊椎动物与古人类研究所承担，著名古生物学家邱占祥先生（2005年当选为中国科学院院士）担任首席科学家。专项下设4个课题组，分别为河北（泥河湾）、云南（元谋）、鄂西（湖北郧县）、安徽（淮南大居山）。

前3个子课题，都有比较扎实的先期工作，工作地区已有对古人类化石、古猿化石或早期旧石器的发现，是20世纪80至90年代我国古人类学界的研究热点。而安徽子课题的工作基础则相对薄弱。当时，淮南地区刚发现5处含有丰富脊椎动物化石的新生代晚期新近纪（分为中新世和上新世）至第四纪（分为更新世和全新世）早更新世的洞穴、裂隙堆积，由于古脊椎所徐钦琦研究员十分看好安徽这些新发现的化石地点，在他的积极建议下，设立了安徽子课题。

安徽课题是由古脊椎所周口店古人类国际学术交流中心承担的，徐钦琦研究员是中心主任，在他的推荐下，刚留学归国不久的金昌柱担任安徽课题组组长。金昌柱曾在北京周口店工作多年，长期从事洞穴地质古生物调查与研究工作。在考察安徽淮南大居山时，他曾发现过一系列富含哺乳动物化石的晚上新世——早更新世洞穴和裂隙堆积，引起了国内外学界的极大关注。所以大家都认为安徽地区是我国寻找早期人类化石极具潜力的地区之一，"九五"攀登计划首席科学家邱占祥也对安徽课题组抱有殷切希望。

1998 年 4 月 12 日，安徽课题组的野外工作在组长金昌柱的带领下正式开始，地点选在了曾发生"草木皆兵"历史故事的淮南市八公山。本来安徽课题组计划先结束淮南的工作，再对人字洞进行正式发掘，工作了大半个月后，虽发现了大量脊椎动物化石，但最期盼的与早期人类有关的遗迹和灵长类化石，始终不见踪迹。课题组一度将调查范围扩大到淮南的周边县市，仍没有收获。

　　这时，金昌柱先生想到了郑龙亭先生介绍过的繁昌癞痢山的相关情况。于是金、郑两位先生于 5 月 3 日来到繁昌，当天下午即到癞痢山进行现场调查。调查时，孙村第三水泥厂癞痢山 3 号采石塘口正在开采，塘口东侧因是地质裂隙，开采价值较低而被有意保留避让。两位先生不顾疲惫，当即找人准备麻绳，开始了悬崖作业，把绳的一端拴在腰上，另一端固定在山顶的岩石上，在山腰上分层寻找化石，并爬到裂隙上部，在暴露的剖面处进行勘察。

　　他们陆续在堆积物中找到了乳齿象、剑齿虎、貘、低冠竹鼠等化石，这片分布密集、种类丰富的区域令他们十分兴奋，于是便在密集区域重点采集。多年后回忆起那天的发现，金昌柱先生仍兴奋异常，并十分清晰地记得那是在下午五点，距山顶 14 米的堆积层中发现了"可疑分子"：一块带着两颗牙的高等灵长类原黄狒的上颌骨化石，并且具有明显的时代特征，初步判断为早更新世。适逢天色将晚，他们带着这块意外之喜和满满的收获，回到入住的旅馆进一步鉴定。

　　根据对两天来采集到的哺乳动物化石的分析，金昌柱初步判定：这是一处更新世早期的化石点，其地质时代早于 200 万年。他立即致电北京的项目首席科学家邱占祥，详细汇报了两天来的采集、调查情况。

　　虽然人字洞遗址初步调查给了安徽课题组成员很大的希望，但其实课题组一开始并没想着要进行正式发掘，而是打算等淮南工作全部结束后再行发掘。哪知 5 月 10 日繁昌地区连降大雨。12 日，人字洞剖面出现塌方，大量珍贵化石暴露于地面，必须进行抢救性清理。因时间紧急，课题组决定先开展试掘。尽管只是短时间的抢救性发掘和清理，但发现异常丰富，包括大量灵长类化石和其他脊椎动物化石。经初步整理鉴定，共有约 600 件 20 多种。

　　随后 25 年间，金昌柱教授领衔对人字洞开展了 12 次发掘工作。而在早年间，采石场从南到北分布四个开采塘口，人字洞位于最南侧的 1 号塘口。专家们开始对 1 号塘口进行封闭发掘，但紧邻的三个塘口每天都要放炮炸石。每到放炮时间，所有发掘队员都要停止手中的工作到防炮棚躲避。遇到重要化石出土，队员舍不得离开，继续留在现场清理，金教授便反复催促队员离开。不过金教授经常自己违反规定，不顾安危留在现场进行清理，回去后立即遭到队友一致批评："你是安徽课题组组长，一旦出事了咋办？"金教授憨厚地笑笑，爽快地承认错误，但总是"屡教不改"，又屡改屡犯。晚饭期间，批评与自我批评成为常态，一时成为一件乐事。

"人字洞"的命名，颇为有趣。

1998年5月7日傍晚，一位来自北京、年逾花甲的老人风尘仆仆地赶到繁昌，见到金昌柱教授第一句话便是"上山"！原来，他就是攀登专项首席科学家——邱占祥院士。

等到了山上，恰逢太阳落山，在柔和的光晕中，邱占祥院士凝视着这处人字形的裂隙，连连叫好。问起地点的命名时，金昌柱组长把早已酝酿成熟的"人字洞"3个字说了出来。邱占祥院士略一沉吟，说道："不错，这个裂隙像个人字，也可能是个洞，希望能找到人。"有了首席科学家的首肯，"人字洞"的名字就正式被启用了。

邱占祥院士认为，原黄狒以前在长江以南还未发现过，此次原黄狒化石在人字洞的出土，证明人字洞有着距今至少200万年的历史。邱院士对于这一发现给予高度评价，决定将这处地点作为攀登计划重点项目继续开展工作，并期望大家再接再厉，能有新的重大发现。首席科学家的敬业精神令在场的省、县、镇陪同领导敬佩和感动，人字洞遗址的发掘和保护工作也由此拉开了序幕。

古人类活动遗址的认定

从一个早更新世的化石地点，到被认定为古人类活动遗址，其中亦有一番不寻常的历程，甚至曾一度发生过激烈的学术争论。

在1998年5月的抢救性清理发掘中，金昌柱先生采集到5块疑似人工石制品。尽管在野外期间已经反复研究、观摩，但石器的认定毕竟非同小可。野外工作结束后，金先生怀着忐忑的心情回到北京，将收集的疑似人工制品送呈本所资深专家、周口店古人类头盖骨发现者贾兰坡先生。90高龄的贾兰坡先生双目几乎失明，他用双手反复摩挲这几块石头，口中喃喃说道："有人味，有人味!"得到贾老的初步认可，金昌柱异常兴奋，又分别请教了张森水、黄慰文、李超荣等古脊椎所旧石器专家。

为论证并确定人字洞遗址的性质，1999年7月，中国科学院古脊椎所由所长组织召开专家会议，对人字洞人工制品进行集体认定，确定了人字洞遗址的古人类性质。从此，人字洞遗址由一处年代较早的长江下游化石地点被确定为中国最古老的古人类活动遗址。

自1998年10月正式发掘开始，安徽课题组有关学者先后三次撰文发表于《中国文物报》，报道了该遗址发现、发掘及出土的灵长类化石、人工制品、哺乳动物群等方面的情况，在社会各界产生了强烈反响，由此引发了2000年中国旧石器考古学界关于人字洞遗址相关问题的激烈讨论。

由于率先提出否定意见的吕遵谔教授，是我国旧石器考古学界资深学者，因此这场讨论从一开始，就引起了社会各界人士的广泛关注。在参加了"北京猿人第一头盖骨发现70周年纪念及国际学术讨论会"的外国学者会后，吕遵谔先生在介绍自己考察到的人字洞的有关情况时说："据我所知，和我接触过的外国朋友都明确说不是（人工制品）者有11位之多。"

学术争鸣正是科学精神的体现，因为在1998年之前，我国还很少发现过这么早的旧石器。但同样前来考察并开展深入研究的张森水教授十分坚定，毫不动摇，曾多次说道："我相信，这批旧石器是东亚远古人类最早的活动证据。"

2009年出版的《安徽繁昌人字洞——早期人类活动遗址》考古报告由20余位专家学者共同撰写，其中张先生作为编审和撰写者之一，虽已年过古稀，但仍秉承着科学的精神、踏实的作风，不顾自身年迈，坚持完成了对相关内容的撰写。但在报告面世的前两年，也就是2007年，张教授辞世，令人抱憾。这本专著的顺利面世，张先生功不可没。邱占祥院士对张先生的论文给予了极高的评价，称其相关论述是这本专著中"最为关键的一部分"。

在多次发掘中，人字洞出土脊椎动物化石计有龟鳖类、鸟类、翼手类、啮齿类、食肉类、长鼻类等80多种，哺乳动物群的成员绝大部分为灭绝物种，动物群的丰富性和古老性，世所罕见。但遗憾的是，迄今仍未找到人类化石。对于人字洞遗址的发掘成果，邱占祥院士说："发现人类化石或人类活动的遗迹无疑是本攀登专项，特别是安徽课题组每一个成员都梦寐以求的目标"。同时他也作出了客观而生动的评价："遗憾的是，虽然经过长期不懈努力，幸运之神始终没有降临，我们没有发现任何人类化石。作为补偿，'上帝之手'却又轻轻一挥，让我们发现了大量的人类活动的遗物，包括总数超过200件的石制品和若干骨制品。"

2008年在人字洞发掘10周年之际，来自国内15个省（市、自治区）的70余位学者和来自加拿大、韩国、日本等6个国家的13位古人类学、考古学专家达成一致意见，充分肯定了人字洞遗址发掘的重大意义，吕遵谔先生亦表赞同。

在2018年繁昌举行的"纪念人字洞遗址发现20周年国际古人类研讨会"上，邱占祥院士语重心长地指出：人字洞遗址是探索早期人类文化、寻找早期人类化石最有潜力的地点之一，建议在配合遗址保护的过程中，重新启动人字洞的考古发掘和深入研究工作，其前景是十分诱人的。

2019年12月，对人字洞遗址新一轮发掘和研究工作被启动。随着相关工作的不断深入，特别是科技手段的应用、多学科的参与，人字洞在我国百万年人类史和长江文化史中的地位也将愈显重要。

人字洞背后的故事

7000年前的缪墩先民

崔 炜

缪墩遗址位于繁昌城区东北3公里的峨山镇沈弄村缪村村民组附近的峨溪河畔（见图5），峨溪河发源于繁阳镇范马村范冲水库，蜿蜒15公里汇入漳河，是繁昌境内重要的河流之一。遗址现存部分处于峨溪河干流河床之中，周边环境属三山环抱、三水汇流的河滩盆地。缪墩遗址距今约7000年，是皖南沿江平原迄今发现的年代最早的新石器时代遗址，也是安徽新石器早期遗址的代表。

缪墩遗址

图5　缪墩遗址及周边环境

中国科学技术大学吴卫红教授曾对安徽省新石器时代早期文化发展进程作出概括，缪墩则为代表性遗址之一："距今约7000年，安徽新石器时代的文化格局表现为江起淮兴，即皖江流域开始兴起、淮北区域趋向兴盛。代表性遗址有沿淮地区的蚌埠双墩遗址、皖江流域的繁昌缪墩遗址等。"

冬修水利时的意外发现

1988年冬天，适逢修水利的最佳时节，峨山当地村民按照惯例清理河床，加筑河堤。在峨溪河河床清淤取土时，村民在河滩发现大量陶器、石器和兽骨标本，遂向政府相关部门作了汇报。峨山镇文化站原站长吴亚萍闻讯赶到现场，采集了一批陶片，并迅速将消息报告给了县文物管理所。文管所刚参加工作不久的徐繁来到现场，对其进行了实地调查和局部清理后确认这是一处新石器时代遗址，并注意到河床中暴露出大量具有一定排列规律的木桩。采集标本主要包括陶器和石器，器型有釜、罐、豆、钵、鼎、石锛和石铲等，河床中具有一定排列规律的木桩被推测为干栏式建筑遗存。研究者根据陶、石器的器型特征认为缪墩遗址与浙江余姚河姆渡文化联系密切，其年代当与之同期，并认为可能是皖南最早的新石器时代文化遗址。2010年，北京大学张东博士对缪墩遗址部分标本进行了碳十四测年，得到的绝对年代结果为距今约7000年，证实了此判断。

缪墩先民的吃、住、用

考古学的目标是透物见人，从遗址中发现的看似普通的陶、石器，以及成排的木桩遗迹中，一幅缪墩先民饭稻羹鱼的生活场景，悠然展现在我们眼前。

民以食为天，"今天吃什么"一直都是"人生难题"。缪墩人也不例外。

考古学家对缪墩遗址出土陶器内壁中的残留物进行了淀粉粒分析。淀粉粒是淀粉的一种特殊形式，它藏在植物的体内，而不同种属的植物，其体内淀粉粒具有不同的形态特征。因此，考古学家可根据淀粉粒的"身材容貌"，追根溯源，对其进行鉴定分析，找到它原本的"身份信息"。

考古学家在缪墩80%的陶片上都发现了可食用的植物种属，种类多样，包括水稻、小麦、莲子、薏仁、芡实和橡子等。缪墩先民的菜谱可谓"天天不重样、顿顿有新意"。其中水稻占比要远大于其他植物，而出土陶器中大量掺合有未碳化的稻草和稻壳也说明水稻已在附近被大规模种植和食用。

由此可知缪墩先民的主食很可能是自己种植的水稻。同时，缪墩遗址位于峨溪河畔，采集的水生植物如莲子、莲藕、薏仁和芡实等也是"一日三餐"的重要食物来源。而大量动物骨骼如猪、牛、熊、鹿、龟和鳖的发现，说明肉制品也是当时先民增强体质的"法宝"。

如果我们回到7000年前缪墩先民的"饭桌"上，会发现他们的食物资源颇为丰盛。主食是种植的水稻，同时采集莲子、薏仁、芡实、橡子等进行补充。他们的肉食资源也十分丰富，不仅上山打猎、下河捕鱼，得到了各类鱼、蚌、野猪、野牛、熊、鹿、龟和鳖等食物，同时可能也饲养一些大肥猪、老黄牛。

此外缪墩遗址还发现了大量"锅碗瓢盆"，也就是古人的炊器和食器，有釜、罐、豆、钵和碗等。釜、罐下加柴火可煮食，类似于今天的锅。豆是容器，用以盛装食物，类似于今天的盆和盘；钵和碗则用来进食。

综合考古发现和研究，缪墩先民的烹饪方式是烤、煮等。"烤"是最古老、最简单的烹饪方法，直接将肉类等食材放入火堆即可。缪墩遗址有不少鹿角等焦黑兽骨被发现，表明用火直接烤食物的方式在缪墩人中较为盛行，也说明高端的食材往往只需要简单的烹饪方式。缪墩遗址还有大量各类陶釜被发现，或可说明"煮"同样是最普遍的烹饪方式，将食材和水放入陶釜中，再用火加热，直至一锅香喷喷的热粥出炉，就可以尽情享用了。

了解中国历史的朋友想必都对有巢氏发明房屋这一说耳熟能详。而缪墩的木桩可能就是这种最早房屋的柱础，也就是我们在历史课本上看到的"干栏式建筑"。缪墩遗址中发现有排列整齐的木桩，间隔60厘米左右，专家推断为干栏式建筑。干栏式建筑是一类在木柱或竹柱底架上建造的高出地面的房屋，广泛分布在我国南方湿热多雨的地区，这种建造在木桩上的房屋，上层便于纳凉、防潮、避毒虫禽兽，下层还可以圈养牲畜。历史课本中的干栏式建筑来自河姆渡遗址，与缪墩遗址年代相当。

缪墩遗址位于峨溪河南岸，大部分遗址常年在水面以下，这也是木桩保存较好的原因。考古学家仅对缪墩遗址进行过考古调查，所得信息较少，如果选择在枯水期对缪墩遗址进行考古发掘，应能让我们了解更多缪墩人的生活细节，也能让我们更详细地还原先民的生活场景。

缪墩人和所有人类祖先一样，日出而作，日落而息。对于《史记·五帝本纪》中"存亡之难"一句，张守节在《史记正义》中曰："黄帝之前，未有衣裳屋宇。及黄帝造屋宇，制衣服，营殡葬，万民故免存亡之难。"可见造房子、穿衣服，是古人对抗恶劣自然环境的重要进步。

但白天不比夜晚，有茅屋可以御寒。于是缪墩人便发明了衣物。研究人员在水鹿角顶端发现有切割痕迹，专家推断应是缪墩先民将其加工为骨锥，用来缝制衣服的。而在缪墩附近同期或稍后的遗址中也发现有陶纺轮。据此推测，缪墩先民白天劳作时，应是穿兽皮、植物纤维和草料等材料制作而成的原始衣服和草鞋。或许也会偶尔穿穿葛、麻制成的"保暖衣"。

另外，从遗址出土的一块白陶身上，我们也能追索还原当时缪墩人和周边地区的先民曾有过的一段"跨省交流"的故事。

这块出现在7000年前、身着"霓裳羽衣"的白陶，虽显得如此不可思议，但也不是完全无迹可寻。湖南距今7800年的高庙遗址、浙江距今7000年的罗家角遗址，都发现过类似的白陶片。这些华贵的白陶，纹饰精美、工艺复杂，应是当时部落首领的用具。并且，这几位首领也有可能到对方的聚落考察过并交流过"治国经验"。

细心的考古工作者总能在不经意间发现古人生活的细节，重现古人生活的状貌。比如精美的缪墩白陶的出现，就让我们知晓缪墩先民有着一定的手工"DIY"能力。

大部分缪墩先民都要从事农业、采集、渔猎、养殖等生产活动，他们劳作方式从早期采摘采集转化为定居农耕，有了种植农作物的能力，可以保证收获的季节有更好的收成；从花很多时间远离定居点去狩猎，到利用陷阱或者其他方式捕捉动物，然后人工饲养、驯化它们。人口的聚集和定居的生活方式也带来了生产的分工，让一些能工巧匠可以把时间用于对日用品的加工制造上，比如烧制陶器、磨制石器和纺织衣物。

原来，7000年前缪墩人的生活也是精彩且充实的！

美丽的月堰

刘飞洋

繁昌浮山的响水涧地区（现属芜湖市三山经济开发区），依山傍水、环境优美，临长江之岸、漳河西侧，东、西、南面三山环抱，北连长江沿岸平原，为敞开式盆地地貌。

月堰遗址就位于响水涧。5000多年前，先民便在此繁衍生息，日出而作，日落而息，绵延1000多年，俨然一派世外桃源的美丽景象。

2007年，选址于三山区浮山响水涧一带的华东电网芜湖市响水涧抽水蓄能电站工程开始动工建设。根据文物保护工作相关规定，安徽省文物考古研究所组织对工程涉及区域进行了调查和勘探，发现了位于泊口河上游的月堰遗址，并对遗址的中心及重点区域进行了抢救性发掘。田野发掘工作历时约一年，发掘揭露面积达6000平方米，发现房址、灰坑、窖穴、灰沟、墓葬等遗迹近300处，出土了丰富的陶器、石器及少量的玉器，取得丰富的成果。其中墓葬器物组合和造型具有典型的崧泽和良渚文化特征，年代距今5800～4500年。

在繁昌地区的新石器时代遗址中，月堰年代仅次于缪墩，其出土的磨制石器精致而丰富，陶器大多表面磨光，鼎足异常丰富。

石　器

石器的使用贯穿于我国整个先秦时期。月堰遗址所处的新石器时代，磨制石器成为生产工具中的主流。为什么要制作这些石器呢？不同种类的石器又有什么作用呢？让我们从月堰出土的这批石器中一探究竟吧。

月堰遗址此次发掘出土的石器数量共84件，器型以钺、锛为主，另有铲、镞、斧、凿、刀等常见工具。

（一）石钺

钺与斧为同类器型，并由石斧演变而来，二者形制上类似，《说文解字》记载："戉，斧也"，钺以材质而分石钺、玉钺和青铜钺等。新石器时代的石钺虽多挖凿凹槽嵌插以木柄，被作为一种兵器使用，但更多则是王权的象征。像良渚、仰韶的大墓里都出土了钺。所以结合考古发现和文献记载，我们认为"钺"是古代权力的象征，是"王"的身份代表。

月堰遗址出土了石钺，说明月堰人可能存在一个"天下共主"，只不过这个"天下"局限于芜湖地区。这个月堰王主平时指挥大家建设自己的家园，向底下人发号施令时就大手一挥，将装有木柄的钺高高举起。而大家看到这柄象征着身份和地位的"尚方宝钺"时，也都怀着崇敬之心，干劲更足。

月堰遗址出土的石钺有青灰色和乳白色、黑青色等，形制扁平呈长条铲形，外观与简体字的"风"相似（见图6）。此类风格石钺多见于凌家滩文化墓葬当中，只不过凌家滩还有玉钺，等级更高；而遗址另出土有少量双孔石钺，与浙江良渚文化早期墓葬出土的石钺类似。说明月堰遗址的主体年代是凌家滩晚期到良渚早期，距今五千多年。

图6 繁昌博物馆藏的月堰遗址出土的石钺

回到五千年前的岁月里，彼时长江下游地区已然出现了王国和王权。我们甚至可以如是推想，月堰人是"凌家滩王国"的重要组成部分，是凌家滩王国的第一大附属国。五千多年前，持掌玉钺的凌家滩人来到繁昌月堰这片土地上，居高望远，认为此地适合休养生息，于是便传下了石钺给当地的土著——月堰人。随后，月堰人和凌家滩人一道，共同开创了灿烂的"凌家滩文明"，为芜马地区的繁荣昌盛立下了汗马功劳。但随着良渚文化的兴起，凌家滩和月堰王国最终土崩瓦解，开启了最早的"长三角一体化"的进程。

（二）石锛

月堰遗址出土的石锛多为长方形、单面刃。部分石锛背部有横脊、凹槽或台阶，将锛分成上下两个部分，上部为装柄部分，称为"有段石锛"。颜色有青灰色、青白色、灰白色等。

宋代《集韵》释"锛"曰："逋昆切，音奔。平木器。"当先民来到月堰这片春暖花开之地，为了有一容身之所，搭建木屋、种地生产，便需要制造专门的工具用以砍伐或刨土，石锛应运而生，成了月堰先民开垦荒田、画栋雕梁的"神器"。

（三）石凿

月堰遗址出土的石凿多为青灰色，器体厚重，单面刃，刃口锋利，多数平面呈长方形，断面近正方形，有弧背和弓背两种。

凿，《说文解字》释曰"穿木也。从金，糳省声"，主要用于挖槽、穿孔和切割，可以加工其他石质、骨质和木质工具，是新石器时代用以加工、农耕渔猎、建造房屋和制作工艺饰品的功臣。

月堰遗址地处依山平原，水系发达，一望无际，非常适合农耕渔猎，而勤劳的月堰先民利用石凿凿出一座座房屋、一条条项链，加工各类肉食，让自己的部落不断壮大。

（四）石镞

镞，就是弓箭的箭头。月堰遗址出土的石镞以青灰色为主，通体狭长，中部宽扁，箭头形制较为圆润，颇为锋利。

彼时，月堰遗址周边水系发达、山林密布，野生动物种类丰富。先民定居在高岗之上，常将箭镞打磨得锃光瓦亮，以便弯弓猎杀这些野生动物时能做到"快狠准"，更高效地凑够全"村"一天的食物。

陶　器

陶器起源于人类对火的应用和粘土的认知。月堰遗址出土陶器131件，多为素面，以泥质灰、红陶为主，器型多样，有鼎、豆、壶、罐、盘、钵、杯、鬶等器物。

（1）陶鬶。月堰遗址出土有陶鬶，有袋足和凿形足两种。其中一件袋足鬶为泥质红陶，器口与颈部已损，绳索状曲柄置于颈后袋足之上，无明显腹部，裆较高，三袋足肥硕，形制与山东的龙山文化陶鬶相似。而凿形足鬶则与凌家滩、良渚文化中的相似。

作为实用器的三足器，普遍被用来烧、煮食物。不过袋足鬲是个例外，它的袋状足似乎容易烧糊掉，所以可能用来烧开水。月堰人应该是繁昌大地最早喝上热乎的白开水的一支，而且也说明他们非常注重饮水卫生，对健康生活有一定的心得。

同时陶鬶也是月堰人探索美、追求美的代表。鬶口形似鸟喙，概因月堰人将日常生活随处可见的水鸟或雄鹰的形象，在制作时用一种仿生的形式融入了进去。不仅能当作一种饮、炊两用的器具，还能间接说明月堰人的奇思妙想、与自然和谐共生的心态。

（2）陶纺轮。月堰遗址出土的陶纺轮为夹细砂红陶质，呈扁圆形，中部钻有一圆孔，通体磨制精细光滑，背部刻有装饰。陶纺轮是利用自身重量和惯性连续旋转工作的纺线用具，由转盘和转杆组成，可以用其加捻麻、丝、毛等原料，也可纺织纱布，纺轮通常由灰陶或红陶制作，通体为圆饼或圆锥形状，中部钻有圆孔。

勤恳聪慧的月堰人用纺轮织线成华服，陶器煮热粥，一改史前猿人茹毛饮血、衣不避寒的形象，用葛、麻作衣物，也象征着繁昌先人在通往文明的道路上迈出了重要一步。

（3）玉器。玉器源起于新石器时代早期。及至月堰时期，玉器的制作工艺已臻成熟。月堰遗址出土有玉器3件，主要为管、环和挂饰。玉管呈灰白色、圆柱形，较短小，整器光素无纹，中孔对钻而成。

月堰先民用石凿加工玉器，在内部磨制出孔，再用线串联，就可以美美地挂在脖子上了。月堰的玉器只有3件，数量极少，与钺同为身份地位的象征。只不过钺是男性王权的象征，而玉器则可能代表着女性的尊贵。

看着穿越五千年的玉器，一幅在彼时富饶的繁昌大地，一位持节掌钺的月堰王，身后着一席华服、美玉傍身的王后款款跟随，二人一起看日出日落、万民劳作的场景跃然纸上。

神秘的汤家山大墓

杨 朴

商朝末年，周文王姬昌的两位伯父泰伯、仲雍到达今皖南、宁镇一带，不仅入乡随俗、"文身断发"，也从中原带来了先进的青铜开采和冶炼技术，与该地区的土著人民共建"句吴"国。至仲雍曾孙周章，被周武王姬昌分封为吴侯，繁昌一带属当时的吴国，在这期间一度成为南方诸强国的政治中心和铜矿冶炼中心，因而也留下了丰富精美的青铜文物，其中最具代表性、内涵最丰富、纹饰最为精美的当属汤家山大墓。

惊世大墓的小小遗憾

每年秋冬时节，雨水不多，木材正熟，正是农村一年中建房最佳季节。当时农村建房屋，都是自己挖土制砖坯，在民间又称作"掼土基"，是一种古老而又简易的建房材料制作工艺。汤家山山顶黄土质地较纯、黏性较大，很适合制砖建房。所以繁昌城区东郊的村民大多要到这里挖土造砖。汤家山于当地别名"烈马回头"，其来历已不可考，但山顶原是一座大型土墩墓，为高大圆形封土堆，经村民多年取土，顶部逐渐变平，这座大墓最终重现世间。

1978年12月，繁昌东郊一位村民在汤家山顶挖土，正想象着房子修建好后的美好场景，突然一片锈绿映入眼帘，这位村民好奇地将周围的土拨开，惊讶地发现了13件纹饰精美、器型各异的青铜器，有直着两只"耳朵"的带盖窃曲纹鼎、小方鼎和小圆鼎、龙纽盖盉、鱼龙纹盘、蟠螭纹簋、兽面纹甗、甬钟、鸟形饰等。经相关部门鉴定，其中鼎、甗、盉、簋等为国家一级文物。

当时文物保护宣传力度较小，民众文保意识不足，所以这位村民并不知道这批青铜器的重要性。他直接将这些价值重大的器物用随身携带的竹篮挑着一路带回了家。村民误以为这些琳琅满目的古器物是金质的，于是将其中的一只从中锯断以观察。村民的莽撞，对原本完好的一对鸟饰品，造成了难以复原的损失，颇为遗憾。

随后在1982年，县文物干部于县城附近调查时，想着汤家山这样一个出土了大量青铜器的地方，周围应该有所残留。抱着试一试的心情，果然又在该墓址清理出4件铜牌饰。汤家山出土的这17件青铜器，从数量和纹饰、造型特点来看，即使放在皖南、宁镇地区同时期墓葬中也是首屈一指的，也向后人宣告着墓主人显赫的身份。

吴地"百善孝为先"的传统

在汤家山大墓出土的17件青铜器中，最有神韵的是一对鸟首饰件，造型生动，纹饰精美，关于其功用和背后的故事，却鲜为人知。

这对铜鸠鸟的发现，有人认为，它说明繁昌地区周代就有了"百善孝为先"的传统。每年春天，西周政权专设主管捕猎的官员罗氏就会捕捉鸠鸟献给国内的老人。鸠鸟在当时被认为是不噎之鸟，献给老人鸠鸟就是让老人不得噎食病而长寿。同时"鸠"又和"久""九"同音，具有长生不老的吉祥寓意。也有传说言鸠鸟为孝鸟，赐鸠鸟给老人表示不忘其养育之恩，警示后人恪守孝道。所以，作为当时周王朝的直系附属国，在当地抓几只鸠鸟，千里迢迢送到宗周，代表了吴国对周天子的孝心。

当久居关中的泰伯、仲雍来到繁昌，便用从中原带来的高超铸铜技术，结合繁昌当地的铜矿原料，制作出精美绝伦的鸠首铜拐棍，也给我们今天留下了无尽的遐想。

20世纪，繁昌地区的民间还保留着的在人去世后要招魂的风俗。据说死者的魂魄找不到归途，这个魂魄就会像他的尸体一样停留在异乡，受着无穷无尽的凄苦。他也不能享受香火的奉祀、食物的供养和经文的超度。这个孤魂就会成为一个最悲惨的饿鬼，永远轮回于异地，长久漂泊，没有投胎转生的希望。除非他的家人替他"招魂"，使他听到那企望着他的声音，他才能够循着声音归来。死者的尸体安排就绪之后，就要举行招魂仪式。而这近三千年前的鸟翅呈展翅高飞的姿态，很可能是与当地风俗、信仰有密切联系，具有引魂之用，即引导亡灵去寻找逝去的先人的器物。所以这对鸟首杖可能是当时类似巫师的随身之物，不仅类似于传国玉玺，是权力的象征，同时也是为驾鹤西去之人做祭祀、举行引魂仪式时的重要媒介，起沟通天地之用。

消失千年的大墓

如前所述，虽然"泰伯奔吴"后，由周室宗亲在皖南、宁镇一带建立了吴国，但建国之基的主体居民应是当地住民百越中的一支。有学者认为是其中的"干越人"，著名的铸剑大师"干将"即以氏为姓，为干越人。

古代先民常以现实的凶猛动物为原型，对其进行艺术加工后当作图腾崇拜，日日祭拜，诚心祭祀，期盼传说中的猛兽能在灾祸来临时护佑他们。干越人居住在今皖南、赣东北一带，以蛇龙为图腾。这一点不仅符合《越绝书》《吴越春秋》所载的吴越先民以蛇龙为图腾的民族形象，也在汤家山这批铜器中得到了体现。

在这批青铜器中，有数件盉和盘的造型和纹饰都很独特，均以蛇龙或鱼龙为基，体现出不俗的工艺水平。盉的盖钮是一条盘起来的三角形蛇龙首，头部高高昂起，两眼前视，双角后翘，通体鳞纹，栩栩如生，宛如正在捕猎的眼镜蛇。盘的内底是一条蛇龙盘踞于中，左右两侧各一夔龙对称分布，四壁水波纹中的鱼儿追逐嬉闹，庄重又不失活泼。这两件青铜器通体锈绿，光泽鲜亮，极富艺术、历史、科学价值，说它是江南青铜文化典型代表器物之一毫不为过（见图7）。

图7　繁昌博物馆藏的汤家山出土的鱼龙纹青铜盘

汤家山的干越人迷信鬼神，比如蛇这种既能上树下水又能爬行入土、对人畜有害的动物，于时人看来无疑是神秘而必须敬畏的，他们便自然而然对其产生了崇拜之情。再辅以鸟的形象进行二次创作，便形成了我们今天在青铜器纹饰上看到的似蛇之龙，也有学者称之为"蛇龙""鸟蛇"。

汤家山先民利用造型夸张、独特，纹饰神秘、恐怖的青铜器对祖先进行祭祀，再配以鸟、蛇、龙三者相得益彰的图腾纹饰，共同表现了远古祭祀活动的严肃、庄严。

纵观全国范围内的商周铜器，有些纹饰十分精美，而有些则十分简陋甚至没有纹饰，这反映出铜器主人身份地位的差别，说明汤家山墓主人应是一方王侯。

据南京博物院研究员张敏考证，今与繁昌相邻的芜湖市区内叠压着尚未发掘的"鸠兹"城址。西周晚期至春秋早期，吴国的王城、宫殿均设在与繁昌交接的今芜湖市区，而普通的老百姓则生活在繁昌、南陵一带，以挖铜矿、炼兵器、种地捕鱼为生，并为吴国王室提供给养。这或许能解释繁昌青铜器存在多种风格的原因。

繁昌出土的青铜器按器型风格的不同可以分为两组：一组为中原型铜器，器物造型与纹饰都与中原常见的铜器特征一致，如重环纹鼎、兽面纹瓿等；另一组系仿中原型铜器，融合了当地元素，如各类龙纹器、鸟首饰。中原型铜器很可能是吴国贵族思念故土而令人烧造的。而为了适应当地的传统风尚，繁昌当地工匠又将自己的审美融入烧造过程，成就了迥异于中原风格、古朴瑰丽的皖南商周青铜器。

吴国君王世代相传，利用邻近矿冶资源进行青铜器和陶瓷的烧造，一方面进贡给周天子，一方面自用，从而建立并巩固了王权。随后不断扩张领土，逐渐控制了皖南、宁镇等地区。其间不断与新兴的楚国争雄，直到越王勾践灭吴，最终越国接管了皖南这片富饶的土地。

吴国都城，雄雄鸠兹，其西扼荆楚、东控百越，汤家山王陵周边尚存数十处同期遗址，其中南陵还有近百万平方米的牯牛山城址，而周边繁昌、铜陵、南陵一带的沿江矿冶遗址为吴国的重要经济、生活来源。彼时，繁昌先民白天挥洒汗水于矿山和田地，太阳落山后回到各自的村落安然入眠，而贵族们则在城邑里挥斥方遒，死后葬在土墩墓中，归根于这片生于斯长于斯的土地。

随后，在频繁的吴、越、楚争霸中，繁昌地区由于重要的战略地位，正式登上了历史舞台。

万牛墩土墩墓群

杨　朴

万牛墩土墩墓群是第五批全国重点文物保护单位皖南土墩墓群的重要组成部分，是西周到春秋时期吴越文化遗存，分布范围约14平方公里（见图8）。第三次全国文物普查调查登记土墩墓1326座，规模庞大，保存状况好，是目前全国保存规模最大的少数吴越文化遗存之一，自发现以来即备受学术界重视。

图8　万牛墩土墩墓群

万牛墩名称由来

在繁昌东南的平铺镇茶冲、五华、寒塘、新牌等行政村，分布着大片海拔百米以下的低矮丘陵和山冲圩田，这一带岗峦叠起，阡陌相交，良田连片，陂塘纵横，登高极目处，土墩千百座。这些土墩大小不等但排列有序，好似牛群在逍遥自在地进食，当地人称之为"万牛墩"。

也有一说，即"万牛墩"为"望牛墩"之误。当地口口相传，这些墩子是前人为放牛而筑。由于当地地形开阔，时常有牛走失的情况，所以为瞭望远眺，防止牛群走失，老百姓便有意堆筑了这些墩子，以便登高呼喊，让牛回家。但具体何时何人堆筑，早已不能知晓。而经考古调查和发掘，此处为大型墓群，而非专为放牛远望而筑。所以"万牛墩"之名更为合理，且与南陵县"千峰山"土墩墓之名呼应，异曲同工。

从常见的印纹陶、原始瓷到尊贵的青铜器

万牛墩土墩墓群数量多、面积广，但正式的田野发掘工作开展得极少，历年所得遗物多是征集和主动上交而来的。

1982年，随着第二次文物普查的开展，调查人员在进行田野工作时发现，在平铺乡（今平铺镇）漳河西岸的山岗上有大量平地而起的土墩，并在地表和剖面采集到各类陶、原始瓷等器物，部分土墩因村民取土建房或筑路而遭到破坏。当时，江浙及屯溪已经发掘了大量土墩墓遗存，和此次调查发现的大土墩十分相似，文物工作者判断这些大墩子应为商周土墩墓遗存。

1985年冬，安徽省文物考古研究所对因平铺窑厂生产取土而已经稍有破坏的一座土墩墓进行了抢救性的发掘。该墓墓冢高3.25米，底径26.3米，墓底有疑似墓坑的长方形浅坑。这种带有墓坑的土墩墓在当年还是比较少见的。通过发掘，该墓出土印纹陶罐2件、印纹红陶瓿1件、陶纺轮1件。

2001年6月，因为繁昌、南陵土墩墓群具有十分重要历史、艺术、科学价值，被国务院公布为第五批全国重点文物保护单位。

2013年末，平铺镇新牌村村民在耕作时发现了3件青铜器，县文物部门工作人员闻讯后立刻赶往现场并对周边进行了调查，采集到部分印纹硬陶残片。三件青铜器分别为鼎、匜和铃，其中鼎为小乳钉三蹄足，匜为瓢形三蹄足，铃整体器型硕大轻薄。3件器物纹饰均十分精美且少见，显示出高超的制作工艺和本土审美时尚。

2018年寒冬，平铺镇五华村一村民在改水改厕时，将后院大土墩的土铲掉一部分，但这一铲，竟意外挖到了惊世瑰宝。经繁昌文物部门多年的文物保护宣传，当地村民文保意识已大大增强，该户主深知这些文物价值重大，主动联系镇文化站并上交。这一行为使得这些国宝免受汤家山铜鸟饰般的损害。上交器物中，最重要的一件是西周青铜重器"尊"，存世量极少，外观神似中原地区出土的著名的"何尊"。此尊可能是繁昌当时的"一把手"为向西周政权示忠而仿铸的，也可能是周天子赏赐的。但是没有铭文和其他相关文献的记载，甚为遗憾。

万牛墩土墩墓群

平地起封的神秘葬俗

万牛墩墓群分布范围广阔，其总体特征是坟茔均排列于丘陵顶部或山岗脊上，鳞次栉比，排列有序，蔚为壮观。外观呈馒头状，多数无墓坑，不见葬具和尸骨。随葬品以印纹硬陶、夹砂陶器和原始瓷器为主，等级较高者有青铜器。

土墩墓是如何建造的呢？此地又为什么要建造如此巨大、数量如此之多的土墩墓群呢？

土墩墓的营造过程一般是：首先平整土地，再在其上铺垫1至3层土，形成墩基，墩子和墓地的范围也随之明确。在墓基的中部筑造墓葬及相关建筑，形成大坟丘。也有的在土墩中部建造祭祀性建筑，后在建筑基础上堆土再建造中心墓葬，以后不同的时期在坟丘上堆土埋墓，或进行祭祀活动，最终封土停建。

这种掩土埋葬形式不仅是吴越两国的习俗，据史料记载，吴王夫差兵败自杀，越王勾践葬之以礼，用的就是"摞土以葬之"等土墩墓式的葬俗；同时今繁昌、郎溪一带仍有这种风俗，即人死了，埋葬在远离村庄的山岗上，亲属和送葬者，皆人手一抓黄土堆在墓上，以掩埋死者。

值得一提的是，宁镇、屯溪一带土墩墓多以鹅卵石铺地，而南、繁一带则有零星木炭痕迹。也就是说，繁昌与宁、屯虽均为百越族，但可能分属两个不同的支系。就好比两个人虽然往上数几代是同一个祖宗，虽平时比邻而居，但血缘关系也不是很浓。

土墩墓葬是西周、春秋时期长江下游地区普遍流行的丧葬形式，而万牛墩土墩墓的存在证明了皖南自古即与宁镇、太湖地区文化联系的紧密性。及至战国楚灭越，吴越故地尽归楚，楚人将长方形竖穴土坑墓葬这种流行于江北的丧葬形式带到皖南，并逐渐取代了土墩墓葬这种丧葬形式。

由土墩墓引出的周代繁昌故事

万牛墩土墩墓分布范围极广，上千座大大小小的周代墓葬遍布全境。而平铺地区山高林密，又不易发掘。不过虽然此前经考古发掘的土墩墓较少，但我们根据目前的一些蛛丝马迹来看，依旧能够得窥周代发生在繁昌大地上的一二故事。

商末泰伯、仲雍来到苏皖境内，与当时处在饭稻羹鱼、地无君长的原始社会的古越族相交，并以中原先进文明进行教化，建立了早期吴国。但自身也受当地风俗的影响，文身断发，"以象龙子"。这种习俗也是为了适应当地雨水多的气候和湖泊多的自然环境，可以更便于下水捕鱼和捞其他水生物，也可以有效地防止蛇鼠等侵害。吴越贵族死后，出于防潮或祭祀需要，也因受良渚高大封土文化的传播和传承的影响，早期吴国便因地制宜，开创了土墩墓这一迥异于中原传统的丧葬文化形式，万牛墩土墩墓群正是这一历史背景下的产物。随着国家和安徽各级政府对土墩墓的愈加重视，利用好、探索好土墩墓群这一繁昌重要的历史文化资源，必将解开更多繁昌周代故事的谜底。

万牛墩土墩墓群

楚风东进润繁昌

刘飞洋

繁昌与楚国的相遇，源起于楚国的霸业征程。周代初始繁昌为吴地。如前所述，泰伯、仲雍奔江南，建立了吴国。东周元王四年（前472），卧薪尝胆多年的勾践终成夙愿，灭吴国，吴王夫差自感无颜，被流放甬东（今宁波地区）自缢而亡，繁昌随吴地尽归越。东周显王三十六年（前333），楚威王兴兵伐越，大败越国，杀王无疆，尽取故吴地至浙江，繁昌归属楚国。自此，楚风吹到了繁昌大地，浸润出了清新俊逸的青铜工艺、铸造出了面貌奇异的楚国钱币，吹响了一曲耐人回味的楚歌。

从废品中拣选到的楚国宝物

繁昌地处"吴头楚尾"，边邑所在，吴、越、楚争霸不休，战略位置十分重要，加之铜矿资源丰富，这一时期繁昌的青铜文物出土颇丰。

20世纪，因为特殊的历史环境，民间掀起了大炼钢铁、炼铜的热潮。当时文物知识并不普及，老百姓也把古代青铜器当成熔炼的对象，送到供销社废品站去。我县文物部门工作人员多次在废品站收购、征集到战国时期的青铜器，使其免受熔炼之灾。

黄浒公社文化站钟承林原先在黄浒公社供销社废品收购站工作。1974年6月，废品收购站收得两件铜鼎、一件铜匜，被钟承林看到了，他告诉废品站工作人员，不能将这历史文物当成废铜烂铁，要保管好，并报告了县文化馆。县文化馆很快向省博物馆作了报告，省博物馆安排殷涤非同志前来调查，并了解到这组铜器原是孙村公社犁山大队窑厂农民取土时出土的。出土铜器的地方原是一座东周时期墓葬，还清理出八个陶罐和少量石器。

1978年12月，黄浒收购站又收得一件青铜鼎，工作人员当作火盆取暖用，并用火钳将鼎口沿敲碎了一块。钟承林同志到收购站去串门，看到此鼎后，立即要他们把它保管起来，并通知县文化馆。县文化馆以六十元现金将其收购并保管起来。经过调查，此鼎原是铜陵钟鸣公社余村一社员卖出的，出土地点是一座战国墓，墓已受到严重破坏。

1982年10月，三山公社文化站干部唐志宽在供销站收购到一件铜尊，工艺水平很高，尊体铸一铜绳结网而兜，肩部四面各有一铜绳系，每系安一活动铜环，叮当作响。器腹一周饰四个饕餮纹，口沿外饰云纹，圈足饰夔纹，通体云雷纹衬地。经省博物馆专家鉴定，认为是宋人按战国鼎的形制仿制而成的，纹饰精美，器型独特，颇具楚国遗风。

1982年11月，省供销社和省文物局联合发布了《关于加强从回收物资中拣选文物的通知》。同年末，县文物管理部门到全县各地进行了认真的调查，发现横山公社供销社回收了一批青铜器，其中有两件楚国蚁鼻钱铜范，两件战国编钟，一件青铜鼎和另外一件铜鼎的盖。

其中，这两件铜钱范形制相似，均为长方形，薄边，背中心铸一长方形铜钮，正面阴刻"釆"字贝型和浇铸槽，贝型排列4行，作对称式，每行置16枚凹贝型，计64个钱窝。另一范在4行贝型前端中心又单置1枚贝型，计65个。也就说明这两件钱范一次可铸64和65枚蚁鼻钱。蚁鼻钱是战国时期楚国独有的货币，繁昌的这两件铜钱范，是迄今国内发现的同类钱范中的模范，全国同类器仅见5件，但均不及我区所出完整，大小和贝型数字也有所不及。此二范均为国家一级文物。

随后，由于文物宣传力度的增强和文物知识的普及，这种毁器炼铜的行为也就渐渐消失了。

铜山与繁汤

铜山位于繁昌城北10公里的繁昌经济开发区马口村东北200米处，自古即以产铜闻名，南宋王象之的《舆地纪胜》曾记载"铜山，在繁昌县东南五十里，出好铜，古所谓丹阳铜是也"。

早年，铜山山坡可见大量废弃的铜矿坑和冶炼废渣。据铜山当地居民回忆，铜山曾见有多处古代采铜遗留的矿坑遗迹，现多已毁殆尽，仅存一口矿坑，开口朝西，余长8米，坑道为横式"S"形，内壁置有壁龛照明。根据在矿冶遗址中采集的铁锤等冶炼遗物和陶片判断，铜山的开采冶炼时代主要为战国时期，其周边亦发现有战国墓和青铜器物遗存，是战国时期楚国的重要矿冶场所。而且楚国的矿冶业在技术上十分成熟，表现在采矿规模庞大，采掘深度延伸，铜山发现的横式开采冶炼模式表明了春秋战国时期楚国的铜矿冶炼存在规模化和先进性。

铜，在夏、商、周时期，是王权的象征，代表着尊贵的身份和地位。

现在我们去繁昌区博物馆听讲解员解说，可以了解到我们现在的"繁昌"之名是源自曹丕改河南繁阳亭为繁昌县，后于皖南侨置繁昌县而来。但大家知道河南的繁昌与我们现在的繁昌有什么共同点和联系吗？让我们利用历史文献和文物来还原那段扑朔迷离的历史吧。

其实早在西周时期，皖南的铜矿资源就吸引了统治者的目光，成为周朝与南夷争战的主要目的之一。而值得我们注意的是，著名的晋姜鼎有铭云："征繁汤，取厥吉金"；洛阳也出土过一把精美的战国铜剑，铭曰"繁汤之金"。古代言"金"即青铜也。从这些铭文可以看出，"繁汤"和青铜原料、南夷都有密切关系，"繁汤"多铜矿，繁昌亦多铜矿；"汤"古音读"shāng"，"繁汤"音近"繁昌"。所以两地其实早在周代初年或许就有了许多共同之处。

及至西周晚期，厉王对南夷的战争取得了决定性胜利。南夷包括今安徽境内的淮夷和今湖北境内的蛮夷。宣王时，南夷被纳入了周王朝的贡纳体系，通过一定的市场向周王朝进行纳贡并与之做交易。而这种设立市场的交易形式，不仅有利于南夷向周王朝交纳布匹等物产，顺带也会促进南夷与周王朝及中原诸国的青铜原料集散地的形成。而两夷向周王朝纳贡的路线，就是著名的"金道锡行"干线。据学者研究，这两条"金道锡行"的线路，其实是有所分叉的，而"繁汤"极有可能位于这些分叉的十字路口处，负责铜料交易和运输，地理位置十分重要。

而通过科技分析和文献记载，学界一般认为今新蔡就是故繁汤之地。同时我们发现，西晋杜预著《春秋释例》中提到，"铜阳县（今新蔡北）南，有繁阳亭"。三国时，今河南一带属魏国管辖。曹丕就是在颍阴县（今临颍，属漯河市）的繁阳亭（今临颍繁城镇）筑造祭坛，接受汉献帝禅让而即帝位的，后来便把繁阳亭升为繁昌县（时属颍川郡）。东晋时，因避难避战等原因，繁昌县治（时属襄城郡）迁到了今皖南地区，经千年风雨，县治多次易址，最终形成了我们现在的繁昌区。两地虽一南一北，但皆处交通要道，在不同时期为中华文明的繁荣昌盛提供了源源不断的物质资源。

通过以上几个小故事，我们知道了，最早的繁昌县、繁阳镇是在河南漯河境内的，而且最早不叫繁昌，叫繁汤。虽经千年迁徙，治所不断改变，但皆是以矿而生，因矿而兴。

三山楚国墓葬

铜器与铜矿是服务于上层贵族的，但三山镇（今芜湖市三山经济开发区）两处楚国墓葬的发掘，印证了繁昌的历史底蕴。

1999年，繁昌县文物部门在对三山奶牛场施工工地进行巡查时发现了两座古墓葬（编号M1和M2），随即对其进行抢救性发掘。两座墓葬出土随葬器物31件，其中墓葬M1出土有陶鼎、豆、杯、盒、钫，琉璃玉璧，半块蟠螭纹铜镜，以及郢爰冥币、铜质砝码和铅板冥币数件。M2墓葬出土有陶器和半块蟠螭纹铜镜。

而巧合的是，两面半块蟠螭纹铜镜恰能合为一体，严丝合缝。两座墓主人当是一对夫妻，生前如胶似漆，恩爱非常，死后也不愿分离，所以在下葬的时候，故意将完整的镜子打碎，各随葬一半，可能是希望灵魂依附在铜镜里，在黄泉路上也能"破镜重圆"吧。

除此之外，还出土有繁昌最早发行的冥币——陶质郢爰币4块，为仿金郢爰所造，正面刻有阳文篆体；铜质砝码8件，是楚国通用的一整套度量衡；铅板冥币4块，为一整块破裂所致。用货币、度量衡随葬，说明墓主人身份不一般，也说明两千年前就有"烧纸钱"的风俗传统了。

2004年，为配合公路建设，繁昌县文物部门对距离铜山矿冶遗址1公里外的三山红星取土场区域进行调查，抢救性发掘了两座楚国墓葬。墓葬为同穴合葬、竖穴土坑，出土有各类器物30件，以陶器为主，有鼎、豆、钫等器型，另出土有玉璧，墓主同样应为楚国贵族（见图9）。

图9　三山红星战国墓局部图

数百年的楚风峥嵘下的繁昌，汇聚了如铜山矿冶遗址、三山战国楚墓中的各式各样的青铜器等历史珍宝，诉说着属于那个时代的繁昌瑰丽灿烂的历史故事。

春谷故城

牛 佳

繁昌古称"春谷"。古时的春谷（见图10），自然条件优越，东汉末年，更有3位战功显赫的名将曾担任过"春谷长"（相当于县长）。

图10　春谷故城航拍图

调查与发现

据县志和有关史料记载，春谷的辖地主要集中在今繁昌、南陵境内，但县治具体在何处，一直都语焉不详，不为人知。

这个谜团直到1982年第二次文物普查时才揭开。文物工作者在当时荻港镇苏村的苏墩调查时，发现了一处大型古代城市遗址，面积约15000平方米。遗址上原是苏村小学的校园，今天还住着数十户人家。城址为一高出地面3米的大型台地，山抱水环，三面环水，东有高岗。古人常择地势较高的丘地营建聚落，以规避水灾。环水的地貌条件使之无虞于水资源的匮乏，临近高山的地势而无惧水患。曾有附近的村民在施工建房时，在遗址西侧发现有用汉砖铺设的地面，同时发现了大量城墙砖，城砖上装饰有菱形纹等纹饰。遗址附近也常有汉墓被发现，出土有布纹陶罐、二系陶壶等。遗址边缘还被发现有一段夯土城墙，这一段土质较周围的土明显更加坚硬，并且呈现出完全不同的颜色。根据这些线索，结合方志记载，最终确定这里就是汉代春谷县治所在。

第三次文物普查时，调查人员对其进行复查。发现遗址中随处可见汉代筒瓦及汉砖，遗留的砖瓦残片厚度达30厘米。汉代春谷县境广阔，辖今繁昌、南陵、铜陵等地区，即便是县治废墟也十分宏伟雄壮。

据相关史料记载，早在汉初，就有了春谷县。古时春谷地区，土地肥沃，盛产稻谷，五谷成熟皆较他县为早。每岁三月已莳种谷，六月中已有新谷，因春莳较早，故曰"春谷"。

如今的春谷城址只剩下寂静的废墟，而故城发现的汉砖、筒瓦等残砖片瓦静静地躺在繁昌博物馆，向我们讲述着昔日春谷城热闹而安定的美好场景。无论是春谷城的残垣断壁，还是被时间留下的痕迹，春谷城址都散发着一种独特的魅力。春谷城址的发现不仅为研究汉代春谷城的历史提供了重要的实物资料，也在告诉今人岁月如梭，世事无常。

繁昌最早的城墙

城市是进入文明时代的标志，而城墙在中国古代城市建设的过程中至关重要。这些矗立于春谷城址边缘、依稀可见的夯筑城墙对我们了解秦汉时期繁昌的城市建设至关重要。

秦朝历史短暂，未进行大规模的城市建设，因此秦朝时大多城市未建有城墙。到了汉代，统治者下令在全国各县构筑城墙。所以汉代的春谷城墙砖，也是繁昌城第一次穿上的"外衣"。如今这些砖块默默地躺在繁昌博物馆中，虽然它们没有华丽的外表，也没有刻字，但它依旧是繁昌城市发展的历史见证，向今人诉说着两千年前汉代先民的生活。

赫赫春谷，人们在这里日出而作，日落而息，留下了先民们辛勤劳作的痕迹。汉故城依河而建，三面修建护城河，一面留缺口供进出。这样的城市修建模式在汉代皖南地区比较常见。在河、湖等水畔修建城市，是人民日常生活所需，也是军事防御和交通便利所要求的。

春谷城是生活在这一地区的人们的家园，在这座城市里，我们的先祖建立了社会关系，小小的城市承载着他们的生活、情感和文化，共同书写着属于他们的故事，构筑着属于他们的生活。沧海桑田，当时的人们已经消失于历史的长河中，但

春谷故城

这夯筑城墙、菱纹汉砖，仍向我们诉说着两千年前繁昌先民的生动故事。

东汉春谷长

宋代有农民耕作时，在地头挖出了一块汉代的《严䜣碑》，碑体古朴厚重，为汉桓帝和平元年（150）所立。碑文较为详细地记载了东汉时期学者严䜣的生平与曾任春谷长的事迹。严䜣其人为正史所不见，据碑文，严䜣，字少通，卒于东汉桓帝和平元年（150），享年六十九岁，在当时颇有声望。其为东汉大儒，熟读四书五经，治《严氏春秋》，后为丹阳、陵阳丞守和春谷长。《严䜣碑》立于严䜣去世那年，碑文载入清《钦定四库全书》。

此后直到东汉末年，烽火战乱不休。而春谷沿江，军事地位突出，因此多任春谷长均是德才兼备、战功显赫之人。吴国著名大将军黄盖、周瑜、周泰三人都曾被任命为"春谷长"。这几人为后来吴国的繁盛立下了汗马功劳。

黄盖，字公覆，东吴名将。孙坚起义后，黄盖一直追随左右。孙坚死后，又跟随孙策、孙权南征北战，为吴国政权的建立和稳固立下汗马功劳。据清《太平府志》，其于汉献帝初平元年（190）任春谷长。据《三国志》记载，黄盖除担任过"春谷长"外，还担任了九个县的守长，"凡守九县，所在平定"，可谓武能上马定乾坤，文能提笔守家园。黄盖墓的位置众说纷纭，清《江南通志·舆地志》云"在繁昌县十八都近，墓号'黄墓渡'"，可备一说。

周瑜，字公瑾，东汉末名将。为帮助孙氏兄弟建立江东政权立下不世之功。据《三国志》记载，周瑜担任春谷长不久，又转任中护军兼江夏太守，随后跟随孙策进军皖城（今潜山一带），二人攻克了这里并迎娶了二乔。据传，周瑜曾在今新林、平铺一带的布袋湖练兵，留下了许多传说和故事。抗战时川军也驻扎在此处，还挖到了"东吴水军都督周"的腰牌。周瑜在进军西川（今川东地区）的途中，暴病而亡。死后落叶归根，安葬于吴国境内，孙权在当时的芜湖县迎接送殡队伍，随后为周瑜在长江两岸不同的地方设有72口棺材，一齐出殡，留下了"七十二疑冢"的谜团。

周泰，字幼平，投孙策后屡立战功，深受孙策、孙权兄弟的喜爱。孙策曾出兵讨伐山贼，而孙权和周泰率数百人前往宣城迎敌，却遭数千名山贼突袭，待权仓皇上马之时，山贼已杀至跟前，其中一刀竟砍到了其马鞍，众人一时大乱，难以安心迎敌。唯周泰奋起作战，率众人拼命突围，救出了孙权。而周泰身伤十二处，昏死过去，良久乃苏。孙策闻之，非常赞赏他，遂任命其为春谷长。任后不久，亦随孙策进军皖城。

　　"恻恻清寒冽冽风，千年漳水绕汉城。汉碑吴砖今犹在，不见当年春谷长。"春谷的背影渐行渐远，但春谷城址的发现为我们研究繁昌汉代城市建设、区划调整等历史提供了重要的实物资料，也留下了种种动人的故事和传说。

汉芜湖长印

崔 炜

印章诞生于春秋时期，汉代以来才称之为"印"或"印章"。而在繁昌，就曾出土过数枚印章，尘土之下浮现出的短短几字向我们讲述着两千年前，汉代芜湖县有位名为"陈强"的县长的故事。

芜湖"县长"墓的发现

竹山濒临长江，位于繁昌县城东北16公里处，后因区划调整，现属芜湖市三山经济开发区。其地形低缓，也被当地人叫大土坡。繁昌文物工作者调查发现，其上分布着众多大大小小的古墓葬，并且部分被盗掘，破坏严重。

1998年，长江流域大水，灾后，国家作出了"灾后重建、整治江湖、兴修水利"的重大决策。4年间，国家先后投入数百亿元，对长江干堤进行了历史上最大规模的加固建设。繁昌沿长江段，也是重要的整治加固对象。

2000年3月，为配合长江干堤繁昌段水利加固工程，需要从竹山上取土作坝。在此之前，考虑到山上如北邙累累，便不能贸然取土，而要先将深埋于土区下的墓葬探明探清才能动手。繁昌县文物管理所联合安徽省文物考古研究所，对竹山进行了全面勘探，果然，不大的山体中居然掩埋了多达36座古墓葬。工作人员按一定顺序将墓葬进行了编号。而今天我们要讲述的主角——汉代芜湖长的墓也是其中规模较大的一座，编号为M7。

该墓是汉代最为常见的长方形竖穴土坑墓，南北向。不过墓葬规模较其他墓葬略大，墓长达3.6米、宽达2.5米、墓底距地表深3.8米，一般这种墓的墓主身份地位都较高。但是因为竹山临江，气候潮湿，导致其葬具、人骨架均腐朽无存，仅见黑灰色板灰、朱砂漆皮和铁棺钉分布在墓底。考古工作者据此推测该墓为一棺一椁，而且棺为传统的黑棺，椁上应有涂朱壁画。但遗憾的是仅在墓坑近中心部位发现有一条黑色灰带，显然是木椁隔板腐朽多年的痕迹。随葬器物大部分置放于边厢内，随葬器物有陶钵1件、铜带钩2件、铁剑2件、铁削刀1件、铜环（戒指）1件、铜钱486枚、铜质印章3枚。葬品十分丰富，也同样表明此墓的主人身份地位较高。

芜湖长的故事

墓中出土了三枚铜质印章，其中两枚为墓主私印章，龟钮，均阴刻篆文"陈强私印"四字，另一枚印章为官印，拱形钮，同样阴刻篆文，为"无湖长印"四字。此处的"无"字，为"芜"的古字。墓主人为当时芜湖县的地方行政长官，名为"陈强"。

西汉元狩二年（前121），汉武帝改鄣郡为丹阳郡，统县十七，其中就有芜湖。乐史的《太平寰宇记》载，"以其地卑蓄水泞深而生芜藻，故曰芜湖，因□名县"。汉时，"芜湖县"辖区包括今当涂、湾沚及繁昌、南陵部分地区。"春谷县"包括今繁昌、南陵、铜陵部分地区。但芜湖长陈强具体生活在哪段时代、哪个皇帝期间在任，需要更多的证据。工作人员从随葬的铜钱中窥出了一丝端倪。墓中共出土486枚铜钱，其中1枚五铢钱、485枚"大泉五十"。"大泉五十"是王莽时期铸造的货币，自王莽推行首次币改时发行，至天凤元年（14）废止，铸行13年，是王莽新朝通行货币中流通时间最长、铸量最大的货币。《汉书·食货志》载："（王莽）于是更造大钱，径寸二分，重十二铢，文曰'大钱五十'"。"大泉五十"即大钱当五十，一枚能兑换五十枚五铢钱。墓中出土的"大泉五十"有2.8厘米和2.4厘米两种，且有外高内低的额轮，系王莽新朝初期所铸。芜湖长陈强在西汉末期至新莽初期担任芜湖长，死后埋葬在这片生前深深眷恋的土地里。

据《汉书》载："县令、长，皆秦官，掌治其县。万户以上为令，秩千石至六百石。减万户为长，秩五百石至三百石。"该枚"芜湖长印"表明，西汉至新莽时期，芜湖县人口不足一万户，规模并不大。同样，今繁昌治所春谷的长官为"春谷长"，亦不足万户。彼时洛阳人口也不过百万。

芜湖长印

印章，是用作印于文件上表示鉴定或签署的文具，《说文解字》曰"执政所持信也。从爪从卪。凡印之属皆从印。"印章分私印和官印，春秋战国时期，官印已在公文往来中得到了广泛的使用，主要用于公文的保密封存。及至汉代，印章的使用蔚然成风，成为定制。

"芜湖长印"（见图11）就是官印制度下的产物。其边长2.4厘米，符合汉代官印的规制。而拱形钮也表明了彼时的芜湖长应属中下级别的官职。汉代的官印制作

汉芜湖长印

由中央统一规划，各个部门各司其职，从文字样式的制定到印工的刻印，都有专门的机构负责。汉代官印形制以正方形为主，尺寸都不大，边长为汉制一寸，约相当于现在的2.4厘米，所以称为"方寸之印"。下级官吏使用的半通印呈长方形，为正方形官印的一半。同时，汉代的官印均以篆书入体。印上的钮，做成特定形状，称作"钮式"。钮上有穿孔用以系绶。官印的"钮式"也有一定的制度规定，高级官吏用龟钮，中下级官吏用拱形钮，也称鼻钮。

图11　繁昌博物馆藏的芜湖长印

印章的用法是将奏章等竹简写好后用麻绳捆好，在绳结处糊上泥团，并在泥上盖上自己的印章，再用火烘干。竹简送达后，接收人在检查封泥完好后，才敲掉泥封壳进行阅览。

可以想象，陈强在无数个夜晚，秉烛批阅芜湖大小事宜，再将需要上报的事情写好，一一泥封，最后庄而重之地盖上自己的官印，等待朝廷的批复。

汉代一官必有一印，一印则随一绶，绶是用来系印的丝带，称为"印绶"，依官品与俸秩的不同，佩以不同质地的官印和相应颜色的印绶。但陈强墓内潮湿，印绶早已了无痕迹，使我们不能知道"芜湖长"的品级，但想来不是很高。

随葬的官印

两汉时期有严格的公印管理规定，公印不归私人所有，更不可任意随葬。官员在升迁、罢免、辞官、死亡等情况下，都需要将印绶上缴，"解印绶"也就成为辞官、罢官的代名词。芜湖长陈强为什么能将"公印"随葬？

公印是权力的象征，生前贵族凭公印享有荣华，死后自然也渴慕公印伴自己长眠。早在战国时期，公印就已经作为随葬品出现。到了汉朝，随葬公印的数量明显增多，成为一种社会现象，公印随葬有以下几种情况：

第一，制度性随葬。

东汉对高等级贵族随葬的印绶做了规范，《后汉书·礼仪》载："诸侯王、列侯、始封贵人、公主薨，皆令赠印玺、玉柙银缕；大贵人、长公主铜缕。"赐葬印绶的对象是银印以上的高级官吏和高等级贵族。西汉到新莽时期，文献中没有关于公印随葬制度的记载。陈强任芜湖长期间为西汉至新莽时期，其官职也仅为三百石至五百石的县长，按制度是不能将公印随葬的。

第二，对功勋卓著的朝廷重臣或皇室成员的一种赏赐。

西汉至新莽时期有极少例，如麒麟阁十一功臣之一的张安世，《汉书·张汤传》载，张安世于元康四年薨，天子赠印绶。汉成帝宰相翟方进，因为当时发生"荧惑守心"的灾异之象，惨遭成帝赐死，其礼节及所赐之物都超过旧例。《汉书·翟方进传》载，翟方进于绥和二年被赐死，皇帝赠以丞相、高陵侯印绶。张安世和翟方进生前位列三公，始封列侯，品级甚低的芜湖长陈强显然得不到这样的殊荣。

第三，私制随葬明器。

有些官员地位不够尊贵，也没有能获得特别赏赐的功绩但也想在地下享受权位，于是私制冥器随葬，但为了不违反律法，该冥器与官印一般有所区别。

从目前已发现的两汉出土随葬公印中"县令"之印中，可以看出有较多的私制冥印章。《汉旧仪补遗》载："千石、六百石、四百石铜印，鼻纽，文曰印。"但"芜湖长印"为铜质，边长2.4厘米，鼻钮，阴刻篆书，印文右上至左下，其材质、形制、印文均符合西汉官印体制，应为实用印。显然也不属于这种情况。

第四，政治动荡中的官员以原公印随葬。

太平盛世中，国家不仅有法律规范，而且这些规范也能够得到实施，但在改朝换代或政治动荡之际，去职的官员迫于实际，可能无法或者不需要归还公印。

王莽在位期间，实行新制，一改西汉旧称，将县里最高长官县令、县长的名称改为了"县宰"。《汉书·王莽传》载："改郡太守曰大尹，都尉曰太尉，县令长曰宰。"王莽对官印规范制度也作了改良，新莽政权依据五行和三统学说推崇数字五与六，其官印字数用五与六，不足五、六字者用"印""之印""之印章"补足。故宫博物院珍藏有新莽时期的县宰印，有"修合县宰印""棘阳县宰印""蒙阴宰之印""建伶道宰印"。

所以这种情况是最有可能发生的。因芜湖长陈强去世时，正值王莽新政初期，其"芜湖长印"已为废印，故随之下葬。

古井里的文物

刘飞洋

中国是世界上开发利用地下水最早的国家之一。千百年来，繁昌先民凿井饮水，境内古井林立，清道光《繁昌县志》中即载有古井20余处，如今多已不见。

在繁昌的古井中，若论及年代的久远和内涵的丰富，当属这口千年之前的新港镇五代至北宋时期古井（见图12）。

2011年，县文物部门在新港镇新农村实验区工地施工时发现了一口古井，井的一角在施工过程中稍有破坏，井内古代堆积物丰富。文物部门安排专人对井内文物进行清理，历时1个多月，一口千年古井出现在了世人的眼前。古井深约8米，井口内壁径约1米，口呈圆形，由青砖平砌而成，井壁中部由青砖竖砌，底部则由碎石垒筑。

图12　新港镇五代至北宋时期的古井

专业人员根据井内堆积的土质、土色和遗物特征，按年代早晚将其分为四层。

第一层为现代地层，夹杂着掉落的青砖与石块；第二层为宋代地层，包含有大量的青砖、城墙砖、陶执壶和鸱吻、经幢等构件；第三层为五代晚期至北宋初期地层，出土有大量陶罐、执壶、木制水桶残片、乐器棒和部分竹棍竹片；第四层为五代早期地层，发现有少量陶罐、陶盂、瓦片、缸片、木桶片、木棒以及银项圈和铜铃等。

古井现已回填，不复存在，但其披盖着的历史尘埃与精美文物，仍向我们叙说着一段独属繁昌的历史故事。

唐安史之乱爆发后，北方社会局势动荡，江南地区却一派承平气象，大批北方人民为躲避战乱向南方迁移。此后，由于藩镇割据、唐末农民战争和军阀混战以及逃避沉重赋役等原因，唐末五代掀起大规模的北民南下热潮。

南下的北民一部分由襄州经汉水南下荆、鄂，一部分则由淮颍道经寿州南下或东进。其中经第二条道路南下的占有很大的数量。

今繁昌地区在唐代属宣州郡管辖。地处皖南山区的宣州郡靠近长江南岸，更是移民渡江南下的通道，所以外来北方移民自然也在繁昌当地人口中占有很大的比重。其后南唐升元年间（937—943）复置繁昌县，而古井所位于的新港正是县治所在。

这就是我国历史上著名的三次北民南迁之第二次。彼时的繁昌受到经济、文化重心南移的影响，一下子聚集了如此之多的北民，一时间人口兴盛，农桑得以发展。

但人口骤增、开垦荒田，都需要用到大量的水，于是勤劳的"新繁昌人"便打井开荒，而且先民当年肯定也打了不止这一口井，也许其他古井早已消逝在千年的风云中，也许还有的等着我们去发现。

五代地层包含物里，出土了一些陶瓷罐、壶，以及木器，如木棒和木桶，还有麻绳，这些是当时的取水、打水工具。陶瓷器大部分都是破损的，应是打水时碰撞及坠落导致的。麻绳则是人们采用绳捆罐（桶）提的方式，或者将麻绳系于木桶、陶罐上进行打水时所用。又或就地取材，将木桶捆绑于木棍、竹棍之上用以取水。

井中还发现有银项圈、铜铃，甚至还有桃核！喝水的井里为什么会出现这些奇奇怪怪的东西呢？可能性有很多，聪明的读者不妨发挥想象，还原当时的场景。这多样的可能性，正是文物和历史带给后人的乐趣之一。

此外，第三层陶罐中出土有开元通宝和唐国通宝（见图13）钱币计23枚，似是古井在告诉着我们这些后来的发现者：我来自五代哦，这是我的时代印记。两种钱币在古井中的发现，表明了古井于五代早期甚至唐代晚期即已建造。

古井宋代地层的包含物中还发现有鸱吻、经幢、木制乐器棒等文物。这些佛教建筑构件和相关器物在古井中的发现，揭开了一段关于古井的尘封往事。

这些佛教残件，表明了五代至北宋之时，古井旁应有座寺庙在此。而这口井正可能是寺庙僧众生活所用，后来随着古井的废弃，僧众将废弃、老化的建筑物扔在了其间。根据清道光《繁昌县志》记载，宝山寺原名宝山院，宋嘉祐八年（1063）

古井里的文物

改众善院，其年代和位置与今古井相近，或可相互印证。

图13 繁昌博物馆藏的唐国通宝

在千年前的北宋时期，繁昌县城中心地带，一座巍峨的寺庙拔地而起，吸引了不少诚心向佛的僧徒。随着寺庙的建设和僧众的增多，寺庙的生活和生产离不开水，也就沿用了这口五代时期的"前人凿井"。同时，出家人普度众生，开了一口甜井，也能供来往行人或周边居民取水饮用，进而也能作为向神灵祈愿风调雨顺、岁岁平安的载体。另外，寺庙建筑多为木制，易生火灾，凿井汲水可用以防火。

但到北宋中晚期，古井最终还是落得个隐于山野，埋于黄土的命运。除了损坏的寺庙构件，在古井同期地层中还出土了两块城墙砖，应为古井废弃之后所扔的弃物。盛衰兴废，自古如此。

两块城墙砖虽然没有繁缛的纹饰和文字，但今人依旧能凭借着各种历史记载去还原它背后的故事。

新港城墙砖，最早是庆历年间（1041—1048）烧造的。当时的知县夏希道建造了周长六里八十步的新城，直到元代才废弃掉。明代初期，新港的窑场亦曾为当时的"首都"南京城墙烧制过城墙砖，但规制、纹饰与古井中出土的城墙砖不同，而明代的城墙砖都要写上烧造人和监造人的名字，以此来严格控制砖头质量，防止豆腐渣工程。但这两块砖头上没有任何的名字，因而井中城墙砖当为北宋庆历年间（1041—1048）烧制。再结合井中的寺庙弃物，可以推断大约在北宋中前期这口古井便已荒废，失去了它汲水解渴，慰藉心灵的作用。

另外值得一提的是，鸱吻和经幢体型都非常大。鸱吻为古代建筑屋脊的兽形构件，古井中出土有鸱吻两件，均为陶制，并有残缺。一件上部为张口兽形装饰，面目狰狞，是为"脊兽"，有辟邪守护之意，下部为瓦面状。另一件残缺严重，其形不见；经幢为古代佛教特有建筑类型，原是一种建于佛前的丝帛制成的伞盖状物，一般由幢座、幢身和幢顶三部分组成。其由来很有意思，最初僧人将经写于幢上，若幢照映于人身，人即可不为罪垢污染，因而寺庙多以建幢为功德，凡是寺庙，基本都建有经幢。古井中出土有经幢构件三件，其中底座构件一件，上下为八面体，中覆有莲花装饰。

这些建筑构件在古井里出现，大概率是僧人有意为之，也就是改众善院后的产物。寺庙重修、改、扩建时，将要替换的鸱吻、经幢扔到了早已干枯的水井里。绵延流淌百年的古井，为繁昌的城建尽到了最后一份力。

百年间，古井见证了繁昌这段人口兴旺、寺庙修缮的故事，也向我们叙说着南唐时期繁昌之地繁荣与安逸的历史。井有废弃之时，但聚井而居、以井为生的日子映照着繁昌先民数千年的历史。伴随着岁月的积淀，井的文化意义也渐而超越了其实用功能，成为家国故园的符号，乡土之情的结晶，多了份历史的厚重和思乡之情，成为见证繁昌历史发展和乡土文化的明眸。

古井里的文物

繁昌窑的前世与今生

汪发志

繁昌窑遗址位于安徽省芜湖市繁昌区，是五代—北宋时期专烧青白瓷的大型古瓷窑址。窑址主要集中于繁昌城区西南郊，窑业堆积分布范围100多万平方米，具体包括柯冲窑、骆冲窑、姚冲窑和半边街窑，其中，柯冲窑规模最大、年代延续时间最长，是繁昌窑的集中代表。繁昌窑是我国最早大规模烧造的青白瓷窑场之一，是南方白瓷重要起源地，也是繁昌先民留给后人的珍贵遗产。

70年不懈探索

繁昌故事·第一辑

繁昌城区南郊有个坐落于峨山和笠帽岭环抱的山冲，当地名为柯冲，该冲村庄因之名为柯家村。这里古窑遍布，废窑具和废瓷片可达六七米深。据传，这里的古瓷窑在五代时由柯氏兄弟创立，烧造青白瓷，以"柯大、柯二"碗而著称。这就是后来享誉全国的"繁昌窑"（见图14）。

图14　繁昌窑现存的瓷片

说起繁昌窑的重现天日就不能不提到葛召棠先生。葛召棠，1908年出生于繁昌城南一个儒医世家。1930年，葛召棠本科毕业于上海法政学院，不久拿到当时政府司法部颁发的律师证。抗日战争胜利后，他担任南京大屠杀刽子手谷寿夫的五大主审法官之一。葛召棠精于书法，真、草、隶、篆均无不精通。1947年在南京以其书法作品参加名流书画展，与郭沫若、于右任、张大千、齐白石、徐悲鸿等大师的书画作品同列一室，受到观众的赞赏。这也为其之后从事文物工作打下了基础。

葛召棠先生外出求学、生活时也深深眷恋着故乡繁昌的一草一木，经常回到家乡进行田野实地考察，因为在他的心中，始终有一个难解的疑问：在繁昌的西南郊，他自幼生活和玩耍的山坡上，随处可以看见碎瓷片。而这些瓷片遍布于地表，甚至有些地方稍作挖掘便可看到厚达几米的瓷瓦堆积。这些瓷片为何与常见的瓷窑具都不太一样？到底是什么年代的呢？

1953年，安徽省博物馆成立。同年，葛召棠调任至安徽省博物馆任编审，从事古今字画鉴定工作。

根据工作安排，1954年5~7月，葛召棠带领几名考古人员回到家乡，对皖南进行文物调查，调查历时40天，途经芜湖、繁昌、南陵等10余市县，征集各类文物1589件，发现古遗址、古建筑等11处，其中1处就是后来大名鼎鼎的繁昌窑遗址。

在家乡的山坡上，他们采集了不少青白瓷片及瓷器成品。葛召棠将瓷片带回省博物馆进行鉴定，确认是宋代的瓷器，距今已有一千多年的历史了。他写出了新中国成立后有关繁昌的第一份实地考察报告，确认了繁昌窑的性质，为此后确立柯村宋代瓷器旧址奠定了基础，因而被后人尊为揭开繁昌窑千年之谜的第一人。

根据繁昌窑当地老人回忆，葛召棠当年来窑址调查时，到达了位于高潮村民组的窑址堆积中心区域采集标本，并到居民家中征集文物，宣传文物知识。

1958年4月，安徽省文物考古研究所的前身安徽省文物工作队成立。从此安徽考古田野工作有了正式机构。同月，文物工作队派殷涤非、张道宏两位先生到繁昌调查，表明省里对皖南文物工作、对繁昌窑的重视。

此后，繁昌窑的调查、研究工作一度停滞。直到1978年改革开放，全省文物事业重新恢复发展，繁昌县文物工作第一次有了专门的场所和人员。繁昌窑的研究从此乘风破浪，省内外专家络绎不绝，调查试掘连续开展。

经过20世纪改革开放后20多年的连续工作，繁昌窑的面貌逐渐清晰，学界影响逐渐扩大，青白瓷源的地位也逐步确立。

2002年，上海古陶瓷科学技术国际讨论会召开，中国科学院院士李家治、中国科学技术大学校长朱清时、中国古陶瓷学会副会长李广宁等共同促成了繁昌窑最重要的一次发掘。实施单位是安徽省文物考古研究所、中国科学技术大学科技史与科技考古系、繁昌县文物管理所。发掘自当年9月起至11月止，发掘地点位于柯家冲，也就是今天的繁昌窑遗址文化公园附近。此次发掘出龙窑窑炉1座，作坊基址1处，淘洗池2处及排水沟、灰坑，墓葬等遗迹，出土各类器物、窑具标本8万余件。发掘的结论是柯家冲窑是一座罕见的保存完整的五代—北宋初期窑址。繁昌窑的神秘面纱至此被揭开。

2013年以来，为配合繁昌窑考古遗址公园的建设，由安徽省文物考古研究所主持，连续对窑址（包括骆冲窑）进行抢救性发掘，发掘面积达3000平方米；整理发表发掘简报2篇，专著2部。繁昌窑的价值得以确认。

繁昌青白瓷的来源

南唐升元年间（937—943），大批移民南下，对当时江南的政治、经济和文化发展都产生了重要影响。一个很重要的表现就是移民逐渐以地域文化为中心构成了相对稳定的群体，他们不仅有着相同的政治观和文化价值观，在生活习俗和审美情趣方面也趋于一致。他们不用南方青瓷而用白瓷，体现了这部分南迁人对北方文化习俗和审美情趣的选择和偏爱。

五代十国时期，天下分崩，诸国林立，割据垄断阻隔了南北方的贸易与交往，政治经济制度也发生着巨大变化。统治者不得不竭力采取措施恢复包括瓷器手工业在内的生产，当时南方和北方都有精致的瓷器，但由于战争而处于敌对状态，商贸往来受到严重影响。北方白瓷无法保持唐中期以前在全国销售的畅通状态，为满足南迁各阶层的需求，南迁的北方窑工开始模仿北方名窑烧制白瓷产品。

江南地区是北迁人士最集中的地区，为满足他们的生活需求及审美情趣，窑场主必然会依据他们的喜好仿制当时风行北方的定窑白瓷产品，在这种摸索过程中，受当地原材料及烧制水平等的限制，烧制出颜色"偏青"的白瓷。这种新陶瓷品种产生后，出乎意料地受到喜爱和追捧，逐渐风靡当地。

南唐当时处于五代十国时期最发达的区域，文风称盛，以制瓷业等为代表的手工业发展呈现出前所未有的普及性与文化性。繁昌从环境气候看，水量充沛，河流众多，还有大量的小河冲。"冲"字在《说文解字》里释为向上涌流，繁昌以"冲"命名的地方甚多，除了柯家冲还有骆冲、姚冲、朱家冲、范家冲、石龙冲、殷汤冲等。所以繁昌顺势成为烧造新瓷器的"大本营"之一，繁昌窑也成为改写"南青北白"这延续千年的瓷器格局的重要地点之一。

在发掘南唐二陵（李昪和李璟）墓时，就发现有瓷器用具与繁昌窑出土器非常相似，其中瓷碗形制"上肆而下敛，作平坦势"，作葵瓣形口，"色卵青而微灰"。

或可说明繁昌窑与南唐二陵出土瓷器同出一源。

所以，繁昌窑在南唐有极为特殊的地位，可能该窑址一开始就是为服务宫廷或中上层统治者的需求而设立的，统治者御用或征用南迁来的北方工匠，烧制的目标就是青白瓷。

2012年，在繁昌窑发掘十周年之际召开的首届遗址保护与研究会议上，与会专家进一步肯定了在没有规范官窑的五代时期，繁昌窑可能充当了南唐国"官窑"的角色。

繁昌窑的衰落

五代十国是我国历史上著名的分裂时期，十国中的吴国与南唐是此期有承接关系的两个南方小国。吴政权由唐末的庐州（今安徽合肥）人杨行密创立。杨行密是在唐末乱世中崛起的民间武装首领，后投奔庐州官军，唐淮南节度使不得不承认既成事实，封杨行密为庐州刺史。唐天复二年（902），唐朝廷封杨行密为吴王，并诏令他讨伐黄河流域由朱温领导的农民起义军。从此，杨行密统治的淮南政权被称为吴，史称杨吴。5年后，被讨伐的朱温称帝，立国号为梁，这就是五代中的第一代，中国历史进入了半个多世纪的分裂战乱时期。而后梁五年（912），曾奉命讨伐朱温的吴政权正式在南方立国，辖地有今苏、鄂、赣、粤，今繁昌地区也在其间。18年后，经过政治上的较量，吴权臣徐知诰确信改朝换代的时机已经成熟，于是以唐朝后裔自称，复姓李，改国号为南唐。39年后，北宋太平兴国三年（978），南唐为宋所灭。

南唐被灭，繁昌窑虽然失去了往日青白瓷的贡瓷地位，但依旧保持了强劲的风头，甚至在北宋初年还达到了生产的高峰期。

真正导致繁昌窑衰落的是烧造瓷器的原料的匮乏。繁昌的瓷石有一个明显的缺点，核心元素三氧化二铝含量偏低，而需加入高岭土才能实现出窑时不变形、釉面均匀的效果，这就是繁昌窑首创的"二元配方"工艺。但北宋中期以后，本地高岭土日渐稀少，繁昌窑瓷器因此品质下降，优胜劣汰，市场占有率大幅下降，最终退出了历史舞台。

现在繁昌还流传的一个历史故事也能说明繁昌窑的没落：宋朝末年，柯家冲窑址日渐萧条。一天，一个窑工在清理一个塌窑，扒出一个一行行、一叠叠匣钵与碗相粘结的形似龙鳞般的床。消息传开，官府命窑工抬往京城，向皇上进献。谁知抬了不到二里路，不慎将"龙床"打碎，大家惊恐无状，吓得窑工一夜之间跑得一个不留，这个窑址最终冷落下来。因此后人给"龙床"被打碎的地方起名叫作"龙停街"，今名"龙亭街"。

综合多方面的原因，繁昌窑最终湮灭在了历史尘埃中。但今天，通过考古文物工作者的发掘和宣传，繁昌窑作为繁昌的一张金名片，不仅"活"了起来，也"火"了起来。

接连不断的重大发现

70年来，繁昌窑不断取得的新发现，一次又一次地改变了人们对窑址的认识，谱写了繁昌在中华文明历史进程中的重要故事。

除去上述安徽省博物馆（院）葛召棠、殷涤非、张道宏等先生的调查和安徽省考古所和中科大的发掘外，故宫博物院、上海博物院、景德镇陶瓷厂等都来专家调查过，繁昌文物部门陈衍麟先生还发现了骆冲窑遗址。

另外，这里值得重点提出两件事情。一件是在1978年，省博物馆的胡悦谦对繁昌窑进行了试掘，并将该窑中出土的瓷片和残件送至英国伦敦进行展览。另一件是在1995年11月，中国古陶瓷研究会年会在繁昌召开，省内外一批著名考古、陶瓷专家来到繁昌窑，对繁昌窑的相关学术问题进行深入探讨。

此外，繁昌窑还有三处"首次"发现。

第一处是首次发现晚唐到五代早中期的地层，部分层位中还发现了青白瓷和青瓷的共存组合。此发现把繁昌窑的创烧年代由之前的五代，提前到了百余年前的晚唐时期，并为探索我国青白瓷起源的历史提供了实物依据。

第二处首次发现是在繁昌窑遗址核心区发现北宋早中期房址一处。房址，也就是古人起居之所。繁昌窑是烧瓷的地方，窑址很多，但房址目前仅此一座。这在安徽窑业考古工作中也不多见。这处"生活区"，很可能是当时窑厂管理者居住的地方，普通的窑厂员工大概率是住不进这样一块"寸土寸金"的地带的。这处大房子的发现，对我们研究繁昌甚至安徽古代窑业生产如何组织、如何管理，非常重要。

第三处重要发现是首次在繁昌发现釉灰窑，这在皖南瓷窑遗址考古工作中应属于首次发现，为我们复原繁昌窑的制瓷工艺提供了新的重要材料。

鉴于繁昌窑在中国陶瓷史上的重要地位，以及繁昌窑青白瓷在国内外的重要影响力，2012年，县委县政府决定以繁昌窑为本体，建设遗址文化公园，为加快融入市域经济发展、实现繁昌经济转型、提升城市品位提供助力。2022年，繁昌窑国家考古遗址公园通过国家文物局立项，成为全国135处国家考古遗址公园大家庭中的一员。

截至2023年年底，龙窑遗迹展示馆、防洪工程、安防工程项目建设完成，只剩环境整治项目尚在实施中。而考古遗址公园主体也即将建成。届时，一个以陶瓷文化为核心，集科普、教育、游憩功能于一体，位于长江下游的具有独特文化内涵的文旅目的地将呈现在人们的面前。

繁昌窑的前世与今生

老坝冲宋墓群的重要发现

汪发志

在繁昌窑的发现、研究历程中，老坝冲宋墓的发现无疑具有十分重要的意义。30年过去了，这一彰显文物工作者高度责任感和工作情怀的事件已随历史渐渐淡去，如今的主要当事者已年逾耄耋，但此项重要发现对于繁昌窑的研究正发挥着新的历史价值。

发现与发掘

繁昌窑于1954年被发现，当时发现的地点位于现在的铁门村高潮村民组（当地人习惯称为"柯冲窑"，事实上"柯冲"的实际位置在高潮村民组东侧），1956年及之后的历次调查、试掘基本上都是围绕柯冲窑展开的。

由于历史原因，二十世纪七八十年代之前的调查、试掘的相关资料均没有被正式整理发表，调查、试掘时的遗迹、遗物等信息没有完整地公之于众。各级文物部门、相关研究者均认为繁昌窑在窑业考古当中具有相当重要的地位，但这个观点一直缺乏系统材料作为支撑，研究者对繁昌窑的认识亦存在较为突出的局限性和片面性。

1982年，第二次全国文物普查启动。当时的繁昌县文物管理尚无独立机构，文物工作者只有陈衍麟先生一人，而当时的文物普查工作却开展得轰轰烈烈，并取得丰富成果。2008年开展第三次全国文物普查时，丰富翔实的第二次全国文物普查资料是重要的参考基础。

也正是在第二次全国文物普查期间，陈衍麟先生发现了繁昌窑另一处重要窑址——骆冲窑。2013年在骆冲窑考古发掘时，附近村民对陈衍麟先生发现骆冲窑时的情景仍记忆犹新。据村民回忆，当时陈衍麟先生发现骆冲窑时异常兴奋，一边在窑址采集标本，一边自言自语，甚至手舞足蹈："我发现宝了，我发现宝了！"足见骆冲窑的发现在陈衍麟先生心目中何等重要。而骆冲窑的发现及其重要性也为老坝冲墓葬的发现和发掘埋下了伏笔。

老坝冲，位于骆冲窑址附近，繁昌县城西北郊。这一颇具乡土气息的地名在江南非常常见。在南方，"两山之间即为冲"，老坝冲属于繁阳镇阳冲村骆冲窑址附近的一座山冲，三面环山，但山岗低缓。至于"老坝"两字从何而来，已无法考证，大多为当地居民多年的口口相传，由"谐音"或"取意"等而来皆有可能。

由于位置适宜，1984年动工建设的国电华东电网五十万伏高压电站即选址于此，在当时的繁昌属于一项重大工程。但当时的重大项目选址，还没有做到考古前置，文物部门事先并不知道这一消息。

因为该地距离骆冲窑址很近，加之以往经常有墓葬发现的线索，得知项目实施后，文物管理所陈衍麟先生以高度的职业敏感性意识到此地文物保护的重要性。故此，他每天都到项目工地现场巡视，不放过一丝线索。

一日，项目工地果然有墓葬被挖掘机破坏，古代墓砖散落一地。陈衍麟先生立即上前制止，但施工队毫不理睬。情急之下，陈衍麟扑倒在挖掘机前，高喝："谁要是敢继续开挖，就从我身上轧过去！"陈衍麟的果敢与坚决震慑住了项目施工人员，损坏文物的行为得以被制止。保护好现场后，陈衍麟当即向繁昌县委、县政府汇报，并与施工单位管理层进行交涉。在政府和有关部门的协调下，建设单位同意在项目施工过程中做好文物保护工作，并拨付5000元经费用于考古发掘，抢救性清理和发掘工作得以开展。

付出与收获

野外发掘在当时的条件下是非常艰辛的。因人手不足，陈衍麟先生一人身兼多职，现场的发掘、照相、绘图等工作全部由自己亲自完成。又因出土文物较多，及时整理、登记完毕，往往已经是深更半夜。

发掘历时两个多月，大量古墓葬被发现，其中较具特色的宋墓13座，个别墓葬可能早到五代，陈衍麟先生将其编号为M1、M2、M3、M8、M9、M10、M11、M12、M14、M15、M16、M17、M18。大多数墓葬保存较好，每座墓葬均随葬有繁昌窑瓷器。13座墓皆为单室墓，其中砖室墓10座、土坑墓3座，砖室墓有船形、梯形、方形几种，土坑墓全部为竖穴长方形。其中，4座墓葬用残窑具（匣钵、垫饼等）和瓷片封顶，显示出与窑业生产相关的信息。13座墓葬共出土随葬器物210余件，分陶器、瓷器、铜镜、银器等类，此外尚有铜钱300余枚，铁棺钉78根。随葬品中陶、瓷器为大宗，多放于墓室前后两端，各墓墓室后部多见一两件盂钵，铜镜和铜钱则置于墓主腰部。出土的188件瓷器中，绝大多数为青白瓷，少量为青瓷，涉及繁昌窑、景德镇窑、耀州窑等多处窑口。其中，繁昌窑瓷器150件，占比达85%。

根据墓葬器物风格、铜钱年号，结合繁昌窑遗址考古发掘地层分期综合判断，

老坝冲宋墓群的重要发现

老坝冲墓群年代从繁昌窑第一期延续至第三期，即五代末至北宋晚期。此次集中发现的墓葬和批量出土的繁昌窑瓷器，为整体认识繁昌窑青白瓷造型、工艺提供了极为宝贵的资料（因为繁昌窑的正式发掘是2002年才正式开始的），对繁昌窑的研究意义深远，为1995年中国古陶瓷学会年会在繁昌召开创造了机遇。

随葬品背后的故事

基于墓葬发掘材料，陈衍麟先生撰写《安徽繁昌老坝冲宋墓的发掘》等文章并发表，引起学术界广泛关注。繁昌窑作为安徽省中国古代瓷器研究的重要窑口进入省内外权威专家的视野，相关专家学者纷至沓来，研究成果不断涌现。

在老坝冲宋墓群发现之前，对繁昌窑的研究仅限于调查和试掘，繁昌窑产品特征、生产工艺的历史性演变并不清晰。通过墓葬资料的整理研究，可系统了解繁昌窑青白瓷造型装饰特征和工艺特点，与2002年后窑址正式发掘出土的地层标本互为印证，让繁昌窑的研究可靠而丰满。

对老坝冲宋墓群的研究显示，繁昌窑第一期产品最为精致，组合高档。在繁昌窑相对兴盛的北宋早、中期，发现繁昌窑产品的墓葬，其随葬品基本上都是单纯的繁昌窑产品，表明此时的繁昌窑产品在繁昌本地市场占有绝对优势。而到了繁昌窑走向衰落的北宋中晚期，即繁昌窑的二期后段至第三期，尤其是第三期，凡出繁昌窑瓷器的墓葬，多数情况下都会有景德镇地区产品被发现，且其精美程度高于繁昌窑，说明后期的繁昌本地市场已受景德镇产品侵入而渐渐萎缩。从另外一个侧面反映，繁昌窑衰落直至停烧，市场竞争力下降是主要原因之一。

另外，老坝冲宋墓的发掘使得繁昌窑青白瓷面貌骤然清晰，极大地丰富了研究材料。在安徽省文物局、省文物考古研究所的关心、组织下，刚刚成立不久的中国古陶瓷学会年会于1995年在繁昌召开。此次年会是一次规模较大的学术盛会，会议将繁昌窑在学术界的影响推至高峰。从会议论文集来看，会议讨论涉及的窑口除安徽的萧窑、寿州窑、繁昌窑及皖南诸窑外，还有河南汝窑、相州窑，湖北青山窑、广州西村窑、江西吉州窑、广西严关窑、浙江越窑等。种类涉及原始瓷、青瓷、青白瓷、青花瓷、白瓷、黑釉瓷、秘色瓷等，部分学者还专门探讨了器物成形、装饰等制瓷工艺问题，可谓包罗万象，精彩纷呈，信息量很大。与会专家讨论的重点则是繁昌窑与宣州窑、繁昌窑与景德镇及其他地区青白瓷的关系问题，其中不乏真知灼见，更有大量的第一手资料，至今仍具有很高的参考价值。就繁昌窑而言，论文成果为研究探讨繁昌窑在皖南及周边地区所处的时代、性质及工艺水平等已初步勾勒出较为清晰的时空框架。

关于老坝冲宋墓出土器物，还有一些重要的信息值得关注。比如M1，是该批墓葬出土器物最为丰富的墓葬之一，出土22件瓷器均为青白瓷，全部是繁昌窑产品，都是日常实用器皿，且具有明显的个人属性。器型种类有碗、盘、碟、执壶、注子注碗、粉盒等，碗为高档的尖唇温碗和花口小碗，而非普通的叠唇碗，且不见百姓常用的叠唇盏。该墓出土的注子注碗、莲花托盏有仿唐—五代金银器的特征，随葬钱币为开元通宝、乾元重宝等唐代钱币，未见北宋钱币，因此该墓时代为五代的可能性更大，年代可定为五代南唐后期。

该墓器物组合及整体风格与繁昌窑第一期相吻合，且整体上与骆冲窑相近。因繁昌窑第一期产品市场定位较高，大部分销往外地，所以本地墓葬发现很少。此墓在窑址附近发现，表明该墓墓主为身份较高的地主贵族，或者与窑场的生产组织者相关。加上墓葬地点位于骆冲窑址附近，推测该墓青白瓷器物与骆冲窑关系更为密切，不排除墓主人与骆冲窑窑场管理者相关。从墓葬中出土的一件粉盒判断，该墓的墓主人应为女性。

随葬器物中，最为珍贵的是一套酒具组合，造型精美，做工精致，具有仿金银器的风格。从随葬品器物组合关系看，莲花托盏为酒具的可能性更大，为从造型去判断其功能提供了更为科学的依据。

所以，老坝冲M1的器物组合，为我们呈现了五代末或北宋初期，繁昌本地地主阶层中一位女性的日常饮食状态。还有M9，该墓出土繁昌窑青白瓷26件，种类丰富，较清晰地反映了繁昌窑第三期器物组合面貌。配套使用的注子、注碗和托盏组合，反映了繁昌窑托盏台座到后期有增高的趋势，更接近于景德镇地区专作酒具的"台盏"。组合式炉做工相比于成都华阳宋墓同类香炉的莲瓣纹及镂空装饰，盏托相比于华阳宋墓的花边做法，两件器物的做工都趋于简化，表明老坝冲M9的相对年代应晚于华阳宋墓。塔形盖罐和供电大楼M3所出为同类器物，但做工非常粗糙，这是繁昌窑产品走向衰落的表现。所以，M9的最大价值是反映了繁昌窑衰落期即第三期的组合面貌，多数器物均能从一、二期找到溯源，为其产品发展演化提供重要依据。其中，该墓出土的组合式炉，由于炉膛和炉座烧制采用粘接法，深埋于地下多年出现散落，又由于当时于此类器在国内少见，其结构并没有被正确认识，致使炉座和老坝冲M1出土的注子注碗等其他几件精品一并被调拨至省博物馆（今省博物院）。2015年，繁昌窑窑址发掘时发现类似器物，为证实华阳宋墓镂空炉及该墓同类器物的完整形态找到确凿依据。但该器物两部分目前分别收藏于安徽省博物院和繁昌区博物馆，只能期待有特殊的机遇能让二者破镜重圆。

元代窖藏的故事

杨　朴

1998年12月的一个周末，一阵急促的电话铃声惊动了正在文物管理所值班的徐繁。电话来自新港镇派出所，称在该镇市政施工中发现文物，因施工人员举报，出土文物已全部被收缴至派出所，要求文物部门尽快去现场对接确认。

接到报告后，徐繁立即叫上工作人员汪发志，坐上出租车火速赶往新港。在新港镇派出所，三件出土不久、沾满泥土的大罐摆放在工作台上。为搞清这批器物的性质，二人与派出所民警前往出土现场。随后的现场勘查表明，此批器物是在下水道施工时挖出的。下水道口宽约0.8米，已挖掘深度不足1米，文物埋藏很浅。由于繁昌常年来文物保护宣传工作基础扎实，在附近居民及施工人员的保护下，窖藏文物并未发生丢失或被哄抢事件。根据现场判断，此处应为一处元代器物窖藏坑，至徐繁等人赶到时，器物已全部被取出。

大罐肚中的宝贝

经仔细观察，徐、汪二人惊讶地发现，3件大罐中竟均藏有若干小件器物，数量殊多且件件精美。大瓷罐有不少断茬，且其中一些是旧茬，不排除是当年窖藏时人为打破的。但因为现场不具备清理条件，所以徐繁等人将3件大罐子带回博物馆，再行进一步清理。

经清点，此窖藏出土文物共26件，分别为：青花大罐2件，青釉大罐1件，青花高足杯13件，贯耳瓶2件，蓝釉三足炉1件，蓝釉胆瓶2件，卵白釉爵杯1件，卵白釉器座3件，铁剪刀1件。据国内权威瓷器专家鉴定，这批器物年代特征应为元代末期。其中，15件青花、4件卵白釉器应为景德镇官窑产品，青釉荷叶盖罐为龙泉窑所产，一对贯耳瓶具有南宋官窑风格，蓝釉器为元代创烧品种，可谓件件珍贵。而且连续清理出了13件纹饰各异的青花纹高足杯，集中发现数量如此之大、精美绝伦的此种器类，在国内外尚属首次。

位于繁昌西北的新港镇，在五代至明朝中期，一直作为繁昌县治所在，繁昌权贵名士云集于此。那为何会在如此繁华、昌盛之地出现这样一处窖藏呢？

其实啊，我国出土元青花窖藏的地方还有很多，比如安庆、歙县等多地均有出土，大多是因元末农民大起义导致当地元军或大户人家撤退时来不及带走，所以就地掩埋，待有朝一日返回故土时再取。但这些达官显贵终没再回返，也正因如此，才能在600多年后，使我们能一睹繁昌这处元代窖藏的真容，也让我们能循着这批瓷器的线索，去寻找元朝曾经的辉煌。

元青花瓷

民众对于元青花的特征的认识，大多是雪白瓷胎上绘着浓墨重彩的青花式样，但这种白地蓝花的风格显然不符合国人的审美传统。中国人的审美情趣自远古新石器时代就能得窥一斑，距今数千年的各类彩陶、漆器的色彩大多都是单一、流畅的，直到宋代的五大名窑依然如此。那为何会一反常态出现元青花这种"异类"呢？

这大概是因元代蒙古人长期游弋在古丝路上，和中东的伊斯兰国家交流甚多，而对传统汉民族文化接触较少。伊斯兰国家崇尚蓝、白，著名的清真寺就是以苏麻离青料装饰的，这与同样"国俗尚蓝，以白为吉"的元人传统不谋而合，也为元青花的萌芽和快速发展提供了良好的文化土壤。2件青花大罐上的纹饰如缠枝菊纹、缠枝西番莲纹、云龙纹、缠枝牡丹纹等，皆是不同民族文化完美融合的天成之作。

繁昌元青花造型考究，大件雄浑大气，小件精巧细致，青花发色浓艳而不失清丽，呈典型苏麻离青料的特色，纹饰绘画风格灵动传神，当属元青花的上品之作。而苏麻离青料亦为中东地区传入，在当时其价堪比黄金，有"一寸料，一寸金"的美誉。而勤劳的中国工匠利用他国独有的原材料，对我国千年制瓷工艺加以改进，并结合中西方的审美情趣和艺术情操，最终创烧出蔚为大观的元青花瓷。

纵观繁昌百万年的历史，从最早发明石质工具的繁昌人，到新石器时代缪墩文化，再到商周中原与吴越等江南古国的互相学习，直至繁昌窑和元青花特殊工艺的传承……在历史互鉴和文化创新中，繁昌总是走在时代前列，为中华文明的起源、形成与发展作出了不可磨灭的贡献。

蓝釉三供

这批窖藏中的3件蓝釉瓷器格外引人注目。

从器物组合看，我国民间素来即有上香拜佛的传统。我们今天漫步在繁昌的街道上，仍能见到许多"佛香店"，也常常听到"把菩萨供起来""供奉关公"这样的话。"供"，一般释为"摆放"或"供给"。熏炉的实物资料早在西汉即有出土，如大名鼎鼎的满城汉墓博山炉。大家如果到明十三陵中明定陵，那置于地下宫殿中部的黄色琉璃质地的由1件香炉、2件烛台、2件花瓶组成的陈设摆具，就是定陵网红打卡点——"五供"。而三件蓝釉瓷质地的由2件胆瓶、1件三足炉组成的"元三供"（见图15），其中胆瓶颈部细长，垂腹成水滴形胆状，三足炉形制仿商周铜鼎造型，三器下部均有卵白釉镂空器座。所以"元三供"应是继承汉晋士族熏香传统，并对明清及当下仍有所影响的用以"焚香礼拜"的器物。

图15　繁昌博物馆藏的元蓝釉三供

　　从瓷器配色看，自草原呼啸而来的蒙古人崇尚自由与蓝天，好蓝、白之色。而点缀着点点白云的天空也因其宝蓝、洁白为蒙古人所崇拜。所以尚蓝、尚白便自然成了元人的文化传承，其配色也为后世如永宣青花、康熙青花所继承并发展，甚至我们今天的餐桌上也常见到蓝白相间的餐具。

　　从制作工艺看，这批高温蓝釉瓷器的烧造过程是将钴蓝釉直接涂抹在瓷坯上一次烧制而成的。烧制时，窑温要控制得当，温度低了釉色就会发黑，温度稍高就会出现流釉现象。正是因为如此苛刻的烧造条件，导致当时蓝釉瓷器的废品率很高，所以繁昌的这几件元蓝釉瓷器愈发显得精美珍贵。

　　传统元青花采用了两种原料混合制胎的"二元配方"工艺，使得瓷器烧成率大大提升。而目前已知最早使用"二元配方"工艺制瓷的则是五代至北宋时期的繁昌窑。由是可推测，繁昌窑没落以后，掌握着此先进技术的匠人代代相传，在元代再一次将其发扬光大，并对之后各朝代陶瓷科技的发展影响深远。

六百年前的元青花，上承中华文化之传统，青白瓷之技艺，下启当今日常生活，其重要的历史、艺术、科学价值使其展现出飞扬的神采。

　　总之，繁昌这座元青花窖藏，无论是多元化的造型，还是国际化的用料，都无不默默诉说着其显赫的身世，也处处彰显着繁昌厚重的历史！

板子矶畔话千秋

刘飞洋

提到位于荻港镇长江畔的板子矶（见图16），繁昌人定是相当熟悉。板子矶又名鹊起矶，其兀立江滨，巨石嵯峨，突出江中，江流至此极为汹涌，过此则奔腾而下，惊险异常，为大江上下之要冲，古来兵家必争之地，有诗赞曰："势吞吴楚千年壮，稳镇中流亘古今。"明清"繁昌十景"之一"鹊屿江光"即位于此处。

图16　长江二十四矶之一的板子矶

先秦悠悠岁月

商周之时，繁昌境内聚落遍布，广泛分布于长江、漳河、黄浒河、峨溪河周边，先民们过着傍水而居的生活。而板子矶因地势高亢，更是有一大群质朴勤劳的先民在这里聚群而居，临江谋生。

20世纪80年代文物"二普"期间，板子矶上丰富的历史文化遗存引起了调查人员的关注。出于保护的需要，板子矶遂被公布为第一批县级文物保护单位，并在矶畔西南处立了块保护碑，在悠悠草木的映照下显得格外古朴厚重。

韶光荏苒，时间一晃过了近三十年。2009年，为配合板子矶旅游开发，安徽省文物考古研究所、繁昌县文物管理局对板子矶遗址开展抢救性发掘，揭示了一处遗物丰厚的历史遗存。

俯身于阳光之下，发掘人员在板子矶上划出了几个整齐的探方，挥动着手中的工具，从地表往下逐层清理，在泥土中仔细地寻找着板子矶过往的痕迹。众多陶器碎片渐渐显露，预示着即将到来的收获。终于，完整的遗迹和可以复原的器物出现在了众人的眼前，拂去器物上的尘埃，发掘人员欣喜万分。通过这些较为完整和丰富的遗物，人们终于可以一探数千年前板子矶上先民的生活方式，而板子矶遗址亦成为安徽地区距离长江最近的周代遗址之一。

发掘人员在遗址中陆续发现了丰富的陶器、原始瓷器、石器、玉器和青铜器。其中不乏储物烹食的陶罐、陶豆，有质地精美的原始瓷鼎、瓷碗，有略显粗糙的石锛、石镰，还有尚显锋利的铜镞，以及厚重朴素的玉玦。发掘人员俯身望去，无不感慨先民的劳动智慧和板子矶的厚重历史。

这些在今天看来略显粗糙的器物，却是繁昌早期周代先民生活的见证。或许，每一件器物的背后都深藏着一个动人的故事，但数千年风雨过后，今人已不可知，只留下板子矶上回荡的秋风。

吴楚关锁之地

板子矶自古为长江要津，兵家争胜之地。春秋时期，板子矶地处吴头楚尾，吴、楚为争夺霸权互相攻伐，在以"好细腰"而历史留名的楚灵王执政期间，双方在板子矶周边江段爆发了著名的鹊岸之战。而今板子矶遗址中还埋藏有很多吴、楚先民当年所用的陶器、铜镞等。

而后两千多年间，板子矶周边著名战事时有发生。三国时期，板子矶所在的长江是东吴重要的军事防线，东吴名将周瑜曾任春谷长，并于岱湖滩练兵御敌，憧憬着一统天下的宏图伟业。而"一个愿打一个愿挨"故事中的另一位主人公黄盖，亦有史书载其墓位于繁昌附近，可见板子矶及繁昌在三国时期的重要战略价值。

东晋时期，南北战祸不断，大司马桓温乘机一路加官进爵，权倾一时。晋哀帝为削桓温权势，欲宣其入朝另有任用。桓温久经沙场，深知鸿门宴不可入，离山虎易失势，多有犹豫后又觉皇命不可违，遂领兵前往建康。路至荻港之时，弃舟登板子矶，见板子矶伫立江关，颇为险要，而不远处的赭圻岭面江背山，更是易守难攻之地，于是在赭圻岭筑城屯兵，以观其变。

南朝宋明帝时，板子矶周边爆发了一场数十万大军参战的激烈战斗。泰始二年（466），晋安王刘子勋在浔阳称帝，前后发兵十余万，水陆并进欲取建康。行至鹊岸附近，与宋明帝所遣前锋沈攸之率领的重兵相遇，一场激战过后，刘子勋兵溃身亡。

南明时期，抗清名将黄得功血洒板子矶。直至现代，渡江先锋船在板子矶附近登陆……众多的历史故事，为人们传颂不息。

明塔的前世今生

板子矶的西南处，竖立着一座镇风塔，亦称明塔，在绿荫围绕、江风吹袭中染尽了岁月的尘埃。塔为明代万历年间（1573—1620）繁昌知县、沔阳人（今湖北仙桃）邓一儒为镇魔降妖所建，由青砖所砌，呈六角形，原为六面五层，现仅存两层。塔共有四门三额，额亦为邓一儒题书：一曰"砥柱大观"；二曰"天峰耸秀"；三曰"学海回澜"。字迹遒劲有力，颇显功底。相传，塔下地宫中还埋藏着许多宝物。

2007年的某一夜，一群不速之客悄悄地登上了板子矶，打起了明塔地宫中文物的主意，彼时，在矶上生活和看守的有一对老夫妻。夜间的异样，和着门外家犬惊叫声，引起了守矶老人的注意，于是老人家带着手机和照明手电筒出门查看，寻着有异样的方向直奔古塔。当时，塔内灯火闪烁，几个人正在挖着东西，看到有人到来，辩称是在挖何首乌，但有所警觉的老人深知事情并非如此，大声呵斥他们盗掘的行为。但敢来挖宝的哪个不是亡命徒，上岛两人一左一右把老人夹在中间，欲行恐吓。但老人镇定自若："你们想干什么？我年纪这么大了，可是你们还很年轻，也逃脱不掉，你们前天上板子矶的时候，我家老头子见过。"两个人只好灰溜溜地跑了，而明塔地宫中的珍贵文物也得以守住。

明塔地宫经考古科学发掘后，共出土3尊精美的鎏金佛像、2件青花细颈瓷瓶、1件青花瓷香炉、2件铜香炉和2枚铜镜等。其中以3尊铜质鎏金佛像最为珍贵，分别为药师佛、释迦牟尼佛、阿弥陀佛，亦称为东方、中央和西方三世佛。

经过数百年的岁月侵扰，最终在守矶老人和文物部门的共同努力下，板子矶地宫中的珍贵文物得以呈现在公众的眼前。

诗景交融于一体

风光秀丽、古迹林立的板子矶，造就了古往今来多少文人雅士在繁昌的千秋一笔。明清时，繁昌有十景绝佳。清道光《繁昌县志》中收录了清代康熙年间（1662—1722）繁昌知县梁延年为此十景所著的十首诗，其中诗及"鹊峤江光"："反循矶畔草萋萋，乱石横江水欲西。极目烟波图画里，孤帆一片白云低。"短短数言将板子矶周临江里、横波逐流、孤帆过境、白云相映的美景一以概之，传为佳话。

板子矶的壮阔带给了文人墨客许多的感怀。明时，刘师朱同将军陈用谦一道登上板子矶，见矶间碣石扼江关、断鲸波，忆起历史的过往，有感于世间万物的渺小。同时代的陶安身立矶头，望尽云峦叠影，看尽江水拍石，手持杯酒，心生感怀。

板子矶的美景带给了文人墨客拂去心尘的安然。明代县令邓一儒曾至板子矶，或许是因为公事而烦恼，也或许是因俗世而迷惘，在矶上黯然踱步。但一转眼看见迷人的落花、悦耳的鸟啼，心地豁然开阔，留下了"到此尘心消已尽，谁云世路使人迷"的诗句。清代诗人郝一桓某日游至板子矶，见禅关寂寂、春风相迎，"谢得六根尘已尽，峰头坐听演三车"，世事的琐碎和心头的烦忧转瞬即逝。

板子矶的厚重带给了文人墨客怀古的思绪。明人宋棠登板子矶头，见翠绿相接、山水相拥，于浩瀚天地中，板子矶过往情形涌上心头。清人王士禛路经荻港，见江汉纵横、夕阳归去，远远眺望板子矶伫立江头，看到黄得功于矶上战斗过的地方多已残破，顿生伤感，不由感慨系之："黄公战处今残垒，凭眺休登板子矶。"

今日的板子矶，因厚重的历史、多情的故事，和灿烂的诗句交相辉映，成为繁昌著名的景点之一。

繁昌出土的青铜兵器

杨 朴

现存于世的古代青铜兵器大体有矛、剑、刀、镞、弩机、戈等11类，繁昌地区则以前四者为重，其发展在商周时期最为迅速。秦以后除铜弩机外，其他青铜兵器逐渐被更加耐用和造价低廉的铁质兵器所替代。

蛇矛驰锋芒——青铜矛

矛属于刺兵，刺入敌人体内可旋转以增强杀伤力，由矛头和矛身组成。矛头包括系和骹，矛身中部有脊，两侧为叶，叶缘有刃，双刃收聚成锋，骹作中空，其一或两侧有半环钮称系，骹上或有穿孔以固矜（即矛柄）。青铜矛始作于商代，为用于实战的主要兵器之一，通常置于兵车之上，是装柄长兵器，多数的矛长约10～30厘米、宽3～4厘米，骹口直径约2厘米。

繁昌地区出土青铜矛，除矛身纹饰外，长度、样式均较为相似，基本都是狭叶矛。这是因为青铜矛是一种纯粹的刺兵，使用方法始终如一，时代和地域特征不像青铜剑、戟那样显著；青铜矛的有效性也是一如既往的，新、旧形制在实战效能方面的差异并不显著，只要使用者需要，几代人祖传下来的青铜矛照样可以发挥杀敌作用。

青铜时代的繁昌先后属吴、越、楚国，这里气候潮湿，林多草长，河湖棋布。所以同时期中原王朝常见的可随意驰骋、纵横的驷马战车在这里几乎没有用武之地。由于长期不受车战的影响，吴越地区的兵种以"持矛佩剑"的水军步兵见长，其中长柄格斗兵器即是青铜矛，短兵相接者为青铜剑。

繁昌青铜矛的纹饰极富特点，如临3号矛矛身狭长，尖锋，叶底委转成弧形，中脊起棱，骹呈椭圆形，骹上原应有穿孔，銎口呈凹弧或凹叉形。身中脊两侧饰绞纹，满饰对称的三角纹、圆圈纹和蟠螭纹，纹饰非常精美繁缛。这种在兵器上装饰繁杂纹饰的风格在先秦西南的云南、四川地区非常流行，而在吴越地区目前只发现此一件。所以，这把铜矛应是吴越人与西南夷征战时缴获的。当然也有可能是因通商贸易、文化交流等原因由西南传入的。这种堪称奢华的纹饰与简朴的吴越纹饰截然不同，并对日后楚国"穿金戴银"的铜器之风产生了莫大的影响。

繁昌窑出土的0068号矛，身呈柳叶形，中脊起棱不通骹，骹呈圆形，骹上附环形钮，銎口为凹弧形。矛身脊两侧刻有羽状纹饰，在矛身与骹的连接处铸有一"王"字形符号。而在浙江和湖南各发现一件越王剑和越王矛上铸有的羽纹或"王"字说明此类矛可能为越国产物。能装饰"王"字纹饰者，必然贵为一方王侯。这把"王"字纹矛，极有可能是某一任越王的随身佩戴之物，在某次战争中不慎遗落在繁昌地区。

进入春秋战国后，随着弓弩的改进，青铜矛大量减少，逐渐消失在历史长河中。

出匣吐寒光——青铜剑

剑是一种随身携带用于自卫或刺杀的短兵器，其攻击方法可采用劈、刺、撩、抹、挑、扫等多种手段。完备的青铜剑由剑身和剑柄两部分组成。剑身中线凸起称脊，脊两侧坡状者称从，从边缘的利刃称刃或锷，剑身前端称锋。剑柄即剑把，柄中部称茎，茎端称首，茎中部的突起称箍，茎和身之间或有护手称格。

最早的青铜剑据传和炎、黄二帝有关。上古之时，长江流域（今湖北、皖南一带）有九黎一族，部落首领名蚩尤，其有81个弟兄，个个铜头铁臂，凶悍非常，尤其擅用青铜制造剑、矛、弓和弩等兵器。其悍然入侵北方炎帝的地盘，后者被使用先进青铜兵器的蚩尤杀得一败涂地。炎帝最终联合黄帝，共同抵御并大败了蚩尤。

由于青铜刚硬易脆，制作得过长则易折断，因此最初的青铜短剑仅长十余厘米。春秋晚期以后，青铜剑的制作工艺臻至成熟，越王勾践剑长达五十五厘米，而繁昌地区历年出土、征集的周代铜剑也不乏四五十厘米的。历史上的吴越地区素有"宝剑之乡"的美誉，先秦时代的文献也多有夸赞之语，如"肉试则断牛马，金试则截盘匜"等。作为吴越文化圈的重要区域，繁昌地区也发现有较多青铜剑（见图17）。

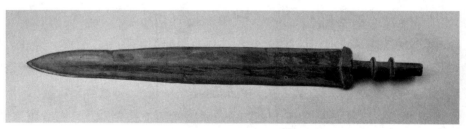

图17　繁昌博物馆藏的青铜剑

繁昌的吴越式铜剑，虽不如勾践剑出名，但品质也同样能做到剑光如虹。但遗憾的是这些剑基本为征集或上交而来，剑身受损较为严重。否则很有可能再现"削铁如泥"的场景。

繁昌在西周时期属吴国势力范围。吴国原是蛮夷小国，但历任国王不断创新青铜兵器、发挥水军步兵优势，对外通中原、习礼仪、结盟国、征战攻伐，对内用贤人、扩军队、强化装备，一跃而成为春秋五霸之一。而铸技精湛的青铜剑的创新和普及，在对外战争和结盟馈赠中至关重要。并对东周各国青铜剑形制的成熟产生了影响，还促进了东周佩剑之风的盛行。吴越以水军步兵为主，士兵近身作战，兵器多为短兵，所以佩剑持矛是其兵器的基本配置，吴越地区青铜剑多出于河道水域，是两国征战以水战为主的真实写照。

繁昌地区发现的青铜剑多为扁茎、外弧式格，年代多属西周中晚期以后，器型多元，造型古朴，制造技术较为原始，是早期"吴越式"剑的典型代表。其数量颇多，有相关统计表明，繁昌、南陵、铜陵的青铜剑数量占整个皖南地区总量的72%，表明繁昌一带是当时的青铜剑冶铸中心，所产出的兵器直接用于征战，为吴、越先后成为"春秋五霸"之一立下了汗马功劳。由此我们还可以推测皖南地区应是吴文化的发源地之一。

青铜剑的使用在吴越楚文化圈广为流行，而繁昌更是外传中心之一，究其原因：一是当时战争频仍，南方多水湖之地，因地制宜而多以剑为利器，加之皖南铜矿资源丰富，催生了干将、莫邪等铸剑大师；二是周代佩剑之风盛行，在出使、授封等仪式中一般都要佩剑，如"季札挂剑"，且根据身份、年龄的不同，所佩之剑规格和样式也有所不同；三是馈赠，如伍子胥自尽前将随身宝剑送予渔夫。

有意思的是，至今活跃在影视剧中的兵器，也多是青铜剑，而博物馆文创兵器也多以剑为原型。如果有读者想为繁昌博物馆设计相关文创，也可参考这些本地出土的青铜剑。

一箭流光去——青铜镞

镞的历史可追溯到旧石器时代，其用途可能是狩猎和自卫。随后，镞在狩猎使用的过程中由于其具有较大的杀伤力而被逐渐重视，最终运用在战争中。青铜箭一般安装在箭杆前端，由尖锋、翼、关等组成。

总体来看，繁昌出土青铜镞（见图18）以后锋细条状为主，且镞叶越来越窄，此种形式到后来也成为两周铜镞的主流。繁昌铜镞主要由周代板子矶遗址和三山油山红墩遗址所出，样式较丰富，可分为两型：一型多为两翼形，双翼微内弧，后锋斜弧出刃，锋尖部较厚，菱形脊，脊透出本，锥状铤；一型为三棱锥。

镞是一种比较特殊的远射兵器，仅有一个镞，也就是所谓的"箭头"，在实际运用中并不能单独发挥其功用。镞脊后有铤插入杆内，借由弓箭或弩机发射才能实现其作用。从最初以空手投掷的石镞，到后来以弓弩发射的铜镞，繁昌先民就是在这样对抗、适应环境的过程中一步步发展、创新各类工具并逐渐成长起来的。

图18　繁昌博物馆藏的青铜镞

强弩御四海——青铜弩机

弩是一种由复杂机械结构组成的远射型武器，其拥有比弓更加强劲的杀伤力，成为战国至秦汉时期最有威力的武器之一。弩由弩机、弩弓、弩臂三部分组成，而弩机是装置于弩臂后端的部件，主体是郭，郭中装牙，用于钩弦，郭上作望山，为瞄准器，牙下连着悬刀。发射时把悬刀一扳，牙下缩，弦弹出，箭就会射出。

包括繁昌地区在内的楚国，是最早发明弩机的国家。相传，楚国有个叫弧父的人，儿时便练习和使用弓箭，所射之箭无一脱靶。炉火纯青的箭术代代相传，最终琴氏得其真传。但琴氏认为弓箭威力太小，于是他便"横弓着臂，施机设枢"，改进弩机。由是可知，弩机应是楚人最先发明的。从考古发掘情况来看，铜弩机的普及是在战国时期。并且据统计，凡出土早期弩机的墓均为楚墓。总之，弩至迟在春秋时期已为楚人所发明，并运用于战争中。

繁昌弩机始见于三国孙吴时期。其最大特点是在弩身铭刻了指挥者和使用者的职务和姓名，这种做法在东吴弩机上均能见到，是孙吴政权"世袭领兵制"下的产物。而繁昌出土吴将严圭铜洗之铭文也是如此体例。

以孙氏父子为首的江东集团，作为外来武力政权，主要依靠本地豪族及门人所组成的"部曲"势力。为安抚动员其力量，孙吴政权按其所率部曲数量委以军职。这种制度被称为"世袭领兵制"，要求将领自己要解决所领军队的粮食和军费供给问题。据史书记载，孙策认为周泰具有治世之才，所以让他做了春谷长，并且让他自己征收赋税为己用。

弩机的制作工艺复杂，制造起来费时耗力。虽然构造简单，但设计十分精巧，对机构设计、零件间相连部分的造型、加工精度和表面光洁度要求非常之高。直至唐宋，威力更大的火药的使用和推广，才使弩逐渐被取代。但隐入尘埃的弩机，在不经意间为我们留下了有关三国赋税制度的证据和故事。

　　从繁昌这四种兵器的故事和历史中，我们可以看到我国古代在青铜兵器制造方面的辉煌成就，也能看到繁昌地区在上述兵器无论是创制抑或是发展的过程中，都作出了不可替代的贡献，留下了不可磨灭的故事和传说。

繁昌出土的青铜镜

崔　炜

繁昌博物馆馆藏铜镜75件，起自战国，终于清代，年代以汉、唐、宋为大宗。铜镜是古代照面饰容颜的用具，背面装饰有各种图案和铭文，反映了当时的政治经济文化生活。"铜镜知千秋，文脉传万古"，如果问有没有一种文物可以贯穿中国五千年文明史，铜镜绝对算得上极具代表性的文物之一。

汉四神博局铜镜

1996年，新港镇一村民主动上交了一枚铜镜，镜背样式是典型的汉代"四神博局"纹饰，也被外国友人称为"TLV镜"。此镜虽然褪色明显，但纹饰精美，内涵极为丰富。

通体呈圆形，圆钮，四叶纹钮座。方框内有十二枚小乳钉及十二辰铭文："子、丑、寅、卯、辰、巳、午、未、申、酉、戌、亥"，方框外再饰八枚较大乳钉。

之所以称它是"TLV镜"，是因为其方框中心点外有T形纹，两边各一乳，T形纹与L形纹对置方格四角与V形纹对置。TLV纹及方框将内区分为四方八极，分别配置：青龙与白虎，朱雀与羽人，玄武与怪兽，白虎与朱雀。外区隶书铭文共四十九字："汉有善铜出丹阳和已银锡清且明左龙右虎掌四彭朱鸟玄武顺阴阳子孙备具居中央长保二亲如侯王千秋万岁乐未央"。近边缘一周短线纹，一周锯齿纹，一周云纹。

"博局"是"六博戏"的棋盘，六博戏是流行于秦汉的博戏类游戏，是当时的"全民游戏"。而使用这面铜镜的主人，也一定酷爱这项脑力运动。我们也可以想象到，东汉年间，两个繁昌先人面向棋盘而坐，分别执六枚黑棋与六枚白棋，并将棋子置于博局上所绘的十二个L形或T形的曲道上，然后轮流掷骰子——一种十八面的球形体。骰子停下来后以最上面所刻之字行棋，即所谓"视其转止，依以争道"。

十八面中，有一面刻"骄"字，如果投得"骄"，则把棋竖起来，称为"骄"棋，是指一种有利的棋步；与之相对的一面刻的"妻畏"字，是"骄"的反义词，表示不利的棋步；其余十六面刻有数字一至十六。通过投掷骰子所获得的数字来行棋，从而获得对方的筹码，并以获得筹码的多少来决定胜负。

而博局纹铜镜的外区，则是连山纹外装饰的水波纹和云气纹。前者象征着古人向往着群山之外的宏阔宇宙，后者象征着古人对能够登上群山之上云雾缭绕的胜境的希冀。

三国画纹带神兽镜

1994年6月，繁昌原三山镇月桥村孙埠自然村农民在扩建自家房屋的时候，发现了一座古墓葬，并出土了一面精致的铜镜，同出的铜钱却因腐蚀而朽烂，被村民丢弃，已不可寻。只剩一面铜镜被当时的县文物管理所征集、收藏。

这面画纹带神兽镜出土时残碎不堪，裂成数块，后经细心拼接，仍是一面比较完整的镜子。该镜雕铸精美、形象众多，向观者展现了一个大气磅礴的奇异世界。镜背弧形，半圆形钮，连珠纹钮座。内区为高浮雕的神兽纹，外区有浮雕舞人、动物等12种图案，其间以12个凸起的半圆枚相隔。纹饰以一条弦线分内外区，半圆枚平面饰涡云纹，外区与缘间饰齿纹，镜缘内圈为浅浮雕神兽画纹带，外圈为卷云纹。

神兽镜是繁昌出土最多的铜镜，但每枚神兽镜的形式、纹饰都有所不同，此枚画纹带神兽镜纹饰内容丰富、雕刻工艺高超、质色坚硬乌黑，具有浓厚的时代特征（见图19）。

图19 繁昌博物馆藏的三国画纹带神兽镜

唐代真子飞霜铜镜

1985年，城北三元口出土了一枚铜镜。主要纹饰内容有云山、竹林里弹琴的高士、莲池、舞凤、双树，拱形钮。

这种图案是唐代真子飞霜铜镜的典型纹饰，真子即真孝子的简称，飞霜当是古琴曲十二操之一《履霜操》的别称。一般认为讲的是尹伯奇被放逐于野的故事。

尹伯奇是西周名臣尹吉甫的长子。伯奇的母亲早年去世，吉甫续弦再娶，后妻在生了次子伯邽后，在吉甫面前说伯奇的坏话。吉甫听信一面之词，将伯奇放逐到没有人烟的荒原。

孝顺的伯奇便作了一首《履霜操》自己吟唱，想借此向父亲和继母剖白自己的一片真心。周宣王出游，尹吉甫随从。在野外听到了这首歌，宣王对吉甫说："这唱的是孝子的一片心声呀！"吉甫听出来这是伯奇的歌声，明白自己错怪了儿子。便去找寻伯奇，好不容易找到，伯奇却已经冻饿而死，化为伯劳鸟飞走了。

唐时繁昌先民以这面铜镜随葬，可能正是家属对墓主人的一片孝心的延续吧。

五代都省铜坊镜

1985年4月，峨山乡象形山村村民主动上交了一面刻有"都省铜坊"四字的镜子。都省铜坊镜是五代至北宋早期的一类铜镜，镜轻且薄，除文字外，无其他纹饰。

都省铜坊镜为南唐官制铜镜，是五代时期"铜禁"背景下的产物。繁昌历年出土有相当数量的都省铜坊镜，为了解那段纷乱的历史提供了实物资料。比如象形山这枚铜镜，为圆形，小钮，右方书"都省铜坊"，左方为制镜人署名"匠人王兴"，"官"字居中，并有月份"十月"。"都省"是"尚书都省"的简称，即历史课本中"三省六部"中的"尚书省"；"铜坊"是六部中的工部所管辖的铸铜作坊；"官"则说明铜作坊是官营性质，是国企；"匠人王兴"是此镜的制作人及身份，是便于领导检查产品的标记。

繁昌都省铜坊镜，多由"王兴"和"孙福"二匠所造。而相邻不远的铜陵亦有"孙福"匠造铜镜。遥想南唐繁华，王兴与孙福两名工匠，可能为当时繁昌和铜陵所属的金陵府的大老爷们制造铜镜，并在镜背铸上自己的名字，以便随时抽查、问责。

五代时期，政权更迭，割据分裂，战争频繁，铜是重要的战略资源，各国都实行了严厉的"铜禁"制度。《旧五代史·食货志》载："禁一切铜器，其铜镜今后官铸造。"在这一"铜禁"的背景下，政府将铜资源控制，主要用于铸造铜钱，而铜镜作为生活必需品，也统一官制，规定制式，并严加控制，以最少的原料制成。所以，我们今天能看到的五代铜镜，除几个简单的文字外，再无其他任何装饰。"都省"成了"（全）都省"，也是当时那段战乱历史的真实写照。

都省铜坊镜为南唐官营作坊所产已是公认的史实，但是都省铜坊具体在哪？众说纷纭，而老坝冲出土的1件铜镜也许能揭开那段扑朔迷离的故事。

前文已述老坝冲宋墓群，曾同时出土了4件都省铜坊镜，是目前考古发掘中一次性出土最多的地点之一。

而在老坝冲墓葬的发掘中，M2出土的一件都省铜坊镜引起了考古人员的注意。该铜镜的形制与常见的都省铜坊镜基本一致，但其右侧铭文为"升州钱监"而非"都省铜坊"，由此专家推测升州钱监很可能就是都省铜坊。

升州是南唐西都金陵的旧称，而宋灭南唐后，改金陵为升州。宋太宗赵光义即位后在一些盛产铜矿的地区设立钱监以铸钱。其中升州、鄂州、饶州是最大的几个铸铜钱监。而所谓"钱监"，自然主要以铸铜钱为大宗，兼铸其他铜器如铜镜等。

老坝冲随葬铜镜还有一个很有意思的现象，四面铜镜全都被有意打碎了一角或半面。其中故事，可能和"碎物葬"的历史传统有关。

据考古学家研究，古人在埋葬死者时有一种矛盾的心情，即在处理死者的葬式、葬具和随葬品时，一方面表达了他们对死者的亲情，另一方面却是讨好死人，冀图死者不再惊扰生者，可见古人在埋葬死者时更注重避邪，他们用打碎器物的手段来埋葬和祭奠死者可能大多是为了避邪。另外，也可能是因为铜镜作为大型实用器，必须打碎后才能起到和冥器相同的作用。因此，碎物随葬的意图可能至少有两个，一为避邪，一为便于死者享用，这两个互相矛盾的意图正符合古人在埋葬死去的亲人时的那种矛盾心情。

宋代湖州镜

1992年8月，新港镇一窑厂出土了一枚铭文清晰、造型独特的铜镜。镜体呈八曲葵花形，拱形钮，上铭"湖州真正石家青铜照子"。宋代因避宋太祖祖父赵敬的名讳，将"镜"字改为"照"或"鉴"，故称铜镜为"照子"或"铜鉴"。

但你知道为何"湖州"的镜子会千里迢迢出现在繁昌吗？而繁昌所藏湖州镜几乎全为"石家"款铜镜，那"石家"是一个什么样的家族呢？

原来，在北宋时期，已经出现了不少铸镜家族，这些家族子承父业，代代相传。当时最出名的铸镜大家要数湖州石家，现博物馆内遗留大量石家镜，其落款有"石十五郎""石七叔""石家"等。由此可见，石家铸镜作为家族企业，以此为生，具备相当大的规模，族人大多熟练掌握铸镜技艺。"叔""郎"是对宋代青壮年男子的称谓，数字则表示该男子在宗族辈分中的排行。像铸镜匠这样的下层民众，往往只有姓和排行，而没有名。

铸镜者为了给自家镜子贴上"商标"，注明铸镜作坊的产地，于是铭文便以"湖州"两字开头，这正是湖州镜的由来。而且湖州镜的镜背往往装饰性的纹饰较少或极为简洁，这种纯文字类的装饰，也符合宋代铜镜注重实用性的显著特点。且为了迎合当时的审美风尚，镜形除了传统的圆形，还有方形、葵花形、菱花形、桃形以及带柄形等多种形制。

至于镜铭"真正"二字，其故事来历也颇有意思。这样的铭文反映出当时湖州铸镜业竞争激烈，品牌林立，仅石家就有众多品牌同时竞争。市场上同类商品多了，难免会出现鱼龙混杂、良莠不齐甚至假冒伪劣的现象，既损害了石家的声誉又扰乱了市场秩序，于是铭文中出现了表示正宗和唯一的文字，也就是这枚镜铭中的"真正"含义。除此之外，还有"真石家""石十五郎真"等标榜正宗石家镜的铭文，以显示自家铸造铜镜的技术高超、精良无比。

两宋时期，农村一般粗活每月工钱为1000文左右，如在南方帮人舂米，每日工钱是30文，所以穷苦百姓一个月的工钱还买不到一枚普通的铜镜。与之相反的是，宋代文风昌盛，文人雅士、闺秀才女无不以照镜梳妆为日常，导致作为普通日常生活用品的铜镜需求量很大，所以像石家这样专事生产铜镜的家族可谓日进斗金。在传世名画《清明上河图》中，北宋首都东京的街道上，各种商铺林立，私营作坊比比皆是，也反映了铸镜业的商业化。

湖州镜在繁昌等地铸造和生产、流通的故事，呈现出十分鲜明的商品化趋势，这也是宋代手工业发达的一个历史缩影。

繁昌出土的青铜镜

繁昌出土的古代钱币的小故事

崔 炜

繁昌是我国金属货币使用较早的地区，早在周代就有钱币的实物资料出土，历年也有过对诸多重要钱币和相关遗物的发现。这些形式各异的古钱币、钱范蔚为大观，成为繁昌地区珍贵且独特的历史文化遗产。

郢爰和蚁鼻钱

早在六朝时期，《宋书·符瑞志》即记载了一个故事，说的是当时庐江郡春谷县（今繁昌地区）出土了1件金质郢爰，上有戳印痕迹。捡到的人呈交给了当地长官，长官认为这是祥瑞灵异之物，代表着当今朝廷要繁荣大兴。皇帝也很高兴，重重赏赐了上交金郢爰的大臣。这即是当时国内所知出土金币最早的记录。

郢爰是楚金币（还包括陈爰、金饼等）的一种，是东周时期楚国以黄金为原料铸造流通的钱币类型之一。仅见诸报端的统计，全国出土楚金币超40千克，其中安徽即超20.5千克，占比过半，称安徽为我国最早的"富得流油的大户"毫不为过。有一个很有意思的现象，新中国成立前发现的郢爰一般都是只有十几克，最重的也只有30克，但新中国成立后发现的不仅数量更多，也更重、更完整。这充分说明新中国成立后考古事业迅速发展，文物保护意识日益增强。

繁昌博物馆现藏一批陶质郢爰，殊为特别，作明器用。这批陶郢爰是从三山战国楚墓中出土的，初时色泽鲜艳，但发掘人员近距离观察后才发现，这几块泛金的货币居然是陶的！

郢爰为何是陶质的呢？通过与陪葬的其他器物比对，可以断定这批墓葬的主人都是平头百姓，那么，既然没有钱买黄金，那用陶郢爰代替金郢爰倒也说得过去。这跟现代人烧冥币祭祖颇有相似之处。一抔黄土，一枚陶币，遥寄哀思！

所谓郢爰，"郢"是指楚国的首都，"爰"是"交换"或"交易"的意思，所以"郢爰"应为楚国郢都所铸造、具备交易媒介功能的意思。郢爰主要功能通常作为称量货币使用，每次交易都要用天平称重验色，比如我有一整块重40克的钱币，我买了米面但只需用去20克，那我就要把这块钱币剪去一半给老板。但是呢，古人也没有像激光切割这样的先进技术，每次剪切都会有所浮动，而非足值的20克，所以不可能按所需要的重量一次性成交，十分不方便。而上下浮动的重量，则需要使用蚁鼻钱（见图20）或布币作等价换算或找零。如此，在日常频繁的经济支付和交易中，无论大额支付还是小额支付都能自由支付、结算了。

图20　繁昌博物馆藏的三山出土的蚁鼻钱

战国时期，楚国的货币除黄金外，主要流通的是用青铜铸造的有文字或图案的贝形货币——铜贝币，俗称"蚁鼻钱"或"鬼脸钱"。此钱形制是由海贝演化而来，是贝质货币的高级形态。因其制作简单，钱体较小，携带方便，以枚计值，便于交易，因而在楚国广泛流通，作为楚金币的辅币而大量发行，此套相对完善的楚国货币体系也被誉为先秦时期的四大货币体系之一，在中国货币史上占有十分重要的地位。

蚁鼻钱的名称由来也很有趣，起初人们根据"𡤹"字贝的形体，认为其外观神似一只蚂蚁爬在人的鼻梁上，所以称其为"蚁鼻钱"。后来清人又认为"𡨄"字贝的外观看起来像一张面目可憎的面孔，所以也叫其为"鬼脸钱"。除上述两种字形最为常见外，还有"忻、君、行"等三十几种少见的字体。这些字体各异的钱币"表情包"，也成为各个博物馆如安徽博物院、繁昌博物馆的热门打卡点之一。

1992年，三山镇（今属芜湖市三山经济开发区）曾一次性出土蚁鼻钱24枚，但却形制各异、质地轻薄，应为楚国末期的产品。随后有学者对安徽、山东、湖北出土蚁鼻钱进行了科技分析，结果表明繁昌出土的另外两枚蚁鼻钱铜、锡含量更高，说明其铸造工艺和成分配比较先进，也表明这两枚繁昌蚁鼻钱所处时期经济更为发达。可以说，蚁鼻钱见证了大国的荣辱，也经历了春谷的兴衰。

同时，纵观全国范围内，不仅安徽有出土此类货币，两湖、河南、山东、陕西等许多地方也出土过此类货币，如陕西秦都咸阳曾一次性出土蚁鼻钱124枚。说明楚国和其他国家做生意的时候可能是使用蚁鼻钱进行交易的。说不定我们繁昌的某个先祖正是这场"跨国"交易的主人翁呢。

繁昌出土的楚国钱币，为我们了解当时钱币发展史和楚人经济生活提供了重要实物标本。

五铢钱和半两钱

五铢是我国一种古铜钱币的名称，因钱币上有"五铢"二字小篆而得名（见图21）。"五"字斜直有弯曲，上下横画超出交笔末端；"铢"字的"朱"字头呈方折型，"铢"字的"金"字头较小且多呈等腰三角形，低于"朱"字，如一箭镞，光背且轮廓俱备。此外还有一个特征，就是该钱的外郭由外向内作坡状倾斜。以后历朝历代铸造的五铢，虽然在钱文、面背形制上改动不少，但万变不离其宗。基本样式都没有脱离初代元狩五铢的底色。

图21　繁昌博物馆藏的汉代五铢钱

我们可以看到，图中这枚繁昌博物馆藏的五铢钱，造型呈圆形方孔，和当时人们天圆地方的世界观相对应。将遥遥在上的天文历法和朴素的世界观在现实世俗中奇妙地联系了起来。另外，其外围有一圈围边，而同样是繁昌出土的秦半两钱则没有。这是因为西汉初期，王国初立，百废俱兴，钱币仍沿用秦始皇统一货币后的半两钱，但由于当时钱币的铸造权责不明，民间也可私铸，出现了不足称的半两钱，而没有围边的半两钱也会被一些不良商人剪开，将几个半两钱重新熔铸，从而多出一枚钱币。

这样一来，货币市场非常混乱，贸易和商业流通受到阻碍。后来吕后便在圆形方孔钱的基础上增加了一圈围边。从此，这种形制的货币便开始了其流传千年的历程，同时国家对货币铸造权的集中管理和牢牢把握的经验也自兹而始。直到今天，私铸钱币仍是违法行为。

半两的两、五铢的铢，都是计重的单位。正面文"五铢"二字的钱最初铸于汉武帝元狩五年，也就是公元前118年，重如其文，所以被称为五铢钱。一两的二十四分之一为一铢，旧时十六两方为一斤，因此所谓五铢实际上很轻，只有3～4克，钱币孔径2.5厘米左右。五铢钱自西汉始，直至唐初通宝钱的发行才终止流通，历七百余年，其作为铸造数量最多、流通时间最长的钱币，见证了秦汉至隋唐千年的波澜历史与兴衰成败。

新莽货泉

王莽是西汉末年人，因外戚身份入仕，后位极人臣，直至公元9年篡汉建立"新"朝。为缓解社会矛盾而托古改制，进行包括土地、官名县名、币值等方面在内的改革。但这些改革反而使各种矛盾进一步激化，引起贵族、官宦和平民各阶层的不满。其失败的原因可从币制改革中得窥一二。

王莽币制改革共历四次。第一次是在公元7年进行的，发行了大额货币"一刀平五千"，可当五千枚五铢钱使用，同时还发行了"契刀五百""大泉五十"。公元9年进行了第二次币制改革，废除一刀平五千和契刀五百这两种虚值大钱，以及汉五铢，发行"小泉直一"。公元10年王莽第三次币制改革规定货币的种类有五物、六名、二十八品，但仅施行一年便告中止。四年以后另作货布、货泉两种货币供流通。如此频繁的货币替换也直接导致了王莽政权信用的丧失。

货泉（见图22）作为王莽第四次币制改革的产物而大量发行，直至东汉光武帝建武十六年（40）才停止发行，在全国范围内都有出土，传世极丰。王莽币制改革无疑是失败的，但其铸币工艺精良，有"钱绝"之首。"货泉"堪称是王莽后期铸币的代表作，是莽钱中较珍贵的品种，具有较高的历史、艺术、科学价值。

图22　繁昌博物馆藏的新莽货泉

繁昌出土和征集多枚货泉，材质多为青铜，钱文为悬针篆，泉中竖笔断开。版别有传形、异书、合背、横划和剪边等，一般径2.2~2.4厘米，重2.8~3.6克，发行初期可达5克以上。

王莽以"泉"赋"钱"之意，想让货币如泉水般畅通，期望通过进行由"纪重货币"到"纪值货币"的币制改革，解决长期以来汉币制度之弊端，也确有成效。还有种说法是，将钱文冠以"泉"字，表明"泉"为国家经济命脉的象征，国家将强化货币管理，严禁诸侯国私自铸钱。在远古的神话中，"三皇"之一的地皇撑开人类一片天地，白昼分明使"地"成为宝藏，而地中之水则是人类生命的源泉。我国早期的货币诸如贝壳、珍珠、乌龟等，都来自水中。新莽八大纲领中之"实行专制制度"，其中就有山上水中的天然资源，都为国家所有，由政府开采。山上有泉，水中有宝，则表明莽钱之所以被冠以"泉"的深刻含义。

开元通宝

繁昌博物馆所藏此枚"开元铜币"光背无纹饰的，重约4.2克，应为初唐所铸。因其制作精良，直至宋代还流通于民间。提到"开元"，相信很多人都会想起千余年前的唐明皇与大唐盛世，但"开元通宝"（见图23）中的开元却与之无关。其为唐朝创始人高祖李渊所铸造发行，"开元"意为开辟新纪元，"通宝"意为流通的宝物。

图23　繁昌博物馆藏开元通宝

铜质开元通宝最为常见，由于年久日远，故大多表面有锈，磨损严重。在样式上，初唐开元通宝光背无文，中唐起钱背开始有星、月及其他纹饰，晚唐会昌开元则在钱背面加上钱局所在地名。

繁昌老坝冲宋墓出土526枚铜钱，不仅有北宋各时期的通宝钱，还有相当部分的开元通宝钱。此外繁昌窑在历年发掘中，也出土了大量开元通宝，重量大多在四五克之间。而时代越往后，一般其重量和孔径越大。而老坝冲宋墓群刚好位于繁昌窑附近，据专家推测，墓主人可能为烧造繁昌窑的贫苦窑工。从商周时期人死后随葬海贝开始，这种古人死后将铜钱带入墓中的习俗，已成为我国独特丧葬文化的一部分。

开元通宝因发行量巨大、品相上乘，在唐宋明清各代墓葬中均有陪葬，也不失为一种奇观。从历史进程和实践看，这些崭新的货币，就像崭新的王朝一般，流通、传播到全国各地，建立了经贸和交易的新准则，接续了新王朝经济命脉的起搏，也为后世各朝代铸造货币的标准提供了样本和标杆。

大清铜币

繁昌博物馆现收藏的大清铜币和民国十文，来源于新港同和祥锅厂的一口古井里，系工人们淘洗时发现。这批钱币的主人可能正是锅厂的创始人刘子青。刘子青1923年至繁昌经营同和祥锅坊，后来又创制了新港茶干，现在这种茶干已成为繁昌当地著名小吃。

这些钱币版别各异，还有部分造型于正面左右两侧书"丙午"或其他年份的、顶部有满文的、背面上缘镌有"光绪年造"的、下缘书英文字母的、珠圈内为蟠龙形纹饰的。这些特征或成组出现，繁缛精美；或单独出现，造型简洁，代表着当时人们的审美水平，也见证着清末民国时期内忧外患的屈辱历史。

上图的大清铜币，钱面中央的珠圈内书"大清铜币"四个汉字，中央凸部阴文有一"粤"字。中端两侧书"户部"二字，下缘书"当制钱十文"六字。纵观此币，通体呈红铜色，部分区域有铜锈，材质较细，线型精整，钱文秀丽端庄，珠圈分布均匀，也是民间最为常见的一种清币藏品。

光绪三十二年（1906），清皇室再改币制，颁布祖模，在全国范围内先后开设十八局以铸此币，以凸部阴文区分。"粤"字铜币为广东局所铸，"皖"字铜币则为安徽局所铸。

学道溯源——繁昌夫子庙

缪张贤

夫子庙即孔庙，通常与学宫（古代官学场所）同置一处。宋以后，夫子庙成为"通祀"，州县学校等官学则成为夫子庙的附属部分，又可称为"州学""县学"等。繁昌夫子庙在千年岁月里多次被迁建，现址"阴差阳错"地又成了城关幼儿园，足见繁昌千年学道文化精神之传承不绝。

历史源流

繁昌夫子庙历史悠久，早在南唐就有相关记载，但其兴废已不可考。目前最早的较为详细的记载则是北宋庆历年间（1041—1048），由时任知县的夏希道在城南所修建的。宋仁宗庆历七年（1047），王安石于此挥毫写下《繁昌县学记》，这也是国内"现存公学记中最早一篇"。据此文，繁昌县学彼时已有夫子庙和学宫，其中夫子庙除祭奠孔子外，还为子夏、子路等孔门十哲塑像。此后数百年间，县学经多次迁建，直至明代晚期再无变动。

有明一代，繁昌县学先后迁址五次。明英宗天顺元年（1457），知县王珣将县治由延载乡迁至金峨上乡（今繁阳镇），庙学随之迁址。明宪宗成化九年（1473）知县郑𪤆将其迁至县城北门街。明武宗正德二年（1507），再迁至城东炎帝庙隔壁。正德十六年（1521）冬，知县王士和迁其至城东大有仓。明世宗嘉靖四十五年（1566）春，代理县事邱浙把庙学迁至县城西南峨溪河畔（即今之所在），至此再无迁移，但其命途依旧多舛。清代年间，又经历了多次损毁与重修。顺治至光绪年间，县学常遭洪水侵袭，加之风雨侵蚀等自然损毁，又被大规模修葺多次。清光绪三十一年（1905），清廷废除科举制度，次年，繁昌县立春谷高等小学堂在县学内创办，这是本地区最早的新式小学堂。

1912年，小学堂改名繁昌县立第一高级小学校，1916年改为繁昌县模范小学、繁昌县立夫子庙高等小学堂，亦称夫子庙小学。1929年改名为繁昌一区区立第一初级小学。1936年初，县长卓衡之重视体育运动，上任不久将夫子庙改作体育馆。1938年2月，日军多次空袭繁昌，学校遭飞机轰炸，建筑破坏严重。

新中国成立后，改名城关第一小学，但校内庙学建筑早已倾圮殆尽，仅存大成殿三楹，但也是残破不堪。1955年，县政府拨款予以修缮。1982年8月，夫子庙被定为县级文物保护单位。1984年冬，风雪连旬，殿堂开裂、塌落，险情迭出，繁昌县委、县政府及时拨款进行大规模整修，至1986年春竣工。2011年11月，城关一小搬迁至迎春东路新校址，经过两年的建设改造，这里又成为城关幼儿园的教学场所，于2013年9月启用。2017年11月，又被确定为市级文物保护单位。

建筑构成

夫子庙和学宫共同组成了一个特殊的建筑群类型——庙学建筑。这种庙学一体的建筑格局早在唐太宗贞观年间（627—649）就已出现，而夫子庙则是用以专祭孔子的主建筑。明朝是最推崇儒学的朝代之一，也是夫子庙最为兴盛的时期之一。在"因学设庙"的政策影响下，各地学校均配建有夫子庙。

岁月不居，时节如流。繁昌庙学今仅存夫子庙一栋建筑及泮池，但据道光版《繁昌县志》记载，明嘉靖年间（1522—1566），县学最后一次经迁建而成时，其庙学建筑群规模庞大，有：

大成殿一座，东西两庑各三间，戟门五间，内泮池，棂星门，棹楔三座，外泮池，崇圣祠三间，敬一亭，名宦祠，乡贤祠，节烈祠，魁星楼上下各半间，文星阁等。

之后在此基础上又陆续增加文昌宫（也作文昌阁）、尊经阁、文峰塔等建筑。这些蔚为大观的建筑共同构成了繁昌庙学建筑群。而根据文庙学专家孔喆的研究，庙学建筑群可分为四个部分，分别是前导建筑、奉祀建筑、附祀建筑以及服务建筑。

前导建筑位于夫子庙前部，多是用来赞颂孔子思想及其历史功绩，目的在于营造庄严肃穆的氛围，而无奉祀功能。通常由棹楔、棂星门、泮池、大成门组成。

"棹楔"是古时立于正门两旁，用以表彰孝义的木柱，明清时作官署牌坊。繁昌夫子庙前有三座棹楔，在棂星门外，外泮池内，左曰"德配天地"，右曰"道冠古今"，中曰"泮宫"，其旧额为左"崇正道"，右"育真才"，明嘉靖九年（1530）重修夫子庙时改。清顺治十一年（1654）重修庙学时，在宫墙之外原址上立棹楔两座，左曰腾蛟，右曰起凤。"腾蛟""起凤"寄予着对本地人才崛起的期望。

"棂星门"原作灵星门，位于夫子庙之前，内泮池外径，是每座夫子庙的必备建筑。灵星又名天田星，是二十八星宿之一的龙星之左角，古人认为此星主农事，取祈祷丰年或报功谢恩之意。县志中关于棂星门记载不详，形制不明，就其他地区建筑形制来看，牌坊或牌楼的可能性较大。

"泮池"是古代学校必备设施，根据《礼记·王制》的记载，天子的太学中央有一座学宫，称为"辟雍"，四周环水。而诸侯之学只能在南面设半圆形的池塘，池水称"泮水"，故诸侯之学又称"泮宫"。可见泮宫是古代国家高等学校的代称。繁昌学宫的泮池分内泮池和外泮池，内泮池名"浮水"，在戟门与棂星门之间，外泮池在棂星门外，旧为大河，筑城后内一湾流水因堤为池。明崇祯十四（1641）年，知县冯洪孜禁民矢鱼，于池边立碑，名放生池，池上有桥，名文奎桥。嘉庆八年（1803），在外泮池上修武奎桥。"文奎"与"武奎"应都是一种对学子的祝福与期望。

"大成门"是夫子庙正殿前的主门，而门前立戟是一种古代礼制，门戟数量的多少对应不同的官品等级。宋太祖赵匡胤诏令祭祀孔子用一品礼，庙门立十六戟，从此正门也称"戟门"。到宋徽宗时，夫子庙列二十四戟，用天子之礼，夫子庙地位空前。戟门是夫子庙最重要的建筑之一，规模较大，等级也较高。据县志载，当时戟门开间有五，在大成殿与内泮池之间，门外立嘉靖四十五年（1566）重迁儒学碑。

奉祀建筑通常由大成殿、两庑、崇圣祠组成。按礼制规定，须在大成殿奉祀孔子、四配和十二哲，在两庑奉祀79位先贤和77位先儒，在崇圣祠奉祀孔子五代先祖，以四配之父和孔子兄、侄配享，以朱熹等五位宋代理学家之父从祀。

"大成殿"于明嘉靖年间（1522—1566）修成，是夫子庙的主体建筑，因建筑内供奉"大成至圣先师"牌位，故称"大成殿"。在整个庙学建筑群中，大成殿规模最大，等级最高，装饰亦最为精美。殿内正中奉祀孔子神位或塑像，明嘉靖九年（1530）改孔子塑像为木主，即木制牌位，朱地金书。两侧分别是四配和十二哲。

"两庑"在大成殿两翼，各三间，主要奉祀先贤先儒，由于夫子庙大多面南，因此分别称东庑和西庑。两庑虽然建筑间数多，但等级较低，均为单檐。东西两庑总计以木主供奉126人，其中先儒49人，主要是战国以来著名的儒家学者；先贤77人，主要是孔子众弟子。

"崇圣祠"在大成殿左侧，面阔三间，孝义祠之前，内有敬一亭。明代称启圣祠，清雍正元年（1723），更启圣祠为崇圣祠，是奉祀孔子和一些先贤、先儒的祠堂。

附祀建筑由名宦祠、乡贤祠、忠义孝悌祠、节烈祠、文昌阁、魁星楼、土地祠组成。除了孔子及一些先贤大儒们奉祀于夫子庙，还有一些出仕做官，且忠君爱民、造福一方之人，或是在乡常行善举、忠义节孝之人，也有机会附祀于夫子庙。

名宦，是居官而名声显赫者，"名宦祠"是奉祀在本地任职且业绩突出官员的专祠。县志记载，当时的名宦祠乃明正德十一年（1516）县令俞应辰所建，位于戟门之左，与戟门右侧的乡贤祠并为两翼。

乡贤是品德与才学为乡人推崇敬重的人，"乡贤祠"是奉祀本地著名贤人的专祠。繁昌夫子庙的乡贤祠与名宦祠对设于戟门两侧，名宦在左，乡贤在右。

清雍正元年（1723），朝廷下旨为民间忠孝节义之人设立祠宇，以示榜样。于是各地开始建造祠堂，分别男女，每处各建二祠：一为"忠义孝悌祠"，奉祀忠义孝悌之人；一为"节孝祠"，奉祀节孝妇女，繁昌当时称节烈祠，在教谕头门左侧。教谕署是学宫教学场所，可见节烈祠不在夫子庙，而在学校之内。

"文昌阁"是一种传统祭祀建筑，所祀文昌帝君被认为是掌管文运功名之神，能保一方文风昌盛。当时文昌宫建在县东门外，而学宫在县城西南，因此文昌宫是独立于学宫的存在。

"魁星楼"是奉祀魁星的建筑，魁星原为二十八星宿之一，又叫"奎星"，东汉纬书说"奎主文章"，后世附会为神，故儒士学子多奉祀之。县志载魁星楼在礼门外，上下各半间，根据礼门位置推测，魁星楼应在夫子庙东侧。

"土地祠"是祭祀土地神的祠堂。土地为国家之根本，因此中国很早就有土地神信仰。据县志记载，土地祠原本在明伦堂左侧，后改为住房，因此土地祠迁于文星阁旧址。

服务建筑有六类，一是存放祭祀物品的"神库"，二是祭祀人员使用的"斋宿所"和"更衣厅"，三是制作祭品的"神庖"和"神厨"，四是祭祀时演奏音乐和表演舞蹈的"礼乐亭"，五是置放钟鼓的"钟鼓楼"，六是保存祭祀用礼乐器的"库房"。繁昌夫子庙的建筑是否全备已不可考，只能根据零星记载，得知当时夫子庙内至少可能有神库、庖厨（宰牲房）、礼乐器房和斋宿所。

神库可以存放神牌、礼乐器、先人遗物，也用于临时存放祝版。庖厨指神庖和神厨，神庖又名宰牲房，用于宰杀祭祀所用动物，神厨则负责加工祭品。礼乐器是存放祭祀用礼器、乐器的库房，一般通名祭器库。斋宿所又名斋居、致斋所，是祭祀人员在祭祀前斋戒沐浴的地方。为显示祭祀人员的虔诚，唐朝规定祭祀孔子时预享官员要散斋三日、致斋二日，因此需要在庙内专设斋宿所。

以上这些服务建筑一般都是小型建筑，规模不大且等级不高，文献资料中的记载多是一笔带过，详情甚少。时至今日，这些建筑已不复存在，故只能依据有关史料推测夫子庙具备相关设置，而无从掌握其方位与具体形制。

基于以上梳理分析，全盛时期的繁昌县学全貌已大致浮现。在庙学一体的建制影响下，繁昌县学建成典型的前庙后学格局，以南北轴线为中心，从前向后分别有外泮池、三座棹楔、棂星门、内泮池、戟门（左右有名宦祠与乡贤祠）、大成殿（左右设东西两庑）、崇圣祠、忠义节孝祠、明伦堂和尊经阁，共四进院落。大成殿（见图24）之前为庙，大成殿之后为学。明伦堂是当时学校教学场所，周围又设学斋、学舍、饭堂、仓库等学校附属建筑，尊经阁在明伦堂后，为学内藏书之阁，与明伦堂共同形成学校建筑群。此外，夫子庙之外又建文昌宫、魁星楼和文峰塔等，其建筑结构之严谨、规模之宏大可见一斑。

图24　繁昌夫子庙大成殿

虽然繁昌庙学历史上规模宏大，盛极一时，然历时百年，久经沧桑，其许多建筑在毁废之前就已经历多次损毁、重建。修建过程中，原有的建筑布局及建筑形制也逐渐改变，因而明代所建县学早已"面目全非"。新中国成立后，庙学建筑仅存大成殿及泮池，余者皆不复存在，其中大成殿也损坏严重，岌岌可危，因此1955年与1984年，县政府先后两次拨款进行大修，大成殿因此得以保留。

现存夫子庙坐北朝南，面阔三间，进深三间，建筑面积约214平方米，平面呈正方形。整座梁架由四大金柱、四根角柱及八根檐柱支撑，结构稳固、坚实。屋顶采用重檐歇山式，檐上黄瓦覆盖，正脊两端分饰龙吻，中装葫芦宝瓶，屋脊皆有脊兽，姿态各异，五色缤纷。檐下额坊有各类故事浮雕，人物神态逼真，雕工精致。殿内中间四根朱漆通柱，下垫圆形石础，对称排立，顶棚中央有四角藻井，彩绘精美。殿周由十六根廊柱支撑，柱间树以直棂隔扇，内外丹彩，启闭自如，兼具采光、通风功能。整个建筑采用雕刻、绘画并举的装饰和艺术手法，色彩斑斓、立体感强，展示了中国古代建筑的精湛工艺和审美情趣，其布局设计也体现了中国传统建筑和园林艺术之美。

泮池有内、外之分。内泮池现今只留有一湾小水池，外泮池仍在，但面积也缩小许多。二十世纪七八十年代，由于污水流入，泮池变臭水塘，2020年春，县政府投资改造，将中间墩岛周围复绿美化，池中增加喷泉设施，使其景观面貌焕然一新。如今位于幼儿园后的夫子庙，前有半月泮池，后有小桥曲水，殿内的至圣先师牌位旁，仍有琅琅书声相伴，这或许是它最大的价值所在，也是繁昌文化传承的重要体现。

人物故事

淡泊名利的高士——何琦

张诗群

何琦，字万伦，出生在东晋春谷县春谷乡一个仕宦之家。何琦的家世十分显赫，曾祖何桢是曹魏时期的光禄大夫，入晋后，祖父何龛为后将军，父亲何阜为淮南内史，而东晋宰相、死后追赠司空的何充，则是他的堂弟。

自幼年起，何琦就是一个性格沉静、敏而好学的孩子，长到少年时，已是一个学识渊博的英俊才子。家道中落是在他十四岁开始的，父亲何阜突然离世，何琦的天空倾斜了。

小小年纪的何琦自此担起了养家侍母的责任。怕母亲过度伤心，他压抑着心底的悲痛，每天强颜欢笑陪伴在母亲身边。日子渐渐变得艰难起来，为缓解食物匮乏，他不得不在宣城郡出任主簿，以挣取一份养家的酬劳。因踏实勤勉，为人孝义，不久被察举为孝廉，授予郎中一职，后来又选补为泾县县令。何琦的仕途似乎从此可以青云直上，但何琦的心并不在仕途上。位极人臣的司徒王导十分器重这个春谷才俊，于是举荐何琦为参军，就在众人艳羡天赐良机之时，为了照顾母亲，何琦竟淡然地谢绝了王导的好意。

可以不为功名利禄所动，而子欲养亲不待却是他致命的打击。虽然尽心侍奉，母亲还是油尽灯枯地离世了。服母丧在家守孝时，何琦伤心欲绝，抚棺痛哭，竟口吐鲜血，泪尽声嘶，只能靠拐杖起身行走。

一天，邻居家突起火灾，火借风势向何琦家席卷而来，随即点着了窗帘、衣物、屋椽，眼看屋宇即将葬于火海。家中无人可使，邻居也分身无术，何琦扑在母亲的灵柩上，以身体护住灵柩，欲与母亲共赴黄泉。正在他号啕痛哭时，风忽然停了，火也灭了，何琦四处查看，只有停放母亲灵柩的堂屋完好无损。邻居甚觉奇怪，认为这奇迹的出现皆因何琦的诚孝之心。

服完丧，失去母亲的何琦变得更加通透淡泊，他谢绝了车马喧嚣，看淡了一切物质和名利的追逐。面对亲友不解的质疑，他感慨道：我以前为仕途所累，是因为有一份微薄的薪资供养堂上母亲，而今慈母已逝，就不用再以这愚钝之身来浪费朝廷俸禄了。自此他开始修身养性，勤俭寡欲，沉湎于诗书琴棋，过着与乡民无二的平淡生活。

有一年，春谷乡横遭动乱，在惊慌无措时，相依为命的姐姐仓促中嫁了出去，家中只剩何琦与一个婢女。何琦不愿羁留他人供自己驱使，于是替婢女解除赎身契约，还了婢女自由之身。

树欲静而风不止。何琦虽然不愿出仕为官，但朝廷却未曾有片刻将他遗忘。司空陆玩和太尉桓温是东晋位高权重的两位大臣，他们同时向何琦伸出橄榄枝，邀他入职，都被何琦婉拒了；后来皇上听闻他博学多才，亲自下诏征何琦为太学博士，何琦竟然也没有去；简文帝司马昱当时任抚军之职，钦慕何琦之名，热情地邀请他出任参军，何琦佯称有病在身，谢绝了司马昱的好意；朝廷卫队公车司马又征召他做通直散骑侍郎和散骑常侍，他都一一婉言谢绝。

何琦从此在世人眼中成了一个异数，却也赢得了无数敬慕的眼光。他们感佩于何琦的淡泊明志，感佩于他的君子之风，春谷大地也因有了何琦这样的高士，让人景仰。在赭圻筑城而居的桓温曾站在山顶极目远眺这一片土地，想起何琦在此生活，感慨万端地说："这座山的南面有高人啊，何公的高风亮节真让人仰之弥高、望而却步了！"

何琦的一生，尤其是后半生，生活越来越朴素简单，穿的是粗布麻服，吃的是糙粮五谷，退隐之后的时光只醉心于著书立说，最终写成《三国评论》一书，收录了他闲暇时创作的一百多篇文章。

大约因为何琦的清心寡欲、淡泊养心，他衰老的过程是缓慢的。直到老年，他都是面色如玉，道骨仙风，享年八十二岁。

何琦曾迁到南陵八都何村居住，因他的孝行久传不衰，在他仙逝八百年后，南陵民间将他奉为"工山菩萨"，成为守护一方的神祇，至今香火不绝。

沐浴两朝皇恩的道士——赵自然

闵 健

北宋初年,百废待兴,人心思定。地处繁昌县荻港王庄王老汉家里却传来一阵阵哭泣声。原来王老汉十三岁的独生子王九得了一场怪病,久治不愈,奄奄一息,一家人束手无策。这时,站在一旁的郎中捻着胡须说道:"王老汉,离这儿二十千米有一处名叫青华观的道观,可以试一试治你儿子的怪病。"王老汉闻言,只好死马当活马医治。

第二天一大早,王老汉背着独生子王九前往青华观,拜见道观观主,恳求观主收留医治。观主用眼神仔细打量病恹恹的王九,用手把王九身上摸了个遍,觉得这孩子骨骼清奇异于常人,欣然接收,并说服王老汉让王九留下来当了一名小道士。

王九住在青华观养病期间,一天夜里,梦见一位相貌魁梧,身材伟岸,头戴青丝带头巾,身穿白色袍子,鬓发雪白自称是姓阴的老者。老者领着他来到山上的高处,说道:"你有修炼道家的潜质,我一定教会你不食五谷的养生方法。"说完,从白袍子里拿出青松柏树枝命令他吃下去。王九在梦中吃下青松柏树枝醒来后,从床上一跃而起,果然神清气爽,精力充沛,身上的病痛不治而愈。从此他不吃五谷杂粮,甚至闻到五谷杂粮的味道就呕吐不止,只能吃树上的生果子,喝山间的泉水维持生命。

一年后,王九又梦见姓阴的老者,教他用篆书写下几百个字。睡醒后,王九把梦中记下的字写给别人看,大家都说不认识。有一位路过的懂行的人说道:"这些不是篆体字,是道家驱使鬼神画画用的符箓。"众人听后都惊诧不已。

闲来无事,王九根据亲身经历和体会,写了一本《元道歌》。书中内容主要讲修身养性的方法,这本书很快在当地流传开来。太平知州王洞拿到书,仔细阅读,认为是一本不可多得的养生好书。于是他写了一篇奏章上表朝廷,奏章中详细述说道士王九的奇异经历和书中养生的要义。

宋太宗赵光义御览奏章后,兴趣盎然,下旨召见王九早日入朝。王九接到诏书后兴奋不已,快马加鞭来到京城。宋太宗在朝堂之上迫不及待地召见了他,亲自询问他的奇异经历,得到满意的答复之后,赐给王九一套道士官服。不仅如此,还赐他国姓,改名为赵自然,并赏钱三十万贯。

赵自然在京城待了一个多月,觉得自己无所事事,一日上朝时就向宋太宗提出回去的想法。宋太宗按照书中的要义进行修炼，收效甚微，失望之余，于是答应他的请求，放他回去。赵自然回来后，仍住在青华观。不知怎的，回来后得了一场重病，可是饮食还像往常一样，丝毫不受影响。

大中祥符二年（1009）10月，朝廷诏令全国路、州、府、军、关、县择选官地营造道观，并以"天庆"题额，粉饰太平。民间纷纷效仿，遍设道像。宋真宗赵恒一生尊崇道教，平时习惯到道观打坐。与道士交谈时，提到远在外地的神异道士赵自然。宋真宗突发奇想，若把赵自然召至宫中，树立典型，不是有功于社稷吗？回宫后特意下旨："朕听说青华观的道士赵自然修行养生之术到了登峰造极的地步，若召至宫中，当面向他请教，一定能延年益寿，国泰民安。"于是委派转运使杨覃寻访赵自然的行踪。杨覃找到赵自然，把他带到京城，妥善安置。

宋真宗得到赵自然来到京城的消息后，就命令内侍武永全去赵自然的住处，下旨召见赵自然。朝堂之上，宋真宗向赵自然询问修行养生之术，屡次问话，赵自然对答如流。宋真宗龙颜大悦，赏赐给他紫色的朝服，还在紫禁城内的延禧宫设青华观，让赵自然居住，并传旨："没有皇上的旨意，不得出宫。"

赵自然像是笼中的鸟，没日没夜待在延禧宫，丝毫没有自由。日子久了，寝食难安。想什么办法出宫呢？赵自然绞尽脑汁。他突然拍了一下脑袋，有了，宋真宗不是提倡孝道吗？为何不以侍奉母亲为由出宫呢？第二天上朝时，赵自然长跪不起，痛哭流涕地说道："皇上，微臣家有八十岁的老母需要有人供养，请陛下应允辞去官职，回家侍奉老母。"宋真宗见赵自然情真意切，就恩准了他的请求。赵自然逃离京城后，不知所往。

一门双进士——徐邈、徐迪

程自桥

徐邈、徐迪两兄弟，繁昌西北八分村人。徐邈为北宋神宗熙宁九年（1076）进士，徐迪为北宋哲宗绍圣元年（1094）进士。宋代持续了319年，繁昌高中进士仅有14人，徐家兄弟就占2名。

宋朝鉴于唐末五代藩镇割据的教训，宋初采取兴文教、抑武事的国策，这也成了徐氏家族家规族训之一：厚德载物，勤学笃行，积极鼓励子孙参加科考。由此，徐氏家族历代，都拥有不计其数的童生、秀才、举人、贡士，甚至有数人进士及第。

蔡确（1037—1093），熙宁元年（1068）任繁昌县令，在县城北郊临江的一片荒芜之地，筑一处北园。此时，志学之年的徐迪，刚参加完"童试"里的县试。而其兄徐邈早一年院试第一，得个案首。县令蔡确有惜才之德，早闻徐氏兄弟文采斐然，在蔡府北园设宴，力邀徐邈徐迪兄弟俩，吟诗作赋。席中，年少徐迪快步走到案桌前，拿起狼毫，一气呵成，一首《北园载酒和邑宰蔡确韵》即兴成诗并流传后世：

檐影荫游鱼，江声颤崖竹。

云帆天外去，龙刹空中矗。

霞明晚渡红，草暖晴沙绿。

澄波见归鸟，纷霭迷飞鹜。

有时雪浪吹，玉马争追逐。

青霄皓月满，琉璃莹极目。

谢傅昔出宰，天葩动惊俗。

一读梁间诗，清风感佳木。

也是二甲进士出身的蔡确，十分惊叹于徐迪出众的文采。

1076年，徐邈高中进士。18年后，宋哲宗绍圣元年（1094），徐迪弱冠之年去京城参加殿试，又是高中进士，哲宗皇帝得知徐迪此人，乃是18年前高中进士徐邈胞弟，一门双进士。哲宗一时龙颜大悦，下旨抽调徐迪考卷，阅后赞叹不已，特钦定御试对答。徐迪才智卓识，让哲宗皇帝龙颜大悦。立授翰林院修撰，在专门起草机密诏制的重要机构里，从事掌修国史，掌修实录、记载皇帝言行起居、进讲经史以及草拟有关典礼文稿等工作。

徐遘、徐迪兄弟俩相互友善，也成了生死挚友。学问上勤于切磋交流，如师生，也如同门弟子。文章清丽，尤擅诗文，多有著作。同时代的人咏叹，亲情以陆机、陆云相称，诗文以苏轼、苏辙相比。

这年年底，蔡京（1047—1126），在绍圣元年（1094），从被贬之地成都府，返回京城，在朝廷任代理户部尚书，掌管国家经济，包括户口、税收、统筹国家经费等。

蔡京由放逐大臣到被重新起用，大权在握，一得志就狂傲无比。一日，蔡京在其蔡府守拙园大设宴席，遍邀京城达官贵人、文人雅士。

守拙园的门楣上有块字匾，是蔡京手书的"守拙园"三个大字，字迹如风樯阵马，豪健畅逸，笔法特别好。可蔡京名列宋朝"六大奸臣"之首，品德极差，人人厌恶。徐遘与徐迪俩进园时，仰看一眼门楣，不屑一顾，对视一笑，认同世人之议。

"守拙园"是取自陶渊明"开荒南野际，守拙归园田"之意。守拙园里遍布花草树木，小桥流水，亭台楼阁掩映其中，陶渊明笔下的桃花源也不过如此。

蔡京在官场上阴险狡诈，心狠手辣，惑乱人主，结党营私，见利忘义，以致兄弟不和，父子不理。徐遘、徐迪兄弟俩一想到这，厌恶感油然而生。

席间，诸公载酒论文，吟诗作赋。蔡京见徐遘、徐迪兄弟俩，孤傲不从众，远离大家默然不语。他内心暗忖：徐迪志学之年，曾为时任繁昌县令的蔡确的筑北园赋诗，今天竟不肯为老夫的守拙园赋诗。此兄弟俩，不可为我所用。蔡京恼怒地拂袖而去。

徐迪这六品官职的翰林院修撰，在翰林院里一直没升迁，也没外放为官。就在徐迪为仕途苦闷之时，此时的徐遘已是大理寺推事，他立马作诗一首，寄给徐迪，抚慰幺弟。诗云：

杜云姜被每相思，物换星移又一期。
知汝再寻鹦鹉赋，起予深念鹡鸰诗。
山寒久厌猿啼苦，水阔那堪雁到迟。
好约春风共携手，玉壶沽酒系青丝。

徐遘、徐迪兄弟俩感情笃厚，一时传为佳话。从此，兄弟俩淡泊名利，远离仕途，专心致志做学问。生平多著作，文章诗文为世人所珍惜。

拾金不昧的焦状元

伍先华

　　早在北宋时期，繁昌县的赤沙滩，有个少年叫焦蹈。他自幼聪敏，爱读诗书，到了成年，经史百家书籍、诗词歌赋，门门精通。还常常到乡校投师访友，刻苦研读，学识文采过人。4次参加府考，都是名列第一。在建康府名声大噪，人人称赞。偏偏京考屡次失利，他的文章朝廷考官看不中，几次都是名落孙山。别人都为他惋惜不平，焦蹈毫不气馁，仍然发愤努力。北宋神宗元丰八年即1085年，他又被推举赴京城开封礼部应试。

　　从繁昌到北宋京城开封有两条路，一条路是经合肥、蚌埠到开封，另一条路是经建康（南京）、徐州到开封。焦蹈走的是建康这条路，除了可以乘船外，还因为当时繁昌、芜湖和当涂归建康府管，焦蹈的府考都是在建康府考的，他对这条路熟悉一些。

　　路过建康住宿一夜。清晨，焦蹈和书童吃过早餐，就急急上路。二人走进一条长长的街巷，这条巷就是现在南京珠江路自北门桥到中山路这一段。焦蹈在前，书童在后，走过一座临街楼前时，楼窗里突然倒出一盆水来，伴着水声夹有金属撞地的声音，书童一看，原来是一只金晃晃的金戒指。这是随水倒出来的，他顺便弯腰拾起金戒指揣进怀里，跟着主人离开了那条街巷，继续赶路。

　　一日易过，又到傍晚时候，焦蹈和书童进了旅店。晚上，书童把捡到金戒指的事告诉了焦蹈。焦蹈听后急忙说："这可是丫环的过失呀，主人找不到金戒指，还不知道怎么惩罚她呢？性命攸关，性命攸关！万不可迟延！"他着急赶快返回南京，将金戒指交还失主。书童急忙劝他，考期已经临近，如果迟了就会耽误考试时间。焦蹈却说："考功名是小事，性命才是大事。"于是他俩急忙赶回南京，归还了金戒指，一来一往整整耽搁了两天时间。到京城开封时，已经开考了。"这科误了，下科再考吧"，焦蹈一边向懊恼的书童说着，一边招呼书童挑着行李，离开了考场，在附近寻了家客店住下。

　　铛、铛、铛，报警的锣声响起，"考场失火啦！"阵阵急促的锣声和呼叫声使焦蹈惊呆了，他跑出旅店，拭目一望，只见考场烟火弥漫，人声鼎沸，考生纷纷逃出考场。"唉！好端端一场考试，被大火闹停了。"焦蹈望着大火惋惜地哀叹着。

　　考场失火，震惊了朝野，神宗皇帝为了不耽误开科取士，就命重设考场开考。

拾金不昧的焦状元

这一迁延，焦蹈正好得以参加考试，等到揭榜，焦蹈名列魁首。焦蹈曾乡荐第一，府试第一，进士第一，有"三元"之称。哲宗皇帝亲自召见他，盛赞其才华，准备让他入朝为官，授以实职。没想到6天后传来消息，说焦蹈突然因病去世了，实在可惜。这位刚上任的哲宗皇帝特别怜惜人才，特地赐予他家丧葬费回家安葬。

焦蹈还戒指误考期，考场失火中状元一事传到南京和繁昌两地，两地的群众都感佩于他拾金不昧的义举，为他赴考的机遇而高兴，也为他英年早逝而惋惜。当时焦状元在南京那条巷子里所做的拾金不昧的好事，被人称颂，当地人为纪念他的美德，就把这条巷子改名"焦状元巷"。而他回繁昌县城曾经掬水而饮的井叫"三元井"。当时的京城流传的一句谚语"不是考场烧，哪来状元焦"也传遍全国。

中分村的兴业先祖——徐环、徐瑾

张诗群

说起中分村，繁昌本地人几乎尽人皆知，提起徐环、徐瑾，却是陌生的名字。中分村迄今已有六百多年村史，徐环、徐瑾正是中分徐姓族人六百年前的先祖。中分村是个有故事的村，徐环、徐瑾更是有故事的人。

传说兄弟二人的出生颇为神异。明朝永乐年间，一个名叫徐鉴的人，因祖上乐善好施致家产渐薄，于是举家外出谋生，某一日乘舟夜宿江上，相邻的舟中恰好宿着一位郡守。夜半时分，郡守梦见两道白光缭绕着隔壁的小舟，心中十分诧异。第二天一早，郡守问询，才知昨夜这只舟中诞下了一个男婴，郡守认为是祥瑞之兆，便以金帛相赠，劝勉徐鉴好生度日。徐鉴返家后的第二年，又生下一子，果然与郡守梦中的两道白光相应，便给两子取名徐环、徐瑾，期望他们的出生给徐家带来兴旺。

徐鉴素来与一位法号池洛的高僧相熟，便请他占卜，准备择地建屋而居。在池洛的帮助下，徐鉴首先选了一处建宅之地，此地荒草遍野，细竹成林，当地人称之为"竹丝塌"，因地处金峨上乡的汪桥与八分之间，又名中分。继而在池洛的指点下，徐鉴从野径荒草中挖出十瓮白银，这一偶得有如天赐，由此，徐家获得了第一桶兴业之金。

徐鉴去世后，徐环、徐瑾在母亲吴氏的训导下，开辟西边的洛冲之地，又开垦东边的虎形之山，所开之地，常能掘出先人埋藏的金银之物，加上一家人勤勉节俭，徐家渐渐成为当地首富。此时，帮着料理家产的仆从建议兄弟俩趁机扩充家业，广置肥沃的田产，兄弟俩甚觉可行，于是不久，百里内外的土地都成了徐家的产业。但福祸相倚，谁也不曾料到，置地买田过程中，因手下人操作不慎，引发了一桩命案官司，诉状递到官府，差役便来徐家缉拿徐家兄弟。

徐家一直家教甚严，徐环、徐瑾自然知道伤人害命绝不可为，但事与愿违，此时祸已铸成，目睹亡者家属悲痛欲绝，兄弟二人心下怜悯痛悔，所以面对牢狱之灾，兄弟俩决定勇敢面对。徐环、徐瑾向来手足情深，看着年岁渐长、纯良憨厚的哥哥憔悴的脸，弟弟徐瑾老大不忍，于是主动投狱，将罪责全部揽在了自己身上。

徐家是当地大户，官府衙差对徐环、徐瑾的为人略有所知，兄弟俩又并非人命官司的直接责任人，因此虽然沦为阶下囚，徐瑾却未曾受到皮肉之苦。案子审结，徐瑾被判牢狱三年。

徐环虽然免遭牢狱之苦，但眼看胞弟受难，倒比自己受难更加忧心内焚。他寝食难安，以自我惩戒来减轻内心的忧闷。三年中，他不愿睡在舒适的卧室，一直独卧在中门外冷硬的床板上，以此与弟弟同担这份苦难。

三年终于挨了过去，刑满释放之日，徐瑾回到家中，刚走到门外，闻讯而出的徐环一把握住徐瑾的手，兄弟二人百感交集抱头痛哭。不久，兄弟俩在门外修建了一座团圆阁，纪念这次劫难经历，并提醒后辈以此为鉴，无论做人做事都要谨慎周全。

徐瑾在牢中曾结识一位遭人诬告的狱友，出狱后念念不忘这位狱友的遭遇，便以三千两白银慷慨相赠，帮狱友洗清了冤屈。狱友是一位有名望的绅士，感念徐瑾之恩，出狱后先许以科名，徐瑾婉拒；又以重金酬谢，徐瑾再次婉拒，无奈，绅士只好运来两竹筏楠木，以供徐家修建楼宅之用。徐环、徐瑾便以此楠木修建了一座和乐堂，和乐之名，以共济为和，以助人为乐。

过了几年，母亲吴老夫人离世，徐环、徐瑾悲痛难禁，想起先人筚路蓝缕开创家族基业，而先人已殁，后人应时时敬仰追思，兄弟二人便再次请来池洛法师，为先人选择墓穴之地。池洛法师勘察地形后，先让兄弟俩以四顷肥田换来蛇形山，兼及南边的梳妆形山为徐家祖茔（此为省级非遗"中分村徐姓祭祖习俗"的源流）；再开凿四条山溪水道，四水合一最终流到宅前明堂，预示着家业田产的永固不竭；又在园内遍植四季常青的树木，祝祷新生儿健康成长；筑松洲蓄水大坝，寓意财物的丰盛；捐万担稻谷赈灾济贫，为乡邻凿井挖泉；建读书人的文庙圣宫，为家族培植后辈人才。数年后，所居之地山水明净、地灵人杰，成了一块宜居福地，徐氏兄弟也在乡民中留下了良好口碑。

在徐环、徐瑾的苦心经营下，徐姓族人繁衍生息日渐壮大，成为远近闻名的望族，中分村也成为民风淳朴、底蕴丰厚的传奇村落。

有益于民无损于国——吴琛

程自桥

吴琛 1425 年 8 月生于繁昌。1451 年中进士甲科。授云南道御史，后下诏令其任甘肃督军。

1455 年，吴琛奉旨到四川巡按，所到之处罢黜贪官污吏，平反昭雪多年冤假错案。他精明睿智、明达果断的政事作风，受到四川官吏百姓爱戴。

吴琛家父病逝，皇上一纸亲笔朱谕，钦命他回乡祭父。服丧期，繁昌县知县王珣，一边登门向吴琛家父去世表示哀悼，一边向他诉求：县府濒临长江，位于南京上游，迎送官员，公差途中食宿，开支与日俱增。本县地瘠民贫赋税微薄，财政上实难承受。建议朝廷改迁县治，迁于金峨上乡，远离江边，减少财政支出。将延载乡故城改为旧县镇。乞望御史中丞吴琛能代为参奏朝廷，准许改迁。

吴琛三年服丧期满，一回京城，立马四处游说众大臣，向英宗参奏，力荐迁县治之事。1457 年秋，英宗下旨，繁昌迁县治于金峨上乡，今繁阳镇。

1457 年春，大将石亨曾发动政变，太上皇明英宗朱祁镇复登帝位。石亨因征讨瓦剌立下大功，又因"夺门之变"，自恃功高，专横跋扈，结党营私。吴琛携手众同僚，参奏英宗，弹劾石亨。英宗非但不查办石亨，反将吴琛降职处罚，将其贬为河北迁安知县。谁曾想，英宗下达谪迁令后，老天竟然连续五整天，大雨冰雹倾盆而下。

朱祁镇以为这是老天警示，他的所作所为有违天意。于是，他赶紧撤销谪迁令，让吴琛官复原职。

1461 年，吴琛任大理寺丞，后升任都察院右佥都御史，职责为"纠劾百官，辩明冤枉，提督各道，为天子耳目风纪之司"。相当于现在国家最高检，随后被派往甘肃等地巡抚考察。

1463 年，吴琛任湖广巡抚。湖北汉川甄山一带，汉江岸边水网如织，纵横交错，然而自然水系易旱易涝。他亲率百姓在汉江边筑大堤，一条自县城东至甄山十五里，一条自县城北和公城至刘家隔十五里，百姓称之为"吴公堤"。此堤，是一处重要的水利设施，为汉江沿岸百姓的生产生活，提供了重要的安全保障。

吴琛在湖广五年，兴修水利，关注民生，深得民心。官吏、士卒、平民，纷纷赞其德政勤廉。离开之日，全城百姓扶老携幼，洒泪相送，高喊："吴巡抚，不用鞭，吏以法，民以宽。甑可尘，鱼可悬。今君去，谁为天。"

1464年，西宁番族扒沙巴哇发生暴乱。朝廷下旨，令吴琛与镇守总兵卫颖，率官军三万五千人远征。吴琛凭着过人的智慧与谋略，分五路追击，追至骆驼山，俘斩一千七百余人，获牛马羊二万之多。被朝廷加俸二级。

1465年，明宪宗朱见深即位，吴琛被召回朝廷处理政务。这年8月，淮南、扬州逢百年难遇的大灾荒。明宪宗命吴琛前往赈灾抚恤。吴琛一到灾区，就对荒怠政事的官员，一一严厉查处，悉数捐出自己的俸银，打开粮仓赈济灾民。岂料，这一系列举措，触犯了地方官员的利益，削弱了地方官员的权威。他们罗列了吴琛种种罪名，挑唆监官参奏吴琛失职，企图法办吴琛，以泄私愤。

吴琛上书朝廷，对无理的指责、诬陷进行辩解，虽没获罪，却被降职到辽宁一个叫南台的小镇。御史林聪接替吴琛之职去赈灾。通过实地考量，御史林总认为，吴琛所为没有不当之处。于是，他奏明朝廷："琛所在，有益于民，无损于国，吾当守之"。

1473年，时任两广总督的韩雍因挥霍公款，造成国库空虚，遭到众臣弹劾，让其辞官还乡。韩雍退休后，总督一职虚位数月，朝廷一直没钦命。两广各级官员，纷纷相互观望、推诿，不理政事。此时，因政刑不修，寇盗充斥，滋蔓各地，社会陷入无序之中。

朝廷大臣力挺吴琛，宪宗下旨，由吴琛出任两广总督。

吴琛一到两广，一边抚慰百姓，安定地方，一边训练兵卒，以应急时之需。当时，僮族常与汉族发生冲突。他们知道吴琛治军有方，便惧怕惊骇，相继投降，归顺朝廷，立于吴琛帐下，愿意臣服听命。

1475年8月25日，吴琛卒于广州任上。

明代清官徐贡元

伍先华

早在明代嘉靖七年（1528），繁昌县的紫岚乡，也就是今天峨山镇湾店村，有位青年学生叫徐贡元，正好21岁考中举人，34岁那年又考中进士，被朝廷任了官职。他学识渊博，为官清廉，为人正直，不屑阿谀。当时，与夏言、海瑞、邓元标被称为明代"天下四君子"。

他当了30年的官，升迁和调动工作14次。他在出任德安太守时，宫中太监奉嘉靖皇帝朱厚熜的旨意，借迎接藩王寿材来京的机会，沿途倾轧骚扰地方官员。来到德安地界，徐贡元非但不一味逢迎，反而当庭以礼相抗，太监自觉失理只得收敛，不敢胡作非为。在负责兴建景府建筑工程时，经他使用的资金白银达数千万两，收进支出，徐贡元毫不染指。他在德安任职时，最先把自己的俸禄捐献出来，用于兴建文庙。南方楚地旱灾严重，百姓逃荒来到德安，他打开官府粮仓，给灾民发放粮食，好几万饥民由此获得生机。他还建议修筑水坝蓄水以备来年之旱。当时德安有座大矿山，属官府管理，此时一些不法之徒盗采矿石疯狂一时。徐贡元一面发布讨伐的布告，一面亲自带领人马，前往征讨，盗矿者得知此情，立即望风而逃，聚集的团伙也自行解散。在朝廷考核时，德安治安政绩名列第一。

不久，他被调往潼关任副使，正值潼关地震，坏人借机造谣惑众，扰乱人心。他立即安抚民心，并想方设法给百姓提供正常的生活条件。潼关士民念其功德，给他立一祠堂，以表感德之情。此时，正值父亲去世，按朝廷制度规定，他回到家乡为父亲守孝，职位由朝廷另派人担任。三年服丧期满后，他回到京城，等候朝廷重新委任职务。由于当时朝廷体制腐败，官员要想得到委任，必须要贿赂当权宰相严嵩的近侍，这样才能得到引见。而徐贡元却以此为耻，因而得罪了近侍，也抵触了严嵩。于是，他不得不在京城苦熬苦等了一年，直到第二年，才让他补缺兰州。接着又是母亲去世，他又回家乡守孝，三年服丧期满，他补缺大名府宪副，后又调任于河南，负责将赋税以外的盈余，兑换成钱币上缴国库。

第二年，他转至浙江任分管全省刑法之职按察使，又调往粤西任分管行政和财政的二把手右布政使，接着又被朝廷召为掌皇室膳食、账簿的正三品官阶光禄卿，后提拔为顺天府尹，即京城最高行政长官。

在京城做官并非易事，这里的太监经常内外勾结，干扰正常的工作，但他一身

明代清官徐贡元

正气，从不与太监结交往来，更是拒绝太监托请办事，请客送礼，太监们都对他不满，到处说他坏话。在顺天府尹任上不久又转任掌管全国刑法的大理卿。到第三年，他又被调任掌管全国财政的户部担任副官，即户部侍郎，负责督办全国粮食储备。他按照在浙江任按察使的办法，让各省以所造国币上缴。可是，上缴国币的人很少。侍从宦官喜爱的正是国币，而上缴者不多，他们也就难以中饱私囊。于是，他们私造罪名，说徐贡元验币不负责任，以致粮储不得完成，因此他被贬职回乡。明神宗万历二年（1574），徐贡元在老家病逝。由于他一生清廉，从不贪腐，家中一贫如洗，去世时连下葬的钱都没有，儿子们只得变卖祖产，用以办理他的身后事。而他给后人留下的，只有他提醒自己做一位好官的《省身日记》。

风力劲挺的文人——陈一简

蒋诗经

明万历十一年（1583）三月底，繁昌县城的街道上锣鼓喧天，鞭炮齐鸣，金榜高悬。这一天，从京城传来了特大好消息，本县的陈一简在科举殿试中，高中二甲进士。

陈一简，字上敬，号可斋。殿试结束后，他被授陕西户部司主事。户部司主事是正六品的京官，备用闲职，所以陈一简暂时在徐州辅助管理钱粮（督饷）。

就在陈一简到了徐州后不久，家中却出现了变故。他只能去职回乡"丁忧"，居丧守制。

按照明朝的制度，丁忧守孝三年方为期满。三年后，陈一简回到京城，补贵州司主事。由于在此期间表现良好，他很快就被升迁为户部郎中，并去往蓟州的密云县管理钱粮。

陈一简任职期间，两袖清风，一身正气，密云县的一些不良现象得到了整治，宵小之辈望风而逃。他也因此在百姓中树立了良好的口碑。

这一年，倭寇向朝鲜发动了战争。朝鲜当时是明朝的附属国，明朝当然不能坐视不理。身在密云的陈一简正在边防，所以向皇上呈上了密封的奏章，陈述了和倭寇作战的策略和决心。皇上看到奏章后，觉得陈一简有雄韬伟略，异常高兴，采纳了他的意见。

此后，陈一简升任为昌平（居庸关往南一带）佥事，配合朝鲜抗击倭寇。不久后，张牙舞爪的倭寇大败而归，灰溜溜地逃走了。

昌平有横岭，横岭有九陵。陈一简在留任昌平期间，接到上级的指示，要开采横岭一带山陵。横岭地势险要，一直是明代长城的守御要地。陈一简接到上级的指示后，并没有同意，而是义正词严地反驳道："横岭往内，就是皇家的陵寝，往外和敌营相接。一旦开采横岭的风气开了先河，动了皇陵的陵脉不说，更让敌人生了贼心，伺机攻打我们，后果不堪设想。这个建议，就是杀了我，我也不会同意的。"

这件事，虽然得罪了上级，但陈一简也讲究策略，说出了要害之处。他说的这些后果，谁也不敢承担，最后，开采横岭这个荒唐的想法从此便不再被提起了。

陈一简不畏强权，用他的正义、胆识，还有智慧守护了横岭的完整。

在横岭，有一个恶霸叫张经。此人是个地头蛇，很有地方势力，在朝廷还有一些背景。这些年，他一直志得意满，胡作非为。张经以为，在昌平，没有人敢动他。官府就算想动他，也有所忌惮。地处边境，张经也有一些武装力量。

在陈一简任职期间，张经竟然公然在昌平非法杀害了一个得罪了他的人。陈一简听说了案情后，二话不说，上书请示，不管张经是什么人，他都要亲自去剿灭他。不久后，陈一简得到诏命。他雷厉风行，带兵直接把准备反抗的张经抓捕归案，并判处了极刑。

陈一简虽是一介文人，却有过人的胆识和魄力。而在管理百姓的生活中，他却又呈现了敦厚的一面。

横岭多山，路途艰难。经常有翻山越岭之人，夜间来不及投奔驿站，只能借宿在周边的居民聚集之处，打扰了村民不说，还有诸多不便。陈一简得知后，捐出自己的俸禄，号召地方官员在来往的山岭间，建造了很多可以投宿的公署，让赶路的人在夜间的安全有了保障。这些公署，一直沿用到清朝，还在为人民造福。

陈一简虽然人不在京城，但为人刚正不阿，正气凛然，加上他为人机警，又肯为他人出谋划策，有真知灼见。渐渐地，他的威望在京城也慢慢传扬开来。

在京城，能有府邸的人论官的品级都比陈一简大，但他们都非常愿意和他来往。遇上什么事，也都会及时向他请教一二，并能听从他的建议。

万历二十六年（1598），陈一简被升任为河南按察司副使，官居正四品，而且手中还仍握着密云的兵权。

又过了一段时间，在朝议之时，有人上书说陈一简是有功之臣，应该加官晋爵。皇上征求众大臣的意见。众大臣无一不为他说好话，并赞成这个建议。

然而，陈一简却因为操劳过度，积劳成疾，没能等到这个好消息，就已经在任上离开了人世。陈一简离世后，那些建议提拔他的人，还有故交友人，无不扼腕长叹。

乱世忠孝——张衍及家人

张诗群

在清朝，张衍出生的年月正逢贼寇出没的乱世，小小年纪的张衍经历了刀光剑影，饱尝了与亲人生离死别的伤痛，也迫使他早早养成了坚忍的性格。

张衍祖籍沈阳。顺治二年（1645），父亲张蕴任繁昌教谕，也就是负责生员教学的教育官员。顺治三年（1646）秋，一伙贼寇啸聚于赤沙滩，往繁昌县城进逼，一时满城惊惧，官府也束手无策。危急关头，文职官员张蕴挺身而出，迅速组织起一支青壮队伍，枕戈待旦准备御敌。

繁昌西南城墙有一处长约数丈的缺口，平时只用木栅栏围起来，此时恰恰成为攻城的方便之门，贼寇流窜至此，用火把焚烧栅栏准备杀进城去。很快，火光冲天而起，眼看繁昌城即将陷入一场浩劫，千钧一发之际，只见张蕴持戈跃马冲进敌阵，手起刀落手刃贼首，贼寇大乱，终于惶惶退去，繁昌城得以保全。张蕴也因保城有功，擢升为汾阳县令。

张衍随父亲举家来到了汾阳。虽远离家乡，童年的张衍在汾阳却度过了一段难得的快乐时光。但快乐转瞬即逝，张衍八岁时，危难再次来临，又一伙贼寇在汾阳城外啸聚而来，眼看百姓遭劫城将不保，身为县令的张蕴焦急万分，想起之前在繁昌的大捷，于是迅速跨上一匹快马，单骑飞奔出城，准备再一次手刃敌首。

但这一次的情形与上次不同，敌寇十分狡猾，避开与张蕴相遇的主道，从中间侧道直接攻入汾阳衙署，准备劫杀官差掌握主动后，再从容攻占全城。衙署内皆是手无寸铁的官差和眷属，贼寇所过之处，烧杀抢夺，血流漂杵。不幸的是，张衍的长兄张璋也惨遭屠杀。

见长兄蒙难，张衍顾不得贼寇正在四处搜寻，大哭着冲出去，跪守在长兄身边。贼寇举刀欲砍，见年幼的张衍丝毫不为所动，竟产生了一丝怜悯，放过张衍，呼啸而去。

直到第二天，结束了歼敌战的张蕴才找到兄弟俩，只见张璋倒在血泊之中，而八岁的张衍守在兄长尸身旁边，已昏死多时。张蕴心痛难忍，经过一番施救，张衍才慢慢苏醒。

张蕴辞官归隐后，张衍又随父亲回到阔别已久的繁昌居住。张衍为庶出，因乱世动荡，家人分散各地，生母多年不在身边，张衍于是奉嫡母如生母，端茶喂药，恭敬有加，在邻里留下了德孝的美名。不久，父亲和嫡母相继离世，想起父亲历经战乱坎坷的一生，想起父亲为了尽职保城却丢了长子的性命，张衍悲痛欲绝，将父亲与嫡母合葬在金陵（南京）牛首山的祖茔，让他们魂归亲人的怀抱。

安葬了父亲与嫡母，张衍又从外地把生母刘氏接回家颐养天年，朝夕侍奉，以尽人子之孝。安稳的日子没过多久，妻子魏氏却染病身亡，此时张衍正值壮年，亲友一再劝他续弦，张衍与魏氏素来感情深笃，便一口回绝亲友，发誓余生不作续娶之念。乾隆丁巳年（1737），在士绅乡民的举荐下，官府特意为张衍建旌表牌坊，彰显张衍的孝义之名。

张衍有一个儿子名长庠，忠孝廉直，才德俱全，承继了张衍的优良品性。举孝廉后，顾念到父亲年纪渐长，长庠陪伴在父亲左右，不愿去外地任职。直到张衍去世，他才远赴诸暨，任县令一职。

长庠的二哥与家人离散多年，得知二哥流寓河南后，长庠不远千里一路寻访，终于将二哥接回家中。长庠有四兄六弟都早早亡故，对兄弟遗留的子女，长庠视如己出，悉心教导，将他们一一抚养成人，为此专门写下《西园课子文》。在他的子孙辈中，张宗柏和张兆炳分别考中乾隆壬申科进士和甲寅科举人。长庠也如父亲一般，留下了孝义之名。

张衍离世后，长庠将父亲葬在繁昌城西的梅花陇，待到长庠去世，他便如婴儿一般，葬在了父亲身旁。父与子，在另一个世界深情相拥。

不畏权贵真名士——郝一枢

蒋诗经

郝一枢，清朝繁昌名士，字斗杓，号需庵。小时候就被送到府学中学习，聪颖异常，在大大小小的考试中，拿过数十次第一。更为难得的是，他打小就性格耿直，看到有权有势的人并不攀附。爱打抱不平，能为了正义和事实挺身而出，不惜得罪权贵。

在他的府学生涯中，有一件事最让人津津乐道。有一次府学考试，来自各地的考生考完后，某一位同学向督学使报告，说有人行为不端且恶劣。督学使听完大怒，将所有的考生召集而来，说要发落那个行为不端的同学。

考生们聚集在一起，个个脸上露出惊恐之色，谁也不知道那个行为不端的学生指的是哪一个。督学使脸色阴沉地看完学生们的成绩之后，将郝一枢赞赏了一遍，因为他考的又是第一。接着，督学使指着郝一枢身边的一个学生说道："来人，把他的衣服扒下来，重重责打！"

考生们都松了一口气，虽然还是非常害怕，但同时也庆幸受责罚的不是自己。而就在这时，郝一枢毫不犹豫地站了出来，朗声说道："我虽然不认识他，但考试的这段时间，他一直都在我的旁边。我从来没见过他有什么不端的行为。可见他是被人诬告的。如果他受到了责罚，就不怕冤枉了好人吗？"

别人见到督学使都大气不敢出，可郝一枢却敢站出来指正督学使的错误。因为郝一枢为受诬告的学生作证，督学使才得以还他清白，免去了对他的责罚。

顺治年间，他被人推荐去了凤阳当训导。训导是教育部门的官职，从事教育工作。他在当训导期间，诲人不倦，任劳任怨。不久后，被升任为滁州学正，掌执行学规，考校训导。

时年，在滁州有一个大京官，已告病还乡。在滁州，京官的身份足以威慑众人。大京官在地方的势力不可小觑。滁州的一位学士也不知道怎么得罪了这位大京官，被大京官逼迫得四处找人说情央告，一直找到了郝一枢这里。如今的郝一枢已然是一位名士，知书达理，所以一般人都比较敬重他，给他一分薄面。况且，这位学士还是郝一枢的学生。

郝一枢了解了情况后，明白了错真的不在这位学士身上，就安慰他说道："不管怎么说，京城里来的大官，地位高贵，应该不是一个不讲理的人，我们这就上门，和他把事情解释清楚。只要我们行得端，走得正，有什么可怕的呢?"

说罢，郝一枢带着学生去京官府中，登门拜访。进屋之后，郝一枢和学士都甚为恭敬，该做的礼数都做到了。可是京官却态度傲慢，不以为意。听完他们的来意后，只冷冷地说，不管学士有没有错，都必须向他认错。

一席话，让一直忍耐着的郝一枢愤然起身，指着京官说道："别以为你有权有势就可以欺负人。我任这一身官服不要，也会搞清是非曲直。就算在整个滁州你一个人说了算，我不待在这儿，你想欺负也欺负不到了。"说完，带着学士拂袖而去。

郝一枢此举，真正得罪了大京官。鸡肠狗肚的大京官从此将恨意转移到了他的身上。但郝一枢却毫不畏惧，上书数十次，说眼睛有病，要辞官不干，最终才得到了批准。其间，乡绅们无数次的挽留，但郝一枢却去意坚决。

回乡后，郝一枢隐于乡林之间。有时，他会去寺庙与和尚们谈经论道，交流心得。有时，他又如闲云野鹤，纵情于山水之间。平日抽出空来，他便订阅书史，悉心将一生的学习心得写成了《随笔》十余卷。

郝一枢于七十四岁那年驾鹤西去。他留下的诗篇，一直在文人墨客间传诵。他的人品，一直让后世的读书人高山仰止。

郝一枢一生淡泊功名，光明磊落，德行深厚，虽为一介秀才，却是人们心中不折不扣的真名士。

蔡锡祺——老骥伏枥好知县

汤明余

蔡锡祺，字吉孙，号峨圃，1653年出生。幼年丧父，家中贫困，1685年，三十二岁才补诸生。第二年即清康熙二十五年（1686）选拔贡生，他被保送到国子监学习，补教习，经朝廷考核合格，可以充任知县，但因为要照顾年老的母亲，蔡锡祺未能赴任。直到母亲去世，他守丧期满去山西盂县任县令时，已经六十岁了。

接到任命，蔡锡祺与弟弟背着行李，徒步去往盂县。在盂县任职期间，凡民事及刑事诉讼、征粮收税，他都事必躬亲，亲自处理。遇到老百姓递交的诉讼，力争当面判决；有质疑争议的，他就约定双方当事人，确定时间到现场处理。一次，有人因地界争议需要勘界，路途十分遥远，他没有推给其他官吏去处理，而是骑着一匹瘦弱的马匹，和一个年纪比较大的衙役，带着刑杖前往，随身还携带炒熟的米、麦等谷物作为途中干粮。到了现场，他用刑杖上的弓式刻度丈量地界，最后确定了地界，解决了双方纠纷。盂县征收的钱粮过重，他到任后，竭力向上级反映，请求减免三分之二，布和谷也按照市价折算抵交，最终得到上级批准，大大减轻了百姓的负担。

盂县驿站迎来送往，来往官员要求高，接待事务繁杂，吏民不堪其扰。每当有重要官员入境经过，为减轻驿吏的负担，蔡锡祺就让他们暂时回避，自己充当驿吏出面接待，公事公办，不卑不亢。后来再有官员经过这里都相互提醒，到盂县，赶快走，不要停留。

有一年，朝廷要免除当年赋役以示皇恩，上级官员却仍令下属征收赋役。其他县接到命令后积极督办，激起当地百姓的抗议。聚众闹事的百姓越来越多，势力越来越大，上官害怕了，要向朝廷报告。蔡锡祺听说此事，急忙赶到上官处，言辞恳切地说："向朝廷报告百姓闹事，朝廷肯定要派人镇压，那么这些老百姓就没有活路了，我愿意去劝告他们，平息事态。"上官不想把事情闹大，就同意了。随后，他一人骑着马，来到闹事百姓面前说："你们不顾及自己，也要想想父母妻子孩子。我会为你们请求免除不合理的赋役，你们就息事宁人吧，不要影响社会安定。"百姓看到他这样真诚，都说："蔡知县这样赤心为了我们平民百姓着想，不肯阿谀奉承上官大人，我们应该听他的话。"这才慢慢散去。蔡锡祺又请求上官下令，对于还未征收的赋役停止征收；已经征收的，可以核准抵交第二年的正赋。许多州县看到蔡锡祺这样的处理方式，便纷纷仿效，只惩处带头几个人，老百姓安定下来，避免了一场大的危机。

蔡锡祺上任三年，经地方高级官员考选和保举，以廉洁自律、能力出众留任三年，然后晋升到兵部任职方司主事。盂县无数士民哭泣着从县城送到野外，并立碑歌颂他是真父母官。

后来，蔡锡祺又在兵部督右翼仓任职，任期快满之时，司警来视察，见文簿没有一点出入，一粒米也不曾被侵占。后来，蔡锡祺做掌管纳资捐官规例的辅职时，有人提议停止考试选拔，以便于招录捐官者，这样能够增加捐款。蔡锡祺说，如果那样，对国家的长治久安不利，损害的是朝廷，并一直据理力争，才得以继续考试选拔，给了读书人发展机会。大司徒田从典久闻蔡锡祺大名，一日在朝班中终于认识了他，于是对身边的官员说："这是我们山西第一清官呀。"后来官吏会考时准备提拔御史，田公竭力保举，而蔡锡祺以年纪大了，要求辞去官职。于是，他告老还乡，和宗族亲朋交往，仍是一名贫寒书生。后辈向他请教人生道理，他总会勉励他们说，人须于寒饿中炼骨，否则不足以当大事。这是对他有操守有作为的人生经验的总结。

蔡锡祺去世时，享年77岁。膝下有子蔡球、蔡铨，都是秀才。

集"八德"于一身——徐克范

程自桥

徐克范，1672年出生在繁昌城西十里地八分村。少时就读于马仁山塾馆，聪明好学，才智过人。塾馆先生断言：此子如此勤奋刻苦，博览群书，将来一定光耀徐家门楣，日后必定才济家国。

徐克范小时候得了一种怪病，从肚子外面就可摸到一块硬物。按现行的病理学，腹腔有肿瘤。徐克范极度衰弱，每天行走挪移，只能依赖扶墙或桌椅。

有一天，徐克范竟自然而然痊愈。有人说，只见一道光闪后，一个头戴黄色冠帽的道士，给徐克范灌下一碗汤药，旋即，道士消逝得无影无踪。从此，徐克范能疾步如飞。

徐克范学业有成，声名显赫，一时传遍大江南北。京城的王公贵族，纷纷想纳入门下，共谋大业。从太守到刺史到知府，也络绎不绝登门拜访，求其助一臂之力。孤傲清高的徐克范，断然拒绝。

1717年，徐克范45岁那年，一个名叫古田余，时任某教育部门主管，负责视察、监督学校工作的督学，求贤若渴，强行招纳徐克范，在其麾下为之效力。仅过半年，徐克范假借母亲年老病弱，亟须返家尽孝为由，便辞职回乡。

回繁昌后，他在城西设立塾馆，传道授业解惑。与本城举人洪瀛，相互帮扶各自塾馆，交流学习互学互鉴。繁昌不少饱学之士，家国栋梁，大都出自他俩的门下。

徐克范母亲在91岁那年病逝，他悲痛欲绝，三天不吃不喝，痛苦到口中吐血，人扶了才能起来。他独自一人去荒郊，在母亲坟前守孝。在那27个月的守孝期里，无论是夏天，还是冬天，他所居之处，头顶上仅有两片斜靠成人字状的苇箔，地上铺些干草，枕头是一方土块。儿女见他年近五十，说要代他在坟前尽孝，他不肯。说：母亲用母乳哺育我27个月，我要在母亲坟前守孝27个月。家里人要为他在地上铺床竹席，搭个帐篷遮挡风雨，他毅然拒绝。寒来暑往，他就以近乎"自苦自虐"的方式来尽孝。

徐克范的书屋，名曰：自好堂，出自《孟子·万章上》："乡党自好者不为，而谓贤者为之乎？"他读书后，伫立于"自好堂"窗前，偶望马仁山："薄暮回山合，苍茫一气通。晴光微宕影，暝色直连穹。岩罅生层月，溪流受浅风。窅然人静处，相对两无穷。"

在这"自好堂"里，他著作颇丰，如《〈读史十表〉记后》《〈三国志〉辨》《易义》《自好堂诗古时文集》《洪外翰传略》《古今律历疏密考证》《刘大参传略》《与友人论正统》等。

1726年，也就是雍正四年，长江下游发生了百年不遇的特大洪水，史称"雍正大水灾"。圩堤全部溃决崩塌。繁昌城里郊外一片汪洋，房屋被冲毁倒塌，民众流离失所，哀鸿遍野。面对这惨不忍睹的场景，徐克范心口像扎把尖刀。当年父亲临终告诫的"立社仓，继斩桃，诸善行甚伙"，又一次在耳边响起。

大水过后，一天夜里，徐克范在梦中与多年前病故的父亲相遇。父亲向他诉述：说他歇息的地方有水，骸骨要改葬他处，与义仓相邻。

改葬那日，徐克范扶着父亲灵柩，一路长歌当哭，说是有负老父立义仓赈灾之恩。此时，棺内竟有数声应和。众人纷纷称赞，徐父是一个真正的得道者，根器非凡，入土了还不安息，还惦念凡间疾苦。

他立誓，此生一定要设立一座义仓，完成父亲夙愿。徐克范勤俭治家，家底越来越丰厚。几年后，他捐出家里上万担稻谷，在繁昌城郊一面山坡，毗邻父亲的坟茔，设置了一座预防灾荒年月的粮仓。

康熙举人，史学家繁昌人汪越，经几十年精思苦研，独撰成一部《读史十表》，共十卷。成书后，汪越拿着这套书写严密细微，可供读史者考证的《读史十表》，四下征询商榷。无奈没人从头读到尾，却还用貌视的口吻说：这考校没任何价值。

汪越找到同乡徐克范，徐克范不但认真阅读，且着手对此书的缺失、谬误等，进行考订、校对、增补，并写下《〈读史十表〉记后》，记录了汪越初作此书及成书的情况。

《读史十表》一书，考校精密，成一部传世之作，对后人读史大有参考价值。

徐克范晚年在太守李闇成府上，做太守幕友，兼做家塾。1731年，他不幸染疾，告病回乡，第二年在家中去世。

倾尽一生为育人——任图南

蒋诗经

清朝在经历了两次鸦片战争之后，又迎来了一场两百年不遇的特大灾荒，史称"丁戊奇荒"。灾荒持续的二年间，清朝国力衰弱，坊间更是民不聊生。

灾荒开始的那一年，任隆举出生在繁昌县中沟。他的出生，让本就捉襟见肘的家里愈加贫穷。他的童年也是在贫穷和饥饿中度过的。

年少时，他特别渴望那些能去私塾读书的孩子。可家里太穷，供不起老师的束脩（原指送给老师的礼物，后延伸为老师的报酬），一直拖延着。最后，父母心疼他，终于答应也让他去了私塾。

进了私塾，他改名为任图南。就在任图南发奋苦读时，家中突然遭遇变故。他不得不离开私塾，去当学徒工，以图将来能靠着技艺养家糊口。

任图南学的是篾匠。一心读书的他，干起活来并不利索，甚至有点笨手笨脚。他的脑子里，时刻还在想着书上的知识。也正因为如此，他并不受师傅的喜欢。有一次，任图南在破篾的时候，不小心被篾刀划破了手。师傅见状，抢过篾刀，怒吼着让他收拾东西回家。

回到家中，任图南又受到了家人的责怪。年少冲动的他看着还在流血的手指，感觉到心里的伤口更深。一气之下，他举起菜刀，将那根受伤的手指剁了下来，发誓要自学成才。家人见状，也吓坏了，只能任由他选择未来的出路。

从那以后，任图南一边干着农活，一边自学。只要看到书，就向别人去借。借来后，边读边抄，这样又练了字，也学了知识。有不懂的地方，他甚至还偷偷跑到私塾偷听。

功夫不负有心人。参加考试后，他很快就取得了县学、府学生员资格，成为秀才中的廪生。所谓廪生，是秀才中拔尖的人才，每年都会有一些津贴，虽然不多，但对贫穷的任图南来说，已经很不错了。

在二十岁的那一年，任图南参加了安庆府十二年一次的贡考。揭榜那天，天从人愿，他赫然在榜。终于，他的努力得到了回报，苍天不负有心人，三年后，他接到了通知，被委任为山东某县的知县。

然而，造化弄人。就在他去上任之际，八国联军入侵，时局动荡。到了山东他才知道，朝廷的委任书已经成了一张废纸。无奈之下，他只能再次回乡。在繁昌，他是个人才，县衙就让他在财政、教育部门任了公职。可惜，官场的混乱和黑暗，和他读书时的初心已相去甚远。

清朝末年，国人受尽了洋人的欺辱。任图南明白，如果不能培育出更多的人才，国人的未来堪忧，中国的未来堪忧。回想起从小求学的艰苦历程，他决定致力于教育事业，认为只有培养出更多优秀的人才，才能让国家重新变得强大起来。

他的读书报国梦因为朝纲凋敝而破碎，只有将梦想寄托在学生们的身上。五十岁时，他教过的学生就已达到五六百人。这些学生走入了社会，成为各界的人才。转眼又过了十年，他六十岁了，完全可说是"桃李满天下"了。

也正是这一年，日本侵略了中国，占领了繁昌。任图南家中的房屋在战火中，被日本侵略者火烧殆尽。他不得已带着全家七口，躲避到繁昌和南陵的交界处安身。

在这样的日子里，任图南仍然没有忘了育人的初心。他用破旧的村舍开办起私塾，继续教书。在开办私塾的日子里，他特别体谅那些家贫求学的学生。面对他们，他仿佛看到少年的自己。对于贫困的学生，他不但不收取束脩，甚至还补贴钱粮给他们。对于孩子们的教育，他更是全力以赴，诲人不倦。

八年过去了。日本人在战场中频频失利。任图南也长吁了一口气。终于要盼来胜利的日子了。从此以后，他将光明正大地为国家教育人才。

可惜，1945年的7月14日，任图南的病体再也无法支撑，在贫困交加中咽下了最后一口气，终年68岁。

任图南去世后，他的学生从各地赶来，出钱出力。他一生为教育事业倾尽了所有，死时仍家徒四壁，连个像样的葬礼也没有。学生们自发地为他置办了棺木，并将他的遗体送回到故里——保大圩任村下葬。

呜呼。任图南生不逢时，恰逢国家动荡六十载，却不悔余生为国育人才。

诚信大商——吴国琛

蒋诗经

　　民国初年，在繁昌只要提起吴恒和酱坊，可谓无人不知，无人不晓。而关于酱坊东家吴国琛的传说，在民间更是如神话一样流传。

　　吴国琛，晚清人。他出生时正逢乱世，加上太平天国起义，各地人口流失严重。同治三年（1864），曾国荃率湘军攻陷天京，太平天国失败。清廷政府对因人口流失而抛荒的无主土地，进行丈量，划归当地居民，归户纳税。当时繁昌城里人口稀少，有许多荒地，无人耕种，在土地丈量中，吴家得到大东门附近（原城隍庙对面）一块大荒地，报准为见业地（完粮纳税的税名，纳税后产权属于私有）。1898年，吴国琛准备建造漕坊，为了解决用房问题，就在这块荒地建造住宅，让出原住宅做槽坊。在挖墙脚地槽中，一个石雕的城隍菩萨头像被挖出。吴国琛得知后，连忙将它的污泥洗去，恭恭敬敬地供在家里。不久繁昌城隍庙开始兴建，正在吴国琛家的对面。吴国琛对此事非常热心，不但带头捐款，还鼓动乡邻们一同出钱出力。

　　不久后，槽坊开张，取名恒和槽坊。人们也开始亲切地称呼吴国琛的槽坊为吴恒和。吴国琛并没有东家的架子，平易近人，对这个名称似乎还特别满意。逢人这样叫，都是满脸堆笑，一团和气。生意兴隆，信誉日高，家业越来越大。

　　吴恒和的发展真的是神助吗？当然不是。吴恒和的发展，一靠吴国琛善于经营，对品质要求高，自家的产品做坏了，宁愿扔了也不拿到市场上，二靠他为人和蔼，对顾客服务态度好，对手下伙计要求也是如此。一来二去，人们都认准了吴恒和的产品。

　　当然，还有一个重要的因素不可忽视。那就是吴国琛的人脉资源丰厚。他的岳父王瑞涛正是当时的繁昌商会会长。所以在各方面对他提携有加，加上他为人聪明，待人厚道，所以也算是占尽了"天时地利人和"。

　　到了1909年，世事更乱。但繁昌这个地方却山高皇帝远，日子过得相对稳定。也就在这样的时候，吴国琛并没有小富即安，反而是看准了商机，想趁此时机，发展壮大。一番思量之后，他决定再开一个酱坊。在和岳父商量过之后，请岳父为他作保，向他的姑岳丈吴子钧开的祥泰钱庄借了五百大洋的商贷。

　　恒和酱坊开业后，果然如吴国琛所料，因为这十年间累积的口碑，生意格外红火。槽坊酱坊两坊并开，双业齐茂。在工商界，吴国琛更是有岳父和姑岳丈的援助。从此，他在繁昌的商界成了大名鼎鼎的人物。

吴国琛并没有因此而骄傲，他知道创业难，守业更难。在槽坊和酱园内部业务管理上，他任人唯贤，独具慧眼。经过不断的筛选，他得到了两个人品和聪慧俱佳的人来帮助他管理两坊。其中一个姓鲍，人们都喊他鲍老，姓名不详。还有一个叫王土荣，正值壮年。鲍、王二人是经商的行家里手，他俩成了吴恒和发展漕酱两坊的得力臂膀。

至此，吴国琛仍然坚持产品质量第一，赢得了顾客的满意和好评，奠定了再度发展的基础。辛亥革命胜利后，清帝逊位，民国建立。吴国琛正当年富力强之际，加上鲍、王二人的兢兢业业，吴恒和的事业可谓如日中天。

为了培养接班人，吴国琛把经商的希望寄托在长子吴宗元的身上，从小就对吴宗元言传身教，教导他如何能在商场真正立足，也教他如何面对商场的各种变化。吴宗元没有辜负父亲的期待，很快就能独当一面，将生意打理得井井有条。吴宗元的成长，使吴恒和如虎添翼。

这还不算，吴宗元甚至能青出于蓝。吴宗元对两坊的业务精心钻研，他总结了恒和创立几十年的经验，光凭提高产品质量、树立信誉这两条，固然可以招来顾客，但产品过于单一，实在难以扩大生产和提高利润，以求得更大发展。因此，他和父亲商议，决定对生产经营进行改革，扩大经营范围。

对于吴宗元的真知灼见，作为老父亲，吴国琛深感欣慰，他力排众议，大力支持。吴国琛放手让儿子去干，但他唯一的要求仍然不变。那就是诚信第一，产品的质量一定要过关，生意中以信誉为先，不能让人诟病，坏了他辛苦了几十年才积累起来的口碑。因为这一点，他家的酒、酱、糕饼，从繁、南、芜、铜的市场上又远销到泾县和太平。

1934年秋，吴国琛在病中看着自己一手经营起来的硕大家业，也看着在商场能游刃有余的长子，含笑故去。

徐理堂——敬教劝学永流芳

黄在玉

清末民初，在孙村镇中分村（原赤沙乡中分村），出了一位了不起的人物，他叫徐理堂。其本名行燮，字慕庭，别号理堂；生于清道光二十九年（1849），卒于1929年，享年81岁。

发　迹

徐理堂自幼父母早亡，没有兄弟姐妹，家中虽有山田二十亩、两号山，却没有入学读书，而是寄养在他叔父家中，帮叔父放牛、砍柴。

其时，太平天国建都天京（今南京），芜湖一带由北王韦昌辉驻守。由于繁昌比较偏僻，因而进驻较晚。

话说芜湖海关有位姓冯的师爷因害怕"长毛"（民间对太平军的俗称），便举家逃到繁昌，临时住在中分村。不久，"长毛"进驻繁昌。冯师爷赶紧领着全家躲进村南的代冲山坳里。由于走时仓促，没有备足食物。本来以为"长毛"在中分村不会待太久，哪知他们数月未撤。冯师爷随身携带着金银珠宝，却不能充饥，又不敢下山，只得慢慢地熬日子。正当他们断炊绝望之际，突然看见一个放牛娃来这里一边放牛一边打柴。冯师爷如遇救星，赶紧上前央求放牛娃回村替他购买食物。放牛娃满口答应，偷偷帮冯师爷买来了食物。一连数月，放牛娃每次上山都给冯师爷家带去食品。这个放牛娃便是徐理堂。

1864年，太平天国被清廷镇压。为报答徐理堂，冯师爷将他带到芜湖，并送入学堂，供他读书。后来发现徐理堂是个可造之才，他便将独生女儿嫁给徐理堂。学成后，徐理堂也到海关工作。

光绪年间（1875—1908），徐理堂的岳父岳母和妻子先后病逝。妻子临终留下遗言，让徐理堂娶她的贴身丫鬟张氏。张氏有双大脚，人称"大脚奶奶"，是一位会当家的贤内助。徐理堂继承了冯家全部家当，从此发迹。光绪末年（1908），徐理堂携家眷回到中分。他的三位叔父全都无后，他们去世后所有家财、田地和山全部归他所有。他善于理财，又因"开设烟草行兼种植鸦片"，逐渐成为繁昌数一数二的豪富。可贵的是，他没有为富不仁，而是勤俭持家、待人诚实。在他七十大寿时，乡邻赠他"望重乡邦""老当益壮"等牌匾，可见他颇受乡邻尊敬。

徐理堂其貌不扬，生就一张长形麻脸，绰号"老麻子"。但他威势很大，知县到任都要第一个拜望他，争取他的拥护。

兴　学

中分村有一所西峰书院，始建于明代，废于清末，改设私塾，因无固定经费，时办时停，苦了那些学龄儿童，愁坏了孩子家长。徐理堂见状，就萌生了兴办私学的想法。1913年，他将私人别室改作校舍，创立中分徐私立义兴初等学校，后改为第三学区私立第一国民学校，自任校长，报请繁昌县教育公署备案。从1914年8月至1918年10月，他共捐助银币10500余元，用于开办学校的经费和教师薪金等。他还两次捐学田共计208亩，建造新校舍、厨房、厕所和操场。招收的学生中，除中分徐姓子弟外，周围村庄和繁昌县城、南陵、铜陵等地也有亲友子弟前来就读。由于学校一律不收学、杂、书籍费，学童人数保持在百名以上。任职教师6人，分为4个班级教学。课程有《四书》、国文、算术、常识、党义、图画、体操等。由于办学成绩卓著，1914年和1919年，徐理堂先后获得繁昌县知事吴克俊、徐传发，安徽省巡按使倪嗣冲，教育部总长傅增湘等颁发的一等银质褒章和一等金色褒章各一枚。

在捐资办学过程中，徐理堂不仅助以财力，而且处处煞费苦心。聘请教师，慎之又慎，必须要挑选德才兼备的优秀人才。他所请的教师中，有知名的老秀才张健斋、东岛李徐村、青年高才生徐缵铎、东乡老塾师柯应庭、赤沙饱学鸿儒陈墨卿、南陵晓岭秀才王敦仁等，他们都是学识渊博、诲人不倦的良师。徐理堂对这些老师不仅以重金礼聘，而且要耗时费舌才能邀请到校。譬如聘请青年教师徐缵铎时，徐理堂就曾亲自登门恭请，使他放弃入学深造的机会而来中分执教；聘请当时闻名全县的名师任图南时，徐理堂不惜许以高薪，才如愿将他聘请到校，可谓用心良苦。

这所初等小学，自1913年成立至1948年的36年中，共培养出数千名初小生。1934年，学校改名为"中分村徐私立翔新小学"。抗战时期，为防空袭，学校于1938年迁至村外牛王庙内。其间，学校又改名为"中分保国民学校"，校长是徐理堂的长孙徐崇渝，经费依赖学田租谷收入。

新中国成立初期，虽未实行土改，但已停收学租。当时因人民政府刚刚成立，百废待举，无暇顾及，教育经费皆由村民自筹，学生只交书籍费。直至1951年后，学校由私转公，经费方由人民政府统一供给。

徐理堂兴学壮举为徐氏家族扬名，千古流芳。

民国教育家——张世英

程自桥

1887年，张世英顺从父母之命、媒妁之言，嫁与县城富户闵中咸为妻。婚后，生育一女。丈夫在外经营煤矿、收缴地租、打理店铺，她则相夫教女，操揽夫家内务。她以为能执子之手与子偕老。岂料，1901年，张世英30岁，丈夫闵中咸不幸染病，三个月后猝然而逝。

闵氏家族提议为张世英丈夫闵中咸立嗣。以中国家庭习俗，唐律及明、清律皆规定，男子无子始许立嗣。而立嗣只许立辈分相当的侄子为嗣子，不得立女子为嗣，也不得立异姓子而乱宗。张世英自幼饱读诗书，深谙中国这特有的家族文化，男孩子是家族继承人，女儿则是"外人"。张世英严词拒绝，族人岂肯甘休，百般施压，甚至用武。一个宗亲，竟在除夕之夜，以大粪泼入她家大厅。

闵氏家族在立嗣一事上不断威逼相争，张世英悲愤万分，郁郁寡欢，最后竟一病不起。

张世英的堂妹张世琳回到荻港，她此前随丈夫在上海经商，得知堂姐近况，叫一顶轿子，抬上奄奄一息的张世英回荻港。

几天后，张世英随堂妹，踏上驶往上海的小火轮。张世英在上海堂妹家，一边治病，一边读康同薇的《女学利弊说》、秋瑾创办的《中国女报》等一些进步书刊、报纸，开始接触到新思想新文化。

1907年7月15日凌晨，秋瑾从容就义于绍兴轩亭口。张世英得知比自己小四岁的秋瑾就义的消息，泪如泉涌，一夜哼唱秋瑾写的《勉女权歌》。

1908年，张世英从上海回繁昌的第二年，她依然拒绝立嗣，坚持出外求学。张世英将家业与家事安排妥当，只身离开繁昌，抵达省城安庆。

张世英以37岁的高龄，考取安庆官立省女子师范学堂。在求学期，她聆听过陈独秀的演说，读过许多进步书刊。说她做不了秋瑾式革命者，但要做一个传播新知、牖启民智的人。

1911年，辛亥革命爆发，张世英学成归来，便着手筹措开办女子小学。她提取田租，拿出煤矿收入，变卖房屋、店铺。闵氏家族百般阻挠，谩骂她"伤风败俗，不守妇道"，败光家业，败坏门风。以地方封建势力为代表的豪绅汤绍候，肆意欺压、攻讦、谩骂："寡妇抛头露面，不恪守妇道"，用家财办学是"败家"，宣传革命是"大逆不道"。他千方百计阻止办学，从中作梗。

面对汤绍候等一群人的谩骂攻击，张世英巍然不惧，以确凿证据，书以万言。她在法庭上义正词严，言语犀利，论据准确有力，一次次驳斥得汤绍候无言答辩。法院最终判决："汤绍候等肆意攻讦，应追究刑事责任。"官司胜诉，至此，再无人敢于干涉、诽谤张世英创办女子小学。

1912年秋，张世英在县城北门街，以自家住宅为校舍，平自家花园做操场，"私立肇兴女子小学"正式创办，她自任校长。这是自繁昌县有史以来唯一的女子小学。

张世英"鬻奁建校，招生30余名"，她如此毅力过人，感动了时任安徽都督的孙毓筠，孙毓筠立即批准并下文："查该校此私立办学而受国税之补助，系属特殊之事。令繁昌县知事察看成效后执行。"后繁昌公署知事破例决定：在烟酒税项下拨开办费100元，常年经费200元。

从1912到1937年，25年间，张世英的"私立肇兴女子小学"，为繁昌培育有文化的女青年近千人。

1937年，日寇占领芜湖，繁昌也时常遭到日寇飞机的狂轰滥炸。第二年，张世英创办了20余年的"肇兴女子小学"毁于战火，她随逃难的人群，来到县城西南山区寺冲，寄居在一徐姓农家。

1939年一天，一个挑着货郎担的人，叩开张世英租住的屋门。说是受刚成立的"繁昌县自治委员会"委派，请张先生出任副主任，还将斥资重建肇兴女子小学。张世英知道来人是汪伪政府，愤然痛斥："余与廉颇老矣的古稀之年已无多日，不去！不要！"她对来人骂道："誓死不做倭寇的狗……"

1943年，张世英没等到抗战胜利，没等到"肇兴女子小学"重建复课，病逝于中分寺冲。

张世英辞世前，命诸孙辈至床前，嘱咐道："余一生致力教育，死后谁能继承办学，余之家业即归其有。"当被问及去哪里入土安息，张世英一脸淡然，说："埋骨何须桑梓地，人生无处不青山。"

李虎岑：民脂民膏当珍惜

黄在玉

李虎岑（1859—1912），字伯恭，繁昌县旧县镇（今新港镇）磕山村人。他出身于耕读世家，7岁进学堂，19岁中秀才。青年才俊，意气风发。

清光绪十九年（1893）秋，李虎岑赴南京应试，高中举人。光绪二十一年（1895），李虎岑赴北京应试，适逢康有为、梁启超等联络18省1300余名会试举人，联名上书光绪帝，反对在甲午战争中战败的清政府签订丧权辱国的《中日马关条约》，提出"拒和、迁都、练兵、变法"等主张，史称"公车上书"。举人们群情激奋，慷慨激昂。李虎岑积极响应，异常活跃，跟随康、梁，义无反顾；奔走于皖籍举人间，成为皖籍组织者之一。光绪帝接受康、梁主张，实行维新变法。因变法损害到以慈禧太后为首的守旧派利益而遭到强烈抵制。光绪二十四年（1898），慈禧等人悍然发动戊戌政变，光绪被囚禁，康有为、梁启超分别逃往法国、日本，谭嗣同等戊戌六君子被杀害，历时103天的维新变法宣告失败。

李虎岑亲历了百日维新运动，也经历了失败的打击和生死逃亡。

他毅然回归故里，服务桑梓。光绪三十二年（1906），李虎岑在繁昌县城创建春谷高等小学堂，自任堂长。他招募社会精英为教师，采用新教材，教授新理念，传播新思想。次年，他又在旧县镇创办吁俊初等小学堂，并慷慨解囊，捐出荷花圩内30亩私田，作为教育经费。

光绪三十四年（1908），经人举荐，李虎岑赶赴京师，任盐业使一职，并受赏顶戴花翎，位列品级官位。不久，他又前往浙江省任仁和县令。李虎岑不负众望，在任多年，事必躬亲，凡薄书钞谷之事，亲自掌管，不经胥吏之手。虽然因此积劳成疾，但他仍然不肯放手。他常对士绅们语重心长地说："我俸我禄，民脂民膏，当为珍惜，我为地方一日之官，必为地方尽一日之心，必使下情能达，上德能宣，然后吾责尽矣。"（据《磕山·李氏宗谱》记载）。李虎岑如此致力于立言、立德，忠于朝廷，体恤民情，尽责尽职，清廉奉公，堪比"半圣"曾国藩。

宣统三年（1911）春，李虎岑回原籍扫墓，不料旧疾复发，经多方求医，难以治愈，拖到次年10月，不幸去世，享年54岁。

其生前著有《山房诗文集》二卷、《皖江诗稿》十卷，现均遗失，实属遗憾。

诚实守信的商界魁首——闵中离

闵　健

闵中离，繁昌曾经家喻户晓的"风云人物"，清末民初商界翘楚，其所出生的家族名列繁昌四大家族之首。他家的商铺连成半条街，而且信誉极好，人称"闵半街"。令人津津乐道的是他家做生意有一套行之有效的"生意经"，至今仍口口相传。

闵和泰号的创始人闵中离（1862—1935），原籍徽州，祖上帮工迁居繁昌。因家道贫寒，仅读过三年私塾，从小好学，常悬书牛角，刻苦学习。八岁时帮柯家冲杨姓人家放牛，十二岁在城外于天生号做学徒，满徒后帮工当掌柜十余年。

古云"三十而立"。32岁那年，闵中离开了一个小杂货店。由于他为人讲信誉，生意做得不错，逐年皆有盈余。随着手头的资金逐渐宽裕，他开始创办槽坊，白天在杂货店站店，晚上与槽坊师傅研究酿酒诀窍。集思广益，精益求精，因此他家作坊酒的质与量都高，生意发展得很快，接连增设了糕坊、酱坊和奢坊。再后来他又得到芜湖批发商的信任，生意越做越大，资金也越来越雄厚，一下子跃居为繁昌城金融和商界的魁首。

闵中离是学徒出身，经商的基本功比较扎实，因而对商业的经验与技术掌握得比较全面。他在接待顾客时不急躁、不发脾气，热情待客，倒茶拿烟，笑容满面，百拿不厌，百问不烦，使顾客满意，受他接待一次的顾主即能成为永久的顾主。在技能方面，他打算盘准确而熟练，称秤既快又准，用端子平稳、快速，且对于不同的物品掌握不同的快慢速度，像快打烧酒慢打油即是。他包货品快而美观结实，会包各种类型的礼包。他还善于认人，即使是四乡的顾客，见一面即能熟记，并且知道每个人的底细和性格。同时他还知道各种货物的好坏、价格、产地等，并且能记账、能采购，能做前后场。

他做生意不单是腿勤手快，更重要的是颇讲商业信誉，做到货真价实，不卖孬货，不扣斤压两。闵中离懂得其中的诀窍，他用薄利多销的方法来压倒与他竞争的对手。当时繁城的巨商，城外有于天生，城内有查永发、胡裕泰等人，都在勾心斗角地争夺市场。他们通过"同行公议"，把各类货物的价格固定下来，不准抬价和压价，但在度量衡上没有统一的规定。闵中离发现了商机，暗暗地把盐秤每斤改为17两（当时老秤为16两），各类端子（竹制）也偷偷地挖空一些，使它的容量增大。此外煤油端子特别大（因为他家代销煤油，每瓶有1斤的放秤），因为盐与纸便宜，放一点亏耗不大，而其他昂贵货物，如白糖、木耳、茶叶、糕点等则用苏法秤卖出（苏法秤每斤14两，曹法秤是16两）。买东西的人，买了盐还要买其他货物。看得见的地方放一点，看不见的地方紧一点，两相折算，闵中离仍是不吃亏的。这样一来，他博得了顾客的称誉，一传十、十传百，因而他家营业额直线上升。

　　商场如战场，做生意要善于随机应变，闵中离对此一向十分重视。端阳节作兴以绿豆糕应市，有一年由于霉季阴雨连绵，豆粉无法晒干，造成原料奇缺，闵中离估计豆粉要缺一半以上，豆糕满足不了市场需要。如果节日豆糕缺货，影响很大，尤其对老顾客无法交待，必然使一些顾客到别家去买，今后生意会被人家拉过去。为此闵中离灵机一动，改动了配方比例，通常豆糕原料的比例为豆粉50%，糖25%，麻油25%，他果断地吩咐糕坊大师傅："倒过来，改为豆粉25%，糖40%，油35%。"众人听了面面相觑，异口同声说："这样要大亏本！"闵中离斩钉截铁地说："这是商业竞争，做生意不能光为眼前赚钱，端阳节没有绿豆糕卖像话吗？这不但影响字号的声誉，而且会失去大批的顾主。"这番话说得人人点头，于是一切照办。结果，闵中离既解决了豆粉短缺问题，满足了节日供应，又博得了顾客的好评："闵和泰绿豆糕油重、糖多，质量呱呱叫！"因此这年的端阳节生意出现了奇迹，人山人海，所有囤货出售一空。事后，前后场师傅、掌柜，莫不佩服老板会做生意。

　　为进一步拓宽生意渠道，增加财富积累，闵和泰号继城内源永祥"美孚"煤油栈倒闭之后，经芜湖某巨商的介绍，开始代销美商"亚细亚"煤油。每年春季运来煤油一千至二千联（每联两瓶，每瓶28斤，价五元左右），计值壹万至两万元，价款一般到年底结算。闵中离利用这笔巨额货款，长期周转，获利甚多。

　　闵中离发财后，除买田地，置办产业外，还致力于公益事业，如救济贫民，捐资修建南门桥、夫子庙。不仅如此，他还出私费购买水枪、水龙等消防器材，成立救火队，自发为居民防火救火，因而在清末被选为拔贡。

大器晚成伸正义——俞学贤

蒋诗经

俞学贤（1871—1944），字慧僧，名炳琳，号四光，繁昌孙村人。

俞学贤从小就聪明好学，记忆力又超强。经史百家，只要是他读过的书，他都能记得八九不离十，因此成绩也总是名列前茅，深得先生喜爱。

可毕竟家中不是大户，到了二十岁时，他被生活所逼，只得先找事养活自己。于是他一边开馆执教，一边务农，平凡度日。

虽然他只是个农民，却用先生的标准时刻要求着自己。教书育人、勤恳务农之余，他仍然不忘读书，关心时事。他用所学知识帮助身边的人们，法学、医书均有涉猎。平时他也给周边的村民出谋划策，偶尔也帮人们医治一些常见的疾病。

清朝末年，在外部刺激和内在需求的双重压力下，清政府掀起了一股通过变法修律收回领事裁判权，以挽救清王朝统治的变法热潮。在变法修律的过程中，律师制度进入了立法者的视野。1910年清王朝起草制定的《大清刑事民事诉讼法》里面就已提到了"律师"。

俞学贤当时就关注到这一点，只不过当时以"律师"名义活动的人，还缺乏系统的、正式的权利和义务，以及规范化和制度化的管理，并且此法典未及颁布，便因辛亥革命的爆发而埋葬于故纸堆中。而俞学贤也觉得，律师不过是讼师的代名词。由于受中国传统法律文化的影响，历代统治者均采取各种手段对讼师给以严厉打压，所以其地位很低。

1912年，北洋政府公布《律师暂行章程》《律师登录暂行章程》，中国的律师制度开始逐步建立，这让俞学贤看到了新的希望。他买来各种法律图书，细心研读，知道了律师的身份和讼师是完全不同的。一个好的律师，甚至能实现社会的公平正义。

理想仅仅是理想。他学习的这些知识，平时也只能帮身边的人解决一些鸡毛蒜皮的小事，然而，在他48岁这一年，却因为一起官司而声名大噪。

1919年，外来商人霍氏在长龙山采矿，因为财大气粗，肆意开采，侵占了村中很多人的财产。而这些人欲告无门，只能面面相觑。

俞学贤听说此事后，义愤不已，和利益受到侵害的人们说起了法，说到激动处，有理有据，侃侃而谈。众人将信将疑，于是私下商量，公推俞学贤为原告代理。如果官司赢了，大家就凑齐 5000 元酬金给他。如果官司输了，俞学贤就算白忙。在那个年代，因为军阀林立，所以中国的货币市场非常混乱，5000 元是一个不小的数目。

俞学贤笑而不语，答应了这桩官司，在长达一年的时间里，俞学贤兢兢业业，比律师更加专业地搜集证据，在庭上据理力争，最终，获得了胜利。

当他拿到 5000 元酬金时，人们都以为他是冲着这份钱来的。可俞学贤却向大家宣布，他打这场官司并不是为己牟利，主要是为了伸张正义。所得钱财，他一分钱也不要，而是拿出来建一所小学，为国家培育人才。

不久后，500 平方米的孙村小学就建立了起来，俞学贤成为校长。大家这才明白了他的一番苦心，也被他的人品所折服。

1922 年，俞学贤再展身手，受繁昌县知事之聘，又一次打赢黑沙洲权属的官司。事后县知事任命俞守贤为县教育局名誉局长，并批准俞所创办的孙村小学为公立小学之一，教师薪酬由县拨发。

这一场官司，他又为孙村的人们牟取了更多的福利，让当地的教育更上层楼，他也成为四乡八邻公认的德高望重的先生。

1925 年，55 岁的俞学贤回到家乡，仍然发挥所长，在黄浒街上开办"忠信堂"药店，造福于民，直至终老。

万启鸿、万庆余：鸿宾旅栈沉浮记

张诗群

鸿宾旅栈是上世纪初兴起于繁昌的头号商业招牌，它的两代掌门人万启鸿与万庆余，他们的命运与旅栈的命运紧紧联系在一起，上演了一幕幕载沉载浮的故事。

万启鸿原籍湖北汉口黄陵镇，幼年家境尚可，祖父在镇上开了个茶馆，他跟着祖父学做茶馆生意。但母亲去世继母进门后，万启鸿开始饱尝生活的辛酸。1906年，22岁的万启鸿忍受不住继母的虐待离家出走，他顺着长江一路往东，一直漂泊到繁昌，找到了在横山镇经商的黄陵老乡李保槐家，李保槐收留他在店里做些杂活。1908年，见万启鸿正值青春，李保槐出于老乡情谊不愿耽误他的前程，便将他引荐到县衙四班老总、繁昌青帮头目方太门下，因排行第九，万启鸿在繁昌便有了"万九爷"的名号。方太去世后，头脑灵活已混得风生水起的万启鸿顺理成章接任了县衙四班老总的职位，也顺理成章顶替方太成了新一任青帮帮主。这样的身份，在三教九流鱼龙混杂的上世纪初，为万启鸿创业经商提供了极大的便利。

1912年，万启鸿在城区租房开起了小客栈，积攒了第一桶金。两年后，他便在县城十字街东北位置建起了一座700多平米的四进客栈楼，内有27个客房，附设餐厅、伙房和百货门市部。新客栈门楼上书"鸿宾旅栈"四个金色大字，两旁竖写"鸿飞有志，宾至如归"，再上方是"绅商学界，仕宦行台"的横批。当时，繁昌城区还有两家大客栈，分别是举安旅栈和长源旅栈，这两家旅栈的老板也是青帮中举足轻重的人物，加上生意难做，旅栈和茶馆、澡堂在旧社会被称为"三大瓦渣子饭"，因此，鸿宾旅栈要想吃好这碗饭绝非易事。

万启鸿和妻子进行了科学分工。他利用自己的特殊身份广结官吏士绅、应付兵痞流氓；妻子则负责运营管理，保证旅栈的服务水平，让旅客宾至如归。很快，鸿宾旅栈的生意日益兴隆，直到抗战前的二十多年间，"鸿宾旅栈"的名号是繁昌首屈一指的金字招牌。

1937年，抗日战争爆发，战火很快席卷皖南，鸿宾旅栈被迫停业，万启鸿带着全家逃难到乡下，这期间做些竹木运输的营生维持生计。因急火攻心加上颠沛流离，1943年，万启鸿病逝，享年59岁。

此时抗战还未结束，但长期避居乡下只能坐吃山空，生活无着，无奈，万启鸿已成年的儿子万庆余只能带着母亲回到县城，在日寇眼皮子底下将旅栈重新开业，提心吊胆地忍受着日军的一次又一次扫荡。1944年，国民党川军144师投降日军，伪军营长游崇勋强占鸿宾旅栈，用来开设饭店、商场、菜馆，逼迫万庆余搬出旅栈。不得已，万庆余只好携家眷逃至南陵，一时无以养家，只得随表兄学一门照相手艺聊以度日。

好不容易盼来抗战结束，万庆余满以为可以重整旗鼓，孰料国民党中统调查室又将旅栈的前楼强占作为特务机关，时隔不久，后楼和楼下房间又分别被国民党88师一个团和接兵营霸占，万庆余请商会会长出面求情，结果商会会长不仅挨了一巴掌，万庆余自住的房子还被迫让给接兵营连长居住。

新中国成立后，万庆余和鸿宾旅栈的苦难史终于迎来转机，鸿宾旅栈又重回万庆余手中。1956年，万庆余响应合作化经营的号召，鸿宾旅栈实行了公私合营。妻子傅家珍在鸿宾旅栈任会计，万庆余被正式安排在人民照相馆工作，两人被推选为工商联执委、政协委员和人大代表，万庆余的子女也由政府安排了工作。万庆余终于在新中国安享了晚年。

同和致祥刘子青

丁　俊　吴黎明

说起新港"同和祥"铁锅和"同和祥"茶干，那可是声名远扬。提起"同和祥"，又不能不说其创始人刘子青。

刘子青其人

刘子青（1882—1957），字省三，兄弟中排行第三，安徽省肥西县人。早年入塾读书，练就一手好字。后到铜陵顺安童元昌酱坊做学徒。其时，正当清末民初，人心思变，群雄纷起。刘子青感受到时代的风云，觉得当有一番作为，便离开酱坊，北上从军。

从军之初，刘子青就与吴佩孚相识。吴佩孚比刘子青年长，秀才出身。吴是班长，刘是军中文书。共处一室，都血气方刚，都是读书人，心气相投，两人便成为至交好友。

民国乱世，吴佩孚起于微贱，精于用兵，终于成为民国时期的"中国最强者"。刘子青处事干练，善于理财。吴佩孚由营长而升任团长、旅长、师长，直至统驭北洋直系军队的孚威上将军；刘子青也由营部军需官而一路升迁，直至吴佩孚联军军需总监，并先后担任河南、湖北的省财政厅厅长。

北伐战争胜利后，吴佩孚下野，刘子青也退出官场，息影巢湖之畔。

重振同和祥锅坊

早在刘子青担任河南省财政厅厅长期间，亲戚朋友便有不断寻求其帮助的。为了帮助亲友，便创办实业安置亲友。刘子青懂得，创造生财门路远比直接拿钱扶助好。巢县锅坊和繁昌旧县锅坊，都是这样成为刘子青产业的。

旧县锅坊，系百年老作坊，由前清举人汪醉禄创办。民国初年，锅坊已经日益惨淡，出租给了庐江人李梅村。刘子青买下锅坊后，改名为"同和祥"锅坊，委派内弟方树侯经理。几年下来，锅坊没什么起色，经营日蹙。方树侯和股东李梅村写信给刘子青，请他到旧县来看看，其实是想让他追加投资。

这时，刘子青正栖居巢县"复成"锅坊。锅坊一直由侄儿刘法文打理，但刘法文把个锅坊经营得行将倒闭。刘子青对这个侄儿爱恨交加。正在此时，得到方树侯的邀请，刘子青愤而离巢，来到江滨旧县。一到旧县，刘子青便爱上了这个依山临水的古镇。凭着数十年的经验，刘子青看到旧县，前有长江交通之利，后有山区和圩区物资之富，是不可多得的兴办实业之地，更是安家养老的上佳之选。于是，刘子青沉下心来，一心一意打理锅坊。年余时间，小股东逐渐退出，整个冶坊为他一人所有。

刘子青主持坊务，首重人才，量才使用。管理层，既有本家子侄，又有并非亲故之人。后场工人，多是合肥周边的贫苦农民。李梅村铸锅技术高超，刘子青不但放手让他管理后场，还赠予他十分之一干股。芜湖锅栈负责人周润生，活动能力很强。刘子青聘任他为总经理，方便他经济活动。对于其他技术骨干，如作头、掌瓢、吹灰、放炉和外塑技工，他都给予物质和精神上的关怀照顾，让他们安心工作。

在生产管理上，刘子青加强质量控制和成本核算。按照"天、地、日、月"等班次，对工人进行分班，逐日公布各班产品质量及材料消耗情况；表彰优秀炉班，隔日加餐，发给奖品。能安全生产50天的炉，按昼夜计"百日"，称为"百岁炉"，杀猪置酒庆贺，全厂职工都能得到不同的奖励。

在员工待遇上，刘子青能做到按劳付酬，从不拖欠、克扣工资；员工或家属生灾害病，也能借款或救济，借款无力偿还，多于年终给予减免；每周杀猪犒劳员工，每人可分猪肉半斤；每月有月奖，每个工人都能得到几元奖金；年终时，放年假，发钱发物，让员工们体面地回家过年。

工人们的生产积极性被调动起来了，产品质量日益提高，生产成本日益下降。

在销售上，锅坊注重信誉。刘子青长期行走于军政各界，人脉广阔；但他尊重商业规矩，从不以势欺人。产品涨价前，他总是预先通知商家，让他们支付一半定金，预先备货。

刘子青还潜心钻研生产的各个环节，起早摸黑，深入生产第一线，掌握各项操作规程。一有空闲，他总喜欢与老师傅聊天，听取经验教训。时间一长，他不仅对工人们工作、生活、思想等方面的动态了然于胸，而且熟练地掌握了冶铁铸造的完整流程。他甚至可以独立指挥放炉铸锅。

刘子青治厂10年左右，由初时的2条炉发展到9条炉，工人也由40人增加到300多人。"同和祥"铁锅和农具，畅销于皖、苏、赣、豫、鄂等地。

日寇侵华时期，"同和祥"锅坊一度关闭。其后，在几近成为废墟的旧址上艰难地恢复生产。那时，旧县表面上处于日本人的控制之下，实际上日、伪、顽各方势力明争暗斗。

在心里，刘子青是有一杆秤的。当年，新四军缺乏制造手榴弹的铁料和木炭。刘子青与他们事先约好，将一船铁料和木炭从芜湖送往江北。为掩人耳目，他对外扬言遭到新四军的伏击。新四军来往旧县，刘子青都设法保护。

处此恶境，为了"同和祥"，年近6旬的刘子青，该是怎样的委曲求全呢？

创制同和祥茶干

锅坊几百号员工，一日三餐，需要大量的干子豆腐。这些干子豆腐，要派人从本县横山买进，既不方便，又不合算。于是，刘子青便自己开了一家水作坊，生产干子豆腐，专供本厂职工食用。

水作师傅从横山聘请而来，比较保守，总是半夜起来，一个人配料，指导生产操作。刘子青好学，决心掌握水作技艺，也是半夜起来，留心观察，向师傅请教，并叮嘱师傅每次配的料都要送给他看。久而久之，刘子青竟然对干子豆腐制作工艺十分熟悉。这时，他瞒着师傅，悄悄地添加一点冰糖末子和西茴等作料。刘子青改制配方所生产的干子，比横山香干子更好吃。工人们都夸水作师傅手艺高，却不晓得是老板暗中帮了忙。

"同和祥"茶干就此诞生，一时成为人们餐桌、茶几上的必备品。刘子青看到商机，对水作坊进行改造、扩建，对外出售"同和祥"豆制品。

新中国成立后，刘子青将水作坊改名为"同和祥"酱坊，生产扩大到酱油、米醋等酱制品。

开明贤达

刘子青历经三个朝代，世事洞明，人情练达，深知同和致祥的道理。

1954年，刘子青顺应潮流，主动申请公私合营，在得到批准后，将锅厂和酱坊完好无损地献给国家，接受公私合营后的副厂长职务。

1956年，刘子青担任第二届安徽省政协委员。同年12月，作为代表，刘子青出席了全国工商联代表大会。

刘子青去世后，中共繁昌县委、县人民政府派代表前往吊唁，安徽省政协发唁电表示哀悼。

李应文——繁昌最早留学日本的革命志士

汤明余

李应文，新港镇磕山村人，1896年出生，少时在磕山中学和芜湖第五中学就读。1918年，留学日本，1922年毕业于日本东京明治大学获法学学士，是繁昌最早的一名留日学生。

在明治大学求学期间，他担任留日同乡会会长，常以恢复中华传统美德，学习海外有用知识来鼓励留学生，颇得留学生信任。留学期间，他目睹中国留学生在日本遭受歧视，为此常愤恨不已，深感国势孱弱，唯有教育救国。1922年，李应文毕业回国后，他一不做官，二不结交权势，一心想办教育，培养人才。他觉得当时劳动大众处于蒙昧状态，只有提高他们的文化知识，中国才有希望迈上强国的道路。当时，汤志先等以同窗好友名义三番两次邀他出仕为官，都被他一一回绝。

1922年，他和友人在安庆共同创办安徽省立第八师范学校。1923年，任安徽省立法政专科学校教职，兼授江淮中学课程。1924年，在安庆创办成城中学。在成城中学，他勤勉治校，事必躬亲，常常对学生进行爱国主义教育，鼓励学生用功学习。在此期间，他还筹办江南大学（清末民国初期安徽省曾名江南省），正在有序进行的时候，省教育厅突然中止江南大学的教育津贴，经费无着，该校被迫停办。事后他才知道，由于在办学方面，当局认为他们"过激"，才有意制造困难，迫使他们止步。1926年，他因劳累、忧愤过度，生病回家，在小磕山创办崇实高小，附设国文专修科，从正面引导教育学生。许多学生在他的影响下，后来投入革命阵营。他深恶痛绝当时的贪官污吏、土豪劣绅，曾撰文加以猛烈抨击。他的言谈、文章、政治倾向，对学生和子侄辈影响很深。

抗日战争开始后，他受聘于庐江第六中学任国文教员两年。当日寇飞机轰炸庐江县城时，他冒险带着学生到野外丛林里上课。后来，环境进一步恶化，学校解散，他才回家。其时旧县已经沦陷，有人劝他："你通晓日语，日本同学又多，何不另找出路？"有的说："就是到洋行当个翻译，或做水上生意，也比你现在强得多。"他对日军的侵华暴行，耳闻目睹，痛恨至极，觉得自己再窘困，也不能丢掉民族气节，决意退隐农村，继续办起崇实补习学校，以教明志，不干伪职。

1938年冬，日寇入侵小磕山，进到冲里，驻在中村（原名老屋基），挖壕沟，筑碉堡，建据点。1939年初春一天，日酋不破大佐派荻港维持会长李石亭带来一顶轿子，来到李家，硬把李应文挟持到中村鬼子据点。到了中村，不破大佐与他谈话，和他攀在日本的同学关系，威逼利诱，想胁迫他担任日伪政权的繁昌县县长，还说要亲自送他到荻港（伪县治所在地）去。李应文身陷敌巢，虚与周旋，为求脱身，故意说要回去处理好家务和校务。不破大佐以为李应文心动了，吩咐李石亭送他回家。李应文回到家中，连夜逃到洲上亲戚家躲藏起来，接着又把全家搬到隔江的黑沙洲，坚决不为日寇办事。

黑沙洲，当时是中国共产党领导下的游击区，比较安全，李应文在此继续办他的补习学校。在黑沙洲期间，他和新四军频繁接触，积极协助民主政府工作，并送自己的独生子参加新四军。他曾担任过抗日民主政府的参议员，参加过几次支前拥军大会。先后在八分村、牧家亭、八都河等地，多次参加对日军战俘的审讯，担任翻译，协助新四军对战俘作宣传工作。

1945年日本投降，李应文又搬回到老家小磕山，继续办补习学校，与坚持在这一带打游击的毛和贵联系。毛和贵经常在夜里到补习班，向他了解社会动态，李应文总是热情接待，并拿报纸给毛和贵看。

新中国成立后，李应文继续在磕山小学任教，教学十分认真负责，备课笔记写得像刻板一样工整，讲课注意启发，不放过一个难点，多次被评为优秀教师和先进工作者，还被选为繁昌县第一至五届人民代表大会代表，直到1965年9月病逝，享年69岁。

华工血泪史——潘维申

蒋诗经

潘维申，1897年出生于繁昌县中沟乡潘村。本来，他只想一辈子当一个忠厚老实的农民，哪知一场变故，让他获得了一个"老法国"的外号。而这个外号里，却包含着一段华工的血泪史。

民国十几年的时候，潘维申年纪轻，身强力壮，家境贫寒。为了养家糊口，经常外出给人家当挑夫。有一次，他为一位商人送货去上海。那是他第一次出远门，看什么都感觉稀奇。送完货从上海回来时，他顺便带一些小百货，准备回家去卖，并憧憬着越来越美好的未来。走到上海轮船码头，忽然听到有人用铁制的喇叭在喊："有去上水的客人，到汉口、九江、芜湖等地，请上我们的船，我们是商船，顺便带些旅客，票价便宜，只要几枚洋毫，在船上做些小事，还包吃包住。"

潘维申一贯忠厚，哪晓得外面的世道，遇上了节约路费这样的好事，他想都未想，就上了船。上船以后，见到船上许多穷人，个个都是强壮劳动力。人上得差不多了，都被集中到低等舱中。一声汽笛长鸣，轮船冒着黑烟离开码头，舱门上了锁。他怎么也不会想到，这次遇上的"好事"，让他和故乡一别就是几年。

船行了几天，舱门一直都未打开，一天三餐有人送饭来吃。大家先是猜疑，后来感觉到苗头不对，就大喊大叫，可根本没人理。船上的人，家中都有妻儿老小，念及亲人，个个心急如焚，只得苦苦哀求，要他们行行好。可得到的是怒骂、皮鞭抽打。时间长了，大家心里焦急，又经海浪颠簸，很多人开始呕吐，有些人还生病了。后来，有的人熬不过去，死在船上，没办法处理，就被那些人逼着将尸体抬起来，直接抛到大海里去了。

船行了大约7天，在一个港口靠岸了。一上岸，潘维申根本分不清东南西北，只看到一些黄头发蓝眼睛的洋人。语言也不通，领着他们去的中国人，向洋人办移交。然后他们就被编队，向各地分送。

这次被骗去的华工上万人。到底为什么呢？有的人向通事（翻译）打听到了原因：国民党政府欠法国的外债无力归还，只好让华工来抵债。后来，他们还了解到，因为战争给法国带来灾难，人口萧条，男人更少。法国政府用华人来弥补他们的男女生态平衡，及工厂里的劳力不足。而腐败的旧中国政府，就采取这样极为卑劣的手段对待人民群众，把人当作货物一样卖到了异乡。

潘维申和一群同样受骗的华工被分配到工厂，多数人在做脏活、粗活。做工时受监视，有时还要受骂、挨打。有的人在车间劳作，也只是做一些零件。按照规定，他们只能在一个车间活动，不能到别的车间去观看。这么做，是法国防止有人把完整的技术学会了带回本国。

唯一值得安慰的是，华工和法国的人民群众相处得还不错，生活上的一些困难也能得到帮助。华工中有技术的人，也向他们传授一些中国的民间工艺。几年的时间，有的结下深厚的"友谊"。

在法国期间，潘维申日夜想念家中的老母、妻子。同样，老母和妻子也同样六神无主，在他"失踪"后，妻子整日以泪洗面。而母亲也没有别的办法，只能在家采用"招魂"的办法，每天都喊：维申儿快回家！

几年的时间过去了，好不容易熬到做工期满，华工一致要求回国。出于无奈，法国政府只得同意。当火车载着华工离开法国时，唯一有些不舍的就是和他们朝夕相处的法国劳工。

再次经过轮船在海面的颠簸，潘维申和华工工友终于踏上了祖国的故土。然而迎接他们的并不是鲜花和问候。到了上海港，出港时要经过国民党政府检查机构的检查。华工们带回的很多物品，都被搜得精光，最后只发给一点路费。所以，当了几年华工，忍受了数不清的痛苦和思念，流尽了无尽的泪水和汗水，很多人回到家中仍然只是两手空空。

潘维申拖着一身的疲惫和失落回到了家中，终于见到妻子和母亲。妻子和母亲错愕连着惊喜，全家人拥在一起抱头痛哭。

新中国成立后，潘维申已经成了一位老人，每当他说起这些往事的时候，都痛斥国民党政府腐败无能，坑害人民。看到国民党政府垮了台后，他说："我在有生之年看到他们受到应有的惩罚，这辈子就再也没有什么遗憾了。"

1958年，潘维申安然无憾地离世，终年六十一岁。

王文石：从乡村教员到坚定的革命者

伍先华

1921年春天，繁昌五华山麓的小村庄"上马石"，一所乡村私塾开课了。私塾先生是位18岁的青年，名叫石崇孝。

石崇孝，祖籍湖北阳新县，1903年生于繁昌平铺。

说起石崇孝做教书先生，还有一个颇为有趣的故事。18岁那年，读了11年书的石崇孝，结束学业，回家帮父亲种田。自打6岁读书开始，他从来就没有耕过田。突然压下来的农活，让文弱的他一时难以承受。家里便让他负责放牛。放牛的间隙，石崇孝总是捧着《三国志》，一遍又一遍地读。乡村父老看到他肯读书，便送来6个孩子，让他教书。没想到，这书一教就是6年。教书之余，石崇孝熟读中国历史，思考家国命运和个人前途，立志"要为国家做一番大事"。

1927年，大革命的风暴吹进五华山，深深地震撼了石崇孝。这年，石崇孝参加了国民革命军。在国民革命军中，石崇孝看到一本叫《三民主义》的书。新的知识一下子就吸引了他，在战壕里把这本书读了3遍。在国民革命军中，石崇孝眼界开阔了，逐渐知道世界大势和中国现实状况。也正是在国民革命军中，石崇孝对共产党有了一定的了解和认识。

国民革命军中并不平等，战士不过是军阀争斗的工具，在这里无法实现自己"做大事"的理想。于是，石崇孝在军中待了4个月，便乘隙跑回了家。翌年，他在南陵县城当教员。

这年下半年，南陵来了许多湖北阳新的同乡。他们大多是共产主义者，到皖南来避难。石崇孝从同乡那里得到一本《社会主义浅谈》。从这本书里，石崇孝看到了希望，认识到共产党代表广大穷苦人的利益，一定会取得胜利。从此，石崇孝开始研读共产主义的书籍。

1929年，石崇孝回到五华山，在私立龙潭小学当教员。这时，他读到了《独秀文存》和恽代英编辑的《新青年》，阶级觉悟有了很大提高。

当时，五华山地区土匪势大，有武器的在200人上下。石崇孝企望掌握这支武装，将他们改编为红军。1930年的一天，石崇孝动员小学校长王龙飞等，与土匪接洽，在五华山召开大会。会上，石崇孝声称自己是共产党，但却不知道用什么方法来改造这支武装。不久，土匪发生内乱，又遭国民党军队剿灭。这以后，石崇孝以教书为主，兼种田地和做点小生意。

1939年春，新四军第三支队王诚来到五华山地区开展民运工作。王诚找到了石崇孝，交谈之下，送给石崇孝《论持久战》等一批革命书籍。读了这些书籍，石崇孝的心里更明亮了。此际，他参加了乡农民抗敌协会，工作十分积极。这年10月，石崇孝即加入了中国共产党。从此，在共产党的领导下，石崇孝开始了自己的革命生涯。

1940年2月，石崇孝被任命为中共平沟区委书记，4月被任命为中共繁昌县委宣传部部长。

1941年1月，震惊中外的"皖南事变"爆发。石崇孝随新四军第三支队五团行动，担任动员和侦察工作。连续十几天的突围征战，饥寒交迫，几度陷入险境，但对革命始终满怀信心。终于突破敌人的围追堵截，回到五华山，正碰上父亲病逝。父亲临终遗言，要候唯一儿子回来才能安葬。石崇孝回家的事，被国民党顽军侦悉，将他家团团包围。好在石崇孝预料到自己随时会暴露，早就和母亲商量好了藏身的地方。顽军上门，一无所获。此后，石崇孝在山上露宿，直到把父亲送上山才踏上新的征程。

石崇孝辗转来到江北，终于见到上级李步新。李步新在和石崇孝谈了一次话后，介绍他到繁昌的李铁民那里工作。也正是从这时起，石崇孝化名"王文石"，并一直沿用下来。

这年春上，王文石回到繁昌，在大洲鸭棚嘴，见到金涛。金涛是这里根据地的负责人。7月，中共繁昌敌前工委成立，王文石任委员、组织部部长。9月，改任中共繁昌敌前工委书记。从此，直到抗日战争胜利，王文石一直战斗在南繁芜地区，担任过多个领导职务。

1945年9月底，皖南新四军奉命北撤，皖南地委决定王文石带一支武装，坚持南繁芜地区的人民游击战争。10月，王文石受命担任中共南繁芜县委书记兼新四军南繁芜总队政委。年底，接到曾山的指示信，使坚持南繁芜地区斗争的同志们大受鼓舞。此后，一度与组织失去联系，但大家的革命热情依然十分高涨。1947年后，王文石担任泾旌宁宣县委书记。1949年春，宣城解放，奉命接管县城，并担任县委书记。随后，转任芜当地委委员兼芜当专区公安办事处主任，积极投身于剿匪和防汛救灾工作。

中华人民共和国成立后，王文石在安徽、上海、武汉等地工作，担任多个领导职务。无论在哪个岗位上，都兢兢业业，忠于职守。

1973年，王文石病逝于成都。他的一生，波澜壮阔，始于乡村教员，终于坚定的革命者。

视死如归——鲁为葆

程自桥

鲁为葆（1903—1948），繁昌三山龟山村人，1939年参加新四军，1940年加入中国共产党，曾任南繁芜行政办事处副主任、新林区委书记、南繁芜工委委员等职。

1945年9月，新四军主力奉命北上，国民党重建各乡反动武装，大肆搜捕枪杀坚守南繁芜地区的新四军和游击队员。

敌小淮窑乡乡丁鲁老六，先后杀害了中共地下石硊乡乡长鲁可槐和游击队队员鲁宗基、鲁以胜父子。鲁老六因剿共有功，升任小淮窑乡副乡长。

这年11月的一个晚上，鲁老六在泊口鲁家祠堂摆宴席，遍邀土豪劣绅、敌县乡区党政要员。

鲁为葆获悉后，决定夜袭泊口，捉拿鲁老六。

午夜时分，祠堂里大部分人已散，只剩鲁老六和手下一些人，散落在十几张赌桌旁。

鲁为葆率40多人游击队，赶到泊口。在湾家社、腰村、东湾一带布置兵力，以阻击各方援敌。

鲁为葆提着枪，疾步来到鲁老六面前。说："鲁老六！"鲁老六吓一跳，脸"刷"地一下像贴张黄表纸。

鲁守政一个箭步上前，抓住鲁老六衣领，像拎小鸡似的拎到一边。朝天"叭叭"开了两枪。游击队员一听枪声，冲上前对着各自瞄准的目标，不到一分钟，就把鲁老六等一一抓获。为打击顽固派，团结中间人士，瓦解敌人阵营，大部分人经教育后当场予以释放，将罪大恶极的鲁老六、鲁茂元押至新林蔡家铺山口处决。

1947年10月，中共南繁芜工委扩大会议决定：在东河、新林等区乡，进行"开仓济贫"反霸夺粮斗争，镇压一批坚持反动立场的恶霸地主。指示时任新林区委书记的鲁为葆，除掉原繁昌县伪县长、五乡联队长徐羊我。

徐羊我居住的屋内设有多名贴身保镖，屋外岗哨林立。外出，有十几个荷枪实弹的卫兵。

十月下旬的一天，徐羊我身带一名贴身保镖，秘密潜回新林杨桥家祭祖，晚上没回联队部。

天刚擦黑，鲁为葆率一支行动小队潜入杨桥。徐家三面是一丈多高院墙，正面是条丈余深的壕沟。吊桥竖起，院门紧闭。鲁为葆让两名游击队员，借院外一棵树的斜伸枝杈，荡上墙头，跳进徐家大院，拉开院门，放下吊桥。鲁为葆立马率人冲进徐家。

　　鲁为葆率人冲进屋，对着躺在床上的徐羊我，一挥手，两个游击队员扑上去扭住徐羊我。徐羊我见势不妙"扑通"一声双膝跪地，头像捣蒜似的哀求："饶命，饶命，要什么就拿什么！"

　　鲁为葆大吼："我现在要你命！"

　　鲁守政从徐家厨房摸把菜刀，在徐家屋后挥起菜刀，结束了这个双手沾满新四军、游击队员鲜血的徐羊我性命。

　　1948年5月，国民党独立十三旅，对皖南地区实行"军事围剿，政治瓦解，砍山并村，车水捉鱼，层层包围，步步为营"的清剿策略。中共南繁芜工委决定：采取避敌主力，打其虚弱的战略。游击队主力跳到外线。留守坚持原地区斗争的游击队则采用"化整为零，分工负责，隐蔽游击"的斗争策略。

　　6月9日夜，鲁为葆奉命率数十人潜回繁昌，隐蔽在新林九塘田坑山神仙洞。

　　不久，敌暗探发现有人向神仙洞后洞口投掷粽子等食物，立马向国民党新林乡乡长邢可彪报告，说："鲁为葆等人，有可能就躲藏在田坑山神仙洞里。"

　　6月18日，天刚亮，敌营长党国权率一营兵力，邢可彪率新林区大队，共六七百人，将田坑山围得水泄不通。

　　敌人通过向洞里熏烟、灌水、拷打游击队家属等残忍手段，迫其投降。经过多番周折，鲁为葆等9人最终被敌捕获，押往芜湖监狱。在狱中，他不为敌人的官爵金钱所动，更不为种种酷刑所屈，大义凛然，视死如归。9月10日，被押回新林英勇就义。

播火者胡振球

吴黎明

1945年9月23日，姜家墩子，十几户人家的江滨小村落，浴在午后的秋阳里，一派静谧。

突然，芦苇掩映的村道上，传来了纷乱而匆促的脚步声。卧在树下或墙角的土狗子，一边乱窜，一边狂吠了起来。

听到响动，村里的一户人家立马被惊动了。

保定区区长胡振球，正在屋里主持全区干部扩大会议。胡区长穿着粗布长衫，面容清瘦，俨然是一位教书先生。他用不高不低的江北腔跟大家说，抗日战争胜利了，但内战一触即发；为了实现人民的和平愿望，党中央决定新四军撤出皖南，当前……

不容胡区长讲完话，门外就闹哄哄的了。原来，国民党三山先遣队闻风而来。说起这支先遣队，一个多月前还在三山当汉奸，日本鬼子一投降，摇身一变，就成了国民党的先遣部队了。

消息是管成雨泄露的。管成雨是焦湾人，眼见新四军北撤，觉得革命没有前途了，便溜到三山告密，并带人包围了姜家墩子。

胡振球马上终止了会议，命令大家从村西的玉米地突围。他自己跳进菜园，把文件塞到一块石板下，又抱来一堆乱草盖上，这才从容地走了出来。

敌人一见胡振球，大声嚷嚷起来："抓活的！抓活的！"

胡振球为了进一步吸引敌人的注意，迈开大步，往村北跑去。村北横着一口水塘。胡振球微一侧身，向追敌扔出仅有的一颗手榴弹，纵身往塘里一跃。正当他奋力地凫水时，被追兵的一颗子弹击中了小腿。他咬紧牙关，拖着断腿，划到岸边，爬上塘埂，翻进一片玉米地里。

另一路敌人已经绕过水塘，堵住了胡振球，砍下了他的头颅。

胡振球牺牲了，但参加会议的几十个同志脱险了。敌人更加仇恨胡振球，将他的头颅带到三山，悬挂在街边的电线杆子上"示众"。这还不算完，敌人竟勒令过往的行人用土块砸胡振球的头颅，不然就按"通共"罪论处。

三山，大小洲，老百姓们总在心底里存着胡振球的好，心心念念想让他入土为安。第三天晚上，有人悄悄将胡振球的头颅取下来，与他的遗体一起安葬了。

胡振球牺牲时，年仅42岁。作为一名革命者，他的革命生涯已近20年了。

早年，胡振球随父从桐城迁居繁昌江滨便兴洲。读过几年私塾，18岁辍学务农，20岁办起一所私塾，讲授新知识。

那时，正是国共第一次分裂之后。共产党人高鹏起、金式城等受组织委派，来到便兴洲开展建党活动。1928年夏，胡振球加入了中国共产党。翌年初，他把私塾改为晨光小学，邀请高鹏起担任教员。晨光小学，也就成了繁昌最早的革命策源地之一。

1929年下半年，便兴洲党支部成立。在胡振球领导下，党支部积极组织农民群众，开展反对国民党统治、抗租抗粮、反对苛捐杂税斗争。胡振球一班人，还利用革命刊物《响导报》，宣传革命，扩大党的影响。1930年的一个秋夜，胡振球带领党员，把从芜湖中心县委带回的一批宣传材料，张贴到三山、横山、泥埠桥、旧县等地。天亮时，人们发现，"打倒土豪劣绅""工农革命万岁"等标语，贴满了大街小巷。

1931年，长江大水。繁昌数十万灾民，流离失所；奸商豪绅却囤积居奇，牟取暴利。党组织决定，广泛动员群众，开展"借粮"斗争。金式城、胡振球等分赴各地，发动群众"借粮"。几天之内，全县共打开了近两百户地主的粮仓，夺取了大量粮食，解救了灾民的困苦。

"借粮"斗争，引来了敌人的镇压，全县有数十位革命者惨遭杀害，革命一时陷入低潮。这年秋，胡振球潜至上海，寻找党组织，辗转数月，迄无结果，于是回到家乡，仍旧教书，以待时机。

抗日战争全面爆发后，胡振球感受到了党的召唤，便把妻子儿女托付给亲友，只身踏上了寻找党的征程。1938年秋，他终于找到江北游击纵队沿江支队，担任了该部的连指导员。第二年冬，胡振球奉命回到日伪占领的繁昌，发动群众，开展抗日救亡工作。从此，他一直在家乡坚持斗争。

1942年冬，胡振球不幸被捕。日酋久保田的刺刀架在脖子上，刑具摆在面前，他却毫无惧色。硬的不行，日酋就来软的，指使伪乡长俞庶，利用同学关系，诱之以巨款。胡振球不为所动，严词斥责。他在狱中写诗明志，做好了牺牲的准备。

在党组织营救下，胡振球经保释出狱，羁留三山街，从此以开店为掩护，从事敌伪工作。1943年，三山伪军赵子兴率部起义，胡振球做了大量的工作。

胡振球，原名德寿，振球是教书时的号。参加革命后，他还先后用过胡畏、胡德生、侯少华、周道等化名。

素朴、节俭，或许是胡振球那一代人的共同印记。他终年粗茶淡饭，常常把香烟盒子抹平，以代替办公用纸。但为了支持党的活动，他却把家里积攒的100多块银圆全部拿了出来。

哦，这就是胡振球，播火者！

审判官——葛召棠

蒋诗经

葛召棠，名希栋，1907 年出生于繁昌县南门外街的一个中药世家。他自小聪慧。八岁入私塾接受启蒙，九岁进入繁昌县模范小学就读。由于成绩优秀，后考进芜湖新民中学。毕业时，再次以优异的成绩考取了南京五卅中学。高中时，勤学苦读，考取了上海法政大学，1930 年毕业，获得了学士学位。1933 年，获得国民党政府司法行政部颁发的律师证。

取得了这些成绩后，葛召棠仍然念念不忘故乡，回到繁昌，创办了《繁昌导报》，任主笔。该报为繁昌早期的报纸之一。翌年，葛召棠于繁昌县立中心小学执教。任训育主任及六年级级主任。

1935 年，葛召棠被聘请到南京女子法政讲习所任教，兼任重辉商业专科学校法律教授。在此期间，他仍然力求上进，自学参加了司法考试，以优异的成绩被录取。1937 年后，时局动荡。葛召棠先后任太和、六安、霍邱、临泉、庐江等县司法处审判官及地方法院推事。因他一身正气、秉公执法，深得民众尊敬，当地百姓多次向他敬献"万民伞"。

1944 年，葛召棠调任安徽巡回审判官。隔年，日本战败投降，国民党政府还都南京，成立高等法院。葛召棠被调回南京，任高等法院推事兼书记官长。

在此期间，葛召棠审理了无数错综复杂的大案要案。他曾主审过丁默邨、殷汝耕、梅思平、王荫泰、汪文梯、汪文英、罗君强等汉奸案。同年，在公审周佛海时任总指挥。这些案犯，在当年都是举足轻重的人物，更是牵扯到复杂的利益和人际关系。如果没有合理的审判，不但得不到国际舆论的认可，更会扰乱民心，引发不必要的纷争。

葛召棠深知肩上的重任，以无私的公心和过硬的法学知识，将这些案件处理得井井有条。他的能力有目共睹。1947 年 3 月，他兼任审判战犯军事法庭上校审判官，和庭长石美瑜（少将），首席检察官陈光虞，共同审判日本战犯，南京大屠杀的罪魁祸首日军中将司令谷寿夫。这是一场艰难的审判。谷寿夫也做好了充足的辩护准备。但葛召棠等几名法官收集的证据铁证如山，让不可一世的谷寿夫不得不低头认罪，全场听众的热泪和掌声令葛召棠心动不已，他感到自己和同事们的心血没有白费，更没有辜负 30 多万死难同胞家属的期望。

仅仅是谷寿夫的判决书就是万言书。葛召棠参加了这份判决书的研讨，拟草。同年3月10日，军事法庭宣布了战犯谷寿夫死刑。经过国民党军事委员会审定，转送远东军事法庭核阅批复后，将谷寿夫枪决于南京雨花台。此举大张正气、大快人心，为中华民族雪耻洗恨，获得国人的赞评和重视。此后，葛召棠还参与了对日军战犯中将矶谷廉介的审判。南京江东门"侵华日军南京大屠杀遇难同胞纪念馆"至今还挂着他的半身照片。

1949年，中华人民共和国成立后，葛召棠回到芜湖定居，分别担任过皖南人民法院民事审判员、安徽省高等法院民事审判员等职。他仍然用精深的法学知识在为人民服务。

1953年，因为葛召棠的博学，被调往安徽省博物馆任编审，从事古今字画的鉴定工作，发挥了他工于书法的特长。他的书法真草隶篆均至妙境。书风像其做人一样守正，刚健婀娜，处处中规入矩。其书法作品曾入选文化名流书画展览，与于右任、郭沫若、徐悲鸿、齐白石等大师的作品同时展出，备受国人推崇。当时出版的《民国书法史》一书收录了葛召棠先生的传略，他还为南京灵谷寺书写一副嵌名楹联："灵气所钟，结为佛谛；谷声响应，遍布法音。"后世书法评论家王业霖在看到葛召棠的书法后著文称：从葛召棠先生的作品中，能见到他那种澄怀定志，变化从心的临池风采。

1954年，他参加安徽省博物馆历史文物调查、征集工作，其间率队赴繁昌调查瓷窑遗址，终于揭开了沉寂千年之久的繁昌窑神秘面纱。1995年，为纪念这个繁昌窑发掘第一人，有关部门在繁昌柯家冲为他建立了衣冠冢。

1960年，葛召棠因病去世，终年五十三岁。

铁骨铮铮——张邦礼

蒋诗经

张邦礼，1909年出生在繁昌县新淮乡陶村。少年时读过几年私塾，十五岁因家贫被迫辍学务农。务农期间，他仍然不忘关心国家大事，保持着学习的热情。

1937年，七七事变后，举国上下全面抗战的形势极大地鼓舞了他的爱国斗志。1938年春，他毅然告别了家乡，不顾亲人的挽留，参加了革命工作，投身于抗日的洪流中。

1939年6月，他光荣地加入了中国共产党，从此有了理想和奋斗的目标，表现得更加积极勇敢。同年9月任中共繁四区区委组织科长、小淮窑乡中心党支部书记和陶村党支部书记。在此期间，他发动组织民众从事抗日救亡活动。抗日民族统一战线建立后，仍有部分国民党顽固派仍然奉行"限共""反共"政策，持续不断地制造摩擦。为求生存，张邦礼带领抗日民众不得不在打击日伪的同时，还要防止顽固派的袭击。

1940年夏，他在小淮窑乡开展工作时被顽固派捕获，关押在龟山村鲁家祠堂。他知道此去凶多吉少，所以一直在寻找逃跑的机会。终于到了夜深，他趁看守睡着，用衣服绞断了窗棂，翻墙逃出了祠堂。可惜的是，他的动作还是发出了声响。惊醒了看守的士兵。看守发现后，紧追不舍。他凭着自身的敏捷，钻入了深山密林，忍受着蚊虫叮咬和密林的闷热，翻过山脉，终于逃脱了追捕。

一次受捕，不但没有消磨他的抗日决心，反而更加激起了他的抗日热情。不久后皖南事变爆发，形势变得更加复杂，危机重重。张邦礼却毫不在意，他认为，与其苟且偷生，不如拼命一搏。

1941年秋，受上级组织调配，他去保大圩区做开辟新区工作，以备打通繁昌与芜湖、南陵、宣城等地的联系，形成更大的抗日根据地。到了驻地后，他积极联系有志之士，及时而又机敏地向党传达了很多重要消息。但从此，他也成了日伪军和顽固派的眼中钉、肉中刺，让他们寝食难安。

1942年1月，他因工作成绩出色而升任中共保大区委书记。这年春天，中共皖南特委决定成立中共保大圩工作委员会，在大家的一致推选下，他任工委委员。肩上的担子更重了，他工作却更勤快了。为了保证工作的顺利展开，有一次他甚至三天三夜没合过眼。

1942年3月，正当他在繁昌县三山镇竹园村组织党员同志开会布置工作时，院外突然传来粗暴的踹门声。为了掩护其他同志逃跑，他滞留在后，不幸又一次被捕。

　　被捕后，他被关押在三山镇日伪军监狱。在这里，要再想逃跑，已经是不可能了。张邦礼做好了最坏的打算。

　　日伪军见逮捕到了这样的重要人物，很是兴奋。只要他能说出组织人员名单，再一网打尽。从此就可以高枕无忧。

　　日伪军威逼利诱，可张邦礼却不屑一顾。日伪军许诺的高官厚禄，钱财无数，在他眼里却是卖国求荣的耻辱。日伪军见软的不行，就来硬的——用刑！

　　鞭打、坐老虎凳、吊飞机、灌辣椒汤、篾芒刺指甲，各种酷刑轮番上场，直到把他折磨得奄奄一息，可他仍然挺着铮铮的铁骨，紧咬牙关，一个字也不肯说。

　　最后，日伪军终于失去了耐心。在关押了三个月之后，1942年6月，他和时任中共繁昌县敌前县委委员、军事部长、保大圩工委委员的金涛同志及其警卫员共三人，在三山镇窑头同时英勇就义。

　　牺牲的时候，他年仅三十三岁。他的故事也在当地成为抗日传说，口口相传。英雄的事迹激励着后人，勇往直前。

铁骨铮铮——张邦礼

特别党员金开源

吴黎明

1943年秋初，日本鬼子突然从芜湖增兵三山街。这个地处沿江平原和皖南山区要冲的小镇，骤然之间紧张起来。

原来鬼子得到密报，三山汪伪区队长赵子兴与新四军来往十分频繁，感到这是一个心腹大患。好巧不巧，赵子兴释放过的一个新四军小通讯员，又被澛港的反共团抓住了。通讯员面对抓捕他的反共团说："你们能把我怎样？三山赵子兴大队长抓到我都放了。"他以为澛港反共团会慑于赵子兴的势力释放他，谁知这些汉奸把事情捅到了驻芜湖的日军那里。

这天，驻芜湖的日军武装整齐，带着小通讯员，往三山开来，意图逮捕赵子兴。为了防止走漏风声，日军把小通讯员脑袋用毛巾严严实实地包起来，只留两只眼睛在外面。

挂着日军旗帜的汽艇在小江边一靠岸，赵子兴就得到了信报。看来，鬼子果然要动手了。赵子兴急忙找来金开源、副队长周海亭，共同商议对策。

金开源，本名吴益坤，三山不远洲上鸭棚嘴人，中共特别党员，受皖南特委书记黄耀南指派，从事敌伪工作，开展对赵子兴的策反。金开源幼年的时候，父母一担稻箩从江北挑到江南，开垦洲地。几十年过去，已经攒下了偌大的家业。那时帮会势力渗透社会各阶层，上级要求金开源也去参加帮会。于是金开源拜入青帮，与赵子兴同门。赵子兴不识字，行侠好义，金开源有文化，精明能干，两个人性格互补，很快就成了莫逆好友。

一天，赵子兴与金开源闲聊，说我们投缘，干脆结成异姓兄弟吧。征得组织上同意，金开源与赵子兴、周海亭等十人结成十大兄弟，互换兰谱，大摆宴席，轰动远近，一时头面人物纷纷赶来道贺。

金开源母亲，与赵子兴夫人香子也很投缘。金母没有女儿，便认香子做了干女儿。香子常常过来与干娘说话，在洲上一住就是好些天。

眼见鬼子兵临城下，金开源对赵子兴说："大哥，必须当机立断，不然就来不及了。"

赵子兴有心投奔新四军，但又担心过不惯新四军的苦生活。周海亭主张把队伍拉出三山，哪一方都不依靠。

金开源沉吟良久，说："这不是好主意！我们力量不足，经不住鬼子和顽军的夹击。我觉得，二位哥哥最好和皖南支队合作。至于新四军生活艰苦，我还有点产业，二位哥哥的生活费由我供给好了。"

赵子兴叹了口气，说："我们也要找一找出路，不能干一辈子土匪。"

金开源说："大哥还记得，皖南支队梁司令、黄政委他们当面说的话吧！只要抗日，新四军会欢迎的！大哥，现在形势非常危急，如果让鬼子先动了手，那就晚了。"

赵子兴的夫人香子在一旁急了："你们打仗，我们女人怎么办呢？"

金开源说："只要与新四军合作，我可以马上护送大嫂和其他弟兄的家眷到鸭棚嘴根据地去，保证平安无事。"

香子自然住得惯洲上的日子，一听金开源的话，也劝赵子兴投靠新四军。赵子兴终于下定了去新四军的决心，当即把队伍和家属拉过小江，驻扎在上渡口，只留周海亭在三山与鬼子周旋。

新四军这边接到三山的情报，立即作出部署，分派部队扼守各处要点，防范鬼子进攻，调集船只，做好过江的准备工作。

傍晚七点左右，赵子兴及其部属到达鸭棚嘴，受到根据地军民的热烈欢迎。当夜两点，天上繁星闪烁，江上风平浪静。赵子兴及其部属七十多人，携带全副武装，在金开源等人的陪同下，分乘几艘帆船，从窑头起航。到达江北根据地，黎明的曙色刚刚在东方地平线上泛动。

金开源抖落一身的疲惫，又投入到新的战斗之中。在财经方面，做了大量卓有成绩的工作；金开源一名的由来，即是意在为新四军开辟金源。

抗日战争胜利后，皖南新四军奉命北撤。金开源接受组织指示，坚持地下工作。1946年策划郎溪兵运，因叛徒告密而失败。此际，他受到敌人的严密监视，终于忧劳成疾，得不到医治，于1948年7月20日辞世，享年39岁。

金开源去世翌日，国民党乡长郑德瑜带着几个枪兵打上门来，用枪指着逝者遗体，恶狠狠地说："是真的死了吗？他是装死吧！"

二十世纪七十年代，金开源的儿子看望落难中的毛和贵。毛和贵说，你老子过世的那天晚上，天下大雨，我带着几个游击队员隐蔽在你家大门口的玉米地里。听到你家里传来一片哭声，我晓得你老子走了。我们也悄悄地撤走了。

繁昌首位共青团支部书记万亚新

伍先华

早在20世纪20年代，繁昌有一位热血青年，为了追求新文化运动和马列主义的进步思想，辗转求学，四处奔波。他因反帝爱国、投奔革命，不加入国民党等行为，被学校开除，以致被国民党省教育厅通告3省教育机构，禁止他入校学习，并遭到迫害，四处躲藏、颠沛流离，历尽千辛万苦，他就是繁昌首位共青团支部书记万亚新。

万亚新，1909年出生于繁昌旧县镇也就是今天的新港镇街道，8岁真正开始读书，一年读完了《三字经》《百家姓》《千字文》和《论语》等书。1922年，在旧县初小毕业后，14岁的万亚新来到繁昌夫子庙小学读高小，1923年校舍搬迁至云路街改为"县立高等小学"，万亚新在此继续就读。1924年，16岁的万亚新就读六年级时，他的国文老师叫严旦，是早年革命先驱恽代英和萧楚女的学生。严老师将恽代英和萧楚女的马列主义理论和共产主义思想教育，一脉相承地传授给了万亚新等青年学生。陈独秀的《新青年》，万亚新也很有兴趣。严老师讲课生动且扣人心弦，万亚新的思想觉悟大大提高。

万亚新在县城高小毕业后，又进严旦老师开设的私塾继续学习，并于1926年9月跟随严旦老师到广德十二中学读书半年。1927年2月因第一次大革命爆发，学校停办，回家休学一年。万亚新回到家中后，与本地的舒少衡、盛孝清、古继起、凌传福等几位进步青年，参加反对当地豪绅的斗争。1928年2月又转入宣城四中初中部一年级读书。6月老师要求学生登记参加国民党，发预备党员登记证。因万亚新对国民党不满，撕毁证件，之后学校以其他事由将他与另两名同学开除。

万亚新与这两名同被开除的同学离开宣城后，于1928年9月考入安庆私立东南中学，就读一年初三毕业。1929年9月，又考入宣城四中高中部师范科读书，并于1930年4月在学校加入中国共产主义青年团组织。7月暑期回到家乡，成立了共产主义青年团繁昌旧县支部，万亚新担任团支部书记，支部有共青团员40多人。

共青团旧县支部的成立，作为党的助手，在万亚新的带领下，为党在繁昌沿江一线开展工作创造了有利条件。他们接受中国共产党的教育和领导，积极进行党的秘密联络、开展革命宣传、组织农民运动等项活动。秘密张贴标语、散发传单，进行反帝、反封建、反军阀的革命宣传。在旧县团支部的影响下，不久周边共青团义合支部、保定支部相继成立。

1930年10月，万亚新转为中共党员。加入党组织后，他积极领导、参加革命活动。1931年2月初，在中共芜湖特委领导下，万亚新参与组织发动三十五都（高安）农民抗捐斗争，虽然取得胜利，作为这场运动的组织者之一的万亚新，却被国民党政府逮捕入狱，虽经营救出狱，却被宣城四中开除学籍，还被安徽省教育厅通告苏浙皖三省，禁止录取万亚新入校学习，致使他从此辍学。

辍学后，国民党对万亚新不断旧案重提，进行迫害，导致他与组织失去联系，四处逃亡躲藏，到处找熟人做临时工作，勉强糊口生存。直到抗日战争国共统一战线时期，万亚新回到繁昌，接受铜南繁中心县委领导，在新四军政治部领导下，参加铜陵南坑战地服务团，进行抗日宣传，并从事党的地下工作。

1941年，皖南事变后，他因病未能北撤，回到沦陷区旧县家中，又多次遭到日伪汉奸和国民党的迫害。1949年4月繁昌解放，万亚新同志才进入人民政府机关工作，直到退休，1986年1月去世。

战斗在敌人心脏的英雄——严为干

闵　健

1931年2月，繁昌各地农民近千人陆续赶到国民党县政府衙门，举行抗捐平粮运动。走在队伍最前列的是一位二十岁左右的书生。他高呼着口号，号召农民不向县政府交纳苛捐杂税和低价粮食。旧县国民党政府官员看到有人组织领导，人多势众，怕出乱子，只好妥协，减免了一些苛捐杂税，提高了收购粮食价格，抗捐平粮运动取得了初步胜利。

领导这次抗捐平粮运动的人，就是共产党员严为干。严为干（1910—1941），繁昌县高安乡严村岩村人。1919年入私塾，1925年考入宣城师范学习。在校期间，受"五四"新文化运动和新时代大潮的洗礼，多次参加进步活动。捣毁不法资本家商店，还组织发动工人、车夫上街游行，反对当地政府的压榨和剥削。1929年加入共青团，年底转为中共党员。1930年在繁昌县旧县镇与王亚新等人一道，创立共青团旧县支部。共青团支部在党的领导下，进行革命宣传、秘密联络、组织农运等各项工作。

1933年，由于时局动荡，繁昌县党组织遭到严重破坏，革命处于低潮，无法开展工作。为了避免不必要的牺牲，严为干接到党的指示后回到家乡，一边在私塾教书，一边继续发展革命力量。1934年的一个深夜，严为干组织一些进步青年，秘密书写"打倒国民党反动派！""中国共产党万岁！"等标语，张贴在旧县镇前街后巷，一时闹得人心惶惶。国民党旧县政府如临大敌，四处派人捉拿张贴标语的人，可一无所获。

严为干进步的言论，引起国民党中统特务的关注。1935年间，驻扎在繁昌县的国民党中统特务"肃反"委员会专员李嵩，秘密调查爱国进步人士，严为干进入他的侦查视线。当他得知严为干是中共党员时，欣喜若狂，将严为干拘捕，押禁于芜湖市原湖南会所内数月。在芜湖市中共地下组织的大力营救下，经别人保释出狱。

抗日战争全面爆发后，严为干为摆脱国民党特务的魔爪，1940年秋，他离开家乡，毅然决然地去抗日战场第一线，来到无为县白茆洲、黑沙洲一带，参加了新四军江北游击纵队。由于出色的表现，他先是担任连长，后来任江北纵队第二大队大队长。

皖南事变后，新四军顾全大局，奉命向北转移。严为干当时得了肺结核，日趋加重，未能随部队转移，组织上安排他留在地方坚持游击战争。严为干不辱使命，在敌人眼皮底下，带领游击大队多次打击长江上的敌人，炸沉日军运输物资的船队。严为干的英雄壮举，成了敌人的眼中钉、肉中刺。

正当敌我双方剑拔弩张的紧要关头，严为干从一位老乡口中得知母亲病重的消息，他按捺不住思念之情，于1941年1月下旬的一天黄昏，带着两名卫兵，划着小木船过江回家看望体弱多病的父母和妻儿。不一会儿，小木船到了岸边，严为干急匆匆向家中走去，谁料想却被贼眉鼠眼的汉奸赵日升获取行踪。上岸两个小时后，赵日升带领伪军四十多人来到宕村，将严为干家团团围住。严为干为了保护家人和两位卫兵的安全，藏好武器，镇定自若，走出家门。

落入敌人魔掌后，伪军将严为干五花大绑地押送至驻扎在荻港镇的日军司令部关押。关押期间，敌人对他严刑拷打，威逼利诱。严为干表现出一位共产党人坚贞不屈、视死如归的品格，始终不曾透露游击大队的位置，绝不出卖党的秘密。1941年3月初，敌人未能问出有价值的情报，气急败坏地将严为干押到荻港老虎头山下残忍杀害。一位人民的好儿子，长期战斗在敌人心脏的英雄，为了民族和人民的正义事业，献出了宝贵的生命。

战斗在敌人心脏的英雄——严为干

张桂——见证西安事变的繁昌人

汤明余

张桂，原名桂屈，横山镇人。1910年出生，1936年参加红军。他见证西安事变，参加过延安文艺座谈会，著有小说《三月天》等。

张桂出生于贫苦农民家庭，自幼务农做工。1915年6月，蔡元培等组织勤工俭学会，以"勤于工作，俭以求学，以进劳动者之智识"为宗旨。张桂听说后，慕名到上海参加勤工俭学，进入中共外围组织所创学校读书，接受革命思想。1932年因参加学生运动被国民党当局逮捕入狱，经营救出狱。1936年9月参加红军并正式加入中国共产党。不久被组织指派与谷牧（新中国成立后曾任国务院副总理）、郭峰（新中国成立后曾任辽宁省委书记）、乔晓光（新中国成立后曾任广西区委书记）等一批平津的中共地下组织成员、民先队员和进步学生赴东北军做"兵运"工作。

张学良接受中国共产党提出的抗日民族统一战线的主张后，为培训东北军抗日骨干，建立东北军学兵队，1936年8月下旬，张桂等人从北平西站登上三节军用闷罐车，奔赴西安。车上虽然拥挤闷热，但大家情绪很好，一路上畅谈国家大事，高唱救亡歌曲，气氛十分热烈。张桂到达西安后加入东北军学兵队，编为第一连，受严格训练。军事课目有队列训练、行军露营、实弹射击和作战演习。

东北军学兵队是西安事变的见证者、参加者，并在西安事变和平解决的曲折复杂斗争中，受到党的统一战线政策的最深刻最实际的教育和锻炼。1936年12月12日下午2时，孙铭久到学兵队作报告，介绍活捉蒋介石的经过后，郑重宣布：学兵队的训练生活即将结束，全体队员准备接受新的任务。西安事变的第二天，全体队员接受了指定的任务：有的去电台、报社、邮电局；有的去军警督察处清查国民党别动大队和逃散的宪警人员；有的去接收国民党的档案；有的去看管被扣押的国民党高级将领和被扣留的飞机及飞行人员；有的协同西安各城门站岗部队，检查可疑行人。后来，学兵队员大部分被分配到抗日宣传队，并组成五个大队，宣传"西安事变"的意义和张学良、杨虎城的"八项主张"、宣传"三位一体"和抗日民族统一战线，宣传和平解决"西安事变"的方针等。1937年5月，东北军学兵队结束，学兵队员的去向一是到延安，二是分配到东北军工作，三是分配到华北各地工作。张桂和郭峰分配到东北军工作，他任中共东北军第五十三军工委委员，公开身份为第五十三军视察室视察。他们以普通军官或士兵的公开身份为掩护，进行艰苦危险的秘密工作，并发展了一批党员，直到1940年根据党中央指示陆续撤出。

抗日战争全面爆发后，张桂被党派往八路军第一二〇师三五八旅，旋又派赴山西新军暂编第一师，先后担任四十四团二营教导员、营长、共青团特支书记、师部教导队队长。在担任四十四团二营教导员期间，被国民党顽固派非法拘押，经组织解救脱险。当时中共中央机关报《新中华报》曾刊登暂编第一师续范亭师长代表全师官兵就此事向全国的严正声明。后来，他调任延安鲁迅艺术学院。鲁迅艺术学院是抗日战争时期中国共产党为培养抗战文艺干部和文艺工作者而创办的一所综合性文学艺术学校，1940年后更名为"鲁迅艺术文学院"，简称"鲁艺"。1942年参加延安文艺座谈会。1943年曾任晋绥边区武工队队长，在大青山反"扫荡"时，与日军相遇，左腿被日军子弹穿断，凭借战马拼死冲出敌包围圈。解放战争期间先后在中央军委和华北军政大学任职。

中华人民共和国成立后，历任解放军文艺社副主编，解放军画报社社长，江西省军区副政委兼抚州、宜春军分区政委，安徽省委视察室视察。晚年克服伤病的困扰，参与"西安事变"、东北军、山西新军党史资料征集工作。2004年7月病逝，享年94岁。

坚贞不屈的共产党人——徐思勉

闵　健

1940年12月29日的夜晚，伸手不见五指，凛冽的寒风"呼呼"地咆哮着，用它那粗大的手指，撕碎漆黑的夜幕，一场大雪即将来临。此时一位身着单薄血衣的年轻人，脚戴镣铐，迈着踉跄的步伐，在敌人刺刀的威逼下，一步一个血脚印来到南陵、繁昌交界处的脚踏岭。随着一声枪响，坚贞不屈的共产党员——徐思勉倒在血泊之中。鲜血染红了他挚爱的土地，牺牲时他年仅29岁。

徐思勉（1911—1940），化名徐党，男，繁昌高安人。1911年出生，1926年考入芜湖中学。1930年夏加入中国共产党，成为繁昌县最早的共产党员之一。1931年革命形势逆转，党组织遭破坏，回家乡以教书为业，向学生灌输反帝反封建的进步思想。

抗日战争全面爆发后，新四军第三支队进驻繁昌后不久，金涛等人来到敌后开展民运工作，与徐思勉接上关系，并发展他的外甥严伯明加入中国共产党，三人成立了慕英党支部，还加强了党组织的建设。

1939年，繁昌县委组织部部长苏拓夫深入大小洲，开展敌后斗争，徐思勉积极配合其发展抗日武装。这一年的秋天组建起沿江游击大队，徐思勉勇挑重担，担任新四军第三支队沿江游击大队大队长，他带领沿江游击大队多次打击长江上的敌人。一次在孙家滩与日军遭遇，徐思勉从容不迫，积极应战。激战后，由于敌强我弱，为掩护同志们撤退，徐思勉果断引开敌人，被敌人包围在宽阔的荷沟里。他在荷叶的隐蔽下，巧妙与敌人周旋，天黑才脱险回到家中。

国民党反共高潮期间，徐思勉为揭露国民党到处抓壮丁打内战，他曾将唐朝诗人杜牧《清明》改为"清明时节雨纷纷，路上行人吓断魂。借问壮丁抓何处，牧童遥指八分村"。

徐思勉的诗作一传十、十传百，引起敌人的恐慌。敌人千方百计悬赏捉拿他，不久在家中遭到逮捕。为防止沿江游击大队营救，敌人把他带到繁昌县赤沙乡八分村秘密关押。

关押期间，徐思勉受尽了敌人惨无人道的折磨，抽鞭子、上老虎凳、灌辣椒水成了家常便饭。他咬紧牙关，自始至终未吐露一字。敌人不肯善罢甘休，采取软硬兼施的办法，以金钱地位引诱，用枪毙杀头相威胁，妄想从这个年轻的共产党人身上打开缺口，逼他自首交出党组织成员和党的核心机密。

徐思勉面对敌人的威逼利诱，据理力争，义正词严："你们要杀就杀，我决不投降。"敌人无计可施，只有找到他的软肋，逼其就范，于是他们找来他的爱人来狱中劝说。面对年轻的妻子，徐思勉向爱人说："我一个人死了没关系，如果我向敌人投降，多少人头就要落地，这种以他人生命换取自己活命的行为，共产党人绝不能干。"爱人听完后难过地点点头，眼中含满泪水，一声不响地走了。

望着妻子颤巍巍的背影，徐思勉心如刀割。他心里知道这一去，也许是永别，可是为了自己的信仰，舍去生命，死得其所。联想革命先烈夏明翰英勇就义的情景，一股豪迈之情油然而生。

"青山处处埋忠骨，何须马革裹尸还。"徐思勉在赤沙乡八分村秘密关押两个月后，敌人看到徐思勉的绝命诗，对他失去耐心，下达枪决令。在春节的头天夜晚，敌人将其带至荒郊野外残忍杀害。徐思勉倒下的刹那间，天空飘起了雪花……

坚贞不屈的共产党人——徐思勉

叶午庄——悬壶济世几十春

黄在玉

在繁昌中医界，叶午庄的大名无人不知无人不晓。

叶午庄祖籍安徽歙县，生于1911年7月，从小读私塾，年轻时随祖父经商，并迁至繁昌县三山镇，在镇上开有叶福新杂货店和糟坊。1933年，叶午庄毅然弃商，独自一人跑到上海，顺利考入上海中国医学院。1937年毕业时，恰逢日寇发动侵华战争，家乡沦陷，民不聊生。他只好带着全家老小十余口，颠沛流离，跑反到青阳县庙前镇，以行医为生，养家糊口。1944年，叶午庄举家来到繁昌县城行医，从此，一代名医定居繁昌。

那时候，老百姓生活普遍贫困，一些贫苦人来治病，叶午庄不仅不收诊费，有时还贴钱给病人买药。时间长了，收入难免减少，一度给家庭造成经济困难。其膝下两个幼女和一个幼子都是因入不敷出，病后重度营养不良，又无钱调养而夭折。夫人痛不欲生，他也自责不已。自责归自责，他依然医者仁心，没把病人当外人。由于当时县城没有正规医院，远道而来的病人，为了便于就医，有的便留在家中。他嘱咐家人给病人提供茶水，帮病人煎药。即使病人得的是伤寒、脑膜炎等传染病，叶午庄也不嫌弃。

叶午庄看病时，无论达官贵人，还是平民百姓，都一视同仁。1946年，时任繁昌县县长前来治病，随同人员要求替其先看，叶午庄有礼貌地请他等候。这位县长也通情达理，等轮到他才就诊，并如数付了诊费。新中国成立后，他被请到公办医院坐诊，数十年里，他一如既往，不论是领导干部，还是亲朋好友，一律按先后次序就诊。

叶午庄平生注重医德医风。他看病非常重视"辨病"和"辨证"两个重要环节。他说："做一个医生不难，当一个好医生则不易，既要有扎实的医学知识，又要具备良好的医德医风。"在治病中，他处方严谨，主张用药轻灵，少而精，仅用一般常用药和剂量，不滥用贵重药品。经他治疗的病人，总是花钱不多又获得满意的疗效。

叶午庄从医58年，学有根底，勤于临床；擅长内、妇、幼等科，尤以治疗湿温、水肿最为独到。他善用经方，但不贬时方，能兼收并蓄，往往一方对症，让病人起死回生。

1945年冬，高某（女）患病月余就医无效，家人已料理后事，本着死马当活马医的念头，请叶午庄医治，经过一番望闻问切后，开了一剂药方。病人病情好转后，用了第二剂药方，不久转危为安。家属千恩万谢。

1987年7月，四川汽车制造厂原党委副书记姚某（繁昌三山人），患病毒性脑膜炎，住重庆某医院两个月，昏迷不醒，全身抽搐，多方治疗不见效果。其亲属去探望后回来向叶午庄详述病情，请求开方医治。因病人远在千里之外，不能当面察诊，叶午庄只答应作试探性治疗。经缜密推断，深思熟虑，配药四剂，航空寄出。果然一方中症，患者从昏迷中苏醒，病情逐渐好转，直至痊愈。这是一个典型的"隔空诊治，妙手回春"的病例。对此，当年的《四川日报》还作了专题报道。叶午庄一时医名大噪，享誉县内外。

临床行医之余，叶午庄对张仲景的《伤寒论》研究造诣颇深，著有《伤寒论析义》，以辨证为基础，参考各家之长，分析条文精义所在，为指导学习和临床运用提供了准绳。此书由安徽科技出版社出版，是一部古今理论和临床相结合的实用医书。

叶午庄非常重视对中医人才的培养，行医50余年中，学徒最多时40余人。他们学有所成后，不少人成为繁昌中医界的骨干。

叶午庄一生淡泊名利。早在20世纪五六十年代，安徽省卫生部门先后三次调他去省中医学院任教授，但他毅然放弃。他没有金钱至上的想法，即使在盛行"有偿服务""收红包"的年代和耄耋之年在家为人诊治时，他都不收费、拒收礼。他对家人说："金钱是身外物，生不带来死不带走，我在繁昌县工资算是高的，生活也过得去，还图什么额外收入，增加病人负担呢？"晚年，他以诗明志："自来得失均无意，但愿岐黄常伴身。齿臻耄耋心怀壮，余热犹堪慰此生。"充分表达了他崇高的精神境界。

鉴于他正直无私，医学知识渊博，临床经验丰富，医德医风优良，历届政府都对他格外器重。1947年，他被中医界推举为繁昌县中医师公会常务理事、理事长。新中国成立后，人民政府给予的或医学界推举的职务不下十余种，如繁昌县中西医联合会主任委员、县卫生工作者协会副主任委员、县人民医院副院长、县中医学会理事长、第八、九、十三届县人大常委会副主任等。他从来不以"官职"为傲，却以"医者"为荣。

叶老于1994年8月去世，享年84岁。他的同事、弟子们悲痛不已，在赠送的挽联中，有"一生正气，后人楷模""悬壶济世几十春，兢兢业业，两袖清风终不悔；钻研岐黄数十载，勤勤恳恳，撰书立说启后人"等。这都是对他一生的真实写照。

邓晶瑜——舞美艺术奠基人

黄在玉

邓晶瑜，原名邓家瑜，繁昌三山人。他生于1911年4月，7岁丧父后读小学，14岁因家境困难辍学，15岁到三山"姚恒大"布店学徒，受冻挨饿，饱受欺凌。1927年3月，北伐军来到三山，老板一家外出躲藏，被锁在店内阁楼上的邓晶瑜悄悄朝外偷看。当他看到北伐军宣传国民革命道理时，便设法逃出，随手在店铺大门上画了一幅老板欺压徒工的漫画后，随即跑到芜湖准备参加国民革命军，因年龄太小没能如愿。他又步行三日，来到南京学兵学校招募站报考军校，恰逢国民党发动"四一二"政变前夕，政局动荡，学校停止招生，他参军的愿望再次落空。

参军不成，他决定去上海投靠兄长邓格非。他从南京徒步到镇江才爬上火车，历经千辛万苦终于找到了他大哥邓格非。邓格非早年在上海开"格非画室"，颇有知名度。邓晶瑜凭借勤奋好学与绘画悟性，画艺大有长进，很快成为兄长得力助手。

20世纪二三十年代，西方油画、水彩画逐步登陆上海。邓晶瑜常去观摩各种流派画展，临摹名家作品，领悟出大师的技法与神韵后，再将所见所思融入自己的作品里，很快集东西方绘画于一体，形成大众喜爱的绘画风格。那时，上海已成为中外文化艺术聚集地，中国传统戏剧、西方文明戏纷至沓来。不少单位相继来找邓晶瑜设计产品图案，演艺界请他去绘制广告布景。众多大腕接踵登门，聘请他设计舞美。从此，邓晶瑜声名鹊起。他最早将西方画技巧系统地运用到戏剧舞台上，通过绘制远、中、近景来呈现舞台立体空间；摸索发明了用纱布代替白平布绘制天幕的新技法。这些使上海多家剧院舞台焕然一新，彻底改变了中国舞台单一简陋状况，并迅速在业内推广和效仿。因此，他被公认为中国舞美艺术的奠基人。

正当邓晶瑜的事业蒸蒸日上之际，"八一三"事变爆发。邓晶瑜将家人送回故乡避难，自己投笔从戎，随国民党第一四八师师部赶到广德，参加南京外围保卫战。其间，他目睹了日军在广德犯下的罪行，绘制了大型宣传画《日寇在广德的暴行》。

抗战期间，邓晶瑜的绘画才能凸显，他腰别手枪，随身携带画笔和颜料，根据战情穿梭于多个部队和战区，深入战场前沿开展战前宣传。8年间，他先后转战安徽和江西多地，参加了南昌会战、第二次长沙会战、浙赣会战。他绘制、书写了大量保家卫国、英勇杀敌的宣传画及大幅标语，创作了《文天祥正气歌》等多幅大型油画、宣传画。1945年8月，日本投降，邓晶瑜奉命前往南昌绘制了5幅一组的大型油画《南昌受降图》。抗战结束，邓晶瑜因眼疾退伍。不久，他在芜湖中二街开设了"晶瑜画馆"，以绘制人物肖像养家糊口，维持生计。

芜湖解放时，解放军及时找到邓晶瑜，请他绘制、书写庆祝芜湖解放的宣传画与宣传标语。他放下包袱，满怀激情地带领几位青年美术工作者，挥毫泼墨，精心绘制，营造了庆祝解放的喜庆氛围。不久，他又领着一帮年轻人参加了抗美援朝的宣传画制作。

新中国成立后，邓晶瑜先后担任皖南文联常委、芜湖市青年美联主委、芜湖市美术家协会主委、安徽大学、安徽艺校客座教授等职。1951年，邓晶瑜代表安徽美术界出席了华东地区美术作品展观摩会议。随后，他出席了全国美展。芜湖市因邓晶瑜一度成为安徽省西画的中心。组织上安排他组建了"芜湖美术工场"，弟子最多时有200余人。

邓晶瑜虽然工作在芜湖，但大部分时间在外奔波。他先后为安徽省文工团、省歌舞团、省黄梅戏剧团、省庐剧团等演出单位设计舞美。1956年，在华东第一届戏曲观摩调演中，邓晶瑜为《天仙配》《女驸马》等4个剧目进行舞美设计，其中3个剧目荣获舞美设计一等奖，另一个获二等奖。一时好评如潮，轰动全国。

邓晶瑜舞美设计的卓越成就，被载入《安徽省黄梅戏志》。

他坚持不断创新。1964年，他创作的用纱布代绸、代呢、代洋布制作现代戏服装160件在北京展出，受到文化部和文艺界专家的赞赏与推广。为此，安徽省为邓晶瑜在合肥和芜湖举办舞台美术改革成果展后，又推荐他参加现代戏革新项目——全国现代戏舞台美术革新成果展览，得到领导的高度评价，被誉为"艰苦奋斗、勤俭办事业的典范"。当时的文化部领导接见了邓晶瑜，并选派他参加建国十五周年国庆观礼。

1965年，邓晶瑜撰写的文章《用纱布制作现代戏服装的尝试》在《戏剧报》第9期刊登。

1956至1964年，邓晶瑜创作的年画《有心学习不怕老》《胖娃娃》《毛主席接见龙冬花》和油画《东河抢险》《春到茶山》等相继正式出版发行。其中《胖娃娃》《毛主席接见龙冬花》先后再版4次，总印数超过100万张。

此后，邓晶瑜将兴趣转向国画，留下了很多山水画墨宝。1982年，其部分国画作品被日本文部省购买。1983年创作的国画《天都颂》在首都美术馆展出。晚年多次游览黄山，创作并发表国画《黄山秋雾》《山水》等作品。

邓晶瑜——舞美艺术奠基人

邓晶瑜晚年喜欢游泳，夏天常在家门口的陶塘里穿着大裤衩仰泳、消暑。1985年12月26日，在接到离休报告17天后，中国杰出的舞美艺术奠基人、安徽著名画家邓晶瑜因突发脑出血与世长辞，享年74岁。

董柞楷——追求革命的进步青年

汤明余

董柞楷，繁昌峨山人，1913年6月出生。1927年，14岁的董柞楷到宣城四中读书，1928年加入学校的地下组织共产主义青年团，后到芜湖安徽省立第二职业学校、安庆东南中学读书，由于参加学生运动，两年间先后换了四所学校。这期间，在党组织领导下，创办了进步刊物《血光》，宣传革命思想，反映人民疾苦，揭露国民党的种种罪行。1930年11月—12月，由于组织学生运动被学校开除学籍，为免遭国民党逮捕，在一个同学也是同志的帮助下，结伴到了北平。

1931年，董柞楷考入北平大中中学，1932年转学到北平安徽中学。在学校，他非常活跃，积极组织班会、读书会、演讲会，办壁报，宣传辩证唯物论等活动。他因参加学联组织的活动再次被学校开除，第二学期又被学校请回去结束了高中学业。经过一个暑期的自修，1932年考入北平大学法商学院法律系学习。大学期间，他生活清贫，主要靠投稿、翻译文章赚取稿费来维持最低的生活标准。他积极参加1935年北平大、中学生举行的"一二·九"抗日救国示威游行，还参加"一二一六"抗日救亡爱国运动。他积极报名参加平津学联组成的"平津学生南下扩大宣传团"，也因此被捕入狱五个多月，最后由学校作保出狱。之后，他组织领导学校里的抗日救亡活动，一直到七七事变爆发，在此期间通过了毕业考试，结束了大学生活。

董柞楷受训后参加部队抗战，主要进行政治宣传工作。1937年，经过组织安排，留在山东，在辛庄受训后派到德州工作。德州沦陷后先后到济南、太原及西安。到西安后，他决定去延安。经同志介绍，他找到西安七贤庄八路军办事处。当时他见到在办事处的邓颖超，邓颖超了解他的情况，鼓励他说，有工作能力又有工作机会，应该尽量找工作做，如去延安学习，将来还是要分到前方去工作。董柞楷听取邓颖超建议，就没有去延安，而是到汉口找到当时全国学联主席郑代翚。郑代翚考虑长远革命需要，要求董柞楷仍回到国民党军队工作并单独和他联系，至武汉沦陷后才失联。

1938年，董柞楷到昆明，担任昆华中学教师。1939年进入云南日报社，先后工作五年，由于工作出色，从一名编辑做到总编辑。《云南日报》于1935年创刊，由于当时云南省政府主席龙云对抗战的积极态度，以及中共云南党组织派往该报社工作人员的努力，该报先后刊登了不少宣传抗战的稿件，当时，重庆《新华日报》经常转载《云南日报》的文章。抗日战争进入相持阶段后，国民党当局对革命进步宣传活动进行限制，董柞楷和云南日报社内的中共党员和进步人士冒着风险，做了许多力所能及的工作。后来，报社内地下党员和进步新闻工作者被排斥，董柞楷离开报社。1943年，他到昆明云南大学附中当了一名教师。又先后在昆华中学、云南大学附中教书，积极做青年学生政治工作，许多青年学生受到进步教育。

1944年，董柞楷到汉口，任《大刚报》主笔、总编辑。不久，《大刚报》遭到国民党当局的压制，他不得不离开，随远征军转赴缅北当了一名随军记者。

抗战胜利后，董柞楷回到汉口大刚报社工作，《大刚报》主笔严问天也是繁昌人。在大刚报社两年工作期间，他尽心尽力，发挥《大刚报》积极作用，最终因长期的困苦生活与精力的透支，因病而放弃了大刚报社工作。一年后，身体稍恢复，进入昆明人民企业公司任秘书。1949年12月，担任人民企业公司党支部书记，为迎接解放军进城、为昆明市和平解放发挥了重要作用。

1950年，昆明军事管制委员会成立，由昆明市委安排，董柞楷调到军管会任秘书工作，后调云南省人民政府秘书处任资料科科长、办公厅党支部宣教委员，1951年任云南省人民政府办公厅研究科科长，1952年调云南日报社任记者、编辑。1968年7月因患高血压、心脏病、慢性心衰医治无效去世。

严问天与《大刚报》

闫　健

严问天，别名严鸣，字渭贤（1915—1984），繁昌县高安乡义合村新屋基人。1933年秋，他在安徽省立宣城四中高中师范毕业后，留校任附设实验小学教师，1935年回繁昌县横山小学担任教导主任，后至芜湖县清水镇民众教育馆任馆长。

1937年七七事变爆发，日寇侵华。这年冬，严问天回到家乡，参加抗日宣传队，跟随在繁昌县休整的国民党第二军第九师。经第九师军械处处长徐镇华（繁昌县赤沙乡中分村人）的引荐，参加师政治部宣传队，进行抗日宣传工作。1938年春随军经皖南过赣北到达武汉。

自北平、天津相继失守后，华北国土几乎全部沦陷。整个华北战场没有一张像样的报纸。国民党宣传部部长邵子力电嘱驻河北保定的豫皖绥靖公署主任兼河南省政府主席刘峙，敦促他在那里迅速办一张报纸出来。

刘峙派其政治部上校科长毛键吾着手筹备办报。以保定市刘峙办的和平通讯社为基础，办了一张报纸，毛键吾亲自题名为"大刚报"，取其在抗战期间，至大至刚之意。

严问天在武汉随军宣传时，有一天在汉口看见《大刚报》登载了一则"北方某大报招聘评论作家"的广告，欣然写了两篇时政论文，邮寄应征。很快收到在河南信阳复刊的《大刚报》的来电，约去复谈。严问天当即离开部队去信阳，被该报聘请任编辑。

严问天自从进入大刚报社之日起，始终坚持进步，他写的文章观点正确，逻辑严谨，行文流畅，对国内国际问题分析精辟，深受读者的欢迎。他的才干得到了社长毛健吾的赏识，以及编辑部同仁们的赞许，被提升为主笔，一年后升任总主笔。《大刚报》的社论，多数出自严问天的手笔。

《大刚报》声名鹊起，引起共产党领导的新闻事业机构——国际新闻社负责人范长江的重视。他除了自己大量供稿外，还陆续向该报输送了大批进步的新闻人才。《大刚报》的星期论文栏经常登载范长江等名家的作品，严问天对这些文章总是爱不释手，反复阅读，从中吸取营养，提高自己的革命理论水平。他多次与范长江面晤，亲聆教诲。范长江对他亦深为器重，相处莫逆，从而加强了严问天靠拢党，热爱党，拥护党的决心。

抗日战争进入白热化阶段，前方战事吃紧，《大刚报》几经辗转，到了山穷水尽的地步，编辑部人员大为减少，几次停刊。在历经磨难、颠沛流离中，来到贵阳。借得江西会馆作为社址，于1944年10月15日复刊。在新出版的第一张报纸上，以显著的位置刊载了金仲华同志特地为《大刚报》撰写的《坚持在新闻战线的岗位上》一文。文章高度赞扬了《大刚报》像一支坚强的军队，百折不挠，艰苦卓绝，多年来始终保持其完整的阵营，为抗日救亡作出贡献。

抗日战争胜利后，《大刚报》在南京出版得到了批准，1946年1月9日正式创刊。当时中共代表团住在梅园新村，严问天等编辑部的人也住在此地。他经常与范长江以采访国共和谈新闻方面的意见为契机，介绍和谈情况，分析和谈形势。这时严问天的文章仍是旗帜鲜明，方向正确，得到共产党方面的肯定。国共和谈破裂后，南京的《大刚报》被陈立夫把控。他安排自己的亲信，排挤严问天等进步人士，编辑部形同虚设。在恶劣环境下，严问天处处掣肘，只好辞去总编辑职务，和志同道合的同志一起来到《大刚报》汉口分部，继续从事编辑工作。

汉口分部《大刚报》于1945年11月9日创刊，地址在武汉市交通路40号，报纸从一发行就在共产党的亲切关怀和直接领导下进行工作。中共中央南方局工委特别指示："要稳住这块阵地，言论不宜太锋芒，坚持战斗，迎接解放。"

1947年年底，严问天等进步人士到了《大刚报》汉口分部后，在党的直接领导下，大展拳脚，闯出一番天地。其时，严问天、黄邦和、王雁冰、欧阳柏四人，在社会上享有《大刚报》中"四大金刚"之美誉。

一声春雷，英雄的历史名城——武汉，于1949年5月16日解放了。中共中南局宣传部副部长熊复和陈楚等同志，前来看望汉口《大刚报》全体同志。1951年成立《大刚报》党组和编委会，1952年经中共武汉市委批准，《大刚报》更名为《新武汉报》。1953年，又将《新武汉报》改名为《长江日报》，一直至今。严问天先后在这两报任总编室主任。

严问天在《大刚报》驰骋疆场十余年，撰写的社论、政论、述评及其他形式的文章数不胜数，可谓呕心沥血，肝脑涂地。严问天为抗战、为革命作出了不可磨灭的贡献。

兄弟烈士的故事

伍先华

在繁昌平铺镇新林社区的三牌自然村的山岗上，有一座较大的坟冢，此墓是兄弟三人的合葬墓，其中两兄弟是革命烈士，一位叫黄立，一位叫黄异。

1938年12月，共产党领导的新四军第三支队来到繁昌抗日前线，他们派民运工作队到农村宣传共产党的抗日主张。当时在新林乡的三里牌，住着一位私塾先生叫黄光庆，他不但有文化而且思想进步，有7男3女10个子女。孩子的名字分别是"先觉、先悟、先达"等。民运工作队的同志每到新林，都要赠送《抗敌报》等宣传资料给黄光庆阅读，使他懂得了许多革命道理，深刻认识到只有共产党才能打败日寇，挽救国家危亡，也只有共产党，中国才能强盛。

当他得知新四军第三支队在中分村创办抗日救亡干部训练班，招收知识青年参加学习时，就让24岁的大儿子黄立和17岁的四儿子黄异，徒步四十多里路到中分村报名参加学习班。干训班结业后，黄立被分配到第三支队司令部敌工科工作，黄异分配在司令部民运科工作，同年都加入了中国共产党，从此两兄弟同时走上了革命的道路。

黄异热爱抗日宣传工作，在民运科工作时经常深入到各个乡镇宣传中共的《抗日救国十大纲领》及其政治主张，发动群众参加农抗会、妇抗会、青抗会，动员爱国青年参军参战、抗日救亡。1939年后，转入敌后，为建立敌后民主政权，与敌顽政权进行斗争。1941年7月至1942年2月，黄异先后任中共磕山、慕英区委书记和白象区委书记。在环境异常险恶的情况下，毫不退缩地在高安区坚持斗争。1942年2月12日，在何牌楼（现高安乡草山村）参加抗日民主政权乡村负责人会议时，突被旧县汪伪反共团包围，敌人几次想冲进屋里，均被打退，但几次突围均未成功。

凌晨，他们趁浓雾之时，从后门猛打猛冲，冲出村庄。黄异为掩护同志，身中数弹，行动艰难。他投掷最后几枚手榴弹，冲到打死的敌人身边拿起枪边打边撤，退到河边。终因敌众我寡，弹尽无援，黄异等三位同志跳入河中壮烈牺牲。

黄立原名黄先觉，在新四军第三支队敌工科工作时，经常化装成敌伪人员深入日伪据点散发传单，瓦解敌伪和侦察日伪动态。1940年调到第五团二营六连任文书。1941年皖南事变时，所在六连英勇奋战牺牲过半，突破敌人封锁线，到达长江南岸渡江北上，被编入临江团工作。后该部队改为第七师五十七团，仍在沿江两岸活动。1947年10月下旬，按照南繁芜县委指示，黄立与鲁为葆同志在一个黑夜里，将即将上任的五乡联队队长逮捕处决，并将他家屯集的粮食分给穷苦百姓。他还带领几名游击队员用计袭击新林乡自卫队，将他们全都缴械俘获。

1948年，国民党调来新编独立十三旅，实施"反共围剿"战略，危急形势下，上级指示县委采取"化整为零"灵活出击的斗争策略。4月14日，黄立在突围途中被特务发现，国民党新编十三旅派人跟踪追捕至漳河，黄立边退边还击，终至弹绝无援跳入漳河，被敌人下河捕获。敌人一面以官爵金钱相诱，一面严刑逼供，在敌人关押、严刑拷打的21天里，他宁死不屈，未向敌人吐露我方任何机密。5月5日一大早，敌人将他五花大绑，脖子上套着绳索，后背竖插一根标牌，上面写着他的名字，并用红笔打叉，带到平铺长山头刑场，刽子手拿着日军的大长刀，第一个将黄立拉到一边准备行刑。刽子手刘副官问黄立："你还有什么话要说？"黄立昂首挺胸高声说道："国民党的日子不长了啦，解放军就要打过长江了，老蒋也快完蛋了。我死了，还有千千万万人会继续与你们战斗的。"因为他个头很高，高呼口号后，他两脚往外一撇，降低身高，脖子一伸，喊道："来吧！老子20年后又是一条好汉！"当刽子手横刀一削，砍下他的头颅时，他仍然站立着，鲜血喷涌而出，喷到刽子手脸上、身上，最后刽子手又踹了他一脚，烈士才倒了下去。

毛和贵：游击队长的传奇人生

张诗群

都说乱世出英豪，在风起云涌的革命战争年代，繁昌大地上就出现过这么一位人物：游击队长毛和贵。他惊心动魄的人生传奇是他个人的经历，也是特殊年代的缩影。

1917年11月，毛和贵出生于繁昌县磕山乡（今属新港镇）一户贫农家庭。那时正值辛亥革命废除帝制后不久，紧接着是波澜壮阔的五四运动，爱国主义精神空前高涨，思想解放、除旧布新的热潮席卷了中华大地。时代的特殊性造就了毛和贵胆大热情、敢想敢闯的性格，很快就在家乡脱颖而出，23岁加入革命队伍，25岁加入中国共产党，成为皖南沿江地区革命战线的有为青年。

日寇入侵后，抗战形势越来越紧，毛和贵像一头迅捷的豹子，带领一支队伍，翻山越岭与敌伪作斗争，先后任地方游击队分队长、磕山乡自卫队长、繁二区区队副兼警卫连连长等职。他的存在，仿佛是隐藏在敌伪顽身边的深水炸弹，让他们噩梦连连，欲除之而后快。

1944年7月，将刚刚抓获的名叫"尺八"的汉奸和一个伪矿警送到繁二区政府，因为高温酷暑，毛和贵中暑倒下了。他谢绝了区长吕美南让他转移的好意，执意连夜返回江边继续战斗，吕美南只好请两位农民抬着担架送他返回。

头上的月亮幽幽地照着，身边是漫无边际的高粱地，担架悄无声息地穿行在田间地头。到高安桥时，却遭遇了一队迎头赶来的日军。这伙日军得到"尺八"被处决的消息，正急匆匆去二区找新四军报复。日军报仇心切，向担架上的人简单询问了几句，没有发现破绽，又匆匆往前赶去。担架继续上路，毛和贵松了一口气，谁知刚走不久，一队伪军又迎面赶来，伪军看着担架上的毛和贵，把日军刚刚问过的话又问了一遍："干什么的？"这边答："割稻的，生病了。""叫什么？""王昌启。"见对答如流，伪军转身就走。突然伪军头目冯玉山折回来，用手电往毛和贵身上照了照，简直如获至宝，嘿嘿笑着说："你不是割稻的！请先生不如遇先生，想不到遇见你毛队长！"

毛和贵被押解到旧县（新港）时，天已大亮。他赤着一双血淋淋的脚，每走一步就留下一个鲜红的脚印。围观的群众唏嘘不已，毛和贵却仰头大声说："鲜血淋淋，为国为民！"群众热泪盈眶，目送着英雄远去。

在旧县，伪军见用尽酷刑都无法让毛和贵开口，准备第二天就地枪决，日军司令部得知后，命令将毛和贵押到荻港。

第二天，毛和贵被五花大绑地押到江边码头时，看见了围观人群中的父亲。一丝酸楚涌上毛和贵的心头，他高声对人群喊道："你老人家不要难过，只当少生了一个儿子，他光明磊落，敌人不会从他这里得到什么的！"这句话，他当作是给父亲的遗言。

到荻港后，他被关进了日军司令部的碉堡。碉堡里潮湿阴暗，遍布蛛网，他贴着墙壁坐下，因双手被反铐着，便用手在墙上摸了摸。他摸到身后墙壁的石灰砖缝，下意识地用手指抠了抠，居然有松动的迹象，他心中一阵窃喜，一边小心留意着外面的岗哨，一边使劲用手抠起砖缝，很快，一块墙砖被抠了出来，正准备抠第二块，一阵门响传来，他迅速用身体挡住墙砖，紧接着一束光柱朝他照过来，然后门又迅速关上了。原来，这是日军两小时一轮的换岗时间。毛和贵利用时间差，更加用力地抠起砖缝，一直到满天星光的� 时分，他终于神不知鬼不觉地逃了出来。

1946年底，毛和贵接受组织重托，开展江边游击队工作。当时的沿江地区，白色恐怖愈演愈烈，老百姓频遭征粮、派丁，整日担惊受怕。江边游击队建立后，在毛和贵的带领下，避开敌人主力，用智谋同敌人周旋，游击队员们昼伏夜出，如夜隼突袭，接连打了好几次胜仗，又组织群众征税抗租，游击队长毛和贵的大名威震四野，说敌人望风胆寒毫不为过。

1949年初，为迎接大军渡江，毛和贵接受上级指令，江边游击队的工作重点是收集情报、筹集粮食、给解放军带路。游击队员们或混进敌方修筑工事的伙夫里，或偷听住在群众家中敌军的谈话，再以上山砍柴、挑竹器为掩护，冒着生命危险把情报传递出去。

4月19日夜，得到解放军将于20日渡江的消息后，毛和贵立即进行周密的部署。20日夜，听到渡江的号令，毛和贵带领十几名游击队员火速剪断了敌人的电话线，并在板子矶点燃三个草棚，烧起三个大火堆，为解放军传出信号。渡江大军浩浩荡荡踏上江南的土地时，毛和贵和队员们激动万分，他们一趟又一趟为大军带路，直到天明。

新中国成立后，毛和贵先后任繁昌县人民政府民法科副科长、皖南池州专署民政科员、繁昌县二区（孙村）区长、芜湖县中窑区（六区）区长、安徽森工局芜湖办事处业务课长、森工局芜湖锯木厂副厂长、芜湖新华锯木厂副厂长、芜湖市橡胶厂副厂长等职。

1973年11月10日，毛和贵于芜湖病逝。曾经叱咤江南的游击队长，与那个风云变幻、苦难卓绝的时代，成了历史的丰富一页。

情系桑梓的旅台乡贤——谢鸿轩

张诗群

　　谢鸿轩，字佑海，1917年5月22日出生于繁昌保定乡谢家垣子村。幼年起，谢鸿轩就显示出天资聪颖、好学笃行的优良品质。六岁入村塾饱读四书五经，十岁学古文，十二岁习诗词，十四岁能作骈体文，用今天的话来说，就是妥妥的"别人家的孩子"，是个读书的好苗子。

　　村塾执教的老师是从县城聘来的张懋杰先生，张先生极爱谢鸿轩的灵敏聪慧，常在课堂上联词出对子考谢鸿轩，每次都让先生惊喜交加。这个会对对子的小学童的名声就在本地传开了，有人便想试探一下真假。有一次，邻居赵先生特意找来谢鸿轩，说："小海子，听说你会对对子，我出个上联你对一下。"见谢鸿轩手中正拿着个电筒，赵先生出上联："电照百步"。小海子眼珠一转，见赵先生面前有一盏煤油灯，即刻作答："灯明四壁。"看着这个跟桌子差不多高的小娃娃，赵先生惊叹不已。

　　读完村塾，谢鸿轩走出谢家垣子村，去更高的学府深造，先后就读于芜湖广益中学、无锡国学专修学校，师从当代经学大师唐文治先生。寒暑假期，别人访亲会友，他却整日流连在各大书局选购典籍，每每总会满载而归。紧接着抗战爆发，谢鸿轩与家人逃往南陵射的山避难，出逃前，他担心满屋满架的书遭日军焚毁，于是连夜在房内挖了一丈多深的地穴，将书一本本地藏进去，再盖上稻米谷类作掩饰。1938年春，日寇流窜到谢家垣子村，一路烧杀抢掠，谢鸿轩家的屋舍在劫难逃，藏书的地穴竟也惨遭焚毁，烧屋焚书的余烟像一缕孤魂，随风飘渺了一个多月。

　　书是谢鸿轩的至爱，被日军一把火焚尽后，也点燃了谢鸿轩投笔从戎的决心。适时川军一四四师在南陵招收补充兵，谢鸿轩毫不犹豫地参军入伍，因良好的文化素养，在师部当了一名文书，不久，在近万名考生中以第一名的成绩考入军校，又以全校第一的成绩毕业于黄埔军校第十六期。毕业后，分配到江西上饶，在第三战区护慰总团任职员。1949年赴台，直到2012年去世，与故乡隔海相望六十余载。

　　到台湾后的谢鸿轩历任嘉义市女子中学校长、嘉义市工业职业学校及补习学校校长、台湾师范大学、台北辅仁大学、淡江大学及中国文化大学教授等职，主讲骈文选、昭明文选、四书及春秋左氏传等科，同时醉心于著书立说、研习书法，并以收藏典籍和名家字画为乐。每至春节，谢鸿轩会在门前写一副应景的对联："四壁图书满，千家翰墨香"，虽为真实写照，却难以概括他收藏的皇皇巨著和五千余件名家字画的卓然风华。

思乡，是萦绕在谢鸿轩心头久久不散的情愫。1992年夏，饱受思乡之苦的谢鸿轩终于回到阔别数十载的故乡繁昌，久别重逢，故乡的一草一木都让他心潮澎湃。此后十年间，他又四次往返于海峡两岸，访故土，见故人，故乡几十年间天翻地覆的变化让他感慨不已。虽然已是耄耋之年，他却迫切地想为家乡做点什么、贡献点什么，想起自己最珍贵的莫过于半生珍藏的典籍，于是这位老人从这些心头挚爱中挑选出2396册精品典藏，分五次无偿捐献给繁昌图书馆，这些典籍有些已是绝版图书，如1924年刻本的《十三经读本》；更有珍贵典藏版的《碑传集、续碑传集、碑传集补》《戏考》《笔记小说大观》等。这是一份殷殷的关爱和寄望，也是一种绵绵的深厚情感，故乡的学人后辈，会记住谢老先生对故土的系念之情。

2012年7月7日，谢鸿轩在台湾去世，享年95岁。

徐志贯：人小志气大，爱国走天下

伍先华

徐志贯出生在繁昌新林乡的徐村（现平铺镇山河村），虽然他家庭生活富裕，但在其母亲潜移默化的教育影响下，从小就富有同情心，与村里农家子弟相处融洽，常常把家中一些好吃的东西拿出来与小伙伴们共享，甚至把家中米偷出来接济揭不开锅的乡邻。

1926年，7岁的徐志贯进入家乡第一所新式学堂——新林小学读书。他敏而好学、勤奋刻苦，深得老师们喜爱，其中汪达之老师对他影响最深。

徐志贯在汪老师的启发教育下，对外面世界渐有了解，对辛亥革命后仍然贫富不均、兵匪成灾、民不聊生的社会现状日渐不满。小小年纪的他不顾父亲反对，帮助老师办起"农民夜校"，把自己学到的新知识、新思想再传授给农民。

小学毕业后，他考取了芜湖广益（圣雅阁）教会中学。他因不满学校的奴化教育，拒绝信教，不做早晚祷告而与洋教师闹翻，愤而离校到山东济南中学就读。

高中毕业前夕，国运衰败群寇欺。"九一八"以后，抗日救亡的呼声日益高涨。在爱国革命的浪潮冲击下，徐志贯在教室里再也坐不住了，他放弃了考大学机会，决心走救国救民的革命之路。

1935年春天，他瞒着家人只身来到淮安找到他最敬佩的启蒙老师汪达之，坚决要求参加他即将组建专门宣传抗日的"新安旅行团"（简称"新旅"）。从此他与家里音信隔绝，直到15年后，他的父母才知道他还活在世上。

1935年10月10日清晨，蒙蒙细雨中14名平均年龄只有十四五岁的少年儿童从淮安出发。16岁的徐志贯举着蓝底用白布缝制的"江苏省淮安县新安旅行团"十一个字的三角旗帜，走在队伍的最前面。他们身穿白色衬衣，蓝色工装裤，脚穿蒲草鞋，在汪达之老师带领下踏上了万里征途。出发前大家共同推举由徐志贯任总干事，主持日常工作。

他们的行动刚开始就遭到国民党人的恶毒攻击，指责他们"不务正业，虚度光阴"，政府部门不给他们签发"通行证"。聪明的徐志贯，用白纸装订一本厚厚的8开题字簿，用毛笔端端正正地写上"请赐鸿辞，以留纪念"8个大字。当时陈果夫第一个在本子上题写"幼学壮行！"以后每到一地，他都带上题字簿拜访名人，请他们题字。

当他们来到南京，不仅战胜各种困难，还得到陶行知、黄炎培等捐助的无声电影放映机、小型汽油发电机、电唱盘、幻灯机和几部旧影片、进步歌曲唱片、幻灯片等。

1936年7月他们从安庆来到上海，12月底又来到北平，到处受到各界群众的热烈欢迎。他们到各大中学校举办演讲会、歌唱会，慰问英勇杀敌的官兵，教唱抗日歌曲，使官兵们深受鼓舞，士气高涨。1937年3月14日离开北平来到塞外古城呼和浩特，然后沿黄河一线深入西北开展抗日救亡宣传。经过长途跋涉，11月他们来到甘肃陇东重镇平凉，在"抗战书报供应社"的书店里，徐志贯得到共产党组织的线索，于1937年12月，他头扎白羊肚手巾，身穿老羊皮袄，变成当地农民模样步行几十里来到陕甘宁边区庆阳镇，找到陇东特委书记黄欧东，向他汇报了"新旅"情况，黄书记派员与徐志贯一同来到平凉开展工作。1938年3月的一个夜晚，徐志贯等3人在平凉"抗战书报供应社"的后间小屋子里的灯火下，填写入党志愿书，面对鲜红的党旗宣誓。黎明前夕，中共"新旅"支部诞生了，在第一次支部会上推选徐志贯任党支部书记。

1938年11月，他在长沙不久又转移桂林，立刻投入抗战宣传工作。在桂林期间，"新旅"由14人发展到近百人，社会影响也越来越大了。

由于徐志贯长期担任"新旅"总干事，社会影响比较大，已引起敌特注意。党组织根据工作需要将他调离"新旅"到延安学习。1940年春天在李克农同志亲自安排下，他乘坐八路军办事处汽车从桂林到重庆几经辗转来到他向往已久的革命圣地延安，这一年他21岁。

到延安后，他先到中央青年工作委员会任巡视员，参加了米脂青年运动考察团，1942年到中央党校学习。抗战胜利后，随军来到热河任职。1949年新中国成立初，他随军南下来到江西任新中国临川县首任县长。1950年以后又调到省城南昌，先后任江西省财委、计委办公室主任、计划局长、省计划委员会秘书长、副主任、党组书记等职。1972年担任国家三线重点工程"燎原化工厂"党委书记，1977年初在江西南昌病逝，终年58岁。

"张叫花子"张永守的故事

伍先华

早在抗日战争时期，繁昌县孙村乡枫墩村，有一位青年农民，叫张永守。早年丧父，从小没上过学，一字不识。他生活贫困衣着破旧，不修边幅，蓬头垢面、邋里邋遢，形如乞丐，人们都叫他"张叫花子"。

1938年秋，新四军第三支队一个排驻在枫墩村，发动民众团结抗日。他接受革命教育，选定自己应该走的人生道路。1939年就加入中国共产党。入党以后，他利用自己"叫花子"特征，长期担任地下交通员传送情报。

皖南事变后，他冒着风险，护送新四军突围人员安全通过敌占区，渡江北上。

抗日战争胜利后，9月底皖南新四军奉命北撤。国民党反动派对留守繁昌的中共南繁芜县委党组织和地方武装进行"清剿"、封锁、围困。县委多次派遣人员前往皖南山区，但未能找到上级党组织，导致与上级失去联系的中共南繁芜县委陷入困境。县委最后决定派人去苏北，找中共中央华中局。

派谁去？此人必须政治可靠，精明强干，机智勇敢，有社会经验和斗争经验，才能胜任此项任务。最后决定由张永守同志完成此项任务。张永守慨然允诺县委的派遣和重托，将儿子张大林交与党组织照顾，自己化装出发，去淮阴找党组织。

1946年1月，张永守奉命第一次去江苏淮阴寻找上级党组织。当时国民党处处布阵设防，戒备森严，沿途充满艰难险阻。他肩挑一担竹器，凭借沉着机智、多谋善变的才能，在国民党统治区内一路前行。经芜湖、南京浦口，由滁县入来安，一路上艰苦跋涉，穿过国民党重重警戒线，应付道道岗哨，每遇盘问，他都谨慎对答，所以未受阻碍。徒步行程300多公里，终于到达目的地，找到了华中局领导机关。组织部部长曾山同志接见并招待了他。取得联系以后，他带着曾山同志对南繁芜县委指示的回信，又平安返回繁昌。

1946年5月，南繁芜县委决定开辟泾宁宣地区根据地，需要请示上级党组织，于是县委写好信，派遣张永守二上淮阴传送请示报告。张永守有了第一次的经验，仍然按照老路到达苏北淮阴，又带回曾山同志的指示信，给南繁芜党组织指明了方向，增强了斗志，对坚持皖南游击根据地斗争起到了很大作用。

1946年9月，解放战争已经打响了。南繁芜县委需要去信向华中局汇报工作。信写好，张永守再次踏上去苏北淮阴的艰难之路。

当时国共内战开始，他直接经镇江、江都、高邮、淮安一线，日夜兼程，奔向淮阴。谁知苏北到处都是国民党军队，淮阴也被国民党军占领了。张永守在淮阴附近找了两三个县也没有找到上级党组织，十多天才回来，当他见到县委领导时，就大哭起来，边哭边说："淮阴失守了……组织找不到……"晚上县委领导对张永守进行鼓励和安慰，对他的工作给予充分肯定和表扬。

张永守在那白色恐怖环境中，孤身日行百里，夜宿荒村，不辞跋涉之劳，忍受饥饿之苦，累计徒步1000多公里，3次到江苏淮阴，两次带回中共华中分局曾山同志的指示信，给南繁芜县委指明了坚持斗争的方向，使革命战士坚定了信心，鼓舞了斗志，张永守同志功不可没。

1949年10月1日，张永守作为南繁芜根据地代表赴京参加开国大典。1951年国庆节再次受邀赴京参加观礼。由于张永守没有文化，他婉拒组织照顾安排的工作，1955年，回乡办农业生产合作社，继续为社会做些力所能及的工作。1983年3月病逝。

四喜班主徐崇发

黄在玉

清乾隆皇帝下江南时，暗访、风流之余，还听了不少徽派唱腔的戏，是个老戏迷。乾隆五十五年（1790），为了庆祝乾隆皇帝八十大寿，扬州的"三庆班"去北京演出。随后，四喜班、春台班、和春班相继进京。史称四大徽班进京。他们给京城的戏剧界带去了一股清流和新的活力。后来，他们逐渐演变成为京剧的鼻祖。

我们这里要讲的并非清朝时期的四喜班，而是民国时期的四喜班。据邓翔云《中国戏曲分类和名俗》记载："'四喜班'，职业徽班，建于1943年，班址繁昌县，班主四喜，本名徐崇发，繁昌中分村人，工花脸。"由于四喜班都是徐崇发家人，故又名徐家班。建班前，四喜搭哪个班，哪个班就被观众称之为四喜班，可见其影响力之大。

早期，四喜兄弟三人唱戏，后来发展到全家唱戏。他们在繁昌、南陵、泾县一带非常有名。四喜的二哥徐崇礼是文武小生；三哥徐崇顺是文武老生；他自己则是花脸兼文武老生。四喜的儿女们长大后，也都跟着习艺唱戏，家班齐全。长子徐孝金继承父亲的行当演花脸老生，小儿子徐孝庆主唱文场，长女徐月英是当家花旦，小女儿徐小妹先演小旦后改演老生。四喜班在皖南享有较高声誉，他们走到哪里，哪里就热闹起来。馄饨担子、油炸锅、卖糖、卖烟、卖甘蔗的小贩跟着他们跑。四喜是个传奇人物，戏迷说他演的关公能"显圣"，同行说他的嗓子两支唢呐盖不住。更多的说法是："四喜不来，戏不开台。"说明观众对他演技的热爱。四喜身材魁梧，嗓音洪亮，表演认真，双目传神。他演的关公有独到之处，人称"活关公"。拿手戏有：《水淹七年》《龙虎斗》《秦琼三挡》《九更天》《六国封相》等。

四喜班虽然红极一时，但在当时也难免受到欺侮和迫害。1944年，他们在南陵唱戏时，汪伪政权伪军大队长秦某某企图以唱堂会为名侮辱徐月英，他们得知消息后，便连夜逃走。他一家逃到横山后，不敢唱戏，只得做点小生意勉强糊口。他想回中分村又不敢回去，因为在他二哥、三哥唱戏时，徐氏族长就曾宣布不准他们进祠堂门，那时封建族长认为唱戏是下等人，并骂他们是徐姓的败类。

抗战胜利后，四喜对生活产生了新的希望，又兴班唱戏，重操旧业。四喜不仅在艺术上有一定造诣，思想上也倾向进步。抗日战争期间，繁昌保卫战取得胜利后，新四军在中分村召开祝捷大会，四喜班演出了《定军山》，获得一致好评。

新中国成立后，随着戏曲事业的发展，爱好京剧的观众越来越多，四喜班为适应群众需要，也改唱京剧，但改唱京剧后，脱离不了徽剧的韵味，故被戏称为"京夹徽"。改唱京剧后的四喜班，开始叫庆胜京剧团。1950年，到石埭、太平一带演出；1956年和太平京剧团合并为新的太平京剧团，演员拿固定工资。1956年太平京剧团改演黄梅戏，四喜被调到芜湖地区徽剧团。1961年，芜湖和徽州分开成立两个地区，徽剧团划属徽州地区。

1978年，著名老艺人四喜患食管癌不幸去世。

四喜虽然离开人世，但他的家班还是一代一代传承下来，并且越传越旺。他的大儿子徐孝金曾在屯溪京剧团任演员队长，二儿子徐孝庆在屯溪京剧团拉京胡，大外甥强华是屯溪京剧团的当家武生，小外甥是屯溪京剧团司鼓，大孙子在屯溪京剧团舞美组，小女婿在屯溪京剧团音乐组。可谓梨园世家。

方维藩——为革命流尽最后一滴血

汤明余

革命烈士方维藩，为了掩护战友突围，身受重伤，仍坚持战斗，最后英勇牺牲。2022年5月，方维藩烈士遗骸从家乡繁昌区平铺镇，庄严迁入区烈士陵园安葬，让更多人凭吊缅怀。

方维藩，1923年出生。1944年春，他看到新四军游击队积极抗日，就一腔热血报名参加繁昌大队，随部队在南繁芜一带游击抗战。繁昌大队是繁昌地区的抗日主力军，一直坚持到抗战胜利随新四军北撤。1944年4月，国民党川军第一四四师投降日军，改编为"皖南独立方面军"，南繁芜地区沦陷。繁昌大队改变战略，进入以五华山为中心的南繁芜地区，收复失地，开辟新区。1944年5月至7月，繁昌大队先后同驻守横山桥的敌伪军、驻守湾沚罗家祠堂的伪保安大队部、驻守峨桥的日伪军、驻守接官亭的日伪军，进行了10多次战斗，皆取得胜利。8月26日，伪"皖南独立方面军"集结2000余人，向以五华山为中心的地区进行报复性扫荡。繁昌大队避敌锋芒，开展外围游击战，分散部队行动，出敌不意，袭击其后方。此后，繁昌大队积极活动，灵活偷袭敌军，在板石岭、水口山、麻桥等地多次打击川伪军，拔除了敌伪5个据点，南繁芜接壤处纷纷建立了区政权，形成南繁芜抗日游击根据地。

1944年10月，南繁芜警卫大队在赤沙滩鸟窝陈油坊正式成立，隶属南繁芜总队。方维藩表现优异，加入南繁芜警卫大队，随同大队担负保卫南繁芜县委、南繁芜总队部和配合繁昌大队作战的任务。有一次，一个在押的汉奸趁着雨夜从关押处逃跑。方维藩惊醒后，唤醒另一位战友，认真分析汉奸可能逃跑的方向，立即冒雨进行追捕，终于在雨夜中将其捉拿归案。1945年2月，日、伪、顽向我铜南繁抗日根据地进行了"八十里大清剿"，警卫大队奉命在赤沙、高桥一线防守，展开战斗，方维藩和战友们英勇顽强，打死打伤敌人40余人，缴获机枪1挺、步枪10余支。1945年夏，伪军三四百人，企图袭击我驻赤沙的党政军机关。为保卫抗日民主根据地，警卫大队立即投入战斗，在高桥头阻击敌人。方维藩和战友们在阻击战中，不怕牺牲，顽强战斗，一直打到下午。繁昌大队闻讯派部增援，发起冲锋，敌不支溃逃。

1945年9月，抗战胜利后，新四军北撤，留下王文石、方维藩等28人留守，坚持南繁芜地区游击根据地。国民党在政治上，强迫共产党员和一切抗日组织的干部、战士、成员"自首自新"。军事上，向以孙村红花山区为重点，包括五华山、新林山区、大磕山等地大举"清剿"。敌我兵力悬殊，中共沿江中心县委决定重新成立南繁芜县委，领导反"清剿"斗争。方维藩经过反"清剿"斗争，摸索到白色恐怖下进行游击战的初步经验，增强了坚持斗争的信心，他积极要求进步，1947年5月，加入中国共产党。从1947年底开始，国民党前后两度调遣兵力，向南繁芜游击根据地发动规模更大、手段更残酷的第三次大"清剿"。国民党将繁昌划为皖南沿江三块"清剿"区的重点，调来新编独立十三旅三十四团进驻繁昌，"清剿指挥部"设在平沟铺，旅长许午言坐镇指挥。他的"清剿"手段名目繁多，最毒辣的就是"砍山并村，移民烧山，车塘捉鱼，步步为营""五家连坐，十户联防"，严密封锁粮油盐布等重要物资的来源，大肆搜捕屠杀新四军、游击队员和革命群众。为粉碎敌人的阴谋，游击队战略上采取"化整为零"、打"麻雀仗"等活动方式，战术上突破敌人的封锁线，到山外平原地区筹集部队给养。当时方维藩奉命领导5个同志组成武工组，前往南陵县蒲桥筹集给养。

1948年4月的一个雨夜，方维藩带领武工组宿营在南陵县分界山小河边的小村，不料被当地叛徒出卖。国民党南陵县自卫队、行动队出动100多人，将小村层层包围。方维藩立即组织反击，为了掩护战友突出重围，他利用村里有利地形，顽强抵抗敌人进攻，在身中数弹，身受重伤的情况下，仍坚持战斗4个多小时，直到流尽最后一滴血，壮烈牺牲，把一腔热血献给了革命事业。

邹亚平：18岁的敌后区委书记

丁 俊

　　邹亚平，祖籍安徽省无为县赫店，本人生长在繁昌县保定乡小江坝村。祖、父辈皆是无为县的贫苦农民，民国前期移居繁昌沿江大小洲开垦荒地。原名邾运槐，1923年1月出生，幼时读私塾数年，天资聪颖，后辍学务农，但仍自学不辍，能掐会算，颇有见识，闻名乡里。

　　1939年春末，中共繁昌县委组织部部长苏拓夫、新四军第三支队五团民运股股长金涛等先后率队开辟敌后（沦陷区）的磕山、高安、大小洲一线地区，16岁的邹亚平深受革命教育与抗日救亡感召，在新四军民运工作队的培养与发展下，积极参加革命工作，并于1940年2月加入中国共产党，先后任姚埂党支部书记、保兴乡中心党支部（党总支）书记；1940年9月始，先后任繁二区区委宣传科长、组织科长。1941年1月初，新四军第三支队离开铜繁前线东进北移，繁昌地方干部队随军北移，邹亚平奉命留在地方，坚持敌后斗争。

　　皖南事变爆发后，在日伪和国民党顽固派的勾结与夹击下，大批地方党员干部及游击队员、抗日群众组织成员被捕或惨遭杀害，且有部分人员叛变、自首、脱逃，白色恐怖笼罩着繁昌，斗争环境极其残酷。按照皖南事变前夕繁二区区委的分工，邹亚平负责沿江大小洲（保兴、江坝）等地区党的工作。面对严峻的形势，他坚定革命信念，逆流而上，带领党员骨干深入发动各社会阶层人士，创建车工互助会、雇工会、青年学习研究会等"灰色面目"的进步群众组织，发展壮大农抗会、妇抗会等抗日群众组织，坚持开展革命活动。

　　在皖南事变爆发后约半年时间里，按照中共皖南特委及繁昌县委的部署，邹亚平紧密配合县委书记李铁民、军事部长金涛等，充分利用对本地情况熟悉、社会关系较广泛的优势，配合建立秘密收容总站，秘密开辟窑头渡口，组织发动党员骨干和基本群众，迅速投入到收容、接应、掩护、运送新四军指战员突围北渡的工作中。从繁昌境内突围的新四军人员共有700多名，其中大多数是从大小洲及油坊嘴一线安全北渡的。

　　1941年3月后，根据中共皖南特委关于加快建设抗日民主政权的指示精神，邹亚平积极配合皖南特委特派员陈爱曦等，宣传贯彻抗日民族统一战线政策，广泛团结与发动社会各阶层人士，以大小洲区域为基本区域，在全县率先建立"马厂区行政促进会"（区级抗日民主政府前身）及保兴、江坝两个乡级抗日民主政府，以典型引路，加快推进全县抗日民主政权建设的进程。

　　1941年夏天，在县委实施以乡改区、大区划小区后，邹亚平任中共保兴区区委书记，年方18岁；后又调任江坝区区委书记。在当时的县委领导成员及各区委书记中，他是最年轻的一员。1942年秋，他从皖中区党委党校学习归来，先后任敌后县委巡视员、宣传部部长兼社会部部长。1943年春末夏初，他下派先后担任高安区委书记、保大区区委书记，后又重新调任高安区区委书记。他在抗日战争时期，先后5度担任4个区的区委书记。自参加革命后，他就一直坚持战斗在环境残酷、条件艰苦的敌后地区（沦陷区），频繁遭遇日伪和国民党顽固派的扫荡、清乡、围捕、奔袭，长期命悬一线。在担任保大区委书记期间，某次遇敌偷袭，他差一点牺牲在丰湖乡（浮山）。

　　1942年秋天，为保持大江南北的红色交通要道畅通，团长梁金华亲率新四军第七师五十七团一部南渡，趁夜突袭，发起攻打三山龙王庙伪军据点的战斗。邹亚平组织担架队及战地物资保障，并率区队武装及民兵配合战斗，有力杀伤敌伪，并火烧据点，震动繁昌，扩大了新四军的政治声势。1943年8月，他和抗日民主政权铜繁办事处繁昌督导处主任姚志健及地下党员胡振球、金开源（进步士绅，特别党员）等，协同施策，利用驻三山伪军头目之间愈演愈烈的矛盾，深入展开瓦解、教育工作，策动伪军队长赵子兴决心反正。邹亚平等迅速布置武装接应、分路掩护，组织船只，连夜将赵子兴及部属70余人安全护送到无为县白茆洲抗日根据地。这是抗战时期，繁昌境内伪军规模最大的一次反正行动。

　　邹亚平自投身革命后，四处奔走，出生入死，无暇顾及家庭。父亲因病早逝，家无劳力，寡母含辛茹苦地带着三个年幼的弟妹，无稳定的生活来源，只能靠着亲戚的周济与帮助而艰难度日，并且多次遭到汉奸、国民党顽固派的敲诈勒索。但为大家，舍小家，他坚持革命到底不回头。

　　1945年9月，邹亚平率高安区部分党政负责人及地方武装人员，随新四军北撤。1946年1月后，他在华东局党校及辽宁省大连、旅大、吉林省东丰县、江西省清江县等地先后担任基层党组织负责人。1949年10月，他随解放大军进军岭南，担任广州市军管会文教接管委员会军事代表。1956年，他任中山大学党委副书记，后任广东省轻工业厅革委会副主任、省电子工业局副局长等职；1980年1月，任广东省司法厅副厅长、党组成员。1983年6月，离职休养。

张安英、许小三、徐四喜事迹侧记

闵　健

　　1945年2月上旬的一天上午，寒风刺骨，乌云笼罩着天空。繁昌县南门外道路两旁站着黑压压的人群，人们屏住呼吸，目光齐聚在头一辆军车上。车上站着三位被五花大绑的姑娘，身后的牌子上分别写着她们的姓名。当车子经过南门外大街时，当中的一位嘱咐道："姐妹们，挺起胸膛，别难过，我们宁愿站着死，也不愿跪着生，曙光就在前头，报仇雪恨的一天很快就要到来的。死后我们三人埋在一起，二十年后再相见。"另两位姑娘听后精神为之一振，三人一起高呼口号，昂首挺胸，视死如归，一直来到峨山脚下。

　　"打倒一切反动派！""中国共产党万岁！"枪声响了，罪恶的子弹穿过了三位姑娘的胸膛，热血染红了峨山的土地，她们英勇牺牲了。这三位姑娘是：时年二十岁的张安英，十九岁的许小三，二十一岁的徐四喜。

　　张安英同志，乳名小喜子，1926年出生在繁昌县赤沙乡一个农民家庭。自幼活泼聪颖，讨人喜爱。十五岁那年父亲张志德在避难途中被日寇杀害。她怀着民族仇恨、为父亲报仇雪恨的念头，两年后投奔了家乡附近的新四军。新四军首长见她痛恨敌人，一腔热血，年轻机灵，就接受了她。分配她以做小生意为掩护，从事秘密侦察工作。张安英接受任务后，多次冒险到敌占区——繁昌县城和荻港等地侦察敌情。由于她出色的表现，得到新四军首长的赞扬和同志们的高度评价，称她为好样的机灵小鬼。

　　1945年农历正月初一，新四军举行春节联欢晚会，新四军首长亲自请张安英来团部赴宴。宴会上，首长向她介绍另外一位从事秘密工作的女战士许小三。会后，首长给她俩布置新的任务，并发给她们通行证和两套新衣服。这次任务是打进繁昌县西城外碉堡内做敌人瓦解工作。

　　张安英接到任务后，于正月十六日约了好友徐四喜，与女战士许小三一道从新四军驻地出发，手提竹篮，扮成商贩到繁昌县城内批发香烟并四处零售。当时繁昌县城十分复杂，有敌、伪、顽三股反动势力在活动。张安英为了获取可靠情报，早就和川军的一个排长混熟。这次她们按照计划以找熟人为借口进入碉堡，相机做这位排长策反工作，说服他连人带枪一同投奔新四军。

　　那天中午，三人走近碉堡，张安英开口就问碉堡门口的哨兵，某排长是否在碉堡内。当她得知某排长因公外出转身就走时，引起哨兵的怀疑，强行把她们三人扣押，就地审问。面对险情，张安英临危不乱，沉着应对，一口咬定她们是做小买卖的，平时批发零售香烟度日。因和某排长是朋友，顺道来看看他，再讲现在是中午，肚子饿了来讨点吃的。狡猾的敌人哪能相信她们的话，又见她们三个是年轻的姑娘，心生歹意，先是以物质引诱，继而强行搜身检查。不巧的是，敌人发现张安英裤腰上绣着某某番号的字样，因此断定她们三人是新四军派来的密探，于是把三人分别关押，单独审讯。

张安英等三人被捕后，受尽了凌辱。碉堡里的伪军怕惹出人命，就把她们押送到繁昌县城东门"独立方面军"司令部。丧心病狂的敌人每天对她们施以捆、绑、吊、打、上踩杠、刺乳头等酷刑。每次施刑，她们疼得死去活来，汗如雨淋，却一声不吭。个个表现得坚贞不屈，严守党的机密，不向敌人吐露半句真情。二十多天过去了，敌人一无所获，从她们口中得不到半点有价值的情报，便恼羞成怒，痛下杀手，执行枪决。

张安英、许小三、徐四喜是抗日女性中的杰出代表。她们为民族解放，争取民族独立，献出了自己年轻的生命，她们的英勇事迹载入史册永垂不朽。

新中国成立后繁昌首任县长——王安葆

程自桥

1943年清明，日伪采取"牛刀子"战术，对沿江地区实行分区扫荡。

一天，王安葆等人，正从红花山南麓小阳冲，绕大阳，翻赭圻岭，经笔架，向小桃冲迁回。

小桃冲这里有一个设塾馆教书的徐应选先生，他是个有民族大义的人，所以徐家便是我党的一个堡垒。

徐家前堂屋，荣山铁矿的日伪伙夫正煮饭烧菜。后堂授课的徐先生，瞥见王安葆、毛和贵几位新四军朝徐家后门走来。徐先生回头招呼："老太婆，江北老表来啦！"

王安葆低声耳语："我好几天没吃上饭。"

午饭时，十几个荷枪实弹的日伪军，从荣山铁矿下来，一跨大门，见后堂一桌子人正喝酒、猜拳。手忙脚乱地端起枪，跨过天井逼近后堂。王安葆他们好像没看见，依然如故，该吃的吃，该喝的喝。

徐先生一看，领队的鬼子换了个人，忙上前递烟。鬼子一挡，枪口抵着王安葆，说："什么的干活？"

徐先生说："皇军，江北过来的亲戚。"鬼子身边的翻译，是徐家熟人，他叽里咕噜一阵，鬼子这才收回枪。

王安葆见鬼子和翻译不肯走，一把拉他们坐下。鬼子与王安葆一块大吃大喝起来。

徐先生望着日伪远去的背影，冲着王安葆（化名"杨鹏"）说："老杨呀，晓得铁矿日伪午饭在这吃，你们也敢来。我三魂吓掉二魂半！"

王安葆拍拍徐先生肩膀。说："蹲在老虎背上睡大觉，保险着哩！可惜！在你这堡垒户，十来条枪没法缴。"

1947年7月，国民党纠集第六十三师和南繁芜铜4县的地方兵团，总兵力5000余人，包围峒山根据地。

王安葆带130余名战士，隐蔽在敌第六十三师师部大阮村后密林里，准备伺机突围。据侦察，敌营、团长正在喝酒寻乐，几个军官已酩酊大醉。王安葆决定：立即突围。一百余人喊杀连天冲出包围圈。

有情报说：繁昌城是座空城。敌人兵力全部进入山区，城里没多少敌人留守。王安葆率一支奇袭小队，从黄连山越过麻桥，沿滴水岭小道，向繁昌城插去。

繁昌城里枪声突然大作，敌人忙撤退回援繁昌。

1948年5月，王安葆得到指示，要南繁芜工委派人过江，协助将组建的南下支队，过江潜入江南。王安葆将信交给板石岭地下交通员牛自道（人称牛老八），连夜去磕山，交给在那一带活动的游击队长毛和贵。命令他过江，接受南下支队当向导任务。

牛自道在返回途中，在梅冲被一个叫三孬子民团认出，说牛自道是地下交通员，随后押往驻扎在赤沙的国民党独立十三旅的一个营部。

敌人对牛自道用尽酷刑，让他说出信的内容，他说他不识字，不晓得。敌人又使一招，找板石岭伪保长劝说牛自道。只要说出信的内容，金子、大头（洋钱）等，随便要，要多少，给多少。

牛自道说："都想要，可说不出信的内容。"

敌营长如实禀报师长许午言，许午言下令就地枪决。

第二天一早，牛自道与另一个人，被敌人押到一家理发店剃头。剃头匠嘀咕："两颗人头又要落地了。"

牛自道问："怎晓得？"

"押到我这剃光头，就是枪毙的！"

就在这时，屋外响起"咕—咕咕—咕咕"的叫声。牛自道一听，忙捂着肚子，说要上茅房。敌人只好将剃了一半光头的牛自道，押往屋后茅房。

牛自道与敌人一前一后，走出后门，门口两边游击队员一拥而上，几刀就结果了看守的敌人。几个人架着牛自道，隐进屋后玉米地，与蹲在地里担任战斗警戒的王安葆等人会合。

王安葆见牛自道送信后，迟迟未归，正着急的当儿，有情报传来，说牛老八被敌人捕获，将于第二天早上，剃光头后就地枪杀。王安葆当即布置，一部在赤沙东北佯攻诱敌，一部随他去赤沙理发店救牛自道。赤沙也正好是他去狮子山根据地参加南繁芜工委会议必经之地。

1949年4月21日，繁昌城宣告解放。第二天下午，南繁芜总队长王安葆，率干部战士80余人，从南门进入县城，接管民国县政府。

5月5日，中共繁昌县委员会、繁昌县人民政府成立，阮致中任县委书记，王安葆任县长。

人民的好领导——鲁月华

程自桥

1932年，鲁月华出生在繁昌平铺一个贫雇农家庭。自幼务农，1959年入党。1968年到平铺大队工作，多次被评为市、县优秀共产党员。

鲁月华自入党后，"我是共产党员"这句口头禅，挂在嘴边，扎根在心里，付诸在行动上。

那年，鲁月华还在生产队当队长。一次，他与一年轻人，天麻麻亮，就徒步去南陵县城，给队里采购囤粮用的苇箔。

在南陵县城，他走街串巷，东家问问，西家捏捏。身后年轻人不耐烦地嘀咕："一大早走了30多里路，这苇箔好歹还不一个样，钱多就多点，苇箔差就差点，也不是你家用的。"

鲁月华没吱声，抬头看看正午日头，回身搋下年轻人的腰说："晓得肚子饿了。苇箔挑准了，就要拐弯的那家。"

鲁月华将一担苇箔，歇在一个茶水摊前，说："就在这吃吧。"他向茶水摊买两碗开水，从一个旧军包里掏出锅巴。

年轻人瞪着眼。说："指望吃碗面条呢。早晓得，鬼才来。"

鲁月华笑了。说："搞饱就行。开水一分一碗，面条两毛多哩，太贵了。"

饭后，他俩顺漳河大埂，挑着苇箔往回赶。走了七八里，年轻人一脚没踩实，歪进坑凼里，一担苇箔随着人歪倒在地。年轻人脚踝崴了，这担苇箔，是无法挑回队了。

埂下漳河，一条船从南陵城驶来，年轻人招招手。船老大说，三块钱，搭到龙冈。鲁月华摆摆手。

鲁月华先挑自己这担苇箔，往前紧走500米，回头挑年轻人那担，如此往返来回。回到队里，已是下半夜，又累又饿的鲁月华，瘫倒在自家门槛边。老伴将他拽进屋，埋怨的话还没出口，就被他一句"我是共产党员，能省就得省"堵上。

有一年，鲁月华已在大队任党支部委员，趁他去县城开会，大队两委集体讨论，一致决定：让高中毕业的鲁月华四女，当大队赤脚医生。

鲁月华回来得知此事，连说不行。大伙劝着，说你家有6个子女，是个特困户，安排一个子女，没人会说。他坚持换给更困难家庭的子女。

鲁月华安抚失声痛哭的女儿。说："我是共产党员，不能与群众争名夺利。"

1985年，鲁月华看着分散在各个自然村的五保户，生活不便、居住简陋，决定建座敬老院，让全村6个五保户集中供养，让这些孤寡老人，老有所养，老有所乐。当时，村里经济十分短缺，他四处筹借建筑材料，用自家的钱垫付建房工人的工资，盖起全乡第一座敬老院。后来，又盖起全乡最好的村办小学教学楼。

一年春上，鲁月华处理完一桩村民争抢田地用水的事，到午饭点才回家，见桌上还没摆饭菜，几个子女翘着嘴巴。他奔向厨房揭开锅，这才想起来，一早他将米缸里剩下的米，送给村西头一家缺粮户。他扛米走时，曾支派老伴去她兄弟家借米。老伴说，上次借的还没还，再借，我开不了这口。

鲁月华看了一眼满脸怨气的老伴，转身出门。没走多远，有人背袋米迎面过来，说是还上次从鲁月华家借的米。他犹豫了一下，背着米转向村东。他想起村东那家，儿子在外上大学，为凑学费，把家里粮食卖了不少，估计他家断粮了。

直到几个小时后，鲁月华不知从哪里借半袋米，背回家。他一边淘米做饭，一边自说自话。"我是共产党员，不能让群众饿肚子。"

1989年3月30日早上，鲁月华在平铺大桥下，检查正在改造的河道涵洞。8点30分，一辆满载石块的拖拉机从桥上驶过，在路的拐弯处，机动车没采取减速行驶措施，突然，整辆拖拉机向山河一边侧翻。整车斗上的大石块，全砸到桥下正在检查施工的鲁月华身上。人们把他从乱石堆里扒出来，终因伤势过重，抢救无效，鲁月华光荣牺牲，时年57岁。

鲁月华"一身干净，两袖清风"。村干部任上21年，没挪借村里1分钱、1斤粮。可他家里却有一张欠条，是村里欠鲁月华198个月工资的欠条。

鲁月华一生不沾烟、酒、茶，没戴过手表，没穿过毛线衣。他家最值钱的财产，是一台"宏声"牌半导体收音机。他处处想着集体，时时想着群众。一心为民，无私奉献。

鲁月华，人民的好领导，优秀的共产党人。

葛世玉——点睛之笔引按语

黄在玉

新中国成立初期，繁昌县峨桥区浮湖乡农民葛世玉领衔试办的农业合作社火了。因为毛主席亲写按语，公开表扬了这个合作社！

在浮湖乡，葛世玉是个大能人。早在1951年秋，为响应繁昌县委号召——按照"积极发展，稳步前进"的方针和"自愿互利，典型示范"的原则，引导农民生产互助。葛世玉就率先试办了互助组，成为全县四个互助组之一。1952年4月，经繁昌县政府批准，全县试办四个初级农业生产合作社，葛世玉合作社也是其中之一。1954年春，在初级合作社基础上，葛世玉试办高级农业生产合作社。全县仅此一家。

天有不测风云。自进入梅雨季节以来，安徽全省阴雨连绵，持续了57天。特大暴雨将沿江一带变成一片汪洋。长江水位一直处于警戒线以上，时间长达100多天，芜湖长江水位最高时达12.87米。繁昌县83个乡中有66个乡受灾，除永庆圩，全县33个圩口相继溃破。这就是过来人常说的"五四年发大水"。

洪水一直延迟到10月份才渐渐退去。繁昌县委动员全县城乡开展生产自救，涌现出了许多感人至深的人和事，其中葛世玉农业生产合作社表现得最为出色和典型。

这场百年不遇的天灾，对于刚刚走上农业合作化道路的农民来说，无疑是一场生死攸关的考验。一时间，社员们的思想出现了混乱和迷茫。社长葛世玉整日愁眉不展，沉默不语。但他决定要勇于面对！

葛世玉在县委工作组的帮助下，召开多种会议，有针对性地消除社员中存在的悲观情绪。他冷静地分析了形势，拿单干和合作社对比，斩钉截铁地说："如今遇到天灾，我们就要发挥合作社优势，大伙拧成一股绳，不靠不等，搞好生产自救。"通过耐心、细致的思想工作，社员们心里顿时亮堂了，悲观情绪得以克服。大家迅速组织起来，齐心协力开垦种地。葛世玉一颗悬着的心落了地，眉头也舒展开了。

他们的经验一下子传遍全区、全县和全省。新华社很快派记者前来采访、撰写通讯，推广他们的经验。初稿由繁昌的几位同志撰写，他们走访了葛世玉、葛大华、葛大通、柯先富、柯百法等合作社成员，回来后便分工起草。几易其稿后送给新华社记者，记者看后提出了修改意见："稿子写得不错，就是缺乏点睛之笔。"

繁昌的几位同志一遍遍地通读全稿，发现文字通顺，可是整篇文章很平淡，缺乏典型性。于是，他们再去合作社采访，回来将原稿做了外科手术式的修改。新华社记者看了修改过的文章，连声赞扬："好，好，终于找到了点睛之笔。"

　　文章最先在安徽《农村工作通讯》第41期发表。原题为《葛世玉农业生产合作社是怎样通过生产自救获得巩固与扩大的》，收入《中国农村的社会主义高潮》一书时，题目改为《只有合作化才能抵抗天灾》。文章的结尾部分有两段话既精彩又中肯：中农柯先富有26亩田，3个劳动力，耕牛、农具俱全，自认为百事不求人，过去连互助组也不愿参加。破圩以后田地被淹，砖墙冲倒，顾到头顾不到脚，因而也迫切要求入社。他说："像我们这些中农，就像江里的小船一样，风平浪静的时候，可以平安而过，遇见狂风暴雨，就寸步难行。若不赶快爬上大船（指合作社），就有翻船的危险。"

　　16岁的柯百法，自从母亲死了以后，靠帮工过活。破圩以后，成天大哭。后来入了合作社，分配他放牛，全年可以拿到140个劳动日的工分，以每个工分分粮15斤到20斤计算，一共可以分到2250斤到2800斤，比他原来帮工收入要超过一倍到两倍。因此他就积极设法保养耕牛。他说："我从小靠娘，现在靠社，合作社就是我的娘。"

　　在新中国建设初期，葛世玉和他的农业合作社虽然昙花一现，但可贵的尝试和探索也留下了浓墨重彩的一笔。

郭珍仁：半生潦落入诗怀

张诗群

1924年6月，一个遗腹子的出生驱散了荻港郭家刚刚丧子的阴霾，这男婴对人丁稀少的郭家来说显然是弥足珍贵的，于是取名"珍仁"。

少年的郭珍仁显露出聪慧的才华。在母亲的安排下，他和两个姐姐先后入私塾读书，但厄运接踵而至，刚刚出嫁的大姐不幸罹难，随后正在芜湖蒲草塘务实女子中学就读的二姐因胃病夭折，再然后，日寇侵华，中华大地水深火热。

为躲避日军杀伐，郭珍仁与母亲开始"跑反"。暂居青阳后，他考入陵阳师范就读，却因日军的侵犯再次被迫辍学。1940年，16岁的郭珍仁开始用笔名"斐文"和"非文"在《皖报》《宣报》《中学生》杂志等报刊发表历史小说、散文和诗歌。抗战结束，郭珍仁在荻港国民小学当了一名教员，新中国成立后又凭借声名鹊起的文学才华调到县文教科任创作员，但在随后的特殊历史时期，他没能摆脱厄运的追随，被迫前往歙县"新生农场"劳教。

歙县农场的特殊经历，在郭珍仁的作品《往事》《狱中散记》《逃犯》中多有涉及。这期间发生了一段颇有意味的插曲，有一天郭珍仁正在田间劳动，忽然听到广播里在播放自己创作的独幕剧《张二嫂看戏》，唱主角的正是他非常仰慕的一位省城戏曲名家，郭珍仁激动地凝神静听，却被一名干部模样的人兜头一顿骂："快去干活，还有闲心听广播！"郭珍仁幽幽说道："这是我写的戏啊！"那人讥笑："做梦说胡话，别痴心妄想了！"

几年后，郭珍仁从歙县回到家乡，面对四个正在成长的儿女和疲惫不堪的妻子，填饱肚皮成了郭珍仁最迫切的需求。他卖掉从农场带回的唯一值钱的一口樟木箱，又东挪西借了几十元钱，买了一部小板车贩卖柴禾。整整13年，郭珍仁肩上紧紧勒着绳索，拖着沉重的板车，无数次往返于桃冲与荻港之间。身体的劳累无法填平心灵的虚空，郭珍仁的精神世界需要照拂。满架的书早已遗失，在杂物堆里，他意外发现了歙县的一位友人赠送的《李清照词选》《辛弃疾词选》和《纳兰性德词选》。郭珍仁如获至宝，每逢雨天和夜晚，他便与词人在书页中相会；白天拖着板车在路上颠簸，他揣着笔头纸条，想起一句好词便趁休息的空隙赶紧记下，时间一久，家里到处都是记满词句的旧烟盒、碎纸片。

郭珍仁的住所十分简陋，只有一间不足十五平方米的草屋，屋内用香烟包装箱一隔为二，外间一桌二椅，是他接待板车朋友的"客厅"，窗下垒起的两只破木箱就是书桌，他后来出版的《滨河庐词抄》收录的555首词中，225首均写于这"桌"上。因草屋傍河而立，他给这间草屋取名"滨河庐"。

在那个特殊年代，写作对于像他这样经历的人来说，是不大容易的。为了避免可能引起的麻烦，起初，他将写在纸片烟盒上的词塞进药瓶，藏在墙洞里，风声一紧，就赶快转移到屋外的乱石堆中。但是还不周全，为此，善于编排文字的郭珍仁编造了一个故事。他将自己写的这些词假托为乾隆年间一个名叫徐柳建的女词人所写，并谎称这些词是从一座清代墓葬中发掘的手抄本，书名叫《潭石诗余》，并正儿八经地写了一篇《关于》的词评。然而，稍加辨识就能发现所写年代根本不是清朝。后来，郭珍仁又想到一个办法。他买来一张细桑皮纸，裁成三条，用铅笔将诗词用极小的字抄在纸上，然后分别捻成三股，搓成纸绳，又用煤灰做旧，编成环扣，下端连接一个小铁钩，用来悬挂菜篮、旧雨伞之类的杂物。这便是"诗绳"的诞生。

除了《滨河庐词抄》，郭珍仁还创作了一本二十多万字的读书札记《话说红楼》。从初稿完成到多次整理修订，直至1996年由"阿英文学基金会"协助付印，前后历经二十多年。

1979年，55岁的郭珍仁终于得到命运的垂青，他放下板车走入杏坛，在荻港中学任教，1981年提前病退。退休后，他在"滨河庐"填词作诗，编撰文集，其间参与《荻港镇志》的编写工作。2002年5月，郭珍仁突发疾病驾鹤西去，享年78岁。去世前不久，他为自己写下一副挽联：话说红楼书一卷，滨河庐集韵千张。横批：青山永伴。

天使在人间——刘秀兰

蒋诗经

刘秀兰，一个普通到不能再普通的名字，在繁昌县医院里干着一份普通的工作。而正是这样的普通人，在这样普通的岗位上，用自己的实际行动和大爱情怀，在病人们的心中树起了一座丰碑。

刘秀兰，原繁昌县三山人，1934年出生后不久，局势动荡不安。她跌跌撞撞地上完了初中。耳闻目睹了战乱给国家带来的伤害，和那些在战争中受伤的人们。她在心里默默地想，多么希望有一天能给这些为国而战的伤员减轻一些痛苦啊。

正是抱着这样的理想，1957年参加工作，并加入了中国共产党。先后担任县医院内科护理负责人、门诊部护士长、党支部委员。

从1958年起，她一直从事临床护理工作。虽然已经到了和平年代，但医院里病人被痛苦所折磨，同样也折磨着善良的她。所以她对待病人的照顾和关怀是发自内心的，也是无微不至的。只要能尽量减少病人的痛苦，她觉得付出再多也值得。

平时，她为更熟练地掌握医护技术，认真学习临床护理知识，刻苦钻研技术。哪怕是闲暇的时间，她也会习惯性地来问候她的病人，关心病人的病情，并及时向医生反映。

她的为人和成绩不管是医生还是病人，都有目共睹。就这样，她从一名普通的护理员，逐渐成长为一名护士，直至担任护士长工作。

她把解除病人的痛苦作为自己应尽的职责，忠于职守，兢兢业业，经常带病坚持工作。有一次，她因为身体虚弱，直接昏倒在病床边。值班医生知道，半是责备半开玩笑地说道："幸好是在医院，要不然你这样玩命地工作，迟早会出事的。"

而此时的刘秀兰，只是默默地红着脸，继续完成了手边的工作。

在病房里，只要刘秀兰来了，身边总会围绕着家属问东问西。为什么？因为他们都知道，刘秀兰总是如春风化雨般地回答问题，态度好，分析准。每一个从她手里经过的病人和家属都真心感叹：她就是真正的白衣天使。

天使是爱美的，是圣洁的。可是刘秀兰在面对病人的时候，却忘了这一点。1981年夏季的一天，内科医生抢救一位因农药中毒的病人。病人当时的情况特别危急。刘秀兰参与救护时看见，病人呼吸短促，手脚乱抓乱蹬。由于太过急切，病人口腔突然喷出的分泌物溅了刘秀兰一脸。而此时，刘秀兰却只挥起袖子随便擦了擦，仍在急切地抢救生命垂危的病人。病人眼看就要停止呼吸。经验丰富的刘秀兰知道现在该做什么——人工呼吸。这一刻，她已经忘了她天使的身份，毫不犹豫地对着病人，嘴对嘴地呼吸了起来。几分钟的人工呼吸，使病人的呼吸终于趋于平缓。一阵呕吐，病人胃内的残存物吐了出来，在场的刘秀兰和其他医护人员才真正地松了一口气。

平时工作中，大凡农村来的病人，她都更加热情，因为她知道，农村人有时会不敢说出自己的想法，耽误病情的治疗。对慢性病患者，她耐心仔细地做好病理的解释工作，使患者放下思想包袱，积极配合治疗。

还有一点，特别感人。有时候病人家里条件太差，生活上有困难，她知道后，也会尽力帮助。送水，送饭，送菜，有时还支援饭菜票。这些，都已经不再是她分内的工作，但她做得毫无怨言。事后这些病人及家属为感谢刘秀兰，送来鸡蛋、老母鸡以及一些农副土特产，她都一一拒收。她知道，干好这份工作，她图的不是这些，图的是心安，是曾在心中许下的诺言。

1983年，由于她长期患胃病，消化不良造成体质差，加上又是低血糖，不得不从护士长的岗位上退下来，担当起一名普通护士的工作。有人为她鸣不平，说应该让她多休息，而不是把她从护士长的岗位上撤下。她只是笑笑，仍一如既往，认真工作，服从和支持护士长的工作安排。而且，她还自我检讨说："照顾好病人是我的职责，可我没照顾好自己，也算是对我的一种惩罚吧。"

不久后，新来的护士长又调到其他病区，她又重新担任护士长的工作。每逢有人请假，住院部人手忙不过来，她顶班上岗，不仅代小夜班，而且还代大夜班。护工有时忙不过来，她主动帮助护工打扫卫生，有时甚至帮助倒尿、倒粪。

刘秀兰在平凡的工作岗位上，作出不平凡的事迹，多次受到上级表彰，1983年3月，她被安徽省人民政府授予"三八红旗手"光荣称号。

红色故事

繁昌之战前后(节选)

马长炎

深入实际　关心部属

　　我在新四军第三支队谭震林副司令直接领导下工作了两年,他那火一般的革命热情,忘我的工作精神,深入实际的工作作风,给了我极大的教育。尤其是对部下那种无微不至的关怀和炽烈的阶级情谊,给我留下了深刻的印象。谭震林到达铜繁后,深入群众了解情况,不仅和部队干部战士谈心,而且还到老百姓家里去作调查。对当地民情风俗,很快摸得清清楚楚,有的战士和群众与他初接触时有些拘谨,但渐渐地就觉得他非常和蔼可亲,都愿意把心里话掏出来。他却从交谈中了解到战士和群众的思想动向,从而作出了正确的判断。在保卫繁昌的几次大的战斗中,他将兵力部署安排得非常具体。他对地形之熟悉,对情况之清楚,使我们这些下级指挥员都感到吃惊。这都是他深入群众调查研究的结果。他经常教育我们,不要打无准备之仗,要知己知彼才能百战百胜。

　　谭震林平时不苟言笑,有一种军人的威严。可与他接触多了,就会感觉到他十分平易近人,对战友体贴入微,有深厚的阶级情感。有一件小事,虽然过去了半个世纪,但如今依然记忆犹新。

　　那是1939年秋天,由于部队经常打仗,要跑很多山路,鞋子磨损很快,加上军需供应不上,战士们经常穿着破鞋子。我也一样,大脚趾露在外面。一天,我到支队部汇报工作,他看到我穿着破鞋子,会后向我招招手,把一双崭新的布鞋塞给我,笑着说:"长炎同志,试试看,大小怎样?"我试穿后说,刚合脚。"那你就拿去穿吧!"他又转向他爱人,微微一笑说:"目前部队非常缺鞋子,解决这个问题,一方面要发动战士打草鞋,一方面请妇救会把群众慰问的鞋子收上来,尽快发下去。"我当时认为谭副司令的布鞋一定很多,后来才知道他的鞋很少,而且这双鞋还是他爱人忙中偷闲,起早摸黑给他做的。所以我十分珍惜这双鞋子,很少穿它,只有到打仗时才拿出来穿上。

　　谭副司令对部下关怀备至,对自己却严格要求,从不搞特殊化。记得有一段时间,部队生活十分艰苦,他和战士们一样吃大锅饭菜,加上连日的辛劳,他日渐消

繁昌之战前后(节选)

瘦。一次他到我营检查工作，司务长想为他改善一下伙食，杀了一只鸡。当把烧好的鸡端上桌子时，他严肃地说："不能这样，大家同样辛苦。"我只得示意炊事员把鸡端走。他那种与战士同甘共苦、从不特殊的品格，一直深深地烙印在我的脑海中。

"皖南虽好，但非久留之地"

在副司令员领导下，繁昌地区的抗日斗争形势在较短的时间里有了很大的变化。那时，国民党为了限制新四军的发展，明令不准发展民兵组织和地方武装。他运用有理，有利、有节的策略，用发展猎户队、递步哨等代替民兵组织，发展武装斗争。因而铜繁地区的农抗会、妇抗会、青抗会、儿童团等组织纷纷建立起来，党的地方组织迅速得到发展和加强，并很快成立了铜陵、南陵、繁昌中心县委。在这样好的形势下，大多数干部战士对抗日形势的分析持乐观态度，谭震林却有自己的考虑。他说。"皖南虽好，但非久留之地。"当时，我对这句话很不理解，不由得愣了一下。他接着说："长炎同志，给你一个新的任务，你带领一支短小精悍的队伍到江北无为去，名义是扩军，到了那里，你要把无为的东西南北乡跑遍，了解所有情况，包括敌情、民情等，一个月后回来向我汇报。"他还交代说："孙在江北游击纵队担任司令员，你们是老熟人了，我再给你写封介绍信。"我按照他交代的任务，立即带着三四十人，由繁昌经黄浒至沙洲过江。当我回到繁昌向谭副司令汇报后，他高兴地说："很好，很好，我们的目光就是要放到江北！"从他无比兴奋的神情中，我感到他正在思考着皖南新四军向江北发展的宏图大略。

1939年12月底，谭副司令又派我带数十人去无为。这次，我对无为什么地方有日伪军，什么地方有土匪，什么地方有国民党军队，都摸得一清二楚，前后活动了三个月。我返回繁昌见谭副司令，他拉着我的手高兴地说："长炎同志，辛苦了，不简单！你不仅跑遍了无为，了解到那儿的敌我友力量对比等重要情况，还扩充了三四十人，收获真不小啊！""你下次去无为回来后，可向胡荣同志（政治部主任）汇报。"从谈话中我隐约地感觉到，他可能要离开第三支队了。果然，当我第三次由无为返回繁昌时，谭副司令已到江南抗日救国军东路指挥部去了。他走了，但他临走时留下的那句"皖南虽好，但非久留之地"的话，却一直刻印在我的脑海中。直到震惊中外的皖南事变爆发后，我心中的谜才解开了。原来他是站在华中抗战全局的高度，高屋建瓴，看到了皖南这块地方是兵家必争之地。因此，他三次派我到江北无为摸情况，打前站，搞扩军，这说明他一直在坚决贯彻党中央关于新四军向北发展的方针。

　　后来的斗争实践充分证明，皖南新四军向江北发展是非常正确的。我们从皖南事变中突围出来的部队，正是到了江北后才得到迅速发展的。

（节选自中共繁昌县委党史办公室《红花山风云录》）

繁昌保卫战

陈仁洪

繁昌是皖南前线的一个战略要地，它位于芜湖至铜陵一段长江的突出部。繁昌城东为圩区，城北地形开阔，而城西南有红花山、三梁山、白马山、铁牛山、狮子山等，是军队进出繁昌城和南陵县的交通要道。因此，日军要从芜湖威胁我皖南后方，繁昌是其必争之地。

从1938年8月，日军占领了繁昌以北漷港、梅山、三山以后，又相继占领了荻港、旧县、横山桥等地。为了守住繁昌，保卫皖南，11月底新四军第三支队奉命从青弋江的西河镇、红杨树、马家园一线开拔到这里。从此以后，第三支队第五团和第六团三营，一直在繁昌、铜陵地区战斗、生活了两年多，直到皖南事变发生。在这两年当中，第三支队为建立和巩固皖南抗日根据地，为保卫繁昌，保卫皖南，保卫新四军军部，开辟和发展江南、江北两游击区的交通联系，消灭日本侵略者，作出了不可磨灭的贡献。

第三支队进到繁昌以后，队部和第五团团部驻扎在中分村，政治部及战地服务团的人驻在老虎山、板石岭、铁门闩，第五团一营在马家坝、二营在白马山、三营驻孙村和红花山，第六团三营跟第三支队队部驻沙滩角、赤沙滩一带。

第三支队的主要任务，就是同国民党军第五十二、一四四师一起担任繁昌、铜陵、南陵境内长江沿岸的防御作战任务。

为了抗击日军的进犯，谭震林一到繁昌就领导第三支队积极开展民运工作。当时第三支队的民运工作队在各乡建立的群众抗日组织，主要有妇抗会、青抗会、猎户队、儿童团和递步哨等，这些组织在以后抗日行动中发挥了重要作用。

国民党当局不让新四军建立地方武装，第三支队就在繁昌帮助农民建立自卫队。繁昌西南山区打猎的人多，许多农民家里都有猎枪，我们就把这些群众武装组织起来，叫猎户队，这实际上是我军领导下的抗日武装组织。到1939年春末，全县山区，凡有土枪的青年几乎都参加了这个组织。区里有大队，乡里有中队，保里有分队，全县七八十个中队，计1000多人。1939年下半年，第三支队五团还同繁昌县委一起，组建了猎户队总队部。

第五团同猎户队的关系非常密切，各营经常派出军事教员帮助猎户队训练，还给他们上政治课。猎户队站岗放哨、搞侦察、作向导，积极配合部队作战，成为新四军可靠的助手。

1938年12月16日，日军纠集敌伪军共两三百人，向第五团驻地中分村进行"扫荡"。我军立即抢占岭头有利地形，居高临下，猛烈射击，打退了敌人。第五团乘胜追击，迫使敌人退至青山嘴后，向三山败退。我们一举攻克了繁昌县城，占领了这个战略要地，自此繁昌保卫战的帷幕便正式拉开了。

1939年1月10日，峨桥、伏龙山之日伪军400余人，含骑兵20余人，分多路向繁昌发动进攻。第三支队五团二营奋起与敌激战，迫敌退至马坎。次日，敌继续向繁昌进攻，占领了繁昌县城。13日，第三支队主力部队在游击队的配合下，积极反攻，敌人即向峨桥、横山撤退，繁昌城收复，保卫繁昌的战斗首战告捷。

1939年夏秋之交，由于第一、二、四支队在江南、江北和皖东坚持敌后游击战争，牵制了日本华中派遣军大量兵力，使皖南前线敌我双方处在相持阶段。这期间第三支队不断派小部队，分散出击，破坏敌人的江防，袭击其长江运输船队，使处在皖南后方的新四军得到了稳定发展，军部驻地云岭成了江南进步青年向往的地方。安徽、江苏、上海、浙江、江西等地的青年工人、青年知识分子纷纷奔向皖南，投身于革命熔炉，给新四军增加了新鲜血液。为了培养骨干、轮训干部，军部大力兴办教导大队，组织干部和青年学员学政治学军事、学文化，还办了《抗敌报》和《抗敌》杂志。

1939年9月，随着第二次世界大战在欧洲的爆发，日寇为了缓和国内日益高涨的厌战反战情绪，巩固、扩大其在中国的殖民统治，积极地推行"以华制华""以战养战"的政策。他们对国民党的方针由以军事进攻为主转为以政治诱降为主，把主要的兵力集中用于对付八路军、新四军，妄图消灭中国人民真正的抗日力量。国民党顽固派打着抗战的旗号，暗地里与日本帝国主义勾结，干着破坏抗战、媚敌反共的罪恶勾当。国民党秘密通过了《限制异党活动办法》，接着又秘密颁布了《共产党问题处置办法》和《沦陷区防范共党活动办法》。他们不但自己不抗战，反而到处制造摩擦、造谣污蔑。正当这种反共媚敌的无耻谰言甚嚣尘上之际，驻守铜繁前线的新四军第三支队，以七战七捷的伟大胜利，给侵华日军一个难忘的教训，也给反共顽固派们一记最响亮的耳光。

当时繁昌当面之敌，是日军第十五师团五十二联队之川岛警备部队。该部五六百人，在大量伪军配合下，分驻伏龙山、峨桥、三山、横山一带。繁昌以西，从荻港到铁矿山一线，是日军第一一六师团之石谷第一三三联队，并有西川、藤井、青木等3个大队，计1500余人。十一月初，日寇又从芜湖调来青岛、江海两支部队，1000余人。他们开到铜陵、大通地区以后，敌酋们连日召开军事会议。各据点实行宵禁，严格盘查来往行人，封锁消息，并抓紧修筑公路，补充弹药粮秣，繁昌大战在即。

11月7日夜间，日军第十五师团高品第五十二联队之川岛警备部队步骑兵五六百人，在伪军配合下，携九二步兵炮、八二迫击炮和掷弹筒、轻重机枪，由峨桥、三山、横山倾巢出动。8日拂晓，分三路到达了新兴街、松林口和三元口附近。

谭震林副司令员分析敌情，认为日军川岛警备部队装备优良，兵力占优，应尽量避免与其决战，决定采取宽大正面的部署，对敌人形成包围之势，把主力摆在繁昌西南山地，待机出发。繁昌城南的峨山头是整个战场的中心要点，如能扼守，则不但可以控制城厢，而且能吸引敌人兵力，为出击部队造成有利条件。繁昌西北一带山地，便于我威胁与牵制敌人，要防止敌从荻港、铁矿山方向增援其攻城部队，宜预先布置相当兵力担任警戒，以保障我翼侧安全。为此，支队司令部把五团一营放在马家坝附近山地，以小部队作正面牵制，主力占领有利地形，打击敌人侧翼；我们二营隐蔽在白马山附近，待机向繁昌西北方向出击；三营在红花山、孙村附近加强侧翼警戒，随时准备打击荻港、铁矿山方向来援之敌；六团三营以主力扼守峨山头，控制敌人，并一部担任城防。谭震林同志带支队司令部进至铁门闩一带。

8日上午7时左右，日军气势汹汹地向繁昌城扑来。从横山桥出来的日军，在马家坝附近先与我一营接触，遭到我侧面打击后，随即转向松林口方向，与其第二路主力会合，继续扑向繁昌城。

上午9时，日军在炮火掩护下，全部迫近繁昌城，并突入城内，转而开始向我守在峨山头的第六团三营围攻。三营以短火力顽强抗击，经过数次反冲锋，将敌击退，牢牢控制着高地。

激战到上午11时，一营的主力，已由羊山迂回到繁昌城北门，二营也迅速赶到了西门，两支部队相互配合，将日军紧紧包围在繁昌城内。敌人试图突围，双方在城厢展开激烈的战斗。午后3时，我军开始总反击，第六团三营一部从峨山头直扑城内，我们营从城西，第一营从城北相继杀进城区，战士们一边冲，一边喊着"活捉鬼子""缴枪比赛"，展开激烈巷战。一营一连三排在连长祝喜良的率领下，和日军展开了肉搏，杀伤了大量的敌人，最后全排壮烈牺牲。战至5时，天上开始飘下蒙蒙细雨，战士们越战越勇，日军不支，开始纷纷向北门溃退。

天渐渐黑下来，雨越下越大。日军且战且退，我军紧追不舍。

到了草山头附近，日军开始施放毒气，我军被迫停止追击。此时天已昏黑，冷雨霏霏，溃败的日军，由七里井、松林口逃回据点。这次战斗敌伤亡100余人，我们部队也有少量伤亡。

日军正面攻击繁昌城吃了败仗，是不会罢休的，况且其左翼主力并未行动，也许潜伏着更大的行动。谭副司令员随即命令各部队撤回原驻地，抓紧休整，以备再战。为了加强对西线日军的防卫，我营由白马山调至中分村以西的后冲，担任巩固第三支队与国民党军第一四四师接合部的任务，后边紧靠赤沙滩。这一带湖南籍的群众多，我们二营营部就住在湖南籍老乡徐元怀家里。徐二十五六岁，是猎户队队员，他热情地接待我们，把家里的正房让给我们住。

　　由于战斗的胜利，指战员们情绪非常高涨。休整期间，部队不断进行政治动员，提出杀敌立功竞赛条件，大家天天提前起床，打好背包，捆好干粮袋，擦枪、磨刺刀，时刻准备战斗。新四军这种紧张备战的精神，也带动和影响繁昌的人民群众。地方党组织积极发动群众，农抗会忙着动员献竹子、做担架，组织担架队，猎户队帮助新四军站岗放哨，还派人到敌占区探听消息。我们房东老徐也很忙，白天放哨望风，晚上回来，把猎枪挂好，总要跑到我们住的屋子，让我们谈繁昌战斗的情况，说到带劲处，他总是激动地攥着拳头捶着大腿说："日军敢到我们这边来，一定给他个厉害瞧瞧！"

　　敌情源源不断地传来，日军连日来正在调兵遣将，他们把南京、大通、三山、湾沚之敌抽调集中于荻港，有步兵、炮兵、骑兵、空军、水警等，总计在2000人以上。

　　支队部马上召开营以上干部会议。在会上，谭震林同志列举了这次日军投入的兵力及其动向以后，分析说：日军企图从第三支队和第一四四师的接合部插进来，先夺取赤沙滩，切断友军第一四四师与我军的联系，然后转过头来，由南向北，把驻守在狮子山、钟鸣街、黄浒一带的第一四四师一口吞掉，从而在铜繁整个抗战链条上打开一个缺口，以便孤立我繁昌，直逼云岭，策应青阳方向的进攻，威胁我军后方，继之为打通浙赣线创造条件。这是日军为配合其西南战略进攻的一个重要步骤，我们一定要坚决粉碎它。说到这里，谭震林同志看着大家，不无感慨地说："我军将士忠心赤胆，向来以民族安危、抗战大局为重。今天，大敌当前，我们要以皖南战局为重，暂且不去计较那些反共顽固派的胡言乱语。友军一四四师受到严重威胁，我们应主动出击，坚决把敌人阻挡在我军阵地前，予以歼灭，不让敌人从我方地区迂回到第一四四师侧后。这是一次恶仗，也是一次政治仗，我们要坚决歼灭敌人，保住皖南前线。让顽固派去胡说八道吧。我们要用作战胜利来回答这些假抗战、真投降的先生们。"他说着，看了一下坐在身旁第三战区的"联络参谋"们。这几位"参谋"从岩寺一直跟我们到这儿，第三支队有什么活动，他们都要干预过问，真是事必躬亲。大家都知道他们的真实身份是军统特务，对他们非常鄙视。他们每下部队"了解情况"，都要遭到战士们的冷眼。是啊，为了中华民族的生存，全中国人民都动员起来了，大家忘我地与日寇浴血奋战，而他们却在扮演秦桧般的角色，这是多么可悲，又多么可恨！

谭副司令分析了敌人的企图之后，即令我团三营迅速进到孙村附近，以钳制敌人；一营继续放在马家坎附近，负责三山、横山方向的侦察警戒；支队警卫排占领三梁山西侧棱线，向梅冲、孙村方向警戒；我们二营和六团三营面向孙村，待机出击。支队司令部从铁门闩搬到范冲。

1月13日夜，我正在睡梦中，突然被急促的电话铃惊醒了，我一把抓起电话筒，就听到侦察班祝水生班长的大声报告："营长！据递步哨报告，有约五六百名鬼子，已于午夜到孙村，估计很可能沿梅冲南下。另外据获港方向情报员报告，天亮后敌人可能还有一路1000余人从黄浒沿小河东岸南下……"鬼子终于向塘口坝来扑来了，我看了一下表，时针指向凌晨三点钟。

我一边穿衣，一边呼唤睡在隔壁的营部书记："袁天柱同志！""到！"原来他也早起来了。我对他说："据侦察员报告，敌人的先头部队已经出发，马上报告支队首长，通知各连立即做好战斗准备，随时待命出发！再通知县政府和乡公所，告诉他们敌人已经到了孙村，请他们迅速组织乡亲转移。"袁书记答应着，立即用电话通知了各连，并将情况报告了谭副司令员，接着又在煤油灯下迅速地写好了几张字条。通信班长站在他的身旁，麻利地整理着武器，做好了给地方送信的准备。

通信班长刚走，支队司令部也来了电话，进一步证实了侦察员们了解到的情况，同时补充说：进至孙村的敌人是石谷联队之西川大队，计步骑兵600人，现正逶迤南进；我团三营已经和梅冲之日军接触，其后尾随即跟进。支队司令部命令我营迅速出发，占领乌龟山一线高地，堵住日军。

我马上与副营长马长炎同志交换了一下意见，决定让四连迅速抢占塘口坝东侧乌龟山阵地，坚决阻止敌人南进，六连随四连跟进，五连在乌龟山以南作营的预备队。

"嘀嘀嗒……"一声声紧急的集合号声，划破了黎明前的寂静，指战员们纷纷跑步集合。马长炎同志边跑边喊营部的同志："快一点啊，营部不要做乌龟啊！""做不了！"战士们坚定地回答。不一会，队伍就在一个大草坪上集合完毕。黑沉沉的天空，没有一点亮光，战士们互相摸索着检查携带的装备，大草坪上一片"窸窸窣窣"的声音。

马副营长给各连干部作了战前动员。他在简单地介绍了敌情后，指出："这一次，敌人的兵力和武器都要超过我们几倍，大家要做好打大仗、打恶仗的准备，坚决打好这一仗!"他停了一下接着说:"为了打好这一仗,我代表营党委给各连党支部提三点要求:一是共产党员,指挥员要身先士卒,与战士同生死、共患难,保证阵地指挥不间断,政治思想工作不间断;二是随时随地搞好战场宣传鼓动,不断用各种战斗口号激励部队不打哑巴仗,全营要把'杀敌立功''多抓鬼子、多缴枪''保卫繁昌,保卫皖南''誓与阵地共存亡'等口号叫响,使部队始终保持旺盛的斗志;三是战斗中各支部注意随时搞好组织调整,考察和锻炼骨干,保证部队不散。"

马副营长说完以后,我紧接着给各连布置任务:林昌扬带四连向日军的来路金冲方向搜索前进,即刻占领乌龟山一线阵地,迅速抢修工事。刘金才和吴生茂带五连在乌龟山背后隐蔽待命,作为营的预备队,随时听号令前进,天亮以后注意防空。李木生、钟大湖带六连跟在营指挥所后面前进,随时配合四连战斗。我的位置在六连。

部队迅速出发。山野沉浸在黑色的夜海里,冷风迎面扑来。我带着通信班紧随着四连前进,不一会队伍便到了金山岭。这时,天已经蒙蒙亮,乱云在山谷中飘荡,整个山野笼罩在一片白雾之中,空气中弥漫着野草的芳香,四周一点动静也没有。突然前方"啪啪啪……"响起一串清脆的枪声,看来侦察班已经与日军接火了,日军已经到乌龟山下了!我不禁吃了一惊,如果乌龟山被日军占领,那后果不堪设想。我迅速带上通信员向四连跑去,大声命令:"林昌扬,敌人已经到乌龟山了,你马上选择冲锋路线,出其不意地把他们反击下去!"

这乌龟山本是个无名高地,在塘口坝的东南,与塘口坝隔一块几百米的稻田。山的东侧连着大青山,西侧靠近黄浒至赤沙滩的河道和道路,南侧是一片起伏山地,山顶部是个椭圆形的大圆丘。它是第三支队与第一四四师接合部的一道重要屏障。平时大家在这搞防御作战演习,战士们看它光秃秃、圆溜溜的像个大乌龟,就给它起了个名字叫乌龟山。

冲锋号声在阵地上骤然响起,战士们在林连长的率领下,随着号声像脱缰的烈马,勇猛地冲上山头。

"冲啊! 杀啊!"

"嘎嘎嘎、咕咕咕……"已经上到半山腰的日军的轻、重机枪也响了起来。

战士们甩出一排排手榴弹,爆炸声中,一群群日军随着火光、硝烟、尘土飞上了天。日军的迫击炮弹不停地在阵地上爆炸,整个山头浓烟四起。双方的枪弹在交织着,连成一片火网。这时六连也冲上来了,又是100多颗手榴弹摔向敌人,日军在嚎叫声中,像伐倒的树木,骨碌骨碌滚下山去。日军垮下去了,第四、六连控制了整个乌龟山。

我让部队迅速抢修工事，同时派通信员将情况报告第三支队队部。过不多久，通信员气喘吁吁地跑回来说：谭副司令已经带指挥所从范冲爬上了我们身后的山，在那里，他可以直接用望远镜看到乌龟山、铁牛山、三梁山的情况。通信员又说：首长提醒我们，乌龟山是敌人的主攻方向，可能会有更大更残酷的战斗，军部首长非常关心战斗的进展情况，希望我们坚决守住阵地。我回头望了望近在几百米处的山，真担心首长安全。谭副司令的指挥所就在日军八二迫击炮的射程内，一旦被日军发现必会遭到轰击。

日军受到我们的火力压制，不能实现其迂回赤沙滩的企图，便迅速占领塘口坝西北的金丛山、九龙石一带高地。尾随在日军后的第五团三营，迅速向日军指挥阵地九龙石发起攻击，双方展开了激烈的白刃格斗。此时，日军又集中主力转向了乌龟山我营阵地，他们意识到，只有夺取乌龟山，才能挽救败局，进可攻、退可守。于是，一场残酷的血战，随着11月14日黎明的到来，在塘口坝展开了。

上午8点多钟，山坳里的雾散尽了，阵地前面和山下稻田里成群乱窜的日军兵马，都暴露在我们的火力之下，我们居高临下，以猛烈的火力扫射日军，打得山下的战马脱缰到处乱跑，日军步兵趴在水田里一动也不动。不一会，日军重新整理了队伍，密集的炮火又向我营阵地打来，在火力的掩护下，趴在稻田里的日军步兵，一身泥水，深一脚、浅一脚，像笨熊一样慢吞吞地前进。只见一群群黄乎乎的日军，排成散兵队形，由西向东，由北向南，沿着乌龟山的山脚漫山遍野地往上爬。

阵地西北面最突出的小高地是林昌扬带四连一排在那里坚守，等日军冲到阵地前，林昌扬一声"打!"战士们便一起将手榴弹像撒黄豆一样掷了出去，紧接着各种枪声大作，阵地前打成了一片火海。日军一次次集团式冲锋，都被我们英雄的四连打了下去。阵地前茅草、灌木在燃烧，树叶和树皮被弹片削光了，石头和野草被翻了个个儿。

不一会，日军步兵又发起冲锋，后面紧跟着100多骑兵，他们声嘶力竭地狂叫着冲来。我当即命令轻重机关枪对准日军的马队扫射。刹那间，日军的骑兵队人仰马翻，100多名骑兵折了一半，许多骑兵都滚到河里、水田里去了，余下的仍然向山头冲来。

"打啊!把鬼子打下去!"战士们怒吼着。就在这战斗最激烈的时刻，只听到"哒哒哒"一阵震耳的枪响刚过，林昌扬连长那高大的身躯突然晃了一下，便沉重地倒了下去。通信员赶紧扑上去，只见他的胸膛穿过了一排机枪弹，殷红的鲜血把他身下的泥土都染红了。一排长看到连长牺牲了，眼睛迸出了火星："同志们，为连长报仇!坚决把鬼子打下去!"

"替连长报仇！打啊！"战士们无比愤怒。

这时英勇的二排长与他所率领的3个班长都光荣牺牲了。战士们坚持着，没有了排长，副排长马上代理，副排长受伤了，班长指挥，班长副班长牺牲了，战士出来代替，只要自己一息尚存，就继续坚持战斗。

"打啊！替排长报仇啊！"

"替班长报仇！"

整个阵地好似天崩地裂一般，到处是浓烟烈火，到处是吼声和鲜血。日军的再一次猛烈攻击终于又被我们四连打退了。

为了保住四连阵地，我决定派营部的特派员赵佩枫同志去代理连长。我大声叮嘱赵特派员："四连阵地需要英勇的共产党员，希望你带领剩下的同志坚决守住阵地。"赵特派员答应了一声，边走边回过头来说："营长放心吧。西侧高地只要有一个共产党员在，只要有一个战士还有一口气，阵地就丢不了！"说完便消失在浓烟之中。

日军并不死心，日近午后，他们又从荻港调来几百名援兵，开始进攻。我方阵地上原有的工事绝大部分已被摧毁，战士们只好借弹坑和大石头来隐蔽。这时，营部童金水副官带着猎户队三四十人，送来了阵地上急需的子弹和手榴弹。猎户队的同志一到，立即动手帮助部队抢修工事，有的还把手榴弹的盖子一个个打开送到战士们跟前，战斗紧张地进行着。当日军爬到距我阵地仅二三十米时，一排手榴弹又在日军中爆炸，敌人一个个被炸得嗷嗷直叫，开始往下退。赵特派员一口气扔出了四颗手榴弹后，突然看到侧方不远处日军的一挺轻机枪对我们威胁很大，他摸过一颗手榴弹，掀开盖，慢慢地爬过去。靠近后，他蓦地挺起身，狠狠地将手榴弹掷了过去，只听见"咣"的一声，火光一闪，日军机枪哑了。但就在这同时，日军的罪恶子弹穿透他大腿的动脉血管，鲜血像喷泉一样射了出来，不到一刻钟，这位英勇的指挥员，便流尽了他的最后一滴血。

这时，已是午后2点，四连阵地上已经剩下很少人了，战斗仍在激烈地进行着。通信员想，在短短几个小时的战斗里，已经牺牲了两个连指挥员，一排长在另一侧阵地打得脱不开身，自己是共产党员，一定要承担起阵地指挥的责任，为死难的同志们报仇！于是他大声向战士们宣布："同志们，让我来代理阵地指挥员，同大家一起坚守阵地！"又鼓励大家说："我们是人民的战士，党和人民在看着我们，为了守住阵地，我们要战斗到最后一口气！"乌龟山西侧阵地，就在通信员的指挥下，牢牢地掌握在我们手里。为了巩固阵地，我命六连一排长迅速支援四连。

日军在四连阵地上接连吃亏以后，便把主攻方向转到了乌龟山东侧的六连的阵

繁昌保卫战

地上来。闽北红军战士、共产党员、四班班长汤永言同志率领全班坚守在右侧小高地上，敌人的几次冲锋，都被他们用手榴弹和机枪火力击退，日军横七竖八地倒在阵地前的小山包上，三八式步枪凌乱地丢在草丛间。汤班长在战斗中右腿负了重伤，鲜血透过裤子与阵地上的泥土凝结在一起，他忍着剧烈的疼痛，继续战斗，把日军击退以后，他才从干粮袋里摸出急救包，草草地将伤口包扎了一下。战友们要他下去，他说："我的腿不能动，手照样可以拿枪射击敌人。"他拖着不能动弹的伤腿爬到一个卧射工事里。不久，日军的子弹又把他的左臂穿透了。班里的同志说什么也要背他下去，汤班长坚决地说："同志们！我不能下去，现在全班只剩4个人，背我下去，只有两名同志守阵地，鬼子的进攻还没停止，我们不能把同志们用鲜血换来的阵地白白丢掉！"他喘了一口气，鼓励大家说："我还有一口气，有右手，我可以趴在地上投手榴弹，还可以为咱们的阵地出力。"同志们听了汤班长的话，非常感动，大家把汤班长轻轻移到一块大石头旁，让他斜靠在那里。

当日军主力向六连阵地攻击的同时，有一部分日军突然从营指挥所和六连阵地之间插进来，想迂回夹攻六连的阵地。这时马副营长带领的营预备队五连也与想从西南方向迂回进攻乌龟山阵地的日军接上了火，正激烈地对峙着。想使用五连是不可能了，情况非常危急，于是我和通信班的同志一起，配合六连顽强地坚守阵地。第六连机枪手章有林，眼看着战友们一个个负伤、牺牲，眼中冒出了火，胸中的热血在沸腾，他一下子从草丛里跳了出来，抱起轻机枪狠狠地扫射。枪管打红了，他的左手被烫起了血泡，就抽出洗脸毛巾缠在手上，继续射击，终于把插进来的日军击退。

战斗在激烈地进行着，我突然感到右臂麻木，接着便全身发冷，不一会，血湿透了毛衣，顺着袖口流出来。卫生员看我负伤，赶紧给我包扎并坚持要把我背下去。我想战斗这么残酷，马长炎同志正在指挥五连战斗，一时又过不来，营指挥所不能没有人，于是示意卫生员不要声张，以免影响部队情绪。我找了一块齐腰高的大石头，轻轻地将负伤的右臂放在面前，左手提着上好了木把的快慢机。

正在这时，我看到有十几个日军，偷偷地从六连四班的阵地后面迂回上去，企图袭击我们汤永言班的阵地。汤班长已被敌人打断了喉管，早已昏迷过去，剩下的3个战士准备跟鬼子肉搏。

看到这情况，我大声呼喊六连长："老李！赶快用火力策应四班！把汤班长救下来！"同时用快慢机狠狠地向日军射击。

正在山沟里向上爬的日军，突然遭到了杀伤，侥幸活着的，急忙逃了回去。这时，战士们赶紧把四班长背下了高地，同时上去一个新的班接替他们。

下午3时，日军的攻势已经大不如前了。我大声地鼓励大伙说："同志们！鬼子已经没有多少力量了。现在六团三营已经上了三梁山，我们要同他们进行捉鬼子缴枪比赛，一定要坚守阵地，把鬼子打到山下水塘里喝黄泥汤！"

"坚决守住阵地！"战士们士气高昂，尽管许多人手上、脸上到处有血，但是大家仍然一动不动地守卫在阵地上。这时马长炎同志得知我负伤，带了五连一个多排来接替我的指挥，要我下阵地。可在这样的情况下，我怎么能下去呢？

新四军在塘口坝的浴血奋战，深深感动了繁昌人民，他们纷纷动员起来参战支前，抬担架、送弹药，架小桥、送茶饭，就连国民党繁昌县县长朱镜峨（注：徐羊我）也被感动得亲自带人抬着担架来了。乡亲们送来一担担饭菜，又冒着枪林弹雨把伤员和牺牲的同志抬下去。马长炎同志亲切地对乡亲们说："乡亲们！现在敌人还在进攻，大家注意安全，等枪停了再来吧！"

"别说了，首长，你们这全都是为我们，新四军同志出生入死，流血牺牲，我们还怕什么？"

一个六十多岁的老大娘，带着两个十二三岁的小姑娘，提着满篮子饭团，蹒蹒跚跚地从山底下爬上来。老大娘不顾随时受伤的危险，硬是把饭团一个个送到战士们手里，一边送一边说："大妈没有好吃的，吃点饭团点心，好跟鬼子打仗！"战士们被这位英雄的母亲感动了，一个个接过饭团，大口大口地吃起来。

阵地上的枪声开始缓和下来，支队通信员跑上来询问我们的情况，并说谭副司令员正在调六团三营支援我们。我要他将这里战斗伤亡情况转告谭副司令，并特别关照他不要说我负伤，请他转告副司令，我们一定能守住阵地。

下午3时许，谭副司令派支队作战参谋前来，并命令我立刻离开阵地到支队指挥所去。

我离开了阵地去了坝钉山指挥所。谭副司令正在紧张观察敌情，他的衣服被荆棘划得破烂不堪，见到我微微一笑，关切地询问我的伤势和部队的情况，最后还嗔怪地说："挂了花，还对我保密哩！"催我赶紧去卫生队治伤。

到下午4时，日军的有生力量已大量消耗，再也没有进攻的能力，只派小股部队，在机枪火力的掩护下到阵地前来拖尸、收集武器。

阵地前，日军的尸体像秋天割倒的稻草捆一样，密密麻麻地躺成一片。拖尸体的敌人像冻僵的蚂蚁，在烟幕弹的掩护下，在田坎和阵地前的死角里蠕动。这时，我们看到了难以想象的事情，法西斯匪徒不仅用战刀把死者的头砍下来装进大麻袋，而且把重伤兵的头也砍下来！他们在尸体上浇上燃烧剂，点火烧起来。田野上到处冒起了焚烧死尸的黑烟，难闻的臭味顺着北风一阵阵刮过来，整个塘口坝成了日军的火葬场,几百具日军士兵的尸首,在烈火中化为灰烬。这也许就是侵略者最终的归宿吧!

日近黄昏,阵地上一切都静下来,只有断树、焦土、累累的弹坑和扭曲的敌尸在无声地诉说这场殊死的战斗。敌我双方僵持着,都已经筋疲力尽。我看着这决战之后的场面,心里不无遗憾。假如,此时哪怕只有一个连的机动兵力出击一下,那塘口坝这场阻击战的战果会更大,日军的失败将会更加惨重。只可惜当时第三支队在皖南的兵力已穷其所用,抗住日军的进攻已经尽了最大的努力。

至晚上7点,黄浒方向突然又来了一批日军,他们匆忙控制了附近几个小制高点后,汽艇便在黄浒至塘口坝的小河里来回运送伤兵和武器,日军就这样慌慌张张地撤出了阵地。

塘口坝战斗就这样以日军的惨败和我军的胜利而告终。这次战斗,日军前后投入的兵力2000多人,死伤400多人,川岛中佐被我击毙。我营伤亡80余人,缴获部分枪支、毒气筒、信号弹、浮水器及各种弹药物资等。

塘口坝血战的胜利,伴随着战场隆隆的炮声,很快传遍了江南。当时,日军派遣军总司令不得不哀鸣:"国民党军乃是手下败将,唯共产军乃是皇军之大敌。看来要在共产军手中夺取繁昌城是不可能的。"新四军《抗敌报》为此发表了题为《保卫繁昌屏障皖南的伟大胜利》的社论,通报表彰了第三支队和我们五团。国民党第三战区也不得不在全军通令嘉奖,司令长官顾祝同,副司令长官上官云湘、唐世遵等,也只好假意电贺。

战斗结束后,第三支队在铁门闩的铁门庙召开总结大会,谭副司令当着第三战区"联络参谋"的面,斥责顽固派:"塘口坝血战的事实,就是要让那些假抗日、真投降的人们看看,谁是抗日的先锋!他们说新四军游而不击,不能打仗。新四军血战繁昌,而他们自己却蹲在山上,连屁也不敢放,骂新四军,帮鬼子说话,这不是汉奸是什么?"

听到谭副司令激烈的怒斥,到会的同志非常痛快,只有第三战区的"联络参谋"如坐针毡。远处不断传来炮声,会议中不断又有敌情报告,搞得"联络参谋"们胆战心惊,他们坐在桌子旁脸色红一阵、白一阵,往日那趾高气扬的神气全都没有了。

总结会结束的第三天,那些"联络参谋"突然打点了行装,来到谭副司令住处辞行。谭副司令笑着挽留他们说:"怎么,诸位要走?塘口坝战斗之后,日军不会甘休,以后的战斗会更大,欢迎诸位继续督导。"为首的联络官一听,急忙推辞说:"哪里,哪里,一年来属下随您转战皖南,亲眼所见贵军忠诚抗战,坚贞不渝,令人钦佩之至。社会上说贵军'游而不击',实属流言。"谭副司令说:"新四军将士浴血奋战,诸位亲眼所见,想必不会说不知道,只是希望你们回去之后,向先生们也说说这里的真实情况。"联络官们一听,连说:"那是,那是,一定,一定。"他们向谭副司令请了一个长假,从此再没回到支队部来。

11月21日,继塘口坝血战之后,日军又调动2000余人的兵力,分5路再度进攻繁昌。第三支队带领五团和六团三营的战士在脊岭、大竹冲等地与敌激战。日军曾一度占领县城,但不久我军奋起攻击,在峨山头与日军激战三昼两夜,把日军压在城内,日军在我反复的冲击下不支,最后突围逃窜,我军胜利地收复了繁昌城。这次战斗,又歼灭日伪军几百人。

从1938年底到1939年,在繁昌地区,第三支队与日军进行了近200次的战斗,其中较大的战斗就有十来次。这一次次战斗的胜利,保卫了繁昌、保卫了皖南,粉碎了日军的罪恶计划,也粉碎了国民党"新四军游而不击,保存实力,不打大仗"的无耻谰言,有力回击了反共顽固派对新四军的造谣中伤,大大提高了中国共产党领导下的人民军队的威信,鼓舞了华中人民的抗战斗志。

为庆祝繁昌战斗的胜利,我军民在中分村召开了数千人的大会。谭震林副司令员在会上讲了话,新四军政治部为歌颂第三支队反扫荡的伟大胜利,同时编演了《塘口坝血战》的话剧,为庆祝胜利而编写的《繁昌之战》和《反扫荡》两首抗日歌曲,在皖南、皖北到处传唱:

皖南门户,长江边上,平静的繁昌,成了烽火连天的战场。无耻的日本强盗,海陆空军一齐进攻,7次大规模的侵犯,遭受7次重大的杀伤。峨山头的搏斗,塘口坝的血战,我们用雪亮的刺刀,火力猛烈的机关枪,前仆后继的冲锋,把敌人打下山岗! 不怕凄风冷雨,我们英勇牺牲,不怕饥寒死伤! 我们顽强战斗粉碎敌人的扫荡! 谁说我们游而不击,谁说我们不能打大仗。7次大规模的战斗,取得了7次伟大的胜利,我们坚决保卫了繁昌。

(节选自杨巍《烽火岁月——陈仁洪将军回忆文集》)

繁昌保卫战

忆繁昌保卫战祝捷大会

陈圣祁 葛叔棠

1937年7月7日抗日战争全面爆发，1938年，繁昌县三山、荻港、旧县等地先后失守。日军的前线据点在梅、库二山，直接威胁繁昌县城，国民党川军撤退后，铜繁一线由谭震林同志率领新四军第三支队接防。日军把梅山、库山当作跳板，企图占领繁昌县城。1939年11月7日夜，日军第十五师团之川岛警备部队，续集步骑兵五六百人，附大小迫击炮四五门，重机枪七挺，由峨桥、三山、横山出发，分三路进攻繁昌县城。新四军第三支队五团一、二、三营，和六团三营，奋起抗击，经过12个小时的短兵相接，城内巷战、城外围歼的激烈战斗，日寇伤亡50余人，败退窜回原据点。复于11月14日，驻荻港、桃冲的日军石谷联队、西川大队步骑兵600多人，向繁昌赤沙滩、塘口坝进犯，第三支队五团二营在塘口坝、乌龟山与敌展开肉搏战，历时22个小时，敌死伤400余人后逃去。日军虽遭两次失败仍不甘心，又于11月21日，调集石谷联队，会同川岛警备队2000余人，分兵五路，再次向繁昌进犯，曾一度占领繁昌县城。经过五团3个营和六团三营的三昼两夜的激战，歼敌几百人，胜利收复了县城。这些保卫繁昌的战斗，沉重地打击了日本侵略者。战后，第三支队于12月下旬某日，在中分村举行祝捷大会。

为了感谢第三支队指战员英勇杀敌，保卫了繁昌，驻八分村的国民党繁昌县政府，号召全县各界人士慰劳抗敌有功的新四军。繁昌县城各界人士积极响应。首先由商抗敌协会发起，向商民宣传，各店主一致拥护，主动捐款。大一点的商户捐款折米百余斤（因那时货币不稳定，买卖多以实物计算），小一点的商户捐款折米20斤、30斤不等。商抗会以捐款购买生猪1头，散酒两坛约100斤，牙膏、牙刷各200支，毛巾10打，还有糕点、糖果各1挑，这些慰问品都放在抬箱里抬着，猪宰后用担架抬着。由商抗会、青抗会、妇抗会、农抗会各派代表数人，高擎各抗敌协会献的锦旗，敲锣打鼓，热热闹闹送到中分村，参加县政府组织的慰问行列。

祝捷大会会场设立在中分村栗树林里的广场上。场上搭了一座很大的主席台，布置得庄严、隆重，台前挂一大红布横幅，上写"繁昌保卫战五战五捷庆祝大会"。

参加祝捷大会的第三支队指战员，个个武装整齐，高唱《繁昌之战》歌，踏着坚定而整齐的步伐进入会场。新四军军部特派来军乐队，高奏胜利凯歌，列队步入会场。接着县自卫大队和民兵列着整齐的纵队，吹着军号，唱着抗日救国歌，进入会场。随后各界人民团体，农、商、青、妇的代表，还有中分村儿童团、马仁乡保甲人员和小学师生、地方群众等数千人，均在台下排列。会场秩序井然，红旗招展，锣鼓喧天，欢呼声、鞭炮声、歌声响彻云霄。会场气氛极为热烈。

在主席台就座的有第三支队副司令员谭震林、政治部主任胡荣、赖参谋，第一支队副司令员兼一团团长傅秋涛以及军部代表。地方党、政、群代表，有国民党繁昌县县长徐羊我，县党部书记洪添铭、县动员委员会副主任俞少成、县财委会主任委员舒翼、士绅邢瑶圃、陈春圃、徐映堂等人。

祝捷大会于正午时隆重开幕，鸣炮，军乐队奏《反扫荡胜利歌》，接着由谭震林同志报告大会宗旨，介绍几次保卫战的辉煌战果，以及我军不怕牺牲，坚决保卫繁昌、保卫皖南等事迹。继后有国民党繁昌县县长徐羊我、书记长洪添铭、士绅邢瑶圃分别致祝贺词，赞颂新四军英勇杀敌，保卫繁昌的丰功伟绩。军部代表也讲了话，他鼓励全体指战员再接再厉，戒骄戒躁，时刻警觉，紧握手中枪，敢于消灭来犯之敌，争取更大胜利。接着，开始献旗。首先由徐羊我献上一块很大的红色绸横匾，中间是黑丝绒的"保障繁阳"四个大字。上款是"赠新四军三支队全体指战员"，下款是"繁昌县政府敬献"。随后城厢镇各抗敌协会献旗。与此同时向新四军第三支队献旗的还有中分村的农抗会、青抗会、妇抗会等单位。在献旗过程中，鞭炮声、锣鼓声响彻云霄，群众热烈鼓掌，高呼革命口号。然后，政治部主任胡荣同志代表全军指战员致答谢词，最后由主席宣布散会。参加祝捷大会的军民，人人心情振奋，在高昂的军乐声、欢呼声、歌唱声中徐徐走出会场。

当天晚上，新四军战地服务团，配合三支队政治部宣传队，于原址公演新编《塘口坝血战》大型话剧。戏台上高悬五盏汽油灯，浅蓝色幕布，借用农村打稻禾桶几十张垒在台上，上面用麻包装入稻草、粗糠，堆放在稻桶上，饰以绿草，作峨山形状，布景惟妙惟肖。剧情是我新四军与来犯的日军展开战斗。新四军战士英勇顽强冲击，将来犯敌军歼灭于峨山之下，表演得惊险逼真，数千群众观后，无不拍手称赞我军英勇善战。演出前后都有军乐队演奏抗日歌曲，观众一遍又一遍地鼓掌欢呼，此起彼伏，盛况空前，深夜方散。新四军三支队保卫繁昌五战五捷的光辉史实，将永远铭刻在繁昌人民心中。

［选自政协繁昌县文史委员会《繁昌文史资料选辑》（第三辑）］

国际友人史沫特莱在繁昌

丁　俊

艾格尼丝·史沫特莱（1892—1950），出生于美国密苏里州的奥斯古德，是一位著名记者、作家和社会活动家，也是一个杰出的女性。她早年曾做过侍女、烟厂工人、书刊推销员等，先后在多家美国新闻媒体任职。

1928年年底，史沫特莱以《佛兰克福日报》特派记者的身份来到中国，一待就是12年。抗战初、中期，她目睹了日本法西斯对中国侵略，向世界发出正义的声音，宣传中国红色革命和中国共产党。1937年1月初，史沫特莱接到中国共产党的邀请，正式访问延安。到达的第二天，延安的党政机关举行欢迎大会。她先后受到党和国家领导人的接见，并进行多次交谈。她的手提式打字机一直响到深夜。她在所著的《中国红军在前进》《中国人民的命运》《中国在反攻》《中国的战歌》等，成为向世界宣传中国革命斗争的不朽之作。她曾走访华北、华中的很多地区，用热情召唤更多的国际友人，共同为中国的抗战出力。1938年3月，加拿大著名医生白求恩、理察·布朗、印度柯棣华等率医疗队援华，都是她奔走呼吁的结果。

1938年10月中旬，她随着中国红十字会医疗救护队从武汉撤退至长沙。1938年10月17日，她历经曲折与艰苦，来到新四军军部所在地皖南云岭。

1939年4月4日，史沫特莱女士随新四军军长叶挺、《抗敌》杂志记者黄源等一同来到铜繁前线的新四军第三支队司令部，进行战地采访。4月10日，国民党繁昌县政府为欢迎史沫特莱一行，在八分村召开隆重的欢迎大会。新四军第三支队谭震林副司令员陪同史沫特莱、黄源等出席欢迎大会。参加欢迎大会的有社会各界人士及民众代表300多人，且有100多名儿童团员排着整齐的队伍，在会场唱着雄壮的抗日歌曲。时任国民党繁昌县县长张孟陶致欢迎词，谭震林同志、史沫特莱女士等分别讲话。儿童团、第3支队文艺工作队等还表演了文娱节目。民众情绪高涨，会场气氛热烈。

史沫特莱深入铜繁抗日前线进行采访，慰问新四军指战员。她又来到国民党县政府的"难民救济支会"，到中分村、八分村附近的三个难民收容所，看望难民。当时，收容所里收有因日军的疯狂扫荡而离乡逃难、无家可归的1000多名难民。因经受长时间饥寒交迫的折磨，很多人染上各种疾病，仅患疟疾、疥疮的就占难民人数的三分之二。史沫特莱女士见到他们面黄肌瘦，抱病哀叹，无药可治的惨状，极是震惊，当即表示回去后一定设法组织药品来帮助难民。在离开繁昌不足两月，她便寄来一封快信说，已设法向中外慈善团体募得一批药品，寄存在芜湖狮子山圣雅阁学校，要求携带正式收据，抓紧领取。芜湖市是沦陷区，日军戒备森严，风险很大，后由国民党县政府通过"青帮"人士的社会关系，设法将这些药品偷运出来。繁昌难民救济支会收到的药品有四大担，其中奎林丸2瓶（每瓶500粒装）、硫黄软膏两大白铁皮箱、胶布20多卷、白纱布及药棉五六捆，还有内外科各类药品大小数10包。繁昌救济支会立即组织对难民治疗。由于对症下药，药效迅速，药到病除，日渐痊愈。在病痛中得到这些宝贵的药品，如同福从天降，难民们无不感念史沫特莱女士的国际主义、人道主义精神。

1939年9月3日，史沫特莱女士拟由云岭新四军军部前往重庆，途经繁昌。当时，她是随新四军军部赴江北部队巡视团一同出发的，在军部教导总队教育长冯达飞、政治部民运部部长余再励的率领下，史沫特莱等100多人，于当日下午潜行至红花山区，暂作隐蔽休息，待深夜再渡江。她在记录报告文学《中国的战歌》中这样写道："1939年9月3日，我们在一座高山破庙里渡江前的最后一次休息。临睡前我们登上高峰，俯视十英里外闪闪发亮的大江。我们可以看见西边被日本人占领的荻港上空升起一股黑烟。冯达飞指着我们山下平原上离江边大约五英里的两个小镇说：'那是敌人的两个据点。今天晚上，我们就从它们中间穿过。'"

当夜，在新四军第三支队及红色游击队近300人的武装护送下，史沫特莱与军部巡视团一行，艰难穿行到达沿江油坊嘴渡口，登上木船，顺利渡过长江。她在日记中又写道："我们离开了江岸，不久航行在扬子江宽阔的胸脯上。一条奔腾的大江展现在我们眼前，像一片海洋。这里的宽度，按直线计算有五英里，但是从我们出航的渡口到我们将要登陆的村庄，实际上有70公里。"当渡船驶达江北的一个长满树木的小岛时，又遇到"繁昌游击队稽查组"的接应船，于是顺利到达目的地。她称"黑夜是中国人的"，为避开日本侵略军的袭扰，必须在黑夜进行。她走过了一段"漫长的黑夜路"，经历艰难曲折，最终安全到达重庆。

1941年5月，史沫特莱女士返回美国，将皖南事变爆发的消息发表在《纽约时报》上，并四处奔走，为募集对中国战争灾难的救济捐款，她还为朱德作传记《伟大的道路：朱德的生平和时代》，这本著作和斯诺的《西行漫记》并列为西方人向全世界介绍中国的经典著作。1950年5月6日，史沫特莱因病在英国伦敦去世，终年58岁。1951年5月6日，在其去世一周年之际，国家在北京为其举行追悼大会和隆重葬礼，将其骨灰安放在八宝山烈士陵园的苍松翠柏间。大理石的墓碑上，镌刻着朱德同志所写的金色碑文"中国人民之友美国革命作家史沫特莱女士之墓"。

主要参考内容：

1.《中国共产党繁昌历史》（第一卷）第四章第二节。

2.政协繁昌县文史资料工作委员会《繁昌文史资料选辑》（第三辑）之《抗日战争时期繁昌县难民救济概况——兼记史沫特莱捐赠药品的经过》。

3.政协繁昌县委员会《繁昌烽火》之《史沫特莱在繁昌抗日前线视察》。

4.史沫特莱《中国的战歌》相关内容。

赖少其与繁昌

丁 俊

抗战初期，皖南泾县云岭，是新四军军部所在地，被誉为"江南的延安"，它张开热情的双臂，欢迎来自全国各地的热血青年和进步人士。曾被鲁迅先生称为"最有战斗力的青年木刻家"的赖少其，历经艰辛，从桂林辗转来到云岭参加新四军。从此，他开始了戎马倥偬的战斗生涯。

1939年10月，赖少其一到云岭，就感受到这里朝气蓬勃、自由清新的抗战气氛。赖少其以文化名人的身份投身到新四军，军部专门召开欢迎会，并安排他在军部政治部工作。

此后，赖少其拿起文艺武器，积极从事创作和宣传活动，坚定社会各界的抗日胜利信心，唤起皖南民众的抗战热情，激励新四军指战员英勇杀敌。在军政治部工作一段时间后，赖少其认为，自己既然是一名战士，就应该在抗日最前线。他向组织提出申请，积极要求到抗日前线去。军政治部为进一步发挥其绘画和写作的特长，并得到更多的锻炼，便将他分配到驻铜繁抗日前线的新四军第三支队，担任五团政治处宣教股长。此后，他曾驻繁昌中分村达半年多之久，并于1940年5月光荣地加入了中国共产党。

新四军第三支队五团是主力部队之一，指战员多是历经南方三年游击战争的红军老战士，政治素质过硬，战斗经验丰富，但普遍文化水平偏低。赖少其就经常深入连队，利用战斗的间隙，教指战员们学文化，讲解世界反法西斯战争的形势等。他负责的宣教股，被指战员们戏称为打得最响的"鼓"（股）。他到铜繁地区不久，沿江的日军即集结重兵，向新四军的防区发起多次大规模的进攻。第五团一直是攻坚主力，赖少其与战友们一同参加了惊心动魄的第四次、第五次繁昌保卫战以及皖南两次反"扫荡"的战斗，在谭震林同志亲自指挥下，新四军第三支队英勇打退了日伪军的一次次疯狂进攻，夺取了一个又一个的胜利。尤其在繁昌五次保卫战胜利后，军部通报表彰第三支队及五团，赖少其为能亲自参加战斗而无比自豪。

铜繁抗日前线火热的基层军旅生活，使赖少其越来越感觉到仅通过绘画这种艺术形式进行战地动员和宣传，已远不能满足形势需要。他的耳边，不时响起《新四军军歌》的雄壮旋律，充分感受到以战歌鼓动人心的作用，激发起他创作歌曲的强烈欲望。赖少其思绪绵绵，联想到日寇铁蹄正践踏着祖国的土地，沦陷区里成千上万的百姓正遭受着奴役和欺侮，而中国共产党领导的新四军，纵横大江南北，披肝沥胆，承担起拯救国家、民族与人民的责任，就如同在大雾弥漫的长江上与狂风恶浪进行搏斗的船夫，不畏艰难险阻。于是，他奋笔疾书，一气呵成，写出了《渡长江》歌词："划呀哟嗨，划呀哟嗨！薄雾弥漫着江面，江水冲击着堤岸，当这黑沉沉的午夜，我们要渡过长江。饥寒困苦算得什么？敌舰上下弋游，我们不怕。长江是我们的，我们千百次自由地来去，我们要渡过长江，获得更大的胜利！"

这首歌词创作完成后，没过几天，新四军作曲家何士德就谱好了曲。歌曲采用混声四部合唱的形式，其意境表现得十分雄浑、凝重和壮阔。军政治部主任袁国平读罢歌词，又听了战地服务团歌咏组的试唱，便立刻要求组织指战员们学唱这首歌。随后，《渡长江》在新四军部队和国统区大后方就流行传唱开来，成为一首著名的高昂战歌。

1941年1月3日，新四军第三支队奉命北移。赖少其随着部队连夜冒雨向皖南腹地进发。皖南事变爆发后，第三支队五团历经高岭、东流山等六天六夜的血战，战斗非常激烈而残酷，赖少其和战友们打退了国民党顽固派一次又一次疯狂进攻，几近弹尽粮绝的境地。13日傍晚，新四军军部发起总突围时，五团仅有不足百人撤出主阵地，大部分指战员英勇牺牲。

在突围战斗中，赖少其不幸被捕，但未暴露身份。他是广东普宁人，讲着一口粤语，而顽军连长的勤务兵陈某是广东潮州人，便私下里将他认作老乡，想将他留在连队里今后好有个相互照顾。赖少其心想，暂留在国民党军队里或许今后脱逃更容易些，于是就顶替陈某的哥哥身份及名字，暂留在国民党连队里当一名"文字抄写员"。

农历新年很快到来，除夕之夜，赖少其趁着敌人纷纷在赌博，悄悄地将那位小同乡的"传令兵"臂章偷拿来，又利用顽军的公函便笺，假造出一封给国民党繁昌县县长徐羊我的信。大年初一上午，赖少其趁着顽军连长到团部去拜年而连部又空荡荡无人之机，佩戴好"传令兵"的臂章，持着假信件，扮成信使去国民党繁昌县政府，并顺利通过层层检查的关卡。天黑时分，他顺利潜达繁昌的江边，但人生地不熟，他正在四处寻船北渡，不幸遭遇国民党县自卫大队的巡逻兵，因躲避不及，且又是外地的口音，十分可疑，即被扣留，并被押送到国民党县政府驻地八分村。县长徐羊我本就认识他，赖少其的身份因此而暴露，再次被捕。

皖南事变前，新四军第三支队五团驻扎在繁昌期间，赖少其因工作原因，和国民党繁昌县县长徐羊我有过多次接触。那时，他是新四军的一个文化名人，徐羊我每次对他皆以礼相待。如今他作为阶下囚，徐羊我马上换作一副凶神恶煞的嘴脸，非但不放他走，反而准备将他活埋。赖少其被捕的消息，很快被国民党安徽省第六行政督察区专员兼保安司令邓昊明得知，邓昊明是个民主人士，暗地里同情新四军在皖南事变的遭遇，便立即亲自出面制止，赖少其躲过一死。元宵节过后，他被押送到泾县，邓昊明爱才，想留他帮助办《宣报》，条件是须登报声明不逃跑，并从此不参加中共的活动。赖少其断然拒绝。不久，他被转押至江西上饶集中营。

在狱中，赖少其的革命意志坚定。在特务头子逼他认罪以及枪毙的威胁面前，他慷慨陈词，宁死不屈。敌人将其押往茅家岭监狱的一个铁刺笼里单独虐禁。铁笼里有十多根大小柱子，绕满带刺的铁丝，人只能直挺挺地站着，稍一转身便会被刺伤。赖少其毫不畏惧并冷笑。监狱长见被嘲笑，恼羞成怒，即将他反缚着吊在笼内。难友们见状，齐唱起由赖少其创作的歌曲《渡长江》，并连续进行集体抗议。他一直被缚吊了两天两夜才被放出。上饶集中营在江西的一年多时间里，共有22位革命志士受到"站铁笼"刑罚，而赖少其是唯一被缚吊在铁笼里的人。

国民党在集中营组织了一个"更新剧团"，意图软化新四军人员。因监狱的"更新剧团"的灯光、布景等剧务平时都由赖少其负责，别人一时难以替代，敌人只得先放他出来完成"任务"，暗地里准备在公演结束后，将他处决。监狱秘密党支部获知这一险恶的意图后，决定借剧团公演之机，帮助他脱逃。

1941年一天，国民党宪兵押送剧团到铅山县石塘镇的一座古庙里，准备演出。傍晚，演出时间临近，赖少其和另一个前来帮助的难友迅速换上农夫的演出服，趁着观众人多而杂乱、看守松懈之时，混出大门，在夜色掩护之下，成功脱险。

1942年2月，赖少其辗转回到苏中解放区，继续革命斗争的生涯。赖少其是新四军中的艺术家，艺术家中的革命战士，他在繁昌保卫战、"皖南事变"一段历史中的英雄传奇与非凡表现，所展示的是伟大铁军精神的缩影与写照。

主要参考内容：
贺朗《赖少其传》相关内容。

一条红色的"生命通道"

丁 俊

1938年12月，新四军第三支队挺进铜繁抗日前线。当时，中共东南局、新四军军部均在皖南腹地的泾县云岭，第三支队驻守在江南沿江地带，而新四军第四支队以及其后陆续组建的新四军江北指挥部及第五支队、江北游击纵队、第三支队挺进团等武装力量均在江北地区。为加强大江南北的联络、沟通往来的需要，新四军第三支队按照军部的要求，在铜南繁地方党组织的有力配合下，建立起以支队部所在地中分村为中心，以南北为主干线的由南到北、由东接西的秘密交通网络。南线：由中分村往西南，经南陵县境，插到泾县云岭；北线：由中分村穿越红花山区，走大小碜山，过泥埠桥，到油坊嘴、窑头等地北渡长江，到达无为白茆等地；东线：由中分村经峨山的城山、东岛等地，达五华山区，过平沟铺，渡漳河，到南芜宣地区；西线：由中分村往西，经赤沙滩、狮子山区，进入到铜陵腹地。

其中贯通南北的秘密交通线最为重要。其线路是：云岭—北贡—烟墩铺（或三里店）—戴家汇（或峨岭）—中分村（梅冲）—红花山—马家坝—泥埠桥，再经油坊嘴、团洲、窑头一带渡江。从这条交通线往返大江南北，路程最短、时间也最短。从驻云岭的新四军军部出发，当天即可赶到繁昌，稍作休整隐蔽，于第二天夜晚过江。如果抓紧时间，拂晓即从云岭启程，当晚就可从繁昌过江。新四军在皖南期间，这条秘密交通线路从未发生过失密和人员伤亡等重大事故，成为新四军当时最安全的一条交通线，发挥着沟通大江南北的大动脉作用。

这条秘密交通线在繁昌的敌后区域，沿途都有地方党组织及游击队接应。从红花山区至江边的几处渡口，一路都设有红色秘密交通站，有专门的红色交通员负责接力护送、联络，并能随时掌握敌人的动向，灵活应变。

这条秘密交通线，在运送物资、传递信函、护送新四军干部等方面作用重大，尤其皖南事变发生后，在收容和护送大批新四军突围人员过程中，起着极其特殊的重要作用，如同一条"生命通道"。1939年4月26日，新四军军长叶挺、军政治部副主任邓子恢、第一支队副司令员罗炳辉、军政治部顾问兼战地服务团团长朱克靖、军部参谋处长赖传珠等率领两个连的部队及地方负责干部、民运工作队员共200多人，赴江北地区视察工作及组建"新四军江北指挥部"；9月3日，军教导总队教育长冯达飞、军政治部民运部副部长余再励率领赴江北部队巡视团，包括美国女记者史沫特莱等100多人，都是通过这条南北秘密交通线，由油坊嘴安全地渡过长江抵达江北的。当时，由赖少其作词、何士德谱曲的《渡长江》这首歌，就是赞美繁昌沿江"油坊嘴"这一英雄渡口的，并很快流传于大江南北。

1941年1月6日，震惊中外的皖南事变爆发，国民党顽固派发动了第二次反共高潮，繁昌的斗争环境进入极其困难、残酷时期。既有国民党第五十二师及土顽武装、中统特务组织，勾结日伪军，多次对红花山区及沿江红色游击区发起大规模的进攻和闪电式的奔袭，到处捕杀革命干部和进步群众，强迫地下党员和抗日群众组织成员"自首"，又有日伪军在繁昌北部的沦陷区进行"清乡""扫荡"，并以军舰、汽艇严密封锁江面。白色恐怖的阴云，一时笼罩着繁昌。

在日伪和国民党顽固派的双重夹击下，斗争环境极为艰难困苦，繁昌党组织的活动区域仅剩下两块狭小的地带：一是回旋余地狭小的红花山区湖阳冲等地，二是敌后的大小洲一带的沿江地区。中共繁昌县委不屈不挠，逆势而上，重整队伍，机智应变，顽强地坚持地区斗争。

皖南事变后，根据江北上级党组织的部署，中共繁昌县委立即确定三项工作任务，即收容、护送皖南事变突围人员；迅速恢复、发展党的基层组织、游击队等地方武装及群众抗日组织；加强锄奸、保卫工作。其中把"收容、护送皖南事变突围人员"作为首要任务。1941年1月，县委书记罗锋在日伪军的"扫荡"中壮烈牺牲后，县委组织部部长李铁民临危受命，接任县委书记，坚决贯彻执行县委所制定的三项任务，将县委机关迅速迁驻敌后沿江的保兴、江坝一带，在第一线组织与领导对新四军突围人员的收容、护送北渡的工作。县委委员、军事部长金涛在江北接受党的负责人曾希圣的指示，带领沿江游击队南渡返回繁昌，坚守江边地区，迅速开展锄奸反特工作，为新四军突围北渡扫清道路。同时，党组织在大洲"一百步"村的胡益友家，建立秘密的"收容联络站"。江边原有汤家桥、头棚等三个老渡口，因距日伪的据点过近或汪伪人员的社会关系复杂而易泄密或须绕行而致路途过远等缘故，党组织紧急筹募资金，特别购置一艘大木帆船以作秘密专用，在鸭棚嘴的窑头至无为六洲之间，新建起更为安全可靠的窑头渡口。新四军第三支队一营副营长刘全，在较早突围到达无为白茆洲接受党组织的任务后，又在大江两岸往返穿梭，全力投入到收容和护送工作中。

突围的新四军指战员进入繁昌地区，地方党组织及党员和人民群众如同亲人到来一般，热情接待，并全力以赴帮助隐蔽、掩护送江。1月25日，新四军第二支队三团二营副营长彭嘉珠率36人突围到红花山区湖阳冲，与沿江游击队取得联系后，游击队负责人迅速组织民兵挑着几担赶做的玉米面粑粑送去，并连夜将他们转移安置在大小洲的谢便、姚便、鸭棚嘴一带几十户群众家里隐蔽；1月29日，在"一百步"村，有一户骆姓群众家刚刚蒸好100斤米的团子，全部送给刚到达的80余名新四军指战员充饥，坚决不收一分钱报酬。2月27日是春节，新四军陆续聚集来的百余名突围人员，被党组织安排分散隐蔽在"一块玉"村到团洲一带的群众家里，和群众同度春节并隐蔽待渡，日伪军狡猾地化装成老百姓，以走亲戚、拜年的形式挨家挨户搜查，但由于群众掩护措施有力，敌人一无所获。

繁昌人民冒着生命的危险，以多种多样的方式方法，将新四军突围人员予以隐蔽、安顿。新四军突围人员到繁昌沿江后，不能立即北渡的，群众就为之站岗、放哨外，还以搭山棚、挖地洞、砌夹墙等方法予以隐蔽保护。新四军突围人员在向江边进发时，常被夹杂在人群中，装扮成教书先生、行医郎中、商贩、木炭挑夫或回家过年、春节走亲戚的人员等，蒙混敌人的层层盘查。党组织有时将新四军突围人员扮成渔民，伺机分散登上地下党员渔民所组织的十几条渔船，扮作在江中打鱼，陆续进行"偷渡"。

从繁昌地区突围北渡的新四军指战员，成规模（一次性5人以上）、成建制的主要有18批。其中1月11批、2月5批、3月1批、4月1批。在此期间，零星从繁昌地区安全突围北渡的新四军重要干部还有梁金华、刘世相、刘全。

1941年5月，第三支队五团参谋长梁金华从上饶集中营附近的国民党伤兵医院脱逃，带着腰部的弹穿伤，经历艰苦辗转，到达南陵黄连山的一个秘密红色交通员家。中共繁昌县委书记李铁民等获悉后，赶赴黄连山，将其接送往江北。

第一支队老一团参谋长刘世相，在突围中和队伍失散，孤身一人潜达铜陵，隐蔽在一个熟悉的红色情报员家中，后到达红花山东麓的阴山冲，又辗转到黄浒的一个新四军军属家，在该军属及江边亲戚帮助下，找到船只而安全北渡。

第三支队五团一营副营长刘全，孤身一人较早地突围到繁昌小磕山马房冲，在游击队负责人帮助下，利用旧县伪警察所内的统战关系，安全北渡到无为白茆洲。

中共繁昌县委及沿江基层党组织为顺利完成收容、护送新四军突围人员安全北渡的重要任务，将山地到江边沿途一线的群众充分组织发动起来，各处不仅设有递步哨、瞭望哨，还设有交通站，并确定专门负责人。尽管日军有200多艘舰艇、汽艇往来巡江，但红色交通员总能根据递步哨的情报，准确掌握敌人活动规律，利用时间空隙，及时开船，实现安全渡江。

在皖南事变后的近半年时间里，成建制、成批次或分散、零星的新四军突围人员，经繁昌的党组织和人民群众的收容、护送而安全北渡的，共有700余人。其中汇集有军部直属机关单位、教导总队、特务团、老一团、新一团、老三团、新三团、五团及中共皖南特委及地方干部队的部分人员，其中营级以上的干部有：黄火星、张铚秀、李志高、谢忠良、刘别生、何志远、黄序周、张闯初、丁麟章、张日清、杨采衡、曹丹辉、张福标（张雍耿）、李彬山、张云龙、刘世相、梁金华、李元、杨汉林、罗湘涛、孔峭凡、程业棠、陈仁洪、马长炎、彭嘉珠、胡金魁、沙林、曾昭墟、袁大鹏、刘全、王彪等40余人。

新中国成立后，在1955年及其后的解放军将领历次授衔中，当年突围的新四军指战员中有上将1名、开国中将2名、开国少将28名。其中从繁昌沿江地区安全北渡的，有中将1名，少将18名，以及十几名开国大校。

繁昌的党组织和人民群众历尽艰难险阻，使数百名新四军突围指战员，在日伪军和国民党顽固派的反复、疯狂搜捕之下，能够安全隐蔽，并顺利安全北渡，这是一个奇迹。繁昌地区以及贯通大江南北的秘密交通线，如同新四军突围指战员的一条极其重要的"生命通道"。繁昌的党组织和人民群众的这一英勇事迹，受到新四军领导人的高度称赞。

繁昌的党组织和人民群众所收容、护送的新四军指战员，都是民族精英和抗日火种。1941年5月新四军第七师正式成立时，突围北渡的新四军指战员群体奠定了第七师的干部队伍与战斗骨干基础，聚集形成重要的有生力量。繁昌的党组织和人民群众为革命的薪火相传，作出了不可磨灭的历史贡献。

主要参考内容：

1.中共芜湖市委党史研究室《中国共产党芜湖历史》（第一卷）第十五章第二节。

2.中共繁昌县委政策和党史研究室《中国共产党繁昌历史1919—1949》（第一卷）第四章第二节、第三节等。

3.邵凯生《皖南事变回忆与思考》之《皖南突围中的新一团》《忆新三团皖南事变突围经过》《皖南事变的片段回忆》《皖南事变突围记实》。

4.房列曙《皖南一九四一》第八章和第十章。

5.杨明回忆录《皖南星火》有关内容。

6.中共繁昌县委党史办公室《红花山风云录》之《繁昌人民护送皖南事变突围人员渡江北上》。

7.政协繁昌县委员会《繁昌烽火》之束延海《大江南北交通要道——窑头渡口》。

8.李湘滨《浴血皖南——皖南事变亲历者简介》相关内容。

9.沈培新《茂林悲歌——皖南事变全景扫描》相关内容。

小龙塘战斗——新四军回师皖南第一仗

丁　俊

　　1941年1月6日，震惊中外的皖南事变爆发后，浴血奋战、突出重围的新四军指战员，其中有一部分突围到苏南，而有很大一部分由繁昌沿江地带突围到江北无为，共有军部直属单位、教导总队、特务团、新老一团、新老三团、五团等部队指战员700余名。这些突围北渡的新四军指战员，都是革命的火种和历经考验的骨干力量。

　　1941年1月18日，中共中央中原局刘书记指示要收容皖南失散的武装人员，在芜湖附近及铜陵、繁昌一带打游击，扩大武装，建立根据地与民主政权。1月20日，党中央革命军事委员会发布了重建新四军军部的命令。2月1日，党中央在关于华中各战略地区应采取的方针与部署等电文中指出：皖南事变中的幸存者，仍要在芜湖一带抗日，一年内逐渐聚集成一支两三千人的队伍，联系地方党，准备向黄山及赣东北发展。已过江的先休息一个时期后，仍回到芜湖一带去。

　　中共中央和新四军军部命令原准备到津浦路东的新四军江北指挥部工作的曾希圣同志，代表党中央留下来做收容等工作，并负责组建新四军第七师。

　　1月20日，中共中央决定重建新四军军部。1月25日，新四军军部在盐城的游艺园大众剧场正式宣告重建。3月8日之后，各部陆续开始新四军7个师及独立旅的组建工作。而负责经略皖中、皖南的第七师，至5月1日才在江北无为正式宣告成立。此前突围的新四军指战员，在无为地区被暂编为两个武装大队及数个中队。

　　按照中共中央及中共中原局、新四军军部的一系列指示，在新四军第七师正式成立之前，曾希圣等领导同志就已迅速组织展开新四军部队回师皖南的行动。

　　1941年5月，江北党组织和新四军第七师抽调部分骨干力量，命令杨采衡等5名新四军营级以上干部，率第一大队一、三中队和第二大队一中队等，共200多人，经短期紧张培训后，分两批次从无为白茆洲偷渡大江，重返繁昌的红花山地区，恢复和发展皖南抗日游击根据地。对这支队伍回师皖南，新四军领导人决心大，准备较充分，配备力量也较强。尤其是第一大队三中队（手枪队），大部分人员配备了驳壳枪或自动步枪、冲锋枪；第一大队一中队，配备有两挺机枪；另外，还随队配备有干部队（10多人）、政治宣传工作组（约10人）。此外，每人除新发两套军装外，还多带两套新军装，准备到江南后作扩大部队用。新四军第七师领导人（第七师当时正在筹备阶段）亲自和干部们谈话，充分进行战前动员，并明确分工和责任。

1941年3月下旬的一天，徐绍荣、袁大鹏、刘全率第一批人马先期渡江，在繁昌便兴洲的"一百步"（当时属繁昌县保兴乡）上岸。县委委员、军事部长金涛率小股武装在江边接应。部队趁夜急行军后，在天亮前顺利抵达红花山区。

杨采衡、何志远率第二批人马过江后，天已快亮，由于白天目标大，难以冲过日伪、国民党顽固派的封锁线，于是严密封锁消息，在小洲二凸子的小龙塘村隐蔽，待天黑后，再插往红花山区。

当时，繁昌的大小洲地区有着独特优势的一面。虽然皖南事变后江南一片白色恐怖，但在地方党组织及金涛同志长期深入发动群众、精心组织下，群众基础非常好，地方党组织健全，革命活动开展正常。小龙塘村，仅有二三十户人家，是一个江埂内的偏远小村。当日，部队刚吃过早饭，地下党员传递来可靠情报，三山日伪据点的一小队日军，有10多人，要来"清乡"。

随后，群众递步哨不断来报告，日军小队越来越近。杨、何迅速将人马一分为二，一部隐蔽在村子里，以房屋做依托作伏击准备；另一部撤出村庄，埋伏在附近的油菜田里。下午三四点钟，日军小队对此毫无察觉，便直奔小龙塘村而来。待日军进入村中，新四军突用猛烈火力进行交叉射击，同时，埋伏在油菜田里的新四军指战员也从侧翼勇猛出击。经冷不防的突袭、夹击，加上新四军指战员的武器配备比较精良，人多火力猛，不到一个小时，日军几乎被全歼（除1人逃跑）。其中，日军小队长被当场击毙，缴获轻机枪1挺，三八大盖步枪10余支。新四军除消耗一些弹药外，无一损伤，打了一个意外的胜仗。大小洲的群众纷纷兴奋地争相传告："一个不剩，新四军是神兵天勇。"

当时，太平洋战争尚未爆发，仍在侵略中国的日军甲种师团及很多战斗经验丰富的"老鬼子兵"都还没有被抽调去太平洋战场，所以，一个小队的日本兵战斗力仍是不容小觑的。小龙塘战斗，是新四军成功突袭的一次战例，载入史册。

此次战斗，是新四军重建后回师皖南的第一仗，极大地震动了江南各据点的日伪军，打破了国民党顽固派所宣传鼓吹的皖南新四军已被全部消灭的谎言，有力证明了新四军仍然在顽强继续战斗。这次战斗虽规模不大，但旗开得胜，有力鼓舞部队和江南民众的抗日斗志与信心。同时，为重建江南红花山抗日游击根据地打下充分的基础。

这一次行动的5名新四军带队干部，均是在皖南事变爆发后，于1941年1至3月间，先后从皖南腹地经繁昌沿江地区突围北渡的。其中3人来自军部特务团，即杨采衡（军部特务团代理参谋长）、徐绍荣（特务团第一营营长）、袁大鹏（原是第三支队教导队队长，在皖南事变激烈战斗中临危受命，火线接任特务团第三营营长）。另外2人，来自新四军第三支队五团，即何志远（五团政治处副主任）、刘全（五团第一营副营长）。这5人中，在新中国成立后仅杨采衡（国家地质部水文局局长）和何志远（开国少将，山东省军区政委）成为幸存者，而徐绍荣、袁大鹏、刘全分别在此后的抗日斗争和解放战争中英勇牺牲。

主要参考内容：

1.中共芜湖市委党史研究室《中国共产党芜湖历史》（第一卷）第十五章第三节。

2.中共繁昌县委政策和党史研究室《中国共产党繁昌历史1919—1949》（第一卷）第四章第三节。

3.中共繁昌县委党史办公室《红花山风云录》董南才的回忆文字"抗日战争中南繁芜地区的军事斗争"等。

4.政协繁昌县委员会《繁昌烽火》之"小龙塘战斗——新四军回师皖南的第一仗"。

三个县委书记遇难记

丁　俊

罗　锋

1941年1月5日，中共繁昌县委机关在旧县以东的小甲滕村（高安）。周边旧县、横山等地日伪据点密布，而二十多个工作人员长时间聚集在一个村子里，风险很大。县委书记罗锋决定暂将县委机关转移到江北去，因当晚找不到渡船，无法行动，因此，县委机关人员仍分散居住在以小甲滕村为中心的附近几个小村子里。

第二天，天刚蒙蒙亮，递步哨匆匆赶来报告，发现旧县方向有一股日伪军正向这些村子方向扑过来。罗锋等人赶紧穿过暂住的小村奔向小甲滕村。约早晨六时，房东一家人正焦急地等在村口，一见他们，就心急火燎地说，敌人从南面扑过来，快要进村了。

这时，村子的南面、西面都有敌人包抄过来。几个县委负责人迅速向东北方向分散突围。当距离小甲滕村仅约50米时，日伪军已穿过整个村子扑到了北面的村口，对着他们背影大喊：站住，站住。又瞄准，开枪。幸好北面是一片南高北低的起伏的旱地，敌人虽开枪射击，但无法击中。

在分散突围时，县委组织部部长李铁民因佩有伪维持会的证章，就反其道而行之，镇定地朝南跑向敌人。他告诉迎面来敌说，我是被三个"马虎子"（日军污蔑新四军的称呼）捉去的维持会工作人员，幸好"皇军"赶到，才救了我。李铁民大胆地拖住敌人，为其他的突围人员赢得了时间。

罗锋是向村外正北方向突围的。冲出包围圈后，他孤身一人。在走到高安桥附近时，又迎面遭遇旧县方向开来的另一股敌人，躲闪不及，而罗峰的江西口音引起日军队伍里的汉奸怀疑，经一番盘查后将他扣押带走，并要他为日军扛着子弹箱。身前身后都是荷枪实弹的日本兵，罗锋被裹挟着沿大江堤向东走去。

当走到大洲一段狭窄的江埂上时，突然，罗锋举起子弹箱砸向身前的日军，一纵身跳进大江，沉入江水里向北泅去。被砸的日军嗷嗷乱叫，一时间惊呆了，等清醒过来，马上举枪射击。由于罗锋的水性尚好，他很快游到远处，但在浮头换气的一瞬间，日军的排子枪又响了，罪恶的子弹击中了他，殷红的鲜血顿时染红了滚滚波涛。人民的好儿子罗锋，壮烈地沉落在大江深处，永远离开了他深深热爱并执着追求独立解放的土地，永远离开了他亲密的战友们……

罗锋，江西永新县人，牺牲时大约三十一二岁。他刚刚结婚不久，爱人小赵也是县委机关的一名工作人员。他是一个贫苦农民的儿子，少年时当过木匠学徒，有着苦难的童年和亲属被反革命屠杀的痛苦记忆，在南方三年游击战时期，他的家乡和家庭饱受国民党反动派的摧残。

据战友们回忆，罗锋中等身材，体魄壮实，浓眉大眼，声音洪亮。平时喜好抽烟，但艰苦朴素，抽烟工具还是从江西带来的小竹根做成的黄烟袋。他从未受过正规教育，但在革命斗争的大课堂里，勤奋自学，善于钻研与思考，所以知识丰富，言谈风趣，热情奔放。历经土地革命战争洗礼和三年南方游击战争艰苦磨炼，他已经成为一位斗争经验丰富、信念坚定的革命者。

在 1940 年 12 月被中共皖南特委调来繁昌工作之前，罗锋担任着中共南芜宣县委书记。在此期间，他相当于"革命的师傅"，率先垂范，言传身教，带出了一批优秀的青年领导干部，如 1942 年任中共繁昌敌后县委书记的王敬之、1949 年任中共繁昌县委书记的阮致中等。多年以后，这些革命的幸存者回忆起罗锋时，还怀着十分崇敬的心情。

李铁民

李铁民，皖南太平人。1938 年 11 月底，新四军第三支队进驻铜繁抗日前线后，他是支队政治处民运工作队成员。在到达繁昌初期，他和战友们一同深入国统区的乡村，不怕艰难困苦，朝气蓬勃地开展民运工作，发动成立一个又一个群众性抗日组织，积极帮助恢复和重建基层党组织。他是平沟区基层党组织建设的奠基人之一，也曾担任中共平沟区（繁三区）区委书记；皖南事变前，担任中共繁昌县委委员、组织部部长。

皖南事变后，中共繁昌县委书记罗锋在日伪"扫荡"中壮烈牺牲，繁昌党的基层组织遭到严重破坏，一片白色恐怖。李铁民临危受命，根据江北上级组织的指示接任县委书记。在残酷的斗争环境里，他不顾安危，挺身而出，坚持战斗在大小洲沿江一线，组织与领导收容和护送一批批新四军指战员安全突围北渡。又以坚忍不拔的精神，夜以继日、餐风露宿地奔波在红花山区、五华山区及孙村等地区，联络与团结从皖南事变中突围的或处隐蔽状态的王文石、王安葆、罗起、罗义、陈谷荫、滕在柏、范四夫、叶林、方先等一批地方党员干部，举起斗争的旗帜，重振队伍，恢复与建立党的基层组织，并坚决果断地镇压国民党顽固派分子和特务。

1941年8月至9月间，国民党第五十二师对红花山红色游击区进行大规模"清剿"，根据中共皖南特委的指示，繁昌党组织决定，留一部分干部继续坚持红花山区斗争，同时分散与转移革命力量，跳出包围圈，向东西（南芜边、铜繁边）两个方向延伸发展。李铁民自告奋勇地担当起最为艰苦的任务，改任中共皖南特委直属的保大工委书记，率领数名党员干部及一支小游击队奔赴保大圩地区，全力进行开辟新区与建立政权工作。在与日伪和国民党顽固派势力的不断缠斗中，仅用10个月，就建立起抗日民主政权1个区政府、4个乡政府，改造与利用30多个伪村保机构，并培养出一批当地的党员干部，呕心沥血，浇灌出保大圩地区的各级抗日民主政权。

1942年10月的一天，李铁民、王宏勋（敌后县委军事部长、保大工委委员）等在大洲的焦湾村召开雇工会议，组织与发动基层群众。叛徒管成雨向三山镇的日伪军告密，日伪军随即出动五六十人，疾速下乡来"扫荡"，从四面包围了焦湾村。李铁民等紧急疏散突围，日伪军一路鸣枪，紧紧追击，王宏勋当场中弹牺牲在管家大桥边的田野里，而李铁民不幸被捕。

日伪军将李铁民押解到三山据点，关在伪区公所的一间小厢房里。有铁杆汉奸还颇为得意地说，这一回又抓到一个新四军大头目。日军小队长带着一个翻译官，亲自进行刑讯逼问。几个敌人将李铁民强按在老虎凳上，一边用皮棍疯狂抽打，一边行酷刑，声嘶力竭地进行审问。他被打得满脸是血，昏死过去，敌人又用一盆盆冷水泼浇他的头，待他醒过来，又是一番猛打、逼问，但是，自始至终未听到他说一句话。就这样，李铁民在敌人据点里被活活地打死。

第二天早晨，两个"黑头鬼子"（汪伪反共自卫团士兵）把李铁民抬出来，蜷放进一只送垃圾的大箩筐里，抬到三山镇西边的荒地里埋了。当时，连一些汪伪人员私下里也连口称赞李铁民真是一条好汉。后来，李铁民、王宏勋二人的遗体被安葬在三山镇双垄口附近，新中国成立后，被移往繁昌城南的峨山头烈士墓。他们的英名，均铭刻在巍然屹立的烈士纪念塔上。

苏拓夫

苏拓夫，原名疏贯忠，字霭卿，曾化名王观清。1905年，他出生于安徽省桐城县白石乡（现属枞阳县）石溪街的一个贫寒家庭，因父母及几个兄弟姐妹在贫困交加中早亡，他也被迫辍学。

1926年冬天，苏拓夫告别家乡，奔赴武昌农民运动讲习所，寻求革命的真理。同年，他光荣加入中国共产党。

轰轰烈烈的大革命失败后，苏拓夫于1927年8月潜回家乡从事地下革命活动，任中共桐城县委委员、宣传部部长，积极开展建党和群众工作，并发动著名的农民"闹米荒"斗争。1934年11月，为策应红军北上抗日先遣队进军皖南，根据党组织部署，苏拓夫在铜陵胥坝乡紫沙洲三官庙，创建中共铜繁无为县委，并担任县委书记。

1935年6月，因叛徒出卖，党的组织遭到国民党严重破坏，苏拓夫虽脱险，但和已转移的上级组织失去联系，便潜伏在青阳的舅舅家，担任一个乡村小学的教师。1935年，红军北上抗日先遣队到达太平一带后，他闻讯赴陵阳和党组织接上关系。

抗战全面爆发后，1938年7月，新四军进驻皖南。苏拓夫奔赴泾县云岭，与中共皖南特委接上关系，随后担任中共青阳县工委副书记，积极组织开展抗日救亡和建党工作。1939年6月，苏拓夫调往繁昌工作，历任县委委员、宣传部部长、组织部部长，后被调任泾旌太中心县委书记。

1941年1月初，苏拓夫随新四军皖南部队北移。在皖南事变中，他的右胳膊中弹负伤，后化装成国民党的伤兵而成功突围，隐蔽到青阳的一个亲戚家中养伤。1941年清明节，他以到江北扫墓为名，化装成一个鱼贩过江，几经辗转，终于回到党组织的怀抱。

1941年7月，苏拓夫临危受命，拖着残疾的右胳膊，南渡到繁昌，担任中共繁昌敌后县委书记。在一片白色恐怖的环境里，经过他和战友们的艰苦努力，使敌后党的组织很快得到恢复与发展，并逐步建立部分区、乡抗日民主政权，开辟出大小洲敌后抗日游击区，成为新四军回师皖南、坚守地区的一块重要的"跳板"。

据战友们回忆，苏拓夫身高约有一米七八，身材魁梧，皮肤黝黑，乍看像一个庄稼汉。他有着一头乌黑的头发，常梳成背装，四方脸，浓眉大眼，高鼻梁，嘴阔耳垂，牙齿整齐而洁白，操着一口桐城乡音。他平时神采奕奕，个性刚强，工作上要求严格，联系群众讲求方式、方法，能耐心听取别人意见。他生活简朴，吃苦耐劳，晚间活动到何处，就和当地的群众挤挤睡一床。有时，他和战友们就在野地里围成一圈，打个盹，长期过着艰苦的游击斗争生活。皖南事变前夕，他和新四军民运女干部洪涛结婚。

1942年1月7日，苏拓夫在鸭鹏嘴的党员干部叶余家召开会议。忽然，递步哨匆匆送来情报：三山日伪军下乡来"扫荡"。当时，大家都以为只是一个方向的敌人出动。苏拓夫隐蔽在一户农家的地洞里，但他始终牵挂着其他战友，不久又离开隐蔽处，独自匆匆返回"一百步"，准备给县委的其他几个负责人及一个皖南特委的交通员（带有秘密文件）报信并安排转移。在走近"一百步"时，他与国民党第五十二师及土顽繁二区汪惠泉部遭遇。

当场，有一个叛徒认识他，就说：这个人是苏拓夫，是新四军的大头子。国民党队伍立即将他捆绑起来，见他态度昂然，当场用刺刀对着他的屁股和大腿连戳三刀，顿时鲜血淋淋。苏拓夫被一路押到头棚村，他大义凛然，怒目蔑视，顽固派头目恼怒之下，挥起佩刀，凶残地将他的左耳割扯下四分之三，残耳挂着，血流如注，惨不忍睹。苏拓夫躺坐在邾姓人家的一间草屋屋檐下，面色惨白，痛苦地呻吟着。四周群众被敌人的荷枪实弹威逼，不能上前救助，莫不痛心疾首。

当时，国民党顽固派一路抓捕有十几人。苏拓夫怒斥道："这些人都是老百姓，真正的新四军是我。"使这些人大多得以释放。苏拓夫先被押到南陵，因曾任中共泾旌太中心县委书记，后又将他移送到泾县关押。在随后大半年时间里，顽固派对他审讯多次，并施以严刑拷打，在踩杠、坐老虎凳、夹手指等酷刑之下，他坚贞不屈，绝不吐露党的任何机密。

繁昌党组织委派一名地下党员的父亲，假冒亲戚身份，设法去探监，说是家里老母亲很是伤心，并带去香烟、芝麻锅巴粉等物品。来人见到苏拓夫，但物品都被牢卒们搜走。他告诉探监的人：请家里人不要难过，看来这一次是不得回去了，也不可能再见到老母亲了。苏拓夫抱着毅然赴死的决心。牢狱里是又脏又臭，他身上的衣服也破烂不堪。

1942年7月11日，下午1点钟左右，国民党南陵县土顽武装押着四个民夫，用竹床将苏拓夫从牢里抬出来。他的腿因酷刑而受重伤，无法行走。

苏拓夫穿着一套灰色的军装，上衣的口袋里插着一把牙刷，裤腿的左右各有一块大补丁。刑场在八都何村东边的一块草坪上。临刑时，敌人强行将他按倒在地，但苏拓夫昂首挺胸，坚决不跪，并竭力唱起《国际歌》。面对枪口，他视死如归，倒下去时，脸还是朝上的。不久，天下起了大雨，百姓都说：老天都哭了。牺牲时，苏拓夫时年38岁。

国民党土顽是特意将苏拓夫押到八都何这个小村来行刑的。土顽们原准备是在桂镇桥行刑的，但内部有人阴险地提议，八都何是个"匪窝"，在该村及附近曾有七八个中共支部，都是苏拓夫在担任繁昌县委组织部部长期间发展建立起来的（八都何属于南四区，当时属中共繁昌县委领导）。

苏拓夫牺牲后，八都何原妇抗会主任何老奶奶（名叫杨有道）不畏强暴，带领村民，赶制一口棺材，盛殓了他的遗体。

新中国成立后，残害和枪杀苏拓夫的刽子手国民党繁昌二区区长汪惠泉及南陵土顽爪牙邱氏二兄弟，均被严厉镇压。当地党和政府及群众为怀念死难的烈士，在村西南的大路边修建了一座烈士墓，将苏拓夫和另两名烈士的遗骸移葬在一处，并竖立石碑，铭刻着"革命烈士永垂不朽"八个大字。

苏拓夫，在抗战期间牺牲的繁昌三个县委书记中，革命资历最深（大革命时期的党员），也是担任县委书记最早的（中共铜繁无县委书记）。他百折不回，九死而未悔，战斗经历大革命、土地革命战争、抗日战争三个革命历史阶段。其中1939年6月至1940年5月、1941年7月至1942年1月，曾两度奋战在繁昌的土地上。

罗峰、李铁民、苏拓夫，都是忠诚的无产阶级革命战士，也是中国共产党杰出的基层领导者和组织者。他们在繁昌的山河大地上，为党和人民的事业流尽最后一滴鲜血；他们所具有的共产党人崇高的革命精神，将永远铭记在人民的心中。

主要参考内容：

1. 中共芜湖市委党史研究室《中国共产党芜湖历史》（第一卷）第十五章第三节。

2. 中共繁昌县委政策和党史研究室《中国共产党繁昌历史1919—1949》（第一卷）第三节。

3. 中共繁昌县委党史办公室《红花山风云录》之《忆罗锋同志》《忆苏拓夫同志》《回忆李铁民》。

4. 政协繁昌县委员会《繁昌烽火》之《悼念苏拓夫烈士》。

金涛就义前后

丁　俊

金涛，原名金德涛，浙江嘉兴人，学徒出身，初中文化。1938年5月，他在上海务工期间加入中国共产党，后受地下党组织派遣，前来皖南参加新四军。他经军部培训一段时间后，被派往铜繁抗日前线，任新四军第三支队政治处第五团民运股股长。1940年12月至1941年7月，金涛先后任中共繁昌县委委员、军事部长、中共繁昌敌前县委委员、军事部长、沿江游击队负责人；1941年7月至1942年5月，任中共保大圩工委委员、沿江游击队负责人。牺牲时年仅二十六七岁。

1939年秋，他受新四军第三支队派遣，仅率数人枪，深入到繁昌敌后地区，在地方党组织协同配合下，开辟大小洲、高安、磕山等新的地区。他紧密发动和依靠群众，建立与壮大沿江游击队，披肝沥胆，苦心经营，组织创建出沿江大小洲抗日游击区。

1941年1月初，在新四军第三支队北移前夕，根据中共东南局副书记对繁昌敌后工作的有关指示，金涛率领沿江游击队留在地方，始终坚持战斗在敌后地区，尤其是大小洲地区，成为当时群众数量最多、工作基础最好的区域。在皖南事变后的白色恐怖环境里，基层党组织、抗日群众组织活动仍然保持正常开展。

皖南事变后，有十几批、数百名新四军突围人员陆续从皖南腹地来到繁昌沿江地区，金涛率领暂在江北活动的沿江游击队迅速南渡，深入发动地方党员骨干和群众，历经无数次惊险，昼夜奔波，千方百计予以接应、收容与掩护，并精心安排安全北渡，为新四军人员冲出重围、重振旗鼓，作出了不可磨灭的历史贡献。新中国成立后，很多当年从繁昌安全突围北渡的新四军指战员，在革命回忆录或回忆文章里，都写到金涛组织接应、掩护突围北渡的动人事迹。

1941年3月后，金涛配合苏拓夫、陈爱曦等，推进繁昌抗日民主政权建设历程，以大小洲为基础地区，在全县率先建立起3个区、乡级抗日民主政权。1942年初，按照皖南特委的部署，金涛又转战保大圩地区，和李铁民、王宏勋等战友协同配合，以坚忍不拔的精神，与日伪和国民党顽固派进行顽强缠斗，用鲜血浇灌出一个又一个基层抗日民主政权。

金涛性格沉稳，日常话语不多，态度和蔼，虽只有二十多岁，但显得老成持重，长方脸，有虎牙隐约可见，中等个头，体魄较强壮。他在大小洲、三山等地社会各阶层的民众中拥有很高的威望，群众都亲切地称他为"金县委"，他常率领着一支短枪队活动，这支队伍约有六七支驳壳枪，人员一色着便衣。他是沿江游击队的开创者，是这支红色武装的"灵魂人物"。当地的汉奸、顽固派分子通称他为"老金"，他们对金涛是又怕又恨，常在听到"老金"二字时颇为惊惧，甚至面色大变，私下里谈及"老金"的所作所为，又恨得咬牙切齿，但是，这些人在某些统一战线工作的场合，偶尔撞见到"老金"，又卑躬屈膝，阿谀奉承。

金涛有着顽强的革命意志，为"大家"而舍"小家"。1941年冬天，浙江老家来信，催他回去完婚，并将未婚妻的照片寄来。他接信后，对县委一个负责人说：为了革命，我不能回去结婚，结婚是个人的事，为个人的事怎能丢下革命不干呢。第二天，他就将未婚妻的照片随着回复的家信寄回了老家。

在犬牙交错的敌后地区，金涛始终坚持贯彻党的统一战线政策，团结一切可以团结的抗日力量，得到一批地方士绅的掩护与支持，与他都有着明里暗里的密切联系。特别是开明人士金开源等人，在金涛的直接领导、指导下，负责对三山汪伪头目王世友及其部下的统战、争取工作。王世友，时任汪伪三山区区长兼反共自卫团区队长。

皖南事变之前，国共合作尚未破裂。1940年11月某日，国民党繁昌二区政权在江坝召开大小洲地区的保长选举会议，地点在绅士汪道生的宅子里。有社会各界40余人参加会议。在此之前，繁昌二区头目假惺惺地邀请中共方面派员参加。他们万没有料到，金涛仅率一个警卫人员束延海，大义凛然，单刀赴会。会场四周，皆密布有顽固派武装，有国民党第五十二师一个连及二区区队4个分队。在会议上，繁二区头目郑德玉将驳壳枪朝桌上一拍，声色俱厉地说：今日各位都可以发言，但是金涛不准说话。面对顽固派的嚣张气焰，金涛毫不畏惧，使出一个眼色。束延海"呼"的一下猛拉开衣襟，露出捆绑在腰间的一排8枚手榴弹，两手紧攥着拉线，以宁死不屈的英勇气概，让国民党顽固派分子大惊失色，如同泄气的皮球一般。

其后，金涛在宣传党的政策与主张的同时，对国民党顽固派进行一番痛斥：我们平时吃的是什么，你们平时吃的又是什么？我们是什么脸色，你们又是什么脸色？我们吃苦是为了谁？我是浙江人，远离家乡，我来这里是为什么？——金涛正气凛然，一口气说了两个多小时。在场的很多地方士绅，唏嘘不已，有人还感动得流出眼泪。金涛代表中共提出保长的候选人名单。在选举成功后，他责令郑德玉将他和束延海送出村口，这个顽固派分子大气不敢出，乖乖照办。此次孤身深入虎穴的壮举，到处传扬，让金涛和游击队声威大震。

1941年7月，金涛在日伪军的一次"扫荡"中被捕，被关押在芜湖的监狱。因身份未暴露，党组织想方设法筹集到一笔资金，发动地方士绅多方营救，甚至利用芜湖市的青红帮势力，终在9月将他成功保释出狱。由于牢狱里的折磨，他的身体非常虚弱，腰都难以直起来，且胃病也比较严重。他不顾同志们要他休养一段时间的建议，立即又投入到开辟保大圩地区的斗争中。

1942年春，三山反共自卫团一个分队进驻梅山，在保大圩的大福村为伪乡公所催收苛捐杂税时，遭新四军骆云山游击队袭击，被缴去步枪五支。王世友得报，极为恼怒。

1942年5月某日，正是乡村砍红花草的时节。金涛、李铁民（中共保大工委书记）、王宏勋（敌后县委军事部长、中共保大圩工委委员）等人从峨桥的老山村开完雇工会议返回三山，从下洪村经过。这时，王世友部的分队长陈晓根正领着十几个伪兵，押送伪峨桥镇合作社所购进的一批物资，在途中突遇金涛等人。

伪兵们远远地见到这三人都穿着长衫，在乡村比较显眼，便心生怀疑，大喊：站住！

三人见被敌人发现，果断地分头突围。金涛顺着大路跑，李铁民从侧面往下头洪村跑，王宏勋顺着沟埂跑。李、王二人在当地群众掩护下，最终安全脱险。

反共自卫团的伪兵里，有人认出了这就是"大名鼎鼎的金涛"。于是，几个伪兵沿着大路，紧追不舍。金涛一气跑出三里多路，在荒茅滩附近，他因疟疾病新痊，体力尚未复原，经一阵狂奔后，实已跑不动了。

伪兵们蜂拥而上，将其抓住。之前，有割红花草的群众想掩护金涛，伪兵怒气冲冲，举手殴打，金涛怒喝着制止。

金涛被押到三山时，王世友正因被骆云山游击队缴枪一事而余怒未消，立即就将他打入牢房。

夜间，伪区队副队长秦佳法受命审问金涛。金涛神态自若，毫无惧色，两眼炯炯有神，逼视着他。秦问其姓名，他一声不吭，掏出芜湖麻布坪陶某的居民证，抛到桌上。

秦佳法大喝道：你不是陶某，是鼎鼎有名的金涛。金涛说：你知道我是金涛，又何必再问。

秦佳法又说：你们既命金开源和我们联络，现在又缴了我们的枪，这是欺诈待人，不讲信义。现你已被我们捉到，如能把枪支归还，我们可以放你，否则后果是不堪设想的。

金涛逼视着秦佳法，慨然道：日本鬼子进攻我们祖国，民族已到危亡的时候，你们竟忘记是中国人，不知羞耻，甘当汉奸，做日本鬼子走狗，残害同胞，今天还

金涛就义前后

有面目来审问我？缴枪的事，那是部队领导人的决定，我无权干预，今天要拿归还枪支作为释放的条件，是不可能的。你们如果知道自己还是中国人，知道我为抗日救国工作，就应当马上恢复我的自由，如果丧尽天良，甘心认贼作父，对我施加迫害，共产党人是不怕流血牺牲的，你们总有受到人民惩罚的一天。"

秦佳法无言可答，也无计可施，只得令人将金涛押回牢房。

金涛被捕后，中共繁昌敌后县委及大小洲的基层党组织迅速发动地方开明乡绅进行营救活动，数次带信给王世友，并与之展开数次秘密谈判，耐心宣传抗日道理，动之以情，晓以利害，积极加以争取，但这个汉奸性情偏执，顽固不化，终不为所动。

数日后，王世友丧心病狂，将金涛移交给驻三山的日军。惨无人道的日军用铁丝穿透金涛的手掌、锁骨，并挽过双肩，将他押到三山镇西的矶头山脚下枪杀。临刑时，金涛坚持高呼："打倒卖国贼！""打倒日本帝国主义！""中国共产党万岁！"

是夜，中共峨西区区委书记王安葆带领几个地下党员悄悄地将金涛的遗体背上腰子盆，偷运到焦家湾安葬，并召开追悼会，在场的党员干部人人流泪，个个悲愤，发誓要为金涛同志报仇。

主要参考内容：

1.中共繁昌县委党史办公室《红花山风云录》之《悼念金涛》。

2.政协繁昌县委员会《繁昌烽火》之《悼念金涛烈士》。

3.政协繁昌县文史资料工作委员会《繁昌文史资料选辑》（第三辑）之《智赴虎穴》。

刘全英勇护民沉江记

丁　俊

1941年8月某天，有母女二人从无为白茆洲欲回江南，在姚王庙附近找船渡江。傍晚，日落西山，江边空荡。母女俩正着急，忽见远处泊有一只带席篷子的小木划子船。

二人走近小船，见后舱有两个船工，前舱有四个陌生的年轻人，皆穿便衣。

母女二人急欲搭船，船家婉拒。忽然，前舱一稍年长的乘客说："带你们过去，快上船吧！"加上母女俩，共八人，小船满载。不久启渡。

江上风平浪静，在上江的窑头与汪家套附近的江面上，却泊着一艘日军兵舰。母女俩有些紧张，而前舱四个乘客，却沉着镇静。

当小船划到半江时，远处的日舰上突然派出一艘小艇，飞快地驶来。

船上人都紧张起来。小船已到大江中心，向南往北都有很远距离，难以很快靠岸。

日军的汽艇距小木船越来越近，即将到近前。前舱四人，相互轻声说了几句话。其中两人从背向日军汽艇的船舷跳下江去。

随后，那位稍年长的乘客，从腰间抽出驳壳枪，"呼，呼"，昂首朝着汽艇开了两枪，然后纵身跳入江中。四人中还剩下一人，将手枪悄沉入江，仍留船上观察动静。母女俩顿时明白，这四人是新四军。

日军见小船有人跳江，便噼里啪啦朝江里开枪。那三位跳江的人，在汹涌的江浪里起伏漂流，不一会沉没了。母女俩失声痛哭。

这时，汽艇上的鬼子用缆绳将小船系牢，拖驶向兵舰。小船上无日本兵，船上的数人便小声地商议。母女俩对仍留船上的那个年轻人说：如果鬼子问，你就说我们是一个村的，过江走亲戚。

小船上的人都被抓上兵舰。日本兵将他们隔开，一个个单独审问。

先审问船工，他们说：不知他们是何人，我们摆渡的，靠这吃饭，有客来就摆过江。

接着，又审那女儿，女子说母亲住江北，来接她到江南的自家去。日军又逼问那年轻乘客的身份，吓唬着说：他是新四军，要不老实说，刺啦刺啦的！女子坚持说：他不是新四军，是我们同村的，和我们一道过江。

又接着审问那母亲和年轻的乘客。大家口径一致。晚间十点多，悻悻然的日本兵才将他们放回小木船。小船就又划回北岸。

为掩护船工和母女俩不受连累，并坚决宁死不做俘虏而跳江的三人，其中一人是新四军负责干部刘全。当时船上有老百姓，还有妇女，硬打硬拼是不行的。刘全就叫身边的一个小鬼（通讯员朱仕兴，马坝朱冲人，1942年牺牲）不要跳江，要他活着回去向组织报告情况。

刘全，原名刘国侦，江西永新人。新四军三支队在繁昌战斗期间，曾任第五团一营副营长（教导员）。皖南事变后，他是经繁昌突围到江北最早的一批指战员，也是新四军回师皖南（繁昌）的第一批人马，率新四军"独立排"长期坚持战斗在红花山区。牺牲时任新四军第七师五十七团政治处主任。

刘全等跳江后的第二天，地方党组织获悉，立即找到地下党员渔民殷兆南，组织打捞遗体。发动八个经验丰富的老渔民，驾四只渔船，佯装打鱼，在头棚至小洲的江面上连续打捞三天，均无果。

又过了两天，小洲村村民高宗开的儿子到潓港去，在红杨树附近江滩上，发现一具尸体，即回来报告殷兆南。

老殷与小高划船搜寻过去，将那具遗体运回到小洲的下拐。该遗体的皮腰带上挂着一个小袋，内有一私章盒，私章上刻有"刘全"二字，证实这确是刘全同志的遗体。另外，有国民党中央银行的钞票20元及一只手表。乡亲们围对着烈士的遗体，莫不痛哭流涕。

当时，刘全及随后搜寻到的其他二人遗体，由地方党组织安葬在"一百步"江埂上（保定区域），并在坟上插了木牌子。刘全是单独一丘坟，牌上写着曾用名：刘国侦。后来有乡亲在坟边搭起个棚子，很多人去烧香祭拜，以示怀念。地方党组织很担心，怕被鬼子汉奸发现而要去挖坟。于是，就动员乡亲们把棚子拆除掉了，并讲清道理：如被敌人发现，则于事不利。由此可见，当地老百姓对新四军是多么衷心爱戴。

主要参考内容：

1.中共繁昌县委党史办公室《红花山风云录》之《刘国侦—刘全》。

2.政协繁昌县文史资料工作委员会《繁昌文史资料选辑》（第一辑）之《刘全等同志救民沉江目击记》。

突围闹繁昌　奇袭夺电台

丁　俊

一

1941年1月初皖南事变爆发，当月下旬，新四军第一支队老一团二营连指导员李务本从泾县石井坑突围出来，一路又聚集邓明海、黄少坤等8个突围人员。他们渡过青弋江，又翻山越岭来到狮子山，饥寒交迫，隐蔽在山上的庙宇清凉寺里。

尽管他们警惕性很高，但是，风声还是走漏了。在中分村的国民党县政府很快派人爬上山来送信劝降。李务本等人灵机一动，假称同意谈判，但提出众人目前衣食无着，愿意归顺后回乡务农，再也不干新四军了、不和政府作对了，但首先要解决粮饷问题。国民党县政府果然中计，又派出两个反动爪牙，带着一些粮食、猪肉以及二千多元法币，趾高气扬地上山来招降。李务本等人果断处决两个反动分子，带着粮食、钱款等，连夜转移到红花山区。

李务本一行落脚隐蔽在红花山区戴冲，这是个仅有两户人家的小村，受到唐、李两户人家的热情接待和悉心掩护。但是，在李务本他们随后两次向江边突围进发时，都遭遇到马坝库山据点的日本鬼子巡逻队袭击，突围未成。在一次与日本鬼子巡逻队的一番枪战后，他们在分散转移中，意外捕获国民党县政府给荻港、库山汉奸送信的两名特务，并搜查出县长徐羊我的一封亲笔信。顿时，国民党顽固派勾结日伪围攻新四军的证据昭然若揭。

趁夜，在县城以西几里路的五里亭，李务本一行果断处决押来的两个特务，并在伪保长家书写了十几条抗日标语和处决特务的布告。这些标语、布告被新四军人员及基本群众连夜分头在五里亭、孙村、中分村以及县城附近四处张贴，并把徐羊我给汉奸的信也一并公布于众。甚至，他们通过意外遭遇而俘获的川军两个士兵，将标语及反动县长勾结日伪的情况带到川军部队下层中进行秘密宣传。

顿时，在繁昌城乡，民众到处传说新四军又由江北打过来了，在马家坝打鬼子，又在五里亭杀汉奸，纷纷都说国民党勾结日本鬼子打新四军真是没良心。

李务本等新四军突围人员不屈不挠、顽强坚持斗争的行动，震动了繁昌，迷惑了日伪，也极大震慑了国民党县长徐羊我等反动分子，使国民党反动派摸不清底细，内心惶然，既不敢白日来"清剿"，又不敢夜晚外出活动。新四军的标语、告示所到之处，一时再没人敢来向群众催捐逼款了，有力壮大了新四军的政治声势。史称"李务本大闹繁昌"。

不久，在李敬贡奔走江北的联络与帮助下，几经曲折，李务本一行终于和江北新四军部队取得联系。随后，在从江北南渡的新四军联络员和地方党组织的有力接应下，他们隐蔽好少数伤病员，从红花山区顺利插到沿江地区。在一个清晨，出其不意地突然渡江，安全抵达江北。李务本他们站在北岸，遥望江南，心中百感交集，大声呼喊："皖南，战斗了三年的皖南，我们一定要回来！"

二

李务本等人突围到江北无为后不久，1941年3月底，根据江北党组织的命令，又率精干武装重返繁昌红花山区，在刘全（新四军第三支队一营副营长）等领导下，坚持开展地区斗争。

1941年五六月间，新四军一个班长王元维在皖南事变中被俘，被强拉到川军144师当兵。某日天黑时，他趁着在铁门闩附近放哨之机，冷不防从背后开枪，撂倒过路的两个武装特务，缴获两条枪，奔到红花山阴山冲找到新四军，胜利归队。据他的报告，国民党皖南行署给繁昌县政府配来一部电台，安置在八角冲，还专门盖了新草房，作为电台房，房顶上架着天线，平时由县政府自卫队第一中队的一个短枪排护卫着。

李务本和大家合计，必须将这部电台夺过来或破坏掉，让敌人眼瞎耳聋。但电台有武装护卫，周围地区也驻满了国民党川军部队，夺电台如同深入虎穴。于是，决定采用"奇行奔袭"的方法，由李务本、郑福生（新四军教导总队机炮训练队队长）、王元维、宋德本（原第三支队侦察员）等8人执行任务。根据刘全同志的布置：小分队由郑福生任队长，李务本任指导员，一切行动的决定由李务本下达。

当日夜间，李务本一行出发，连夜赶到凡林山。天亮后，他们在一个地方党员家的后山上埋伏隐蔽了一天。

夜深后，他们迅速翻过上八都河的山岭，在黎明时分到达八角冲后山，又往前摸走半里路，找到放电台的新草房。他们原想摸下去放把大火，将电台和房子一同烧掉。但敌人防守甚严，他们被迫退到山上的竹林里，观察动静，寻找下手的时机。

东方发白，天快大亮了。突然，由八分村方向跑来个士兵，在山坡下大叫：

"王排长，王排长。"那护卫电台的排长忙问何事，这个兵说："中队通知你们，今天不出操了。除警戒外，你们都下去吃早饭，听徐团长训话。"

不一会儿，那排长将全排集合带走，只留下一个哨兵。李务本、郑福生、宋德本三人拎着驳壳枪，从东边屋的角咔溜下了山，直接从前门跨入草房。抢走几步，打开后门，将其他人放入。这时，那个哨兵正在一个水塘边，同一个洗菜的妇女泼水嬉闹。李务本一边派人戒备哨兵，一边急入内房。两个报务员正在刷牙，见其闯进，以为是走错了门，忙说："你们进来做什么？这是秘密的地方！"李务本用枪指着他们说："老子是新四军！要胆敢叫一声，就要你们的狗命。"

二人吓得连忙跪下，哀求饶命。众人冲进房里，将电台搬走，并对报务员说："我们就在外面等着你们的人回来，好干掉他们。要敢吭一声，就先杀你们，然后再放火烧房。"说罢，将内房门扣死，迅速从后门奔上山，轮流背着电台，飞快赶路。

回头一看，那哨兵仍在塘边同妇女嬉闹，毫无觉察。

上午9点多钟，他们在翻山越岭中听见，在八角冲后山方向，枪声密集地响起，甚至机枪声也响起来。其实那是国民党部队如临大敌，包围他们之前隐蔽的山头，在打一场空仗。

当晚，李务本他们就将缴获的电台送过大江。

在无为临江坝，他们见到前日也过江的刘全，又到新四军第七师五十六团一营营长陈仁洪、教导员马长炎处汇报夺取电台的情况。陈、马二位喜出望外，赶紧置办饭菜，犒劳他们吃饭、喝酒，又派人去请曾希圣政委。曾政委在红军时期是中央军委二局局长，就是专管电台通讯和情报工作的，深知电台的重要作用，但之前并不知夺电台之事。他进得门来，听说夺到一部电台，又无一伤亡，高兴地连说："好，好！那请他们几个人的客，算是我的账！"大家都高兴得哄笑起来。

主要参考内容：

1.中共繁昌县委党史办公室《红花山风云录》李务本的回忆文字《冲出重围》。

2.安徽省芜湖市文联《皖南一页》之《重返皖南》。

突围闹繁昌　奇袭夺电台

新四军女战士敌后历险记

丁　俊

　　1939年下半年，新四军民运女干部焦恭贞、赵亚和沈锐三个人，当时都在云岭军部附近的单位工作，在"繁昌保卫战"的胜利鼓舞下，三个人一同打报告，要求到铜繁抗日前线去。经过组织批准，三人被调到新四军第三支队，分配在五团做民运工作。当时新四军五团团部驻八都何，八都何在行政区划上归于南陵，属南四区，但在党组织建设与群众性抗日工作等方面，属于中共繁昌县委领导与管理。那里有个著名的红色"堡垒户"何奶奶，她们几个人就住在她家。

　　新四军第三支队驻繁昌期间，抗日贡献很大，有繁昌五次保卫战的胜利，另外还有两次皖南反"扫荡"的战斗胜利，也称"七战七捷"。所以，当时新四军在繁昌老百姓中的威信很高。皖南事变前夕，新四军第三支队奉令北移开拔时，群众痛哭流涕，拉着新四军指战员的手送行，真好像父母送子女那样，场面很是感人。新四军也舍不得离开老百姓。新四军驻在一个地方，就是靠群众，靠老百姓，不然就生存不下来。

　　皖南事变爆发后，焦恭贞是跟何志远（五团政治处副主任）、张昌龙（第三支队军械股股长）、刘国兴（五团特派员）、赵亚及几个战士，历尽艰辛突围出来。从南陵的三里店又转移到八都何。他们到达八都何时，整个村子都驻着国民党五十二师部队。因为对路况十分熟悉，他们便悄悄地从后门潜入何奶奶家，并在她家的阁楼上隐蔽了一天一夜。后来，村里基本群众把他们送到山上，又连续隐蔽了三天。这期间，都是八都何原青抗会、妇抗会成员来给他们送饭，把毛竹筒的节节打通，灌进一些吃的，身上再捆着一些吃的，冒着生命危险送上山来。当时，知道新四军突围人员在山上的有不少群众，但没有一个人将消息泄露出去。后来，繁昌县委派人来接应他们去沿江，也是先找到青抗会、妇抗会成员，再由他们带到新四军人员的隐蔽地点。

　　新四军民运女干部赵亚，在从皖南突围出来后，曾被党组织留在繁昌县委工作一段时间，暂未北渡。就在此期间，她被日伪军逮捕一次，就是沿江"一百步"村的群众舍命将她从"虎口"里救下来的。某日，日伪军来下乡"扫荡"，赵亚躲藏在玉米地里。但是，行进在江埂上的日伪军，居高临下，用望远镜发现了赵亚，所以将她围抄逮住。当时，新四军人员是以办学、当老师的名义开展工作的。这一天，是赵亚带着一些小学生在进行户外活动，恰好遭遇日伪军。小学生们见赵亚被抓住，就大哭、大喊。赵亚是共产党员，但她公开是当老师的，虽被敌人抓住，仍保持镇静自若。

这时，有个保长，是个通新四军的“两面保长”，也在场。这保长的老婆从屋里跑出来，一把将赵亚拽住，讲这是他们的女儿，因为赵亚是上海人口音，她就说赵亚的婆家在上海，这一阵子是从上海回娘家来的。这保长的老婆拖住赵亚不放，又哭，又闹，又是拍打她，说：“叫你不要出去你偏要出去，这怎么对得起我的女婿呀！”这样一哭一闹，把带领日伪军队伍“扫荡”的维持会长也弄呆了，便问那保长：“这个人（指赵亚），是不是她家的女儿回娘家？”保长忙答：“是”。这维持会长又说：如果“是”的话，限你三天再交出人来。保长说：“行”。维持会长说什么“三天再交人”，其实也是吓唬他的，看能否唬住，因为如果她真是保长家的女儿，三天后就还能见到人；如果是新四军人员，那么三天后肯定是见不到人了。所以，救赵亚同志，群众是冒着生命风险的。这时，赵亚见势也哭着，保长的老婆连哭带喊“女儿”，赵亚也就紧哭着喊“妈”。就这样，群众硬是舍命将赵亚从“虎口”里救下来。

有一个夜晚，焦恭贞正在一户群众家里睡觉。当时，天还没有亮，她忽被人推醒，说是日本鬼子下乡扫荡来了。她一骨碌爬起来，赶紧往江边跑去，不料江边已有一路日本鬼子，于是，她又转往江埂上跑去。当她跑上埂堤时，被另一路日本鬼子发现了，她便越过江埂，又转往埂内的庄稼地里跑。那时，焦恭贞年纪轻，跑步的体力也很好。当时，她的身上携带了很多东西，有党员填的表格，还有钢笔、手表、私章等。她一路跑，一路扔。地里有许多正割豆子的群众，她每扔下一件东西，群众就砍一把豆子秆将它盖起来。

焦恭贞一阵猛跑，在稍远一些后，她回头一看，后面有3个伪军正尾追过来。这时，她身上的东西全扔光了，脚上穿着皮底鞋，跑起来很滑，她把它脱下来扔掉了，最后就扔身上带的钱。几个伪军很爱钱，趁他们去拾钱，她又往前跑出一大截路。跑到一条小河边，有几个妇女正在洗刷，她直扑下河，涉水而过，那几个妇女赶紧将她拽上岸，她就一直跑进河对面的村子里，躲入一户群众家里。

当时，焦恭贞是里里外外湿漉漉，全身冰冷，并且心里还有一些害怕。这家的老太婆赶紧把她的湿衣脱掉，换上自家孙女的衣服，又用毛巾将她的头发包扎起来，让她睡到自己的床上，并在床边放了一只粪桶。老太婆端一把小茶壶坐在床前，浑身有些颤抖，她的心底也是十分害怕。日本鬼子兵扑入村子里一阵搜查，终找到这个人家，追问床上睡的是什么人？老太婆淌着眼泪说：“是我的孙女儿，得了重病。"又问得了什么病？老太婆说："上吐下泻的，恐怕是虎里拉唉。"这日本鬼子兵一听说是霍乱（日本兵称作"虎里拉"），赶快往外跑，生怕被传染上。就这样，老太婆也是舍着性命将焦恭贞救了下来。当天夜里，群众用担架将她抬回了驻地。因急火攻心加上严重受寒，此后她病了很长一段时间。焦恭贞同志在20世纪80年代回忆在繁昌的战斗岁月时，还感慨地说道："在那个环境中，很难讲哪一天不被抓到，也很难讲哪一天不牺牲。八都何的老百姓也好，繁昌江边的老百姓也好，对新四军真是鱼水情深。"

主要参考内容：

1.政协繁昌县委员会《繁昌烽火》之《新四军与老百姓——我在繁昌县工作片断》。

2.中共繁昌县委党史办公室《繁昌县党史通讯》之《访问赵亚同志记录》。

赤手空拳　三擒敌寇

丁　俊

一

1938年下半年，日本侵略军为控制繁昌县城，切断红花山区新四军交通线，并与桃冲、旧县、横山的日伪军相呼应，便派遣三四十名日军侵占马坝，并以库山高地为据点，建营筑垒，挖壕架炮，长期驻守。日军常窜入附近各村，拉夫抓人、奸淫掳掠，无恶不作。

驻库山据点的日酋，是炮兵小队长依则太郎，凶残成性，又会点儿拳术，胆大妄为，常不带武器只身进村，搜找"花姑娘"，强索酒菜，民众深受其苦。马坝村中有一家杀猪店，店主吴胜祥，年逾五十，儿子吴其然是基干民兵，身强力壮，是宰猪能手，见这个日军常来店里作难，要吃要喝，非打即骂，是内心痛恨，憋了一肚子气。

吴其然常邀同行丁尧坤、丁日新，共同商量惩罚日军的办法。历数日军种种罪行时，大家义愤填膺，一致同意要把这个鬼子头目除掉。

1939年夏天的一个傍晚，一个日本兵下山闯进新桥头的一户人家，翻箱倒柜，一口气喝掉五个生鸡蛋，还吵着要"花姑娘"。吴其然恰在场，便指着水沟对面说："'花姑娘'那边波罗波罗的（跑掉）。"日本兵信以为真，就沿着水沟走去。丁日新也正好在沟边，招水洗抹着身子。日本兵走过来，问他"花姑娘"何在。他说："'花姑娘'快快要来洗衣的。"日本兵高兴起来，就到沟边来招水洗脸。正当他俯身洗头时，丁日新摸起一块石头，猛击他的后脑勺，又猛地往前一推，日本兵一头栽进水里。丁日新跳入沟里，按住日军一通猛砸，又用水呛。日本兵虽几次欲翻身反扑，终因丁日新力大过人，被他按倒在水里动弹不得。

丁日新见日本兵已半死状态，又见天快黑了，便把日兵拖上岸，解下身上大围巾，将他捆住，背着就跑。在中途，日本兵醒了过来，开始挣扎。吴其然赶来，连声高喊："往地上掼，往地上掼。"丁日新一使劲，将日本兵狠狠掼在碎石路上，日本兵不再动弹了。丁日新复又将他扛上肩，一气跑过公路，直到戴冲观音庵。接力赛一般，吴其然又背起日兵跑。跑了一段路，二人又喊来几个青年，带着木杠、竹床，将日本兵扎牢绑定，一路抬过闸口，并押送到国民党县政府驻地八分村。

这个日本兵失踪，据点里的日军下山寻找无着，欲施报复，但村民众口一词推说是游击队干的，而日军又找不出其他的蛛丝马迹，无计可施，最后只好不了了之。

二

1940年夏天某日午饭后，在官塘埂村前大路上，走来一个日本兵，正是那个恶贯满盈的依则太郎，只见他身背"酒鳖"，手执军棍，嘴里叽哩咕噜地哼着日本歌曲，扬扬得意地跨入村民丁某家的大门。他用军棍指着说："你的米稀相交的，我的咕噜咕噜要的。"丁某家开着槽坊兼肉店，只好接过酒鳖，装满一壶酒，他大摇大摆地背着走了。

这时，在后屋的丁尧坤（丁家之子）听到，当机立断，准备下手。随即出门跟着，远远盯住，暗中监视。

依则太郎窜入前方小坝沿村。丁尧坤迅速潜入坎沟里，由小路绕道向坝沿小石桥边迂回过去。不久，依则太郎出村，走过小桥，和丁尧坤迎面相遇。

丁尧坤鼓起勇气，在擦身而过时，一脚踢飞军棍，突然猛扑，将依则太郎按倒在水田里。依则太郎耍翻身，欲大打出手，丁尧坤以泰山压顶之势，骑坐他的身上，挥拳猛击。二人翻滚缠打在一块，摔倒又爬起，都成了泥人，脸上密布抓伤。

这时，村里几个青年赶来。依则太郎已气穷力竭，躺在泥水里如猪一般哼哼。众人用绳子将他绑牢。由两个身大力强的青年用木杠抬着，绕道戴冲，插入观音庵山坡，跨上闸口大路。然后又拖下他，喝令他自己走。五花大绑的依则太郎耷拉着脑袋向前走，几个青年持棍棒，神气地在后面押着。在押着日本兵去八分村路过繁昌城时，沿路围观的人群中，爆发热烈欢呼，甚至有人放起噼里啪啦的鞭炮。这个作恶多端的鬼子兵，最后束手就擒成了俘虏。翌日，库山据点的日军荷枪实弹，出动清查，闹腾了三天，毫无着落。从此，日寇再也不敢孤身一人进村入户祸害百姓了。

三

1943年11月，在中国的日本侵略军意图打通赣湘桂的交通走廊，以策应在南洋的日本侵略军，因此，有大批日寇集结后从长江南岸日夜兼程向西南地区进犯。芜获公路上，连续很多天都有日军部队行军。一天下午，在前的大队人马已过去，后续部队的还未跟进，中间地带有一个掉队的日本兵，背着一支三八步枪，步履迟缓，被吴其然发现了。他马上跑到高坡上向后眺望，竟然没有后续部队。送到手的猎物岂能放过？他便挑着夹篮，装作割草的村民，慢慢接近那个日本兵。来到近前，见那日本兵一路哼哼，并且一走一歪，他明白过来，这鬼子一定是病了（后来知道是疟疾）。他连忙找来丁尧坤等人，用竹床把这个日本兵抬起来。并且指手画脚地说，要抬着他去追赶前面的部队。日本兵信以为真，有气无力地在竹床上睡熟过去。

他们将这日本兵抬入小路，又进入竹园，朝着南边的箕山、观音庵方向疾去。越走距离公路越远了。等到了戴冲地界，他们突然将日本兵身边的步枪夺下，并撂下担架，待日军惊醒过来，却已成了俘虏。

吴其然、丁尧坤等人巧用计谋活捉日本兵，在周围引起很大震动。马坝乡伪乡公所头头和驻守的伪军小队长，听到风声，慑于新四军威力，想留一条后路，既不敢报告，又怕日本人追究责任。他们一合计，当夜，伪乡公所的头头要几个伪军将自己五花大绑捆起来，关在伪乡公所里，又把村里一个伪甲长装进麻袋，扔在门后。同时，将一座旧茅屋放火烧起来，在火光冲天时，又让伪兵打几枪，扔炸几颗手榴弹。伪军小队长王某故意穿着睡衣，赤着脚跑出来，又故意跌入水田，滚一身烂泥，并在山边的刺丛里将衣服拉得破烂，慌慌忙忙地跑到库山日军据点报告。

王某一副狼狈相，突然出现在日酋面前，假装气急败坏地说："报告太君，不好了！新四军游击队把我们弟兄都绑起来了，快快去救人啊！"日军信以为真，急忙集合队伍，荷枪实弹，赶下山去。到了伪乡公所，果然那几个伪军，有的在绳索中挣扎，有的垂头丧气地瘫在屋角。日军解开伪军，又听见麻袋里有动静，打开一看是伪甲长。甲长结结巴巴地说，这一回游击队来了不少人，估计都跑回山上去了。日军深信不疑，还对伪乡公所头头张某、伪军小队长王某说："你们顶呱呱的，以后来了新四军，要快快报告的。"

乡民吴其然、丁尧坤、丁日新等赤手空拳，三擒日寇的佳话，至今仍然在马坝地区流传。

主要参考内容：
政协繁昌县文史资料工作委员会《繁昌文史资料选辑》（第三辑）《赤手空拳 三次擒敌》。

护送美国"飞虎队"飞行员

丁　俊

1944年7月中旬的一天，一名美国飞行员驾驶着携带两枚小型炸弹的P51型战斗机，奔袭日军在安庆的机场。飞机在俯冲投弹时，不幸被日军的地面炮火击伤，迫降在距离敌之机场十几公里外的一片旱地里，飞行员随即离机出走。正当他对去路茫然时，有几十名便衣武装人员迎上来，微笑着向他点头、招手，还伸出大拇指表示夸赞。飞行员并不知道这些人的身份，但明白他们的友善之意，也只得跟着他们走。这一行人昼伏夜行，历经三昼四夜，到达无为的新四军第七师师部驻地。

新四军第七师政委曾希圣赶紧让人去找在师部参议室工作的王敬久。王敬久曾受过高等教育，懂英语，在1942年初，中共繁昌敌后县委书记苏拓夫被国民党顽固派抓捕后，他接任敌后县委书记，曾在繁昌地区战斗过一个时期。王敬之匆匆赶来，立即和飞行员进行沟通，得知这个外国青年叫约翰，是美国第十四航空大队（著名的陈纳德"飞虎队"）的中尉飞行员，同时，详细了解了他的遇险过程，并告诉他，新四军是中国共产党领导的抗日队伍，这里是新四军第七师司令部，也是皖江抗日根据地的中心区，请他放心安全问题。营救飞行员的便衣武装人员，是新四军第七师沿江支队林维先部。

约翰急切地提出尽快帮助自己返回第十四航空大队基地的要求。曾政委立即向延安报告情况，又安排约翰去第七师的医院检查身体，并组织治疗因长途跋涉，而导致他的两脚起水泡、感染化脓等问题。在此期间，新四军在条件极为艰苦的情况下，想方设法款待约翰。几天后，师部接到延安的指令，决定护送他到皖南，移交给国民党繁昌县政府，再由第三战区帮他返回国统区的空军基地。曾政委将一路护送的任务交给了王敬久。临行前，师部召开军民联欢大会，欢送约翰。约翰在热烈的掌声中向大家道谢，表示今后要用炸弹和机枪来消灭更多的"日本鬼子"。"日本鬼子"，是约翰在皖江根据地学会的第一句中国话。

第二天晚上，约翰、王敬久一行从无为的恍城出发，在北岸沙垄附近启航，横渡长江后，在繁昌的油坊嘴渡口登岸，又经过慕英冲、磕山、红花山区乌阳冲（湖阳冲）等地，作隐蔽休整后，再奔赴新四军皖南支队临江团驻地铜繁边的三条冲。

根据新四军第七师师部的指示，繁昌的党组织和游击队精心组织，一路武装护送。为加快护送的速度，减少约翰的旅途劳累，党组织还在沿途组织了数个担架队，一站又一站，接力地抬着约翰向前走。为确保安全，防止不测事故，繁昌党组织准确掌握日伪军的行踪，并严密封锁有关护送方面的消息。在夜色里，繁昌武装护送人员凭借着对地形的熟悉，翻山越岭，涉水过河，甚至从日伪军的据点附近穿行。从繁昌沿江到铜繁边的山地有近百里路程，虽一路布满风险，但最终安然无恙。

在繁昌党组织的安排下，约翰、王敬久一行坚持昼伏夜行，只用了两夜的时间，就平安地到达目的地。在途中，约翰深感歉意和不安，几次要从担架上下来，要和大家一道行走，但是护送队伍坚持抬着他，直到三条冲。

约翰在新四军皖南支队临江团的驻地休息了一天。新四军队伍热情接待，并为他专门举办了茶话会。临别前夜，约翰的心情非常激动，在王敬久的笔记本上写下"希望在战后能够再见面"的留言。次日上午，国民党方面的代表按照联络约定，到达指定地点，在国共双方完成交接手续后，约翰在恋恋难舍之中踏上归途。

1945年初夏的一天，一架B24型美国轰炸机飞临繁昌的荻港上空，袭击停泊在江边的一艘日本运输舰，这艘舰只装满了从桃冲铁矿掠夺来的铁矿石。轰炸机因俯冲过低，不慎撞到敌舰上的无线电天线，导致机体受伤。驾驶员发现这一危急的情况，忙操舵向北，想在黑沙洲地区着陆，但飞机一时操纵失灵，只滑行了七八公里，便一头栽到无为泥汊附近的江滩上，飞行员被抛出机舱，擦伤了大腿。泥汊区抗日民主政府立即组织营救行动。新四军第七师师部闻讯后，再次指令王敬之去探望并了解相关情况。后来得知这个飞行员叫约翰逊，他的年龄比上一次的那个约翰要大一点，二十七八岁，是个空军上尉。

当时，飞行员约翰逊的情绪比较低落，也很想家，担心这个不幸的消息传回美国，会惊扰家人。在江北根据地的一段日子里，他长出很长的胡须，坚持不肯剃去，弄得有些蓬头垢面，甚至对根据地的艰苦生活条件也有些怨言。王敬久和地方党组织从抗日大局出发，竭尽所能地热情款待他，赞扬他的勇敢战斗行动，并一再宽慰他，化解他的内心忧愁。

很快，新四军七师师部就接到延安的复电，便决定按照前一次护送约翰的方法与线路展开行动，并将他移交给皖南的国民党方面。约翰逊、王敬久一行趁夜渡江后，再次在油坊嘴登岸。随后，在繁昌的党组织和游击队的一路武装护送下，仍然坚持昼伏夜行，潜行过敌后地区，穿越红花山区，辗转百里，顺利抵达目的地铜繁边的三条冲。

主要参考内容：

1.广州新四军研究会第二分会、巢湖市新四军研究会《新四军七师》第五章第一节之五"开展政治攻势，加强敌工工作"。

2.《皖江抗日根据地》编审委员会《皖江抗日根据地》之《营救两个美国飞行员》。

高安闸，新四军的爱民丰碑

丁 俊

据《繁昌县志》记载："1942年7月大水，20多个圩区堤坝破溃，138人淹死。数万百姓逃离家乡。"当年，新四军七师、中共皖南特委对治理水患之灾高度重视，要求新四军部队和抗日民主政府，积极开展救助受灾地区群众的行动。

时任繁昌县永丰乡乡长的新四军老战士张浓，在其回忆文章中写道：1942年冬，铜繁受灾地区群众陆续返乡，陈云飞（时任繁昌县委书记、新四军七师五十七团政治处主任）在繁昌二区召集相关人员协商救灾工作，二区书记郭显、副区长赵壁、江坝乡乡长孙泽华（地方士绅）、永丰乡乡长张浓和妇抗会主任阮秀英、皖南税务所所长芮胜（地下党员）、保长吴益坤（金开源）等参加。经过协商，他们一致认为拿粮食直接救助群众在操作上有困难，决定采取以工代赈和以工抵税的办法，组织返乡灾民兴修水利，这样既解决了灾民灾荒又修建了圩堤，也为开春的农业生产提供保障。根据当时圩堤破溃的情况，决定：建高安闸；新筑从姚便三棚到洋灯的夹江江堤（大约4公里）；加固加高永丰圩与保定圩之间的堤坝（大约11公里）。另据《繁昌县志》记载："1942年冬，繁二区抗日民主政府组织沿江农民建高安闸，扩建江坝乡永丰圩与保定圩间堤坝工程，筑建姚便三棚到洋灯夹江江堤。"地方党组织和江坝乡、永丰乡抗日民主政府通知灾区的群众上堤挑土方，每挑一方土发一张"盖章纸条"，凭纸条每张给20斤稻谷。属于税收征收对象的田主、佃农，凡是参加挑土方者可以抵交公粮、税款，而多挑土方的，同样按土方数给予稻谷补贴。鉴于稻谷有限，部分安排在秋收时兑现或者抵交1943年公粮。

由于组织措施有力，新四军部队防卫严密，每天参加的民工有上千人，日军炮艇虽每天在长江里巡游，但从不敢登岸骚扰。工程历时3个多月，于1943年4月初完工。这种以工代赈和以工抵税的方法，不但救助了群众，也兴修了水利，深受群众拥戴。1943年7月，皖中区党委决定在整个皖中根据地推广新四军在繁昌以工代赈和以工抵税来兴修高安闸水利工程的经验。

高安闸水利工程的兴建，对改善繁昌沿江地区农业生产条件、保障当地人民群众生命财产安全起了重大作用。繁昌抗日民主政府县长江干臣专门组织群众上工地，慰问参加工程施工的新四军官兵，还赠送了"安居不忘共产党，丰收铭记新四军"的金字牌匾。

80多年的时光已经过去，高安闸水利工程如今依然在发挥着应有的功能与作用，这是一座耸立在繁昌人民心中的不朽丰碑。

主要参考内容：

1.中共芜湖市委党史研究室《中国共产党芜湖历史》（第一卷）第十六章第二节。

2.中共繁昌县委政策和党史研究室《中国共产党繁昌历史1919—1949》（第一卷）第四章第四节。

3.繁昌县地方志编纂委员会《繁昌县志》第十二章相关内容。

奇特的敌后抗日小学

丁 俊

1938年2月，由于日本侵略军的侵犯，三山及大小洲等地从此变成沦陷区。是年冬天至1939年，中共繁昌县委组织部部长苏拓夫、新四军第三支队五团民运股股长金涛、政治处敌工科刘梦南等先后来到大小洲地区，着力开辟敌后新区。地方党组织力量得到加强，抗日游击武装和群众组织纷纷建立并活跃。从此，沿江大小洲地区逐步成为新四军抗日游击区。因群众基础良好，1941年，以大小洲地区为基本区域，相继建立抗日民主政府繁二区区政府（辖高安、保定整个区域及旧县、三山、横山等部分区域）及保兴乡、江坝乡政府。这是繁昌境内区、乡两级抗日民主政权建立最早的地区。

随着各级抗日民主政权的发展和巩固，各项革命工作不断深入开展，地方党组织日益感到革命队伍及群众组织成员的文化知识不足。为培养有文化知识的抗日人才，同时解决沦陷区的贫苦农民子弟读书识字的困难，抗日民主政府自筹经费，由保兴乡乡长胡振球负责筹备工作，创办起一所抗日小学。没有校舍，就借用小江坝旁边9间破烂不堪的草屋，自力更生进行改造与修缮。没有桌凳，就发动学生自带自用、互助互借或以土坯垒制。师资，招募当地的进步知识青年担任。

经过一段时间筹备，1941年春，敌后抗日小学——保兴小学正式开学。校长由乡长胡振球兼任，副校长古镜人（党外人士负责出面与日伪方面周旋），教导主任叶飞，教员有9人。开设6个班级，初时有学生99人。为蒙蔽日伪且保持安全教学，学校创办之初即向日伪方面进行登记，领取一些满纸胡言的课本。但实际教学所用的课本，由学校自己编印，主要对学生进行抗日和革命进步思想教育。学生身边同时存放敌我两套课本，而日伪方面的课本，是用来敷衍的（在日伪军下乡时应付）。开设课程：语文、数学、历史、地理、体育、音乐、美术等。抗日民主政府繁二区区政府的文教干部晏健夫常来学校教授音乐课，所以，学生们都会唱《大刀进行曲》《五月的鲜花》《我们在太行山上》等抗日歌曲。

当时，抗日小学提出思想科学化、教育生产化、生活纪律化、行动军事化的教学要求。在学生中建立儿童团、少先队，儿童团团长是潘恒林，少先队队长是汪道法，辅导员是梅观士（校外的地下党员）。儿童团员都佩戴一色的领巾。学生除读书外，还积极参加社会活动，其中很多同学成为抗日群众组织成员，宣传抗日基本政策，教授民校、识字班，传播革命道理，协助抗日民主政府开展减租减息等。学校还收容烈士遗孤和无家可归的革命人员的子女住校就读。1941年，保大圩一位赵姓革命同志牺牲后，他的一个10多岁的孤儿，就寄养在学校里，老师和同学们都对他关怀备至。

1943年春，保兴小学改为繁二区中心小学（后改名为高安区中心小学）。学校办学地址仍在保定的江坝。抗日民主政府区长吕美南兼任校长，祖国光（党外人士，老教师）任副校长。教师也陆续增加，有本地的，也有外来的，如朱熙（上海知识青年，从抗日政权临江行政办事处文教科调来）、李盾、何求等。区政府还派具有一定军事素养的魏国栋担任军体教员。学生增加到120多人，课本由江北上级党组织统一编写印发。由于地方党组织的高度重视，学校的教学活动正常且活跃，教学质量也显著提高。

是年春，抗日政权临江行政办事处（辖繁昌、铜陵两县及无为的沿江部分地区）在皖江抗日根据地中心区域无为白茆洲，举办辖区内学校的各学科竞赛。参加竞赛的共有16所中心小学，其中高安区中心小学选拔16人参加比赛，由区政府统一组织运抵江北。由于繁昌来的参赛同学精神焕发、衣着整齐（统一的新草帽、白上衣、蓝下装）、遵守纪律，而得到普遍的赞扬。在比赛中，高安中心小学成绩优异，获团体总分第一名。在集体或单项竞赛中，有多数项目获第一名，如体操比赛第一名、篮球比赛第一名；学生汪道富获作文、图画第一名，朱运衡获乒乓球第一名，徐光奎获跳高第一名，吴兆光获跳远第一名。在闭幕大会上，临江行政办事处授予奖旗、奖品。

抗战时期，高安中心小学是繁昌第一所也是唯一的一所敌后抗日小学。其后，学校为新四军和皖南行署所创办的第一联立中学（无为）、第二联立中学（在铜繁边的狮子山）两所抗日中学输送了不少的学生。其中不少同学，后又参加新四军或抗日民主政府工作，走上革命的道路。高安中心小学，在日伪顽势力的夹缝中顽强生存，一直办学到1945年9月新四军奉命北撤为止。

主要参考内容：

1.中共繁昌县委政策和党史研究室《中国共产党繁昌历史1919—1949》（第一卷）第四章第四节等。

2.政协繁昌县文史资料工作委员会《繁昌文史资料选辑》（第一辑）之《一所活跃在敌后的抗日学校》《一所活跃在敌后的抗日学》。

3.繁昌县地方志编纂委员会《繁昌县志》第二十三章第三节。

抗日游击根据地的工业企业:裕丰袜厂

丁　俊

一

抗日战争全面爆发，日本侵略军的铁蹄践踏皖南，沦陷区的人民灾难深重。日用物资，如"五洋"（即洋纱、洋布、洋油、洋烟、洋肥皂）、"杂货"（食盐、糖等）都由日伪势力所控制。沦陷区的民众，需要这些用品，由当地伪维持会及乡保机构登记造册，按照家庭人口，统配供应，并且，日伪势力还设关卡严禁外运。因此，新四军部队、沿江各抗日民主政府工作人员日常所需物资供应极其困难。抗日民主政府积极采取对应措施，一面控制粮食及副产品运往沦陷区，或经秘密渠道通过以物易物等方式，来对抗日伪的经济封锁，另一面执行党中央"发展经济，保障供给"的号召，组织群众积极生产自给，解决物资短缺的困难。裕丰袜厂是在这样的历史条件下办起来的，成为皖南抗日游击根据地唯一的成规模的工业企业。

1944年秋，中共南繁芜县委委派金开源同志（原名吴益坤，大小洲地方绅士，中共特别党员），负责裕丰袜厂的筹建工作。他利用社会关系，以部分粮食从上海换回一批棉纱、十多部袜机，寻聘熟练工人、吸收社会青年共20多人。自制必要的配套工具，如纱车、纱络等，因陋就简地投入生产。该厂厂址，初设在新四军七师抗日根据地的六洲区义坪乡农民夏月琪家。初期，经理是米济群，并有老师傅、会计、管理员等数人。

二

随着江南革命形势好转，皖南抗日游击根据地得到发展与巩固，1944年冬和1945年春，新四军皖南军分区、皖南地委及在江北的一些单位，陆续迁往江南。1945年春节前，裕丰袜厂将机器等生产物资全部运过长江，暂存放在大小洲的"一百步"村。同时，在当地吸收20多名地方青年，党组织又委派党员干部王平来厂担任指导员。1945年农历正月初五下午，全厂40多名人员，挑抬着机器、工具及行李等，从"一百步"村出发，由经理带队，递步哨引路，向繁昌红花山区进发。当时沿路的旧县、矶山、横山、库山等地都有日伪据点。从沿江到山区须经过横山至旧县、马坝至荻港的公路，以及库山、乌金岭山头下的大路，而这些地方常有日伪军埋伏袭击。在快近公路时，天已漆黑，队伍小心翼翼地隐蔽在距公路数十米之外的农田边、村庄旁。两名前哨人员潜到公路的周围侦察，在查清确没有日伪武装埋伏时，即拍响双手。听到拍手声，队伍立即行动，快速穿越公路。过库山封锁线时，行色匆匆走至山脚下（山上有日军据点），夜色深沉，道路崎岖，所挑的机器、用具等，因碰撞而发出叮叮当当的响声，众人听到很是紧张，因为时刻有着危险。行至半夜，终于抵达阳冲的程屋基，即在群众家的灶房、柴屋等处和衣而卧。第二天天刚蒙蒙亮，队伍即翻过大阳岭，奔向孙村、黄浒。

裕丰袜厂原计划是设在狮子山上的清凉寺里，但抗日游击根据地的红色学校——皖江第二联立中学已提前入驻，因此，裕丰袜厂被迫在黄浒油坊、钟鸣乡五猖庙村辗转停留10余日，后搬入狮子山南麓的下清凉寺里。厂房即设在寺后的18罗汉堂内。在驻扎的两个多月里，厂里职工和庙内的僧人相处融洽，关系密切。有一次，金开源同志（时任皖南行署供给处经济建设科科长）来检查工作，顺便理一下发，忽听山下传来砰砰枪声，大家以为是敌人来袭，他的头发只理了一半，就被老和尚急引到寺庙附近的一个山洞里隐蔽，指导员王平扮作庙里的香客，工人们一股脑奔向深山老林。事后得知，有个猎人打到一头小鹿，真虚惊一场。

三

1945年初春，皖南行署将裕丰袜厂升级为专署直属工厂。同年3月，工厂迁至繁昌赤沙滩的罗家大屋。这时，米济群同志被调走，经理由钱济生同志接任。工人数量陆续增加，其中还安排了部分新四军伤残人员及家属等，工厂规模也随之进一步扩大，后院屋设作厂房，前面开店。对职工也进行合理分工，分作洗染、上纱络、执袜机、绞袜口、包装、销售等岗位，各司其职，职责分明。生产始终保持井然有序，每天可产袜子300多双。产品大多运送到皖南行署供给处经济建设科，作为军需品，供给新四军部队，另有部分在店内销售。虽然是在山沟沟里，条件简陋，但职工们的生活紧张活泼，个个情绪饱满，干劲十足，团结互爱，亲如手足。那时，为抗日，为革命，职工们不讲报酬，厂里只是发给必需的生活用品，并供应伙食。平时生活非常艰苦，每天一粥两饭，常常是蔬菜、咸菜当家。有一天，管理员风趣地告诉大家说：有个好消息，今天买了一样新鲜的"雪花菜"。众人不知道这"雪花菜"是什么好菜，都很高兴，也好奇，跑去一看，原来是豆腐渣，顿时哄堂大笑。

裕丰袜厂迁到赤沙滩后，因为个人表现出色，有4名职工先后被厂党组织发展为中共党员。其中胡成琪、胡启芳二人还在那年夏天赴孙村梅冲的艾家祠堂，参加工人代表大会，听取县委副书记陈爱曦作抗日形势报告和工会工作报告。8月15日，日本帝国主义宣布无条件投降的消息传来，全厂职工欢天喜地，纷纷组织游行、集会，热烈庆祝抗战的伟大胜利。

1945年8月下旬，裕丰袜厂党组织负责人遵照皖南地委和皖南行署关于北撤的指示，紧急发动职工将机器及生产物资等隐蔽起来，并做好相关人员的疏散、转移准备工作。他们认真将袜机、棉纱、布匹等物资进行登记造册，而后转移到罗家冲周围傍山的农家，进行掩埋、隐藏。并将物资清册，专人送达皖南行署经济建设科，作正式移交。同时，厂党组织对职工进行布置，即党员干部将随新四军部队北撤，职工暂时回家或投亲靠友等。

不久，大部分工人潜返回家打埋伏，其中党员职工胡成琪被党组织研究决定坚持地方斗争，任保兴乡副乡长（后牺牲）。厂指导员王平及党员职工钱扬保、刘桂英等随军北撤。

当年，在赤沙滩一带根据地，还秘密设有新四军的修械所、被服厂，但其产品都是专供军需，不对社会服务，仅有裕丰袜厂既供军需，又供民用，因此它是皖南抗日游击根据地唯一的一家工业企业。

裕丰袜厂虽历时仅一年，但它在艰苦的环境里，为培养根据地人才，锻炼地方党员干部，缓解新四军部队和根据地物资紧缺状况，团结民众积极开展抗日活动，作出了独特的历史贡献。

主要参考内容：

1.中共芜湖市委党史研究室《中国共产党芜湖历史》（第一卷）第十六章第二节。

2.中共繁昌县委政策和党史研究室《中国共产党繁昌历史1919—1949》（第一卷）第四章第四节等。

3.政协繁昌县委员会《繁昌烽火》之胡启芳的回忆文字《皖南革命根据地唯一的工业企业——裕丰袜厂》。

伪军头目赵子兴率部反正

丁　俊

赵子兴，绰号赵扁头，三山附近许村人，青帮分子。1938年，一度曾任峨桥伪反共自卫团团长。由于汪伪政权的内部倾轧，赵子兴出走峨桥，通过青帮"先生"何金标（国民党南陵县自卫大队大队长），去国民党第五十二师当"谍报"头目，后又嫌弃国民党部队的生活不好，即策动一个排长，拖带50余人枪，跑到繁昌保大圩地区做土匪。

赵子兴在保大圩初期，曾和抗日民主区政府代理区长叶余等联系，想和新四军谈判，来投奔新四军。当时中共皖南特委书记黄耀南从江北作出指示，暂不与之见面，观察并摸清其底细，然后相机行事。此后，赵子兴再未联系新四军方面，而通过何金标之妻"何大嫂"（何金标因枪走火死后，其妻拉队伍投靠了芜湖的日军），勾结上驻芜湖的日军，日军同意收编赵部，并派其入驻三山。

当时，三山镇是汪伪三山区区长兼反共自卫团区队长王世友、区队副秦家法的地盘，该部有伪军约百人，另有伪警察所的两个班武装。

赵子兴率队入驻三山后，王世友等心情很是矛盾。赵部在初到保大圩之际，王、秦等想将其吃掉，曾煽动并联合日军发动两次进击，但都扑了一空。如今赵部入驻三山，虽武装力量得到增强，但他们又怕实力不如赵部，压制不住，反而可能被他吞并。于是，王世友并未委任赵子兴的具体职务，且令其粮饷自筹，同时令其一个分队驻守碉堡，并派一个分队驻守保定的龙王庙。赵子兴对王、秦二人的诡计心知肚明，即既不让他掌权，又要他来守大门，以分散兵力，借新四军之手削弱自己力量。但他认为大小洲地区富裕，容易发财，仍率兵入驻了渡口和龙王庙。

党组织和新四军充分掌握了赵子兴与王世友之间的矛盾，决定运用"离间计"，展开对伪军的分化瓦解工作。党组织为加深伪军内部的矛盾，就策动王世友的粮食生意合伙人、"两面"保长王定槐（三山粮店老板，青帮头子）向他建议，首先要削弱赵子兴的武器装备。王世友认为正合己意，即去找日军，由日军向赵部"代借"一挺俄式轻机枪，虽这机枪终被日军截留自用了，但赵子兴得知是王某在背后捣鬼，怀恨在心。

赵子兴初到三山时，为讨好日本主子，蹦跶得很是厉害，增设两个碉堡据点，又杀害新四军的税收员，并多次下乡"扫荡"。龙王庙，在新四军南北秘密交通线上，是从沿江大小洲地区进入镇区的咽喉要隘。赵部在此设卡收税，控制交通，侵害群众利益，并严重地妨碍地方党组织、抗日民主政府和游击队的活动。新四军决定狠狠地教训一下这股不知天高地厚的伪军。

1942年秋天的一个晚上，在新四军七师五十七团团长梁金华亲自指挥下，连长陈木寿率新四军主力一部跨江而来，在高安区队武装及民兵配合下，突然包围龙王庙据点，发起夜袭。经一番激战，毙伤敌排长等数人。伪军分队长率残部、眷属撤逃入一个大碉堡。由于新四军缺乏重武器，且缺乏爆破技术，碉堡一时难以攻克。新四军改用"火攻"计策，由民兵们迅速运来大批柴草，一时烈焰熊熊，火烧龙王庙据点，让伪军们肝胆俱裂。在达到教训伪军的战术目的后，天亮时新四军主动撤出战斗。

赵子兴部损兵折将，威风挫减。王世友、秦家法等当夜听见枪声，看见浓烟滚滚，却按兵不动，不去援救。次日，赵子兴前来报告情况，王、秦二人哼哼哈哈，不痛不痒而言它。赵子兴进一步认识到他们的借刀杀人之意，内心恼怒更甚。双方的矛盾也愈发加深。

在被新四军教训一顿后，赵子兴的脑瓜子清醒许多，唯恐继续作恶，迟早会被"一锅端"，为求自保，被迫竭力改善与党组织、新四军的关系。中共皖南特委及地方党组织对伪军之间矛盾日益加重的情况，洞若观火，高度重视，迅速推进对伪军的瓦解、分化工作，即指派吴益坤（又名金开源，开明士绅，中共特别党员）、胡振球等负责对赵子兴部的策反工作。

1942年12月，芜湖县工委书记金厚初来到保大圩地区联系工作，在赵子兴部对鲁河乡的"扫荡"中被捕。赵子兴拟下令枪决他。金厚初临危不惧，大义凛然地痛斥他一番。赵子兴为其英勇气概所触动，暗思断不可杀此人，他可能是新四军方面的一个重要干部，不能将事情做绝，要为自己留一条后路。

金厚初被捕后，党组织积极展开营救，派遣金开源等去做赵子兴的思想工作，并利用芜湖市的青帮关系加以疏通。金开源凭借自己是青帮人员的掩护身份，设法套近乎并与赵子兴等结成拜把兄弟。赵子兴当时正想与新四军取得谅解，以改善关系，便很快悄悄地释放了金厚初。此后，在金开源等牵线搭桥下，赵子兴与地方党组织保持了频繁接触，并两次受到梁金华、黄耀南的秘密接见。

1943年8月中旬，突然有一卡车的日军，携轻重机枪从芜湖市来增兵三山。这个消息引起赵子兴内心的惶恐不安。这次日军的行动，确因王世友抓住赵子兴私放新四军人员的证据，向日军告密，说他私通新四军。党组织通过金开源向他通报情况，陈述利害，劝告其赶快采取对策。赵子兴一时很紧张，召集心腹商议。他分析，自己是从国民党第五十二师开小差的，后又曾缴过国民党繁昌县政府二区区队的枪支，这两处是不能去投奔的。若去投靠新四军，但生活又太苦。有心腹主张把队伍拉出三山，不依靠任何一方。金开源劝说：力量不足，是经不住三方面夹击的，自己生死事小，部队存亡事大，最好是和新四军皖南支队合作，新四军那边虽生活艰苦，但自己还有点产业，负责供给他们的生活费。赵子兴思想动摇，认为总不能干一辈子土匪，得找个像模像样的出路。金顺势又劝他：只要大哥抗日，新四军是欢迎的，不能再举棋不定了，现在形势非常危险，如果日本人先动手，那就晚了。并表示，只要和新四军合作，马上可以护送他们的家眷到大小洲的红色游击区去，保证安全。赵子兴的老婆，也从旁劝他投奔新四军。经一番磋商后，赵子兴决意率部投奔新四军。随后，他将大部分人员及家眷拉过汉江，入驻在上渡口的据点里，只留少数心腹人员在三山与日军周旋，只等金开源和新四军方面联络好，即采取撤退行动。

金开源在和赵子兴等商谈好之后，便匆匆赶回到大小洲，寻找党组织负责人汇报情况。突然，胡振球（在三山以开店为掩护，从事地下工作）急忙从三山送信来，说赵子兴目前的处境很危险，日本人可能要动手，必须立即行动。党组织立即连夜召开会议，果断采取应变措施，即集中地方武装一个连加两个排的兵力，分头占领观音庵、汉江渡口等要隘，以游动接应赵子兴部，并随时准备阻击三山、旧县的日伪军追击；同时，迅速从小江坝等地调集船只，以周密接应赵子兴率部从窑头渡口过江。

当日傍晚，赵子兴部的全部人马撤到汉江北岸。三山的日伪军得悉后，估计必有新四军武装接应，且夜色渐浓，即龟缩在据点里，不敢渡河追击。赵子兴集结队伍，在胡振球的引导下，向大小洲红色游击区的中心鸭棚嘴进发。

晚7点左右，赵子兴部安全到达鸭棚嘴，受到地方党组织的优待和欢迎。稍作休整后，赵子兴及部属、家眷共70余人，携机枪1挺、长短枪70余支，由抗日民主政权临江行政办事处繁昌督导处主任姚志健、中共高安区委书记邹亚平及胡振球、金开源等引导和陪同，于深夜2点从窑头渡口，分乘几只木船，扬帆北渡，在黎明之际安全到达皖江抗日根据地白茆洲地区。

赵子兴部受到新四军第七师皖南支队支队长梁金华、政委兼中共皖南地委书记黄耀南等亲切接见和欢迎。赵子兴部的反正，在抗战时期，是繁昌境内规模最大的一次伪军反正行动，后被列入《皖江抗日根据地大事记》。

主要参考内容：

1. 中共芜湖市委党史研究室《中国共产党芜湖历史》（第一卷）第十六章第一节"抗日武装的发展与开辟根据地的斗争"之二"巩固、发展南繁芜游击根据地武装斗争"。

2. 中共芜湖市委党史资料征集小组《中江烽火》之《赵子兴反正》。

3. 政协繁昌县文史资料工作委员会《繁昌文史资料选辑》（第一辑）之《赵子兴率部反正经过》。

虎穴脱险

丁　俊

1947年10月，国民党独立15旅大兵压境，对繁昌地区疯狂地展开"清剿"攻势。某日，中共南繁芜工委书记王安葆等在南繁边的板石岭，派交通员张元兴送信给江边游击队负责人束延海，告知他为避开敌人的锋芒，工委武装不久将跳到外线，转移至青阳、铜陵等地隐蔽一段时间。临行前，工委负责人告诉老张，说束延海的公开身份是个杀猪匠。

老张赶到沿江保兴乡灯塔保，打听杀猪匠束延海。有一村民只听清"杀猪的"，将老张错指向另一个杀猪匠谷某家。信件送到谷某手里，他不明就里地拆开一看，内容即刻走漏，由于周边人多嘴杂，国民党保兴乡公所很快得到消息，立即派兵将老张抓捕，并向国民党县政府报告。县自卫大队副大队长王亚东急忙带着一连人马，赶来捉拿束延海。

国民党队伍查抄了束延海的家，但他到无为县去了，扑了个空，便派出几组武装人员在束家附近及要道口设伏、监视，拟守株待兔。隔日上午，束延海南渡归来，刚上岸，就有人就告诉他：县大队在抓你，你家对门驻了一个班的人，千万不要回家。他一听，心想既然有家难归，不如干脆进山找队伍去。当走到团洲上游的新圩时，被埋伏于此的一队人马突然扑出来抓住。

束延海被押送到乡公所，王亚东及保兴乡长吴树人、乡队副吴兆余等立即进行审问。

面对逼问，束延海说以前是干过新四军，现在早已不干了，以杀猪维生。无论如何威逼利诱，他都矢口否认。王亚东气得暴跳如雷大喊：带人证。于是，将拷打得血肉模糊的老张推进来。束延海坚持说，我根本不认识这人，他是诬陷。王亚东拍桌吼叫：给我打。几个帮凶抽下腰间的皮带，暴雨一般连续狂抽猛打，将束延海打得皮开肉绽，头晕目眩，但他仍坚不吐实。敌人无奈，就将其关入乡公所后的一个碉堡的五楼上，并扒光衣服，捆起手脚，悬吊在屋梁上。

当日下午，乡公所里有人在议论：毛和贵（武工队负责人）在攻打矶头山（高安乡公所），县大队要去解围了。这些话，被关押在碉堡的底层而未捆绑的老张听见。晚间，乡公所里的电话铃突响，老张又静静听着。电话来自县城，询问审讯情况，并命令第二天把束延海押到县城，并说如有游击队拦截，可就地枪决。

老张从碉堡的枪眼朝外窥望，仅见乡公所门口有一哨兵及几个文职人员。急忙爬上楼来告诉束延海：你要想法子赶快跑，不然明天就没命了。又赶紧将他从屋梁上放下来松绑，商量脱逃的具体办法。

碉堡的大门紧锁，墙壁砌牢而难松动，下层壁上的枪眼太小，仅有五楼的瞭望窗口稍大，是唯一的逃路。二人抱来床铺草，赶紧搓起草绳来，草用完了，绳仍不够长，就将旧被单撕成条条来搓接。约三更天时，绳子搓好了。楼下黑咕隆咚不见底，老张胆怯不敢先下。束延海抓住绳子，忍着伤痛，爬出窗口，慢慢往下滑着。到第二层时，绳子突然断裂，轰隆一声，人直接摔落在地。幸好哨兵未发现，但他被摔在石头上，伤了腰，一阵剧痛后休克。待醒来后，几次挣扎着想站起来，但未能成功。

如天一亮，必难逃脱。束延海咬牙忍痛向前爬去，忽有铁丝网拦路。他扶着网柱，脚踩铁丝网拼命向上爬，光脚被铁刺戳得鲜血淋淋。爬到网顶，翻跌过去，人又昏倒。醒来后，又拼命爬。第二道、第三道铁丝网已无力再翻，就光着身子从网底钻过，身背划满伤痕，血肉模糊。

在天快亮时，他爬入距碉堡不足百米远的一个水沟，蜷躺在荽瓜草丛中，身泡水里，头顶水草，仅留鼻孔透气。天亮后，敌人果然发现他脱逃，便四处搜查，多次从沟边跑过，呵斥声、叫骂声近在咫尺，他屏声静气。

在水里整整浸泡了一天，伤痛难熬。束延海想到，只有隐藏到套口村的汪三爷（汪道璜，开明士绅）家去。他同情革命，在抗战时利用自己的社会关系和地位，掩护革命活动。金涛两次被日伪逮捕，他都积极参与营救。经党组织同意，他曾短期任过伪乡长，但积极为新四军送情报、发放空白通行证等。鉴于他的地方声望，国民党方面也以礼相待。

天黑后，束延海继续艰难地朝套口方向爬去。为不被发现，他只得在坎坷、牵绊的黄豆地里趴着。两天未进粒米，他强忍着饥渴，在东方发白时，爬到套口村菜管圩的田埂上，忽听到前方有响动，便停下来观察。

有一头水牛走近，停下来，鼻子连着喷气。后面的人一边吆喝，一边用鞭抽打。束延海从声音辨出是汪三爷家的长工沙维斌。赶紧撑起来喊他，但饿累至极，声音微弱。沙某听不清，便走过来，一见是他，大惊失色。

他慌忙背起束延海，直奔汪家。汪三爷见束延海满身伤痕与泥水，瘫倒在地上，非常痛心。赶紧唤起家人烧水做饭，帮他擦身换衣，又要家人飞快地在屋里架起一个阁棚。

刚安顿好不久，国民党乡长吴树人就带队来搜查了。汪三爷急迎出门。吴树人见面就告诉他，束延海跑了，找了两夜一天都未找到。汪三爷打趣了几句，话锋一转说：对不起啊，圩里的外甥今日请我去帮他们分家，我得走了，改天再留你们吃茶吧。说罢，将长衫往胳膊上一搭，就朝三山方向走去。吴某每回下乡都习惯来汪家歇脚，今日只得悻然而去。汪三爷走出一段路，又偷偷地转回家来。

汪家尽心竭力照顾束延海，买来不少滋补品，并亲自上街抓药，予其里服外敷。经一周调养，他终能下地走动了。他怕时间一长走漏风声会连累汪家，执意要走。汪三爷因其身体仍很虚弱，坚持不让束延海离开。束延海只好又在汪家隐蔽了一个来月。

终于到了走的这一天。天蒙蒙亮，汪三爷让人将一只小船划到屋后的河边。给他带上几十元路费，又让他睡到舱里，并将1000斤红大椒倒入舱里，遮盖起他，只留眼睛和鼻子在外。汪三爷撑着洋伞，站立船头。船刚离岸，乡公所的头目周老四带着一个特务班过来，远远就喊：三爷到哪去？答：买点大椒，送给澛港的刘三爷。汪三爷暗叫船夫紧划几桨，离岸更远一点。周老四又说：停一下，我拿钱给你，替我买两双袜子。汪三爷知晓他的鬼心思，便说：你要多大袜子，我有钱，替你带来便是了。说话之间，船只离岸越来越远。

临近中午，船只行至芜湖四褐山，束延海到达地下党的秘密交通站。二人依依作别。数日后，束延海辗转赶到铜陵大通的一个山冲里，寻找到党组织的负责人，报告了脱险的详细过程，重又踏上革命的征途。

主要参考内容：

1.政协繁昌县文史资料工作委员会《繁昌文史资料选辑》（第一辑）《虎口脱险》。

2.政协繁昌县委员会《繁昌烽火》之束延海的回忆文字《虎穴脱险》。

里冲乡民痛杀日寇

丁 俊

里冲，是一个群山环抱的幽深山冲，位于旧县南10公里，东望大磕山，西邻获港的桃冲铁矿。抗战全面爆发后，获港、旧县于1938年沦陷。旧县和桃冲矿都驻有日寇，常常奸淫抢掠，无恶不作，里冲乡民不堪其苦，积怒于胸日久。

1942年5月的一天下午，从桃冲铁矿窜来两个日寇，头戴黄呢军帽，脚蹬皮靴，估计是日军马夫，未带枪支，各持一把割草的铡刀。日寇到达村中，抓住路人，凶神恶煞一般地问："鸡蛋要的，'花姑娘'哪里的有？你的不说，刺啦刺啦的。"

事发突然，乡民都来不及转移，年轻的妇女慌忙四处找地方躲藏。两个日寇走到桥头，遇到从田间归来的张家义，凶蛮地指着一座大屋，哇啦哇啦要"花姑娘"。张家义估计那屋可能藏有年轻的妇女，于是尾随着他们。经过一个大柴堆旁时，他见柴堆里有一根两头尖的竹葱担（挑柴用的），便抽出来紧握在手。日寇离大屋越来越近，情况甚急。

这时，操村的操道元也赶来，拔起路边的一根篱笆桩，严阵以待。张道繁、张锡友等数个青壮年也从村中涌出，众人见日寇无枪，顿时胆大了五分。张家义首先冲向那个态度最为凶蛮的日寇，猛然夺下他手中的铡刀，并扬手扇他一记耳光。另一个日寇见势不妙，从斜刺里的小路向桃冲方向奔逃。挨耳光的那个日寇，顿时也夺路逃窜，众人齐追上去。张家义将竹葱担向日寇投掷去，但被他接住，仍继续飞逃。众人拾起一些石头，紧追，猛砸，一气追过几道山岭、涧沟，终于逼近了日寇。

恰好操村的操昌富拖着一把闪亮的铁锹，迎面而来。他扬手一锹，劈掉那个日寇的几颗门牙。日寇负伤忍痛跑向树丛，并从口袋里掏出日币、伪储备券及剩存的八支香烟，边跑边撒，还哀求道："西山，金票糖百果，相交相交。"众人不予理会。张家义奋然夺回那根竹葱担，猛击其脑门，日寇应声倒地。众人又是一顿乱石猛砸，结果了他的狗命。

毙杀一寇，而另一寇得以逃脱，定会去报告，桃冲、新港之日酋，皆是杀人不眨眼之恶魔，肯定会带队伍来烧杀报复，殃及全村。众人商定，必须毁尸灭迹。于是，七手八脚地将沿路的血迹清除，又砍些葛藤，拧成绳索，拖捆死尸，移到附近的梅冲埋藏，上栽芋头苗，以作为掩饰。大家在夜间虑及埋藏地是新土，芋头未长，易出破绽，就在第二天一大早，又将尸体移到更远的一处煤窠里掩埋。

隔日，大批日寇开进里冲，气势汹汹，大肆搜查，但一无所获。村子里的青年男女都不见了踪影，日寇气得一阵嚎叫，竟抓起两名十三四岁的孩子，一番哄骗威胁，逼供真情，两个孩子都说不晓得。日寇又挖了两个深洞，将他们埋入，仅留着头颈在外，但两个孩子仍坚不吐露，日寇无凭无据，最后只得悻悻地将队伍撤走。

日军队伍开走后，众人又聚集商定，干脆移尸送远，彻底不留痕迹。于是，又从煤窠里掘出尸体，将其截为三段，以麻袋装着，趁夜由数个壮汉抬走，准备抛入大江中。当他们行至芦南山河埂时，前方的河里泊有帆船多只，灯火明亮，人声隐约，便不敢再向前行，胡乱摸些石块、断砖塞入尸袋中，将其沉在河埂的桥下，便匆忙回村。翌日，风大流急，河面漂浮出尸袋，惊动伪保长徐延寿。他赶去旧县向汉奸密侦头目方昌旺和日酋荫山队长报告，日寇们急忙来打捞，验罢尸体脚趾上的伤痕及几颗金牙，确认是那名失踪的日寇。

随后，旧县的大批日伪军再次出动，由方昌旺引入里冲，再一次大肆搜查，自然没有结果。日伪军扬言如不在限期内交出凶手，就烧毁整个村庄。方昌旺是个铁杆汉奸，里冲的乡民只得凑出三四千元钱，托地方士绅转送给他，望其居中斡旋，免除地方灾难。当时，款子凑不够，旧县同和祥锅坊之主刘子青获悉后，心生感佩，乐善好施，就暗中支援了一部分钱款，以助里冲尽快解除危难。

新四军沿江游击队长毛和贵闻讯后，夜晚悄然进冲，高度赞许里冲乡民的这一壮举，并迅速写了一封警告信，派人送到芦南籍的大汉奸钱才仪（伪县反共自卫团团长）和钱才儒（伪旧县区区队付）二人家里，要求他们必须将此事推到新四军游击队的身上，以解里冲的危难；如不遵行，若里冲发生不测，新四军定将严加惩处。钱才仪等人不敢将事做绝，被迫出面说明，并向日寇头目报告，经密查此事，确是新四军游击队所为。日寇查不出真相，时间一长，也只能不了了之。几十年后，四乡八里的人们记忆犹新，每谈及此事，都认为张家义等里冲乡民，不甘受辱，同仇敌忾，痛杀日寇，是英勇的壮举。

主要参考内容：
政协繁昌县文史资料工作委员会《繁昌文史资料选辑》（第一辑）《里冲人民击毙日寇纪实》。

峒山突围战

丁 俊

抗战胜利后，1945年9月底，皖南新四军北撤，在南繁芜地区留下王文石、王安葆、马文杰等30余人枪的骨干力量，并重建中共南繁芜县委，高举旗帜，披肝沥胆，坚持斗争不动摇，长期开展游击战。经过两年多的坚持与苦斗，至1947年，以繁昌为中心区域，南繁芜红色游击区已发展到六个区。县委总部下辖手枪排及"重光部队"、"光明部队"、花山游击队等数支直属武装力量。红色武装力量的日益壮大，国民党地方武装屡次进剿失败，导致国民党反动政权坐立不安，愈发惊恐与仇视。

1947年7月，国民党一方面纠集第六十三师及南、繁、芜、铜四县反动地方武装，总兵力5000余人，合围峒山地区红色游击根据地的中心区域，联合展开大规模的清剿军事行动。

情况十分危急。恰逢南繁芜工委书记王文石率队赴皖南腹地开辟新区去了，南繁芜行政办事处主任王安葆等紧急部署。针对敌之主力与地方武装协同作战，实行砍山并村、步步为营的战术，并根据敌我力量悬殊的情况，采取保存力量，隐蔽游击，出其不意突出包围圈的作战方针。将区干部全部转入地下隐蔽，对战斗力较弱的游击队暂时化整为零，广泛动员群众坚壁清野等。

峒山，是南繁交界的山区。往东插过公路，通五华山、滴水岭；朝西过小路，可达太阳岭、马仁寺；自西南穿过山溪，直通铜陵张家冲，又连接水龙山、大工山。山峦相接，丛林茂密，绵延南、繁、铜三县。峒山地区是新四军长期活动的区域，群众基础好，游击队熟悉情况等，这都是组织战斗与突围的有利条件。

国民党第六十三师师部和1个团部，驻在峒山阮大村，有"马克沁"重机枪、轻机枪、迫击炮、山炮等大量重武器，且有步枪几千支。围山后，国民党部队常以密集的炮火向山上猛轰扫射，封锁山间交通道口，并在山岗布置多处军事哨所。但他们没有群众支持，几乎瞎摸。他们搜了一山又一山，搜遍群山漫野，却不敢轻易进入迷阵一般的岩洞群。只能每天向山上枪炮齐鸣，枪声、炮声交织在一片，山林之间浓烟密布，树木、石子炸得乱飞，敌人以为游击队必然损伤严重，甚至被迫下山缴械投降，但战士们隐蔽在洞群里，安如磐石。敌人对峒山昼夜围攻，大打出手，但游击队无一伤亡。

在敌人疯狂进击之际，王安葆率130余名游击队员，胆大心细，又游动隐蔽到国民党第六十三师师部所在地的大阮村后的密林里，密察敌情，掌握动态，待机突围。由于距离非常近，国民党部队有时说话声游击队都能听得清楚。在敌人的眼皮底下，枪炮扫不到，却成了游击队最安全的隐蔽之处。

阮村党支部是一个很坚强的基层党组织。共产党员打入敌军内部充当炊事员。伙房在村后，甚至出现游击队和敌军在一口锅里吃饭的奇特现象。白天共产党员为敌人做饭做菜，晚上又悄悄地将一部分饭菜送给后山上的游击队员。敌人杀了几十头猪享用，而游击队也有一份美餐。党组织坚决执行党的统一战线政策，曾接收开明绅士章锦堂、章茂玉为秘密党员，这时就派他们二人出面周旋，笼络一些国民党军官，经常陪他们吃酒，以麻痹他们，套取军事动态情报。依靠地下党组织的支援，每个战士都备有充足的干粮。白天喝泉水、吃干粮，晚上吃饭菜，并且军事情报随时送达，游击队耳灵眼亮。

第三天傍晚，游击队侦察员来报告，峒山北面有一条崎岖小道，是群众砍伐毛竹所走的小路。小路两旁是繁昌县自卫大队汪惠泉部防地。敌人在此搭起帐篷，有的在赤膊纳凉；有的在树荫下谈天；有的围坐喝酒；有的将枪挂在树上，躺在竹床上睡觉。这是敌人包围圈的一处薄弱环节。王安葆等根据报告的情况，召开干部会议研究突围的路线和方向，并布置具体战斗任务。天刚黑，地下党员又送来消息，说国民党营、团长正在吃酒寻乐，有几个军官已喝得大醉。游击队决定抓紧有利时机，立即突围，同时打上一仗，缴获一些枪支再离开峒山地区，杀灭国民党部队的威风。

夜色里，游击队的"重光部队"队长何绍先率1个排打头阵，3个班携轻机枪、冲锋枪紧随在后，手枪排断后。以3支武装力量合力突击。游击队从密林里一跃而起，往山下发动冲锋。国民党的哨兵还不知道是怎么一回事，脑壳已开花。游击队100余人，挥舞大刀，枪声、喊杀声震撼山林。他们突然冲入敌阵，敌人来不及还击，就抱头逃窜。游击队以猛击、刀砍、手榴弹投炸，猛打猛冲，旋风一般冲杀出一条血路。

夜风声大，山北的敌人听不清，隐约地听到枪声，以为是山南国民党部队搜山在打枪。骤遇突袭，繁昌自卫大队四处奔逃，溃不成军，死伤一片。游击队缴获长短枪20余支。待游击队冲出包围圈，来到山下，惊魂才定的敌人才组织火力追击。敌军以为游击队还在山上，即命所有炮火不断轰击。在密集的枪炮声中，游击队顺利突围到南陵黄连山的森林里。在休整谈笑时，还隐约听见峒山方向的枪炮声。

此时，繁昌城里的共产党员吴某送来情报，即繁昌城是一座空城，敌人大队人马已全部进入山区"清剿",城里几乎没有留守部队。当晚,游击队决定奔袭县城,迅速组织一支精干武装,从黄连山出发,越过麻桥、湾子店,沿滴水岭小道,疾速插往繁昌城。游击队尖兵飞快插到南门桥上,见桥上有两个敌哨兵,一个抱着枪坐着闭目养神,另一个背着长枪两头晃荡。尖兵一个箭步,出其不意地用驳壳枪抵住二人,将其枪缴获。二人还懒洋洋地说:"开什么玩笑,拿我的枪干吗?"游击队员厉色地说:"不许动,再动打死你!"敌哨兵呆若木鸡,一动不动地被捆起来。然后,游击队在南门桥上齐举枪,朝天打出几梭连射和一些点射,繁昌城一时大乱。在山区的敌人接到求救电话,方知游击队突袭县城了。峒山地区密集的枪声、炮火,终于无可奈何地止息了。

大约凌晨两点,敌人各部撤退的集合号声,在峒山地区此起彼落。三天三夜的峒山反"清剿"战斗,终于以中共南繁芜工委及游击队的胜利而结束。

主要参考内容:

1.中共芜湖市委党史研究室《中国共产党芜湖历史》(第一卷)第五编第三节"皖南沿江地区"三抗"和反"清剿"斗争"之四"粉碎六十三师的清剿"。

2.中共繁昌县委党史办公室《红花山风云录》之《南繁芜地区的反"清剿"斗争》。

3.政协繁昌县文史资料工作委员会《繁昌文史资料选辑》(第一辑)之《峒山头突围战》。

4.政协繁昌县委员会《繁昌烽火》之《峒山突围战》。

夜除地头蛇

丁　俊

1947年初秋，国民党笔架乡（芦南区域）乡长兼三青团笔架区队长徐延山，因积极反共，十分卖力，受到国民党县政权一干头面人物的赏识，即将升任旧县镇镇长。他本是个骄狂的地头蛇，此时更是得意非常，四处发柬送帖，邀请爪牙及地方士绅，摆酒设宴庆贺。

繁昌沿江游击队队长毛和贵，长期活动在繁昌北乡地区（荻港、旧县、磕山、高安、横山桥、马坝等一带），飞檐走壁，昼伏夜出，斩杀众敌，威震一方。在获知这一消息后，他分析判断，如果让这个诡计多端、很熟悉地方情况的地头蛇爬上旧县镇镇长的位置，将会给党组织和游击队的今后活动带来更大、更多的困难与危险，必须除恶务尽，设法干掉这条地头蛇。经请示上级党组织，将行动的最佳时机定在徐家大摆酒宴的这天晚上。如果让他到了旧县正式上任后，在反动武装的窝子里，再想动手就有很大困难。

就在徐延山在家大摆筵席的当天晚上，毛和贵率3个游击队员趁夜潜赴笔架乡乌石保（徐坪村），经红土庙，又拐了一个弯，便到了徐延山家所在的村落。毛和贵怕人多目标大，容易打草惊蛇，便嘱咐3个队员埋伏在三岔路口，待机增援，而自己一头钻进稻田里。

徐延山的家坐北朝南，屋后是个小山坡，左侧是村庄，右侧是池塘，门前是一块稻场，场边是篱笆，篱外是土埂，埂上种有一些黄麻，再以外是连片的稻田。毛和贵从稻田里慢慢爬上黄麻丛里之时，徐延山家恰好散席。

此时，大部分来客在酒足饭饱之后，陆陆续续，摸着肚皮已走，只剩下县参议员徐泽熙、绅士万祝三等少数几个人，和徐延山一同来到门前的晒场上乘凉。他们围坐在一起，手摇蒲扇，品茶聊天。忽然，徐家的看门土狗发出嗷叫，不知谁突然冒出一句："毛和贵来了！"顿时，场上的人被吓得目瞪口呆。隐伏在黄麻丛里的毛和贵听见这话，也一怔，心里犯嘀咕："难道我被发现了？"他捏紧快慢机（自动型德国驳壳枪），正待采取应急措施，却见一个人踱步而来。"是我，是我！"说话的人，是伪保长徐延寿。绅士万祝三松了口气，埋怨着说："大黑的天，也不作声，我还真以为是毛和贵来了呢！"县参议员徐泽熙，虽是受了一阵虚惊，但面子上装着十分镇静地说："毛和贵来了，你腿就发抖了吗？"万祝三自觉尴尬，马上解释：

"我是说着玩呢。其实，毛和贵今晚哪敢来老虎头上挠痒哩。"徐延山听罢，傲然出言："怕他做什么？我早就说过，有我徐延山，就没他毛和贵！"说罢，众人应和着，一阵得意地哄笑。

当日，正值农历七月初六，天气炎热。毛和贵伏在黄麻地里，像在蒸笼里一样闷得难受，浑身大汗，衣服都能拧出水来。蚊虫也左叮一口，右咬一下，又痛又痒，他只得等待出击时机。

这时，徐家的那土狗又狂吠起来，徐延山很是恼火，骂道："这死瘟狗，老是闹什么？要是枪在手边，就一枪毙了你！"好得很，原来他的枪不在身边啊！毛和贵听罢，心底一喜，从黄麻丛里跃起，又一纵身越过篱笆，几步飞跨到徐家的门口，堵住徐延山回家取枪的去路。他右手握着快慢机，左手猛地捺亮手电筒，大声一喝："说曹操曹操到！就是我毛和贵来了，你们被游击队包围了，哪个动一下就想死！"

场上众人一见赫赫有名的毛和贵真的来了，如同老鼠见到大猫，魂都惊飞天外，好几个人都吓瘫了，哪里敢动一动。徐延山大惊失色，夺路奔逃。煮熟的鸭子要飞，毛和贵哪里肯放过，健步紧追。徐延山跑出不足百米，刚到隔壁的家门前，即被毛和贵撵上。徐延山见路旁拴有一头水牛，就绕着这水牛转圈圈躲闪，气喘吁吁，连连颤声求饶。毛和贵冷笑着说："莫客气，莫客气！听讲你明天就当旧县镇镇长，我这多年的老朋友，特来给你送行！"徐延山的身肩摇晃，正面难以击中。说时迟那时快，毛和贵将快慢机朝下一沉，手腕迅速一翻，从牛肚子下面探手一枪。砰的一声，弹无虚发。徐延山中枪倒地，两脚乱蹬了几下，一命归西。

次日，国民党繁昌县国民兵团副总团长、四乡联队队长汪惠泉亲自带领几十个兵，特意从县城赶来，准备为徐延山在旧县镇粉墨登场而站台助威，不料徐延山竟已毙命，他一声叹息，内心极为惊悸，黯然跑回县城报丧去了。

主要参考内容：
1. 中共繁昌县委党史办公室《红花山风云录》之《江边游击队》。
2. 政协繁昌县文史资料工作委员会《繁昌文史资料选辑》第一辑之《夜除地头蛇》。

夜除地头蛇

顽强转战　喋血江南

丁　俊

1948年，解放战争进入决胜阶段。华东军区人民解放军南下干部大队奉命挺进皖中地区。为深入皖南地区，协同地方党组织和红色武装开展军事斗争，发展基层政权，扩大政治影响，做好迎接大军渡江的充分准备，干部大队以94名班、排干部组建了一支精干武装力量，有1个中队（2个排6个班），并配备精良武器，编为先遣南下干部中队。队长陈木寿，副队长陈高全，政委陈洪，统称"三陈"部队。1948年7月5日凌晨，"三陈"部队从无为白茆洲启渡，四艘船乘风破浪，驰往江南。

几艘船在驶近繁昌团洲的岸边时被敌发现，发生交火，干部队且战且行，指战员跳入齐膝深的江水中，向敌发起冲锋。敌仓皇溃退，但枪声惊动了矶头山的国民党高安乡公所。干部队稍行攻袭，未作长时间缠斗，即分两路疾速挺进红花山。一路由陈洪、陈高全率领，由游击队负责人毛和贵引路，经草山头、小磕山、马厂进入红花山区朱冲；另一路由陈木寿率领，穿泥埠桥、马坝街，直达朱冲。

抗战后期，陈木寿曾任新四军皖南支队繁昌大队二连连长、大队长，长期战斗在红花山区，对这里的各方面情况非常熟悉。他令当地保长组织午饭，并派1个班在山下放哨警戒。饭后，队伍休整。自江边发生战斗后，国民党清剿指挥部即快速调集各方武装力量，进行尾随追击。

敌人追至山地，将干部队包围。岗哨报警，众人惊起，但陈木寿镇定地命令一枪不发，全部撤至屋后的竹园里，并抢占红花山的制高点。敌人尾追而上。

干部队利用有利地形，以交叉火力，封锁住上山通道。敌一连长正组织进攻，刚一露头，陈木寿就令机枪手一个点射，"嗒，嗒"，敌连长应声倒下。新换上来一个指挥官，又被一发子弹击中，倒毙在地。敌知遭遇到强手，不敢贸然进攻。双方相持到下午4点多钟，敌又组织约一个排的"敢死队"向上猛攻。干部队仍隐蔽不动。待敌进至不足20米，以为我军已撤，便大胆行进。陈木寿一声高喊："打！"干部队瞬间众枪齐射，数颗手榴弹在敌群中炸开。接着，干部队又猛冲到敌人队伍前，所谓"敢死队"很快被打垮，死伤一大片。干部队随即主动撤出战场，星夜向孙村疾进。

6日中午，干部队在孙村田湖俞村刚吃罢午饭，敌两个营的兵力又扑过来。干部队转移到范冲，又与追敌一番激战后，向赤沙转移。7日上午，在赤沙的罗家冲，敌人从两侧迂回攻来。干部队急速转移至马仁寺以西的山间隐蔽。

傍晚，干部队经南陵牧家亭向张家大山前进。刚至北麓一村时，追敌又包围上来，干部队被迫再次翻越张家大山，转移到大王冲。陈洪、陈高全率一排在前，向水龙山方向疾行；陈木寿率二排跟进，保持一定距离。因无向导，路线又不熟，不久两支队伍失联。

黄昏时分，国民党南陵县丁殿乡常备分队与保警二中队二分队，稀里糊涂地插入干部队之间，跟着陈洪一队走。不久，干部队的后队赶上来。敌保警分队长问：哪一部分的？答：国军第十三旅三十五团二营的，营长在此。陈木寿假冒国民党营长，上前挥手打了他两耳光，责其尽快集合前后的部队，不得分散追击，并将所缴获的敌人信件拿出一晃，说："上方有令，不得有误。"敌分队长捂着脸，赶紧去集合两个排的人马。

前方，敌丁殿乡分队正尾随着陈洪部走，敌保警分队长跑过来叫他们整队集合。陈木寿的这一队已抓紧利用地形，迅速架起机枪，准备一举消灭这两个排。不料被保警分队长随行的一个乡丁发现，便叫起来："不好了，新四军来了。"干部队一刺刀结果这乡丁的性命。警卫员吴光木将暴露在敌前的陈木寿，猛地拽向隐蔽处。刹那间，枪声密集，毙敌数名，残敌夺路逃窜。

8日清晨，陈木寿率队经水龙山的叶村，又追至南陵的渭湖村，终追上前队，与"三陈"部队会面。连续几天几夜的急行军与战斗，没吃没喝没睡觉，大家都极度疲劳。面对严重敌情，"三陈"研究决定连夜转移到青阳的毛竹园。9日下午，敌人又从多面包围了毛竹园。干部队急抄小路撤退，天黑时赶达铜陵三条冲的丁山俞。10日，在西大山隐蔽一整天。

11日天刚亮，约有1个营之敌又汹汹地包抄上来。干部队与敌激战约1小时后，突出包围圈，撤向赤沙的高坎。在高山密林之间，干部队与敌游击周旋12日一天。陈洪、陈木寿各率1个排人马展开游击战，时而集中，时而分散，确定联络点为马仁寺。

在国民党正规军独立第十三旅及铜、南、繁、青四县地方发动武装的联合追击、进攻下，部队频频陷入包围，一时难以摆脱敌人，环境极为险恶，又因接连转移，行踪飘忽，始终无法与南繁芜游击队取得联系。

13日中午，部队轻装前进，转移到南陵黄连山西南的桃村，在地下联络站叶家，终于和中共南繁芜工委书记、南繁芜总队长王安葆及几十名游击队员会合。见面时，大家都激动得说不出话来。从渡江到汇合竟用了9天时间。王安葆随即派工

顽强转战 喋血江南

委警卫排配合干部队行动。

干部队和游击队会合后，因人多目标大，仍被敌人死死地咬着不放。15日上午，在桃园以西的南繁交界的塔儿岭，干部队再度被国民党第十三旅1个营所包围，战斗极其激烈，敌人的子弹如同骤雨一般狂射过来。干部队进行分散突围，由陈木寿率一排和二排五班及工委警卫排组织冲锋，掩护陈洪率二排两个班先行突围。敌之火力被吸引过去，陈洪等得以突围，并快速穿插到赤沙附近隐蔽。但在穿插途中，又与敌另一部遭遇，干部队损失一个班，仅剩一个班。

16日晚，陈洪率队伍潜回马仁寺后山，并和陈木寿所派的五班班长等接上头。五班班长报告他们在塔儿岭战斗中，陈木寿、陈高全又被打散，且陈高全身负8处重伤而英勇牺牲。

陈洪率部在转移途中，巧遇王安葆、毛和贵及数名游击队员。此时，追敌又近。在游击队的引导下，干部队转到八分村后的和尚石山，但不久又再陷敌之包围圈。

在随后的突围中，游击队员不惜生命，故意闪现以引敌暴露机枪火力点，趁其换弹匣之际，游击队以猛烈的冲锋枪火力压制，毛和贵趁机带领干部队突出包围圈，连夜辗转到赤沙滩鸟窝陈、铜陵张家冲等地，并绕道抵达南繁芜游击队大本营南繁边的板石岭。在终于安全地吃上了一顿饭时，有干部队战士感慨地对游击队说，过江13天（5日至17日），天天在打仗，只吃了15顿，有时只吃点锅巴，喝点稀饭，今天回到娘家，总算吃到一顿安稳饭了。

同时，地下党也连续送来各处战时情报。15日，在分散突围的塔儿岭战斗中，陈木寿、陈高全被敌人冲散。陈木寿仅带4人，于16日又转移回到桃园，巧遇数名游击队员，接着一同转移至南陵桂镇桥之南的青山。但敌人的嗅觉异常灵敏，重兵紧追不舍，陈木寿一行再陷国民党正规军的包围。在突围战斗中，陈木寿腿部中弹负伤，且伤势严重，无法行走，他宁死不当俘虏，毅然挥枪结束了自己的生命。国民党独立第十三旅旅长许午言令其部下，凶残地割下陈木寿的首级，在南陵县城示众一天，又运至芜湖赭山悬挂示众7天7夜。

18日，陈洪率干部队仅存的19人，在王安葆及几十名游击队员护送引导下，向泾县山地转移，当天即到达中共泾旌宁宣县委书记王文石的驻地，和皖南地方党组织正式会合。

解放军先遣南下干部队，在13天的顽强转战中喋血皖南山地，虽遭到重大挫折，但陈洪率指战员最终完成了党交给的任务，即向皖南地方党组织及时传达上级党组织的指示与部署，使之得以全面、完整地掌握人民解放军的战略意图，并带来革命高潮和全国胜利即将到来的好消息。这些消息，振奋人心，极大地鼓舞了皖南军民坚持夺取革命最后胜利的信心与斗志。

主要参考内容：

1. 中共繁昌县委政策和党史研究室《中国共产党繁昌历史 1919—1949》（第一卷）第五章第七节。

2. 中共繁昌县委党史办公室《红花山风云录》之《南下大队陈木寿同志》。

3. 政协繁昌县委员会《繁昌烽火》之《夜渡长江 深入虎穴——"三陈"渡江记》。

国民党江防部队师长张奇率部起义

丁 俊

渡江战役前夕，人民解放军渡江大军在军事上积极做好充分准备的同时，还协同各地各级地下党组织展开政治攻势，加快对国民党江防部队的瓦解策反工作，即秘密派遣党员深入敌之营垒，竭力策动国民党部队起义。在此背景下，繁昌有国民党江防部队一个师的 5000 余人起义，在安全北渡后加入人民解放军队伍。

当时，驻守在芜湖至繁昌沿江一线的，是国民党一〇六军二八一师和二八二师。其中二八二师师长张奇。

张奇，是河南宜阳县一个农家子弟。高小毕业后从戎，曾入陕西陆军讲武堂学习，在西北军中历任多个军职。后随地方军阀投靠国民党中央军，任师参谋长、团长等职。全面抗战爆发，张奇率部辗转晋、豫多地抗击日寇，因战功而获"华胄"奖章，并晋升为副师长、代理师长。因国民党内部矛盾，曾遭软禁，即愤然出走。1943 年夏初，曾投靠汪伪"中央陆军将校训练团"，后随小军阀郝鹏举到徐州，任伪淮海省保安处长，并收编西北军旧部，组成 4 个保安总队等。在此期间，开始与中共地下组织往来，中共淮北区党委城工部曾派出干部到张部任职，加强对他的联系与争取。10 月，中共淮北区党委书记、新四军第四师政委邓子恢授权华东局城工部，经考察并报批准，正式发展张奇为中共特别党员。1946 年 1 月，张奇随郝鹏举在山东台儿庄率部起义，经在山东解放区整训后，张奇任新四军所属的华中民主联军第二师师长，与派入的朱克靖等 20 多名中共干部保持密切联系。1947 年 1 月，郝鹏举叛变投靠国民党，张奇因竭力反对而一度遭扣押。该部移防到盐城后，张奇即与华东野战军苏北指挥部司令员管文蔚部接上关系。

1948 年 5 月，张奇任国民党暂编第二十三师四十五旅副旅长。9 月 27 日，在中共组织指导下，张奇与中共特别党员、国民党四十六旅旅长乜庭宾，分头在泰兴县、靖江秘密组织起义，因四十六旅一名反动团长告密，起义受挫，乜某仅率少数随从投奔解放区。张奇当时幸未暴露身份，继续在国民党军中潜伏。

1948 年 9 月末，张奇部被调至芜湖、繁昌荻港、横山一带接替长江防务，并获任国民党第一〇六军二八二师师长。11 月，他开始在其师、团、营各级培训起义骨干。他一边设法联络中共地下组织和江北的解放军部队，一边在各级部队官佐中秘密揭露国民党当局的种种黑暗腐败，宣传只有起义，才能顺应历史潮流，才是唯一的出路。他的行动，逐步得到大多数官兵的积极响应。这时，第二八二师的一些反动军官有所察觉，便和国民党派入的政训特工人员进行共同监视。张奇机智应对，同时抓紧秘密组织进行起义的各项准备工作。

鉴于前一次在苏中地区起义失败的教训，张奇格外小心，精心策划、严密组织、团结与发动原苏中的第四十五、四十六旅的骨干人员，并在连、营、团的官佐中均秘密建立三人核心小组，负责统管起义等具体工作，并吸收培训士兵中的一部分骨干分子，形成一个从上到下的完整而严密的起义指挥系统，并组织一个特别执法队，及时严惩破坏分子。此外，他组织先遣骨干人员对渡江的行船路线、周边环境进行周密细致调查，并以过江"清剿"为名，派出一个连到江北地区进行实地武装侦察。

经过一番紧张而周密的部署，张奇认为起义时机已成熟，便派人持其亲笔信秘密北渡，与驻守无为东乡的解放军部队取得联系。1949年2月7日，在繁昌县横山桥驻地，张奇果断宣布起义，首先指挥师部骨干及警卫营逮捕南京当局派来的副师长、参谋长、政工处长等，下令切断各路电话线，隔绝一切对外联系。随后，起义部队在芜湖至荻港80余里沿江的油坊咀、荻港等7个渡口，密布火力进行交叉掩护，组织官兵分梯队、分批次迅速北渡。周边的国民党部队发现情况后，立即出动数艘巡逻舰艇，以炮火阻挠起义部队渡江，并出动飞机进行低空轰炸。张奇按照之前预案，指挥部队沉着还击，并缴获汽船、炮艇各1艘。经过1天的紧张过渡，起义官兵5000多人全部安全到达江北无为地区，与解放军部队胜利会师。

张奇率起义部队到达江北后，立即收到解放军第二野战军总部来电嘉勉。部队从无为、庐江开抵舒城，沿途受到社会各界的热烈欢迎。在人民解放军第二野战军司令部的驻地桃溪镇，起义部队受到第二野战军总部首长的检阅，张奇受到总部首长的亲自接见。经整训后，起义部队被暂编为解放军第二野战军独立师，张奇任师长，随后率部参加举世闻名的渡江战役。

4月23日，张奇率部从繁昌荻港横渡长江，随后参加解放横山桥等多地战斗。不久，张奇出任解放军第二野战军第三兵团第十军二十八师师长，随同解放大军进军大西南。12月5日，该师解放川南重镇自贡，张奇任该市警备司令部司令员。1950年8月，出任自贡市人民政府市长，并连任六届，至1967年12月。1978年后，历任自贡市政协第五届副主席，第六届、第七届主席。1983年3月31日离休。1985

年1月去世。

　　主要参考内容：

　　1.中共繁昌县委政策和党史研究室《中国共产党繁昌历史 1919—1949》（第一卷）第五章第七节。

　　2.政协繁昌县文史资料委员会《繁昌文史资料》（第五辑）之《二八二师在繁昌起义的回忆》《张奇师长起义前夕细事琐记》。

解放军先遣渡江侦察记

丁　俊

1949年春，中国人民解放军百万雄师饮马长江，即将发起渡江战役，打过长江去，解放全中国。3月中旬，按照中央军委和渡江战役总前委关于在渡江作战实施之前，派一支先遣部队渡江，执行战役性侦察任务的指示，解放军第三野战军第九兵团二十七军党委选调第八十一师二四二团参谋长亚冰（又名章尘）、军部侦察科科长慕思荣及军部侦察营一连、二连和三连的六〇炮班等，共300余人，成立临时党委，组成解放军先遣渡江侦察大队，突破国民党江防封锁线，秘密渡过长江，深入皖南地区，执行战役性侦察任务，以军事实践打破了当时"木船不能过江"的一些消极论调。同时，在解放军军进行渡江时，予以直接、有力的战斗接应。

1949年4月6日晚，解放军先遣渡江侦察大队（下称"侦察大队"）从无为江边悄悄地起渡，他们分乘20多只小渔船，并携带炸药、梯绳等。渡江时，其中有三分之二的解放军指战员穿着缴获的国民党军装，其余人员着便衣。

解放军侦察大队兵分两路。一路由大队长兼党委书记亚冰率180余人，于6日21时30分从无为石板洲起渡，于21时50分到达繁昌荻港以西的十里场江岸，但被敌发现，双方激战约20分钟，侦察大队打退敌人后，迅速奔向铜繁边的狮子山区。经一夜急行军，于7日拂晓抵达狮子山。另一路，由副大队长兼党委副书记慕思荣率140余人，于晚10时从无为江心洲起渡。船行至江心时，即被敌发现，一时炮火交加，侦察大队被迫将偷渡变为强渡，冒着枪林弹雨，驾船疾驶，冲向江堤，并堤下搭起人梯，攀登上岸。登陆点在铜陵北埂崔家至金家渡之间区域，时间是晚10时25分。

大队长亚冰率一路人马，隐蔽在狮子山上的庙宇里，埋炊造饭。上午10点左右，国民党繁昌保安团有一个营长，派1个老百姓打扮的人送来1张名片，名片上写道：你部系何部，执行什么任务？望奉告。亚冰等考虑到部队经一夜急行军很是疲劳，当前不宜因暴露而发生激战，于是采取拖延之法来蒙混过关，即冒充国民党第八十八军某师的搜索队，前来山区执行军事任务，任务属军事秘密，不便奉告等说辞，成功地迷惑与骗过敌人。

7日黄昏，亚冰率部赶到牧家亭附近的沙滩脚，与慕思荣部顺利会合。沙滩脚一带，是当年新四军第三支队开辟的红色老区，地方党组织健全，群众基础好。地下党组织成员罗玉英迅速主动接待解放军侦察大队，并组织乡亲们杀了1头猪来犒劳。亚冰、慕思荣等在沙滩脚抓紧召开大队干部会议，总结过江的经验，并拟就千字电文，及时向军部报告安抵江南的情况，为防范敌人无线电侦听，将电文分做两次拍发完成。

之前的4月6日夜，中共繁昌县委代理书记阮致中、南繁芜行政办事处主任兼总队队长王安葆等，在游击根据地板石岭附近的黄连山上隐约听见荻港方向传来的枪炮声，便分析判断两个可能情况：一是江北有解放军部队过江；二是江边红色武工队与敌人发生了战斗，而有解放军部队过江的可能性最大。于是，立即派出三路武装侦察人员，前去寻找与联络。

4月8日晚，侦察大队转移到铜繁边的张家大山。此时，游击队队长叶明山正率领数名武装人员一路寻来，终与侦察大队接上头。当夜，他们发现所宿营的村庄有敌方谍报人员秘密潜逃，部队立即连夜转移到戴公山老庙隐蔽。部队转移后不久，繁昌、南陵的国民党保安团（繁昌一个团，南陵一个营）联合奔袭张家山，但扑了一空。敌又追至戴公山老庙的西北角一山头，侦察大队二连连长高锦堂率一个排，突然发起战斗冲锋，毙伤敌人10多名，并夺取与控制了制高点。解放军侦察大队交叉火力猛烈，敌胆怯而裹足不前。敌我双方僵持到天黑，侦察大队顺利转移突围。

4月8日，侦察大队在地下党组织成员和游击队员引导下，终于辗转到达板石岭的俞冲，与繁昌党组织和武装力量负责人阮致中、王安葆等会合。繁昌党组织负责人即将沿江党组织、游击队活动及国民党江防部队的动态、士气低落等情况，全面向侦察大队作通报。根据侦察大队带来的具体任务与要求，中共繁昌县委派遣江边武工队负责人毛和贵等，迅速赶回荻港、旧县等沿江一带，将国民党守军阵地、火力点分布及部队布防等情况侦察完整、清楚。同时，繁昌县委吸取1948年7月"三陈"队伍到达江南后被敌人紧密围追而损失严重的惨痛教训，为避免负有特殊使命的侦察大队与敌发生大规模的正面冲突，减少不必要的力量损失，建议部队迅速进行转移，撤离国民党沿江防守的敏感区域，到皖南泾县山区与中共皖南沿江工委会合，以保存力量，顺利完成先遣侦察的光荣任务，达到有力策应主力部队渡江的战役目的。侦察大队采纳繁昌县委建议，留下一个排，配合繁昌县委、南繁芜总队开展侦察、搜集江防情报工作，其余人员在县委交通员引领下，以灵活机动的战术，且战且撤，连续突破国民党正规军及地方武装的四面围追堵截，向敌后地区纵深推进50多公里，并对皖南腹地的敌之纵深守备力量进行实地侦察。11日拂晓，侦察大队插到泾县陈塘冲里村，在山地隐蔽至黄昏，终与中共沿江工委胜利会师。

随后，解放军侦察大队一部在繁昌党组织及游击队的配合下，多次秘密深入沿江一线侦察敌情，收集国民党守军的部署情况，特别是敌之兵力、火力配备以及指挥中心、炮兵阵地、明暗地堡分布等具体情报内容，并通过设在南繁边的侦察大队的大功率电台，及时报告给江北解放军指挥部。

4月18日下午，解放军第二十七军电告侦察大队，即"我渡江大军定于20日发起渡江战斗"，并令侦察大队迅速北移到繁昌地区，以策应大军渡江。当日黄昏，侦察大队疾速向繁昌挺进。4月20日凌晨，侦察大队在南陵县麻桥乡三联村与繁昌县党政负责人会合。亚冰、慕思荣向中共繁昌县委及游击队转达解放军第二十七军军部所布置的"三项任务"：4月20日晚上10时半渡江战斗将全面打响，做好迎接大军过江的各项准备工作；20日晚上8时，必须切断敌人的电话线；在敌军占领区以烧火堆为号，指引江北解放军的炮击目标。

侦察大队和繁昌县委共同制定具体破袭方案后，立即召开干部会议，布置各路游击队迅速配合侦察大队，实施策应大军渡江的各项破袭战斗任务。同时，部署沿江各级基层党组织加快落实接应大军过江的具体工作。中午时，繁昌党组织在游击根据地安排宰杀了5头肥猪，慰问侦察大队指战员，并将赶制的100多双布鞋送给他们。

下午6时30分，王安葆率总队警卫排，配合侦察大队从根据地中心区板石岭出发，向江边地区挺进。县委代理书记阮致中就地统一指挥。同时，将电台移至东冲，天线架设在罗丝塘山头，由20多名游击队员配合侦察大队一个班进行安全保卫，与江北解放军第二十七军军部随时保持畅通联络。21日凌晨1时左右，侦察大队主力在南繁芜总队的配合下，胜利地攻占沿江龙门山、马鞍山（蚂蚁山）、寨山等高地，从背后或侧翼攻击国民党守军，有力地策应了解放军渡江大军的正面进攻。随后，解放军侦察大队主力与第二十七军八十师二三八团二营胜利会师。

同时，侦察大队的一个排在旧县、横山桥之间展开扰袭战斗，全面切断敌军的电话线。在袭击横山桥的守敌后，侦察大队一个侦察班，迅速插到江边的矶头山，从背后对敌之第三一三师九三九团发起进攻，有力地策应了解放军第二十七军七十九师部队的登岸作战。

4月21日拂晓3时，解放军第二十七军前指顺利渡江，军长聂凤智、政治委员刘浩天等首长在旧县的大磕山，接见了先遣渡江侦察大队的全体指战员和南繁芜总队部分武装人员，赞扬他们胜利地完成先遣渡江侦察的光荣任务，指示全体指战员要继续发挥连续作战的顽强作风，乘胜追击南逃之敌。随即，先遣渡江侦察大队回归解放大军，继续展开追歼逃敌的新战斗。

解放军第二十七军先遣渡江侦察大队深入皖南的行动，是一次战役性的成功的侦察行动，充分表明以木帆船完全能突破国民党吹嘘"固若金汤"的长江防线，对渡江大军的士气起到很大的鼓舞作用。侦察大队所获取的军事情报，为解放军渡江战役的中突击集团决定提前一天实施渡江，并配合东、西两大突击集团向预定方向推进，提供了非常重要的条件。

主要参考内容：

1. 中共繁昌县委政策和党史研究室《中国共产党繁昌历史 1919—1949》（第一卷）第五章第七节等。

2. 中共繁昌县委党史办公室《红花山风云录》之《南繁芜军民策应大军渡江》。

3. 王瑾《黄山游击队史话》中相关内容。

4. 中共繁昌县委党史资料征集小组办公室《繁昌党史资料》（2）之《南繁芜游击根据地军民策应大军渡江》。

渡江大军解放繁昌

丁 俊

1949年4月20日夜，中国人民解放军中突击集团部队，率先在长江裕溪口至枞阳段发起渡江战役，以排山倒海之势，一举突破国民党军队的铜（陵）繁（昌）江防线。21日，解放军先后占领繁昌、铜陵县城，而繁昌沿江地区，成为解放军飞渡长江后在皖南地区最先登陆并解放的区域。

当夜，强渡并攻破繁昌沿江国民党军事防线的解放军部队，为中突击集团的第二十五军和第二十七军。第二十五军辖第七十三、七十四、七十五师，战斗任务是突破漉港以西至夏家湖段的江防；第二十七军辖第七十九、八十、八十一师，战斗任务是突破夏家湖至荻港段的江防。驻守繁昌地区沿江防线的，是国民党第八十八军和第二十军一部。第八十八军一四九师负责守卫繁昌荻港的十里场至铜陵段的江防线；第三一三师负责守卫繁昌境内的大部分江防线。第二十军一三四师四〇〇团驻三山街，负责守卫漉港以西至头棚段的江防线。

1949年4月20日20时15分，解放军第二十七军第七十九师二三五团一营三连五班所乘之战船，冒着敌之密集炮火，飞越宽阔的大江，于晚9时率先在繁昌保定的夏家湖登陆，抢占滩头阵地，被军史誉为"百万雄师第一船"。第二三五团是解放军攻克第一座大城市济南的赫赫有名的"济南第一团"，该部队作风顽强，行动最快，意志坚决，战斗力强。紧随"第一船"之后，解放军大部队在繁昌的江岸突破国民党部队的枪林弹雨，密集登陆，并迅速穿插包抄，向纵深挺进，很快占领了繁昌县全境。

在解放军渡江之时，为保障部队侧后之安全，必先拔除国民党部队安插在江心黑沙洲上的一颗"钉子"。黑沙洲，是国民党第八十八军布防的一处重要的前哨阵地，担任守备的是第九三七团二一三营，该部以连为战斗单位，筑有大量坚固的据点及工事。解放军第二十七军八十一师二四三团，于20日21时40分在黑沙洲强行登陆，激战至21日早晨7时，全歼该部守敌，敌之第九三七团团长被击毙。

国民党第八十八军为解放军第二十七军的当面之敌，其兵力重点部署在荻港、旧县、油坊嘴等处，其他区域每5至10公里一段的江防线上，因兵力较空虚，仅驻防有一个连的兵力。解放军渡江一线部队采取"变我之背水为敌之背水"之战术，并不从正面背水攻击荻港等重兵要地，而在敌之守备较薄弱的其他地段强攻登陆，然后迅速扩大突破口，楔入纵深，迂回至敌人重兵之侧后，置敌于不利地位而进行多方向夹击。

20日21时许，解放军第二三五团在油坊嘴以东之夏家湖一带率先登陆；20日22时，解放军第二三七团在油坊嘴以西之六庄登陆。其后，解放军两个团呈东西对进，再以钳形夹击重要的渡口油坊嘴。国民党第三一三师驻旧县镇的前线指挥所急忙派一个连的预备队进行驰援，企图封堵被首先突破的江防线缺口，但敌之援军在到达缺口附近时，即被士气高昂的解放军突击部队奋力击溃。至21时20分，守敌、援敌皆被全歼，国民党第九三九团团长被俘，解放军第二三五团全面占领油坊嘴及附近，形成牢固的滩头阵地。

不久，解放军第二三七团与二三五团胜利会合后，即向西攻占沿江的陈家墩子、滕家社等，不断扩大战果；第二三五团随后乘势向东南方敌之堡垒发动攻击，以期占领沿江制高点矶头山。21日5时，渡江大军第二线部队第二三六团全部过江，迅速协同第二三五团强攻矶头山。6时30分，解放军攻克矶头山。随后，解放军第二三六团进展迅速，抢占旧县之东南方向的制高点大、小磕山，截断旧县的国民党守敌溃逃之路。至此，国民党部队在旧县以东至夏家湖的江防段，被解放军第七十九师全线突破。

同时，解放军第八十师在旧县与荻港之间（芦南境内）成功实现突破。20日22时25分，渡江第一线部队第八十师二三八团、第二四〇团先后登陆，第二三八团攻占老牛埠、钓鱼台、徐家黄一线阵地，第二四〇团攻占荻港外围的永丰洲、板子矶以及制高点蚂蚁山之阵地。渡江第二线部队第二三九团迅速跟进，于21日0时20分登陆，并于拂晓占领沿江制高点寨山、龙门山。至此，解放军第三野战军第二十七军第七十九、八十两个师的主力部队皆全部过江，并控制了荻港、旧县两个重镇附近的若干制高点，形成对这两个镇的国民党据点的包围圈。荻港、旧县之守敌，顿时陷入三面被围、一面背水的绝境。

21日3时，解放军第二十七军领导聂凤智、刘浩天、贺敏学、仲曦东等，在旧县以西荷花圩区域登岸。21日4时，解放军第七十九师渡江第二线部队第二四一团等全部渡江。至此，解放军第二十七军全军过江，并迅速多路进发，展开猛打、猛冲，勇猛追击南逃之敌。

21日6时，解放军第二四〇团对荻港守敌发起猛烈攻击，10时即解决战斗，敌之第九三八团团长化装潜逃。国民党第三一三师副师长邹某率两个连从旧县仓皇而出，向南奔逃，窜至大磕山东侧，与解放军第二十七军一部遭遇，立即被全部缴械、俘虏。

解放军第二三五团在沿江歼敌后，展开快速攻击推进，在一路猛追到繁昌城附近时，因过分疲劳而致3个战士晕倒。军属山炮营因缺乏牲口来驮运山炮，炮兵们就自己扛着炮前进，虽身负重担，但竭尽全力不让炮队掉队。21日5时55分，繁昌城的国民党守敌慌乱集结，向南陵方向逃窜。17时30分，解放军第二三六团进入并控制繁昌城。渡江大军胜利占领繁昌县城，标志着繁昌迎来解放。

20日夜，解放军第二十五军渡江第一线部队第二一九团一营偷袭江心的鲫鱼洲之南岸，仅伤亡1人，歼敌1个排，胜利攻克该地。随后，该团在繁昌大、小洲的团洲、汪家套、窑头、头棚等地登陆，经过不断的激烈战斗，顽强地向纵深推进。第七十三师二一七团攻克头棚，歼敌四〇〇团一个多连。该团三营在向鸭棚村方向推进时，遭遇敌四〇〇团三营战斗力较强的顽抗，解放军在激战后歼其一部，余敌溃逃。解放军七连的排长林德才，带领八班打退敌人数次反扑，并夺取1挺机枪；三排副排长周廷才，在用机枪进行扫射时，机枪突发故障，敌人乘机冲上来，在距离仅十几米时，解放军指战员用手榴弹打退了敌之连续两次凶猛的反扑，并击毙敌之营长等多人。

解放军第七十四师向南挺进至北焦湾一线时，国民党守敌凭借汊江之险阻，在南焦湾、孙滩一带组织反抗。解放军与敌激战约两小时，出现部分人员的伤亡。随后，解放军在炮兵的有力配合下，经半小时激战，终将敌人击溃，解放军部队凫水过汊江。解放军第二十五军在迅速进行纵深推进中，以一部直插杨山尖高地，另一部占领石矶山、磨山、铜山、南山、岳山等高地，同时，向横山桥之敌发起攻击。国民党第八十八军一部，于21日4时从横山桥南窜，解放军立即在横山桥以东集结、整合力量，以先头部队向龙潭方向进击，又以一部兵力围攻在三山街坚持顽抗的国民党守军。

21日天明后，国民党江防指挥部派兵向三山街增援。21日下午，解放军第七十三师全部渡过汊江进至三山街之西、南、东南方向，形成密集包围之势。正当解放军各部队按部署进入新的攻击位置时，国民党守军害怕被全部围歼，于22日12时向�港方向撤逃。解放军第七十三师随即紧急展开追击，至漳河边暂停（渡江战役战斗责任区域边界）。至此，繁昌县全境解放。

主要参考内容：

1.中共繁昌县委政策和党史研究室《中国共产党繁昌历史1919—1949》（第一卷）第五章第八节等。

2.中共繁昌县委党史办公室《红花山风云录》之《繁昌解放》。

百万雄师渡江第一船

丁　俊

　　1949年1月10日淮海战役胜利结束，中国人民解放军第二、第三野战军及四野一部，以百万之师，乘胜南进，饮马长江，拉开了渡江战役的序幕。为实现党中央的战略决策，迅速突破国民党军队的千里江防，以邓小平为书记的渡江战役总前委，于3月31日制订《京沪杭战役实施纲要》，作出东、中、西三路战斗集团渡江作战的具体部署。其中以第三野战军第七和第九兵团组成中路集团。为更有力地策应东、西两路集团渡江和渡江后更有利于合围宁（南京）、镇（镇江）地区南逃之国民党军并加以围歼，中集团比东、西两个集团早一天渡江。4月20日夜，中集团首先在裕溪口至枞阳段发起进攻。

　　4月20日19时20分，中集团所属第九兵团二十七军七十九师二三五团开始从江北的沟渠里拖出隐蔽的船只，翻坝入江，一字排开。该团系赫赫有名的"济南第一团"，屡立战功。在这次渡江战役中，各级指战员都表示以实际行动，争当"渡江英雄"。因而在拖船时，均争先恐后，至20时15分该团已将大部分船只拖过江埂，泊于江畔。其中，一营三连已全部整装待发。该连每船配置一个班、一个机枪组、6名船工及连排干部，计20余人。大家都焦急地静候开船的命令。此时，上级传令各部整理好船只，"听令开船"。意即随时作好准备，待一声令下，立即行动。由于过分紧张、激动，一营的通讯员传错口令，误传为"立即开船"。说时迟，那时快，只见早已憋足了劲的三连二排五班那条船，在班长刘德翠率领下，犹如离弦之箭，"嗖"地冲了出去。旁边的船只以为战斗已经开始，也纷纷划桨开船，每船3支大桨、4支小桨，划得飞快。针对情况变化，解放军前线指挥部迅速调整部署，立即下令提前进发。霎时间，全团上百条船，黑压压一片，悄无声息然而又气势如虹地冲向江心，直向江南岸射去。

　　在离南岸100米左右时，被守备繁昌江防的国民党第八十八军八一三师九三九团的部队发觉，立即枪炮齐发。冒着敌人的密集炮火，五班所乘的船冲在最前面，于21时左右在繁昌县保兴乡夏家湖靠岸。其时，这一地段因崩江造成江岸陡峭。首先抵达岸边的4名战士，立即架梯攀登，五班班长刘德翠第一个登梯子，"嗖嗖"几下登上岸顶。不久，因梯子被飞弹炸断了一截，战士们纷纷跌落。战士们不顾伤痛，毫不犹豫地按照之前渡江抢渡的训练动作，在陡崖下搭起人梯，急速攀登，并高喊："同志们，快上，快上！"前后互相扶拉，顽强地攀登上峭壁似的江岸，立即展开火力，向国民党守军正面的碉堡发起冲击，并以猛烈的火力压制右侧增援的反扑之敌。

在突破前沿数道壕沟，占领岸边的地堡，巩固第一个滩头阵地之后，五班班长刘德翠随即按照事先布置，站在地堡顶上，迅速打出三颗红色信号弹，如三条火龙划破大江的夜空。随第一梯队过江的第七十三团团长王景昆和参谋长单文忠，乘指挥船正行至江心，见到升起的信号弹后，心情无比激动，马上用报话机向师部报告："饭做熟了！饭做熟了！"这是之前约定的联络密语，意即"登陆成功！"此时，团长王景昆看了看表，时间是21时15分。

人民解放军第九兵团二十七军七十九师二三五团一营三连二排五班所乘的这只渡船，因最先抵达并最先登上南岸，而被称为百万雄师"渡江第一船"，在渡江战役史上留下了光辉的一页。

参考书目内容：

1. 中共芜湖市委党史研究室《中国共产党芜湖历史》（第一卷）第二十章第一节。

2. 中共繁昌县委政策和党史研究室《中国共产党繁昌历史 1919—1949》（第一卷）第五章第七节。

3. 中共繁昌县委党史办公室《红花山风云录》之《渡江第一船》。

4. 政协繁昌县委员会《繁昌烽火》之《英雄的百万雄师渡江"第一船"》。

百万雄师渡江第一船

国民党繁昌县政权溃灭记

丁 俊

1949年初，解放军饮马长江，国民党政权危在旦夕，但国民党繁昌县政权的一些党政军要员们，错估局势，还常常在高谈阔论，议论着长江防线如何巩固，做着偏安江南的黄粱一梦。

4月20日，国民党繁昌县党部委员、伪人民自卫总队副总队长兼铜南繁三县边区联防主任汪惠泉，从横山桥赶回县城，热情接待从安庆逃"难"来的国民党官员、老同学兼老同事钟某。晚10时左右，二人正聊得起兴之时，忽然听到江边炮声大作，约1个小时后复又安静。通往前沿的电话线已被切断，情况不明。可二人仍顽固地认为这可能是解放军试渡，当国民党江防部队一阻击，渡江很难成功。看看，仅1小时，问题不就解决了？

21日清晨，汪惠泉仍让老婆上街买菜，款待安庆来客。上午9时许，昨天与汪某一同来县城的王某以及县民政科长张某、国民党区分部书记陶某等匆匆跑来汪家，说解放军已进至横山桥、小克山。随后，县参议会副议长程超然也赶来通报：荻港、坝便头等处解放军都已登岸，国军第八十八军防线全面崩溃，县政府准备随军撤往南陵。

汪惠泉顿时慌张起来，急忙收拾3个包袱，和老婆及1个亲戚背着就走，炉子上还噗噗地炖着请客的老母鸡，连安庆的来客也顾不得通知。3人仓皇逃出南门，抄小道到栗树咀。遇国民党铁宕乡乡长周某，即准备到乡公所去吃早饭。但看到从县城及竹丝塔方向逃来的大批人员，络绎不绝。汪惠泉等只得饿着肚子随着人群往南跑。逃亡的人群里有国民党县长、县党部书记长、参议长及机关单位大小官吏、县、乡自卫团官兵，还有一些眷属、士绅、被蒙蔽的中学生等。

众人逃至湾子店时，国民党县政权一干头目，对逃亡的去向发生争吵，形成两种意见。洪添铭（县党部书记长）、舒翼（参议会议长）、王亚东（自卫团副团长）等力主转到平铺暂避一时，待解放军铁流过去再做打算，而县长兼县自卫团团长张鸣命令务必赶到南陵，和国民党第八十八军军部及南陵县政府一同向南行动。最后，众人只得听命于县长。

傍晚，众人逃达南陵县城。晚间，程超然又来对汪惠泉说："解放军已在下午2时攻占繁昌城，明天南陵也保不住。"

22日早饭后，风闻解放军已进至麻桥，国民党第八十八军军部也在往南撤。一路随处可见被丢弃的物资、财物、行李，无人问津。众人蜂拥着朝青弋江方向逃去。在过渡时，争先恐后抢登渡船，乱成一锅粥，好不容易全部过河，至天黑才走到寒亭，宿于一小村中。这时，又有传说解放军已到蒲桥。众人提心吊胆，夜不能寐。半夜里，忽然机枪声大作，吓得爬起来赶紧逃。天黑，路又陌生，一个搀着一个走，十分狼狈。国民党县自卫团在前走，县头头脑脑被夹在中间，慢不行，快不得，只能慢慢蠕动。至天亮时，后边再也听不到动静才敢暂歇。中午时，刚到达宣城，又传来消息，说解放军已进到青弋江。

大批逃亡人员拥进宣城，城里人头攒动，顿时一片乱糟糟。汪惠泉和程超然商议，想抢先到达徽州，就去找国民党第五十二师师长张乃鑫（在繁昌时是老相识），求搭军车。哀求再三，迫于情面，张某给了一枚军装符号让其去搭车，但只能程超然一个人先走。后来，王亚东来通知汪惠泉，县长已决定跟芜专行署、屯溪行署走。

24日拂晓，宣城西门外枪声大作，且越来越逼近。汪惠泉等慌忙跟着自卫团的一个分队向孙家埠方向逃去。国民党县党部书记长洪添铭、县中统通讯室肃反专员王德厚趁乱脱离人群，单独向广德方向出逃。

24日晚，向徽州方向逃跑的人群，在距河沥溪约十里的一个小村庄夜宿，次日继续南逃。途中，不见当时的县长张鸣，但沿途仍见其用粉笔写着"到绩溪集结"的字迹。27日，到达绩溪，还未等到队伍集结，县长又慌张地提前走了。此时，国民党县政府的军事科长、财政科长、自卫团的营长等，都找不到人影了，而县自卫团的重机枪连及一些乡队还未赶上来。众人饥肠辘辘，无米下锅。汪惠泉和徐剑华（自卫团团副）、郑德瑜（保兴乡乡队长）同入城内找到国民党第二八二师师长顾某（该师曾驻在横山、三山一带，与郑某熟悉），要求借米，并要求收编。顾应允，并借米5包，同时将县自卫团收编为该师搜索营，公教人员一律收容在师部。当晚，王亚东集合自卫团队头目及随逃人员宣布此事。众人如同孤儿被遗弃之后，重又找到了"靠山"，都喜滋滋的。

28日中午，王亚东率武装人员到绩溪东门外集合，到场的有县自卫团3个连以及硖山、城厢、平沟、新林等8个乡自卫队武装人员等（1948年下半年，国民党县政府撤区，直管到乡）。刚集合好，师部又传话，令收编人员立即开往徽州，众人惶惶。此时，王亚东宣布，城内第二八二师师部已在移动，恐有情况，不如赶到徽州再作休息。众人只得动身上路。

天空忽下起大雨，国民党部队阻止地方团队夹在中间行进，须待部队走完才可跟进。逃亡队伍行动缓慢，至晚间，好不容易到达距徽州城1.5里的一个村庄。次日拂晓到达徽州北门的城门楼外，前头队伍忽停步不前，众人以为是守城的卫兵在盘查。但见城楼的垛口后，满布身着土黄色军服的士兵，荷枪实弹，严阵以待，忽然大呼"缴枪不杀！"并有一队军人端枪冲出城来包围他们，且都佩有"中国人民解放军"胸章。众人恍然大悟，是被解放军包围了。国民党县、乡自卫团队及随逃人员束手就擒，全部被解除武装，押至县参议会监禁。就此，国民党繁昌县政权彻底土崩瓦解。

4月30日，繁昌县的被俘人员，在大操场集合编队。政府官员及公教人员、自卫团官兵、逃亡士绅及学生等分别各列一队，接受审查。汪惠泉、郑德瑜二人蒙混过关获释放，至宣城潜藏20多天，又逃往上海，后经人告发，被人民政权追捕归案。之前脱队开溜的王德厚、洪添铭等，在途中曾被解放军拦截而蒙混过关，逃至南京下关等地隐藏，数月后也被追捕归案。不久，洪添铭、王德厚、汪惠泉、郑德裕等国民党县、乡政权头目皆因罪大恶极，被人民政府严厉镇压。

主要参考内容：

1.政协繁昌县文史资料工作委员会《繁昌文史资料选辑》（第一辑）之《解放军胜利渡江后国民党繁昌县党政军人员仓皇逃窜经过实录》。

2.舒平世回忆录《苦难人生》其个人的部分亲身经历。

繁昌反特第一大案破获记

丁 俊

1949年8月11日深夜，繁昌县新林区丰湖乡发生一起杀害中共区、乡干部及地方武装人员5人、抢去长短枪4支的重大反革命案件，震惊全县。

12日上午，县公安局在接报后，迅速组织一支精干的侦破队伍，由李汉卿、田润等率领，奔赴出事地点。

案发现场是在浮山东形冲的丰湖乡政府内，三间平瓦房的大门完好无损，木门栓也无撬拨印迹，屋内的隔间没有房门。新林区中队队长何士民（兼任丰湖乡乡长）在东边房间，胸前被击中两枪，牺牲在床上。区助理员姚中全在堂屋西南边的一张竹床前，身中数弹，倒卧在地。屋内和床上洒满鲜血，后墙上弹痕累累。经搜寻，在距乡政府约1里和四、五里的山边，又先后发现乡政府秘书兼财粮员胡士洲以及两名区中队队员被枪杀的遗体，还有被抢走的2支手枪、2支步枪及部分子弹、1000斤粮票。

根据案情分析，这是一起有组织、有预谋的反革命案件，凶犯起码在3人以上。有凶犯开枪的证据，但未发现我方人员还击迹象。初步判断是内外勾结，开门入室，乘着受害者熟睡之机，先盗枪，后杀人的。当时，乡政府常设工作人员只有乡长、农会主任、秘书3人（此次牺牲的区助理员和2名区小队员，属于临时性协助工作的），其中乡长、秘书当场牺牲，唯乡农会主任强英下落不明。他是凶犯之一，还是被凶犯强行劫持而去？破案的焦点，首先集中到他身上，必须活要见人、死要见尸。县侦破组在区、乡配合下，以征粮干部身份为掩护，走村串户，深入群众，展开摸排调查。

8月13日，强英家所在村庄，有一位农民反映：当日，他一大早出门放牛，见到强英鬼鬼祟祟地溜回家，不久，又见他手上拿着一个布包，出门顺河沿向东走了。情况说明，强英未死，但出了这么大的血案，他为何既不赶到乡政府，又不向区政府报告，而是不见踪影呢？其中是否有鬼？

通过调查了解，掌握一些新情况：强英，28岁，新林区丰湖乡人，曾当过国民党军队的勤务兵、地方武装乡警等。新中国成立后，平时支持新政权工作，且态度积极，后被吸收进新林区政府工作，不久被提升为区中队副有月余，又调任丰湖乡农会主任。强英在新林区工作期间，常与两个二十七八岁的男青年来往，有时强英还留饭，他们非本地人。另据高花墩一农民反映：8月11日上午，他用大榨盆去送公粮时，有两个30岁左右的人，要搭盆过河，并打听强英的家在何处。其所描述的两个人相貌特征，与新林区干部反映的那两个男青年的情况相似。侦破组分析认为，很可能是他们结伙作案的，即展开针对性行动，搜寻一切可能藏匿之处，日夜追踪，周密侦查。

8月24日夜，在强英常出没的1处，抓获1名嫌疑分子戴品珠。侦破组抓住他曾是中统特务的身份，而无正当理由在半夜不得外出的这一问题，严加深追细问。戴某终在"坦白从宽，抗拒从严，立功赎罪，立大功受奖"政策的震慑下，交代出卜先锋、何兴炳、强英等拉他加入反动组织，并交代出反动分子拟在武显殿庙集合的重要线索。

8月25日下午，县侦破组决定收网，兵分两路，一部分人员扮成小商贩和行人，严密监视武显殿庙周围的敌情、社情动态，防范突发事件；另一部分人员隐蔽在庙内，设伏擒拿。傍晚，反动分子先后一个个地奔来武显殿庙，进得庙门，就扑扑入网。不到1小时，何兴炳、卜先锋和赵祚荣被抓获，搜出左轮手枪1支、子弹3发。但是，强英没有赴会，不见踪影。

8月31日，经侦查获悉，狡猾的强英潜藏在新林区丰湖乡桃花墩，正值汛期，墩子四面临水，不利搜捕。县侦破组巧用计策，将其诱出，他转而躲藏到保大圩高岗埠的一个亲戚家。当晚，大门紧闭，强英吃喝如旧，以为平安无事。县侦破组趁夜围捕，带队负责人李汉卿纵身翻墙入院，破门而入，迅疾从强英身后，拦腰将其两个胳膊死死抱住，其他侦破人员随即扑入，一举擒住强英，并搜出驳壳枪1支、子弹10余发。

9月1日，李汉卿等3人又赶到滴水岭的赵祚荣家，从厝基屋的一具棺材底部，搜获步枪2支。

破案后，经预审和调查证实，强英在新林区工作期间，与卜先锋（28岁，县城人，曾在国民党部队当兵，还曾任地方武装保队副）、何兴炳（28岁，城西五里亭人，曾任国民党部队的文书、事务员、地方武装乡、保干事等）相互勾结，伪造证件，冒充解放军，诈取商人和旧职人员钱财；半夜上街，撕毁人民政府布告；曾两次携带木棒，到城北公路上，企图伏杀单独来往的中共军政人员并抢夺枪支，但未得逞。1949年8月11日中午，卜某、何某来到强英家，密谋抢枪、杀人和成立反革命组织。当时，强英主动通报丰湖乡的枪支、人员配备情况，并密谋作案方法。当日傍晚，卜某、何某埋伏在乡政府的后山。深夜，待其他工作人员熟睡后，强英偷偷地开门，将二人迎入，先偷取区小队员、区助理员的3支枪，又进入乡长何士民房间，在从枕头下抽取手枪时，何惊醒坐起，强英和何兴炳立即对其胸部连开两枪，何当即牺牲。接着，3个凶犯齐向屋内开枪扫射。姚中全被乱弹击中而亡。两个区小队队员因枪支被盗，失去自卫反击能力，连同手无寸铁的乡政府秘书，皆被电线捆绑，掳至附近的山冲里，遭枪杀。3人连夜逃至滴水岭，将步枪藏在赵某家，正式宣布成立反革命武装组织"繁昌游击队"。此后，他们积极网罗原国民党军、政、特人员入伙，并派人到江北寻找所谓国民党"九路军"，还密谋再次抢夺枪支和抢劫银行、商店，以扩大反革命组织，但被一网打尽，反革命阴谋被彻底粉碎。

血债要用血来还。1949年10月7日，繁昌县人民政府以民法判字第一号判决书，判处反革命分子强英、何兴炳、卜先锋死刑，判处反革命分子赵祚荣有期徒刑3年。10月14日，经皖南芜当专员公署批准，3个凶犯被验明正身，绑赴刑场，执行枪决。该案是中华人民共和国成立后繁昌县的第一大案，3个凶犯是全县开展镇压反革命运动后第一批被镇压的反革命罪犯。这第一大案的成功侦破，极大地鼓舞了全县人民群众反特热情，有力地震慑了敌特分子的嚣张气焰。

主要参考内容：

1. 中共芜湖市委党史研究室《中国共产党芜湖历史》（第一卷）第二十章第四节。

2. 中共繁昌县委政策和党史研究室《中国共产党繁昌历史1919—1949》（第一卷）第五章第八节。

3. 政协繁昌县委员会《繁昌烽火》之《新中国成立后繁昌县第一大案——反动组织"繁昌游击队"破获记》。

地名故事

繁昌县名的由来及古城址变迁

张家康　徐　沛

繁昌县名，由来已久。东汉末年，魏王曹操死后，其子曹丕袭位为魏王。同年十月汉献帝刘协禅位于曹丕，曹丕就在河南颍阴县的繁阳亭设坛受禅，登帝位，称魏文帝。曹丕把"繁阳亭"改为"繁昌县"，从此就有了繁昌县这个县名。那时的繁昌县是在中原的颍川。

291年，西晋统治集团内部为了争夺政权，开始了长达十六年的自相残杀。黄河流域，烽火遍地，流尸满河，白骨蔽野，生产遭到严重的破坏，西晋王朝岌岌可危；而长江流域，地广人稀，尚未安宁。因此，中原一部分士族和民众开始南渡避难。307年，晋怀帝任命琅琊王司马睿为安东将军，都督扬州、江南诸军事，镇守建业（今江苏南京）。中原士族中投靠司马睿的人日益增多，形成了以司马睿为首的长江流域的中心势力。316年，西晋灭亡。318年，司马睿称帝，建立起东晋王朝。朝廷为了保持原迁的北方士族的特权，缓和南北士族的矛盾，达到巩固其政权的目的，开始推行侨置郡县的制度：对相聚而居的南迁士族和民众，都保持其原籍贯，建立起来的侨置郡县，仍用原来北方郡县的名称，并与所在地的郡县名称并存。因南迁到春谷的繁昌士民聚居在一起，故建县时仍用河南的"繁昌县"名。当时的繁昌县是与春谷县并存的，为侨置县。春谷县的县城设在春谷乡（今属芜湖市繁昌区），繁昌县的县城设在陶辛圩（今属芜湖市湾沚区），属于侨置的襄城郡管辖。到了成帝咸和三年（328），苏峻、祖约起兵，江淮南渡的士民越来越多，江南侨立了淮南郡，繁昌、春谷、定陵就改属淮南郡。

侨置的郡县，在当时是无一定境界的，并享有不征赋税徭役等特权。因此，士族借此广占田园，土地兼并日益激烈，使朝廷的财政收入受到严重影响。公元341年，成帝司马衍命侨寓的王公以下的人都以土著为断，把外来的户口都编入所居郡县的户籍。桓温在执政时，于364年3月1日，推行了"土断法"，史称"庚戌土断"。桓温死后，"土断法"就夭折了。到413年，权臣刘裕再次推行"土断法"。这时，大多数侨置郡县都被裁并，襄城郡同时被裁，春谷县的"春"字因犯太后的名讳，改为阳谷县，后并入芜湖，阳谷县这个县名就不存在了，而繁昌县名仍然存在，仍属淮南郡。

隋文帝开皇九年（589），在废除了淮南郡的同时，废除了襄垣、于湖、繁昌、西安等四个县，将繁昌并入当涂县。此后三百余年，"繁昌县"名无存。

南唐升元年间（937—943）复置繁昌县，县城设在延载乡（今新港镇）。那时因县小民贫，未筑城墙，仅以竹篱为屏障，"出入无门关，客至无馆舍"。至宋仁宗庆历七年（1047），知县夏希道才率领士民筑起周长六里八十步的城墙。明代宗景泰年间（1450—1457），知县李庆，见城临长江，难以修筑，加之京都来往官船如梭，应接不暇，费用太大，县小莫支，为减轻民众负担，便建议迁城。他的建议得到了当时右佥都御史吴琛的赞同。后又因无钱无地未能迁成。至英宗天顺元年（1457），王珣任知县时，才开始把繁昌县城迁到金峨山下（即今县城所在地），改延载乡古城址为旧县。

那时迁到金峨山下的县城，也没有城墙。天启二年（1622），巡方御史林一柱，上奏朝廷，请求筑城，虽经朝廷允准，但因拆迁房屋，摊派费用等问题争议很大，未能建成。到了崇祯八年（1635），知县罗明祖又筹筑城墙，只建3道城门又停工了。后因北方混乱，江南震惊，经抚按奏请朝廷下了檄文，才由知县张继曾召集全县士绅父老，议定照田派费，筹备白银3万余两，复工建成。此次筑城，本拟将学宫以右的民房拆毁筑城，后因蔡姓捐出乌泥井以上三叉口一带的田亩作为城基，才保存了民房，使筑城工程得以顺利复工。整个工程从崇祯十一年（1638）一月起，至十二年（1639）三月告成，仅用了一年零两个月的时间，从此繁昌县就有了一个完整的城墙。城分4门，东曰朝阳门，南曰迎薰门，西曰威远门，北曰拱极门。后经叶先春、魏极两名生员呈请批准，又在西南增设1门，名曰：聚奎门（又叫天马门）。但不久这道门就被封塞了。环城一周的墙计有446丈6尺9寸，1062座城垛，城高2丈。民国年间，尚有一小部分破烂不堪的城墙存在，但已是碎瓦颓垣。新中国成立后，旧的城墙已不适应社会主义建设的需要，被逐渐拆除，在城墙周围，一幢幢的民房和一座座高大的工厂被筑起，政府还兴建了一条环城马路。

[选自政协繁昌县文史资料工作委员会《繁昌文史资料选辑》（第四辑）]

"繁阳"镇名略述

繁阳懒悟整理

2003年，繁昌县区划调整，设立繁阳镇。

"繁阳"，本来是中原的一个亭名，汉代即有了。220年，汉献帝在繁阳亭设坛，将皇帝位禅让于魏王曹丕。据《临颍县志》载：曹丕登坛受禅，"取繁荣昌盛之意，将繁阳亭改为繁昌县"。东晋初，于江南春谷县侨置繁昌县，"繁阳"一名也随着中原侨民的迁入存留于江南。

五代南唐之际，今天的城郊，曾广设青白瓷窑场。一时，炉火照天地，繁荣景象，岂可尽述？

自明朝天顺年间（1457—1464）开始，繁阳镇即为繁昌县治的所在，至今已逾数百年。

区划调整前，繁阳镇名城关镇。区划调整后，原繁昌县马坝乡被划入，成立新的建制镇，名繁阳镇。

抗日战争时期，新四军三支队驻守繁昌，发动繁昌保卫战，取得了五战五捷的辉煌战绩，其中与日寇在城南峨山头展开的殊死搏斗尤为惨烈。战后举行祝捷大会时，国民党繁昌县政府向新四军赠送了"保障繁阳"的锦旗。由此可见，"繁阳"已经成为繁昌的代名词了。

境内"红花晚照""峨溪匹练"，明清之际即已被纳入繁昌十景。

清代邑令梁延年有《繁昌十景》诗10首，其中，《红花晚照》云：

空山壁立对斜晖，影落寒江鸟乱飞。

此处白云岩岫好，采樵人唱夕阳归。

《峨溪匹练》云：

横江孤鹤下沧州，雨艇烟蓑向晚收。

月白千村砧杵动，谁家练影入溪流。

"荻港"镇名略述

繁阳懒悟整理

荻港濒临长江,三面环山。据《荻港镇志》记载:"汉代以前,江边荻芦丛生,凤凰矶、板子矶一带江狭水深,形成天然港湾,故名荻港。自古航行于长江之船舶多于此避风住宿,因而成镇较早,经历代繁衍发展,人口逐渐密集,遂成繁昌县之首镇。"

因地势险要,荻港自古即为兵家必争之地。春秋时期,吴楚在此发动了鹊岸之战。西汉早期,春谷县曾在此置治。东晋时,权臣桓温曾在境内的春谷岭(今赭圻岭)下筑城驻守。晚明时,靖国公黄得功抗清,在荻港壮烈战死,板子矶上至今仍保存着纪念他的"黄公阁"。1949年春,渡江战役中,中国人民解放军在此鏖兵,谱写了"解放全中国"的壮歌。

荻港依山傍水,尽得江南山水之胜,历代文人多于此行迹吟咏。

南宋诗人杨万里《凤凰山》诗云:

蓼岸藤湾隔尽人,大江小汉绕成轮。

围蔬放荻不争地,种柳坚堤非买春。

鲍瓠故教俱上屋,渔樵相倚尽成邻。

夜来更下西风雪,荞麦梢头万玉尘。

清代文学家袁枚《荻港灯下闻笛》二首诗云:

其一

荻港灯残夜色深,一枝风笛远愔愔。

分明九曲长江水,都作回波上客心。

其二

如诉如啼水一涯,江风何处落梅花。

此声只可衰翁听,业已萧萧两鬓华。

"孙村"镇名略述

繁阳懒悟整理

"孙村"一名的由来，与孙氏族人聚居相关。

《孙村乡简志》载："孙村街坐落在红花山南麓，原是孙氏居多的村落，后来发展成为小集市。乌金岭下青檀冲一条涧沟流经孙村街，将孙村隔为东西两街，是一座山清水秀四时风景宜人的农村小集市。据《孙氏宗谱》记载，距今已有一千多年历史。"

孙氏的来历，清康熙《繁昌县志》载："驸马孙世安，字国泰，崇宁三年二月尚徽宗公主，赐官庄湖脂粉田一顷。子孙鬻为民田。今县西龙华山之孙村，其后裔也。有诗曰：'自从随驾到南州，金甲缠身夜不休。满目沙尘方洗净，一江血水已清流。建功不愿封三代，安置惟期土一丘。但愿儿孙传姓祀，安宁世守度春秋。'"

作为聚居宗族，孙氏后裔谨遵始迁祖孙世安的训诫"但愿儿孙传姓祀"，历经数百年的生息繁衍，成就了当地的一个望族，更形成村落，并进而发展成为更大的社区。

作为地名，因为孙氏族人聚居于此，人们自然称之为"孙村"。随着村落人居的兴旺，渐渐有了商业和文化，"孙村"便演化为市镇之名，并成为行政区的名称。

"孙村"形成集镇较早，上述康熙《繁昌县志》，在"镇市"项下已经载入"孙村市"。

《孙村乡简志》记载孙村旧时情景甚详："孙村街原来东西头各有一座石质牌坊，雕刻精致，人物、龙凤、羽毛、花卉，无不栩栩如生。据传说是节妇坊，未考其详，于1955年被大风刮倒。中街有孙氏宗祠，房屋甚多，内设有戏台，孙氏春秋祭祀都在此进行，1956年被拆除后建乡政府。街道南侧有牛王庙、财神庙、国民小学聚在一起，周围竹林茂密，梧桐梨柏，蔽日参天，环境幽静。两座古庙已于1952年被拆毁，原小学校舍尚存，但在新的学校规划后会被拆除。原来街上就有杂货店铺、布店、糟坊、油坊、中药店、油漆铺、铁匠铺、晏家灯笼店、香店、猪肉案等，商业兴旺，市面尚算繁荣。

孙世安并非宋徽宗的驸马。检索《宋史》，徽宗共有34个女儿，"早亡者十四人，余皆北迁"，而驸马只有9人：曹羖、曹晟、宋邦光、蔡鞗、曹湜、向子房、田丕、刘文彦、向子扆，并无孙世安其人。查有宋朝，共计89位公主，数十位驸马，却没有一位姓孙。

无论孙世安是否为宋徽宗驸马，"孙村"一名都是因孙氏族人在此聚居而起。

"平铺"镇名略述

繁阳懒悟整理

平铺镇，又名平沟铺。镇名当始于以前在此曾设立过驿站。

据清道光《繁昌县志》记载"镇市"："平沟铺，在县南三十里。"由此可见，平铺虽为驿站，但因为交通便捷，发展成为繁荣的市镇比较早。

平铺气候适宜，岗丘绵延，平原和河湖交错。早在春秋时期，先民即在此繁衍生息。境内的土墩墓群，记录了古代吴越族特殊的堆土丧葬习俗，也反映了平铺地区数千年前就有了较高的生产力水平。平铺的著名农业品牌"五华鸡"，为国家保护畜禽品种，更是带动一方老百姓致富的产业。

镇内的垞湖，据传曾为三国周瑜练兵之处。至今，垞湖之畔，仍遗有周瑜墓。境内隐静寺，历史上号称"江东第二禅林"，是佛教圣地，更是历代文人登临的佳处。唐朝安史之乱前后，李白曾在山中徘徊很久，留下了许多脍炙人口的诗歌和感人至深的故事。

李白曾与寺僧通禅师相约隐静山，并写下了《送通禅师还南陵隐静寺》一诗：

我闻隐静寺，山水多奇踪。

岩种朗公橘，门深杯渡松。

道人制猛虎，振锡还孤峰。

他日南陵下，相期谷口逢。

"新港"镇名略述

繁阳懒悟整理

新港依山傍水，是一座北临长江的古镇，唐时被称为鹊江镇。南唐升元年间（937—943），从南陵县划分5个乡复置繁昌县，县治即设置于此。直到明英宗天顺元年（1457），县城迁于金峨上乡（即今天的繁阳镇境内），改故城址延载乡为旧县。

旧县更名为新港，始于中华人民共和国成立之后，据《新港镇志》记载：1958年10月人民公社化后，实行政社合一，取消乡级建制。旧县镇、硔山乡、芦南乡、高安乡的乐楼、高安、义合等地，合并为一个大公社。旧县地处长江南岸，上有荻港，下有澛港，遂改旧县为新港，其区域为新港人民公社。

新港历史悠久，文化积淀深厚。境内拥有古文化遗址多处，出土了大量的文物。历代文人多于此登高望远，吟诗抒怀。

唐代李白《江上答崔宣城》诗云：

太华三芙蓉，明星玉女峰。

寻仙下西岳，陶令忽相逢。

问我将何事，湍波历几重？

貂裘非季子，鹤氅似王恭。

谬忝燕台召，而陪郭隗踪。

水流知入海，云去或从龙。

树绕芦洲月，山鸣鹊镇钟。

还期如可访，台岭荫长松。

"峨山"镇名略述

繁阳懒悟整理

"峨山"本是城南一座山的名字,何时有山名不可考,反正很早。

清朝早期,峨山就成为有商业活动的集市了。清康熙《繁昌县志》载:"峨山市,在南关外金峨山下。"

峨山成为行政区域名称,是在中华人民共和国成立之后。据《峨山乡志》载记:1955年,"冬,我乡境内的四个乡合并成华壁、峨山两个乡"。

从此,或乡或公社或镇,"峨山"一名一直沿用至今。

峨山镇,近城区,临峨溪,境内群山逶迤,山间翠竹漫拂,是著名的江南竹乡。东岛李氏,远踵唐代大书法家李阳冰,近自南宋初叶,繁衍生息,且耕且读,成为一地望族,也积淀了独具魅力的耕读文化。

境内有八峰山,为登临佳地。明代邑人吴琛游八峰山,曾作《八峰山》诗8首。其中《赴院峰》云:

地拥青峦耸半天,似趋禅刹听读玄。

奔驰不用劳前膝,参拜何须袒右肩。

色相四时荣绿树,尘心一点彻清泉。

山僧不厌人来往,饭后钟声莫浪传。

"横山"镇名略述

繁阳懒悟整理

横山镇,"以镇南横山(今名河沿山)得名"。

据《横山镇简志》(初稿)记载:清顺治十三年(1656),称横山镇,桥东属繁昌县金峨下乡,桥西属繁昌县延载乡。1945年9月,建横山镇,直属繁昌县。

清道光《繁昌县志》载:"横山桥镇,在县东北三十里。"

横山镇交通便捷,商业发达,民间曾流传着一句话:"买不到的东西到横山买,卖不掉的东西上横山卖。"形象地说明了横山旧日繁荣的景象。

横山境内物产丰饶,尤以铜冶历史久远。《横山镇志》载:1981年本地马口村铜矿山山腰采矿洞口出土二件贝币铜范,为楚国铸币遗物,为研究楚国的冶炼史和铸币制度提供了珍贵的实物资料。

境内的神山,已经成为一方民俗和民间信仰的归止,其文化蕴涵十分丰厚。

南朝梁诗人庾肩吾尝游境内甑山,留诗《游甑山》:

平子去已久,余风今复追。

未必游芳草,王孙自不归。

路高村反出,林长鸟更稀。

寒云间石起,秋叶下山飞。

西河方阅训,讵得解朝衣。

昔日的繁昌县城

许风益

一

繁昌县在旧社会是一个知名度不大的小县，县城坐落在峨山脚下，四周砖砌城墙周长也不过两公里。那时有一首民谣：繁昌县，繁昌县，老爷大堂打板子，四门都听见。县以下行政机构为"都"，如县城为在城都，其他为一、二都，三、四都等。1927年北伐战争胜利后，县以下改设区、乡（镇）、保、甲。城厢镇就从这期间改称的。城厢镇公所管辖复北、文奎、中东、龙亭、春谷5个保，面积1.5平方公里。其中，龙亭保包括今铁门村高潮、柯冲、关口三个村民组，春谷保包括今峨山凤形村红塘、泉水、中坝、竹塔四个村民组。到1948年底全镇人口才11000人，其中非农业人口5200人，农业人口中有一半是粮农，一半是菜农。在非农业人口中，只有800人有职业。一个五口之家，有一个人有职业就算不错了。在有职业的人口中，从事商业、饮食、服务业的占60%，从事手工业（铁、木、竹、瓦匠等）的占20%，靠收地租、开煤矿谋生的占5%。其他无固定职业的就做临时工、搬运工等。

城厢只有一条从北到南的商业街道，北从四牌楼（今农业银行）[①]，南至南门外旧城墙（今峨溪饭店北墙拐）。街宽四米，路面原中间约二米宽青石铺的小车道，早被独轮车轧出一道深沟。两旁的碎石泥土，坑坑洼洼，雨天积水成凼，行人极不方便。到1936年，县长卓衡之着手修整街道，路中间改铺三根麻石条（宽1.5米），两旁铺上青石，这在当时算是最好的路面了。街道两旁的商店中，较好的店铺房屋，是木制两层楼房，只有几十户，绝大部分是平房和草房。店铺较大的，南北杂货业有：闵和太、吴恒和、查永发、丁源太、程万源、姚倍丰、瑞太丰，他们都是前店后坊；布匹业有：怡兴祥、凤正太、豫元祥、赵允太、肖太昌；中药业有：王长生、方天生、葛长春、黄春元；饮食业有：刘家三层楼、宋家茶馆；服务业有：鸿宾旅栈、举安栈、聚兴园、得新园浴室。这些店户当时都是镇上的商业魁首。其余便是小商、小贩、小茶馆酒店和小手工业者。这些大大小小的店铺都在这条街上

---

① 本文作于30余年之前，文中所述的诸多单位，或所在地点与今天存在很大差异，或已经不存在，这是阅读时需要加以注意的。——编者注

（今峨溪路），白天这条街尚热闹繁华，晚上因照明的"洋油"价格昂贵，一般商户点不起灯，只好关门闭户。唯有四牌楼有一盏用煤油点的风灯（路灯）。当时有人因此写了一副对联："四牌楼一盏灯，光照东西南北；三元井两拱桥，水流春夏秋冬。"

那时所谓十字街，从东到西其实是一条两米宽的巷子，没有一家店面，纯是居民住宅，东头只到今工农兵旅社东隔壁巷子，该巷东南方是低洼荒地，常年积水，每到春夏两季草比人高；北边至大东门（今春谷路），只有几间草房和几间平房。解放初期，繁昌汽车站就设在郭家几间房子内（今搬运公司院内）。西头只到百子桥（今大药房），百子桥以西和向北沿水沟至三元井以西的地方，即今文化馆、幼儿园、金峨市场等处，全是菜地及农民住宅。北门现今的龙华路和春谷西路、云路街等处，过去只是几尺宽的便道、里弄，全是居民住的平房和少数的草房，没有店铺。南门外万寿寺后街有几十户人家的草房，居民的职业多为"箩帮"（搬运工人）。龙亭街、蔡家塘、旧城外至峨山脚下（今县医院、血防站、油厂）全是粮农、菜农住宅的草房。那时候城内、城外的后街后巷，不论是居民、粮农、菜农，80%以上住房是草筋糊的泥巴墙，只要有一户遭火灾，成片都受害。

二

旧社会，县城里除开大店、开煤矿、收地租的人家以外，一般人家收入微薄，每天三餐只能一干两稀就小菜度日，除过年过节外，平时没有荤菜进口。那时全镇屠商每天只能宰杀二三头猪应市，广大群众的生活，可想而知。

全城饮用水，都是河水、井水，全靠肩挑人抬，水质再差，也要饮用。

夜晚照明，殷富户人家，用"洋油"点灯，一般人家，用的是菜油灯，且只有一根灯头。当时有民谚云：家有千缸油，不点双灯头。

县城交通，极不方便。到1936年，国民党政府才开始修筑芜青公路（芜湖至青阳）。路未竣工，抗日战争爆发，又被毁坏。到1946年抗日胜利后，勉强复修，全是土路面，只能晴天通车。那时外出，少数有钱人坐二人抬的青布轿子，一般老百姓全靠步行，进出货物非常困难。轻便货全靠人工肩挑，笨重物品的运进及本县山区竹、木、柴、炭、煤的运出，只得借木制独轮车和峨溪河的木帆船。

邮电通讯，县城只有一个六等邮局，在南河沿蔡家塘边，三间平房三名员工，传递信件完全靠"邮差"步行。居民订的上海《申报》《大公报》，上一周的要到下周才能收到。平民的一封省外家信，半个月后才能收到。

电话只有县政府和主要几个科局才有，只能在县城通话，县城以下没有一部电话。

那时教育很落后，县城只有云路、夫子庙、肇兴女子三所完小，天主堂、圣公会是教会办的两所初小。到1946年云路街完小才被改为初级中学（今繁昌一中）。几所学校共有学生千余人。

全镇没有娱乐场所，广大群众生活极为枯燥，也没有医院，只有一两家私人小诊所和两三名中医医生，几家中药铺。但当时的宗教活动异常活跃，城厢镇范围内的庙宇有：城隍庙（今城关粮站），关帝庙（今农资公司），仙姑庙（今繁昌大戏院），夫子庙（今城关一小），绿罗庵（今县水泥厂后面半山腰上），三元宫（峨山顶上），观音堂（今教委宿舍），大乘庵，天主堂（今县委大院），圣母院（今县人武部），圣公会（今县医院），还有各岔路口的土地庙，大商店供奉的财神龛。这些庙堂，信徒众多，他们把降福消灾、发财长寿、求医求药都寄托在神灵、上帝身上。于是有巫婆神汉，到处骗财骗物。至于帮会、劣绅、地痞流氓欺压群众，敲诈勒索，更是常有的事，人民苦不堪言。

解放了，天亮了。在中国共产党的领导下，40多年来，繁昌县城面貌日新月异。20世纪50年代末60年代初，国家对县城主要街道进行拓宽，铺上了石子路面，昔日的旧城墙脚，改建成环城公路和居民住宅区。20世纪70年代，全城街道铺上柏油路面。20世纪80年代，在全面整治街道的同时，兴建了金峨市场。20世纪90年代，着手兴建北门春谷市场，全城街道都改筑水泥路面。特别是近15年来，县城变化很大，高楼林立，市场繁荣，物资丰富。抚今思昔，人民同声赞美社会主义好。

（选自政协繁昌县文史资料工作委员会《繁昌文史资料》第九辑）

察院井与察院井巷

伍先华　搜集整理

在繁昌田家炳中学大门的左侧，有条小巷，叫察院井巷，也叫察院巷。在这条巷子深处，紧靠学校的东南角院墙外，有一口石砌方形阶梯式浅水古井，水面离地面不足2米，人们可以拾级而下直接提水，十分方便。这口井就叫察院井。

察院井，是繁昌城目前最古老、仍能使用的水井之一，承载了繁昌几百年的历史。

史载，即使遇到大旱，察院井也没有干涸过，为附近居民提供了清洁而丰富的水源。二十世纪八九十年代，繁昌县城人口暴增，自来水供应严重不足，整天都有居民排队来察院井担水，或在井台上洗涤。

察院井挖掘于何时，挖掘人为谁？史无可考，但我们依然能从历史记述里找到一些痕迹。

最早记录这口井的，可溯至清康熙年间（1662—1772）。据清康熙《繁昌县志》记载：察院井有两口，"一口在院内，一口在院左，周遭石砌"。由此可知，察院井原来是两口。清道光《繁昌县志》记载："察院井，在今县治东，大有仓左。"此时，察院井是否只剩下一口，不得而知。

史载，明万历八年（1580），知县高汝梅将县衙公馆改建为察院，正厅3间，头门、仪门及前后寝、廊门房共12间。后经不断扩建修葺，至清乾隆知县柯可栋又将察院改造为大有仓，专门用于存放粮食，乾隆十五年（1750）曾遭水灾，部分被冲毁，后又多次被维修补建，直至被弃用，但大有仓左侧的察院井一直存在。

1926年，县政府筹集资金，在大有仓原址上新建"云路街小学"，至1937年，这所学校一直是全县条件最好的完全小学。1938年初，日军飞机轰炸县城，校舍建筑毁坏，而校园东南角的察院井未被炸到，依然完好。抗日战争胜利后，云路小学改建为繁昌中学，直到2003年，这里一直是繁昌一中所在地。察院井，陪伴繁昌一中，又走过了近百年历程。

朝代更迭，人事兴废，但察院井的名字，一直沿用至今；井前面的那条不长的窄巷，一代又一代的繁昌人走过，"察院井巷"，也被一代又一代繁昌人声声轻唤着。

三元井

伍先华　搜集整理

三元井，又名三眼井。在城关春谷路西段。古时，这里有三口井，呈一字形排列着，井前不足百步，有一条横流的水沟，叫学宫河。学宫河上有一座石券双拱桥，井后有一座小庙。

三元井被开挖的时间无从查考，主要是为当地居民生活之用。另传说，挖掘这"三眼井"是为了应对"金峨山"森林之火，有相克作用。

相传，三元井又与宋状元焦蹈有关。宋神宗时期（1067—1085），今繁昌赤沙戴滩焦蹈高中状元。焦蹈衣锦还乡时，曾邀同科鼎甲两人路过这里，因行路劳累、口渴，在小桥上休息了一会，同时又去井中掬水解渴（溪畔水井，水面不深，弯腰可掬）。因此，后人就称此井为三元井，三人休息过的小石桥为状元桥。

如今，井与桥均已不存，但三元井作为地名，则流传沿用至今。

改革开放后，20世纪80年代末，经县政府批准，在春谷路西段新建了一处经营服装、鞋帽的商场，命名为"三元井商场"。当年的三元井商场热闹非凡，是改革开放后繁昌第一家私营组合式服装、鞋帽商场。城乡居民纷纷来此"淘宝"购物，人来人往川流不息，成为县城中重要的开放市场和商业中心。

"三元井"已经成为县城大众商品市场的代称，虽临街门面经营类别有所变化，但"三元井"一名，却留下了历史的痕迹。

绿萝庵

陈嘉穗

繁昌南门外峨山北侧，在抗日战争前有一座绿萝庵。据传，在清咸丰（1851—1862）以前邑人李淑泰在此结庐读书，后继宣和尚来此，结草为庵，始成禅院。咸丰初年（1851）毁于兵燹。到同治六年（1867）腊月初八，有本邑高姓三兄弟，将祖遗田产十亩零三分施给庙里作香资，僧人本蕴来庙主持，募化集资，重建晏公殿数间。后住持僧秋云在庙外立地界碑一块。时隔不久，金、孙二和尚来绿萝庵，复募化集资，于晏公殿后增建了大雄宝殿一座。后金和尚远去普陀，孙和尚圆寂，绿萝庵住持由他们的徒弟宏觉、常能接替。常能率弟子心义、心印、心田，四方化缘，于1924年挖平山坡，增建三间高大宽敞的观音阁。至此绿萝庵成为繁昌较为著名的庙宇。

绿萝庵迎门横写着"绿萝禅院"四个大字，两边的木刻楹联，上书"击磬邀明月，鸣钟照晚霞"。庙内供奉着高大的佛像及形态各异的十八罗汉。除此之外，还有观音、阿难、迦叶、晏公等神像。常年香火不断，钟磬声喧，颇为兴盛。

庵外茂林修竹，景色极为秀丽。"绿萝滴翠红花照，紫竹荫浓白马迎"是对这里的绝妙的写照，因而成了邑人游览佳境。每年春、夏、秋三季，游客从不间断，尤其在清明、重阳等节日，游人更多。

抗日战争开始后，县城遭敌机轰炸，绿萝庵附近亦中弹，庵墙被震裂。迫叛贼李志千祸繁时，绿萝庵受害更重。现仅存僧人寮房三间，其余庵宇均不复存在了！

[选自政协繁昌县文史资料工作委员会《繁昌文史资料选辑》（第一辑）]

荻港德远桥史话

郭珍仁

　　荻港镇前临长江，后倚凤凰山，发源于南陵县大涌涧之浒溪河，汇繁昌赤沙滩河水、铜陵九龙庙溪水、清流潭溪水、西官庄湖水、顺安河水，蜿蜒流经老埠头，由荻港入江。它为荻港带来舟楫水运之利，使得本县赤沙、黄浒、铜陵钟鸣、顺安等集镇及沿河十余圩口的山货（包括竹木柴炭及丹皮等）、稻米、杂粮、水产等均由这里出口外运。而芜湖、南京等大中城市的工业品亦由此运往山圩地区，给荻港带来商业与经济的繁荣。所以旧《繁昌县志》称荻港在明以前就具有"两倍城邑，商船几与芜湖埒"的规模。但把这条河的两岸连接起来，并承担着维系铜繁沿江交通重任的便是这座全县规模最大的古石桥——德远桥了！

　　德远桥拱形，三孔，青石、麻石混合构成，长约50米，宽12米，横跨于浒溪河入江处。桥上设有槛柱12对，刻花柱头，嵌雕花石护栏板。中孔上嵌石额，浮雕"德远桥"三字。石桥造型优美，修长平远，与杭州西湖有名的断桥形态类似，但比断桥更为宏大。这桥不仅是沿江的交通要道，也是观赏美景的佳地。每当傍晚立于桥上，欣赏长江落日和"荻浦归帆"的胜景，真是美妙无比。这时一轮落日正对河口，若游龙含珠，那河口外面，片片白帆，翩然归港，景色十分迷人。待到落日西坠后，彩霞满天，帆樯林立，别有一番情趣。随着暮色渐浓，桥里桥外，渔火星星，蟹灯闪闪，德远桥的夜景更加醉人。

　　德远桥不知从什么时候起，民间称它为得胜桥，荻港的这段河面也被称作得胜河。这个名称来源于民间传说。相传是明代都督吴琛得胜回乡去赤沙途中经过此桥，所以民间便把桥名河名都改作得胜桥、得胜河了。不过这只是传说，无正式史料可考。但在抗日战争时期，这里却发生了一件激动人心的壮举。1938年1月9日，日军两艘舰首次侵入荻港江面，向后山守军阵地开炮，我方守军8人死于炮火。嗣后敌舰不断来犯，3月23日又有三艘敌舰来到荻港江面停泊，并向镇上开炮。守军148师某连长为了消灭日寇的嚣张气焰和替阵亡士兵报仇，他亲携一挺轻机枪，凭借德远桥护栏石，向敌舰猛烈开火。日舰一名观测兵中弹毙命，吓得敌舰掉头逃逸。机枪打舰，一时传为佳话。1949年4月20日，中国人民解放军胜利渡江，德远桥上又走过人民解放军的千军万马，德远桥成了真正的德胜桥。

　　此桥据清道光《繁昌县志》刊县令景燮《重修荻港德远桥碑记》载："桥创于

汉，厥后代修代废，迨至明神宗复建，而成于我朝康熙间。"这次重建用去了五十多年的时间。在这半个多世纪中，有记载和实物可证的是清顺治十三年（1656），僧人天缘募化重修，对工程的完竣起了很大的作用。现在荻港存有保留下来的桥额石一方，"德远桥"三字仍清晰可辨。另有一方桥基碑石，高约 1.3 米，宽 0.57 米，有云状边饰纹，中刻一寸见方的行书，字迹大部分已湮灭，现尚可辨认者仅剩"……建桥志……精枯血竭……春归……□治十三年"数字。可见此碑系顺治十三年（1656）天缘和尚募化重修时所立，并可从残文中依稀可知当年重建时的艰苦。"精枯血竭"四字不正道出了建桥者艰苦卓绝的精神？（此石碑、石额均保藏于镇文化宫北院内之地下土中）

史载，乾隆癸巳至乙未年间（1773—1775），该桥又重修了南岸一孔，也用去了约三年的时间。43 年后，清嘉庆二十三年（1818），桥北孔因渗漏有倾圮之虞，县令景燮应庵僧及镇民所请，乃募捐修缮，越一年于继任县令罗振楚任上完工。从此以后，就没有进行大的修缮了。

中华人民共和国成立后，德远桥依然完好如初，仍然肩负着荻港镇与沿江各地的交通重任，直到 1958 年，因得胜河出口处过于狭窄，不能适应日益增多的运输要求，为扩大河流的运输量，乃于镇南仇家圩与郭家滩之间开挖了一条新河，导浒溪河水入江，使五百吨以下的船只可以进入内河，便利了内河航运。到了 20 世纪 70 年代中期，荻港发动居民填充了旧河道，筑起了防水墙，这座始建于汉代的古石桥至此便已完成了它的历史使命。后不久因建筑新街和街心花圃，于 1979 年 11 月 13 日动工拆除，阅一月拆毕。现在，原得胜河上已建成了宽 40 米、中有条状花圃的渡江路，两侧楼房林立，绿树成荫。在德远桥的旧址上，也出现了一座圆形街心花坛，它以崭新的姿容供人们观赏和游憩。

[选自政协繁昌县文史委员会《繁昌文史资料》(第六辑)]

横山桥史话

鲍利民

繁昌横山镇有一座桥名叫横山桥,是旧县(新港)、泥埠通往芜湖的陆上必经之途,也是连接横山东西两街的通道。

相传横山桥从前是一座木桥,至清朝中叶始建石桥,因时日销蚀,桥也被损坏不堪;到民国初年才改建成两墩三孔,每孔横架七条巨石的大石桥,桥旁有石柱木栏。

1938年夏,为阻止日寇进攻,守军派工兵将桥炸毁。随后当地群众以巨树、木板搭造成了一座简易便桥供人行走。是年冬,日寇侵占横山后,在西桥头与东桥头各建了一座石头地堡,并在西街、东街分别架设五道铁丝网,白天半开,让行人通过,夜晚全部关闭。西桥头上有鬼子站岗检查来往行人,稍不顺眼,即遭刁难,轻则拳打脚踢,重则投入牢房。如南圩烂泥沟一张姓青年,因过桥时没有向鬼子敬礼,便被活活打死。

1940年夏天,河中水满,一辆日寇送给养的汽车从东街开往西街,刚开上东桥头,突然轰隆一声,木桥倒塌,汽车前半部落入水中,后轮挂在码头上。几个押车的鬼子全部跌入水中,车上装的物资也同时落水。此后,日寇为便于军车通行,强迫横山人民出树出料,并拉民夫往山里砍伐大树解板,强征木石工造桥。经过一个多月,老百姓吃尽苦头,才将木桥修成。日寇自我标榜,汉奸为其主子歌功颂德,称此桥为"濑户桥",而群众则喻之为"鬼门关""奈何桥"。

自此以后,日寇更加疯狂,凡是行人,通过桥头岗时常遭毒打。大姑娘、小媳妇,更是不敢通过。横山老百姓为过桥常受日寇的欺凌,真是说"桥"色变。这样一直延续到1941年夏天,一日中午,新四军游击队突然袭击日军驻地,在所谓濑户桥上,当场在桥上击毙、击伤日寇6人,打得日寇鬼哭狼嚎,为横山老百姓出了一口气。

日寇吃了这个苦头以后,第二天即封闭大桥,不许行人通过。从此人们在离桥约500米的河上摆渡过河,虽略感不便,但无须经过这道鬼门关,也都觉得高兴。随着抗战的胜利,这座记载着横山镇人民血泪史和见证日本强盗行径的桥,才真正回到了人民的手中,成为沟通街东街西交通的桥梁。

[选自政协繁昌县文史委员会《繁昌文史资料选辑》(第五辑)]

"红花晚照"红兴寺

戴品林搜集　凌延龙整理

红花晚照，明清时即为繁昌十景之一，在县西7000米红花尖。该山是县内第二大高山，海拔150米，山巅有一方圆五六亩的平地，建有一座庙宇名叫红兴寺。

相传，地藏王从北跨江而过，左脚踏在库山头，因山软被踏成一口塘，今名库山塘，终年不竭，右脚向红花尖踏去，因山基不牢，无力承受，山峰摇摆不定。最终竟将山巅踏出一块平地。地藏王菩萨最后才到了九华山。日久，居住在红花尖北麓的丁、马、程三大族族长耳闻地藏王在红花尖踩过一脚，认为值得纪念，便召集本姓乡民捐资在山巅平地上建了这座红兴寺。初时，庙不出名，香火也不盛。一年春天，一个秀才游春来到红花尖，因景色诱人，直至傍晚时分他才游上山顶，见庙前有一块石头（名系船石），便坐上小憩，这一坐，只见西北万里长江的上空落日的余晖幻成漫天晚霞，红花尖沐浴在晚霞中，神采奕奕，欲欲腾飞。秀才被这奇特景观吸引住了，看了很久，嗟叹不已。下山后，他见人就讲在红花尖上见到的这一壮观奇景，并起名为"红花晚照"。从此，上山观赏景色的人多了起来，经常还有人在庙中寄宿。清朝诗人程兼在《红花山投宿》一诗中写道："欲陟三梁日已斜，且停拄杖宿红花。峰头晚照移青嶂，岭外晴岚覆紫霞。墐户山农初筑土，成衣纺妇半摇车。入村讶我行藏异，说是僧家又俗家。"

从诗中可见，古时有很多人为一睹"红花晚照"奇丽景观，不惜投宿红花山顶，红兴寺香火自然也兴旺起来。

该寺有联云："红紫花三月，兴衰梦一场。"上联写实，下联颇有虚无色彩，系邑人汪学洋先生所撰。

每年农历七月三十日，为地藏王生日，附近居民多来此寺朝山进香。正月初一至十五，烧香拜佛的善男信女更络绎不绝，香烟缭绕，极一时之盛。庙之四围，树木葱茏，参天蔽日。人工建筑与自然景物构成一幅美丽的画图。向南有八十一石级，陡峭惊人，履其下者，不敢仰视。然拾级而上，履险如夷者也不乏其人。

常住寺僧两三人，寺产有田地山林，加之香火收入，生活很富裕。

1943年，日寇侵入沈家山头，放哨于乌金岭，经常以炮击该寺，使红花古寺毁于炮火中。寺中青年僧人戒明见寺庙已毁，无处栖身，乃弃缁衣换戎装，投新四军抗日去了，至今传为佳话。

红兴寺毁于日寇炮火后，繁昌十景之一的"红花晚照"，奇异的景观却依然如故，吸引着众多游客前去观赏。

　　（选自《繁昌地名掌故》。选用时增入李应凡先生的《红花尖上红兴寺》部分内容）

【红花晚照】红兴寺

漫话马仁山

刘西霖

马仁山在繁昌县赤沙乡，《中国名胜辞典》中收录的乌霞洞，就在山的南麓，始建于唐代的马仁寺，在山的北麓。马仁山南洞北寺，恰在龙首峰的两侧峡谷中，如同龙项下挂的两颗明珠。

乌霞洞周围，奇峰陡峭、怪石嶙峋，有嘉树美竹、芳草幽兰。青瓦粉墙的乌霞庵，建于洞口，恰如护洞屏障。庵旁涓涓清泉，终年不断；洞中奇岩怪石，如龟如蛇，似伏似蟠。乌霞洞，五洞相通，洞中有洞，洞洞相通，回旋上下，各具特色。因此，乌霞洞原名五霞洞。

马仁寺，原名马人寺。据乾隆十四年（1749）繁昌知县王熊飞《重修马仁寺碑记》记载，唐德宗贞元十一年（795），高士王翀霄隐居马人山时，建马人寺。传说山中有石形类人马，"唐德宗时石马妖鸣，断其首以厌之"，于是把马人山改称为马仁山，寺也改称为马仁寺。宋神宗时（1067—1085）改名莲社院，元朝时寺毁。明英宗天顺年间（1457—1464），山下徐姓长者徐斌重建，仍名莲社院。一直到乾隆十四年（1749）重修，复名马仁寺。

出繁城西门，循繁赤公路，行十余里，过范冲上凉岭，进入赤沙山区，里余，过中分徐，就见一山峥嵘矗立，岌然如簇玉，悬崖峭壁，似刀劈斧削，陡峭奇峻，迎面望如列屏，又如城堞，参差嵯峨，千姿百态，那就是马仁山。

马仁山虽比不上九华、黄山峰多奇石，但它的韬玉、龙首、马人、双桂、罗汉、观音、漏月、双猫、毗卢诸峰，实为鬼斧神工，天造地设。清朝诗人景燮《游马人山》以传神之笔，白描的手法，使马仁山形象地展现在读者眼前。

徘徊马仁寺畔，寻访高士遗迹，王翀霄的洗砚池犹存。池水墨黑，传说因为王翀霄洗砚而致。其实是池在陡壁下，整天没有日照，壁上苍苔，池底腐叶，积久而将石色染黑，池水也被映为黑色。据传王翀霄系王羲之后裔，书法得其先祖真传。这些传说虽系民间口碑，却可以想见王翀霄的书法已经臻于化境。

贞元年间（785—805），与王翀霄同隐马仁山的，还有陈商和李翚。陈商字述圣，有经世之才，韩愈致陈商书说他语高旨深。陈商后来中了进士，官秘书监，著文十七卷。李翚为唐代书法家李阳冰后人，爱马仁清幽，筑室山间，高尚不仕，以讲究性理之学为乐。

高士隐居和马仁寺的建造，使山林增辉，奇峰添彩，名声大噪，于是马仁山就成为江南名山。唐以后，历代高士文人，纷纷往游，寻访遗迹，欣赏石壁风光，吟诗作赋，即兴抒怀。道光《繁昌县志·艺文志》收入历代吟诵马仁山诗词约30首，至于散失的诗文，则难以计数了。自王翀霄之后，隐居马仁山的也大有人在，被誉为繁昌陶渊明的徐杰就是其中的一个。

徐杰被贬淄川令，无意仕进，挂官回乡，结庐马仁山，芒鞋葛巾，啸吟于石壁之下，吟诗作文以自娱。

马仁山在繁、南、铜三县交界处，地处群山腹地，山深林密，是繁昌革命根据地之一。1938年，张伟烈同志就曾在马仁山一带开展革命活动。

1939年春，谭震林副司令员率领新四军第三支队开赴铜、繁前线，支队司令部就驻扎在马仁山东边的中分徐。支队谭副司令员亲自指挥了震慑日寇、振奋人心的"繁昌之战"。

"繁昌之战"历经大小共七次战役，新四军第三支队全体指战员，英勇战斗，寸土必争，七战七捷。其中有四次战役，包括著名的塘口坝血战，就在马仁山周围的塘口坝、赤沙、狮子山、九椰庙、中分徐、老虎山等地进行的。马仁山在四次战役中成了指挥地之一。

岁月流逝，青山不老。当年新四军第三支队在马仁山下战斗的英雄事迹，与山永存。

"抚今忆昔心潮涌，七战七捷记犹新。繁昌人民立丰功，患难与共情谊深。"谭震林同志于1983年9月给《繁昌古今》的题诗，将激励着繁昌人民在革命前辈浴血战斗过的地方，不断高歌前进！

[选自政协繁昌县文史资料工作委员会《繁昌文史资料选辑》（第二辑）]

大磕山的回忆

胡民山

"大磕山头比天高，山头山尾难分晓。遥望山间光十色，满山遍野奇珍宝。"这是我儿童时期就听过的四句打油诗，乃形容家乡那座大磕山的珍贵与高大。该山坐落于旧县镇外约15公里（实为8公里），是座雄伟的孤山。大磕山虽是林木稀疏，看起来像一头粗壮的笨牛，然而却到处蕴藏有无限的奇珍异宝。

抗战初期，有很多洋人看中此山的身价，曾不断地前往勘测，企图占用。约在笔者十岁时，即有英人组团浩浩荡荡地登山顶，插上英国旗帜，声称要买下该山，开矿采宝，并已在山间扎营进驻。但由于我胡家族民头脑保守，深恐开矿后，遭受迁徙离散之祸，不愿出卖该山，因而宁愿与山共存亡，决不能任英人伤害山的一寸土或一块石，于是拒绝英人扎营。不料英人恼羞成怒，竟欲以强硬手段要霸占该山，结果引起全族公愤，大家全力抵抗。

最后，我族保长胡官章提出三项无法实现的条件：一要能用磅秤称得出山的重量；二要将英钞堆得像山一样高大、粗壮；三不能在山麓驻扎生火。有了这三项条件，始可准彼等采矿，否则就要英人立即离开。英人面对这些明知是故意刁难的条件，当然是无法做到，最后不得不知难而退。这段有趣的故事，像笔者这样年过半百的胡家族民，大概没有不知道的。由此可证家乡那座大磕山确实是值得爱护怀念的一座名山。

"大磕山"这个名字，据说是笔者胡姓祖先定居时所定的，其意是山神通灵，山大通财，子孙进住，代代平安，村民日作，财源滚滚，所有老幼都要以山为主宰，平时都要定期向山神虔诚膜拜。故而我家族民对该山极为敬重，因而"大磕山"的雅号亦就成了胡家村落的响亮代名词，凡是有人提起大磕山三个字，大家就联想到那是胡姓宗族的所在地，如经常有外地人谈起"大磕山"，称其为"大磕山胡"，总是将山与胡家连在一起，就能完全知道是什么意思了。

"大磕山"除平时是我胡氏家族唯一的精神靠山外，亦是村民外出谋生的指南针。村民外出工作，以山为旅途目标，如有一时疏忽，走失方向，看不见大磕山的山顶，就急速作回家之打算，所以大磕山于我胡家所有族民，如指引海洋中舵手的神圣灯塔，关系极为密切，大家都以之为精神寄托。笔者离乡背井迄今达三十余年，脑海中仍无时无刻不在回忆那座"大磕山"，想念那座"大磕山"，有时在午夜甜睡中梦回山顶，与那些童年时期的同学或乡友，又在共同感受着风高气爽，欣赏着蓝天白云，如同迈向世外桃源之天仙梦境，快乐非常，然这究竟是一场梦里相思罢了！唉！如果真有实现梦想的一天，再次投入家乡那座温情可爱的大磕山的怀抱，那是多么令人高兴的事！我想，大概为期不远了吧？还是让我们静待佳音吧！

［选自政协繁昌县文史委员会《繁昌文史资料》（第六辑）］

大
磕
山
的
回
忆

赤沙滩见闻录

徐肖人

1941年1月，震惊中外的皖南事变发生后，新四军在皖南和繁昌的抗日民主根据地消失殆尽。到1942年，开辟繁昌敌后抗日根据地，深入山区，逐步恢复了根据地和建立了民主政权。1944年，南、繁、芜办事处成立，地址设在繁昌县赤沙乡鸟窝陈祠堂内（当时叫马仁乡），办事处主任先后有江干臣、姚志健，秘书潘效安（他们住址不定，有时住罗家冲，有时住吴家湾），保卫科长王文石（常住吴家湾和谢村一带），政治部主任程建民。1945年4月成立繁昌县民主政府，县长江干臣，县政府地址仍在鸟窝陈村。

赤沙的基层行政组织包含：乡长先后有李旭东（无为人）、骆仁贵（小洲人）等，乡队副队长魏明海，乡指导员朱品玉（朱冲人）。乡政府设在赤沙下街吴芝兰家，乡下辖5个保。赤沙保长吴报义，商会会长何前玉，负责商业税收工作。农会主任罗光玉（乌阳冲人），领导农业生产和开展减租减息工作，他们有猎枪，兼管猎户队工作。这一时期各项抗日活动，如民运、扩军、建党、税务、各抗会的组织以及民主反霸等各项工作，都得到迅速的开展。赤沙乡掀起了轰轰烈烈的抗日高潮。

军需方面，驻赤沙的新四军，实力也非常雄厚。南、繁、芜总队长赖正刚，住在谢村的谢学熙家。皖南支队支队长梁金华，住上街后森林家。他们常来往于铜、繁之间，指导军事行动。繁昌大队大队长陈木寿，政委陈云飞，一连连长吴最吉，指导员冯文敏，排长肖牧均住上谢村谢学如家。二连连长郑广霖住竹棵方。当年赤沙乡大部分村庄，如仓屋基、王家冲、张村柏、徐家衕、上份张、丁村、陡山冲、金冲、梅冲、塘口坝、清水塘、石子冲、塌里王、罗家冲、鸟窝陈、谢村、竹棵方、方村宕、张家冲、鸡笼山和铜陵上山缪等村都驻有新四军部队。

自从新四军回到赤沙后，先后与敌、伪、顽进行了多次战斗，取得了辉煌的战绩。如一次奇袭中分村西湖山川军李志千部的碉堡时，我军虽有伤亡，但仍取得胜利，俘敌五六十人，缴枪数十支。

川军班长叶中明，我新四军通过社会关系，做他的工作，动员他把机枪交给了我方，当即奖励他10000元。后来叶中明留在赤沙经商，娶了妻子，不再当伪军了。

新四军在战斗中，往往出奇制胜。如一次在攻打望江垅时，在夜色茫茫的深夜里，5人背1张方桌，4人举桌腿，1人在中间，桌面上盖着厚厚的棉絮，行至敌堡前，迅速地扑上去堵住敌堡枪眼，随即投入数枚手榴弹，轰隆一声，一座碉堡被炸毁，守卫在堡顶的日军哨兵来不及发觉就被歼灭了。

敌、伪军视赤沙根据地为眼中钉，经常派兵前来骚扰。我军在人民群众的掩护下，白天隐蔽，引敌人进入山区后，则东一枪、西一枪，打得敌人张皇失措。到了夜间，此地更是我军的天下，屡战屡胜的夜袭，使敌人不得不狼狈退走。在夜袭时，赤沙民兵张胜良、王贞贤、赵生好等经常配合行动，至今仍令人记忆犹新。

有一次驻在中分村的"独立方面军"游纵勋营倾巢而出，数百敌军，声势浩大地越过白杨岭，到达金冲时，架起轻机枪，企图歼灭我金冲和梅冲的驻军。这消息早经地方群众报告了新四军，当敌军机枪正对着梅冲山头扫射时，我游击队早已转移到水桦树村的一户艾姓人家歇息去了。结果敌人一无所获。

在历次战斗中，新四军先后也牺牲了好多同志。参谋长魏鹏，在华家涝战斗中牺牲了，排长江海生、三赖子二人在望江埂战斗中也牺牲了，三连周连长在何家湾战斗中牺牲了。这些烈士的英名，将永远铭刻在繁昌人民的心中。

民主政府未成立之前，赤沙已成为"三不管"地区，不是今天遭鬼子扫荡，就是明天遭叛军袭击，他们掠夺财物，枪杀嫌疑分子，乱砍山林，拉伕抽丁，苛捐杂税，层出不穷，弄得人心惶恐，鸡犬不宁，人民处在水深火热之中。在民主政府成立后，组织群众，深入宣传，大街小巷，贴满标语，大会小会，教唱革命歌曲。赤沙乡群众生活安定，抗日情绪日益高涨。民主政府为了稳定人民生活，积极发展生产，组织群众办了一个供销合作社，地址设在赤沙中街倪先正家。合作社主任肖冠群，会计查全仁，营业员先是汤传来，后是谢学模，资金由全乡群众自愿入股，每股十斤米。供销社积极筹集货源，运来油、盐、火柴、肥皂、布匹等，供应民需。当时菜油来自江北无为洪家桥油坊，每次要运10担左右。侦察连长束延海同志率便衣武装接送，挑运者系民兵杨柏胜等十余人，过江都是夜间行动。这样一来，市场活跃了，群众生活安定了，生产秩序也正常了。

1944年3月底，在狮子山东麓凤冠石脚下的保定庵内，设立了1个被服厂，由周柏华同志领导，洪华同志任指导员。厂长为李德旺，职工有王代树、张玉树、陶正玉等四五十人。全厂有9台缝纫机，都是设法从敌占区买来的，其余工作是手工操作。厂内工作人员共分3组：一组长周广德，二组长陶正玉，三组长李应和。周雄管伙食，尹树德负责采购，专门深入敌伪区（如荻港、芜湖）买布，为战士添置军服。上半年做冬季棉衣，下半年做夏季单衣。妇抗会主任余益兰领着十几名妇女，帮助被服厂锁扣眼、钉纽扣、缝衣边。妇女小组长杨志芬等在被服厂领碎布替战士做军鞋，支援抗日。

皖南行政公署贸易公司办的织袜工厂，设在赤沙下街罗德全家，厂长为胡成祺，副厂长为杨杏元，指导员为王萍。工人数十名，女同志占多数。当时胡启芳同志只有十六岁，是该厂年龄最小的工人之一。

在罗家冲罗道章家，设立了一所伤病员医院（亦名休养所），后迁到张家冲和鸡笼山，狮子山上面也住了部分伤病员。所长谢绍基，医生有许感堂、何义文、林萍（赖正刚团长爱人）等。护士是解云（二营长周绍英爱人）、李秋菊（谢绍基所长爱人）。伤员最多时达六七十人，其中也包括为我军俘虏的伤员。药物由谢所长从铜陵上山缪卫生总院运来，群众慰问品也很多。伤愈、病愈的战士，都纷纷要求早日归队，投入战斗，打击日本侵略者。

为了充实武器装备，还办了一个修枪所，所址原在上谢村，后迁到张家冲，所长姓翟，有四名技工。部队和民兵缴获敌人的机枪、步枪、手榴弹，如有损坏的，就送所修理。根据地的妇女、儿童和老人，主动挑着小担到小集镇和乡村去收集废铜废铁和铜砂等送到修枪所去造手榴弹，以充实武装力量，狠狠打击敌人。

狮子山还办了一所临江中学，校长由张伟烈同志兼任，学生有50人，都是来自铜、南、繁沦陷区的失学青年。学校培养他们学文化、学政治、学军事，为新四军造就了一批抗日救亡的军政骨干。

在南、繁、芜办事处成立之初，通讯联络和情报工作是做得非常机密的。赤沙乡成立一个递步哨，单线联系，内部情况只有三"民"知道，一个叫程建民（原政治部主任），一个叫谢逸民（谢学模化名），一个叫朱利民。因程建民在赤沙工作时密切联系群众，对地主情况非常了解。一天夜里，他悄悄地敲开谢学模家的门，用严肃而但带着信任的语气和谢说："分配你一个顶顶重要的任务，从现在起，你就是本县递步哨长了。"说时递给他一封折叠的信："天亮后，你装闲逛的样子，把信送到通往南陵大路上的戴家桥一座土地庙后第三根椽子七块瓦下面，一定要保密。这项工作为什么要找你呢？因为只有你具备条件，你三爹谢正智原是国民党乡长，你哥哥学儒、学均都是国民党员，现川军驻地中分村，附近岗哨林立，一般人难以通行，让你搞这项工作别人不会怀疑，这是组织对你的信任。"谢学模听了这番话，认为自己是一个青年，对抗日救亡应尽一份责任，于是很诚恳地接受了任务。次日清晨，他很顺利地把信送到了目的地。还有三次，是江北无为朱利民来到赤沙清水塘茶棚里，带着扁担麻绳，装作到南陵挑大表纸模样，来和谢交递情报。时值寒冬，朱戴狗头帽子，卷起的帽边上插三根火柴（如被人发觉就说是剔牙齿用）。谢戴共和帽，穿着是先生打扮，帽檐上插两根火柴，只露一点点头子，别人不会注意。他们以此为联络标志，见面时两人以目示意，假装到屋旁茅屋里去解小便，朱说"眠牛蛮呢?"谢接着说"仓头呆来了"。这样对上暗号，朱将情报交给谢。于是又约定日期，风雨无阻地在这里接头。谢带着情报又送到戴家桥土地庙后面三根椽子七块瓦下面，一共送了四次，从此实现了江北、繁昌、南陵等地我军间的秘密联系。

1945年8月15日，日本宣布无条件投降，消息传来，人心大快，群情激奋，奔走相告。整个赤沙乡沸腾起来了。我新四军为了避免内战，决定向江北转移。新四军的政工人员在赤沙刚过了中秋节，便向江北转移，部队也随着在当天夜间陆续北撤。在临走之前，潘效安同志郑重地对合作社人员说："我们要离开这里了，你们要把群众的股金全部退还，共产党部队是要按'三大纪律八项注意'办事的。"他又向群众告别说："以后我们在江北见!"群众听了这番话，心酸泪下，四年前送别新四军三支队，现在又送别皖南支队，心里好像失掉什么最珍贵的东西似的，个个依依不舍。

[根据谢学模、陶正玉、王贞贤、吴报龙、赵生好、张胜良、李秋菊、汪传模诸位老人提供的资料撰写。选自政协繁昌县文史资料工作委员会《繁昌文史资料选辑》(第三辑)]

赤沙滩见闻录

荻港"十里场"的过去和今天

章凤书

　　繁昌西乡，长江南岸，荻港老埠头对河，有一片古老的大荒洲，它东至原繁昌县永丰圩，南至铜陵复兴圩，西临长江，北至天保、苏村两圩，纵向十里有奇，所以名为十里场。近百年来，十里场，属繁昌县管辖，是长江南岸洪流淤积而成的水影沙滩之一。历久荒芜，芦苇杂草，蔓延丛生。由于地势低洼，每至春潮泛涨，寸水淹滩，遂成汪洋，一望无际。到清同治三年（1864）时，当时虽有些地方豪绅，插标围地，仗势霸占，但长期不垦不种，荒芜无人管理，这些洲地只便于附近居民，芦编席、割草肥田、放养牛羊而已。

　　十里场，是铜陵、繁昌两县圩区交界之要道，也是铜繁两县48个大小圩口河流汇合、出入长江的总门户。每年一至汛期，长江中下游江潮高涨，洪水倒灌，经过十里场，直灌铜繁两县内河，毫无阻挡。水势稍大，内河大小圩，常常溃破，颗粒无收。圩内住户墙倒屋漂，没有栖身之处，两县圩区十多万人民，只得背离家乡，逃荒要饭度命。水灾之苦，言之不尽！

　　十里场，又叫"十里乌风同"，因场中有条人行路，由荻港得胜桥，直通铜陵复兴圩，相距十里之遥。夹路两旁，芦苇丛生，蔽光盖日，乌风飒飒，黑影沉沉。清末民初，强盗土匪，成群结伴地窜入芦苇滩中，出没无常，贴票绑架，劫财害命。

　　1925年秋季，感定村庆家墩农民沈芳进和老伴张氏，都是七十多岁的老人，白天到荻港买米，当天夜晚就被抢劫，土匪用洋油浇在老人身上，把两位老人活活烧死。1929年8月，河水未落，一天夜里，土匪用船靠在大屋基周姓村边，将七十多岁老人周渐长和四十多岁农民周明道，绑到船上驶向十里场，通知被绑人家，送钱赎票。土匪贪心无厌，高抬票价，被害人家，一赎再赎，弄得倾家荡产。后来土匪将周明道放回，却把周渐长杀死。1930年，感定村小屋基周村，周贤佐小儿子周能满只有七八岁，被十里场土匪绑去。他家卖粮借债，以巨款将儿子赎回。

　　这只是感定圩人民被害的几件事，其他类似案件很多，难以细述。

　　1926年，由当时知名人士金怡棠、吴湘圃、丁少荃、龚玉山、王永发、祝华封、范晓白、舒志春等发起，在十里场筑新圩。他们以堤防江潮，减小江水倒灌的压力，保障铜繁两县48个大小圩口安全和砍芦垦荒、杜绝匪患、增加民食为理由，联名申请政府核准，批给修建基金和粮食，动工筑圩。新圩定名大成圩，同时成立大成公司。发起创办人，作了分工，金怡棠、吴湘圃担任经理，丁少荃负责测量规划，龚玉山负责招募民工，王永发、祝华封、范晓白、舒志春等负责修建工程及各项具体事宜。当时省内外各荒区灾民应募的很多。搭棚住场，挑土筑堤，量方计工，按工取酬。有时发给面粉，以工代赈。不到数年，新圩筑成，民工们纷纷迁来新圩落户。但新圩新土，只筑得雏形初具，尚不够坚固结实，以后每年冬春都不断培筑堤埂，以防水患。

孰知1937年，抗日战争全面爆发，日寇占领沿江各地，大成圩的续修工程，受到极大的影响。冬筑春修，时松时停。新筑堤埂，土松质薄，不免崩塌，加之水冲浪击，堤埂倾圮，几乎不可收拾。当年群众有歌谣道："三年破两头，十户九户愁。"

1950年，共产党和人民政府领导群众，大力开展生产救灾和修圩复堤工作，长达40里的堤埂得到加高培阔，如山如阜，防洪抗洪。因此，人们将大成圩改成了庆大圩。圩里有庆大、中滩、长兴等三个村子，三千多人口，三千多亩膏腴土地，家家富足，人民幸福。

[选自政协繁昌县文史资料工作委员会《繁昌文史资料选辑》(第二辑)]

获港「十里场」的过去和今天

保大圩的前世今生

程学银口述 程后其整理 谷仁龙 高绍周

一、新中国成立前的保大圩

保大圩是繁昌县首圩，位于东乡，拥有十万余亩肥沃土地，俗称为繁昌县粮仓。它的年收成好坏，直接关系到全县人民生活的安危。

保大圩的建成，历史比较悠久。据传说，早在一千多年前的三国时期，系东吴水军都督周瑜（字公瑾）发动劳动人民创建而成的。保大圩都斗门原称"都督门"，即是纪念周瑜而定名的。

当时的保大圩范围较小，后历代劳动人民沿着四周扩建，时至民国初年，圩外已扩建成48埂。现统称保大圩。

1920年以前，保大圩未建立护圩、修筑机构，各圩、坝、埂，各有30名伕首，所有一切修建事务，统由30名伕首负责处理。

各圩、坝、埂伕首，按田亩选出，每50亩田，选出伕首1名，500亩田，选出伕首10名，1500亩田，选出伕首30名。伕首领年（领年即值年），是按甲子计算，每3名伕首（亦称三面伕），为1个甲子，如甲子年、乙丑年、丙寅年等，以此类推。30名伕首，编成十个甲子，轮流值年。

每年春夏大汛，江河水位上涨，完全依靠江、河大堤保护。若遇大水之年，江、河潮水涨至警戒水位，所属圩内民伕，统一调配，互相协作，抢险护圩。

保大圩堤工机构的建立，是在1921年县长徐传友任内。当年洪水为灾，螃蟹矶及太平埂堤段防洪能力较弱，曾溃破决口。冬修时，由县长召集当地绅士任图南、赵得培、唐厚礼等人，于第二十六都都董刘必升家，商议保大圩堤工组织机构建立问题，到会人员，经过协商决定，一致认为为了确保圩堤安全，这样一个大圩，完全需建立一个统一的指挥机构，于是决定：（1）保大圩与毗连的48埂，统称保大圩；（2）建立机构名称为保大圩大局，设正副局长各1人，局董若干人；（3）人员由各都选出。

当天会议开得很圆满，徐县长触景生情，当场写七律一首："大圩出水属中沟，石闸三朝失竣修。莫得临渊方结网，须知未雨早绸缪。终天疑云成灾难，克日担心逐水流。筑得长堤同铁壁，年丰高卧无忧愁。"与会人员也纷纷奉和，尽欢而散。

1932年，县长薛继昌任内，将保大圩大局改称为保大圩堤工委员会，设正副委员长各1人，委员若干人，圩警若干人。委员长潘维文，在他的任内使用圩警有：潘维欲、梅兰华、章茂富、桂子希等人。他们的任务是：催收圩费，传递消息，督促民伕，搞好春筑冬修。

保大圩经费名曰圩亩捐，筹收方法有：（1）在任图南、唐厚礼、潘家让等任内，按田亩均摊，统由各都、甲协助办理，由堤工会所属人员筹收；（2）在潘维文任内，委托县田赋征收处粮户房代收；（3）在邢瑶圃、查贵福任内，仍按田亩均摊，由各乡、保、甲协助，由本堤工会所属人员筹收。各花户交清圩亩捐，即裁给圩亩捐收据，该据一式两份，一联交给业主，另一联凭据入账，粮户房代收时，在该房裁串票。保大圩自成立大局（或堤工会）后，收费重复，大局（或堤工会）收圩亩捐，各圩、坝、埠又收捐费，使农民负担加重，不堪其累。

保大圩经费支付项目很多，如建造涵闸斗门，购买防汛器材、支付人员工资、办公用费、添置必需用品，以及其他杂项开支等。在保大圩未建立组织以前，各圩、坝、埠自行统筹统支。如遇抢救险段，本段人员不够，邀请外地民工抢险，所需费用，一律由该段所属各圩、坝、埠负担。保大圩机构建立后，如遇特别险段，邀请外地民工，协助抢险，所需费用，由该段所属各圩、坝、埠与保大圩大局（或堤工委员会）各负担一半。

保大圩圩亩捐每年数字很大，收入支出账目，仅由少数人把持，官府无人清查，农民不敢过问，听其筹收，任其支付，结余财物、款项，外人均一概不知。

圩堤工委员会成员，每年除给长年工资外，所吃伙食，实报实销，来客添酒添菜，亦实报实销，无人敢干涉。每年防汛器材，汛期后低价出售，都系本机构所属成员或其亲友购买，普通农民亦丝毫得不到好处。甚至还有挂名不工作，长年工资照付的现象。贪污挪用事件时有发生。群众反映说："委员长，指甲长，圩亩税，下私囊。"就是对这种贪污现象的指责与讥讽。

保大圩大局规定，沿江、河堤段，各圩、坝、埠所属农户，承担修复该堤段埂堤的责任，其余各圩、坝、埠农户，无修复任务。潘维文任内，开始更改这项规定，按保大圩所属各圩、坝、埠受益农户，均摊修复任务。

敲诈勒索现象也时有发生。1932年春筑时，贫苦农民程务本上工稍迟，即挨督促民伕的县大队士兵胡道几的棍打。程务本不服，用挖土的铧锹招架，仅在胡道几的腿部着了一下，胡道几便向堤工会哭诉，委员长潘维文，委员章学海，立即向县控诉，县即派人前来逮捕程务本，他家里粒米无炊，榨不出油水，堤工会有关成员与县府串通一气，竟找到了程务本叔父程正茂。程正茂被迫无奈，只好把青棵稻田卖掉1亩，得50银圆，拿去托人周旋，这场风波始得平息。

1939年至1945年，保大圩全属沦陷区，原保大圩堤工会成员，在抗日战争开始后，即已涣散，这期间三山日伪区政府指派丁海峰任正委员长，王盛辉任副委员长，委员寥寥无几，姓名不详。每年仅见丁海峰带领数十个团，沿江、河堤段走过一两次，声称检查堤段，实则什么事未干。当时圩堤管理，仍由各圩、坝、埠的30名伕首负责带领农民，搞好春筑冬修，防汛抢险工作。而堤工会仍然摊捐派税，农民更是苦不堪言。

抗日胜利后，保大圩堤工会改组，由邢瑶圃、查贵福先后任委员长，经费收支及春筑、冬修、防汛抢险制度一仍如旧。

二、保大圩巨变

保大圩位于县城东北部，东临漳河，南依峨溪河，北濒长江，西靠横山河，跨峨桥、横山、三山、中沟四个乡镇，总面积121.1平方公里。圩内有张公坝、涂沟坝、军埠、杨村埠、后骆埠、长埠、团埠等大小坝埠48个，为全县首圩，俗称繁昌县粮仓。

保大圩的建成，历史比较悠久。据传说，当初浮邱山以北开阔地带，都是一片汪洋，芦苇丛生。三国时期，东吴水军都督周瑜，在大江之滨，到处发动群众围堤成圩，保大圩就在彼时圈起来的。

中华人民共和国成立前由于执政当局对水利建设不够重视，加上受小农经济的限制，又战乱不已，以致圩堤多年失修，堤身单薄，四面楚歌。东有长江水从漳河倒灌侵袭，南有"草龙地""鬼门关"堤段之危，北有螃蟹矶之险，西有长江水从上夹口直下小夹江进入横山河威胁圩堤，平均每隔三年就有一次不同程度的水旱灾害，故有"豆渣保大圩"之说。村民"乐岁终身苦，凶年不免于死亡"。1931年的大水，使堤决圩破，农民颗粒无收。全圩人民流离失所，因断粮而饿死者不计其数。灾民出于无奈，乃自发地结群向地主富户强行借粮，民国县政府以"乱民系有组织、有计划、有领导地企图乘机颠覆政府"的罪名，搜捕参与借粮的灾民。据闻遭其捕杀者达一百余人，真是令人伤心惨目！

中华人民共和国成立后，1949年、1954年大水，圩堤两次溃破。党和政府迅速拨粮救灾，帮助灾民渡过荒年。1954年冬和1955年，党和政府大规模地开展堵口复堤工程，以后又逐年加高培宽堤身。现在堤身已高达十六米。即使再有1954年大水，也能安全度汛。同时，党和政府还狠抓了配套工程建设：

1. 拦江打坝，护螃蟹矶大堤。螃蟹矶位于中沟乡。原来这里每年夏秋江潮盛涨时，则惊涛澎湃，恶浪翻腾，不断袭击螃蟹矶江堤，对圩堤威胁很大。1959年冬，中共繁昌县委决定，兴建芦滩大堤，由县委副书记许春波亲自挂帅，动员三山、小洲、保定、中沟四个公社和峨桥、横山两个公社的部分大队三万余民工，经过两个冬春奋战，从螃蟹矶到小洲乡下拐的长4400米、宽10米的大堤建成，共完成土方40余万方。1962年又建螃蟹矶大闸一座。不但螃蟹矶堤段水患解除，而且阻止了江水倒灌，减轻了保大、高安、保定、新大4个圩口的江河圩堤防洪任务，同时圈成大龙窝水面7000亩，成为繁昌渔业生产基地。

2. 峨溪建闸，防江潮倒灌。保大圩之南，峨溪河绵延20多公里。漳河水从峨溪河倒灌，对保大圩圩堤威胁极大。1971年，繁昌县委和政府决定，在峨溪河入漳河处建起一座四孔大闸。这座大闸的建成，阻住了漳河水倒灌。遇有本县山洪暴发，还能外排，保证了峨溪河流域169.3平方公里圩区的安全度汛，还成为浮山、新淮两乡通往县城的公路桥梁。

3. 险要地段，搞改造工程。"草龙地""鬼门关"是保大圩圩堤的两处险工要段，多少年来无法解决。过去每当梅雨季节，江潮盛涨，山洪暴发，风雨交加之时，"草龙地"之段圩堤，则到处渗漏崩裂，经常土崩堤塌，万分危险。地方父老，不得已，只有烧香许愿，祝告上苍，祈求神灵保佑。繁昌解放后，党和人民政府改造草龙地，组织群众将草龙地圩堤中间深挖一条沟深，然后从外地运来同样的粘土，一层一层地填平夯实。这样一来，隐患消除，圩堤安然无恙。

4. 建立电站，排涝抗旱。为了确保保大圩粮食丰收，党和政府先后在中沟、都斗门、河沿山等21处建立了排灌站，装机69台，4228千瓦；开挖主要排涝沟2条，长11.1公里；修筑抗旱渠四条，长24公里，使全圩基本做到"遇旱有水，遇涝排水"，成为全县的重要产粮基地。1989年，全圩粮食总产量为40578吨，占全县粮食总产量的24.5%，比1949年粮食产量提高将近四倍。保大圩内的长兴圩，四面环山，形似锅底，十年九涝，过去是"打个卯时雷，淹掉长兴圩"。为了解除这个地方的水患，始而在河沿山南麓，建立一座小型排灌站，安装4台小抽水机，但大水茫茫，无济于事；继而又在堤外河边，建起一座中型排灌站，安装卧式机4台。暴雨之年，亦很难满足农民的急迫排水要求。1988年冬至1989年春，党和政府又对其进行更新改建，架立式机四台，装机220千瓦，还有柴油机3台，240马力，排涝能力大大加强。

保大圩的前世今生

保大圩36年未曾溃破，粮食稳产高产。广大农民高兴地说："昔日的保大圩是豆渣圩，如今的保大圩已成为钢铁长城。"

[选自政协繁昌县文史委员会《繁昌文史资料》(第七辑)等，"一"由程学银口述、程后其整理，"二"由谷仁龙、高绍周撰写]

大有圩记旧

潘本承

大有圩成于清代。据县志记载，堤系清代邢怀忠创建，圩名取自宋代梅尧臣诗句"日击收田鼓，时称大有年"，含有盼望年年丰收之意。

大有圩，物产殷实，水源充足。圩内龚家埠、牧马埠、中心埠、羊婆埠，总面积24.3平方公里，耕田13900亩，水区5343亩，堤长11.8公里，堤高13.5米至14米，是繁昌县第四大圩，为新淮、新林两乡共有。圩内有72个自然村，2494户，10382口人。

民国初期，全圩分上下两个责任区。新淮乡属自马家港斗门至北埂一段圩堤，按自然村落又划分为上、中、下三段，每段设正、副圩长二三人管理圩务。民国后期，又在圩口设立堤工委员会，有委员长一人，干事若干人，总理全圩事务。

全圩编造田亩登记册和夫工册，圩工按田亩编成牌，牌有"牌头"。每牌有田十五亩，田多户便当牌头。每年春、冬两季挑圩时，按田亩出夫，牌头派工，轮流照摊，不得拖抗，出勤时圩长鸣锣为号，按时作息。

凡上圩的劳力，不受年龄限制，只要能从土方宕内挑一百六十斤土（老秤）上埂者即为合格，可记一整工。为防止投机取巧，或偷懒混工，处罚极为严格。发现挑土不足八十斤者，便要罚跪。第一次罚跪三担土时间；再犯罚跪时，便加一只秧篮，顶在头上；三犯，要顶一担秧篮。被罚跪者要监督别人，发现有人挑土不到八十斤者，拉下替跪，自己才能免罚，以此类推。

圩费按田亩征收，用于买桩木、防汛器材及其他开支，分段保管使用，互不混淆。圩长也是出勤才记工，无另外补贴。

每年汛期开始，水不大，由圩长巡视圩堤；水稍大，按牌派人；水势过猛，民工全体上堤。按体力与技术分担打桩、运输、水手、巡逻等工作任务。

水情紧急时，民夫有在堤上临阵脱逃、或偷懒不上堤者，圩长登门搜查，捉去后，头顶虾笼游圩示众。春冬两季修圩中有缺工者，到栽田时还得去补挑。虽是乡规民约，有的还较原始落后，但也赏罚分明，行之有效。因此，有些大户人家，田多、工多，往往在农闲时便催圩长提早开工挑圩，以免到时完不成而受罚。

中华人民共和国成立前，凡住在圩堤上的人家，每年都要办一席酒请圩长吃，筵席如不丰盛，缺鸡少肉，还要罚其家重办。这种酒席叫"圩饭"。圩堤上住户很多，圩长便大吃特吃，这种陋规一直延续到1949年繁昌解放。

每年圩上开工前，先请人看一个"闭"日（历书上的名称），才能开工。

国民党政府每年在修圩时，也派所谓委员下来查看挑圩情况。他们不事劳动，更无挑圩知识，且蛮不讲理。如委员丁大头、王道余等下来查圩时，不准民工用竹子扁担挑土，规定挑土一律用树扁担；寒冬挑圩，也不许民工穿鞋袜，硬要民工赤脚穿草鞋挑土，否则便说民工是混工，有力不出，还用棍子抽打，圩长有时也要挨打。但他们自己不仅穿棉鞋，戴手套，而且还坐轿子。这些委员平时作威作福，险时不见人影。群众对他们恨之入骨，便编了顺口溜来讽刺他们："国民党委员，一副恶嘴脸，见人就打骂，遇险一溜烟。"

此外，不准妇女挑圩，挑圩时亦不准行人打伞在圩上走。这些陋习，带有歧视妇女和封建迷信的色彩。

[政协繁昌县文史委员会选自《繁昌文史资料》（第五辑）]

中分村"六十年"会戏

徐有志

　　繁昌县赤沙乡中分徐村，是个聚族而居的大姓村落，例有"六十年"会戏之举，岁定壬申。凡遇壬申年，必举办会戏，演四本"目莲戏"（俗称"四夜红"），目的是为结"人神鬼"三缘，超度祖先亡灵，祈求子孙福泽。会戏始于何时，已经失考。据《徐氏宗谱》记载，清同治十一年（1872），岁在壬申，曾举行过一次。60年后，于民国二十一年（1932），岁逢壬申，又曾举行过一次。当年笔者13岁，目睹了会戏全貌。今年再逢壬申，相距整整60年，回忆起来，犹历历在目。谨将见闻所及，撰成此文，以飨读者。

　　民国二十一年，正值长江流域洪水为灾，社会经济萧条万状之后，徐姓赖有祖先遗产，兼之山区，未遭水灾，故仍按期举行"六十年"年会戏。年前即成立"中分徐60年会戏筹备处"，由族长徐立广任总监，下设总务、庶务、保管、会计、招待五股，每股明确办事人员二至三人。年初即请来南陵县有名的纸扎匠张兴宽、毕宽孜等20余人，安置于宗祠中的厢房，并以祠堂公厅为纸扎工作场所，扎戏会应用的各式灯匾、灯对及灯彩，约十个月完成。所扎匾对和飞禽走兽、戏剧人物等，均能插蜡亮烛。这年十月初，台已搭好，台址由上届二房遗老徐先进、徐先录二人指点勘定。台搭于十亩湖附近一丘八分田里，与宗祠、公厅处在一条中轴线上。台为三层，层层有台口，基层为五面台口，当时号称独脚莲花台，众口相传，越传越奇。外地竟说这座独脚莲花台，可以随风转动。因而招来很多观看的人。其实这座戏台也和普通戏台一样，只不过台脚四周围用篾扎成四五尺宽的荷花瓣，糊以厚纸，涂以颜色，用铁丝固定于台柱上。远看确像一朵盛开的莲花托着一幢三层高大的戏楼。但它的实际结构，除了贯穿三层直达楼顶的十八根直柱外，台底使用近百根短柱支撑台板，以防倾斜。

　　这年农历十月十二日的傍晚，戏台全部装饰完成。五面台口及三层戏台，全以纸扎匾对、神仙、戏剧人物、禽兽花草等装饰起来，琳琅满目。晚间蜡烛被全部点亮，霎时台上台下，金碧辉煌，火树银花，玲珑剔透，五彩缤纷，远远望去，恰似缥缈于夜幕中的一座蓬莱仙宫。

　　台口正柱悬有灯联。上联：彩台大启，莲座高张，六十年风景依稀；宝炬发祥光，掩映三霄明月朗。下联：乐善堂开，会缘桥建，三百户香花报赛；伽蓝遵古

中分村「六十年」会戏

礼，祈求中分合族安。

台口横梁上悬挂一方灯匾，此匾确是一件艺术品，它以纸张折皱而成。从正面看，是墨迹淋漓的"鱼龙变化"四个大字；从左前方看，则是一条硕大的金色鲤鱼，首尾作弧形，泼剌剌地跃上红色龙门；从右前方看，却是一条见首见尾的金光灿烂的黄龙在五色云雾中遨游翻腾。观者无不啧啧称奇。

匾文甚多，不能——记忆，听闻出于南陵晓岭王敦仁秀才之手笔。

由于事前张扬传："中分徐六十年大会戏台，是独脚莲花台，起东风，向西转，起西风，向东转。"轰动遐迩，东起宁沪，西至武汉，北到巢合，南达宣徽，均有赶热闹做生意以及好奇者远道光临。至于从邻近的铜、南、繁、泾、芜、当、无、青等县赶来的人则不可胜计。开锣之日，村外四条进口处，拥挤不堪，路上挤不下，就都从冬畈田里蜂拥而至。村里村外，摩肩接踵，尽是人群。村上各家各户，亲友咸集，全村街巷悉为人流。至于十亩湖戏台周围，更是人山人海，万头攒动。据估计，当在二十万人左右。在不足一平方公里的小山村里，集中了如此众多的人群，真可谓空前绝后。中分村也就名扬大江南北了。

外地赶戏会的生意人，演出前即来到村上，于戏台左右两旁，搭盖芦席棚，摆摊设点。饮食糕点，南北杂货，各色俱全，与街市无二。另有马戏班两个，各种赌场，散置在周围。外来女眷及绅士所乘的轿子，五十余顶，因无法进村，全停放于小蛇形山边。自月坦竹园起至三口塘闸门止，沿村南面各家菜园中，均搭起木板看台，供亲朋女眷坐以看戏。

至于小偷扒手，据云竟达百人以上，十几天中，遭窃看客，不计其数。

在演出中，按照剧情有《出神》一出，届时须放枪鸣炮。九支公于上年就请来外地铸造土枪的师傅，铸造土枪五十支，神铳十支；村中还有杂色步枪二十余支。当"天尊"出台时，枪铳齐鸣，震耳欲聋。

在《曹府兴灯》一出中，竟真有七盏小龙灯上台表演。最引人入胜的"爬滑杆"表演，艺人在五丈多高的杆子上表演"顺风扯旗""大鹏展翅"等惊险动作，使观众惊为绝技。

此戏本为"四夜红"，不料第三晚即因发生事故而停演。原因是外地有一位患疾病的人，由家人抬着来看戏，由于不堪劳累，病情加重，在戏场上死了。这样使徐姓公堂花去了八百块银圆抚恤了事。为防再出事故，便连夜将戏台拆掉，第四夜便未演了。翌日改在村内万年戏台上唱了六本平台（京剧）戏，便草草结束了这一次的六十年戏会。

最为有趣而又可笑的是，开戏的第一天，由于观众太多，台前挤得水泄不通，进入台前的人，无法退出，小便不得不就地排泄。第二天早上，台前约二分田里，土被踏陷，汇成了一个一尺余深的小便池，不知有多少人踏入尿池内，叫苦不迭。岂知翌年栽秧后，这片田里的禾苗出奇旺盛，高出其他禾苗二尺多，可是到秋收时，全都倒覆毁坏，颗粒无收。

[选自政协繁昌县文史委员会《繁昌文史资料》(第八辑)]

中分村「六十年」会戏

峨山和金鹅的传说

桑良谷等整理

一、峨山

峨山，海拔182米，横亘在城关镇的南面，芜青公路蜿蜒脚下，逶迤南去。从这里向东南可以远眺浮山、城山、峨桥，向北可以俯瞰城关镇全景。相传南麓有一个石洞，洞内住有一对金色的天鹅，美丽而又善良，经常给周围穷苦的农家以很大的帮助。某一年夏季，洪水暴涨，圩区遭灾，百姓的财产被淹没无数。两只金鹅展开硕大的双翼，凌空架起一座长桥，将灾民们引渡到邻近的高地上，救起了许多在水中被困的人。后因时间太长，负担过重，一只天鹅终因疲劳不堪而死去，后化作一座石桥。后人为了纪念它，遂将这座桥名为"鹅桥"。另一只天鹅飞回石洞，也由于疲劳和失偶之苦，死于洞内，后化为一座山。石洞遂名"金鹅洞"，山遂名"鹅山"。"鹅"字后皆演变为"峨"字。

峨山以其美丽的神话闻名远近，更著名的还是它在现代革命史上的光辉的一页。

抗日战争时期，为了保卫繁昌，新四军第三支队与日本侵略者浴血奋战，在这里发生过著名的战斗，史称"峨山头搏斗"。现在山上仍留有战壕和弹坑，清晰可辨。

二、金鹅的故事

传说有金鹅一对，住在本镇城南山坡的洞中，遍身长着金色羽毛，每日绕着山坡飞来飞去，唱出优美动听的歌声。有一年天气大旱，禾苗枯槁，金鹅为百姓忧愁，每天如泣如诉，歌声变成了哀鸣。说也奇怪，天长日久，金鹅泪珠凝成乌云，甘霖从天而降，使这一带禾苗返青，农家喜获丰收。不料地方官吏见收成良好，反而加重赋税。当时柯冲有一名懒汉，终年游手好闲，不务正业，知道丰收乃金鹅之功，于是心想捉住金鹅就会想什么有什么。他每天上山伺机捕捉金鹅，然皆扑空，乃告之官府。知县闻报，大喜过望，许懒汉以官禄，乃严命全县织网匠人到县，限三天内织成一百丈见方的大网一张，挑选百名弓箭手备用。三天后，他亲自带着这班人马来到小山坡，用大网罩住洞口，神箭手埋伏在洞外四周。日落时分，金鹅回归，知道有人暗算，欲展翅远飞，但难舍故土，于是低空盘旋，既不归洞，亦不离去。县官见网不着金鹅，命令弓箭手百箭齐发，不幸两只金鹅均被乱箭射中，伤势最重的雄金鹅在盘旋中化成一座大山，黑压压地从空而降，将那作恶的县官和告官者压在山下，变成肉泥，葬身山底。雌金鹅见雄金鹅已死，便向远方飞去，终因伤势过重，飞到离山坡二十里外的小河边，见河的两岸，百姓来往，全靠一条小木船，十分不便，于是俯冲下去，化成一座桥梁，架在河上，方便来往行人。后来，人们为了纪念这对为民献身的金鹅，将他们住过的洞叫"金峨洞"（谐音鹅），山叫"峨山"，桥叫"峨桥"，从峨山脚到峨桥的这条河叫"峨溪河"。

（本文第一部分选自《繁昌地名掌故》，桑良谷整理；第二部分选自《城关镇镇志》）

峨山和金鹅的传说

终年可见井中花

张修福　夏书田搜集整理

荻港距桃冲村 15 公里，在上七下八里处，有一泉水井，名叫"落花井"。此井得名有段传说。

相传，昔时南海观音菩萨下凡云游四海，一日路过此地，天气炎热，观音菩萨口干舌燥，发现这里有口水井，于是前去饮水解渴，不料在俯首喝水时，插在发髻上的一枝花簪落入井底。从此，井中之花终年可见，井也被名之为"落花井"。

这口水井因公路建设，早已被填平不存；但"落花井"的地名，却一直被沿用下来。

（选自《繁昌地名掌故》）

百梁厅

明朝朱洪武登基前于金陵建造金銮殿，谕旨江南各府、县，选能工巧匠前往。戴家店沈氏沈万山木匠被举入京，因预防金銮殿落成后，匠人要被腰斩，故沈万山一到工地即装聋作哑，做一手粗活，殿成，果然幸免回乡。

沈木匠回乡不久，给沈氏择了块地基，按宫廷式样建造起一座"百梁"的沈氏宗祠。后被当地周氏告密，洪武皇帝闻知大怒，钦令查办。满族人恐慌万状，沈木匠连夜下掉一根梁，成了99根，并改小了门楣，结果与告密状所诉不符，又有本地刘姓、盛姓乡绅证词，沈族免难。周氏仍未死心，又密奏，沈、刘、盛诸氏合谋欺君犯上，皇上阅状后，长叹一声，骂道："沈八桌，刘四桌，盛两桌，谅此乡民也反不了天。"沈、刘、盛三族虽免遭杀身之祸，但却应了皇帝的"金口玉言"，人丁一直不够兴旺。这当然是迷信传言。

"百梁厅"沈姓宗祠未能建成，可作为地名则沿用至今。

（选自《繁昌地名掌故》）

东岛门楼的传说

吴亚平　搜集

东岛门楼的传说由来已久。东岛原名叫东倒。

传说明朝万历年间，徐岭脚下的李姓人家出了一个叫李万化的人，读书入仕，官至大学士，家乡人都叫他李天官。

这年，李天官向皇帝上书，请求回乡建造天官府。不日，皇帝同意他回乡建造天官府，并钦赐他一个半月假。于是天官率众仆耀武扬威回到了家乡。

天官回乡正值隆冬，为了早日住上新府第，便不顾天寒地冻，唤来工头，叫来全县所有的能工巧匠，限定他们腊月初一动工，三十上梁，如有违抗，严惩不贷。这下可急坏了应召前来的匠人们。大家七嘴八舌嚷开了，有的说："工程如此之大，期限又短，除非有神法子。"有的说："海外传奇谈讲神话，这么大的工程除非把鲁班师傅请来干。"话虽这么说，鉴于官大压死人，无奈只得硬着头皮接下了工程。

开工不到三天，天公不作美，似乎是有意作对，接连下了三场鹅毛大雪，气温陡降，点水滴冻。有的木匠手掌皮被斧柄粘去了，有的手上冻开了小人嘴般大小的裂口，大门上、柱子上星星点点都留下了匠人的鲜血，滴进了匠人斑斑泪。严寒给木匠干活带来了很多困难，大伙叫苦不迭。

一晃二十多天过去了，可工程只完成了五分之一。眼见限期迫近，匠人们焦急万分，无计可施。

一天午后，大路上晃悠悠走来一位木匠，径直来到工头面前要活干。粗看这木匠身穿补丁打补丁的黑褂裤，满脸的络腮胡子，一副穷相，细瞅浓眉之下紧压着的一双铜铃大眼，炯炯有神，高大的身躯魁梧如铁塔，一双脚足有一尺来长。他的手上除拿了把口已豁得像狗啃样的斧子外，还拿了一只弹线用的墨斗。这样的人能干什么？工头暗忖："我们这里不缺吃闲饭的，你另寻别路吧。"工头不耐烦地朝穷木匠直挥手。木匠们听了心下不忍，心想工头真歹毒，这寒冬腊月叫他上哪儿去找活干呢？这时，一个年长的木匠忍不住走上前求情道："工头老爷，发发慈悲吧，留下他搬搬木头，拉拉锯，或是烧烧煮煮也是好的。""对了，给我们大伙烧烧煮煮也是好的。"大伙异口同声地说道。穷木匠仰天大笑，这笑声如同寺庙响钟，声震屋宇。

大家好说歹说，总算把他留下了。穷木匠不消多说，放下斧头、墨斗便干起活来，他先在工地上转了一圈，捡来一把榆树皮，而后破冰挑来一大锅水，接着便坐在灶前烧起水来。

天黑，木匠们陆续回到了窝棚，穷木匠打来洗脚水，对大伙说："弟兄们吃完饭，请用我烧的水洗洗脸和脚吧！"说完自顾自地找了个角落睡觉去了。木匠们吃罢洗完手脚便钻进了各自的被窝。可奇迹就在这时出现了，大伙冻裂的手脚愈合了，一位老木匠几十年的风寒腿也不痛了。更奇的是，第二天干活，大伙的手脚再也不开口，不冻裂了。穷木匠除了一日烧三餐饭外，没事就晒太阳，从不插手干别的活，尽管如此，木匠们仍然十分喜欢他。

转眼到了腊月二十九，木匠们唉声叹气，谁也没有心思吃饭，原因是工程离完成还差得远。穷木匠却说："急有什么用，大家先吃饭，让我去想想法子。"说完大步走出棚外。

时辰不大，那穷木匠拖了根竹子回来，手不忙脚不乱地拿起破斧破起篾来，不一会儿成根的竹子便变成了无数根细篾条儿，紧接着他用这些细篾条编成了几个大小不等的箍儿往木梢上一套，再用手拢住箍儿往木料上一捋，立时木头就变得两头一般粗细。随后，他又用破墨斗弹上线，用斧头一磕，木头就自然分开；打眼的地方，他只用竹笔蘸上墨汁点点戳戳就成了。时间不长，穷木匠对大伙说："木料都裁好了，快拿去架吧。"大伙起初不相信，睁大眼睛张大口，一个劲地摇头，可又别无它法，于是决定死马当活马医，按照穷木匠的吩咐，大家不到一时三刻就把房子架成了，所用木料一根不多，一根不少，连榫眼都恰到好处。

第二天早上，也就是大年三十早上，正欲处置木匠们的李天官和工头来到工地，一看大惊，他俩怎么也不相信自己的眼睛，以为是在做梦，忙向木匠们打听是怎么回事。大家将经过如实说了一遍，天官大怒。他原想借此赖掉大伙的工钱，不想这下可好，全让穷木匠给搅了。盛怒之下赶走了那个穷木匠。

穷木匠走后，工头呵斥着木匠上大梁，可忙乎了半天，大梁木非长即短，或不合榫。没办法，木匠们只得大呼小唤，又将穷木匠追了回来。

穷木匠上了屋梁，手举破斧大喝一声，三斧一磕，大梁就合上了。这时年长的木匠突然醒悟，这一定是鲁班显圣救大伙来了，于是他大声喊道："弟兄们，快谢谢鲁班仙师救命大恩啊！"一句话点醒了大家，众木匠纷纷叩头拜谢。工头见状忽然异想天开起来，他早就听说，鲁班师傅的斧子是件无价宝，得到它就有享不尽的荣华富贵，便假意说："鲁班师傅，快下来，快下来，哪能要您干这么重的活，来来来，快把斧子先丢下来。""好，你接住。"鲁班师傅用他那铜钟般的嗓音应着，手一扬丢出斧头。斧头不偏不斜正好落在工头怀里，瞬间，斧头变得有磨盘那么大，把工头严严实实地压在下面。天官见到这等神奇事，拔腿就溜。说时迟，那时快，斧柄一旋把天官也压在了底下，眨眼工夫，斧子下陷，变成了一口水塘。

这时，鲁班师傅一脚踏在门楼上，一脚踏在石阶上，两步着地，说道："东倒一千年，西倒一千年，不歪不正一千年。"说完冲大伙笑了笑，便一头扎入塘底，借水遁走了。

天官一死，无人再造天官府，可木匠们为了纪念师祖鲁班师傅的大恩大德，便凑钱把他踏过的门楼盖了起来。

现在，这门楼虽已荡然无存，可传说中的那块被鲁班踏出个一尺来长脚印的阶石，至今还被一位当地农民保留着。

（选自《繁昌县民间故事选编》）

费子店

陈先德口述　伍先华整理

说起费子店这个地名，流传着一段故事：

费子店，原来是一家小店的店名，在孙村镇的长垄行政村，后来演变成了村庄的名字，一直沿用至今。

早在清代，这个地方是一条人行大道，是获港、金岭到孙村的必经之路，也是长寺到黄浒的捷径。当时芜湖一位姓费的商人，经常从芜湖经水路到获港，再由获港步行到孙村、繁昌，每次都要带些商品货物，走到这里总是要停下来休息。这里路边有座土地庙，土地庙旁边有一棵大树，不远处立着一块又宽又厚的大石碑，是建庙捐款人的"功德碑"。不仅是行人旅途歇脚遮阴的地方，也是附近居民外出相约集合的地点。在这里歇脚的行人很多，老费在这里也认识了许多经商、外出的行人，附近的许多人都认识这位常来常往的费老板。费老板在与大家闲谈之时，发现了商机：如果自己能在这里开一家小店，肯定有生意可做，而且自己来回有了落脚的"中转站"，也方便多了。于是，他就在这里买了块地基，开始建房、开店，让他6个儿子中的老二在这里经营，生意做得红火。人们与老费很熟，却忽视了他儿子的姓名，就知道是费老板儿子在这里守店，人们就亲切地叫它"费子店"，费家人也认可了这种叫法，"费子店"的名字就在这里慢慢叫开了。

随着小店的开张，这里逐渐热闹起来，随后杀猪的、做豆腐的也到这里来开店，卖鱼的、卖菜的也到这里来赶早市，"费子店"也成了一处小集市、一个村庄。慢慢地，费子店也就成为这个村庄的名字了。

据《孙村镇志》记载，抗日战争时期，新四军曾有过漂亮的"费子店战斗"：

一九四四年夏季的一天，驻红花山以西老鼠凹的十几个日本鬼子，趁着山边小道，窜到费子店、代塘埂、塌里吴一带，在村子里大肆掳掠，打猪打鸡。我地下党员悄悄地跑到田湖村，报告了敌情。住在这个村子里的新四军警卫大队长周兆英同志，得悉敌情后，迅即集合第四连三个排的兵力，跑步上阵，分兵堵击，部署一支埋伏在费子店东边钳口孙山地，一支埋伏在费子店西边长垅庙小山冈上。周兆英同志亲领一支部队从正面冲击。枪声一响，鬼子就乱了手脚，依着一条山涧为掩护，一边回击，一边向北潜逃。这时，我东西两翼的机枪阵地同时发射起来，封锁了去路，把鬼子紧逼压缩在我方火力圈内，等于瓮中捉鳖。鬼子被打死的打死，活捉的活捉，不到两小时，就全部被歼灭了。这一仗打得很漂亮，时间短，缴获多，共缴机枪一挺、掷弹筒一只、步枪十余支。周兆英同志受到了上级表扬。

（文中"费子店战斗"，据《孙村镇志》所加）

老嬷嬷店

凌延柱　搜集

　　赤沙乡戴桥村境内有个地名叫殷汤冲，外地和当地的一些老年人却常叫它的别名"老嬷嬷店"。这老嬷嬷店坐落在殷汤冲口，黄浒河上游河畔，是赤沙到南陵的必经之地，只因一位方姓老嬷嬷在此开过一家茶水店而得名。

　　中华人民共和国成立前，山区多崎岖小路，即使是通衢大道，也是宽度有限，坎坷不平；运输工具更是简陋，一应负重运输全靠肩挑人抬独轮车推。三九严寒，盛夏酷暑，人们行走在山间道路上，极不方便。

　　前面讲过，殷汤冲是荻港、黄浒、赤沙等地人到南陵、九华山的必经之路，又是山里人向外运送竹木柴炭等土特产的主要大道，所以过往人很多。方老嬷嬷家住在冲口大道旁，常常有过路的行人向她讨水喝要饭吃，借个板凳休息一会儿，这位热心肠的老人总是有求必应，毫不吝啬地给过往行人提供方便。

　　一次，几个运送竹木的山里人经过这里，歇在老嬷嬷家门口，因口渴难熬，向老嬷嬷要水解渴。这些人喝完水后觉得老嬷嬷这么大年纪，打柴担水都不容易，于是就要付钱给她，老人家坚持不要，说："我这又不是开店做生意，怎好收你们的钱？"有位山里人见老嬷嬷这么说，便道："老嬷嬷，那你就在这里开爿茶水店吧，不然，以后我再经过这里又要给您添麻烦，怪不好意思的。"众人掺和道："对，老人家你就开个茶水店，方便方便行路人吧！"在众人的怂恿下，老嬷嬷稍作筹备，茶水店就开业了。

　　老嬷嬷开店可不像那些商人开店，斤斤计较，一分钱都不让。她热情周到，体恤行人，有钱就给，无钱照样可以喝碗茶，甚至吃碗饭。那些借宿于小店的人，更是能受到老人的关照，她端茶递水，热酒炒菜，想方设法为行路人消除疲劳。老嬷嬷的行为感动了过往行人，人们对她都十分尊敬，亲昵地称呼这茶水店为"老嬷嬷店"。久而久之，老嬷嬷店被人叫开了，而殷汤冲的地名却被人淡忘了。

（选自《繁昌地名掌故》）

沈家巷的传说

程齐云　李　幸　搜集

　　相传明朝，某年的一日，有一艘官船，顶着寒风，行至繁昌境内，薄暮时分停泊在县城（今新港）的江边。至三更，官船里突然传出婴儿呱呱坠地的啼哭声，丫环连忙到前舱拜见老爷，说："恭喜老爷，大喜，太太添了个少爷！"老爷听了喜出望外，立即焚香占卦，得知少爷出生的时辰，八字里五行缺火。当下命差人上岸讨乞火种，以弥补少爷五行之不足。

　　夜深沉，街巷寂，岸上家家户户都进入了梦乡。差人四处寻找，不见灯亮，当走到一条巷内，却见一家姓沈的铁匠铺从门缝里透出光亮。差人敲门进去，询问一番，方知铁匠是时也生了个男孩，因家贫没柴薪取暖才在铁匠炉上拉风箱助火，一为增加寒室的暖气，二来也在炉上煮一点稀饭给产妇吃。差人讨了火种，回到船上，将此情况如实向老爷禀报了。老爷听后很是惊讶，当即更换便衣，由差人领路到了沈铁匠家，看到他家徒四壁，十分贫苦，于是送了他十两银子，并写了地址、姓名，又将刚出生的少爷和铁匠的儿子换了"兰谱"，结为异姓兄弟。

　　十八年后，铁匠儿子长得威武有力，一表人才，也学得一身武艺，取大号叫沈大为。然而大为无为，他好吃懒做，弄得家境越发贫困。在不得已的情况下，老铁匠才将当年老爷手书地址交给小铁匠，让他去寻找异姓兄弟，并投靠那位老爷，奔个前程。小铁匠手持着那位老爷手书作凭证，千里之行，找到了老爷。当下异姓兄弟相见，倍加亲热。是时，边境不宁。老爷率师出征，小铁匠沈大为随军靖边，他在老爷的培育教导下，一改顽劣懒惰的习性，以他的勇武和膂力，屡立战功。不久战乱平息，班师回朝，皇上封他为平乱将军。当沈大为衣锦荣归时，父亲老铁匠已经去世多年了！而过去的那条小巷也凋敝萧条已极。特别使他伤感的是，母亲先于父亲去世，父亲亡故时，因家境贫苦，无亲人料理，还是邻居街坊捐助，用芦席包裹安葬在城外义冢山上。沈大为悲恸欲绝，于是将父母遗骸重新安葬在大磕山东麓沈氏祖茔。在运灵时，由于百官和群众护送，极尽哀荣。途中有一山溪隔断运灵的道路，于是赶筑了一条石桥，取名"沈家桥"。此桥位于今磕山村境内。同时，还将皇上御赐的金银和他多年的官俸，在他出生之地那条小巷内大兴土木，建造了府第和一座过街门楼。从此，这条巷子便被叫作"沈家巷"。

（选自《繁昌县民间故事选编》）

老埠头的来历

赵仁先　搜集整理

荻港镇东南约1000米的地方，有个历史悠久的地名叫"老埠头"。

老埠头原来叫老虎头。老虎头，本是一座小山头名字，因为山上石头长得形似老虎头，故而得名。老虎头的支脉延伸到长江边上，所以又叫老埠头。老虎头山体全部是优质石灰石构成，是建筑工业的好材料。原老埠头石厂、石灰厂，都是依靠采掘此山石灰石进行加工销售的。

老埠头石厂、石灰厂生产的石片、石子、石灰，畅销省内外，当年远销到江苏扬州市、江都市、大丰县、射阳县，上海市崇明岛等地，为企业获得了很好的经济收入。

老虎头附近，分布着老虎头和老埠头两个自然村，是荻港至孙村、黄浒的必经之地，荻黄公路穿境而过。

老虎头原来还有一座老埠头石料矿，隶属于安徽省水利厅，所生产的石灰石专门供水利工程建设和无为县长江大堤保坰护堤之用。

1999年，安徽海螺水泥有限公司暨"荻港海螺"落户荻港，将荻港老虎头周围的老埠头石厂、石灰厂、安徽省水利厅采石厂全部征用。在老虎头（老埠头）附近，近年又新建了一座荻浦桥，直通庆大圩，离铜陵长江二桥仅5000米。

老虎头山脉，已有60多年的石料开采史，老虎头已经不见踪迹，化作了平坦的荻黄公路，而老虎头（老埠头）地名却流传不变。

（选自《繁昌地名传说故事》）

柯家冲、龙亭街与瓷窑

谢承才口述　郭珍仁整理

提起我们繁昌，在很早以前也是一个烧瓷器的地方。

千真万确，繁昌在古时候是有瓷窑的。不信，我有个证据。只要你出了繁昌南门，穿过龙亭街（据说往年叫龙床街），再向西南一拐，不到半里路就到了柯家冲。冲里有一道山涧，涧里的泉水一年到头潺潺地流着。就在这条涧里，你仔细瞧一瞧吧！涧底上尽是碎瓷片子。这还不奇，奇的是山涧两边被水冲塌的崖壁上，还嵌着整叠的碗在土里面，有时还有一叠一叠连着模子的碗。你说，这不是繁昌古时候有瓷窑的证据吗？

从前既然有瓷窑，现在为什么连瓷窑的影子也看不见了呢？你听我说，这中间有了故事啦！

据说很早以前，住在繁昌南门外柯家冲的人，家家姓柯，姓柯的又家家烧瓷窑。瓷窑满山满陇，一个连着一个，一烧起来，窑上冒出来的烟，散在天空就有头十里方圆，整年累月不散，连麻雀都要绕着飞过去。每天有成百成千的人翻过山去挑土烧瓷，翻来翻去，连冲后面的那座山都给翻凹了，这后来才叫翻山岭。

再说，柯家冲出的瓷器，在当时也是上好的货色，到处行销。按说柯家冲人的生活该是很富裕的了，谁知不是这样。这里的瓷工不但日子过不好，而且家家都很穷。什么缘故呢？原来，那时候做官的都晓得繁昌有个瓷窑，是个聚宝盆，谁都想谋这里的缺，好来发笔大财。一个县官来，靠烧窑发了财，两个县官来，也靠瓷窑发了财，这样一个一个地转下去，窑工们不穷那才是铁打的！因此柯家冲的人都恨透了这些做官的。

这且不说，单讲有一年的夏天，天气已经到了三伏，这一天的半夜里，天上刮起了一阵狂风，顿时乌风黑暴雷轰电闪，下起大雨来了。雨快要下完的时候，一个炸雷，把一口快要出货的瓷窑打塌了。大家吃惊不小，连忙跑去扒开窑土一看，你说多奇怪！一窑的细瓷碗一个没砸碎，全都结到一块去了。大家轻脚轻手，搬去碎土，拂去灰尘，再一看，哈！上千个白瓷细碗紧紧地结成了一架大瓷床！碗连碗，碗套碗，活像一片片的龙鳞翅，闪闪发光。大家都嚷了起来："啊！龙床，龙床！"

白瓷龙床的消息像风一样传开了，一下子轰动了四乡八镇，男男女女，老老少少全都赶来看白瓷龙床，顿时把个柯家冲围得水泄不通，比每年三月三的庙会还要热闹许多倍。哪晓得这件事传到衙门里，给县官晓得了。县官眉毛一皱，计上心来，连忙坐轿子赶到柯家冲。

县官一下轿，连忙命衙役赶散看热闹的人。他走到白瓷龙床前一看，也是连声说奇。他想："我在这里当官三年，弄的油水也差不多了。早想图个升迁，就是不得门径，这下真是天赐的机会。"想到这里，不禁得意地笑了两声，叫人去传窑上管事。不一会来了个老年人。县官说："你们窑上烧了一架白瓷龙床，皇帝老爷晓得了，现在就命你马上派人把龙床运到京城里去，事办完了，本县重重有赏。"那老人想了想道："这架白瓷龙床是我们窑上大伙儿烧的，这事还得要找大伙儿商议商议。"县官马上把脸一沉，说："什么大伙小伙，说要就要，来人——"衙役们"喳"了一声，县官接着说："哪个要不让抬龙床，就按违抗圣命论罪。"那下面又应了一声"喳"，县官这才得意扬扬地上轿回衙去了。路上，他还不住地盘算着如何进献白瓷龙床，如何获得皇上欢心而加官进爵的美事哩！

那老人给逼得没法子，只好央了几个人，把那张白瓷龙床抬起，往县里送去。

抬龙床的人刚走进街口，后面赶来了一大伙人。为头的是窑上的大师傅。他大声叫道："伙计们，这架白瓷龙床我们不能抬呀！"老人说："县官大老爷的命令，不抬可活不成呀！"大师傅说："不抬我晓得不行，可是抬去了，往后我们还是活不成呀！"抬床的人都惊了，忙问道："大师傅，眼看不把白瓷龙床抬去是活不成，抬去了怎么还活不成呢？"大师傅道："伙计们，你们只知其一，不知其二呀！你想想，皇帝家有三十六宫，七十二院，要是每一宫每一院都要一架白瓷龙床，你算算，要多少碗多少年才能烧得起来呀？要是烧不成和这一模一样的，皇帝一见怪，是死；就是能烧成这一模一样的，我们哪有许多碗来烧！烧了龙床哪里来饭吃？还不是死路一条！"连街上许多看热闹的人也都跟着叫了起来："不能送，不能送！"正在这个时候，县官又派人来催了，大家一急，没了主意，便一顿扁担把这白瓷龙床打了个稀碎，人一哄散掉了。这条街后来人们都叫它"龙床街"，如今人们叫错了，才叫"龙亭街"的。

县官听说窑工把白瓷龙床打碎了，这比打掉他的乌纱帽还痛心，便连夜修一道本章，说是柯姓刁民私藏白瓷龙床不献，请旨查抄。这一本奏上京去，不几天京里派来了一彪人马，把个柯家冲团团围住。谁知到处一搜，不见姓柯的一个人影子，原来姓柯的人全部外出逃命去了。他们捉不到人，一气便放起一把火来，把个往日多么繁盛的瓷窑烧了个干净！繁昌为什么到现在看不见瓷窑的影子，根子就在这里。

窑上这些姓柯的瓷窑工，抛别家乡逃到外省，仍旧靠烧瓷窑过活。但他们不能再姓柯了，只好改名更姓，可是他们怎么舍得丢掉自己的姓呢！于是把"柯"字拆了开来，去掉"木"字边，剩下个"可"字，把它用到他们烧好的瓷器上面去。直到现在瓷窑店里都把大碗叫"可大"，二碗叫"可二"小碗叫"可工"，就是这么个来历。①

（选自《繁昌民间故事选编》）

---

① 瓷业的术语，大碗叫"可大"，二碗叫"可二"，小碗叫"可工"（"工字"三笔，代表三）。现在有些瓷窑业的老人仍有这种说法。

烈马回头

在繁昌城东门，迎春东路西侧，有一座小山丘，人们俗称它"东门山头"。此山丘高不过数仞（古时以八尺或七尺为一仞），方圆不足里许，山上巨石嵯峨，形似马头。另有巧石，状如马尾，遥望恰似一烈马回首眺望。

相传，明洪武年间，有一匹战马由西向东疾驰而来，行至此处突然停步，扬鬣（lie）回首，定格不动。明朝军师刘伯温路过此地，见这般奇景，便认为这是元朝一匹烈马停在龙脉之上，回首西望，仍有复国之思，若不弄死，必有后患。于是，他制铜钉4根，粗有杯口，长有丈余，钉于马蹄，使之化成石山。自此，人们即称此山为"烈马回头"。

1958年，县政府曾在"烈马回头"的山顶上，建设一座5间平房的"繁昌气象站"，归属县水电局管理。初期仪器设备简陋，只观测记录天气现象，不做天气预报。到20世纪60年代后期，开始做天气预报工作。1980年后，县文物部门在"烈马回头"山丘上，发现了春秋墓葬，出土文物有铜鼎、编钟、卣、釜等。如今，这座城外的山丘，已经变成城市中心的一处景观；而烈马回头却仍为标准地名，一直沿用。

（选自《繁昌地名掌故》）

五龙抢珠

姚名洋口述　吴雪楠搜集整理

相传，自盘古分天地之后，繁昌五华山一带，是一片平原大地，花草树木丛生，其中有一个庞大的洞穴，穴中有宝物，大如圆珠，亮如明镜，出没无常，来去不定。早上可化为浮云而去，暮间可幻为雾雨而归。世人观其形，圆而晶亮，故称之为宝珠。

却说东海龙王闻听世上有此珠宝，心中大喜，忙派五条孽龙下凡抢珠，谁能抢到此珠，重重赐赏。可是宝珠运转灵活，且能化作云雾，聚散缥缈。历经三天三夜，五条孽龙弄得无谋无策，抢不到珠，怒火冲天，翻滚腾挪，施出狂风大雨，折树摧堤，洪水泛滥，淹没了无数人民，毁坏了无数庄稼，造成民间大饥。龙王大怒，于是将五条孽龙治罪斩首于此。

龙王得不到宝珠，也不能让别人得去。当五条孽龙被斩后，他让龙头化作五座山峰，来镇住宝珠。这五座山峰，相互环抱，逶迤盘踞，年深月久，花木丛生，风光殊异。后人给他们起名为长峰、孤峰、飞来峰、碧霄峰、尖山峰。这就是后来的五华山，又名隐静山。五座山峰形似五条巨龙，遨游于碧海清波之中。在五峰之下，有一口大深潭，清澈如镜。传说是那宝珠被压制变化而成。因此后人传说，五华山有龙脉，有地力，是五龙抢珠的宝地。

从此以后，世人建造禅院，禅师僧尼，善男信女，来往频繁，香火不绝。每年玩龙灯时，龙前必配一珠，谓之游龙抢珠，以示吉祥。

（选自《繁昌地名掌故》）

神圣山的传说

晋宏亮　高绍周　搜集整理

神圣山的传说

在横山镇的东南方向不远的地方，有一座小山。在很早很早以前，山上没有高大的树木，也没有溪流，只是山脚下有十多户姓高的人家。其中有一户，夫妇二人，家中也很富裕，没有多男多女，膝下只有一个女儿，看作掌上明珠。女儿在七八岁时就许配给邻村一户姓汪的人家，只等小姐长大便出嫁。

光阴似箭，日月如梭，一晃小姐到了十八岁，长成了一个如花似玉的大姑娘。这一天，高小姐在后花园的阁楼上绣花，忽然看见一只蜜蜂在她的窗前嘤嘤地飞舞，嘴里还嗡嗡地说着话："姑娘，姑娘，去不去？"小姐觉得奇怪，赶忙去告诉母亲："我在绣花时，一只蜜蜂在窗口飞着，还说，姑娘、姑娘去不去，它到底要我去哪儿呀？"她母亲感到诧异，就去问她丈夫。小姐父亲也不知怎么才好，就说："它下次再这样说的时候，你就答应说去，看它把你带到哪儿。"

第二天，小姐仍然绣花，那只蜜蜂又来了，还是说着那句话："姑娘，姑娘，去不去？"这时，小姐答道："小蜜蜂，你要我去哪儿？如果你说出来，我就去。"蜜蜂也不回答，只是一个劲地催："你既然想去，就赶快去洗个澡，不然就来不及了。"小姐听它这么一说，也就不再问了，匆匆下了楼，去问父母，父母答应了，就忙着为女儿烧水，让她洗澡。

正当小姐坐在浴盆里洗澡的当儿，她的肌体突然僵化了，而且直身盘坐，很像是一尊佛像。这时她父母不禁大哭起来，也后悔极了。正当老夫妇哭得死去活来时，隔壁有个万老太太便来安慰他俩说："这一定是上天王母娘娘来度你们的女儿成仙了，这是好事，不必伤心了。"于是高家就在山顶上修建了一座庙，把女儿的真身装金披红后供在庙内的神龛上，把她曾穿过的一双小鞋子放在神龛前的供桌上。正好有一位结了婚久未生孩子的妇女来到庙里，烧香求子，见了这双鞋，觉得绣工精美，便取了一只，带回家去，作为鞋样。不知怎么歪打正着，这妇人，不久就生了一个小男孩。这一下，村人附会传说，就把娘娘显灵的事儿传开了。

后来，来了几个游方和尚，住在庙里，也就成了这庙里的主人，他们就借此称神像为送子娘娘和水花娘娘，说只要在庙里求了圣水，便可治愈天花、水花。这样一来，一传十，十传百。一年年下来，人们都认为"娘娘"救了患天花的孩子，于是烧香的人一年比一年多起来，庙的规模也一年大似一年。原来的一座荒山，也慢慢变成终年香火不断的地方，特别是每年的农历正月元宵节前后，各地的龙灯都要来这里朝山，为的是把龙灯送给这位普渡众生的娘娘观赏。

于是，大家就尊称这座小山为神圣山。

漫话神圣山

神圣山位于繁昌县东北乡。北有乌山并峙，南有甄山、脊岭、豹子、河沿等山环抱，距横山镇仅数里，芜青公路由山侧经过。

神圣山顶上有一座古庙，建筑宏伟，历史悠久。迎庙门横额上，刻有引人注目的"神圣古刹"四个大金字。

庙外廊东是一座小花园，园中有天然小石山，山间有多瓣红牡丹一株，每年春季盛开时，花朵竟达百三四十朵之多。另有红白芍药、海棠、秋菊、蔷薇、蜡梅、紫荆、天竺等名花异木。园北是一座高大宽敞的楼房客厅，立于楼上走廊，可以眺望远山近水和园中花卉。厅内明窗净几，陈设简洁，供游客歇息品茗。厅后寮房多间，为僧侣寝室，禅院深锁，不染凡尘。

殿西抱宅，前进三间一朝堂，一个天井，后面有大小不等形的书房十余间，两个大天井，光线充沛，空气流通。最后是塾师讲坛。德高望重、学问渊博的艾光发老先生，曾于此讲学多年，一时人才辈出，桃李满乡。

庙后和西侧隙地，是一片大竹园，中间夹杂着苍松翠柏，四季常青。

神圣山供奉的天花娘娘，传说原是本县一、二都高屋基的姑娘，从小给赭圻冲万家做童养媳，十三岁时，突然要檀香水洗浴，浴后在山间洗衣，被一阵狂风刮得不见踪影。两年后，高家在神圣山南麓修建宗祠时，才发现她已在神圣山茅草垄坐化了，于是造庙供奉。还传说，供奉的天花娘娘原系肉身，因咸丰兵燹，安葬于地下，后改用香木刻制。明朝洪武年间，首次被敕封为天花圣母，迨清朝开国，曾加封为天花太圣母，后慈禧六十诞辰，再次加封为天花老太圣母。迷信的说法，她是专司儿童天花病疫的神。从前医药卫生事业不发达，人们在天花面前束手无策，故都求娘娘保佑，以至常年钟鼓声喧，香火不断。尤其是每年新春佳节，敬香的善男信女和朝山敬香的龙灯，更是人山人海，络绎不绝。

神圣山庙宇几经兵燹，同治八年，又予重建，光绪二十二年，再次修建。至此，庄严华丽，实为当年游览胜地。惜于抗日战争期间，屡遭日寇炮火摧残，使庙宇受到损坏。中华人民共和国成立以后，主持僧人法云病故后，其他僧众各自星散，从此庙宇已无人管理，乃逐渐倒塌，成为瓦砾场了。

现在，天花在我国已经消灭，人们不再祈求"娘娘""圣母"的保佑了，但每年新春佳节，四周乡民玩的马灯、龙灯、花灯、罗汉灯，仍然要到神圣山来朝山，终朝锣鼓喧天，热闹非常。"群龙朝神山"已被批准为安徽省非物质文化遗产保护名录。

[《神圣山的传说》选自《繁昌县民间故事选编》，晋宏亮搜集整理；《漫话神圣山》选自《繁昌文史资料》(第五辑)，高绍周搜集整理]

神圣山的传说

库山原是个大金库

谢荣华　整理

在繁昌至新港公路左侧，距县城约3公里处，有座山，名曰库山。

据传，库山是个大金库；库内有金牛、金马、金鸡等，且大都为活物。金库还有门，常在夜间开启。金库门一打开，金牛、金马就出来活动，它们有时还到农户家的水缸里去喝水。这些金牛、金马从不白吃白喝，总要给人家留些报酬——"马粪、牛粪"等，看似一堆"粪"，其实是一堆金子。

库门有时关得很迟，勤劳早起的人，偶尔能见到金库洞开，里面金光四射。有一次，一位早起的老翁见一仙女手执金库钥匙，正遇金马昂头嘶叫，有挣脱马缰之势，于是伸手去勒马头，不慎将金库钥匙掉进金马口中，金马受惊跃入库中，库门随之紧闭，从此，金库的门再没有开过。现在，在库山的南面还依稀能寻到石门坎的痕迹。

（选自《繁昌地名掌故》）

"随山"与"鲤鱼山"的故事

胡自春　搜集

在峨山镇的柏树、东岛、沈弄 3 个村的联界线上，横亘着一座小山，海拔 318 米，地图上标注"随山"。由于附近山峦较低，随山突显成为"高山"。神话传说是当年秦始皇赶山填海，用鞭子赶来浮山，随山随带而来，故名。人们常说："随山高，随山只挡浮山腰。"意思是说，单看随山比较高，实际只有浮山一半高。随山的真正高度应该是浮山的四分之三而不是一半。

关于随山还有一个神话传说：随山的原名叫"蛇山"。天上银河的护河青龙和银河中的鲤鱼仙子产生爱慕之情，双方私下凡间，看到人间山青水绿、鸟语花香、男耕女织、生儿育女，一派欢乐太平景象，想想天宫戒律森严，寂寞难耐，竟不想再回天庭。

玉帝 7 个女儿就有 3 女、4 女、7 女偷着下了凡间，连无名辈的织女也偷着下凡间婚配牛郎。玉帝震怒，天规更加森严，原来 3 日点 1 次卯，改成 1 日点 2 次卯。青龙和鲤鱼来人间不知不觉 1 年了，就在这天傍晚，南天门大开，值日金刚站立云端大声断喝道："青龙、鲤鱼三卯未到，如在人间速速归天。"只听护河青龙、鲤鱼仙子齐声回应："愿在凡间为庶民，不回天宫作仙神。"玉帝知晓，龙颜大怒，即命银河神将把他们捉拿归天，按天规天条惩处。青龙和鲤鱼仙子被押上刑台。一旁太白金星跪殿启奏："青龙、鲤鱼皆属凡胎修炼成仙，不如收回仙道还其凡胎，贬入凡间。"玉帝准奏。

行刑官手持利刀，将鲤鱼仙子的鱼鳞剔剥，痛得鲤鱼在地上翻滚，青龙一旁看得心如刀绞。随后鲤鱼被抛下凡间，青龙大声喊道："鲤鱼人间等我！"青龙没有行刑，被带进天牢劝他改悟、悔过。青龙坚定表示："我与鲤鱼今世天宫不能成仙侣，愿做人间比翼鸟。"玉帝无奈，3 天后在行刑台上，青龙被剁去龙爪，剥去龙鳞，还其蛇身，打下凡间。

哪知天宫一日凡间一年，那鲤鱼自打下凡间日日夜夜仰望天空四处寻找青龙，找了一年又一年，不见青龙踪影，自感情断义绝，一日在浮山跳崖殉情，化作了鲤鱼山，这"鲤鱼山"就在现在东岛村骆冲组。青龙被打下凡间，后得知此情，悲痛不已，久久守望着鲤鱼山，不久也因悲愤痛绝而亡，化作一座山，人们就叫它蛇山。后人口口相传，叫成了随山。

如今在柏树村和东岛村交界处能够看到随山，如同一条巨蛇盘踞于此，与东岛骆冲的鲤鱼山咫尺相距，长相守望，留下一段忠贞的爱情佳话。

（选自《繁昌地名传说故事》）

甑山与河沿山的故事

杨晓友　搜集整理

甑山，坐落在横山镇脊岭村境内，正山杨自然村就在山脚下。

河沿山，坐落在原横山镇三元村境内，横山河上游东岸，此山出产白云石。

话说甑山和它相距不远而对峙的河沿山，比个头和腰围。河沿山因傍水而生，西北两面受到了限制，长得很慢；而甑山却因地势广阔，无拘无束，长得很快，天天往上长，不久就超过了河沿山，并且继续上长。

一天，恰逢王母娘娘做寿，一位仙女到天河浣仙纱，准备为王母织仙锦，忽然隐隐听到炸豆似的响声，甚觉奇怪。当她来到南天门外一看，方才知道一座山正在向天上飞长着，很快就要刺破天了。于是赶快报告王母娘娘，王母娘娘一听到这个消息，慌忙跑到南天门一看，果真如此。这下天庭可乱套了。王母娘娘慌里慌张跑到玉帝那里，要玉帝赶快派天兵天将把山压下去，以免把天河刺通，造成天庭干旱。玉帝即派雷公电母去压制甑山，可雷公电母电闪雷鸣折腾了几个时辰，也不见效果，甑山仍在向上飞长。他们只好回复请罪。玉帝立即召集各路神仙商议压山之事。这时有人小声言说，大闹天宫的孙悟空金箍棒准能制服甑山，只可惜这时的孙悟空正在太白金星的炼丹炉中。玉帝也无良策，只好请来太白大仙。太白领命后，从他宝库中拿出两件宝贝，一件是宝箍圈，另一件是金扫帚。

玉帝和王母娘娘带着宝贝，领着众仙家来到南天门外，将两件宝贝齐向甑山打去，只听咔嚓一声，火星四射，一个蓬勃向上的甑山被压下去了。为防反复，玉帝未敢收回宝箍和金扫帚。

甑山被这一压，就形成了现在这个样子：山顶有条很深的沟——那是金扫帚扫成的；山腰有一道箍印——那是太白金星的宝箍。据说这两件遗留在山中的宝贝久而久之变成了宝藏——富铁矿。从1958年起，就有采矿队在这里开采铁矿，至今仍取之不竭。至于河沿山嘛，眼看甑山这么一折腾，也就被吓破了胆，腰一软就塌了下来，形成现在这副模样。

1981年地名普查时，为尊重民俗和习惯，甑山的标准名称已改为"正山"。

（选自《繁昌地名掌故》）

百挑香油与古怪竹子

刘仲航　搜集整理

获港古竹岭有一传说。明朝年间，岭下赵姓秀才，家境贫寒，却又爱游山玩水。某年秋天七月三十日，来到九华山。适逢地藏王菩萨诞辰日，正在举行庙会。主持僧以一桌丰盛的素席，宴请山下各县前来朝山的大户及富有的施主，募化修建观音阁和立庵寮。菜都上齐了，但首席无人就座，这是因为坐首席就得给头份的布施。这时赵秀才去了，见此情景，明白了这些巨绅富户，虽然家财万贯，却也小气吝啬。和尚化缘建庙，凭这些人，庙宇何能建成？于是他不待人请，就胸有成竹地坐在首席上。主持长老见大家均已入座，手捧缘簿，首先向首席合十稽首道："阿弥陀佛，求大施主布施！"

赵秀才略一思忖，觉得自己如果布施少了，必然影响后面的施舍，于是拱手答礼："一定，一定，请当家师代笔。""善哉！请施主赐言。""在下乐施香油一百挑，折钱奉献。"当家师命知客僧在缘簿上写上各自施舍的数目。这次化缘，在赵秀才带动下，终于募得了数额很大的施舍。长老万分高兴，连连向秀才感谢："多谢施主！多谢施主！"

宴后赵秀才向长老道："长老，在下告辞了。寒舍在繁昌桃冲，请先收齐近处布施，待秋后光临舍下……"

"好好好！"长老满心欢喜，点头答应。

转眼秋尽，九华山收布施的和尚按时来到桃冲赵秀才家。秀才一见和尚来了，以礼待客，随即取出铜钱百枚，递与和尚道："高僧，这是我在贵庙结的缘，现在如数奉上，请笑纳！"

"怎么？……"和尚一看傻了眼，"一百挑油怎么变成了一百铜钱？"赵秀才不慌不忙地手作匙舀油状道："本地方言，一挑者，一匙也，一百挑乃一百匙之谓也。原说折钱奉献，故按时价，正好折大钱百枚，请点收。"赵秀才见和尚面带不悦，便作解释："当时在下心想全力奉献，奈因家境贫寒，故出此下策，以引导众施主布施乐助，不当处，望乞转禀贵庙住持，请予海涵。"

和尚翻开结缘簿，那上面果然写着"乐施香油百挑，折钱奉献"。而且是自己代笔，并非秀才所书，只好无言出门。来到后山岭上，一气之下，把这一百钱全撒到山上去了。

说也巧，铜钱撒在山岭上，日久被土埋住，次年春笋出土，一只只笋尖正好穿进一枚枚铜钱眼，由于土把铜钱埋紧了，铜钱眼是方的，笋子从铜钱眼里挤出来，所以棵棵竹竿都变成了方竹竿。村人奇怪，皆称这是"古怪竹子"，而此岭也就称为生长古怪竹子的岭。后来人们觉得此称过繁，便简化成为"古竹岭"。

　　不过，这竹子现已不复存在了。据说是九华山庙里长老责备了那位收布施的和尚，说："施主施舍多少，出家人不能强求，即使施舍一文钱也不应该撒掉。何况赵秀才是以此举引导众家施主布施，全是为了本庙，你这样做过于无礼！"于是罚那个和尚回到岭上，把串在竹子上的铜钱，一个一个地收捡回去。此后，方竹竿也就恢复了圆竹竿，但古竹岭的名称却一直流传到现在。

（选自《繁昌地名掌故》）

百挑香油与古怪竹子

"金鸡岭"的传说

伍先华　搜集

峨山镇童坝村的广寺冲，群山环抱，峰峰相连。其中有一山，名曰金鸡岭，又名东岭。相传古时此岭上住一樵夫，以打柴为生，长年累月奔走于大山之间，饱经风霜，食不果腹。

有一天，樵夫正在山中打柴，忽然一阵狂风，天昏地暗、电闪雷鸣、暴雨倾盆。樵夫急寻避雨之处，无意中发现身边有一石窟，急忙钻入躲雨。洞窟不深，向里走几步，听到里面有响动，借着闪电亮光瞬间，看见里面有两只鸡，便出手将鸡捉住。这时外面风停雨住，一如往常，樵夫好生奇怪，带着两只鸡回家养了起来。

这一年，山下所建寺庙竣工，名为广善院。一日拂晓，两只鸡不停打鸣，其声清脆洪亮，响彻大岭南北，群山回应，僧俗众人惊奇不已。之后鸡不见踪影，樵夫也不知去向，广善寺的香火却愈加兴旺。

自那时起，人们晚上经常看到金光闪闪的一群金鸡在山上乱窜，有时还听到响亮的鸡鸣声，人们都称这群鸡为金鸡，而东岭原是金鸡云集栖息之地，故称之为金鸡岭。

后来，有人在岭上樵夫居住过的地方修了一座庙，该处路边仍有一眼泉水，长年不干，清澈甘甜。

明代繁昌名人吴琛（1425—1475），曾赋诗一首曰："地势崔嵬拥翠峦，金鸡丛集碧云端。一声叫罢天将曙，双翅翻来露未干。食宿无常临梵刹，往来不定近僧坛。几回月夜闲观处，恍若梧冈降凤鸾。"金鸡的故事为神话传说，金鸡岭作为山岭地名，一直沿用至今。

"滴水岭"与"灵岩寺"的传说

胡自春　搜集

峨山镇柏树村与象形村交界处，有条山岭叫滴水岭。据道光六年《繁昌县志》记载滴水岭："一名灵岩山，在县南十里灵岩乡。有水潜行地穴中，岩上听之，潺然如滴漏声。下为金地藏院。"又记载金地院："院前有灵岩台、滴水泉、香泉井。唐大历年间信行禅师开山，元和中兴年间建，宋嘉祐八年改今额，元废，明成化十年僧惠昶重建。"

岭上有一座寺庙，叫灵岩寺。传说"寺是刘伯温造，岭是刘伯温叫"，这是何因呢？

传说距今七百多年前，时值春暖花开艳阳天，大明朝军师刘伯温陪驾主公朱元璋巡视江南，一彪人马渡过长江沿驿道向南进发。当人马行至滴水岭下，众马声嘶，昂头抖鬃，四蹄刨地，不肯前行。君臣二人勒住缰绳，朱元璋道：孤自离京以来过城池越山川从未出现此情，不知其中何故？一旁军师刘伯温端坐马上，手搭凉棚细细观看，但见眼前这岭怪石峥嵘，石面上粼光幽幽，从石孔里溢出的阴气刺骨透凉。此山岭实为滴血岭，是座妖山。行人路经此处，一不小心，吸进阴气便七孔流血，肝胆崩裂，气断身亡。多少年来，无数冤魂断命此岭，从岭上滴下来的不是水，而是浓浓的血浆。

刘伯温把这滴血岭的情况向朱元璋做了报告，朱元璋听后泪不能禁，为冤死的百姓伤感不已。"主公休要伤心无须害怕，臣有法破解其难。"原来这刘伯温，博通天文，晓知地理，阴阳八卦无不精通，只见他念念有词："若要滴水不滴血，阴气须以佛光克，红烛佛香除浊流，晨钟暮鼓降妖孽。"

不久，朱元璋巡视回朝，即选派高僧，拨发银两，在此修建寺庙，取名"灵岩寺"。从此，这里晨钟暮鼓，日日在滴血岭上回荡；木鱼经声，夜夜在滴血岭下萦绕。香烛不熄，佛光普照，妖气被镇灭，滴血岭从此不再滴血。据说刘伯温3年后又来这里，画了一道神符贴在岭上，口念"此岭不滴血滴水"，一时三刻，一汪清甜润口的泉水从山上的石孔中涓涓流淌下来。多少年来，就是遇到旱天，这岭上的泉水也总是源源流淌，滴水岭的名字就此传开了。那灵岩寺香火一直延续了下来。"滴水岭"与"灵岩寺"故事一直流传至今。

（选自《繁昌地名传说故事》）

"诸侯岭"的传说

伍先华　搜集

诸侯岭，又名朱伏岭，位于平铺镇西北角新林社区境内，连接着平铺镇新林石龙冲和峨山千军村。

关于诸侯岭的来历，传说是明朝开国皇帝朱元璋，带领朝臣和太子去视察刚刚建好的南京城，因太子的一句错话触犯了他心中大忌，就认为太子不是继承国运的材料，应该及早除掉。当太子母亲马氏娘娘知道此事时，觉察危险即将来临，当即警告太子说："我儿，你赶快出宫，逃命要紧！待你父皇回来，你就没命了！"太子即刻带了些银两做盘缠，骑上宝马从花园后门赶快逃命，只身出中华门往西南出逃。

朱元璋回宫问原配夫人马氏娘娘："太子何在？"马氏娘娘却说："不知所往。"又问太子身边的人，被告知："太子只身骑马出中华门去了。"朱元璋立即发出一千御林军，往南门追赶，要将太子捉拿回宫。

太子在前面一路奔跑，御林军在后面一路追赶。太子日夜兼程，一天夜里到了繁昌县新林地界的一个大山上躲藏起来。御林军无功而返。太子脱险以后，得以隐于民间。为了纪念朱元璋的太子曾经在此山岭躲藏脱险，人们就把这座山岭取名"朱伏岭"。时间长了，这朱伏岭又如何演变成了"诸侯岭"，就不得而知了。

朱　冲

伍先华　搜集整理

在繁阳镇境内，红花山脚下，有一条小山冲叫朱冲。

朱冲原名叫"桃凹"，是红花山东北的一条峡谷，西侧为前山，东侧为后山。450年前，朱氏先人由泾县来此山凹定居，繁衍生息，人们就称这条山冲为"朱冲"。

朱冲村民将房屋建在峡谷两侧。自下而上，或开挖铲出一块平地，或以土石垒起屋基，建成一幢幢粉墙黛瓦，户户相连，重重叠叠至山腰。房前屋后都有大树，或固定屋基，或守护上下小道。这里"寸土寸金"，除住房、道路和溪沟外，连一块用来种菜的地方也难找到。

山上泉眼众多，甘泉混着雨水，在峡谷里流成了一条自上而下的溪沟。一年四季，溪沟或涓涓细流，或洪流滚滚，旱不干，涝不溢。溪沟汇成"店门水库"，灌溉着下游的农田，经横山流入长江。这条溪沟，是朱冲村民的生命源泉。西沿是一条小道与其相伴，上通山腰凉亭（凉亭已不存），下为出入峡谷要道，谓"凉亭路"。这条凉亭路原来都是用石板、石条铺设而成，供人们上下行走，经改造后，现可供小车通行。

村口的朱氏宗祠，建于两百年前，曾遭多次劫难，由于朱氏族人极力护佑并多次修缮，得以保留至今，现已列为市级文物保护单位。宗祠门前偏下的溪沟上，有座石砌拱桥，名"朱冲桥"，虽很不显眼，但在道光《繁昌县志》上却有记载，系嘉庆十八年（1813）监生汪光午修造。传说宗祠斜对面有座紫云宫，是朱氏家庙，当朱姓的男人们在祠堂举行活动时，他们的女眷只能在紫云宫里烧香拜佛。如今紫云宫被紫云亭取代，成为人们休闲、会客、聊天的好地方。

朱冲的居民主要靠山吃山。朱氏先人，曾经将泾县人利用青檀树皮加工宣纸的技术带到这里。他们在山上大面积栽种青檀树，取皮制纸浆，或直接加工纸张，或送芜湖销售，获取经济收入。终因连年战乱，经济凋敝，宣纸滞销，村民们只能以竹木柴炭作为主要商品，换取所需。

朱冲三面是山，每户居民出后门就上山，便于隐蔽。冲口狭窄，犹如"一夫当关，万夫莫开"的关口，又像一座山寨。抗日战争期间，这里成为新四军红花山区的抗日游击根据地。解放战争期间，这里也是共产党领导的游击队与国民党反动派进行战斗的战场。如今，这里已经成为一处红色爱国主义教育基地。

朱冲

鸡飞蛋打

刘西霖　搜集整理

马坝乡缸窑村委会驻地叫鸡塘冲，原名鸡蛋冲。说起这鸡蛋冲，民间还流传着一个故事：

远古时期，这里居住着一对青年夫妇。男的打柴种地，女的烧锅浆裳，夫妻俩过着甜甜蜜蜜的日子。不久，添了个小男孩，两口子视儿子为龙宝贝，真是含在嘴里怕烫着，吐出来怕冻着。

自从有了儿子，夫妻俩更加勤奋，自己省吃俭用，好吃的填进儿子肚里，好穿的穿在儿子身上。经过十多年的积攒，终于挣了一份家当，建了三间房屋，屋子虽没有暖阁亮窗，但也能够冬暖夏凉。

儿子大了，青年夫妻也渐渐老了。为了传宗接代，两口子投亲托友，为儿子订了门亲事。媳妇进门，添人进口，可算得家中喜庆，谁知喜去愁来：新媳妇是个好吃懒做的人，才进门，新来乍到，凡事还听婆婆的话，做些小事，日子一长，故态复萌，整天直针不拿，横线不碰，吃着玩，玩着吃，婆婆讲她，她嫌婆婆唠叨。后来她俨然以家主自居，全不把公婆放在眼里，甚至把老两口当作累赘。儿子讨了老婆忘了娘，也渐渐地和懒媳妇一排风了。老公公实在看不过去，骂了几次儿子，懒媳妇就撒刁发泼，寻死上吊，吵得不能安生。老公公一气得了病，不久就离开了人世。剩下老婆婆，更成为懒媳妇和蠢（蠢：繁昌方言，意为忤逆不孝）儿的下饭菜了。

老婆婆在家安身不得，只得搬到山上一个柴棚里暂住，靠挖野菜度日。一天，老婆婆在山旁挖野菜，草丛里走出一只五色斑斓的小锦鸡，"唧唧唧"地叫。老婆婆把锦鸡捧回柴棚，精心喂养着。她怕被野物叼了，晚上带着小鸡睡，白天挖野菜，也把小鸡带在身边；真是日夜相伴，形影不离。夜里，老婆婆寂寞无聊，就向小锦鸡絮絮叨叨地诉说懒媳蠢儿的不孝。

小锦鸡在老婆婆精心喂养下，很快长成了一只羽毛丰满、十分美丽的大锦鸡。"谷谷谷"，锦鸡下蛋了，早上下一个蛋，晚上下一个蛋。老婆婆用鸡蛋换回粮食和油盐，日子过得不像往日那么艰难了。自从有了大锦鸡，柴棚里也添了不少生气。

打从老婆婆离家以后，懒媳蠢儿只顾在家里吃喝玩乐，对老人的死活从不放在心上。他们平日里锄不拿耙不捏，地里柴草长得能藏兔子，坐吃山空，家中有限的积蓄，很快吃得精光。接着便缺吃少喝，慢慢互相埋怨起来。一天，老婆婆用鸡蛋换回米来，被懒媳妇看见了。晚上懒媳妇和蠢儿子商量，便打起老人家的主意来。

两人打听到老婆婆养了一只大锦鸡，一天能下两个蛋，还用蛋换米换油盐，于是就合计着要偷老婆婆的大锦鸡，拿回家下蛋换米吃。

有一天，懒媳蠢儿，瞟到老婆婆拎着菜篮子上山去了，就踮手踮脚地摸进柴棚。两人见大锦鸡正伏在窝里下蛋，喜得手舞足蹈，同时向鸡窝扑去。

"扑吱"一声，大锦鸡见二人扑来，振翅飞出窝去，"笃笃""笃笃"，一连四啄，大锦鸡把蠢儿懒媳的四个眼珠啄掉了。"妈呀、妈呀，疼死了！"蠢儿懒媳同时嚎叫着，疼倒在鸡窝上，鸡窝压扁了，蛋也打碎了。

老婆婆挖菜回到柴棚，见儿子和媳妇都血流满面，没了眼珠子，疼死在鸡窝里。她见鸡飞蛋打，伤心地哭了一会，就点火把柴棚烧着，自己也跳进了火里。从此，人们就把这条山冲叫鸡蛋冲。这故事流传开去，久而久之，也就成了"鸡飞蛋打"的成语。

（选自《繁昌地名掌故》）

鸡飞蛋打

九莲塘

骆君爱　搜集

　　在横山桥自然镇的北面有一口水塘，名叫"九莲塘"。"九莲塘"原名"九龙塘"，它有这样一段来历：

　　一年，横山遭奇旱，一连好几个月老天未下过一点雨星，河塘见底，大地裂缝，道路上人一走过就尘土飞扬，田里的庄稼、山中的树木都快要被旱死。这里的百姓无处找水，只好拖儿带女，背乡离井，外出逃荒。

　　有一天，东海龙王的九个儿子从玉帝那儿赴宴归来，路过横山一带，目睹这番凄惨的情景，于心不忍。最小的九弟说："哥哥们，我看这儿的百姓怪可怜的，我们降点雨，救救他们吧。"四哥抢着答道："不行，要降雨必须上报玉帝，经玉帝降旨才行，擅自行雨是违犯天条，要受惩罚的！"众兄弟望着大哥，看他如何定夺。大太子沉思一会儿说："是呀，降雨不启奏玉帝，必定受罚。可玉帝刚在宴会上喝了那么多琼浆玉液，肯定要小睡一会，可天上一个时辰，人间则是一年哪，待他醒来，这一带老百姓就遭上大灾了。为解救百姓于灾难之中，我们还是先下一点吧。要罚也就认了。"众龙领首同意，顿时施威布法。晴朗的天空立即乌云翻滚，金蛇似的闪电蜿蜒驰骋在空中，震耳欲聋的炸雷一个接着一个，紧接着瓢泼大雨从天而降。一个时辰过去了，干涸的河塘已灌满了水，圩田里庄稼抬起了头，枯死的树木重新获得生机，老百姓奔走相告，欣喜若狂。众龙见状，也收起了法术，由于施法劳累，就躺下小憩。不料众龙擅自降雨，已被玉帝知道，大为震怒，传旨捉拿众小龙问罪。托塔李天王领旨，来到南天门外，见众小龙都在休息，便命哪吒领天兵天将用铁链锁住众小龙，朝天庭飞去。九位龙子被铁链勒醒后，即予挣扎。挣扎中，九条龙尾拖坠在地上一扫，地上迅即出现了九个大坑。

　　后来，这九个大坑里都积满了水，变成了水塘，人们即称它为"九龙塘"。以后，人们为便于栽莲养藕，把九个塘的埂挖掉，九塘连成一体，塘也随之谐音变为"九连塘"。塘中的莲藕，年年荷叶蔽水，莲花盛开。朵朵红莲花、白莲花争妍斗艳，远远看去，好像一片绚丽的彩霞。莲花给人以美的享受，所以，人们又把塘名雅化为"九莲塘"。

（选自《繁昌地名掌故》）

荷花塘

　　相传，有一帮石匠在猫形山下小溪上架一座通往梅冲的小石桥。当工程快要结束时却出了难题，最后一块桥梁石左摆右放，怎么也嵌不进去，大师傅无奈，只得收工让大家回去再动脑筋，不然就要延误工期。

　　第二天一早，当石匠们来到工地时无不惊讶，是谁已经将那块桥梁石服服帖帖地安放进桥梁了呢？大家互相使出询问的眼光。一个小放牛的走过来说："刚才一个叫花子在桥上搬弄石块，不知干什么，现在还没走多远。"话毕，一个石匠问明所走方向，撒腿就追，跑到现荷花塘这个地方，果见一个烂腿乞丐。这个石匠立即上前拦住乞丐求他收己为徒，乞丐说："我有何能，敢为人师？"石匠说："那桥梁石肯定是你将它嵌进去的，你一定是个很有本领的人，无论如何也要收我为你徒弟。"说着双膝跪地不起。这时烂腿乞丐一面听其求诉，一面将腿上疮疤掺拌脓血掬在手心说："你真心拜我为师吗？"那石匠道："岂有半点假心？"乞丐把手一伸道："那就把这些东西吃下去。"石匠见那令人作呕的脓血，甭说吃，见了心也作翻，面有难色，表现出不愿吃的样子。许久，那乞丐说："你如不能吃，那你就走吧。"随手将脓血抛向塘中。时值数九寒冬，神奇的是，塘中却立即出现一朵鲜艳的荷花，石匠一惊，待回头再看乞丐时，已不知去向，这时他才猛然醒悟，那人不是乞丐，而是变幻了的仙人下凡，后悔莫及。自此，这个原无名称的小塘就叫"荷花塘"，边上的村子也遂其名，流传至今。

（选自《繁昌地名掌故》，原载《孙村乡志》）

菱角塘的来历

陈道章　李幸搜集

新港镇黄垅村有个叫粮房的自然村，村前有一口水塘，叫菱角塘。塘里从不长菱角，也没有人在塘里栽过菱角，为何叫它菱角塘呢？

原来，明太祖朱元璋身边有一个得力的谋臣，名刘基，字伯温，他才思出众，足智多谋，也精通阴阳卦理，他跟随朱元璋打天下，为大明王朝立下了汗马功劳。俗话说："打天下容易，治天下难。"朱元璋经过南征北战，东征西剿，统一了天下。但是中国之大，能人很多，朱元璋因这事常常忧心忡忡，忐忑不安，深恐日后有人推翻他刚刚建立起来的政权。他还迷信风水，一天他找军师刘伯温商量，要他四处访察，若遇有风水宝地，就要设法破坏，免得出了能人，夺他天下。刘伯温遵命乔装成一个跑江湖的测字先生，带着随从，云游天下。一天来到粮房村前，看到村前一座秀丽的乌龟山，山上松柏参天，郁郁葱葱，将山后30多户陈姓人家遮得严严实实。乌龟山前，延伸一个小山嘴，宛若龟嘴，每逢晴朗的天气，缕缕炊烟笼罩于山中，恰似神龟下界，遨游仙池。村中有两个秀才，一文一武，文的出口成章，武的百步穿杨，每人都有一匹枣红大马，震耳的马嘶声，每每从村中传出，给小小的山村增添了非凡的气势。

刘伯温看到这些，心里不免惊诧，认为这里风水好，要不破坏它，出了能人对大明江山不利。于是，他立即派来兵马，将满山的树木砍光，还强令人们在龟头处挖了一口水塘，并命名为"菱角塘"，其用意是用菱角刺来卡住神龟的咽喉，断其地脉，破坏风水，以保明朝江山。刘伯温走了，乌龟山就变成了一座光秃秃的荒山。陈姓一文一武的两个秀才，因刘伯温破坏了乌龟山的风水，便也默默无闻，终老于乡间。而菱角塘也就传了下来。

（选自《繁昌地名掌故》）

"荷叶地"的传说

汤明余　搜集

在湾店村接官亭，有一块地方叫"荷叶地"。相传，很久很久以前，此处是徐姓小村，住着十来户徐姓人家。村风淳朴，民气顺和，人们勤劳、善良，日出而作，日落而归，日子过得算不上富足，倒也能温饱温馨。

传说有一天早晨，有人发现一老妪昏倒在村口，右肩胛流血不止。村上人把她抬进村子，安排在一间宽敞的空房内，为她清洗包扎伤口，请来郎中为她把脉下药，村上的老族长安排专人为她护理，喂吃喂喝熬汤煎药护理。3天后老妪清醒过来后就要走。老族长说："救人要救到底，是我徐门的族规，你的伤还没好，一定得治好才能走。"村民们都劝她留下来好好休养，连村上的娃娃们也说："奶奶不要走嘛，我唱歌给你听，等你伤养好了，我们送你走。"老妪见村上人这么有诚意，就留下了。此后，每天都有好多人来看她，东边的小媳妇送来亲手缝制的衣服，西边的老婆姨送来现做的絮被，南边的小伙子扛来米和面，北边的老翁提来几只老母鸡。由于精心调理，老妪的伤口很快愈合，元气也恢复了，她又要走了。

你道老妪究竟是何人？原来，这个老妪乃是天界"八仙"之一何仙姑。"八仙"云游天下路过南海时没有事先朝拜南海龙王，这龙王敖广大怒道："小小毛仙竟无视我南海龙庭。"即派九龙太子率虾兵蟹将前去教训"八仙"。何仙姑与九龙太子交战时被九龙太子用暗器珍珠弹击伤右肩胛摔下云端，隐身化作老妪，幸遇好心的徐姓相救，内心非常感激，在此养伤算来已是七七四十九天，准备第二天告别辞行。

入夜子丑时分，并无雷鸣电闪，天却下起滂沱大雨，其中必有蹊跷。仙姑捏指一算：不好，是龙王又来挑战，我得前去助阵……原来上次龙王教训"八仙"反而损兵折将，这次便调集水族龙子龙孙水战"八仙"，群龙吐雨掀起水浪滔天，顷刻间，山洪咆哮，泥石翻滚。村上的人都被雨水惊醒，老族长鸣锣集合一村老小，但不见老妪，急忙派人去找，派去的人回来禀报，不见老妪踪影，只见床上留下一包东西。老族长打开一看，是一朵荷叶包着荷花瓣和莲子，就在打开包的一瞬间，荷叶飘落下来，而且越长越大，一时三刻将整个小村托起，又见荷叶包里荷花瓣和莲子转眼间化作金灿灿光闪闪的一堆金银。雨还在一个劲地下，水还在一个劲地涨，大地一片汪洋，无数生灵葬于滔天白浪之中，唯独这徐姓小村，任凭水涨浪掀，总是在水面漂浮。

雨下了三天三夜，龙王与"八仙"争斗不分胜负，就各自收兵。雨过天晴，村民们纷纷走出家门，当第一缕阳光照射过来，人们看见在阳光照射的白云朵上站着一位仙姑，正朝他们招手微笑。村民一下子醒悟过来，那老妪就是仙姑，她用荷叶搭救了全村人，于是大家纷纷下跪拜谢。为了纪念仙姑的恩德，村民们把徐姓小村改叫"荷叶地"。又不知过了多少年，这里几遭水患，但仍然是水涨地高。

　　斗转星移，徐姓一门在这里繁衍生息，他们用仙姑赠的金银建起学堂，请来了教书先生。孩子们在这里接受教育，后来不少人当了大官。他们为官清正廉明，成为国家栋梁。徐贡元就是其中一位。

（选自《繁昌地名传说故事》）

楠木林的传说

北宋年间，马仁山下有一位木材商人徐溢。一次，徐溢从四川贩运木材去日本。路过江西时，木筏在河中心与一条大船相撞。责任本来在那条大船，但霸道的船主却反而要求徐溢赔偿损失。徐溢求当巡抚的舅舅姚凯帮忙。舅父身着便装，随徐溢一起找到船主。舅父对船主说："你这船有舵，犹如小鸟，能够有方向地行驶；而木筏无舵，正如长有很多珍贵树木的大山一样。自古以来，只有鸟让山，哪有山让鸟之理？"船主自知理屈，又见姚凯非等闲之辈，便不敢再提赔偿的事。

徐溢为了报答舅父，便在马仁山里伐了几棵楠木，做了一口寿材孝敬。舅父见寿材也只是平平常常，心里有些不以为然；但想到外甥也是一番好意，仍然准备了丰盛的酒菜相待。酒菜刚摆上，姚凯接到皇上的圣旨，要他马上去外省办一桩案子。于是，徐溢便把那桌丰盛的酒菜放进自己带的楠木寿材里。

一年后，徐溢再次看望舅舅。舅舅正为临时准备不了下酒菜而着急，只见徐溢笑着站起来，不慌不忙地说："舅舅，你老人家去年为小侄准备的酒菜，如今还在啊！"舅舅以为外甥一定是在外做生意不顺利，急坏了脑子。正在诧异之际，只见徐溢过去打开那口去年送过来的寿材，顿时菜香扑鼻，去年放进去的那一桌佳肴依然鲜美如故。姚凯这才明白过来，外甥送给自己的这口楠木寿材原来是宝物啊！

楠木林现已成为马仁山的瑰宝，为马仁山景区重要的旅游景点之一。

（选自《繁昌文化丛书·非遗卷》）

汪洋庙村名的来历

赵仁先 整理

黄浒乡汪洋村委会驻地汪洋庙自然村内，过去有一座寺庙，人们叫它"汪洋庙"，庙里供奉着许多菩萨，主神是汪洋菩萨。这些菩萨个子高大，全是木雕金装，金光闪闪，光彩耀眼。以往，从黄浒到荻港，必须经过此庙旁。

汪洋庙一带土地肥沃，是个半山半圩的鱼米之乡。可是昔日这里经常发生旱涝灾害，灾情严重的年头，田地颗粒无收，民不聊生。那时的官绅及老百姓不懂科学技术，而相信迷信，为祈保丰年，捐资兴建了这座庙宇。每逢干旱季节，成天焚香放炮，请汪洋菩萨显灵，拯救生灵。人们把汪洋菩萨抬出庙去，放在阳光下烤晒，直至烤焦他的脸面，汪洋神才去向玉帝奏本，说：凡间发生旱灾，百姓日子难过，人们心急如焚，把我放在太阳下烤晒，脸皮都烤焦了，乞求玉帝发慈悲，下旨召东海龙王降雨吧。说也巧，有时也真会下一场透雨，有时则一下就是几天几夜不开天门，转瞬旱灾又变成了水灾，真是一片"汪洋"。

中华人民共和国成立前，由于祭祀汪洋菩萨的活动比较频繁，汪洋庙附近的村子也被前来祈雨人喊成了"汪洋庙"。如今，汪洋庙早已荡然无存，村名则继续被沿用。

（选自《繁昌地名掌故》）

"石头和尚"也是地名

赵仁先　搜集

在清朝年间，孙村镇万里村的万里桥附近，即四埠圩东埂外，有一处小山冈，名叫"石头和尚"。

据传说，四埠圩这块凹地比较特殊，田地里所种的庄稼，经常遭受病虫害影响，损失严重。特别是长得绿油油的水稻，一旦被病虫害侵袭，变黄枯死，甚至颗粒无收。百姓怨声载道，叫苦连天。

古时候，农民不懂科技文化知识，封建迷信气息浓厚，认为水稻枯黄是起地火烧死了庄稼；而起地火的罪魁祸首，是女妖"神姑娘"所为。当地有一座"神姑娘庙"，庙里有几个石头"神姑娘"，并都装了金，金光闪闪。

为管住"神姑娘"不危害庄稼，当地百姓想了一个主意，集资在赤沙雕刻了一尊石头和尚。石头和尚，用麻石雕成，个子高大，赤身露体，安装在神姑娘庙附近，一手遮着太阳，一手掐着腰，白天黑夜瞭望，监视神姑娘们的一举一动，不让她们为非作歹。

本来指望石头和尚能治住神姑娘，使田地里庄稼获得好收成，但田地里的庄稼仍然年年有枯死现象。可惜，农民费尽了心血，却落得一场空。

随着时代的发展和社会进步，广大农民获得了科学文化知识，懂得科学种田，及时为庄稼防虫治病，庄稼年年都能获得丰收。

20世纪70年代农业学大寨运动中，"石头和尚"和"神姑娘"同时被拆除，早已不复存在；而石头和尚的地名，却一直沿用至今。小山冈上，曾经住着几十户人家。如今，规划发展，村庄迁址，只留下空空的"石头和尚"小山头了。

（选自《繁昌地名传说故事》）

火龙与铁门闩的传说

碧涛　搜集整理

铁门闩，是城关镇铁门村的一个自然村，坐落在县南偏西方向，距城5公里。

上古时期，有一天，县西黄浒河河滩上火光熊熊，把个小镇照得通红通红。人们不知是怎么回事，纷纷走出家门要探个究竟，原来是一条火龙盘踞在河滩上。长者们立即摆起香案，祈祷火龙护佑降福。

火龙在河滩上休息了片刻便昂首摆尾逶迤向东游去。火龙在空中游了不到20里地，就被烟波浩渺的金鹅湖吸引住了。好秀丽的金鹅湖啊，她碧波万顷，浪拍云崖，浮光粼粼，金鹅在空中自由飞翔，鱼儿在湖上嬉戏跳跃，它们在大湖的怀抱里生活得非常安逸。火龙被这场面，被这情景感动了，它意欲留下来与大湖作伴，于是，伸出火红的舌头，舔了舔湖水，这湖水清凉甘甜，爽心润喉，再喝上几口，仿佛有一种快意透过全身，遍体轻松。不一会儿，火龙便睡意朦胧，它要在此地休息了。火龙伏于湖畔隐介潜身，将灵气化作绵亘不断的山峦，环布于县西南。

岁月流逝，沧桑嬗变。上古时期的金鹅湖，由于山冈上失土冲积而变成沃土良田，火龙化成的群山更是郁郁葱葱，溪水涓涓，人们在这块发祥地上劳作耕种，繁衍生息，过着安逸舒适的日子。县西南一带的人们都知道，他们的幸福来自火龙的福荫。为了让五谷丰登、四季平安的美好生活世代相传，他们要留住火龙，不让它的灵气外溢，便在龙首山前用巨石垒砌起一道高三丈五尺、宽一丈二尺的大石门，取名"铁门闩"，寓意要把火龙灵气永远留于铁门之内。

火龙留住了，铁门闩的地名也流传下来了。

（选自《繁昌地名掌故》）

后　记

吴黎明

在漫长的历史演进中，孕育和养成了独具个性和魅力的地域文化。这是地域文化发掘、整理、研究、传承、弘扬的理据和意义。

《繁昌故事》因之而编撰。2023早些时候，在中共繁昌区委主要领导的倡议下，《繁昌故事》编撰工作启动。

《繁昌故事》包含"历史文化故事""文物故事""人物故事""红色故事""地名故事"5个"故事"，由区委宣传部牵头，区文旅体局（区文化馆、区图书馆、区文保中心）、区党史与地方志办、区融媒体中心、区民政局、区文联（区作协）、区新四军历史研究会等部门和单位组织实施：区文旅体局负责历史文化故事和文物故事编撰，区民政局配合区党史与地方志办负责地名故事编撰，区文联负责人物故事编撰，区新四军历史研究会负责红色故事编撰，区融媒体中心负责做好相关宣传、推介工作。

2023年6月，各个"故事"编撰负责单位即组织编撰人员，制定编撰计划，拟定编撰提纲，确定编撰的各项具体事宜。

2023年11月，《繁昌故事》初稿编撰告成。区委宣传部聘请沈大龙、张诗群、吴黎明为《繁昌故事》的审稿人。自2023年11月至2024年4月，先后召开十数次审稿会议。每次会议前，审稿人都认真阅读每一篇故事。《繁昌故事》约50万言，十数次下来，光是阅读量就达数百万言。在审稿会上，审稿人与撰稿者面对面商讨，一则故事一则故事推敲。大家都本着把繁昌故事编好的目的，提出意见和建议。有的故事，证实证伪，经过反复推敲、商榷才最终定稿，比如"历史文化故事"。有的故事，从谋篇构思到细节把握，改动至大，撰、审几经沟通，终于达成一致，比如"文物故事"。有的故事，撰稿人较多，大家行文风格各样，讲述参差不一，需要进行适当的调整，比如"人物故事"。有的故事，见事见人，事和人又必须准确恰宜，比如"红色故事"。有的故事，也许撰稿人理念的不同，几乎整体推倒再造，比如"地名故事"。可以说，《繁昌故事》的最终成稿，经过了数轮的修改和增删。

《繁昌故事》的最终编成，是领导重视、各方大力支持的结果。编撰《繁昌故事》，是一项系统工程，必须各方协调、齐心合力，才能顺利完成。在这一系统工

后
记

程中，区委主要领导的高度重视，区委宣传部的统筹谋划，是关键因素；而各个"故事"的编撰负责单位，精心组织人员，高效地开展工作，是前提条件。

《繁昌故事》的最终编成，是编撰者尽心尽力的结果。繁昌人文包罗着十分广博的内容，而根据成书的要求，总字数须有所控制。编撰者面临如此浩漫的繁昌，精心遴选、认真取舍，其劳心劳力之殷，不可尽述。一个繁昌故事，往往就是一个专题，信息量很大，而篇幅又必须加以节制；撰稿人对每一个故事，都经过了构思、辨证和撰写的过程，其中辛苦唯有自知。

《繁昌故事》的最终编成，是前人开辟了广阔路向的结果。此前，繁昌编印了多种文化集成类的书籍。比如，历代所修的《繁昌县志》，保存了很多弥足珍贵的人文资料。比如，《繁昌文史资料》，仿佛是近现代繁昌人事的一个渊数。比如，《繁昌民间故事选编》《繁昌地名掌故》，汇集了繁昌人的智慧，置于日新月异发展变化的当今，显得尤为重要。比如，《繁昌文化丛书》，虽然并不全面，但的确是繁昌文化的一个总结。比如，《繁昌党史资料通讯》《红花山风云录》，多是亲历者的记忆所及，具有亲历、亲见、亲闻性，是不可多得的繁昌红色记忆。如果说前人的这些成就是丰美的沃壤，那么，《繁昌故事》就是这沃壤里生着的一株小树。俗话说，前人栽树后人乘凉。凉者，荫也。我们不能忘记前人的这份荫庇。许多的前人，当初的主之者、述之者、撰之者，已经永逝；但他们的业绩，却历久弥新，其芳不衰，其光恒照。

毋庸讳言，《繁昌故事》还存在着诸多缺憾。一是编撰者水平和识见所囿，无论是宏观布设，还是微观精益，《繁昌故事》都有值得推敲的地方；本来该编入的"故事"，却没有编入，这些遗珠之憾当不在少数。二是证实证伪，还没有完全做到持之有故。三是一些记述，虽然也标明为故事，但没有写出故事性来。四是语言文字上，还有许多冗赘、失当的地方。好在我们的工作，不是终点，某种意义上说，是刚刚迈开了第一步，所有的缺憾都是未来的镜鉴。